Iris Kammerer
Die Blutsäule

atb aufbau taschenbuch

IRIS KAMMERER, geboren 1963, studierte in München und Marburg, arbeitet als Texterin, Redakteurin und Beraterin und lebt mit ihrer Familie in Marburg. Neben dem Roman »Der Pfaffenkönig« (atb 2295-8) sind von ihr »Der Tribun«, »Die Schwerter des Tiberius«, »Wolf und Adler« und »Varus« erschienen.

Mehr zur Autorin unter www.iris-kammerer.de.

Köln 1248. Gerhard von Rile hat soeben seinen Dienst als Dombaumeister angetreten, als ein verheerender Brand den alten Dom vorzeitig vernichtet. Doch damit nicht genug, sein Neffe Gerwich wird Zeuge eines brutalen Mordes, der kein Einzelfall bleibt: Eine Mordserie hetzt Handwerker, Bürger und Klerus gegeneinander auf. Mit Hilfe der beiden Geistlichen Albertus Magnus und Thomas von Aquin muss Gerwich bald nicht nur gegen einen gerissenen Mörder, sondern auch für seine große Liebe kämpfen.

»Iris Kammerer kennt sich bestens aus in der Geschichte.«

Westdeutsche Zeitung

Iris Kammerer

Die Blutsäule

Historischer Roman

atb aufbau taschenbuch

FSC
Mixed Sources
Product group from well-managed forests and other controlled sources
Cert no. SA-COC-001819
www.fsc.org
© 1996 Forest Stewardship Council

ISBN 978-3-7466-2643-7

Aufbau Taschenbuch ist eine Marke
der Aufbau Verlag GmbH & Co. KG

1. Auflage 2011

Umschlaggestaltung Mediabureau Di Stefano, Berlin
unter Verwendung der Motive Säulen und Gesichter,
Skizzen von Michelangelo (1475–1564),
British Museum, London/bridgemanart.com,
Blattwerk/bridgemanart.com, © getty-images
sowie zweier Motive von © Rafal Zdeb/iStockphoto
Druck und Binden CPI – Moravia Books, Pohořelice
Printed in Czech Republic

www.aufbau-verlag.de

Seh ich den Himmel, das Werk deiner Finger,
Mond und Sterne, die du befestigt:
Was ist der Mensch, dass du an ihn denkst,
des Menschen Kind, dass du dich seiner annimmst?
Du hast ihn nur wenig geringer gemacht als Gott,
hast ihn mit Herrlichkeit und Ehre gekrönt.
Du hast ihn als Herrscher eingesetzt über das Werk deiner Hände,
hast ihm alles zu Füßen gelegt.

(Psalm 8, 4-7)

Claret enim claris, quod clare concopulatur,
Et quod perfundit lux nova, claret opus nobile.

(Abt Suger von St. Denis)

I

Die Leiter ragte nahezu senkrecht empor, wenige Schritte vor der Mauer. Von Sprosse zu Sprosse blickte Gerwich hinauf bis zum Rand des Daches, über dem sich hoch oben ein tiefblauer Himmel spannte. Die zusammenlaufenden, sich verjüngenden Linien begannen einen langsamen Reigen in schwindelerregender Höhe. Gerwich senkte den Kopf, kniff die Augen zu, tat einen hastigen Atemzug. Unter seinen Füßen tanzte der Erdboden, er fühlte es, ohne hinzusehen, und wusste dennoch, dass nur er es wahrnahm, dass es Täuschung war.

»Klettere voraus, Junge!«

Die Stimme seines Onkels ging ihm durch und durch. Hastig bekreuzigte Gerwich sich, dann trat er vor, umklammerte die Leiterstangen und stieg schnell von Sprosse zu Sprosse. Er heftete den Blick auf die Mauer, auf bröckelnde Fugen zwischen grauen Steinquadern mit verwitterten Bohrlöchern und Steinmetzzeichen und spürte das Beben der Leiter, das sich verstärkte, weil sein Onkel ihm folgte. Gerwich beeilte sich, zum Rand des Daches zu gelangen, dem Dach des äußersten Seitenschiffes, und stemmte sich hinauf. Die nächste Leiter lag auf den von dürrem Moos und Flechten überzogenen Schindelreihen und führte zu einer weiteren, die die beiden stämmigen Gesellen des Dachdeckermeisters schon an der Mauer des inneren Seitenschiffes aufgerichtet hatten.

Vorsichtig bewegte Gerwich sich wie auf einem Gebirgspfad vorwärts und blieb neben der nächsten Leiter stehen. Sein Magen ballte sich zu einem kalten Klumpen. Er kniff die Augen zu, aber das Gefühl, dass die Welt aus den Fugen geriete, blieb. Er musste diese Behinderung um jeden Preis verhehlen, denn der Onkel, Baumeister Gerhard von Rile, der aus Franzien in diese Stadt gerufen worden war, um einen prächtigen neuen Dom zu bauen, setzte große Hoffnungen in ihn. Hoffnungen, die Gerwich nicht zu enttäuschen wagte.

Als der Aufruhr in seinem Kopf leiser wurde und er die Augen wieder öffnete, stand der Onkel schon neben ihm. Stirnrunzelnd, die Fäuste in die Seiten gestemmt, sah Meister Gerhard den Gesellen zu, während diese die endlos lange Leiter zwischen den Schindelreihen sicherten, Bewegungen, die einander ergänzten, die Erfahrung von Jahren bezeugten, damit der neue Dombaumeister und sein Neffe gefahrlos auf den First der alten Basilika steigen konnten.

Wieder schickte der Onkel Gerwich voraus, und dieser zog die Unterlippe zwischen die Zähne und kletterte weiter, vorbei an einem Fenster mit halbrundem Abschluss, das sich tief in die dicken Mauern schmiegte. Auch auf der nächsten Dachschräge erwartete ihn eine Tritthilfe, die fast bis zur Mauer des Mittelschiffs reichte, wo die letzte Leiter stand. Im Augenwinkel nahm Gerwich das turmhohe Zehneck von Sankt Gereon über den Häusern wahr. Er riss sich von dem Anblick los. Knirschende Schritte verrieten, dass hinter ihm der Onkel das Dach betrat. Ohne nach rechts oder links zu schauen, hastete Gerwich hinauf. Der Wind zauste sein Haar, strich ihm über den Nacken, blähte seinen Kittel und trocknete den Schweiß zwischen den Schulterblättern.

Mit feuchten Händen umklammerte er die letzte Leiter und setzte seinen Weg fort. Hoch über ihm zeichnete der Rand des Daches sich scharf gegen den eisblauen Himmel ab, schier unerreichbar weit weg. Und noch weiter ging es hinter ihm hinunter, in zwei Stufen, in tödliche Tiefen.

Kalt rannen ihm Schweißtropfen in den Nacken, die Hände wurden schmierig, die Arme erlahmten, und der krümelige Putz verschwamm vor seinen Augen. Er musste sich sputen, um nicht den Halt zu verlieren. Schmerzhaft stachen Splitter in seine Finger, während er sich Schritt für Schritt hinaufkämpfte, bis er mit den Fingerknöcheln hart gegen die Kante der Schindeln stieß. Fast hätte er losgelassen, griff dann über die Kante hinweg und stemmte sich auf die Schräge.

Ringsum breiteten sich die Dächer aus, ein Wellenspiel, durchbrochen von Plätzen und Gärten, wo Baumwipfel zwischen den Giebeln hervorlugten. Sein Blick streifte den mächtigen, hoch aufragenden Turm von Sankt Martin, den gedrungenen Bau von Sankt Caecilia, die schlanken Türme von Sankt Aposteln. Kälte füllte seinen Magen, als hätte er zu schnell zu viel Wasser aus einer Quelle getrunken. Unter ihm lag die Stadt wie ein See, aus dem die Kirchen als spitze Felsen herausragten, umgrenzt von einem Mauersaum mit Türmen und Torbauten, gleichsam wie Angler um einen Teich. In den äußeren Stadtteilen dehnten sich zwischen den Straßenzeilen weitläufige Gärten aus, Inseln voller Obstbäume und Sträucher, auf denen Schafe und Ziegen weideten, während sich jenseits der Stadtmauer Felder und Wiesen flimmernd im Sonnenschein erstreckten.

Die Linien begannen zu tanzen, und sein Magen ballte sich zusammen, als ein Klaps seine Schulter traf. Gerwich riss sich von dem überwältigenden Anblick los und schaute seinem Onkel nach, der über die Leitersprossen das Dach hinaufeilte, dem blauen Himmel entgegen. Am Ende der Leiter hielt er inne, um die letzten Klafter bis zum First auf Händen und Füßen zu klettern, in Richtung des mächtigen runden Vierungsturms. Vorsichtig setzte Gerwich sich in Bewegung, zu vorsichtig, fürchtete er. Der Onkel würde ihn schelten, wenn er ihm nicht folgte. Schweißlinien rannen kalt über Gerwichs Schläfen. Nur mühsam kam er voran, während Meister Gerhard sich leichtfüßig bewegte, kaum berührten dessen Sohlen die Schindeln.

»Komm rauf!«, rief er, als er den First erreicht hatte, und streckte Gerwich die Hand entgegen, packte dessen Unterarm und zog ihn die letzten Schritte hinauf. Vom schlanken Bau der Kirche zum Heiligen Andreas, der Kirche des Domstifts, sprang Gerwichs Blick auf das himmelwärts strebende Zehneck von Sankt Gereon und von dort zu den klobigen hölzernen Turmaufbauten am Westwerk des alten Domes. Nie war er in einer Stadt gewesen, deren bessere Bürger im gemauerten Lobpreis Gottes so verschwenderisch mit ihren Reichtümern prahlten.

»Sieh her!« Gerhard deutete über den First hinweg gen Westwerk. »Dort werden die Türme stehen. Zwei mächtige und hohe steinerne Türme, mächtiger und höher als die der Kathedralen von Straßburg und Chartres –«

»Die sind doch noch gar nicht fertig!«, fiel Gerwich ihm ins Wort.

»Ja, jeweils nur einer. Bauen dauert seine Zeit.« Der Onkel lächelte milde. »Gott allein weiß, ob ich auch nur die Errichtung des Chores erleben werde, aber diese düstere Halle«, er stampfte mit dem Fuß auf die Schindeln, »wird nicht mehr lange stehen.«

Eine kräftige Böe zauste Gerwichs Haar unter der Leinenhaube und blähte seinen Kittel. Er schauderte, ohne sagen zu können, ob wegen des Windes, der bedrohlichen Höhe oder der stolzen Worte seines Gegenübers. Ringsum breitete sich das Land aus, in der Ferne von schattenhaften Bergen begrenzt, und unten krabbelten Menschen wie Ameisen über den Platz zwischen dem Dom und dem Palast des Erzbischofs. Gerwich schwankte, fröstelte, sein Magen krampfte sich wieder zusammen. Er warf den Kopf in den Nacken, um nicht in die kreiselnde Tiefe hinabzuschauen.

»Die Kathedrale wird höher sein als diese Basilika«, fuhr Gerhard unbeirrt fort. »Sie wird sich zum Himmel emporheben mit zahllosen Pfeilern und Streben, eine lichtdurchflutete Halle zum Lobpreis Gottes!«

»Und wann wird sie fertig sein?«

Der Onkel blickte Gerwich an und tätschelte dessen Schulter. »Das liegt allein in Gottes Hand, mein Junge. Und um es gleich vorwegzunehmen: Mir ist nicht wichtig, ob ich es erlebe. Diese Gnade wird keinem von uns Baumeistern zuteil, das weißt du doch. Wir geben unseren Entwurf als Vermächtnis an unsere Nachfolger weiter in der Hoffnung, dass diese aus dem Vorhandenen etwas noch Besseres, noch Schöneres machen.«

Angestrengt horchte Gerwich auf diese Worte, um den Schwindel zu vertreiben, der seinen Kopf schier zum Platzen bringen wollte, und zugleich spürte er die Last des angekündigten Vermächtnisses bereits auf seinen Schultern, das Joch, unter dem er zeitlebens gehen würde, träte er tatsächlich die Nachfolge seines Onkels an.

»Lass uns wieder hinuntergehen«, brachte er hervor, und es klang ihm selbst rau in den Ohren.

»Was willst du da unten?« Breit grinsend drehte der Ältere ihn ein wenig zur Seite. »Schau dich um! Wir stehen über der heiligen Stadt Köln, der größten und prächtigsten Stadt der Christenheit nördlich der Alpen! Die Welt liegt uns zu Füßen, und wir sind Gott und den Heiligen nahe, ungehindert von einem Dach oder Gewölbe – was schert uns das Treiben da unten?«

Gerwich schluckte hart bei dem Anblick, der sich ihm bot. Angestrengt starrte er in die Ferne, während der Wind ihm durchs Haar strich, als wollte er ihn beruhigen. Aber wie von bösen Einflüsterungen verlockt, zog es seinen Blick in die Tiefe hinab, auf den Platz vor dem Dom, der von hier oben eng erschien, bevölkert von einer wimmelnden Menge, die aus den schmalen Gassen quoll. Die Stadt war ein See, die Dächer Wellen, die Menschen Schwärme winziger Fische, die durch die engen Rinnen am Grund des Wassers bald hierhin, bald dorthin zogen. Gerwich ballte die Fäuste, als sein Magen sich hob, schloss die Augen, fühlte sich schwanken und riss sie wieder auf.

»*Domine dominator noster, quam grande est nomen tuum in universa terra, qui posuisti gloriam tuam super caelos.*« Der Onkel machte eine Pause nach dem ersten Vers des Psalms, damit Gerwich einstimmen konnte. Doch der Junge fand die Worte nicht, und so fuhr Gerhard von Rile allein fort: »*Ex ore infantium et lactantium perfecisti laudem propter adversarios meos ut quiescat inimicus et ultor ...*«

Tonlos murmelte Gerwich nach, was ihm sein Onkel mit erhobenen Armen vorsprach, und bekreuzigte sich am Ende ein wenig zu schnell, wofür er einen tadelnden Blick erntete. Mit einem Nicken schickte der Dombaumeister Gerwich voraus, der nur zu gern gehorchte, auch wenn der Weg hinunter mehr Schrecken barg als der hinauf. Langsam tastete er sich zu der aufs Dach gelegten Leiter, trippelte dann hinunter, den Blick starr auf seine Fußspitzen gerichtet.

»Sachte! Sachte!«, rief der Onkel hinter ihm, doch Gerwich verlangsamte erst kurz vor dem Rand des Daches seine Schritte und hob den Kopf, damit sein Blick nicht in die Tiefe stürzte. Ohne hinzusehen, tastete er nach den Stangen der Leiter, suchte mit der Fußspitze nach den Sprossen, um seinen Weg hinab fortzusetzen, während er angestrengt die Wand vor sich anstarrte, die Linie der Bogenfenster verfolgte, die Risse in Verputz und Mauerwerk. Unten angekommen, drehte er sich um und beachtete die beiden Dachdeckergesellen nicht, die die Leiter festhielten. Kaum war sein Onkel zu ihnen gestoßen, liefen die Männer voraus zur nächsten Leiter, trittsicher wie Ziegen im Fels.

Gerwich folgte ihnen; unbehaglich, als wäre er Gott ein wenig aus der Hand geglitten, setzte er Fuß vor Fuß bis zum Rand des zweiten Daches und kämpfte sich die zweite Leiter hinunter. Wieder einmal durchrieselte ihn eisig die Furcht vor dem Tag, an dem Meister Gerhard ihn zu den Dachdeckern geben würde.

Das Erste, was Gerwich sah, nachdem seine Füße den Boden des Domplatzes berührt hatten, war Steinmetzmeister Johann, der sie unten erwartete, stirnrunzelnd und die Arme vor der Brust verschränkt. Der Grund für die Düsternis in seiner Miene stand wenige Schritte entfernt, ein Domherr im weiten, dunklen Radmantel; ein breitkrempiger Hut schützte das feiste Gesicht vor der Sonne. Mit einer artigen Verbeugung trat Gerwich beiseite und gesellte sich zu den umstehenden Arbeitern, die sogleich ein wenig von ihm abrückten. Er war unter ihnen ein Fremdling und zugleich der Neffe des zukünftigen Dombaumeisters, sie würden ihn nie zu den Ihren zählen.

Gerhard von Rile hatte seinen Neffen als Erben und Nachfolger ausersehen, weil er selbst nie geheiratet hatte. Sein Vagantenleben wollte er nicht von einem Weib behindert sehen, auch wenn er die Kinder seines verstorbenen Bruders, die nach Gottes Willen in seine Obhut gekommen waren, mit sich nahm von Kathedralenbau zu Kathedralenbau. Damit sollte es jetzt aber ein Ende haben, das hatte er ihnen versprochen, als sie am Abend ihrer Ankunft getrennt wurden; Gerhard und sein Neffe fanden Unterkunft im Stift zu Sankt Andreas, Gerswint hingegen wurde zu den Beginen gegeben, bis sie wenige Tage später gemeinsam das Haus beziehen konnten, das ihrer Familie seit langem gehörte, ein schmales Haus an der Gasse, die nach dem Kirchlein des Blutzeugen Marcellus benannt war.

Am Fuß der Leiter klopfte Gerhard von Rile rasch den Schmutz von seinen Beinlingen, näherte sich dann dem Kapitular, um vor ihm das Knie zu beugen.

»*Laudetur Iesus Christus, magister Gerarde*«, erwiderte der Domherr mit glockenheller Stimme den demütigen Gruß.

Nachdem sie einige lateinische Artigkeiten ausgetauscht hatten, schilderte Meister Gerhard mit großen Gesten ihren Ausflug auf das Dach des Domes. Als der Blick des dicklichen Domherrn ihn streifte, beugte Gerwich hastig das

Knie; dass er nicht vortreten musste, ließ ihn unterdrückt aufatmen, so konnte er sich vorsichtig zurückziehen und, umhüllt vom säuerlichen Dampf, den die Arbeiter ringsum ausschwitzten, abwarten, bis sein Onkel ihm eine neue Aufgabe zuteilte.

Der Wink ereilte ihn schneller als erwünscht. Gehorsam folgte Gerwich seinem Onkel und dem dicken Kleriker zum Chor des Domes. Dunkle Risse liefen die Wände des Querhauses hinauf, an einigen Stellen lugte das Mauerwerk hervor, waren die Steine gegeneinander verschoben, und auf dem Boden verstreut lagen Dachziegel und abgeblätterter Verputz.

Rings um den Ostchor herrschte reges Treiben; Handlanger lehnten mannshohe Bündel aus dünnen Ästen und Reisig gegen die helle Mauer. In den vergangenen Wochen hatten sie einen Graben um die Fundamente ausgehoben, das Mauerwerk gewaltsam durchbrochen und unterhöhlt, die Löcher schließlich mit Brennbarem gefüllt. Nun stützten endlos lange, aus fernen dunklen Wäldern herbeigeschaffte Baumstämme die Mauern. Feuer sollte die Reste der Fundamente zum Einsturz bringen und damit die Mauern des Chores. Gerwich kannte dieses Verfahren, ein Gebäude dieser Größe abzureißen. Sanken erst einmal die Fundamente in sich zusammen, folgten unausweichlich die Mauern, die schon von tiefen Rissen geädert waren, in die Tiefe; ein gefährliches Unterfangen, zumal in einer an dieser Stelle so dicht bebauten Stadt wie dieser. Nicht immer brach solch ein riesiges Bauwerk einfach zusammen, manchmal barst eine Mauer vorzeitig, wurden große Steinquader hinausgeschleudert und verletzten die Umstehenden. Ganz zu schweigen von den Ziegeln oder Schindeln, die vom einstürzenden Dach herabprasselten.

Am Scheitel des Ostchores angelangt, warf Gerwich einen Blick zum Palast des Bischofs hinüber. Wenn Windböen das Feuer allzu hoch auflodern ließen, könnte der Funkenflug auch benachbarte Gebäude erfassen, da mochten die fleißigen Gesellen und Hilfsarbeiter die Mauern mit noch so viel Wasser besprengen. Das Zimmerwerk der Fachwerkhäuser, die Wände aus getrocknetem Lehm und die Bretterbuden, die als Läden an die Fassaden angebaut worden waren, fingen leicht Feuer, und in den engen Gassen trieb der Wind den Brand dann schnell von Haus zu Haus.

Gerwich blieb hinter seinem Onkel stehen, doch die Hoffnung, dessen Gespräch mit dem Domherrn belauschen zu können, trog. Der Lärm, den die Handwerker machten, übertönte das vertrauliche Gespräch der beiden Männer. Ringsum hatten sich Schaulustige versammelt, schauten den Arbeitern zu und schwatzten. Vorsichtig drängte Gerwich sich näher an seinen Onkel, fing dessen Blick ein und wurde in die kleine Runde aufgenommen.

»Wann werden die Vorbereitungen beendet sein?«, fragte Meister Gerhard den Kapitular, der schnell die Achseln zuckte.

»Es ist noch vor Mittag«, erwiderte er. »Das Feuer wird nicht lange an den Resten der Fundamente nagen müssen. Zur Eile besteht kein Grund.«

»Nicht, wenn das Wetter hält.« Gerhard legte den Kopf in den Nacken und blickte zum Himmel auf, wo zerrissene Wölkchen in schräger Linie vor dem prächtigen Blau dahinzogen.

»Auf die Meinung der Dachdecker ist Verlass, wenn es ums Wetter geht. Sobald der Chor gefallen ist, wird der Bauplatz eingeebnet, um deinen Männern Gelegenheit zu geben, alles zu vermessen. Schon morgen wirst du dein Werk beginnen können.«

Lächelnd neigte er den Kopf und entfernte sich, ohne die Erwiderung seines Abschiedsgrußes abzuwarten. Meister Gerhard lehnte sich ein wenig zu Gerwich hinüber. »Sie lernen es nie«, murmelte er kaum hörbar unter dem Lärmen der Umstehenden. »Wenn du Gott zum Lachen bringen willst, dann erzähle ihm, was du morgen tun wirst.«

»Aber du hast doch selbst –«

»Ich weiß, mein Junge. Aber es macht einen Unterschied, ob einer versucht, seine Vorhaben und sein Tun so zu ordnen und zu verrichten, dass jemand seinen Platz einnehmen kann, oder ob einer so lebt, als könnte nichts ihn je aufhalten.« Der Onkel schüttelte schmunzelnd den Kopf. »Schau, die Schmiede bringen das Feuer.«

Die Menge, die sich vor dem Palast des Erzbischofs versammelt hatte, bildete eine Gasse, um einen Zug von Männern passieren zu lassen. Vorneweg schritten Vikar und Offizial des Erzbischofs im prachtvollen roten Ornat dem gesamten Domkapitel voran; auch Herrn Ulrich erkannte Gerwich unter ihnen. Am Ende des Zuges, noch hinter den Diakonen und Ministranten, die sich nun im Halbkreis hinter den Domherren aufreihten, ging der oberste Schmiedemeister, mit nachtblauen Beinlingen, weinrotem Kittel und ebensolcher Gugel gekleidet, wie es für den Anlass angemessen war. Ihm folgten seine Gesellen, die ein Feuerbekken trugen. Während die Domherren sich im Halbkreis vor der Apsis aufreihten und den Lobpreis anstimmten, trugen der Schmiedemeister und seine Gesellen das Feuerbecken zu dem rings um den Chor des alten Domes ausgehobenen Graben.

Die Kapitulare und die Schar ihrer Ministranten versperrten die Sicht auf das Geschehen, während über ihren Köpfen Weihrauch sich in der Luft kräuselte, dessen Duft sich in Gerwichs Nase schlich. Wie alle anderen bekreuzigte er sich und legte die Handflächen zum Gebet zusammen, lauschte auf das Gemurmel seines Verwandten und stimmte in den Psalm ein, ließ die lateinischen Worte leise ertönen und ergab sich dem Klang. Der Singsang flößte Gerwich Ruhe und Geborgenheit ein, und er beneidete seinen Onkel sogar ein wenig. Gerhard von Rile war als Knabe in ein Kloster gegeben worden und hatte, auch ohne die Gelübde über die evangelischen Räte abgelegt zu haben, immer in Stiftshäusern gelebt; daher kannte er die Liturgie so genau, dass er jedes Gebet zu jedem Anlass mitsprechen und jeden Psalm mitsingen konnte. Wenn Gerwich nicht mehr weiterwusste, musste er nur seines Onkels Stimme folgen und wandelte wieder auf festem Pfad.

Ohne es zu sehen, wusste Gerwich, dass der Vikar die in dem Graben aufgeschichteten Holzstöße und Reisigbündel beräucherte, mit Weihwasser besprengte und segnete, damit kein Unheil über den Dom und die Stadt käme, zumal sie ein heiliges Bauwerk zum Einsturz bringen wollten. Gerwich schauderte ein wenig bei dem Gedanken. Er blickte zum Dach der Apsis empor, zu den schmalen Fenstern und den Kolonnaden darüber, betrachtete die hellen Mauern, die fallen sollten, damit an dieser Stelle ein neuer Dom wachsen konnte, dessen lichtdurchflutete fünfschiffige Halle in Meister Gerhards Vorstellung bereits Gestalt angenommen hatte.

Gerwich zuckte zusammen und senkte den Kopf, als hätte ihn jemand ertappt und ihm einen Klaps verpasst. Er lauschte seinem Onkel, bis er sicher war, welches Gebet an der Reihe war. Die Menschenmenge, die sich in ehrfürchtigem Abstand auf dem Platz drängte, ließ ein dumpfes Murmeln hören, in das sich unter dem Gesang der Chorherren und ihres Gefolges ein fernes Prasseln und Knistern mischte. Das Feuer war entzündet. Rasch sah Gerwich auf, doch er hätte nicht sagen können, ob der feine graue Rauchfaden, der über den Köpfen der Geistlichen aufstieg, aus den Weihrauchampeln oder vom Feuer stammte.

»Geduld!«, flüsterte Meister Gerhard neben ihm. »Die Männer Gottes werden sich zurückziehen, bevor der Brand angefacht wird. Sie werden das Schauspiel lieber aus sicherer Entfernung beobachten.«

Gehorsam ließ Gerwich den Kopf hängen und haspelte zwei *Pater noster* herunter, begann ein drittes, als er den Vikar bemerkte, der aus den Reihen der Domherren herausgetreten war, begleitet von zwei Ministranten, deren einer eine Weihrauchampel schwenkte. Der Vikar tauchte das Aspergill in den kleinen Weihwasserkessel, den der andere Ministrant hielt, sprach laut seinen Segen und besprengte die Menge mit dem heiligen Wasser. Einzelne Männer sanken auf die Knie, um den Segen zu empfangen, andere verneigten sich, während sie die Antwortformeln sprachen; dann wurden sie in Frieden entlassen.

Tatsächlich, wie Meister Gerhard angekündigt hatte, zogen sich die Domherren in ihren kostbaren Gewändern ein gutes Stück zurück, wollten dem Ereignis vom Westchor Sankt Mariens ad Gradus aus beiwohnen. Der Schmiedemeister und seine Gesellen entzündeten Lumpenfackeln im Feuerbecken, die sie ringsum in die Holzstöße warfen, tief hinunter in den ausgehobenen Graben. Reiser und Äste knackten, die Luft flirrte, und fahle Flämmchen züngelten im hellen Qualm empor.

»Gutes Brennholz«, brummte Meister Gerhard mit verschränkten Armen.

Als das Feuer rings um den alten Chor aufloderte, erhob sich ein Raunen über den Köpfen, und die bunte Menschenmenge geriet in Bewegung. Liebend gern hätte Gerwich sich jetzt unter eine lärmende Lehrlingsschar gemischt, aber von den jungen Burschen, die zur Kölner Fabrica gehörten, fühlte er sich als Neffe des neuen Dombaumeisters argwöhnisch beäugt. In Chartres, Paris und Amiens hatte es Wochen gedauert, ehe er Zugang zu Gleichaltrigen gefunden hatte, zumal er den halben Tag jeweils in der Domschule zugebracht hatte.

Diese Zeit war vorbei. Sein Onkel hatte beschlossen, nur noch seine handwerkliche Ausbildung zu fördern, das hatte er ihm auf der langen Wanderung zwischen Amiens und Köln eröffnet. Das Maurerhandwerk und das des Dachdeckers sollte er erlernen, sich auf Gerüsten und Dächern bewegen wie eine Katze. Meister Gerhard hoffte darauf, ihn zu seinem Nachfolger zu machen, und für einen Baumeister genügten gute Kenntnisse in Arithmetik und Geometrie – was sollte er denn auch mit Musik und Astronomie, ja mit Grammatik, Dialektik und Rhetorik anfangen, wenn er doch niemals ein Baccalaureus werden sollte?

Aber er hätte sich schneller heimisch gefühlt, dachte er beim Anblick der dunkel gekleideten Domschüler, die sich zwischen Palast und südlichem Querschiff wie eine Herde dunkler Schafe um die Scholastiker drängten. Diese Stadt, voller Menschen, die eine melodische und dennoch derbe Mundart sprachen und – ganz anders als die Menschen in den Städten Franziens – das Gedränge und Geschiebe in den engen Gassen geradezu suchten, blieb ihm auch nach Tagen noch fremd und bedrohlich wie eine riesige lauernde Bestie.

Die Sonne überschritt den höchsten Punkt ihrer Bahn, Meister Gerhard plauderte angeregt mit anderen Handwerksmeistern, während Gerwich sich langweilte. Er hatte die Fenster des alten erzbischöflichen Palastes gezählt, doppelte und dreifache Rundbogenfenster in die unterschiedlichsten Zahlenverhältnisse gebracht, die Menge der verwendeten Steine geschätzt, Gerüste errechnet und immer wieder neidische Blicke auf die Domschüler geworfen, aber auch auf die Lehrjungen, die in sicherer Entfernung von Meistern und Gesellen mit kurzen Stecken das Zielwerfen übten.

Eine kühle Böe fuhr ihm übers Gesicht. Er wandte sich seinem Onkel zu, der angestrengt die brennenden Scheiterhaufen anstarrte. Ein Fächer tiefer Falten verdunkelte seine Stirn. Während Gerwich seinem Blick folgte, ertönten erste Rufe, und ihm fiel auf, wie still es geworden war. Flammen loderten hell aus dem Holz, züngelten an den stützenden Baumstämmen empor, hinaufgeschleudert vom Wind, der sich rings um den alten Chor fing. Berstendes Holz jagte Wolken von Funken zum Dach hinauf.

Die Handwerker gerieten in Unruhe, die ersten rannten nach Wassereimern und Leitern, eilends bildeten sie Ketten, die schwappenden Eimer flogen von Hand zu Hand, bis die dem Feuer nächsten das Wasser über die glühenden Stämme schütteten. Aber wie sinnlos war ihr Tun, denn die brennenden Holzstöße und vor allem die hölzernen Stützen reichten viel zu weit hinauf. Die Böen peitschten glühende Fetzen bis unter das Dach empor. Schreie hallten über den

Platz, lästerliche Flüche, sogar Meister Gerhard erhob seine Stimme, gebot Ruhe, doch niemand schien auf ihn zu hören.

Jemand zerrte Gerwich am Ärmel in eine der Reihen, und ohne einen Gedanken zu verschwenden, nahm er Eimer in Empfang und reichte sie weiter. Die Menschenmenge war zurückgewichen, dafür spritzte Wasser von den Dächern des erzbischöflichen Palastes. Kühler Wind zauste sein Haar, und er begriff, dass die Hitze auf seinen Wangen nicht der Nachmittagssonne geschuldet war, sondern die des Feuers war, das, wie von bösen Dämonen getrieben, den Weg zum Zimmerwerk des Daches und zu den hölzernen Türmen suchte.

Unversehens erkannte Gerwich, dass er seinen Onkel aus den Augen verloren hatte. Er würde allein den Weg nach Hause finden müssen, dachte er und tadelte sich sogleich. Wie konnte er darum nur mehr Angst haben als Sorge um das Leben seines Verwandten? Es drängte ihn, ihn zu suchen, als ein unsanfter Stoß ihn weckte, jemand drückte ihm einen Eimerhenkel in die Hand und schubste ihn so nachdrücklich, dass Gerwich das Löschwasser schnell weiterreichte. Er durfte seinen Platz zwischen den keuchenden und schwitzenden Männern jetzt nicht verlassen. Nicht, bevor der Brand gelöscht war.

Die Stimmen wurden lauter, die Worte überschlugen sich. Als Gerwich zum Dach des Chores aufblickte, wärmte das Feuer sein Gesicht. Es hatte an Kraft zugenommen, die Flammen tanzten einen wilden Reigen, sprangen leuchtend bis zum Dachgestühl empor. Schwarzer Qualm verdunkelte den Himmel. Eimer für Eimer reichte Gerwich weiter, Schweiß rann ihm über Gesicht und Nacken hinab, die

Arme wurden schwer. Die Enge nahm zu, die Menge drängte zum Brandherd, Gerwich wurde mitgeschoben, ob er wollte oder nicht. Hitze hüllte ihn ein. Plötzlich lag statt eines Henkels ein Axtstiel in seiner Hand, und er fand sich vor knisternden, glühenden Holzstößen wieder, die ihn überragten.

»Hau es zusammen!«, schrie ihm jemand ins Ohr. »Hau es zusammen!«

Ein Wasserschwall ging über ihn nieder, tränkte Kittel und Beinlinge. Es war zu seinem Schutz, hier, so nahe am Feuer. Rechts und links von ihm schwangen Männer Beile und schlugen auf die Holzstöße ein, während andere Wasser und Sand über die Glutherde schütteten, die wie höllische Ungeheuer fauchten und zischten. Unwillkürlich begann Gerwich zu beten, Zunge und Lippen formten das *Pater noster* ohne sein Zutun, dann die große Litanei. In der Hitze nahm er Zuflucht zu den Heiligen, dass sie für ihn und alle hier beteten, und mit jeder Anrufung krachte die Axtklinge ins Holz, dass die Funken stoben. Schon klang Schmerzgeheul auf, grollten Flüche. Er spürte seine Schultern, als wären sie rostige Scharniere, der Schweiß schien auf der Haut zu kochen. Funken stachen in seine Hände, Qualm biss die Augen blind, während er auf weiß und rot glühende Stämme und Scheite einhieb.

Jäh zerrte ihn eine Hand rücklings weg vom Feuer, zog ihn jemand durch die wühlende, stinkende Menschenmenge. Wie ein Schlag traf ihn die Kälte, als die Leiber zurückblieben.

»In Gottes Namen, welcher Teufel hat dich geritten, Junge?« Kaum erkannte Gerwich Steinmetzmeister Johanns Stimme, die kaum das Schreien übertönte. Der Meister stellte ihn vor sich hin wie eine Puppe und legte ihm eine Decke um. »Es hätte dich das Leben kosten können! Warum bist du nicht einfach stehen geblieben?«

»Ich wollte doch …«, flüsterte Gerwich, und ihm war, als platzten ihm dabei die Lippen.

Meister Johann nahm seine Gurde vom Gürtel und bot sie Gerwich an, der zögernd eine Hand unter der Decke hervorstreckte, um danach zu greifen. Es tat weh, das Gefäß an den Mund zu setzen, aber das kühle Getränk, das herausfloss, verdünnter Wein, linderte den Schmerz.

»Du gehst dorthin!« Meister Johann deutete auf einen kleinen Turm in der alten Heidenmauer, weit entfernt vom Brand. »Und dort wirst du bleiben, bis dich jemand holt – hast du mich verstanden?«

Ohne die Flasche abzusetzen, nickte Gerwich und sah Meister Johann nach, der unter Befehlsgebrüll wieder in die lärmende Menge eintauchte. Er fuhr zusammen, als sich etwas schwer auf seine Schulter legte, eine Hand.

»Lass dich anschauen!«

Gehorsam dem Zug der Hand folgend, drehte Gerwich sich um und stand einem Mann gegenüber, der ihn aus verengten Augen musterte, bevor er ihm einen Klaps gab.

»Du warst ein wenig dicht am Feuer«, brummte der Mann. »Hast du Schmerzen?«

Gerwich schüttelte den Kopf, sein Blick schweifte an dem Mann vorbei, dorthin, woher das Ächzen und Stöhnen kam, das schwach durch das Tosen des Brandes drang. Auf dem Boden lagen und kauerten Menschen. Verletzte.

»Dann mach dich nützlich, Junge! Ich kann hier jede Hand gebrauchen.«

Ehe Gerwich sich versah, war er mit einem kleinen Wassereimer, Tüchern und einer Tasche ausgestattet und begleitete den Mann, der sich ihm beiläufig als Wilhelm vom Frankenturm vorgestellt hatte, zu den Verletzten. Er trug dem Wundarzt die Tasche, hielt saubere Klammern, Pinzetten und Skalpelle bereit und warf die beschmutzten in einen Topf kochenden Wassers, der über einem Feuer hing. Als Dunkelheit sich über die Stadt senkte, drückte ihm jemand den Henkel einer Laterne in die Hand, damit er dem Wundarzt bei seiner Arbeit leuchtete; fürs Verbinden waren dessen Gehilfen zuständig. Wilhelm stillte blutende Platzwunden und renkte Schultern und Knöchel ein, ohne sich um die Wehklagen seiner Schützlinge zu kümmern. Zu den Männern war er grob, die fuhr er durchaus barsch an, still zu sein und nicht weibisch zu jammern, ehe er sie wieder zum Löschen schickte. Die Lehrbuben hingegen untersuchte er behutsam, sprach freundlich zu ihnen und befahl den meisten, sich auszuruhen, ganz gleich, ob sie große Wunden hatten oder nur blaue Flecken.

Gerwich war froh, dass er nur wenige wiedererkannte. Keines der Gesichter erschien ihm nach den wenigen Tagen, die er hier war, vertraut, und das machte es leichter, sich ablenken zu lassen. Nur selten überfiel ihn der Gedanke an seinen Onkel, dann blickte er zurück zum Dom, dessen hohe Mauern von Flammen gespenstisch beleuchtet und vom Qualm verschleiert wurden, ringsum wimmelten Menschen, deren Rufe und Schreie das Tosen des Brandes nur selten durchbrachen. Immer wieder ereilte ihn ein Klaps des Wundarztes, der ihn anraunzte, seine Arbeit zu tun. Dann starrte Gerwich angestrengt auf die Verletzungen, die der Wundarzt betreute, und hielt die lederne Tasche mit den Werkzeugen so, dass Wilhelm zielsicher fand, was er gerade benötigte; er tat seine Arbeit, doch er tat sie aus Furcht. Aus Furcht vor den Dämonen, die irgendwo in der Dunkelheit lauerten und nach ihm langten, um sein Herz mit schwarzen Gedanken zu vergiften und mit Entsetzen zu erfüllen. Immer wieder nahm er Zuflucht zu dem, was er gelernt hatte, formte mit Lippen und Zunge lautlos die Worte auswendig gelernter Psalmen.

Ein unirdisches Knirschen und Ächzen schreckte ihn auf. Die Menschen waren verstummt, dafür heulte das Feuer, als hätte jemand die Pforten der Hölle geöffnet. Die rußgeschwärzten Mauern des Chores schienen sich hinter der Rauchwand zu blähen. Einzelne Schreie gellten auf, wurden von anschwellendem Dröhnen und Krachen übertönt, als gingen Peitschenhiebe über dem geweihten Bau nieder. Die Menschenmenge geriet in Bewegung, strömte auseinander, als die Apsis langsam nach außen sank. Bis die ersten Steine herausbrachen, die Mauer barst und über der Menge niederzugehen drohte.

Gerwich stockte der Atem, als Teile des Zimmerwerkes und des Daches herabprasselten, ja, das gesamte Dachgestühl des Chores verschwand hinter den Mauern. Der östliche Vierungsturm knickte ein wie ein getroffener Soldat. Noch vor wenigen Stunden hatte Gerwich mit seinem Onkel auf diesem Dach gestanden, und nun befand dieser sich irgendwo in dem Durcheinander auf dem Domplatz, unter den schreienden Menschen, die wie eine durchgegangene Viehherde drängten und rannten und einander doch nur im Weg standen. Gerwichs Nackenhaar sträubte sich, kalt rieselte Schweiß über seinen Rücken, während der Turm sich knirschend zur Seite lehnte und dem Chor folgte, der donnernd auseinanderbrach.

Mit schlotternden Knien stand Gerwich da, den heißen Henkel der Laterne in der Linken. Die Dämonen packten ihn, zerrten an jeder Faser in seiner Brust. Eine Gruppe Männer, von denen viele hinkten, stolperten und sich die Arme hielten, näherte sich ihnen. Die Kleidung hing ihnen in Fetzen vom Leib, Gesichter und Bundhauben waren rußgeschwärzt. Dennoch erkannte Gerwich Steinmetzmeister Johann, dann dessen Gesellen. Dann leuchtete ein heller Haarschopf auf, und Gerwich sah Meister Gerhard, der einen humpelnden Verletzten führte. Ein Zittern durchlief Gerwich, als der Onkel stehen blieb, den Verletzten in die Arme eines anderen schob und auf ihn zurannte. Gerwich ließ die Laterne fallen, als er sich schon heftig umarmt fand.

»*Laudetur Iesus Christus!*«, rief Gerhard von Rile. »Dir ist nichts zugestoßen!«

Eine Weile klammerten sie sich stumm aneinander, doch Gerwich spürte, dass sein Onkel schluchzte. Vor Erleichterung, aber auch vor Erschöpfung, so schwer lastete der Mann auf den Schultern des Jungen. Schließlich schob Meister Gerhard ihn von sich.

»Sie werden des Brandes nicht Herr. Das Zimmerwerk des Daches ist niedergebrannt, der Bau eingestürzt, nicht mehr zu retten.«

»Was bedeutet das?«

Lächelnd strich der Onkel mit einem Finger über Gerwichs Gesicht, und der Junge verbiss sich den Schmerz, den die Berührung auf der verdorrten Haut aufflammen ließ.

»Dass der Erzbischof den Bau nun wird vorantreiben müssen, ob er will oder nicht«, sagte Gerhard. »Denn wenn erst die Pilger ausbleiben, verarmt die Stadt.«

II

Gerwich erwachte im Dunkeln vom feinen Geläut, das die Mönche, Stiftsherren und Kanoniker zu den Laudes rief. Er setzte sich auf, um mit zusammengelegten Händen das Benedictus zu murmeln, und spürte die Kälte erst, als er sich wieder unter seinen Decken einrollte. Mönche und Stiftsherren standen jetzt in ihrem Gestühl, sangen Hymnen und rezitierten Psalmen im Wechselgesang, bis die Sonne aufging.

Als Gerwich zum zweiten Mal blinzelte, lag seine enge Kammer in mattem Dämmerschein. Er schwang die Beine über den Rand des Bettes und setzte sich auf, um sich zu strecken und den Schlaf aus den Augen zu reiben. Auf dem Schemel lagen seine Sachen. Flink schlüpfte er in Bruche und Beinlinge, verließ mit dem Gürtel in der Hand die Kammer und band sich den Kittel hoch, während er die steile Stiege hinunterging. Der Duft von honigsüßem Hirsebrei und die Wärme der Herdglut lockten ihn zur Küche.

Als er die schnarrende Tür aufschob, blickte ihm Frau Barbara entgegen; die Begine, die dem Dombaumeister den Haushalt führte, stand am Herd und hielt den Löffel, mit dem sie im Mus gerührt hatte, noch in der Hand. Am Tisch saß sein Onkel, der ihn prüfend musterte. Frau Barbara legte den Löffel weg, um zu Gerwich zu gehen und sein Gesicht mit ihren warmen, rauen Händen fest zu umschließen, wie das weiße Band unter dem Schleier ihre Wangen umschloss.

»Der Bader sollte ihn sich noch mal ansehen«, sagte sie leise, und ihre Worte galten Meister Gerhard. »Mir gefällt nicht, dass die Haut auf seiner Nase noch immer nässt.«

»Er wird heute mit mir zur Fabrica gehen«, entgegnete dieser. »Noch einen Tag kann ich ihn nicht ausruhen lassen. Auf der Baustelle brauchen wir jede Hand.«

»Baustelle nennst du das?« Frau Barbara drehte sich langsam um, und obwohl ihre Stimme so freundlich klang, wie Gerwich es von ihr gewohnt war, war ein feiner scharfer Ton herauszuhören, der ihn aufmerken ließ.

»Er ist kein Kind mehr«, brummte Gerhard. »Mag er selbst entscheiden.«

Als sich beider Blicke auf ihn richteten, trat Gerwich unbehaglich von einem Fuß auf den anderen. Er war aufgestanden, um seinen Onkel zu begleiten, nicht um einen weiteren Tag in der stickigen Kammer oder in der ungeheizten Stube zu verbringen – ganz zu schweigen von der überhitzten Küche.

»Ich gehe zur Fabrica«, sagte er, und seine Entschlossenheit überraschte ihn selbst.

Meister Gerhard stemmte beide Hände auf den Tisch und erhob sich. »Gut, mein Junge, dann iss jetzt, während ich meine Sachen herrichte.«

Kaum hatte er die Küche verlassen und Gerwich sich auf die Bank gesetzt, stellte Frau Barbara einen Napf auf den Tisch, in dessen dampfendem Inhalt ein hölzerner Löffel steckte. Gerwich aß sein Mus, ohne die Begine anzusehen, die abwartend neben dem Herd stand. Als jemand eilig die

Stiege heruntertrappelte, hob er den Kopf und sah seine Schwester Gerswint, die mit leicht geröteten Wangen eintrat und grußlos auf einen Schemel schlüpfte. Sie trug ihr Lieblingskleid aus blassblauer Wolle, und über ihren Rücken hing ein vom Schlaf noch zerzauster Zopf, den Frau Barbara sogleich mit flinken Fingern entwirrte. Aus ihrer Tasche zog sie einen Kamm hervor, mit dem sie das Haar des leise maulenden Mädchens bearbeitete. Gerwich grinste. Für ihre zwölf Jahre war Gerswint groß und arg dünn geraten, mit langen Armen und Beinen. Und manchmal noch immer unvernünftig wie ein Kind.

»Gut geschlafen?«, fragte er.

Sie nickte. »Ich schlafe immer gut, seitdem wir hier sind. Nachts ist es ruhig, keine Betrunkenen, keine Ochsenkarren – da kann man gut schlafen.«

»Eure Kammern gehen halt zum Garten hinaus«, sagte Frau Barbara, die einen Napf aufgewärmten Brei vor Gerswint abstellte. »Beeil dich, Kind, wir müssen bald aufbrechen.«

Gerswint zog die Nase kraus. Das war ihre Art zu zeigen, dass sie nur ungern mit Frau Barbara zum Haus von Steinmetzmeister Johann ging, wo sie in der Obhut der Meistersfrau erzogen wurde. Frau Barbara war dort ihre Lehrerin und die der Tochter des Meisters.

Das Pochen des bronzenen Türklopfers hallte durchs Haus, die Tür wurde knarrend geöffnet, und Gerwich hörte, wie sein Onkel jemanden ehrerbietig begrüßte. Hastig kratzte er die letzten süßen Reste aus dem Napf, bevor er aufstand und zum Gang eilte.

»Hast du nicht etwas vergessen?«, fragte Frau Barbara hinter ihm.

Er blieb stehen, so dass sie zu ihm treten konnte; sie legte die Rechte auf seinen Kopf, und während ihr Daumen ein Kreuz auf seine Stirn zeichnete, murmelte sie einen kurzen Segen. Er mochte ihren Geruch, getrocknete Kamillenblüten und frische Sauermilch. Sie trug schlichte Kleider aus ungefärbtem, ungebleichtem Tuch, die sie mit einem schmucklosen Gürtel umwand, doch ihre Haltung verriet, dass sie aus einem vornehmen Haus stammte.

»Holst du mich heute Abend ab?«, fragte Gerswint. Sie hatte sich weit zurückgelehnt, um ihn an Frau Barbara vorbei anzublicken, bis er nickte.

Er drehte sich um und bewegte sich langsam und leise durch den breiten Flur zur Treppe. An der Tür zur unteren Stube spitzte er die Ohren und erkannte im Vorbeischleichen Herrn Ulrichs helle Stimme, verstand aber nicht, was dieser sagte.

»Dass die Lage in der Stadt so schwierig ist, wusste ich nicht«, erwiderte der Onkel. »Aber die Verkündung eines vollkommenen Ablasses für diejenigen, die für den Bau spenden oder daran mitarbeiten, wird vielleicht Frieden bringen.«

Lautlos ließ Gerwich sich auf den Stufen nieder und nestelte seine Schuhbänder auf, nur um sie umständlich neu zu schnüren, wobei er den Kopf gesenkt hielt. Herr Ulrich flüsterte eindringlich, aber Gerwich verstand nur einzelne Worte, Namen und hörte doch, dass Menschen getötet worden seien, weil Zwietracht herrsche in der heiligen Stadt Köln.

»Ist dir bekannt, dass der Erzbischof schon mehrfach daran gehindert wurde, seine eigene Stadt zu betreten?« Herr Ulrich hatte seine Stimme erhoben. »Die Herrschaften, die sich rühmen, die Besseren zu sein, haben die Wachen geheißen, die Tore zu versperren. Und auf der Brustwehr standen ihre Söhne und spotteten!«

»Ein unschöner Streich!«, erwiderte Meister Gerhard.

Gerwich hörte, dass er aufstand und zur Tür ging, und blieb selbst sitzen, als hätte er nur auf seinen Onkel gewartet.

»*Dei gratia* wurden die Gebeine der Drei Könige ebenso wie die anderen Heiltümer gerettet, so dass die Bürger kein Ende der Wallfahrten befürchten müssen«, setzte Herr Ulrich nach. »Sobald der Ablass verkündet ist, werden wir alle Sorgen vergessen können. Bis dahin müsst Ihr jedoch mit einer geringeren Zahl von Handlangern zurechtkommen.«

Die Tür wurde aufgezogen, und Herr Ulrich trat auf den Gang heraus, gefolgt von Meister Gerhard. Rasch erhob Gerwich sich und sprang von der Stiege, um sich vor dem Domherrn zu verneigen, der ihm segnend mit der Rechten über den Scheitel strich.

»*Benedicat vos omnipotens Deus, Pater et Filius et Spiritus Sanctus*«, murmelte er leise und verließ das Haus nach kurzem Gruß, während Meister Gerhard mit gesenktem Kopf schweigend an der Tür stehen blieb.

»Das Leben in der Stadt bringt das Schlechteste in den Menschen zum Vorschein«, begann der Onkel leise. »Je weniger Mangel sie leiden, desto mehr wollen sie besitzen. Reichtum ist bald nicht mehr dazu da, Not zu lindern, sondern um gehortet und vermehrt zu werden. Man prunkt damit, buhlt um Bewunderung. Man rottet sich zusammen, feilscht und besticht, um Macht zu erlangen – alles wiederum nur, um den eigenen Besitz zu mehren und zu sichern. Man verschachert die Töchter und verdirbt die Söhne und betet nur noch um mehr und mehr Gold. Man stolziert in kostbaren Gewändern zur Kirche, nicht um die Messe zu hören oder gar Buße zu tun, sondern um gesehen zu werden und den Reichtum der Nachbarn zu beäugen. Und Almosen gibt man nicht mehr aus Großherzigkeit, sondern als Bezahlung, damit die Armen für einen beten, so dass man es nicht mehr selbst tun muss. Und ebenso ist es mit dem Ablass …« Er verstummte, holte tief Luft und hob dann den Kopf. »Aber wenn sie nicht so verkommen wären, dass sie auf den Ablass angewiesen sind, könnte ich Gott nicht in einem Bauwerk preisen, das größer ist als wir alle und uns alle überdauern wird.«

Als Gerhard ihm eine Hand auf die Schulter legte, fragte Gerwich sich insgeheim, ob dessen Wunsch nicht auch ein Ausdruck von Hochmut und Eitelkeit sei. Meister Gerhard drehte sich um und griff nach der Tasche, die an einem Haken hinter der Haustür hing. »Lass uns gehen!«

Schlanke Säulen wuchsen in den zehn Ecken empor, getragen von mächtigen Pfeilern, die die erste Galerie stützten; darüber füllten blattförmige Fenster die Spitzbögen in der Wand. Damit nicht genug, erhob sich über diesem Mauerabschluss ein weiteres Stockwerk, dessen mit Glasfenstern geschmückte Spitzbögen sich in die lichte Höhe der zehnseitigen Halle reckten, flankiert von den Säulen, die als Gewölberippen durch die Kuppel liefen, um sich im Schlussstein zu vereinen. Bis unter die oberste Fensterreihe öffnete sich das Zehneck in den Chor, der dem Gebet der Stiftsherren vorbehalten war.

Als Gerwich an diesem Morgen, gleich nachdem er mit seinem Onkel das Haus verlassen hatte, über den niedrigen

Häusern die Ruine des Domes hatte aufragen sehen, hatte es ihm die Sprache verschlagen. Das Dach war vollständig eingestürzt, die rußgeschwärzten Mauern schienen flehend himmelwärts zu greifen. Ringsum eilten Handlanger und Arbeiter mit Tragen, Mulden, Schubkarren und Kiepen voller Schutt und zerbrochenen Dachpfannen, die sie am Rande des freien Platzes zu einem gewaltigen Wall aufschütteten. Dort, wo einmal die Apsis des Domes gestanden hatte, bedeckten Trümmer den Boden, und der Kirchenraum gähnte im Schatten der an vielen Stellen geborstenen Mauern.

An diesem Tag hatte Meister Gerhard unbeirrt mit den Abmessungen für den neuen Chor begonnen; Pflöcke waren in den Boden gerammt und mit dünnen Seilen verbunden worden, um die zukünftigen Mauern anzuzeigen. Den Säulenkranz, der dereinst das Gewölbe des neuen Chores tragen würde, deuteten dünne Pfosten an. Immer wieder wurde er gerufen, um die Ruine hier und dort zu begutachten, zu prüfen, ob die Stützen, die die Arbeiter errichteten, ausreichten, und besprach sich mit Herrn Ulrich, auf dessen weitem schwarzem Chorherrenmantel heller Staub sich niedergelassen hatte wie der erste Schnee des Winters.

Gerwich hatte Meister Gerhard den großen Zirkel und die Tasche mit Wachstafeln, Pergamentrollen und Abacus getragen. Schon nach wenigen Stunden war er vollkommen verwirrt gewesen von all dem Hin und Her; mal beschrieb Meister Gerhard den Bauplan des neuen Chores, mal die Maßnahmen, die ergriffen werden mussten, damit wenigstens ein Teil des alten Domes für die kommenden Jahrzehnte, während derer der neue errichtet werden würde, gerettet wurde.

Bereitwillig hatte Gerwich zugestimmt, als sein Onkel ihn geheißen hatte, ihn zum Stift des Heiligen Gereon zu begleiten. Nun stand er hier in diesem hohen, von schlanken Pfeilern getragenen Kirchenbau, dem besonderen Stolz der Kölner Bürger. Dieses in der Christenheit einzigartige Bauwerk war auf den Fundamenten eines Heiligtums errichtet worden, dessen Grundstein die heilige Helena, Mutter des ersten christlichen Kaisers Konstantin, gelegt habe, so erzählte man sich hier.

Gerwich bezwang den Wunsch, sich rücklings auf den Boden zu legen, um in die Kuppel hoch über ihm zu blicken. Schon oft hatte er sich in menschenleeren Kirchen, früh morgens, wenn Mönche oder Chorherren nach der Prim hinausgegangen waren und die Ministranten die Lichter putzten, unbemerkt niedergelegt, mitten unter der Vierung. Es gab ihm das Gefühl, in die Tiefe zu schauen, und er war davon überzeugt, dass es ihn vom Schwindel befreien würde, wenn er es nur schaffte, die stürzenden Linien auszuhalten und zum Stillstand zu bringen. Aber in den alten Abteikirchen, den kleinen Pfarrkirchen, ja auch in den mächtigen Kathedralen, durch deren unfertige Dächer das Sternenlicht funkelte, wenn er sich nachts hineinschlich, war der Himmel jedes Mal über ihm eingestürzt, so dass er sich keuchend und schweißgebadet auf dem kalten Boden zusammengekrümmt hatte.

Die Kuppel, die jetzt über ihm gähnte, stand an Höhe so mancher franzischen Kathedrale in nichts nach. Als die Säulen sich zu neigen drohten, senkte Gerwich schnell den Kopf und legte die Hände vor dem Gesicht zusammen, als betete er. Flüstern wurde von den Wänden vielfach zurückgeworfen, die Stimme seines Onkels war leicht zu erkennen.

Über seine Finger hinwegspähend, sah er Meister Gerhard, der sich mit Herrn Ulrich unterhielt und dabei in das spitz zulaufende Gewölbe des Ostchores hinaufdeutete. Dabei rutschte der Ärmel seines Kittels bis zum Ellenbogen herab. Schlank, wie er war, sah man ihm den tatkräftigen Baumeister nicht auf Anhieb an. Gerwich überragte seinen Onkel inzwischen um die Länge eines Fingergliedes, aber an Kraft übertraf er ihn noch nicht.

Langsam ließ Gerwich die Hände sinken, murmelte ein *Pater noster* und bekreuzigte sich. Als er sich umdrehte, streifte sein Blick eine Nische in der Nähe des Portals, die allerdings keine Statue barg, sondern eine verwitterte Säule.

»Diese Bauform muss dir unbeholfen und veraltet erscheinen, Meister Gerhard«, hörte er den Domherrn sagen.

»Nein, nein, keineswegs. Es ist eine andere Bauweise als die, die im Herzen Franziens gepflegt wird, aber sie dient dem Lobpreis Gottes ebenso gut.«

Gerwich spürte, dass sein Onkel ihn im Vorübergehen bei der Schulter nahm und mit sich zog zum Hauptportal. Dort blieb er stehen, drehte sich um und blickte in den hohen, zehneckigen Bau hinauf. Auch Meister Gerhard hatte solch einen Bau noch nie gesehen, das Dekagon war in der Tat einmalig in der Christenheit. Die wohlhabenden Kölner Bürger hatten die Stiftsherren von Sankt Gereon, ihre Brüder und Söhne, mit Geld und Gütern reich ausgestattet, und die Stiftsherren wiederum hatten zur Zeit Erzbischof Engelberts den schon begonnenen Umbau ihrer Kirche endlich fortgesetzt und die kleine, aber uralte und ehrwürdige Kirche der Heiligen Helena zu einem turmhohen Zehneck erhöht.

»Siehst du, wie sie die althergebrachte Bauweise mit der

neuen aus Franzien verbunden haben?«, flüsterte Meister Gerhard neben ihm. »Die Mauern werden von außen gestützt, und innen tragen gebündelte Säulen die Böden und das Gewölbe, als verzweigten sie sich wie Bäume, die den Himmel tragen. Und durch das Gezweig des Maßwerks fällt das Licht herein.«

Lächelnd nickte Gerwich, er mochte es, wenn der Onkel in Bildern sprach. Es erinnerte ihn an die Schulen, die er besucht hatte, an den einen oder anderen Scholasticus, der den ihm anvertrauten Schülern aus der Heiligen Schrift vortrug und erklärte. Das war besser gewesen als die Lesungen während der Mahlzeiten, die Gerwich auch dann nicht verstand, wenn sein Onkel sie ihm zu erläutern versuchte. Denn sooft Meister Gerhard erläuterte, holte er seine Beispiele aus dem Kirchenbau und verlor sich sogleich in irgendeiner unter Baumeistern strittigen Frage und vergaß, was er gefragt worden war. Doch wenn er ein Bauwerk bewunderte, schien etwas über ihn zu kommen und ihn zu begeistern, so dass er wie mit Engelszungen sprach. Es gab niemanden, der in seiner Gegenwart nicht Feuer fing – unberührt blieb nur, wer roh und dumm war.

Am Ende des hellen Chores, dem sich das Dekagon öffnete, thronte Christus als Richter in der Apsis, unter ihm schauten aus den Nischen zwischen den alten Rundbogenfenstern die heiligen Märtyrer der Thebäischen Legion herab, Fürsprecher und Helfer in der Not. Gerwich beugte den Nacken, als hinter ihm das Portal in den Angeln knirschte. Ein Lichtstrahl flog neben ihm herein und ließ den Staub in der Luft funkeln. Schatten fielen ins Licht, mit leise rauschenden Mänteln traten die Stiftsherren ein, zwei und zwei gemeinsam, die entblößten Köpfe gesenkt, die Hände in den

Ärmeln ihrer hellen Tuniken. Ihre weichen Sohlen traten so leise auf, dass kein Hall entstand, während sie durch das Dekagon zu den Treppen schritten, die in den Chor hinaufführten.

Gerwich spürte einen feinen Stich in der Brust, während die Stiftsherren ihre Plätze an den Wänden des Chores einnahmen, er neidete ihnen ihr stilles Leben, fernab von Leitern und Gerüsten, mörtelfeuchtem Mauerwerk und lärmenden, fluchenden Arbeitern. Auf Pulten lagen vor ihnen die großen Antiphonare, auf der richtigen Seite aufgeschlagen. Der Cantor stimmte die Anrufung an, das *Ave Maria* erklang, und jeder Vers füllte den Chor, dann das Dekagon mit hellem, sanftem Hall.

Sie blieben bis zum Ende der Non, bis die Stiftsherren sich nach dem Schlusssegen wieder in Zweierreihen sammelten und den Weg zurück zum Portal nahmen. Benommen vom Nachhall der Gesänge, spürte Gerwich nochmals den feinen Stich in der Brust, als die jungen Brüder an ihm vorübergingen, Schüler, die mit gesenktem Kopf ihren Lehrern in den Kreuzgang hinaus folgten. Allzu gerne wäre er mit ihnen gegangen, und so schloss er sich willig Meister Gerhard an, als dieser sich dem Portal zuwandte, kaum dass der Zug an ihnen vorübergegangen war. Herr Ulrich jedoch lenkte ihren Blick auf die Wand neben dem Portal.

»Und hier seht Ihr eine weitere heilige Kostbarkeit dieses Gotteshauses.« Er wies auf die Nische in der Wand rechts des Portals, einen gemauerten Winkel von annähernd doppelter Mannshöhe, in dem die Säule stand, völlig nutzlos, denn sie stützte nichts, stand nur da, grau und schwer, auf ihrer verwitterten Basis.

»Als die heilige Helena diese Kirche erbaute, baute sie sie

um diese Säule, an der sie das Blut der Märtyrer erkannt hatte, deren Bilder ihr dort in der Apsis seht. Heidnische Herrscher hatten diese christlichen Soldaten zwingen wollen, den Götzen zu opfern, doch die Soldaten verweigerten das Opfer, ließen sich lieber stäupen und töten. An diesen Stein wurden sie gebunden, den ihr heiliges Blut tränkte, als man sie peitschte. Und dieses heilige Blut kann Gut von Böse, Wahrheit von Lüge, Unschuld von Schuld unterscheiden.« Herr Ulrich rückte dicht neben Gerhard und fuhr so leise fort, dass Gerwich sein pfeifendes Flüstern kaum noch verstehen konnte. »Manche behaupten sogar, die heilige Helena habe die Säule aus dem Heiligen Land mitgebracht und es sei diejenige, an der Christus unser Herr geschmäht und gestäupt worden sei.«

Gerwichs Nackenhaar sträubte sich, und er warf einen Blick auf den Onkel, der jedoch nur milde lächelte, was er immer tat, wenn er Wundergeschichten hörte. Langsam streckte er den Arm aus, den rechten, als wollte er die sonderbare Säule mit den Fingerspitzen betasten.

»Halt, Meister Gerhard!«, rief Herr Ulrich, und das Echo seiner Stimme sprang hart von Wand zu Wand. »Rühr sie nicht an! Nur wenn du gerade von deinen Sünden losgesprochen bist, darfst du das! Sie könnte dich töten.«

Gerhard zog die Brauen hoch. »Gehört das nicht zu den Arten des Aberglaubens, die als heidnische Gräuel gelten?«

»Diese Säule ist gezeichnet von Märtyrerblut. Sie ist wundertätig durch dessen Heiligkeit.«

Langsam wandte Gerhard sich ihm zu, wobei er den Arm sinken ließ. »Ich sollte sie also erst berühren, wenn ich die Beichte abgelegt habe?«

Seine Mundwinkel kräuselten sich fein, als er Gerwichs

Arm nahm, um ihn hinauszuführen. Draußen spielte das Sonnenlicht in den Zweigen der jungen Bäume, die im Garten des Kreuzganges standen. Die Stiftsherren waren bereits an ihre Arbeit zurückgekehrt, so sie einer nachgingen. Einer wandelte im Schatten des Kreuzganges, in ein kleines Buch vertieft. Er grüßte kaum, als sie an ihm vorübergingen. Ob er imstande sei, die Säule zu berühren, fragte Gerwich sich stumm, ob er oder andere Bewohner des Stiftes wohl frei von Schuld seien. Vielleicht auch einige der Schüler. Nicht die, die mit gesenkten Köpfen miteinander geflüstert hatten.

Er, Gerwich, hätte es nicht gewagt.

III

Mit dem Klopfen rief Albert von Launigen den Ankömmling herein, und als die schwere Tür sich knarrend öffnete, schob er Griffel und Tafel beiseite und klappte das Buch zu. Dann trat er vom Pult weg an den Tisch, der die Mitte des Raumes einnahm. Der Mönch, der eingetreten war, hatte zum Gruß den Kopf gesenkt und blickte ihn jetzt an; er war von massiger Statur, groß und ungeschlacht, als hätte sich in ihm die normannische Herkunft seiner Mutter mit aller Gewalt verkörpern wollen. An das väterliche Blut, alter latinischer Adel, erinnerten nur der dichte, ein wenig widerspenstige dunkle Haarkranz und die kohlschwarzen Augen. Nein, schön war der junge Mann beileibe nicht, denn auf den ersten Blick wirkte er grantig und sogar ein wenig begriffsstutzig. So auch jetzt, als er schweigend in der Nähe der Tür stand, die Hände in die Ärmel der weißen Tunika geschoben. Aber Albert gab gerne zu, schon nach kurzer Zeit erkannt zu haben, dass er sich von Äußerlichkeiten hatte täuschen lassen. Er musterte den Mönch einige Atemzüge lang, bevor er freundlich nickte.

»Wie kommst du zurecht mit dem Aristoteles?«, fragte er ihn auf Lateinisch, weil er wusste, womit das Eis gebrochen werden konnte.

»Ich studiere die *Ethica Nicomachea*«, erwiderte der junge Mönch mit seiner weichen, dunklen Stimme.

»Das ist mir bekannt. Aber wie ergeht es dir damit?«

»Ich lerne, Vater Albert.«

Das war alles. Wie so oft schwieg der junge Mönch sich über Fortschritte aus, die er sich stets allein erarbeitete. In den Vorlesungen saß er still und in sich gekehrt, als hörte er überhaupt nicht zu, verschwand dann im Skriptorium und las und schrieb und las, wenn er nicht den Unterricht, den er als Baccalaureus für die Neuankömmlinge im Collegium abhielt, vorbereitete. Missbilligend runzelte Albert die Stirn und schnaufte lauter als nötig. Dieser Scholar sollte ruhig merken, dass ihm solche Ratespiele nicht gefielen.

»Du hast sicher von den Plänen des Ordenskapitels für die Provinz Teutonia gehört.« Albert machte eine Pause, doch der Mönch gab nicht zu erkennen, ob dem so war, was Albert erneut schnaufen ließ, diesmal allerdings leiser. »Wie dem auch sei – in der Stadt Köln wurde mit Unterstützung des dortigen Domkapitels ein Konvent unseres Ordens eingerichtet. Man hat uns damals ein aufgegebenes Hospiz zugewiesen, das inzwischen für unsere Zwecke umgebaut worden ist, und man begann damit, eine neue Kirche zu errichten. Vor kurzem baten die Brüder zu Köln das Ordenskapitel um einen Rector, der ein Studium Generale einrichten soll.«

»Und sie baten darum, dich zu schicken, Vater Albert.«

Der Einwurf erfolgte derart schnell, dass Albert aufmerkte und die Funken in den Augen des Mönches gerade noch verglimmen sah; Haltung und Miene dagegen war nichts anzumerken. Albert nickte bedächtig und schob die Hände in die Ärmel der Tunika, ohne den Blick von dem jungen Mann zu wenden.

»Das bedeutet, du wirst uns verlassen«, setzte dieser nach einigem Schweigen leise nach.

»Besser gesagt: *Wir* werden den Konvent Sankt Jacobus verlassen, Bruder Thomas.«

Diesmal erlosch das Flackern nicht. Zufrieden rieb Albert im Schutz der Ärmel mit den Daumen über seine Unterarme.

»Du hast nun bald drei Jahre hier gelernt, hast die in Neapel begonnene Schule der *Artes liberales* hier fortgeführt und die entsprechende Lehrbefugnis als Baccalaureus erworben. Zudem hast du Studien in Philosophie und Theologie betrieben, Abschriften verfertigt und Kommentierungen bearbeitet. Aber dein Studium ist noch nicht abgeschlossen.«

Bruder Thomas schluckte hörbar. »Wer soll mein zukünftiger Lehrer sein?«

»Ich«, entgegnete Albert. »Ich wünsche, dass du mich begleitest, um mich bei meinen Aufgaben zu unterstützen.«

Mit heimlicher Freude beobachtete Albert die gelungene Überraschung, die sich in Thomas' Miene spiegelte. Er wusste, dass in dem jungen Mönch normannischer Stolz und italische Heißblütigkeit mit lang geübter Demut rangen. Seit seinem sechsten Lebensjahr hatte dieser Grafensohn aus Latio hinter Klostermauern gelebt, zunächst in Monte Cassino, später als junger Scholar im Alumnat zu Neapel, wo er den Brüdern des Predigerordens begegnet war. Sie hatten den vom Wohlleben der Benediktiner enttäuschten Jungen für die mönchischen Tugenden neu begeistert, weil sie die gepredigte, aber allerorts vermisste Strenge in Armut, Keuschheit und Gehorsam lebten und ihre umfassende und sorgfältige Bildung in den Dienst der Verkündigung stellten. Dennoch war er ein Spross des altehrwürdigen Grafengeschlechtes, einer derer von Aquino, geboren in einem schroffen Felsennest namens Roccasecca.

»Du wirst also nach Köln gehen, um dort eine Hochschule aufzubauen, und ich soll dich begleiten«, murmelte Bruder Thomas. »Wie soll ich dem Orden und dir dort von Nutzen sein?«

»Indem du die Schüler in den Artes unterrichtest und mich in Forschung und Lehre unterstützt.«

»Das kann ich nicht, Vater!« Der junge Mönch hob abwehrend die Hände. »Ich habe nur ungenügende Kenntnisse in den Artes und beherrsche die dortige Sprache nicht.«

»Ungenügende Kenntnisse?«, platzte Albert heraus. »Wenn du deine Kenntnisse in den Artes für ungenügend hältst, was sind dann genügende?«

Er wollte lachen, aber der flehentliche Blick, den er einfing, ließ ihn verstummen. Es war die fremde Sprache, die Thomas schreckte. Nur mit großer Mühe hatte er die Sprache Franziens gelernt und wich aufs Lateinische aus, wann immer es möglich war, während Albert neben seiner schwäbischen Muttersprache und dem früh gelernten Latein auf Italienisch und Franzisch ebenso gut plauderte wie verhandelte und stritt, aus dem Griechischen übersetzte und Briefwechsel mit Brüdern der Ostkirche pflegte, ja sogar die Sprache des Alten Bundes hatte er in seine Studien mit einbezogen. Nur das Arabische verschloss sich ihm, weil ihm nie ein Lehrer das Geheimnis der anmutigen Schriftzeichen entschlüsselt hatte. Er hatte die Abhandlungen arabischer Gelehrter nur in lateinischen Übersetzungen gelesen. Albert wusste allerdings, dass er den Appetit des Geistes auf diese Nahrung zügeln musste, so schwer es ihm auch fiel. Mochte er als Lehrer hochgeschätzt sein, die Regeln des Ordens und die Privilegien der Pariser Collegien gaben Rector und Prior Macht über ihn, solange er hier in Paris war – Macht über das, was er lehrte, ebenso wie über das, was er las und lernte –, und es erschien ihm unklug, durch allzu trotziges Beharren einen von beiden gegen sich aufzubringen.

»Was kümmert es dich?«, sagte er munter. »Du bist ein Stubenhocker, unterrichtet wird ohnehin auf Lateinisch, und die Tollheiten der Schüler und Studenten haben dich nie gelockt.«

Bruder Thomas zog die Unterlippe ein. Dass Albert keinen Widerspruch duldete, wusste er, und in Gehorsam war er geübt. Er würde sich fügen. Albert trat wieder an sein Pult und klappte den Codex auf, blätterte die knarrenden Seiten um, bis er die Schrift fand, an der er gerade arbeitete. Zärtlich hielt er die Hände über das Pergament, ließ die Fingerspitzen über die Zeilen aus säuberlich aufgereihten griechischen Minuskeln gleiten. *Gott segne dich, seliger Dionysius.* Es war noch Zeit, um eine Abschrift von dieser Schrift anfertigen zu lassen, um sie mitzunehmen auf die weite Wanderung. Und eine Übersetzung musste her, damit auch Thomas diese Schrift las – gerade Thomas!

Albert wandte sich dem Mönch zu. »Wir werden Anfang Mai zu einer langen Wanderung nach der heiligen Stadt Köln aufbrechen.« Er straffte sich, trat vom Pult zurück und strich die Ärmel seiner Tunika glatt. »Und jetzt geh, Bruder Thomas! Du hast einiges vorzubereiten.«

Hinter dem Kapitelsaal öffnete sich die Doppelflügeltür zum Kreuzgang, der sich an der Kirche entlangzog, ein schmales Spitzgewölbe, lichtdurchflutet und zugig. Die Sonne blinzelte durch das Maßwerk und malte die Schatten von Triskeln und Dreiblättern auf den Boden. Mit der Rechten ordnete Albert den schweren, schwarzen Radmantel, wobei ihm der Frühlingswind in den Nacken fuhr, dass sich die feinen Härchen sträubten. Forsch voranschreitend, überholte er einige Mönche, die langsam ihre Runden zogen und dabei gesenkten Hauptes unter ihren weißen Gugeln vor sich hin murmelten, meist brave Studenten, die auswendig gelernte Sentenzen des Petrus Lombardus wiederholten, wie es auch Albert seine Schüler tun hieß.

Albert betrat die zweischiffige Kirche, beugte das Knie und bekreuzigte sich vor der Gegenwart des Herrn. Wie kostbare Teppiche lagen die Muster der vielfarbigen Bildfenster auf dem Steinboden. Während er auf weichen Sohlen fast lautlos die beiden Schiffe durchmaß, nahm er gedankenverloren die Gebetsschnur, die an seinem Gürtel hing, auf. *Ave Maria, gratia plena, Dominus tecum.* Für jedes Gebet ließ er eine der Holzperlen durch die Finger gleiten. Nach der vierten hatte er die Tür der Sakristei erreicht und verneigte sich nochmals, ehe er den Kirchenraum verließ.

Bei seinem Eintreten sprang der Sakristan auf die Füße und wischte sich hastig mit dem Ärmel die Lippen trocken. Der Krug auf der Kredenz entlockte Albert ein Grinsen, doch er überging seine Beobachtung und verweigerte dem Bruder auch den Segen nicht, ehe er ins Pförtnerhaus hinausging.

Die alte Hauptstraße der Römerstadt, die von der *porte saint Jacques* – dem Jakobstor, wie Albert es sich auch nach all diesen Jahren noch übersetzte – zur *ysle de la cit* führte, war von Landvolk und Stadtvolk belebt. Der Geruch von Pferdeäpfeln und abgestandenem Urin biss ihn in die Nase. Die Häuser, die so nahe der Stadtmauer zu beiden Seiten der

Straße errichtet waren, überschatteten mit ihren oberen Stockwerken das alte Pflaster, das von Wagenspuren zerschnitten und mit Schlamm und Pfützen bedeckt war. Erst gegen Mittag hatte der Frühlingsregen nachgelassen, und jetzt hätten sich die Giebel im Wasser gespiegelt, wenn die vielen Menschen nicht ständig hindurchstapfen würden und mit ihnen ihr Vieh.

Ein Lausbub rannte zwischen den Leuten zum Tor, ein Taschendieb vielleicht, von dessen bloßen Füßen Schlamm aufspritzte und Alberts Mantel mit hellen Tropfen übersäte. Nachsichtig lächelnd schob der Mönch die Hände in die Ärmel und mischte sich unter das Volk, tauchte ein in den Lärm klatschender Schritte und zahlloser Stimmen und roch das Gemisch aus Schweiß und Wolle, Leder und Mist, gesprenkelt mit billigem Fusel. Ein junges Mädchen hüpfte trällernd an ihm vorüber, zwei alte Weiber tauschten die neuesten Gerüchte aus. Albert liebte den Klang der Sprache Franziens, die Wörter erschienen ihm wie Zungenschmeichler: Die Predigerbrüder rief man hier nach dem alten Pilgerhospital *jacopins*, die Minderbrüder nach den Kordeln, mit denen sie sich gürteten, *cordeliers*, Kirchen schmeichelten sich *yglises*, und ihre herrliche *cathedral* nannten sie zärtlich *Nostre Dame*.

Dorthin führte sein Weg, zwischen hohen Fachwerkgiebeln und dunkel gähnenden Gassen folgte er dem schnurgeraden Verlauf der *ruee du peti pont* zu eben jener uralten, schmalen Brücke, die sich über den linken Flussarm zur Insel spannte. Ehe er die Brücke betreten konnte, durchquerte er den wuchtigen Torbau des *petit chastellet*, der lange Zeit als Bollwerk gegen Angreifer gedient hatte. Als Pater des Predigerordens erkennbar, stellte sich ihm keiner der Posten in den Weg.

Die Brücke mochte schmal sein und war in der Vergangenheit mehrmals eingestürzt, aber Not sucht überall ein Heim, und so hatten Handwerker ihre Hütten und Werkstätten darauf gebaut, so dass zwischen den Giebeln nur eine enge Gasse geblieben war, die ein Ochsenkarren kaum noch passieren konnte. Im Schatten der Giebel krochen Bettler aus den Winkeln, reckten ihm ihre Hände entgegen, viele von ihnen verkrüppelt, kriegsversehrt oder von Gebrechen entstellt. Kaum erkannten sie das Habit eines Predigerbruders, wichen sie zurück, doch Albert fingerte ein paar Münzen aus dem Beutel an seinem Gürtel und warf sie ihnen zu, beeilte sich dann, die Insel zu erreichen.

Er kämpfte sich durch die belebten Gassen, durch Lärm und Gestank, der die Sinne beleidigte, raffte Mantel und Tunika, als wäre er ein Mädchen, um sich nicht mehr als unvermeidlich mit Kot zu besudeln. Endlich öffnete sich die Enge hellem Sonnenlicht, zerstob der Brodem im frischen Wind. Albert blieb stehen und betrachtete das steinerne Gebirge, das sich am anderen Ende des Platzes erhob, eine gewaltige Burg mit durchbrochenen Mauern. Drei Portale hießen ihn willkommen, darüber eine Galerie der Könige Franziens unter einer steinernen Rosette, flankiert von großen Doppelbogenfenstern, dann eine filigrane, hoch aufragende Kolonnade, gekrönt von zwei kantigen Türmen, von denen einer noch unvollendet war. Ein Reiz ging von diesem Bau aus, dem Albert sich nicht entziehen konnte und der das quirlige Treiben auf dem weiten Platz für ihn unsichtbar machte, während er näher ging. Die Nordflanke des Kirchenbaus, die allmählich sichtbar wurde, erschien ihm wie eine Hecke aus stark verzweigten Bäumen, die den Himmel trugen. Dass Menschengeist und Menschenhand so etwas zum Lobpreis des Herrn errichten konnten, schien ein schlagender Beweis für Gottes Wort vom Menschen als Sachwalter der Schöpfung zu sein.

Sachwalter dieses steinernen Wunders war Jehan de Cala, dem Alberts Besuch galt. Er eilte zur Fabrica am Fuße der Kathedrale, fand einen Steinmetzmeister und fragte diesen nach dem Verbleib des Baumeisters, worauf er zum noch unfertigen Südturm verwiesen wurde. Auf der oberen Galerie sei Maistre Jehan zu anzutreffen.

Albert war gut zu Fuß, aber die schmalen Stufen, die sich wie ein Felssteig an der von Nischen und kleinen Fenstern durchbrochenen Mauer entlang emporwanden, ließen ihn spüren, dass er die Mitte des Lebens überschritten hatte. Während jüngere Handwerker und Arbeiter an ihm vorbeisprangen wie Gämsen, nahm er nach dem zweiten Treppenabsatz des gewaltigen Westwerks nur noch langsam Stufe für Stufe, um nicht außer Atem zu geraten. Oben angelangt, fand er sich inmitten einer Baustelle wieder; ein Kran zog die großen Blöcke herauf, Maurer führten sie am Zugseil zur passenden Stelle, wo sie sie einfügten und in Mörtel setzten. Alles arbeitete Hand in Hand. Ringsum klirrten die Hämmer auf Meißel, um Überstehendes abzusprengen. Albert ließ den Blick über den Bau schweifen, über den noch nicht überdachten Rücken des Gewölbes und die zahlreichen Strebepfeiler, die die hohen, von Fenstern durchbrochenen Mauern von außen stützten, und erahnte aus den vielfältigen Formen und Mustern die Musik, die darin erklang, die Harmonie, die sich darin spiegelte.

Wie anders erschien ihm dagegen die Stadt, hier auf der *ysle de la cit*, wie sie sich zu Füßen der Kathedrale ausbreitete; die Häuser bildeten eine bewegte braune Flut, auf der die Dächer der Kirchen zu schwimmen schienen wie Schiffe. Der Fluss durchschnitt diese wogende See in einer großen, schmutzigbraunen Schleife.

»*Pere*«, meldete sich eine Stimme fragend neben ihm, und jemand zupfte an seinem Ärmel. Albert drehte sich um und erkannte das knabenhafte Gesicht Maistre Jehans. Der Baumeister, dem zu Recht der Ehrenname *sapiens architectus* verliehen worden war, hatte den breitkrempigen Strohhut abgenommen und verneigte sich. Die weiße Leinenhaube zeichnete ein Schweißrand.

»*Laudetur Iesus Christus, pater Alberte*. Was verschafft mir die Ehre Eures Besuchs in dieser luftigen Höhe?«

»Die Freude an deinem Werk, *maistre Jehan*«, erwiderte Albert lächelnd, »und der Gedanke, du könntest mir grollen, wenn du erfährst, dass ich nach Köln abgereist bin, ohne eine Nachricht für deinen Freund Gerhard von Rile mitgenommen zu haben.«

»Nach Köln reist Ihr? Euch schicken sie, um dort ein Studium Generale aufzubauen? Das ist eine weise Entscheidung!« Jehan setzte den Hut wieder auf, er lächelte freundlich, doch in seinem Blick schimmerte eine Spur von Bedauern. »Lasst Euch unsere Fortschritte am Bau zeigen, *pere Albert*.«

»Später«, wandte Albert ein, als Jehan bereits zu einer Drehung ansetzte. »Erzähl mir lieber ein bisschen von deinem Freund Gerhard.«

»Gerhard von Rile?« Jehan lachte hellauf. »Ein kluger Mann und ein sehr guter Baumeister. Er wird unsere Kunst zu höchster Blüte führen und dem Erzbischof von Köln und seinem Domkapitel eine herrliche Kathedrale zum Lobpreis Gottes errichten.«

»Oh, das meinen andere auch, und wer bin ich, das zu bezweifeln«, erwiderte Albert leise lachend. »Allerdings dachte ich, da ihr Freunde seid, könntest du mir manches über ihn sagen, was andere nicht wissen.«

»*Pere Albert*«, in Jehans Stimme schwang ein leiser Vorwurf, »hätten Gerhard und ich Geheimnisse, würde ich sie auch vor Euch hüten.«

»So weit will ich gar nicht gehen, *maistre Jehan*. Das Kapitel meines Ordens schickt mich nach Köln, um in der Schule des dortigen Konvents ein Studium Generale einzuführen. Da ich dem Konvent bereits einige Jahre angehörte, kenne ich die meisten, die in dieser Stadt Einfluss haben, ob das nun der Stadtherr ist oder die Vertreter der Bürger. Nur Gerhard von Rile bin ich noch nie begegnet.«

»Und Ihr glaubt, dass er Einfluss hat?« Jehan verschränkte die Arme vor der Brust. »Warum sagt Ihr mir nicht einfach, dass Ihr neugierig seid.«

Beschämt spürte Albert, dass seine Wangen warm wurden, umso mehr, als auf Jehans Zügen ein breites Lächeln aufstrahlte.

»Ihr werdet ihn mögen und schätzen, *pere Albert*. Er stammt aus dem Moseltal, aus einem alten kölnischen Ministerialengeschlecht – seine Abkunft ähnelt Eurer. Sein Vater hatte ihn der Kirche bestimmt und schickte den Knaben auf eine Schule, dann hierher zum Studium der Artes. Doch Gerhard war ein stolzer Jüngling, und als er die Liebe zur Baukunst in der Fabrica der Nostre Dame entdeckte, war kein Halten mehr. Er brach das Studium ab und bewarb sich als Lehrling beim leitenden Steinmetzmeister, den der Mut des Jungen und sein Eifer derart beeindruckten, dass er ihn schließlich dem Baumeister anempfahl.«

Albert lachte leise. »Ich wusste, dass du etwas zu erzählen hast. Die Kölner Brüder schrieben mir, der neue Dombaumeister sei ein umtriebiger Mann und trage keine Schuld am Brand des alten Doms – im Gegenteil habe er sogleich seine Fertigkeiten in den Dienst der Fabrica gestellt, um die vom Einsturz bedrohten Mauern zu retten. Aber es wird lange dauern, bis er den Plan, den er im Geiste vielleicht schon vollendet sieht, verwirklichen kann.«

»*O non, pere Albert*, Meister Gerhard ist findig. Er wird Gelegenheit finden, die Fundamente auszumessen. Er schrieb mir, er müsse ohnehin mit dem Chor beginnen, da der Bauplatz wenig Raum biete. Der frühere Dom sei ein Werk althergebrachter Art, lang und klobig, und das Dach in einem jämmerlichen Zustand.«

»Schrieb er auch, was zu dem Brand führte?«

»Nein, er würde seine neue Fabrica niemals anschwärzen! Aber wenn Ihr meine Meinung hören wollt …« Und als Albert aufmunternd nickte, fuhr Jehan fort: »Sie werden wie üblich die Fundamente untergraben und mit Holz abgestützt haben, dann setzten sie diese Stützen in Brand und nährten das Feuer, damit die Hitze die Wände zusätzlich schwäche. Und wenn der Platz um den Dom eng ist, dann spielen die Winde mit dem Feuer und peitschen es hoch«, er hob die Hände, klatschte hinein, »und schon greift der Brand aufs Dach über, wo Holzdecke und Zimmerwerk reichlich Nahrung für die Flammen bieten. Die Kölner werden Gott danken, dass nicht gleich die ganze Stadt vom Feuer gefressen wurde.«

Als Jehan sich rasch bekreuzigte, tat Albert es ihm nach.

»Schaut nur hinunter!« Der Baumeister wies auf das Häusermeer unter ihnen, ließ die Hände über die Inseln und beide Ufer schweifen, und seine Augen funkelten. »Wie schnell wäre alles hier ein Raub der Flammen! Und wie schnell griffe der Brand auf die Ufer über, weil die Bürger auch die Brücken mit Häusern bebauen und sogar darin bestärkt werden! Mit den Zimmerleuten habe ich meine liebe Not – sie, die doch wissen müssen, dass ihr Werk einen gefährlichen Feind hat, arbeiten diesem eifrig zu!«

Begütigend legte Albert die Hand auf den ausgestreckten Arm Jehans, der sogleich verstummte und sich abwandte.

»Geduld ist eine Tugend, um die ich ringen muss, *pere Albert*«, murmelte der Baumeister.

»Müssen wir das nicht alle?«, entgegnete Albert. »Die einen mehr, die anderen weniger? Schließlich ist es nicht einfach, die Kathedrale, die man im Geiste schon geschaffen hat, aus Stein errichten zu lassen. Die schönste Form kann nicht verwirklicht werden, wo das Material nicht viel taugt.«

»Oder die Handwerker«, mahnte Jehan, und sie blickten einander kurz an, um dann hellauf zu lachen.

IV

In den engen Gassen erstarb das Abendlicht, als Gerwich Steinmetzmeister Johann zu dessen Anwesen folgte, um seine Schwester dort abzuholen. Er musste sich dicht bei ihm, den Gesellen und den drei Lehrjungen halten, um die schwankenden Laternen nicht aus den Augen zu verlieren, so sehr beeilten sie sich, nach Hause zu kommen. Solange sie nur dieser einen Straße folgten, die auf beiden Seiten von Buden flankiert war, würde er den Rückweg leicht finden; auch das Haus, in dem die besseren Bürger sich versammelten, erkannte er wieder, und den Pranger, an den zwei Weiber in schäbigen Lumpen gekettet worden waren – ringsum lagen die Abfälle verstreut, mit denen Schaulustige sie beworfen hatten. Gerwich wollte gar nicht wissen, weswegen die beiden bestraft wurden, und hastete gesenkten Hauptes weiter.

Er war erschöpft, sehnte sich danach, heimzukehren und in sein Bett zu kriechen, sei es auch noch so kalt und klamm. Den ganzen Tag lang hatte er hart gearbeitet, hatte Balken und Bohlen geschleppt, beim Errichten der Gerüste geholfen und war den Zimmerleuten, zu denen sein Vater ihn eingeteilt hatte, überall zur Hand gegangen. Dabei hatte er es gemieden, auf die Gerüste klettern zu müssen, und weil inmitten der rußgeschwärzten Ruinen des alten Domes die Menschen einander zuarbeiteten, hatte er dabei leichtes Spiel gehabt. Die brüchigen Mauern durch Stützen zu sichern, war noch immer das vordringliche Ziel, und Gerwich, der als Neffe des Dombaumeisters durchaus Vorrechte hätte genießen können, hatte durch seinen unermüdlichen Einsatz in den vergangenen Tagen viel Anerkennung gewonnen. Denn nicht nur die Handwerker und deren angeworbene Handlanger bevölkerten dieser Tage die Hacht, auf der sich der Dom und der Palas des Erzbischofs erhoben. Viele Bürger und Stiftsherren waren gekommen, um ihre Hilfe anzubieten, und sogar Mönche und Novizen hatten die Klöster der Minoriten und der Prediger verlassen und sich mit aufgekrempelten Ärmeln und hochgegürteten Tuniken unter die Arbeiter gemischt. Nicht einmal die vornehmen Domherren konnten sich diesem Eifer entziehen. Als wären angesichts des drohenden Unheils die Grenzen zwischen den Ständen aufgehoben, kämpften die Menschen gemeinsam gegen den drohenden Einsturz.

Die alte Pforte, durch die Meister Johann sie nun führte, roch nach feuchtem Gemäuer und Urin, so dass Gerwich froh war über die sanfte Brise, die ihn streifte. Bald darauf bogen sie in eine finstere Gasse ein, die der Lichtkegel ihrer Laterne kaum erhellte.

Vor ihnen gellte ein Schrei, eine Frau kreischte, dass es Gerwich durch und durch ging. Er prallte gegen die Lehrjungen, die schreckstarr dastanden, lugte zwischen deren Köpfen hindurch auf den staubigen Weg. Wenige Schritte vor ihnen krümmte sich die in Lumpen gehüllte Frau, hielt sich die Hände vor den Mund, als wollte sie sich selbst zum Schweigen bringen. Vor ihr ragten zwei Beine aus dem tiefen Schatten der Häuser. Gerwich sträubten sich die Nackenhaare, und die Nachtkälte kroch unter seinen Umhang. Da lag ein Mensch, ein Mann im Straßenkot.

Langsam näherte Meister Johann sich der Frau, die herumfuhr, das Weiß ihrer Augen blitzte auf, dann stolperte sie davon.

»Haltet sie!«, bellte er die Gesellen an, die ihr nachsetzten, als sie in den nächsten finsteren Winkel eintauchte.

Bald darauf hörte Gerwich am Jammern und Plärren, dass sie gefangen war. Fensterläden wurden geöffnet, Leute erschienen in den Türrahmen, einige traten auf die Straße heraus, und Laternenlicht fiel herab. Vergeblich wand sich die Frau, als könnte sie so die schäbigen Lumpen verbergen, die sie trug, eine Bettlerin, die sich nachts in der Stadt versteckte.

Ringsum wurde geflüstert, erstickte Schreie unterbrachen das Jammern des zerlumpten Bettelweibes, das von den Lehrjungen festgehalten wurde. Schreckstarr verharrte Gerwich auf der Stelle, während Meister Johann den halb im Straßenschmutz liegenden, halb an der Hauswand lehnenden Mann, dem die Beine gehörten, mit angestrengter Miene musterte.

»Holt die Büttel!«, rief Meister Johann, doch keiner bewegte sich vom Fleck. »Macht schon!«, brüllte er und machte zwei schnelle Schritte auf ein paar herumstehende Burschen zu. Aber erst als er mit den Armen wedelte, als wollte er eine Gänseschar davonscheuchen, rannten sie los, die Gasse hinunter. Dann winkte er Gerwich näher, der nur mit großer Anstrengung die Füße vom Boden losreißen konnte; er war nicht imstande, den Blick von dem Menschen abwenden, der leblos in diesem Winkel saß.

Erst jetzt bemerkte Gerwich den großen dunklen Fleck auf Kittel und Wams des jungen Mannes, dessen Miene einen Rest von Überraschung ausdrückte, obwohl die Augen ins Leere starrten. Ein dumpfer Geruch nach Eisen wehte durch die Gasse.

»Das ist der ältere Sohn vom Niger!«, murmelte Meister Johann kopfschüttelnd, dann hob er den Kopf und sah den Jungen an. »Lauf zu meinem Haus und warte dort! Du hast hier nichts verloren!«

Zögernd gehorchte Gerwich und verließ den schrecklichen Ort. Einer der beiden Gesellen drückte ihm den Laternenstab in die Hand und wies ihm den Weg. Im Lichtkegel folgte Gerwich dem Verlauf der Gasse, über die sich die Giebel der Häuser neigten. Bis hierher hatte die Unruhe sich noch nicht fortgepflanzt, wie er an den geschlossenen Fensterläden erkannte. Vermutlich ahnte niemand, dass nur wenige Schritte entfernt ein Toter auf der Straße lag. Fröstelnd hob Gerwich die Laterne etwas höher, um an den Türen nach Meister Johanns Steinmetzzeichen zu suchen, doch sein Zittern ließ das Flämmchen flackern und blaken, so dass im tanzenden Schein nichts zu erkennen war. Die meisten Höfe an dieser Straße trugen das Abzeichen der Steinmetze neben dem Tor, und alle schienen einander ähnlich.

Gerwich schrak zurück, als ein Schatten sich gleich neben ihm zwischen zwei Häuserfronten löste, als wäre jemand gerade aus einer Tür getreten. Die Hände um den Laternenstab krampfend, sah er den Mann im schwarzen Umhang die Gugel mit den dunkel behandschuhten Händen zurechtschieben; vom bartlosen Gesicht waren nur eine schmale Nase und ein dünnlippiger Mund sichtbar.

»Gott zum Gruß«, murmelte der Unbekannte rau,

wandte sich zur Seite, und ehe Gerwich etwas erwidern konnte, querte er zügigen Schrittes die Gasse und verschwand im Dunkel einer Nebengasse, die Gerwich nicht einmal bemerkt hatte.

Mit dem Ärmel wischte Gerwich sich den Schweiß von den Schläfen, verärgert, dass ihn der Schrecken so hatte narren können, einen Nachbarn Steinmetzmeister Johanns geradezu für eine Ausgeburt der Hölle gehalten zu haben, als ein Riegel hinter ihm knarzte. Ein Lichtstrahl fiel in die Gasse, dann trat eine Gestalt aus der Tür. Sie hielt eine Laterne vor sich, so dass er in ihr die Hausmagd der Steinmetzmeisterin erkannte.

»Junge, wo bleibst du denn?«, sagte sie. »Die Meisterin wartet schon.«

»Meister Johann ... kommt später«, stammelte Gerwich, während er auf weichen Knien zur Tür eilte. »Er hat mich vorausgeschickt. Er wurde ... aufgehalten.«

»Komm herein!«, drängte die Magd und wies ihm den Weg in den schwach erleuchteten Gang.

Heilfroh, die Schrecken der finsteren Gasse und die merkwürdige Begegnung hinter sich gelassen zu haben, folgte Gerwich ihr in das Haus. In der Stube lehnte die Meisterin in einem hohen, gepolsterten Stuhl, während ihre Tochter und Gerswint auf der Bank saßen und sich wieder über ihre Stickereien beugten, nachdem sie ihn schüchtern begrüßt hatten. Wieder einmal fiel Gerwich auf, wie blass, ja geradezu bleich Meister Johanns Tochter Caecilie war. Sogar die Zöpfe, die über ihre Schultern auf das Kleid herabhingen, waren fast weiß wie Schnee. Die Mutter war massig von Gestalt, sie füllte das hohe Sitzmöbel, und das Gebende lag ihr wie eine stramme Fessel um Wangen und Kinn.

»Mein Mann und die Gesellen sollten schon seit Sonnenuntergang hier sein«, erwiderte sie seinen Gruß.

»Er wurde aufgehalten«, wiederholte Gerwich, unschlüssig, was er sagen sollte. Der Tote in der Gasse ging ihm nicht aus dem Kopf, und er fragte sich, wie lange Meister Johann und die Gesellen den Bütteln würden Rede und Antwort stehen müssen.

»Und was hat ihn aufgehalten?«

Der Blick der Meisterin gab ihm das Gefühl, zu schrumpfen, sich wieder in einen kleinen Jungen zu verwandeln, dem befohlen worden war, die Hände auszustrecken, um Schläge hinzunehmen. Fieberhaft suchte er nach einer Antwort, und das Herz schlug ihm bis zum Hals bei der Erinnerung an den Toten, der in der finsteren Gasse gelegen hatte, an das Kreischen des schäbigen Bettelweibes. Er straffte sich, schluckte. »Meister Johann hat einen toten Mann gefunden.«

»Was?«

Mit lautem Knall zerbarst hinter ihm etwas auf dem Boden, Scherben spritzten umher. Jetzt starrte ihn nicht nur die Meisterin an, sondern auch die beiden Mädchen auf der Bank.

»Wo?«, fragte die Meisterin schrill.

Gerwich riss den Blick von Caecilies hellen Augen. »In der Gasse«, stammelte er. Sein Mund war trocken. »Nicht weit von hier, nur eine Biegung … zum Markt hin.«

»An der Marspforte?«

Mit einem Ruck bekam er sich in die Gewalt. »Nein, nur eine Straßenbiegung entfernt«, erwiderte er mit fester Stimme.

Die Meisterin erhob sich von ihrem Stuhl, dass der

schwere Saum des Kleides rasselnd auf den Boden fiel; dann bewegte sie sich überraschend auf Gerwich zu, schob ihn zur Seite, um ihn sogleich mit sich hinauszuzerren. Ihre Kraft duldete kein Sträuben, deshalb fügte er sich, doch kaum hatten sie den Gang betreten, flog die Haustür auf, und Meister Johann erschien im Rahmen, gefolgt von den beiden Gesellen. Er stutzte beim Anblick seiner Frau, die gerade nach ihrem Mantel griff.

»Was soll das?«, rief der Meister barsch.

»Ich wollte dich suchen«, entgegnete seine Frau nicht minder schroff. »Was ist da draußen geschehen?«

»Ich erzähle dir alles, während die Gesellen die Geschwister zum Baumeister bringen.«

»Der Junge sagte, du habest einen Toten gefunden.«

Der Blick, den Meister Johann Gerwich zuwarf, hatte die Wirkung eines Backenstreichs. Gerwich ahnte, dass er hätte schweigen sollen, und senkte den Kopf, entdeckte aber zu seinen Füßen nichts, was seine Aufmerksamkeit hätte rechtfertigen können.

»Es ist der Sohn von Richolf Niger, Hermann.«

»Was?« Die Meisterin schlug die Hand vor den Mund. »Vom Schwarzen Richolf?«

Meister Johann nickte. »Das hatte ja so kommen müssen. Der Kerl war noch warm, aber die Büttel haben uns gehen lassen. Ein Bettelweib trieb sich dort herum, die haben sie mitgenommen. Und sie suchen die Stadt nach weiteren Herumtreibern ab.«

»Die Kinder bleiben hier!« Herrisch stemmte die Meisterin die Fäuste in die Hüften. »Wenn die Büttel nachts in der Stadt umgehen, sollte kein anständiger Mensch außer Haus sein – und erst recht kein junger Mensch!« Sie stampfte durch den Flur zurück zur Tür der Stube. »Caecilie! Oda! Richtet Betten her für Gerswint und den jungen Herrn von Rile!«

Der junge Herr von Rile hätte auf eine Nacht im Hause des Steinmetzmeisters Johann von der Sandkaule gerne verzichtet, doch das stand weder in seiner Macht noch in der des Hausherrn. Meisterin Margareta hielt auf strenge Zucht, scheuchte ihre Tochter nicht weniger als die Magd. Aus Speisekammer und Keller ließ sie dem Gast feinen Speck und duftendes Brot in die Stube bringen, dazu einen Krug Rheinwein, während Johann ihr in der Küche offenbar die schaurige Begebenheit erzählte; Gerwich hörte sein tiefes Raunen und Margaretas Schreckensseufzer. Noch immer schlug ihm das Herz bis zum Halse, wenn er an den Toten dachte, der im Straßendreck gelegen und in den schwarzen Himmel gestarrt hatte. Er schaute auf Brot und Speck, dann auf den halbvollen Becher, der vor ihm stand, griff danach und leerte ihn hastig. Eine warme Unsicherheit quoll in ihm auf, legte sich wie Nebel auf das entsetzliche Bild, das sich ihm tief eingebrannt hatte.

Die Magd, die neben der Tür auf einem Schemel gesessen hatte, trat zu ihm, um ihm nachzuschenken, was er geschehen ließ. Das musste ein guter Wein sein, ein goldener Tropfen, süß und schwer. Nach dem dritten Becher befiel ihn ein so heftiges Gähnen, dass seine Kiefer schmerzten und ihm Tränen aus den Augen quollen. Er stemmte sich hoch und geriet ins Schwanken wie ein steuerloses Boot, so dass er sich am Rand des klobigen Tisches festhalten musste. Das spitze Lächeln der Magd verdross ihn. Er peilte nach der Tür, die sich unglücklicherweise nach innen öffnete; er war nicht sicher, ob er seine schweren Beine dorthin steuern konnte. Vor einem Jahr hatten ihn ein paar Zimmermannsgesellen in Amiens auf einem Botengang für Meister Gerhard abgepasst, ihn in den Schwitzkasten genommen und gezwungen, mit ihnen eine stinkende, verräucherte Spelunke zu besuchen, wo sie ihm becherweise Wein eingeflößt hatten, ein übles saures Zeug. Er hatte sich schier die Seele aus dem Leibe gekotzt und wusste bis heute nicht, wie er nach Hause gelangt war, wo ihn der Onkel schon hinter der Tür erwartet, ihn angebrüllt und geohrfeigt hatte. Erst als am anderen Tag hämisches Gerede umging über Meister Gerhards schwächliches Mündel, verwandelte sich sein Groll in gerechten Zorn gegen die Spitzbuben. Seither hatte Gerwich nie mehr als einen Becher stark verdünnten Wein am Abend getrunken, zu lange hatten ihn nach jener Nacht stechende Kopfschmerzen und Übelkeit gepeinigt.

Dieser Rausch hingegen war seltsam angenehm, der Kopf war leicht und wie mit Wollflocken gefüllt. Er fand den Weg zur Tür, die die Magd für ihn aufschob, dankte und verabschiedete sich für den Tag bei seinen Gastherren, die ihm aus der Küche am Ende des Ganges zunickten, bevor er der Magd die schmale Stiege hinauf folgte.

Nachdem sie die Tranlampe und einige Späne auf den winzigen Tisch an seinem Fenster gelegt hatte, war sie mit einem scheuen Gruß wieder hinausgegangen aus der Kammer, die ihn diese Nacht beherbergen sollte. Es war eine von zwei rückwärtigen Giebelkammern, deren mit getrockneter Schweinsblase bespannte Lichtluke auf den Garten hinausblickte. Er löste den Haken, der die Luke verschloss, und öffnete sie, um die kalte Nachtluft tief einzuatmen. Unter ihm breitete sich ein Gewirr von Schuppen und Gärten aus, das ihn an seinen Ausflug auf das Dach des alten Doms erinnerte. Als ihm schwindlig wurde, schloss er rasch das kleine Fenster.

Gerwich hatte sein Nachtgebet verrichtet und schlüpfte aus Schuhen und Beinlingen, ehe er sich hinlegte und die beiden wollenen Decken bis zur Nasenspitze hochzog. Er hörte Schritte auf der Stiege, das Knarren der Dielen und die unterdrückten Stimmen von Meister Johann und seiner Frau, die nach weiterem Türenklappen verstummten. In den Bäumen hinterm Haus sang der Wind sein nächtliches Lied im Wettstreit mit den Grillen. Gerwich starrte an die Decke; das matte Leuchten des Tranlichts bannte die Geister, aber sooft er die Augen schloss, schälte sich das Bild des Toten, sein in tiefer Bestürzung erstarrtes Gesicht aus der Finsternis.

Ein paar Atemzüge lang zeichnete er das Bild der Tochter des Steinmetzmeisters vor sich, bevor er es unwirsch beiseitewischte. Nur Dummköpfe träumten von Mädchen! Außerdem war sie gar nicht hübsch – wenn auch anmutig … Und sicherlich dem Altgesellen versprochen oder einem Nachbarn. Vielleicht dem, der ihn in der dunklen Gasse gegrüßt hatte.

Als hätte ihm jemand einen kalten Guss ins Gesicht geschüttet, war Gerwich plötzlich hellwach. Der Fremde hatte anders gesprochen als die Leute hier, härter und nicht in dem munteren Singsang, der alles, was die Bewohner dieser Stadt von sich gaben, noch schwerer verständlich machte. Und er hatte Handschuhe getragen, eng anliegende Fingerhandschuhe, wie sie nur edle Herren und Damen besaßen, dazu nachtdunkle Kleidung, die ihn in der nächtlichen Gasse schier unsichtbar machte. Gerwich überließ sich den schaurigen Hirngespinsten, was einen edlen Herrn zu dieser Stunde wohl in diese Gegend gelockt haben könnte, in die Nähe eines Mordes …

Rasch richtete Gerwich sich auf, erstickte den Gedanken. Er musste Wasser lassen. Eine Ewigkeit schien vergangen zu sein. Er tastete unter das Bett, doch er fand den Nachttopf nicht. Er stellte die Lampe auf den Boden und ließ sich auf alle viere, um festzustellen, dass er tatsächlich in den Hof des Anwesens hinuntergehen musste, um die Latrine zu suchen. Und das, obwohl dank des Weins der Schwindel, den er immer fürchtete, sich ungebeten einstellte, wenn er nur den Kopf bewegte. Zudem lauerte in den dunklen Winkeln der Kammer der schemenhafte Anblick jenes Toten.

Gerwich entzündete den Span und steckte ihn zwischen die Zähne, entriegelte dann die Tür und trat hinaus. Die kleine Flamme, die seine Wange wärmte, verbreitete ein schwaches Licht, während er auf den knarrenden Dielen vorsichtig Fuß vor Fuß setzte. Ein Laut ließ ihn herumfahren. Die Tür neben seiner Kammer hatte sich geöffnet, und eine Hand lag auf dem Holz. Er schrak zusammen, ein Japsen entfuhr ihm, dann sah er das Mädchen, dem diese schmale Hand gehörte. In einem bodenlangen, hellen Hemd stand sie im Türspalt, das Haar unter einer Haube verborgen. Caecilie.

»Fehlt dir etwas?«, flüsterte sie.

Gerwich rang nach Worten. Der Schrecken hielt ihn noch immer fest. Dann deutete er nach unten.

»Du musst nicht hinuntergehen«, flüsterte sie.

»Ich habe aber kein … Nachtgeschirr«, brachte er mühsam hervor.

Sie lächelte, verschwand, und er hörte ihre nackten Sohlen leise auf den Dielen tapsen. Wie leicht sie sein musste, dass das Holz nicht knarrte und quietschte wie unter seinen Füßen.

»Hier!« Sie streckte ihm einen bauchigen irdenen Topf entgegen. »Und sag's bitte nicht, sonst muss Oda«, sie deutete hinter sich, auf die Magd, die auch in dieser Kammer schlief, »die Rute spüren.«

V

Die feinen Striche im Wachs flirrten im Licht der beiden Kerzen des Kandelabers auf dem Tisch. Richolf Niger wischte mit beiden Händen über sein Gesicht und rückte sich auf dem Stuhl zurecht, um ausreichend Abstand zu den Tafeln zu bekommen. Das Nachlassen der Sehkraft traf ihn hart; er wurde alt. Mit einem Schlag hatte ihn dieser Dämon gepackt und hielt ihn nun in hartem Griff. Hermanns, seines Ältesten, Tod war dieser Schlag gewesen, der ihn wie eine Strafe Gottes getroffen hatte.

Richolf stützte die Ellenbogen auf die harten Armlehnen des Stuhls und strich mit den Fingerspitzen über die Augenlider, über trockene, faltige Haut, die sich anfühlte wie die eines frisch gerupften Huhns. Tränen quollen hervor, rannen über seine Wangen. Er spürte, dass seine Unterlippe zitterte, biss die verbliebenen Zähne aufeinander, bis ein wilder Schmerz seine Wange durchstach. Gott sei gepriesen für die Plage schlechter Zähne! Mochte er auch den Atem eines räudigen Köters haben, der Schmerz war ein zuverlässiger Retter aus der Herzenspein. So war es bei Hadewiges Tod gewesen, so war es bei jedem Kindertod gewesen, so würde es auch jetzt sein, und so löschten die Blitze hinter seinen Lidern das Bild seiner Frau.

Ein leises Pochen schreckte Richolf aus diesem Kampf. Während bunte Wolken vor seinen Augen tanzten, krochen seine Finger über das raue Holz des Tisches, ertasteten den Griffel und umkrampften ihn. Mit zusammengepressten Lippen saß er am Tisch, der Tür den Rücken zuwendend, und wartete. Das Pochen wiederholte sich, zaghafter jetzt. Pilgrim, sein Jüngster, der Schwächling, der sich die Handwerkerstochter ertrotzt hatte. Richolf glaubte zu spüren, wie die Fingerknöchel seines Sohnes unschlüssig über dem Türholz schwebten, lauschte in die Stille, bis er das unterdrückte Seufzen hörte und die schleppenden Schritte, die sich zur Stiege entfernten. *Pater noster qui es in coelis, sanctificetur nomen tuum, adveniat regnum tuum, fiat voluntas tua sicut in coelo et in terra.* Er musste stark sein für all die Schwachen, die in der Stube um den Aufgebahrten weinten. Hastig griff er nach den Tafeln, klappte sie auf. Tuchballen aus Stoffresten. Lumpen für Webteppiche, *Panem nostrum quotidianum da nobis hodie.* Brot, das der Verkauf der Teppiche auf den Tisch brachte. *Et dimitte nobis debita nostra, sicut et nos dimittimus debitoribus nostris.*

Zögernd entließ Richolf den Atem durch die Nase. Er war niemandem je etwas schuldig geblieben, nicht das geringste Bronzestück. Nichts. Doch da draußen schlich der Mörder seines Sohnes herum, und dieser Mann schuldete ihm alles, was ein Mann einem anderen nur schulden konnte – das Leben! Mit einem Ruck hob Richolf den Arm, als hielte er einen Dolch. *Et ne nos inducas in tentationem, sed libera nos a malo. Amen.* Die Pein umhüllte ihn, würgte ihn, bis er schluchzte und der Griffel dumpf auf dem Holz aufschlug. Er würde zu denen von der Mühlgasse gehen. Morgen. Gleich nach der Terz. Die Brüder wussten Rat. Sie wussten immer Rat. Er hatte ihnen und früher ihrem Vater treu zur Seite gestanden. Die von der Mühlgassen sorgten für Ordnung und Frieden in der Stadt, vertrieben das Pack, das hereindrängte und nur Dreck und Seuchen mitschleppte. Sie waren beständig – anders als die Erzbischöfe, die stets anderweitig Wichtigeres zu besorgen hatten als ihre heilige Stadt. Anders als die anderen Geschlechter, die von der Marspforten und die Scherfgin, die Overstolzen und die von der Lintgassen, die Jüdden und wie sie alle hießen. Richolf schnaubte, und es hätte nicht viel gefehlt, dass er ausgespuckt hätte. Ruckartig stemmte er sich am Tisch hoch. Schatten krochen in seine Stube. Er musste seinen Jungen bewachen, damit die Teufel nicht kämen, die Seele zu rauben.

Das Haus Dietrichs von der Mühlgasse zu betreten, war und blieb ein ungewöhnliches Erlebnis. Hinter dem Rundbogentor erstreckte sich ein Durchgang bis zum Hinterhof, und nichts deutete auf das Verladen und Lagern von Waren hin wie bei den Höfen der Tuchhändler. Die Stube, in die ein Bediensteter Richolf führte, war von einem großen Kandelaber erleuchtet. Am Schreibpult, das vor den Fenstern stand, saß der Hausherr, Dietrich von der Mühlgasse, der Weise genannt. Vor ihm lag ein Buch aufgeschlagen auf dem Pult, und seine Rechte umfasste noch den großen geschliffenen Kristall, der ihm beim Lesen half.

Richolf kannte diese Stube, an deren Seitenwänden sich schwere Schränke drängten wie in der Sakristei einer Kirche, wo heilige Gerätschaften und Gewänder aufbewahrt wurden. Er war schon oft hier gewesen, um Herrn Dietrich seine Aufwartung zu machen; so auch jetzt, da er das Knie beugte und dann mit gesenktem Kopf auf der Stelle verharrte, den Rand des Hutes, den er schon vor der Haustür abgenommen hatte, in den Händen, geduldig wartend, während Herr Dietrich sich erhob, ein eher kleiner Herr, den das Alter fein und zierlich gebildet hatte. Silberhelles Haar glänzte auf seinem Schädel, das Gesicht überzog ein Netz zarter Fältchen, und ein dünnes Lächeln bog die Lippen.

»Ich bedauere den Verlust deines Sohnes, Richolf Niger. Er war ein guter junger Mann, in den nicht nur du viele Hoffnungen setztest.«

Herr Dietrich trat vor und streckte Richolf die Hände entgegen, die dessen Finger kühl umschlossen, nachdem er hastig den Hut unter die Achsel gestopft hatte. Richolf presste die Kiefer aufeinander, nickte einmal hart, und seine Lippen formten fast lautlosen Dank. Er schluckte, um die Tränen aufzuhalten, als Herr Dietrich zum Pult zurückkehrte.

»Dein Junge soll ein anständiges Begräbnis bekommen, und für seine arme Seele sollen Messen gelesen werden – dabei will ich dich unterstützen, wie es sich ziemt.«

»Deshalb bin ich nicht gekommen«, beeilte Richolf sich einzuwenden.

»Das weiß ich«, erwiderte Herr Dietrich. »Du willst den Mörder deines Sohnes seine gerechte Strafe erleiden sehen – deshalb bist du gekommen.«

Die Worte trafen Richolf wie Hammerschläge, brachen der Erinnerung Bahn. Das harte Pochen an der Haustür hallte in ihm wider, der spitze Schrei der Obermagd, der in ein Heulen überging, das Krachen, mit dem die Tür gegen die Wand geworfen wurde, das Entsetzen in den weit aufgerissenen Augen seines Jüngsten. Das alles hatte er wahrgenommen, bevor ihn von Pilgrims stammelnder Zunge die Nachricht ereilte, dass sein tüchtigster, fähigster Sohn tot sei. Erstochen. In der Nähe der Marspforte aufgefunden. Eine kalte Faust umklammerte Richolfs Herz.

»Ja, Herr Dietrich, das will ich«, erwiderte er rau. »Nicht mehr und nicht weniger als das.«

VI

Der Chorherr Ulrich vom Steine stand umhüllt von seinem schwarzen Radmantel unter einem der Schutzdächer am Tisch, während zwei junge Männer in hellen Tuniken die Rollen und Pergamentbögen, an denen der Wind zerrte, festhielten. Gerwich hatte die Tasche geschultert, in die Meister Gerhard am Morgen einen Hammer und zahllose aufgerollte Schnüre verpackt hatte. Er war neben einem der tragenden Pfosten stehen geblieben, nachdem er hinter dem Onkel in den Schatten des Daches getreten war, während dieser unverzüglich zum Tisch geschritten war. Nun zog Herr Ulrich die Stirn in tiefe Falten, was nicht so recht zu der glockenhellen Stimme passen wollte, mit der er Meister Gerhard erklärte, welche Arbeiten noch zu erledigen seien, bevor die Vermessung der Fundamente des neuen Doms fortgesetzt werden solle.

»Die Mauern des alten Doms können gleich nach der Beseitigung der Trümmer abgestützt und ausgebessert werden. Und die Zimmerleute beschaffen derweil ausreichend Holz und rüsten die Teile des Dachgestühls vor.« Meister Gerhard rieb mit zwei Fingern das Kinn. »Dann sind alle Handwerker und Arbeiter beschäftigt, und das Werk kann schnell voranschreiten.« Als Herr Ulrich sich ihm zuwandte und ihn mit einem tadelnden Blick bedachte, lächelte Gerhard milde. »Das sagte ich um meines Neffen willen. Der Junge lernt schließlich noch.«

Mit Unbehagen spürte Gerwich Herrn Ulrichs düsteren Blick auf seinem Gesicht und senkte den Kopf. Er mochte es nicht, wenn sein Onkel ihn zum Vorwand nahm, was immer wieder vorkam, weil man den Baumeister aus Franzien mit seinen neuen Arbeitsweisen und Ansichten argwöhnisch beäugte.

»Bekümmere dich nicht um den Wiederaufbau des alten Doms, Meister Gerhard. Deine Aufgabe ist der neue Dom, und dessen Bau wird sicherlich Jahre, wenn nicht Jahrzehnte erfordern.«

»Gerade deshalb liegt mir daran, so bald wie möglich damit zu beginnen.« Meister Gerhard schenkte dem Kapitular ein freundliches Lächeln, das dieser sichtlich notgedrungen erwiderte. »Ihr sollt den herrlichsten steingewordenen Lobpreis des Herrn erhalten, der je errichtet wurde, das verspreche ich.«

»Und damit werden wir den Neid der erzbischöflichen Brüder auf uns ziehen und vielleicht sogar den des Bischofs von Rom.«

»Das muss nichts Schlechtes heißen. Immerhin dienten die Erzbischöfe von Köln dem Kaiser bereits in höchsten Ämtern.«

»Sogar wenn es gegen den Heiligen Vater in Rom ging«, fügte Herr Ulrich mit einem Seufzer hinzu. »Und mindestens ebenso oft widersetzten sie sich dem Willen des Kaisers. Ein Bischof ist Landesherr und Kirchenherr zugleich, und diese Ämter stehen oft in einem Gegensatz. Ganz zu schweigen davon, dass ein Bischof Hirte ist, und diese Herde«, seine Hand holte aus, als wollte er die umliegende Stadt umfassen, »ist voller Böcke.«

»Du sprichst von den *Meliores*, nicht wahr?«

Herr Ulrich presste die Lippen aufeinander und schickte die Ministranten mit knappen Handbewegungen weg. Dann lehnte er sich vor und blickte Meister Gerhard eindringlich an. Er schien Gerwichs Gegenwart vollkommen vergessen zu haben.

»Ich mache mir nichts vor: Erzbischof Konrad ist ein Mann, der auf Weiber, Wein und Würfelspiel mühelos verzichten kann – Macht ist die Essenz, die ihn nährt. Aber dieselbe Essenz nährt viele Männer in dieser Stadt, insbesondere die, die sich die Besseren nennen. Diese Essenz und eine weitere: Gold!« Er machte eine vielsagende Pause. »Und ihre Weiber nicht minder. Niemandem kannst du hier trauen, sobald er mehr hat als sein täglich Brot. Selbst Almosen sind ein Geschäft.«

Leise lachend trat Meister Gerhard einen Schritt zurück. »In den Städten Franziens verhält es sich nicht anders. Ihr wisst ja, was unser Herr Jesus Christus«, Gerhard berührte die Stirn, um den Kreuzsegen anzudeuten, »dem frommen reichen Jüngling erwiderte, als dieser ihn fragte, wie er ins Reich der Himmel gelange, und was der Jüngling daraufhin tat.«

»Ich habe noch keinen reichen Mann kennengelernt, der seine Güter in den Werken der Barmherzigkeit geopfert hätte, um seine arme Seele zu retten.«

»Das ist nur wenigen gegeben, Herr Ulrich, obwohl die frommen Brüder und Schwestern der Minoriten und Prediger es uns vorleben.«

»So es denn hilft, wenn wenige sich opfern, um die Gnade Unseres Herrn zu erheischen, indem sie für uns Sünder beten.«

»Dennoch dürfen wir auf die Gnade unseres Herrn Jesus Christus hoffen.«

Herr Ulrich blickte den Dombaumeister an, als dächte er nach; schließlich nickte er langsam. »Ich werde veranlassen, dass der Schutt so rasch wie möglich beseitigt wird – auf dem Weg, den du vorgeschlagen hast. Und im Gegenzug sicherst du mir zu, dass du uns Risse zeichnest und einen Entwurf aus Holz fertigst. Kannst du dein Versprechen halten?«

»Dass dieser neue Dom der herrlichste steingewordene Lobpreis Gottes in der gesamten Christenheit sein wird?«

Schmunzelnd schüttelte Herr Ulrich den Kopf, und auf einmal hätte Gerwich in dem Kapitular einen Mitschüler sehen können, so funkelte der Schalk in seinen Augen. »Davon sind die Mitglieder des Domkapitels ausgegangen, als wir dich einluden, Meister Gerhard. Mir geht es um den Tag der Grundsteinlegung.«

»Bevor ein Stein gesetzt werden kann, müssen die Fundamente ausgeschachtet worden sein. Wenn das im Sommer geschafft sein soll, dann muss ich so schnell wie möglich mit der Vermessung beginnen.«

»Ich sehe, wir brauchen einander, Meister Gerhard.« Er streckte ihm die Rechte hin. »Schlagt ein!«

Meister Gerhard schritt unsichtbare Linien ab, maß Entfernungen mit Messstab und Schnüren zwischen Pflöcken, deren Position er gelegentlich korrigierte, legte Winkel mit dem großen Zirkel. Nur schwer konnte Gerwich dem Verlauf des ins Riesenhafte vergrößerten Gebildes folgen, dessen verkleinertes Vorbild die Wachstafel barg, die er ständig bereithalten musste. Der Grundriss des zukünftigen Chores, wie sein Onkel ihn sich vorstellte, war darauf zu sehen, die Hälfte einer Blüte, wobei die Außenwände der Kapellen die Blütenblätter waren, die einen Kranz von Sternen umgaben, den Pfeilerbündeln und Gewölberippen. Während Gerhard die gedachten Linien entlangschritt, wanderten seine Blicke durch die Luft, und seine Hände deuteten die Säulen und Bögen an, als erstünde vor seinen Augen das Bauwerk von innen her. Wie einen feinen Stich spürte Gerwich den Neid in der Brust, weil er nicht sehen konnte, was Meister Gerhard offenbar sah, denn dessen Miene leuchtete. Er war imstande, den Bau, wie er ihn sich ausgedacht und in unterschiedlichen Ebenen und Ansichten auf Wachstafeln gezeichnet hatte, in ganzer Größe vor sich zu erkennen, als könnte er Künftiges vorwegnehmen. Gerwich hingegen fühlte sich wie ein blöder Ochse, wenn er die Zeichnungen anstarrte. Alles, was er bemerkte, waren die Rechenfehler in den Additionen und Relationen, die sein Onkel neben und zwischen die Risse kritzelte, und die schob Meister Gerhard mit einem wegwerfenden Wink beiseite.

Gerwich horchte auf und drehte sich zu den Bauhütten um. Menschen liefen dort zusammen, Handwerker und Hilfsarbeiter mit ihren hellen Hauben drängten sich um einen der Unterstände. Vereinzelte Rufe waren zu hören. Mit einem Blick vergewisserte er sich, dass sein Onkel die Unruhe bemerkt und in seiner Arbeit innegehalten hatte. Wieder einmal fühlte er deutlich, dass sie beide abseits standen, nicht dazugehörten, erst recht, als Meister Gerhard ihn zu den anderen winkte.

Widerwillig trottete Gerwich zwischen Schutthügeln und herumliegenden Schaufeln und anderem Gerät den Leuten nach, die sich um ihre Meister sammelten. Schon von weitem empfing ihn der durchdringende Geruch von Schweiß und staubiger, schmutziger Kleidung und kitzelte ihn im Rachen, dass er husten musste. Einige der jüngeren Handlanger drehten sich um, senkten den Kopf, als sie ihn erkannten, dennoch bemerkte er ihr Grinsen. Deutlich spürte er, dass sie ihn für einen Schwächling hielten. Am Ende hatte es sich doch herumgesprochen, dass er bei den Löscharbeiten weggezerrt worden war. Tief durchatmend setzte er Fuß vor Fuß, während er vor sich hin starrte und hoffte, niemand bemerkte, dass er die Zähne aufeinanderbiss. Tatsächlich bildeten die Männer, wenn auch zögerlich, eine Gasse, als er sich in ihre Reihen drängte.

Die meisten reckten die Hälse, um zu sehen, was unter dem Schutzdach geschah, sie flüsterten, fragten einander, was los sei. Gerüchte flogen umher, ein paar Zimmergesellen seien in Haft genommen worden, sie hätten den Schwarzen Hermann, Richolf Nigers Sohn, erstochen, es sei auch der Erbsohn eines der Zimmermeister unter ihnen, den Namen verstand Gerwich nicht. Mühsam schob er sich nach vorn, bis er zwischen den Gesellen zu stehen kam, die ihn weiterschoben, kaum dass sie ihn erkannten, und so stand er, ehe er sich versah, vor der Hütte, wo die Meister sich berieten.

»Mein Sohn hat nach der Wahrprobe verlangt!«, sagte einer der Meister heiser. »Die Vettel lügt, und das will er beweisen.«

»Die Wahrprobe ist gefährlich«, entgegnete Steinmetzmeister Johann von der Sandkaule. »Der Erzbischof wird das unterbinden, weil er es für Zauberei hält.«

»Was weiß der von Hochstaden schon von unseren Heiltümern!«, polterte der Erste.

»Er kennt das Kirchenrecht, und das duldet keine solchen Proben auf geweihtem Boden, geschweige denn in einer Kirche.«

»Der Erzbischof ist gar nicht in der Stadt!«, mischte sich ein Dritter ein. »Wenn er davon erfährt, ist alles längst vorbei, und Meister Michael kann seinen Jungen in eine andere Werkstatt schicken, wo er in Sicherheit sein wird, in Mainz oder Aachen oder Trier.«

»Ich halte das für ein schlechtes Vorhaben«, beharrte Meister Johann, der sich dem Vater des Verdächtigen, Meister Michael geheißen, zuwandte.

»Und ich will meinen Jungen frei haben! Die Büttel arbeiten doch nur denen zu, die damit prahlen, die Besseren zu sein, bloß weil sie mit aller Welt Geschäfte machen und in ihren schmucken Häusern auf großen Schatztruhen hocken, als wären sie Könige.«

Meister Michaels rundes Gesicht zeichnete sich dunkelrot unter der hellen Haube ab, und seine Züge waren hart vor Aufregung. Johann legte dem Mann begütigend die Rechte auf die Schulter.

»Sie werden deinem Jungen kein Haar krümmen«, sagte er, »und ebenso wenig werden sie die Wahrprobe gestatten. Dazu fürchten sie den Erzbischof viel zu sehr. Das ist unser Schutz, und der ist stärker geworden, seit das Kapitel beschloss, den neuen Dom bauen zu lassen.«

»Wo war dein Junge in jener Nacht eigentlich?«, fragte ein anderer.

»Glaubst du den Verdächtigungen etwa?«, blaffte Meister Michael schrill.

Der Angesprochene hob abwehrend die Hände. »Gott bewahre!«

»Herumgetrieben hat er sich mit ein paar Gesellen«, wandte der Dritte ein, und als Meister Michael erneut aufbrausen wollte, fuhr er fort: »Was sie immer tun, wenn sie entwischen. Dann ziehen sie durch die Schänken, saufen und raufen. Aber die Wirte und Schankmädchen haben allesamt nichts gesehen und gehört – abgesehen davon, dass sie ohnehin nicht als Zeugen gelten.«

»Aber die Gesellen – es waren doch einige dabei.«

»Nein«, widersprach Meister Michael. »Mein Junge und die Söhne von Meister Gobelin und Meister Odo waren allein unterwegs.«

Johann von der Sandkaule rollte die Augen gen Himmel, wie alte Männer es tun. Als hätten die Jungen es doch wissen müssen. Gerwich erinnerte sich mit Grausen an den Toten in der Gasse, das blutgetränkte Hemd und die plärrende Vettel. Er kannte Meister Michaels gleichnamigen Sohn kaum, dafür die anderen, Reto, Kuno und Stephanus, Söhne von Zimmerermeistern allzumal, grobe Burschen, von denen Gerwich sich fernhielt. Eine wilde Rauferei traute er ihnen allemal zu – aber Mord?

Die Menge geriet in Bewegung; ein junger Mann kämpfte sich durch die Reihen und blieb schweratmend vor den Meistern stehen. So eindringlich starrte er die Männer an, dass Meister Johann ihm mit einem raschen Wink das Wort erteilte.

»Meister Odo schickt mich«, keuchte der Bursche, und seine Stimme kippte. »Sie bringen die Beschuldigten zum Märtyrerstift!«

»Die Wahrprobe!«, rief Meister Michael und hob die Hände über den Kopf. »Der Herr sei gepriesen!«

»Da haben doch eher Menschen ihre Hände im Spiel«,

knurrte Steinmetzmeister Johann und langte nach Michaels Arm, als dieser sich umdrehte. »Wenn wir gehen, gehen wir gemeinsam – alle Meister! Vielleicht können wir noch etwas retten.«

Doch Michael riss sich los und stürmte mit überraschend großen Schritten auf Gerwich zu, schob ihn beiseite, wie er auch andere Gesellen, Lehrburschen und Handlanger beiseiteschob. Einen Atemzug lang erlaubte Gerwich sich die Vorstellung, wie der stämmige Mann durch ein Gemäuer rannte und die Steine nur so flogen, und unterdrückte mühsam das Lachen, während die anderen Meister folgten. Gerwich wurde mitgedrängt inmitten einer lebendigen Masse, bestehend aus kräftigen Leibern mit Armen, die Tragmulden voller Steine, Kübel voller Mörtel, dicke Bohlen und schweres Gerät schleppen konnten. Hustend suchte er einen Weg hinauszuschlüpfen, doch die Menge schien unaufhörlich anzuwachsen. Die Ersten begannen zu rufen, die einen nach ihren Kameraden, die anderen verfluchten die Schöffen und Greven, unter deren Urteilen schon so mancher von ihnen gelitten hatte. Hilflos sah Gerwich sich dieser Flut ausgeliefert, wurde mitgeschwemmt, vorbei am alten Dom, vorbei an der schlanken Kirche zum Heiligen Andreas, die Straße entlang. Gerwich ließ sich treiben, vorsichtig ihren Schritten folgend, schwitzend vor Angst, er könnte stolpern, fallen, in der Flut versinken und zermalmt werden.

Endlich kam die Menge zum Stillstand. Als Gerwich sich reckte, erkannte er das Tor des Stifts zum Heiligen Gereon, überragt vom hohen Zehneck und den Türmen der Kirche, die er während des Marsches nicht gesehen hatte, weil er auf seine Schritte hatte achten müssen. Vorne begehrten einige lauthals Einlass, die dünne Stimme eines Stiftsbruders, des Pförtners, der die Menge wohl abzuwehren versuchte, übertönte kaum das Murren. Wieder geriet alles um Gerwich in Bewegung, als bebte die Erde. Lautlos und ohne sein Zutun bewegten sich seine Lippen in tonlosen Gebeten, krallten sich seine Finger in schmutziges Tuch, in die Kittel der Männer, die ihn vorwärtsdrückten. Immer öfter gerieten seine Füße unter fremde Schuhe, trat er selbst einem anderen auf die Zehen und erntete einen harschen Fluch. Als die Enge ihm schier den Atem raubte, begriff er, dass sie durch das Tor in den Stift drängten.

Kaum lag der Schatten des Torbogens hinter ihm, löste sich der Druck, die Männer stolperten auseinander, hasteten an der Apsis des Chores vorbei zur Tür einer langen Halle, durch die man zum Portal gelangte. Ringsum rannten Stiftsbrüder in dunklen Gewändern wie Hütehunde um eine Herde, als wären sie darauf bedacht, dass niemand vom Weg abkäme, nun, da sie die Eindringlinge nicht mehr aufhalten konnten.

Der Gang umfing sie mit kühlem Schatten, von Wänden und Gewölben hallten die Stimmen wider, was ihre Eile hemmte. Gerwich verspürte Ehrfurcht angesichts der Bilder an den Mauern, Engel mit mahnend erhobenen Fingern, ernst blickende Heilige, die er im Vorübergehen nicht erkannte. Sie erreichten die hohe Vorhalle, wo bereits eine andere Gruppe von Männern beisammenstand, als hätten sie auf die Ankömmlinge gewartet.

Ein Schrei gellte über die Köpfe hinweg, Meister Michaels Stimme rief den Namen seines Sohnes. Mühsam arbeitete Gerwich sich nach vorn, wobei seine gute Kleidung seinen Bemühungen Nachdruck verlieh, so dass er bald bis zu den Reihen der Gesellen vorrückte, die ihn tatsächlich unter sich duldeten. Den Hals reckend, erkannte er zwischen den dunklen Schultermänteln der Stiftsherren die prachtvollen, bunten Umhänge einiger Herren aus den besseren Kreisen der Stadt. Reiche Händler waren sie, trugen Pelzbesatz an den Krägen, und Gold blitzte an ihren Hälsen und Händen. Auffällig armselig wirkten die vier jungen Männer, die vor ihnen standen und deren Hände mit Fesseln auf den Rücken gebunden waren. Ihre Mienen waren verkniffen, ihre Haltung wirkte steif.

Eine Hand umschloss Gerwichs Arm, und im gleichen Augenblick wurde er zwischen die Meister gezogen, fand sich hinter Steinmetzmeister Johann in der zweiten Reihe wieder. Vorsichtig schielte er über dessen Scheitel hinweg zum Portal der Kirche, hinter dem sich die hohe zehnseitige Halle befand. Und die wundertätige Säule, die Domherr Ulrich vom Steine seinem Onkel und ihm gezeigt hatte. Die Säule, die Wahrheit und Lüge, Schuld und Unschuld unterscheiden konnte.

»Die Schöffenbrüder scheinen sich ausnahmsweise einig zu sein«, brummte Meister Johann neben ihm.

Dankbar schüttelte Gerwich das Unbehagen ab. Viel wusste er nicht über das Rechtswesen der Stadt, nur so viel, dass ein solch schwerer Fall eigentlich Sache des Burggrafen, des Richters vom erzbischöflichen Hof, war. Aber nirgends sah er Männer, die deren Farben trugen; es war, als hätten die Bürger die Angelegenheit selbst in die Hand genommen, weil der Erzbischof auf Reisen war.

Der Onkel hatte Gerwich erzählt, dass Erzbischof Konrad seinen Schützling, den gewählten, aber noch ungekrönten König Wilhelm, unterstützte, die Stadt Aachen zu belagern. Aachens Bürger weigerten sich in Treue zum abgesetzten König Konrad, dem Sohn des ketzerischen Kaisers Friedrich, dem neuen König Zugang zum Kaiserdom zu gestatten, damit er dort gekrönt werde. Seitdem Kaiser und Papst zerstritten waren, der Kaiser den Papst mit Krieg überzogen und der Papst wiederum den Kaiser für abgesetzt erklärt und gebannt hatte, lagen die deutschen Fürsten miteinander in Fehde. Ein zweites Mal hatten sie seither einen unter sich zum König gewählt, der zu schwach war, sie zu bändigen. Und obendrein ließen die Aachener Bürger nicht zu, dass er in ihrer Stadt gesalbt und mit den Insignien des Reiches versehen wurde. Zumindest war es das, was Gerwich aus den Erklärungen seines Onkels verstanden hatte.

Die reich gekleideten Herren unterhielten sich leise und schienen keine Notiz von dem Volkshaufen zu nehmen, der im Säulengang wimmelte. Nach anfänglicher Stille hatte sich ein Raunen und Murmeln erhoben, das unter den Gewölben widerhallte, so dass kein Wort mehr zu vernehmen war – erst recht nicht für Gerwich, der noch immer Schwierigkeiten hatte, die Mundart der Rheinländer zu verstehen, wenn allzu viele durcheinanderplapperten.

Unversehens drehte sich einer der Herren zu der Menge um, ein älterer, dem graue Locken auf die Schultern fielen. »Gerufen hat euch niemand, und in dieses Stift seid ihr widerrechtlich eingedrungen wie ein feindliches Heer. Gemeinsam mit den Brüdern des Stifts fordern wir Schöffenbrüder euch auf, diesen Bezirk zu verlassen, bevor Unheil über euch kommt.«

»Und ich fordere meinen Sohn zurück!«, rief Meister Michael. Er hatte einen raschen Schritt vorwärts getan, ohne dass Meister Johanns Hand ihn noch aufhalten konnte.

Der Steinmetzmeister legte den Kopf in den Nacken; sicher rollte er wieder die Augen gen Himmel. »Sie werden den Michel noch vierteilen für seine Dummheit«, murmelte er und deutete dann auf den prachtvoll gekleideten Mann. »Der vornehme Herr heißt übrigens Dietrich von der Mühlgassen, genannt Sapiens, der Weise.«

Gerwich musterte das spitze Gesicht des Mannes, von dem er gehört hatte, dass er schon als Amtmann, Schöffe und Bürgermeister die Geschicke der Stadt geleitet hatte, obwohl er einer der wenigen, mit seinem Bruder eigentlich der Einzige war, der seinen Reichtum nicht durch Handel mehrte, sondern weil er Mühlen besaß und zahllose Häuser, Scheuern und Lager, die er verpachtete. Wie einer der römischen Patrizier, von denen Gerwich irgendwo in einer Domschule gelernt hatte.

»Pater Rudgerius hat gestattet, dass der Angeklagte die heilige Säule berühren darf, um die Wahrheit seiner Aussage zu erweisen«, fuhr Dietrich von der Mühlgassen fort. »Da sein Vater unter euch ist, bieten wir euch an, dass ihr aus eurem Kreis vier Vertreter wählt, die Zeugen der Wahrprobe sein mögen.«

Die Handwerksmeister tauschten Blicke, nickten einander stumm zu, dann lösten sich Johann von der Sandkaule und die Zimmermeister Michael, Odo und Gobelin von den Übrigen, um sich den Schöffenbrüdern mit ehrerbietigem Gruß zu nähern. Als Gerwich bemerkte, dass Dietrich von der Mühlgassen ihn aus leicht verengten Augen musterte, zog er unbehaglich die Schultern hoch, erst recht, als der vornehme Herr Meister Johann ansprach und dabei auf ihn deutete. Er wurde aus der Menge herausgewinkt, als hätte er etwas ausgefressen, und trottete zögernd näher. In seinem Leib gärte ein Gemisch aus Furcht und Neugier, Schweiß klebte ihm das Hemd an den Leib und machte die Hände schmierig.

»Dein Onkel hat dich eifersüchtig vor uns verborgen«, sagte Herr Dietrich und zog ihn am Ärmel. »Gerwich von Rile, Sohn des Gernot von Rile, der wiederum ein Ministeriale des Stiftes von Sankt Kunibert in den Diensten des Domkapitels war.«

Weder seinem feinen Lächeln noch seiner Stimme war anzumerken, ob er diese Worte freundlich meinte oder spöttisch. Als Gerwich unter den Blicken der umstehenden Herren schon zu schrumpfen glaubte, spürte er Meister Johanns Hand auf seiner Schulter.

»Geh zurück, Junge! Das ist kein –«

»Der Junge bleibt!«, sagte Herr Dietrich. »Er soll seinem Onkel getrost berichten, was hier geschieht und wie die Kölner Bürger Gott den Herrn Recht sprechen lassen.«

»Ich fürchte, Meister Gerhard hält die Wahrprobe für einen gefährlichen Aberglauben und wäre Euch dankbar, wenn Ihr den Jungen –«

»Dann bleibt er erst recht hier, um sich selbst zu überzeugen, ob etwas daran ist.« Ohne Zaudern nahm Herr Dietrich Gerwich beim Kittel und schob ihn vor sich her zum Portal der Kirche, dessen rechten Flügel ein Stiftsbruder ihnen öffnete.

Das Portal verströmte einen kalten Atem, der nach frischer Farbe, Weihrauch und Bienenwachs duftete. Die Herren, die vor ihnen die Kirche betreten hatten, versammelten sich schweigend in einem Halbkreis vor der Nische, in der sich die graue Säule befand. Gerwich verspürte einen zarten Schauder, als ihm die Worte einfielen, mit denen Herr Ulrich vom Steine ihm und seinem Onkel diese Säule vorgestellt hatte. Dass die Märtyrer der Thebäischen Legion den Stein mit ihrem heiligen Blut getränkt hätten, als man sie peitschte. Und dass dieses heilige Blut Gut von Böse, Wahrheit von Lüge, Unschuld von Schuld unterscheiden könne.

Die jungen Männer standen in der Mitte des Halbkreises, bei ihnen der Prior des Stifts – Pater Rudgerius hatte Herr Dietrich ihn genannt – und zwei weitere Brüder, die in ihren weiten dunklen Umhängen aussahen wie kahlköpfige Krähen. Hinter ihnen ragte die Säule auf, beleuchtet vom zitternden Licht zweier großer Kerzen. Ein bieder gekleideter Mann löste die Fesseln der jungen Männer, die sogleich ihre wundgescheuerten Handgelenke rieben. Drei von ihnen zogen die Köpfe ein, während der vierte, Michel, das Kinn reckte und die Mundwinkel herunterzog. Ob er so mutig war, wie er sich gab, würde sich zeigen. Gerwich faltete die Hände ineinander, um sich nicht unwillkürlich zu bekreuzigen. Einer der Herren, ein kleiner Dicker, trat vor und räusperte sich tief.

»Michael, Sohn Zimmermeister Michaels von Wipperfürth, du bestreitest die gegen dich erhobenen Vorwürfe, du seist am Vorabend zu Sankt Gotthart mit deinen Freunden in der Nähe des erdolchten Hermann Niger gewesen. Beharrst du auf deinem Einspruch?«

Der Angesprochene warf den Kopf in den Nacken. »Ja, ich bestreite das. Die alte Vettel lügt! Wir waren gar nicht im Sprengel von Sankt Alban, sondern in der Gürtelmachergasse bei Sankt Laurenz.«

»Und um deine Behauptung zu beweisen, hast du eine Wahrprobe gefordert und erklärt, du wollest deine Hände auf die Säule der heiligen Helena legen«, fuhr der kleine Dicke fort.

Michel nickte ruckartig und hob beschwörend die Hände. »Die heilige Säule wird mich freisprechen!«

»Du weißt, was geschrieben steht? *Adde fidem, fuit hic pridem fusus cruor idem ad lapidem, si dem me male, punit idem.*«

Mit ausgestrecktem Finger deutete der dicke Herr auf eine dunkle Stelle auf der Säule, las offenbar eine Inschrift, die Gerwich bei seinem ersten Besuch nicht aufgefallen war und die davor warnte, obgleich in unbeholfenen Worten, dass die Säule denjenigen, der Böses getan habe, strafen werde.

Der junge Mann verharrte stumm. Niemand sprach. In die Stille der hohen Halle brach der Flügelschlag einer Taube, wurde vielfach zurückgeworfen von den Säulen und Wänden und verhallte. Gerwich hielt den Atem an, als Michel dicht vor die Säule trat und die Arme hob, um beide Hände auf den Stein zu legen. Nichts geschah. Der junge Mann stand ruhig da, strich mit den Fingern langsam über den Stein, als wartete er auf etwas. Als er sich umdrehte, um den versammelten Herren seine Handflächen zu zeigen, leuchtete ein Lächeln auf seinem Gesicht.

Gerwich staunte den jungen Zimmermann an, der erwartungsvoll von einem Herrn zum anderen blickte, während diese nach einigem Zögern begannen, sich leise zu beraten. Einzig Herr Dietrich verharrte schweigend und nickte schließlich, als zollte er Michel Anerkennung. Der junge Mann beugte den Nacken und barg das Gesicht in den Händen, während seine Schultern sich unter seinem Atem hoben und senkten. Dann warf er wie befreit den Kopf in den Nacken.

Auch Gerwich atmete auf, sah Meister Johann den Kopf schütteln. Obwohl er Michel kaum kannte, sich gar nicht erinnern konnte, jemals mehr als scheue Grüße mit ihm gewechselt zu haben, hatte er nun um ihn gefürchtet wie um einen Freund. Pater Rudgerius winkte Michel zu sich, nahm dessen Hände in seine und betrachtete deren Innenflächen aufmerksam, bevor er zu den anderen Herren zurückkehrte und sich flüsternd mit ihnen beriet. Einige Herren nickten, einer schien Einwände anzubringen, Herr Dietrich verfolgte alles still und reglos; ihn schien es nichts anzugehen.

Plötzlich zuckte Michel zusammen und verzog das Gesicht. Er rieb die Handballen aneinander, kratzte seine Handinnenflächen, fuhr sich mit den Fingern über die Wangen, die sich auffallend röteten. Aus weit aufgerissenen Augen starrte er die Herren an, einen nach dem anderen, öffnete den Mund, ohne ein Wort hervorzubringen.

Ein Schrei zerriss die atemlose Stille. Meister Michael stürzte sich auf seinen Sohn, hieb mit beiden Fäusten auf ihn ein, riss an seinen Haaren, um ihn von der Säule wegzuzerren, da fiel ihm Pater Rudgerius in den Arm.

»Mäßige dich, mein Sohn!«, rief er in den jähen Tumult. »Mäßigt euch alle, denn dies ist ein Haus Gottes!«

Schwankend presste Michel die Hände auf die Wangen, während ihm Schweißperlen über die Stirn rannen. Mitleid mischte sich in den Schrecken, den Gerwich verspürte, als der junge Mann sich vor Schmerz krümmte, die Lippen dünn und weiß. Zwei Stiftsbrüder nahmen Michels Arme und führten ihn zum Portal zurück.

»Was tut Ihr?«, schrie Meister Michael ihnen nach. »Ich will meinen Sohn zurück!«

Die Meister verneigten sich rasch vor Pater Rudgerius, bevor sie den Brüdern nachdrängten, hinaus in das Atrium, von dort aus in den langen Wandelgang, der in Richtung des

Tores führte. Hinaus aus dem Bezirk der Kirche, der eigenem Recht folgte. Doch am Tor warteten bereits die Büttel, hatten Michel, der wie blind vor sich hin stierte und sich die wunden Wangen mit den Nägeln zerkratzte, in Fesseln gelegt.

VII

Der Regen war versiegt. Albert trug an der Abzweigung einige trocken gebliebene Scheite von einem Holzstoß zusammen und ließ sich darauf nieder. Späte Sonnenstrahlen strichen ihm warm über die Wangen, als er die letzten Vorräte aus seinem Beutel kramte, einen aufgeweichten Brotkanten und Käse, der zwischen seinen Fingern zerbröselte. Thomas hatte sich geweigert, der Einladung des Bauern zu folgen, der sie gegen Mittag mit seinem Karren eingeholt hatte; stur, wie er war, hatte er den Weg nach Reims lieber zu Fuß fortgesetzt, anstatt sich fahren zu lassen. Als hätte er etwas abzubüßen. Aber wahrscheinlich hing er nur wieder seinen Gedanken nach, ging das Für und Wider einer Sentenz des Petrus Lombardus durch oder rekapitulierte einen Absatz aus einer der wenigen lateinischen Übersetzungen von Texten des Aristoteles. Der Geist dieses jungen Mannes hungerte nach Geschriebenem wie ein Wolf nach Milchlämmern.

Lustlos kaute Albert auf dem Brot herum und steckte sich etwas von dem muffigen Ziegenkäse in den Mund. Untertags war Thomas ihm bisher ein angenehmer Reisegenosse gewesen; mal besprachen sie strittige Fragen, mal gingen sie schweigend nebeneinanderher, ein jeder in seine Gedanken vertieft, und da Thomas erstaunlich gut die Zeit schätzen konnte, versäumten sie keine der Gebetsstunden. Sooft sie beteten und Psalmen sangen, fasste Albert eine große Zuneigung zu dem jungen Menschen, mit dem er soeben noch nüchtern diskutiert hatte und der nun mit leuchtendem Gesicht das Lob des Herrn anstimmte.

Allerdings übertrieb Thomas es gelegentlich mit der Andacht, dehnte das Gebet über Gebühr aus, so dass sie sich danach sputen mussten, um nicht von der Dunkelheit überrascht zu werden, ehe sie das Tagesziel erreichten. Auch an diesem Tag würde es knapp werden. Die Sonne war hinter den Wäldern versunken, und Dämmerung legte sich über das Land. Albert blickte angestrengt den Weg hinauf, als er in der Ferne einen Schatten bemerkte, eine Gestalt, die mit den dünnen Nebelschwaden beinahe verschmolz. Der weite Radmantel verriet den jungen Predigerbruder, der sich mit sichtlicher Mühe beeilte. Noch ehe er Albert erreicht hatte, fielen diesem die steilen Falten auf Thomas' Stirn auf und die zusammengezogenen Brauen. Die Capa bauschte sich bei jedem Schritt, und am Gürtel baumelten die Schuhe. Mit angespannten Wangen blieb Thomas vor ihm stehen, rieb sich die Oberarme. Der durchnässte Mantel, auf dessen Vlies Tropfen wie Tauperlen saßen, hing ihm sichtlich schwer von den Schultern.

»Eine Meile noch oder vielleicht zwei bis zur Stadt«, beantwortete Albert die unausgesprochene Frage, die er aus Thomas' gequältem Blick las. »Eigentlich wollte ich das Kloster vor Einbruch der Nacht erreichen.«

Thomas schloss die Augen und nickte. Er wirkte erschöpft, so dass Albert ihn von oben bis unten musterte. Obwohl Thomas' Unterschenkel im Schatten von Capa, Skapulier und Tunika kaum zu erkennen waren, entging Albert nicht, dass er seine Füße vorsichtig aufsetzte. Wie ein lahmendes Pferd.

»Lass mich das anschauen!« Ohne aufzusehen, warf Albert das Manteltuch beiseite, doch Thomas schreckte zurück, zuckte zusammen, als er auftrat.

»Junge!«, platzte Albert heraus. »Haben dir die Blasen der ersten Tage nicht gereicht?«

Zögernd trat der junge Predigerbruder von einem Bein aufs andere, machte aber keine Anstalten zu gehorchen. Er war nun einmal einer dieser verstaubten Schreibstubenhocker, die dazu neigten, Fett anzusetzen, weil sie sich nur dann bewegten, wenn es unvermeidlich war. Im Stillen hatte Albert schon in Paris gehofft, dass die lange Wanderung diesen gelehrten Ochsen wieder in den stattlichen Kerl verwandeln würde, der vor drei Jahren im Pariser Collegium der Predigerbrüder eingetroffen war, ein Kerl, der einen ansehnlichen Ritter abgegeben hätte und seine Mitschüler oft genug durch seine kraftstrotzende Gegenwart eingeschüchtert hatte. Viel zu bald war er der trotz aller Beschränkungen schmackhaften Küche des Konvents erlegen. Und nun kämpfte er mit den Folgen. Seufzend zog Albert die Brauen hoch.

»Hoffentlich ist der Bruder Medicus von Sankt Nicaise keiner, den es allzu früh in den Schlafsaal treibt.«

Der Bruder Medicus nahm sich Zeit, um Thomas' blutig geschundene Sohlen und geschwollene Knöchel zu baden und mit Salben zu behandeln, und legte ihm Verbände an, während Albert dem Abt des Klosters seine Aufwartung machte. Das kurze Gespräch verlief kühl, und Albert war froh, dem ebenso kühlen Raum bald entkommen zu sein.

Den Gästen wurden zwei Betten im Pilgerhaus zugewiesen, außerhalb der Klausur. Die Mönche des Klosters, die dem ehrwürdigen Orden des Heiligen Benedikt angehörten, argwöhnten wohl eine Prüfung durch die beiden Predigerbrüder. Die Vigil verschlief Thomas, und Albert konnte ihn nur mit Mühe davon abbringen, nach der Matutin reichlich Buße zu tun; die Scheite, auf denen der Bruder zum Gebet niederknien wollte, warf Albert wortlos aus dem Fenster.

»Verteile Almosen oder wirf dich vor dem Altar zu Boden«, schimpfte er, »aber untersteh dich, etwas zu tun, was unseren Aufbruch morgen verhindern könnte!«

So verabschiedete er sich, um sich mit einem Brief, den Meister Jehan de Cala ihm mitgegeben hatte, zur Fabrica der Kathedrale von Reims zu begeben. Für Albert sollte es ein herrlicher Tag werden: Bei windigem, aber trockenem Wetter bestaunte er den prachtvollen Kirchenbau, der schon weit fortgeschritten war. Die Schiffe waren fertig, das Dach gedeckt, und man hatte ein Westwerk errichtet, das dereinst, wie ihm der Baumeister stolz verkündete, drei hohe Portale beherrschen sollten, über denen die Könige Franziens, alle in goldenen Gewändern, von einer Galerie auf die Menschen herabblicken würden. Er schwärmte von der Herrlichkeit der Rosette und den beiden mächtigen Türmen, die das Westwerk krönen würden. Insgesamt sollten sieben Türme diese heiligste Kirche Franziens, in der die Könige die Salbung empfingen, dereinst schmücken. Albert bewunderte das Bauwerk gebührend, vertat den ganzen Tag dort und hätte beinahe vergessen, dem Baumeister Jehans de Cala Brief auszuhändigen. Zu den Gebetsstunden begab er sich in den lichtdurchfluteten Chorraum der Kathedrale und mischte sich ansonsten unter das Volk, das im Kirchenraum seinen Geschäften nachging.

Als er rechtzeitig zum Abendessen ins Kloster zurückgekehrt war, berichtete ihm ein aufgeregter Novize, dass Bruder Thomas im Skriptorium mit den Kopisten über die angemessene Darstellung der Schöpfung gestritten habe. Kopfschüttelnd begab Albert sich im Gefolge der anderen Mönche ins Refektorium, wo er zum Tisch des Abtes gebeten wurde. Verwundert folgte Albert dem wohlgestalten jungen Mönch, der ihm wortlos den Platz zur Rechten des Abtes anwies.

»Herr«, Albert sank auf ein Knie und küsste den Ring des Abtes, »ich befürchte, dass du unserem Besuch mehr Bedeutung bemisst, als ihm zukommt.«

»Du magst als Wanderer mit deinem Gefährten unterwegs sein, aber du bist dennoch ein wichtiger Mann in eurem Orden, Vater Albert.« Der Abt bog die Lippen zu einem Lächeln, doch seine Augen blieben kühl. »Wer jemanden entsendet, um das Licht der Weisheit im barbarischen Norden zu entzünden, wählt dazu keinen modrigen Span.«

Als der Lektor die enge Kanzel erklomm, erschien Thomas mit gerunzelter Stirn, begrüßte den Abt wie Albert zuvor und setzte sich steif auf den freien Platz neben diesem. Albert verkniff sich die Frage nach dem Grund seiner Übellaunigkeit, denn es war unübersehbar, dass Thomas Mühe hatte, Gebeten und Lesung zu folgen. Es wurden Körbe mit Brot aufgetragen, Schüsseln mit zweierlei Geflügel, Gemüse und Obst. Zwei Novizen brachten Silberkelche, füllten sie mit verdünntem Wein und verteilten sie auf dem Tisch, um den sich außer dem Abt und seinen beiden geehrten Gästen Prior und Dekan versammelten sowie einige ältere Mönche, die offenbar leitende Aufgaben im Kloster innehatten. Albert bemerkte, dass einer der Mönche Thomas mit einem finsteren Blick streifte – offenbar der Bibliothekar des Klosters, dem der junge Predigerbruder mit seinem scharfen Mundwerk wohl zugesetzt hatte. Albert unterdrückte das Grinsen angesichts der verkniffenen Miene des Mönches, wandte sich dem Novizen zu, der ihm Speisen vorlegen sollte, und lehnte dankend ab. Er beschränkte sich auf Brot und Gemüse, denn er wusste, dass Fleischspeisen ihm einen schweren Schlaf verursachen würden.

Eine erbauliche Lesung aus dem Leben des heiligen Korbinian begleitete das gemeinsame Essen nach Gebet und Segen, doch während Albert der Geschichte, wie der Heilige dem Bären sein Gepäck aufband, einiges an Heiterem abgewinnen konnte, schienen die Brüder dieses Klosters missgelaunt, als ginge alles nicht seinen liebgewonnenen Gang. Der Argwohn, dass die beiden Gäste im Auftrag der Inquisition des Heiligen Vaters in Rom auf ihrer Reise die Zustände in den Klöstern in Augenschein nehmen sollten, war mit Händen greifbar. Insbesondere der Bibliothekar stocherte in seinem Teller herum, während er unter seinen buschigen Brauen finstere Blicke wie Pfeile auf Thomas schoss.

Schweigend löffelte Albert Bohnenmus und Möhren, die so fad waren, dass sie die Neigung des Cellerars für nahrhaftere Speisen verrieten. Allein das Brot war durch die zerstoßenen Samen von Kreuzkümmel und Koriander ein Genuss. Den Wein wiederum hatte man derart stark verdünnt, dass er nur noch als Durstlöscher taugte.

Ein leises Brummeln ließ ihn aufmerken. Der Bibliothekar hatte den Kopf gesenkt und ballte die Fäuste zu beiden

Seiten seines Tellers. Als der Abt sich nun räusperte, zog er die Schultern hoch, blickte aber nicht auf.

»Was beengt dein Herz so sehr, dass du es nicht für dich behalten kannst, Vater Lambert?«, fragte der Abt.

Die Augen des Angesprochenen blitzten auf, als er Thomas einen Atemzug lang anstarrte, und er misshandelte sichtbar seine Oberlippe mit den Zähnen.

»Muss ich es dulden, dass einer der Hunde des Herrn in meinem Skriptorium die Zähne fletscht?«, platzte er heraus.

»Zunächst ist es keineswegs *dein* Skriptorium, Vater Lambert«, entgegnete der Abt ruhig. »Des Weiteren würde ich gerne wissen, wen Bruder Thomas Aquinas getadelt hat.«

»Es geht um die Illuminationen in unserer Heiligen Schrift. Bruder Thomas«, Vater Lamberts Zeigefinger stieß quer über den Tisch, »nannte die Darstellungen des sechsten Schöpfungstages und des Sündenfalls *unangemessen*.«

Als die Stimme des Bibliothekars verhallte, verstummte sogar der Lektor an seinem Pult. Albert wandte sich zu Thomas um, der zusammengezuckt war und nun stocksteif auf seinem Stuhl saß. Seine Wangen trugen rötliche Flecken. Dass er von den vornehmen Mönchen von Monte Cassino erzogen worden war, erschien unglaublich angesichts seines bemerkenswert schlechten Benehmens. Obwohl er einem der vornehmsten Geschlechter Latiums entstammte, hatte man ihm weder das Ungestüm austreiben können noch die Neigung, seinen Unmut deutlich kundzutun. Normannisches Blut, dachte Albert, das Blut seiner Mutter, die ihn ein Jahr lang hatte einsperren lassen, weil er sich nicht dem beugen wollte, was seine Familie mit ihm vorgehabt hatte: Abt oder Bischof hätte er werden sollen, kein Predigerbruder, dessen Orden irdische Güter und Pfründe verschmähte.

Die Lippen des Abtes bogen sich zu jenem feinen Lächeln, hinter dem Edelgeborene und Wohlerzogene ihre Gemütsregungen verbargen, während der Bibliothekar in aufrichtigem Zorn die Fäuste ballte.

»Darf ich fragen, woher eure Bibel stammt, ehrwürdiger Vater?«, fragte Albert.

Als Vater Lambert den Mund öffnete, hob der Abt die Hand, was den Mönch in sich zusammensinken ließ.

»Es ist eine Bibel aus Cisteaux«, erwiderte das Oberhaupt des Klosters. »Sie befindet sich seit fast hundert Jahren in unserer Bibliothek.«

»Eine Bibel aus Cisteaux?« Freudig lehnte Albert sich vor. »Womöglich eine aus den Tagen Stephen Hardings?« Als der Abt bedächtig nickte, rieselte ein warmer Schauer über Alberts Rücken, und er musste sich beherrschen, um nicht sofort darum zu bitten, diese Handschrift sehen zu dürfen.

»Ich lasse sie dir gerne zeigen, Vater Albert, zumal sich Bruder Thomas dann überzeugen kann, dass seine Sorgen unbegründet sind.«

Der Abt schien seine Gedanken gelesen zu haben; das Lächeln hatte sich ein wenig tiefer in seine Mundwinkel gegraben, woran Albert erkannte, dass er zumindest ein Aufblitzen in den Augen nicht hatte verhehlen können. Er beugte den Nacken, um Zustimmung und Dank zu zeigen.

Mit zitternden Fingern wendete Vater Lambert die pergamentenen Blätter des großen alten Codex, sooft Albert ihn mit einem Handzeichen darum bat. Nur der Bibliothekar durfte das kostbare Stück berühren, dessen Seiten jeweils zwei Kolonnen sauberer Minuskel bedeckten. Prachtvolle, farbenfrohe Initialen schmückten die Buchanfänge, Ornamente säumten auf vielen Seiten die Spalten, und so manche Stelle wurde von Bildern illuminiert, bei deren Anblick Albert der Atem stockte angesichts ihrer Klarheit. Die Schrecken des Krieges waren in Zeichnungen eingefangen, die die Streiter in Rüstungen zeigten, als fände das alles gerade jetzt statt. Unwillkürlich gemahnten sie Albert an die Kreuzzüge, deren sechster gerade in der neu errichteten Hafenstadt Aigues-Mortes vorbereitet wurde.

Vater Lambert ergriff einen dicken Packen Seiten und legte sie vorsichtig um, blätterte dann zielstrebig zum Anfang des Codex und legte eine Seite offen, deren unteres rechtes Viertel von einer kunstvollen Zeichnung eingenommen wurde. Ein blühender Garten tat sich auf, ein nackter Mann, Adam, ruhte auf der Seite im Schatten eines Baumes, Gras verhüllte seine Blöße. Hinter ihm erhob sich Eva, streckt ihre Rechte empor, der Schlange entgegen, die ihr eine Frucht reichte. Anerkennend entließ Albert die Luft zwischen den Lippen. In wenigen feinen Strichen hatte der Illuminator Adams seligen Schlummer ebenso festgehalten wie die Betörung Evas durch die Schlange, die ihm umso furchtbarer erschien, als er in Evas verschleiertem Blick das verliebte Mädchen erkannte, ebenso wie in ihrer Haltung, dem im zögernden Aufrichten durchgedrückten Leib, der die kleinen, runden Brüste überaus reizvoll darbot.

Albert richtete sich auf und schmunzelte, als er bemerkte, dass Thomas hölzern neben ihm stand und eine düstere Miene zog. Vater Lambert starrte Albert aus verhärteter Miene an.

»Ich gehe davon aus, ehrwürdiger Vater«, begann Albert, »dass diese Schrift nicht für die Unterrichtung der Oblaten und Novizen gedacht ist.«

»Wie kommst du darauf?«, blaffte Vater Lambert, dann schloss er kurz die Augen, wie um sich zu beruhigen.

»Nun, eine Illumination soll das Wesen einer Schriftstelle aufleuchten lassen.« Albert deutete einladend auf die Zeichnung. »Wir sehen den friedvollen Garten des Paradieses, in dessen Schatten Adam sorglos ruht, an seiner Seite die Gefährtin, die Gott ihm schuf. Diese Gefährtin wendet sich der Schlange zu, dem Tier, das schlauer ist als alle Tiere, die Gott gemacht hatte. Und weil die Schlange zu ihr spricht, lässt die Frau sich von den Worten der Schlange, dass sie dann wären wie Gott, betören – obwohl Gott der Herr sie gewarnt hat, nicht vom Baum der Erkenntnis von Gut und Böse zu essen, weil sie dann sterben müssten.«

Er legte die Hände vor dem Leib zusammen und versank in der Betrachtung des Bildes, der feinen Linien farbiger Tusche, die den Augenblick einfingen, als das Schicksal der Menschen besiegelt wurde. Schon als Knabe, als Klosterschüler hatte er sich gefragt, ob es sich tatsächlich so zugetragen hatte, damals in diesem Garten. Warum Gott der Herr ein Tier geschaffen habe, das um so viel schlauer war als alle anderen Tiere, dass es sogar seinen Hüter, den Menschen betören konnte. Ob es einen Grund gab, warum die Schlange ausgerechnet Eva und nicht Adam betörte, und ob dieser Grund im Wesen Evas lag oder ob es Zufall gewesen sei, vielleicht weil ihr ausgerechnet Eva begegnet sei. Schmunzelnd erinnert Albert sich daran, dass ihm solche Gedanken keine Ruhe gelassen hatten und er seinen Lehrern und seinem Beichtvater mit solchen Gedanken eine Plage gewesen war.

»Die Darstellung ist sicherlich ein wenig … gewagt«, sagte er schließlich, »aber dem Wesen dieses Abschnitts der

Heiligen Schrift durchaus angemessen.« Er wandte sich zu Thomas um. »Ich erkenne nichts Falsches an diesem Bild, zumal ich auch nicht imstande bin, das Werk des Lehrers des heiligen Bernhard zu beurteilen. Diese Heilige Schrift mit ihren Illuminationen stammt aus Cisteaux und wurde unter Abt Stephan Harding geschaffen, und du weißt, Bruder Thomas, dass dieser nicht nur die strengen Regeln dieses neuen Ordens festlegte, sondern auch die Heilige Schrift, deren Pflege in den Klöstern vernachlässigt worden war, einer genauen Sichtung unterzog. Die Codices, die das Skriptorium der Mönche von Cisteaux verließen, sind mustergültig für das Verfertigen neuer Abschriften.«

Gesenkten Hauptes nahm Thomas die tadelnde Erklärung auf, und nur die rötlichen Flecken auf seinen Wangen verrieten seine Verdrossenheit. Vater Lambert klappte langsam den kostbaren Codex zu, dann strichen seine dünnen Finger wie Spinnenbeine über die Silberbeschläge, die den hölzernen Einband zierten, verharrten lange auf der Gestalt des Weltenrichters, der prachtvoll gewandet in der Mitte des Buchdeckels saß, auf dem linken Oberschenkel das Buch von Anfang und Ende haltend, Alpha und Omega, die rechte Hand wie zum Schwur erhoben.

Das Sonnenlicht tanzte golden im Laub, als sie am nächsten Tag der alten Straße in Richtung Letzeburg folgten. Seitdem sie die Kapelle verlassen hatten, in der sie die Sext gebetet hatten, summte Albert gutgelaunt vor sich hin, obwohl sie nicht schnell vorankamen. Thomas' wundgelaufene Füße erlaubten einen kaum mehr als gemächlichen Schritt, und bisher war ihnen nur Landvolk mit dreckigen Karren und zerzausten Lasteseln begegnet. Sie hatten niemanden aufgefordert, sie ein Stück mitzunehmen, sondern waren lieber weitergewandert, schon um ihre Kleidung nicht zu beschmutzen.

Wo immer Bäche ihren Weg begleiteten, bat Thomas um Rast und schlüpfte aus den abgenutzten Schuhen, um die schmerzenden Füße zu kühlen und anschließend mit Hirschtalg einzureiben, den ihm der Medicus des Klosters von Sankt Nicaise mitgegeben hatte. Bei einer dieser Gelegenheiten kauerte Albert sich vor ihn und umfasste den Knöchel des Fußes, den Thomas gerade fettete. Sie wechselten einen Blick. Albert wusste, dass Thomas sich ungern anfassen ließ, sich jeder Berührung zu entziehen versuchte. Auch den Bruderkuss erledigte er stets schneller als schicklich. Behutsam untersuchte Albert die Sohlen des jungen Dominikanermönches, die teils prall gefüllten, teils blutig aufgeplatzten Blasen, die von den schlechten Schuhen herrührten. Zumindest war nichts entzündet, aber eigentlich benötigten die geschundenen Füße mehrere Tage Ruhe. Kaum löste Albert seine Hände von Thomas' Fersen, entzog dieser ihm rasch seine Beine und verbarg sie unter der Tunika.

Albert beugte sich zum Wasser, um seine Hände zu waschen, und wunderte sich über das mädchenhafte Verhalten seines Reisegefährten, als ihm die gestrige Aufregung wegen der Illumination des Sündenfalls in den Sinn kam. Ein leiser Verdacht erwachte in ihm, der wuchs, während sie ihren Weg fortsetzten, und sich nicht mehr vertreiben ließ. Bei seinem Eintreffen in Paris nach langer Wanderung war Thomas Aquinas ein großer, stämmiger junger Mann gewesen, der ebenso gut einen stattlichen Ritter hätte abgeben können, wenn seine Eltern ihn nicht im zarten Knabenalter nach Monte Cassino gegeben hätten. Nur selten verließ

Thomas den Pariser Konvent der Predigerbrüder, eigentlich nur, wenn es ihm befohlen wurde, und dann hüllte er sich in den schwarzen Radmantel, zog die weißen und schwarzen Kapuzen von Gugel und Umhang tief in die Stirn und versteckte die Hände. Denn auf der Straße drehten die Mädchen kichernd die Hälse nach ihm. Doch als er sich in einen dicken Gelehrten verwandelte, schlug die Bewunderung um in Fopperei.

»Sag, mein Sohn, wenn ich dir eine unschickliche Frage stelle, würdest du sie mir ehrlich beantworten?«

Thomas sah ihn aus großen Augen an, und wieder wurde Albert klar, warum die Mädchen ihn gerne angeschaut hatten.

»Sag, mein Sohn«, nochmals wählte Albert die förmliche Anrede, »welcher der drei evangelischen Räte bereitet dir mehr Pein als die anderen, die Armut, die Keuschheit oder der Gehorsam?«

Er hatte nicht damit gerechnet, eine sofortige Antwort zu bekommen, die er ohnehin als Ausflucht abgetan hätte; doch je länger Thomas wortlos neben ihm herging, desto unbehaglicher wurde es Albert. Thomas ließ es sich nie anmerken, wenn ihn eine unbedachte Frage kränkte, sondern verharrte dann in Schweigen. Vorsichtig schielte Albert hinüber und sah, dass Thomas die Unterlippe eingezogen hatte und mit den Zähnen daran herumzupfte. Seine Miene war angespannt, zeigte keineswegs die gespielte Besonnenheit, die Albert erwartet hatte.

»Du fragst wegen der Eva, nicht wahr, ehrwürdiger Vater?«, erwiderte er ein wenig gepresst.

Albert nickte und lächelte, weil er sich durchaus ertappt fühlte.

»Es tut mir leid, dass mein heftiges Gemüt dir Scherereien verursachte. Ich –«

»Aber nein!«, fuhr Albert lachend dazwischen. »Auf diese Weise kam ich in den Genuss, eine Heilige Schrift aus dem Skriptorium des seligen Stephen Harding zu bewundern. Das war mir zuvor erst einmal vergönnt.«

Noch immer nagte Thomas an der Unterlippe, während sie ihren Weg fortsetzten. Eine Schar Landvolk mit Sensen saß am Wiesenrain und begrüßte sie fröhlich; ein älterer Mann eilte zu ihnen und bat sie, den abgerissenen Hut in den Händen drehend, um einen Segen. Albert kam diesem Wunsch gerne nach und trat zu den Menschen, die einträchtig auf die Knie gesunken waren. Es bereitet ihm Freude, gerade die einfachen Leute Gott dem Herrn anzuempfehlen, seinen Segen für sie und ihr Tun zu erbitten und sich dem Gemurmel zu ergeben, wenn er mit ihnen ein *Pater noster* betete. Überschwänglich dankten sie ihm, küssten ihm und dann auch Thomas die Hände, boten ihnen von ihrem Imbiss an und waren nicht davon abzubringen, sich auf diese Weise erkenntlich zu zeigen. So zogen Albert und Thomas unter vielfachem Dank und Segenswünschen ihrer Wege, versorgt mit duftendem Käse und frischem Brot, nur den Speck hatten sie mit einem Hinweis darauf, dass sie das Fleisch vierfüßiger Tiere nicht äßen, zurückgewiesen. Zwischen zwei Horen hob Albert die Laune, indem er Thomas in der drolligen rheinischen Mundart unterrichtete, die er selbst während seines Aufenthalts im Konvent der Predigerbrüder zu Köln gelernt hatte.

Mit Rücksicht auf Thomas, dem Aufenthalte unter Bauersleuten großes Unbehagen bereiteten, schlug Albert sich den Gedanken, im nahen Dorf zu übernachten, aus dem

Kopf. Letztendlich war es auch ihm lieber, nicht in ungezieferverseuchtem Stroh und muffigen Laken zu nächtigen.

Kurz vor Sonnenuntergang erspähte Albert auf dem langgestreckten Hügelkamm zu ihrer Linken eine sonnenbeschienene Mauer, überragt von zwei hohen Giebeln; Hütten mit tief heruntergezogenen Strohdächern duckten sich rings um die kleine Befestigung, in der er die Vilikation erkannte, die ihm der Cellerar am Morgen als Quartier empfohlen hatte. Auf den umliegenden Feldern wogte grünes Getreide, die Weiden bevölkerten Kühe und Pferde, aus der Aue tönte das Geschnatter einer Gänseschar, die von Kindern nach Hause getrieben wurde. Mädchen nahmen Wäsche ab und stapelten sie gefaltet in Körbe, während kleine Kinder auf dem Hang tollten. Als eine Glocke ertönte, schienen die Felder in Bewegung zu geraten; Hörige und Tagelöhner, Männer und Frauen verließen ihre Arbeit, um zur Nacht zurückzukehren an den heimischen Herd. Albert bot sich ein Bild des Friedens, das zugleich die arbeitsreiche Härte der Strafe für Adams Sünde bezeugte. Thomas war mit ihm stehen geblieben, und als Albert sich umdrehte, erkannte er in dessen Zügen den Nachhall derselben Freude.

»Da oben werden wir Unterkunft finden«, sagte er.

Als Thomas wortlos nickte, entließ Albert erleichtert den Atem zwischen den Lippen.

»Ich fürchtete schon, du würdest einen Apfelgarten bevorzugen, wo man uns möglicherweise als Landstreicher verjagen würde, ehe wir uns zu erkennen geben könnten.«

»Du meinst also, wir hätten keine Wahl?«, entgegnete Thomas, und Albert musste an sich halten, als er das Schmunzeln in Thomas' Mundwinkeln bemerkte.

»Sie werden uns dort oben sicher ihre Kapelle zum Gebet anbieten und einen Platz an ihrer bescheidenen Tafel.«

»Und du wirst ein paar Beichten abnehmen dürfen«, fügte Thomas hinzu. »Hässliche Beichten, die sie ihrem eigenen Beichtiger nicht zumuten wollen, während du morgen wieder aus ihrem Leben verschwunden sein wirst.«

Seufzend nickte Albert und setzte sich in Bewegung, stapfte durch das hohe Gras eines Apfelgartens, wobei er auf den Weg zuhielt, der zwischen den Hütten den Hang hinaufführte, sich in einer gemächlichen Biegung einem Mauerring näherte und vor einem angelehnten Tor endete. Drinnen gackerten Hühner, Hufschlag klapperte auf hartem Boden, und ein altes Weib zankte mit einem heulenden Mädchen. Grinsend wandte Albert sich zu Thomas um, der schnaufend zu ihm aufschloss, trat dann vor, pochte an das Holz und schob den Flügel ein Stück weiter auf. Vor ihm breitete sich das Bild eines ländlichen Anwesens aus, der Hof eines Vogtes oder Edelfreien: Ein einfach gekleidetes Weib schulterte einen Korb und eilte zum größten Haus im Rund, einem gekalkten Fachwerkbau, dessen kleine, pergamentbespannte Fenster geöffnet waren. Die Magd war kaum im Inneren verschwunden, als eine Frau erschien, die ihren hellen Rock mit der Linken ein wenig raffte und mit der anderen die Augen beschattete, um nach den Ankömmlingen Ausschau zu halten. Als Albert die Hand zum Gruß hob, schickte sie sich an, ihnen entgegenzukommen. Erfreut wollte er Thomas' Arm ergreifen, doch dessen Lippen waren so schmal, dass er stutzte.

»Schreckt dich der Anblick der Töchter Evas so sehr?«, fragte er vorsichtig.

Die Züge des jungen Mönches verhärteten sich vor Misstrauen. »Ich möchte nicht in einer Halle nächtigen, in der die Knechte bei den Mägden liegen.«

Albert gluckste bei dem Bemühen, das Lachen zu unterdrücken, das in ihm aufperlte wie munteres Quellwasser. Er erinnerte sich an ähnliche Situationen, aber auch an verlauste Herbergen, Nächte in fauligem Stroh und in kalten, zugigen Pilgerhäusern. »Nicht jede Einladung ist gleich angenehm.«

VIII

Der Fluss wälzte sich schwarz zu Gerwichs Füßen, hier am Kai eine nach verrottendem Fisch stinkende Brühe, bedeckt von schaumigen Schlieren. Abfall schwebte auf der ölig schimmernden Oberfläche, Holzreste und die verschmutzten Blätter der Apfelblüten, die der Wind über die Stadtmauer geweht hatte. Es roch nach den verstreuten Haufen Eselkot auf dem Platz zwischen Hafenkai und Stadtmauer, wo die Handlanger und Tagelöhner sich herumtrieben und jedem Vorübergehenden lauthals ihre Dienste anpriesen.

Auf der anderen Seite des Wassers duckten sich die Häuser von Deutz rings um das alte Stift des Heiligen Heribert, als fürchteten sie sich, seitdem die Mauer ringsum geschleift war, und suchten Zuflucht beim Grab des Bischofs. Dahinter lag fruchtbares Land, in der Ferne begrenzt von den Schatten der Berge, über die sich ein blassblauer Himmel breitete.

»Das Land der Grafen von Berg.« Gerhard deutete auf die fernen Schatten. »Dort waltet der Neffe Erzbischof Engelberts, der mit den Kölner Handelsherren seinerzeit hart kämpfte. Sie bedauern sein Ende bis heute nicht – aber mit Graf Adolf bandeln sie schon seit einiger Zeit an, obwohl der von Berg die Schwester Erzbischof Konrads zur Frau genommen hat.«

»Woher weißt du das alles?«

Ein schelmisches Grinsen grub sich in Gerhards Mundwinkel. »Ich habe die Erfahrung gemacht, dass man sich umhören muss, wenn man neu in eine Stadt kommt. Die Meister haben mir manches erzählt.« Er drehte sich um und verschränkte die Arme. »Hier in Köln ist vieles anders. Der Erzbischof ist nicht wirklich Herr der Stadt, sondern muss Rücksicht nehmen auf die Handelsherren, auf Bürgermeister, Schöffen und Schöffenbrüder. Richerzeche nennen sie das hier, Bruderschaft der Reichen. Da sitzen die Herren beisammen, die sich die *Besseren* nennen, und machen Geschäfte miteinander zu ihrem Vorteil. Dem Herrn Konrad gefällt das nicht – und den reichen Herren wiederum gefällt nicht, dass der Herr Konrad und sein Kapitel einen neuen Dom im Stil einer franzischen Kathedrale bauen. Ein kleinerer hätte es ja auch getan, wo Köln schon so viele schöne Kirchen hat.«

Aus seinem leisen Schnauben hörte Gerwich die Verachtung, die Gerhard, Zweitgeborener eines Ministerialen, dem die Pröpste des Stiftes Sankt Kunibert zu Köln das Moseldorf Rile als Lehen verliehen hatten, weltlicher Chorherr und Dombaumeister im Dienste eines Erzbischofs, für die mächtigen Bürger dieser Stadt empfand. Die gleiche Verachtung, die er für die Reichen von Paris, Chartre und Amiens empfunden hatte. Stinkende Geldsäcke nannte er sie, so weit Gerwich zurückdenken konnte, raffgierig seien sie, machtbesessen und ungehobelt. Gottlob sei den Christenmenschen zumindest der Wucher untersagt. Die Juden, mit denen der Herr seine eigenen Pläne habe, mochten damit umgehen können, aber eine durch das Leiden des Herrn erlöste Seele gehe unausweichlich der Erlösung wieder verlustig.

Kein Tier könne der Verdammnis anheimfallen – nur der vernunftbegabte Mensch, wenn er diese Gabe missbrauche, um, den Einflüsterungen des Bösen folgend, Habgier und Wollust, Völlerei und Hoffart, Jähzorn und Geiz und Trägheit zu frönen.

Diesmal allerdings war der Vortrag ausgeblieben, den Gerwich bereits auswendig herbeten konnte; erst als seine Lippen die ersten Worte des *Pater noster* formten, fiel ihm auf, dass sein Onkel schweigend über das Wasser blickte, stromabwärts, wo schwere Lastkähne tief im Wasser lagen.

»Dieses Land hat keinen König, der die Fürsten im Zaum hält und die Städte bewacht.«

»Haben sie nicht gerade –«

»Ja, gewählt haben sie wieder einmal, aber einen, der schwach ist und den ihnen der Erzbischof«, der Onkel deutete mit einem Nicken zur Hacht hinauf, die hinter der Hafenmauer verborgen lag, »vorgesetzt hat wie ein Spanferkel. Hätte der Heilige Vater dereinst nicht einen Abtrünnigen gesalbt, den er schließlich bannen musste ...« Seufzend wandte er sich Gerwich zu. »Lass uns zur Fabrica gehen.«

Hinter dem Tor herrschte reges Treiben an den Ständen der Fischer, die um diese Tageszeit umhüllt waren von schnatternden und keifenden Schwärmen der Weiber – Köchinnen und Küchenmägde, Hausfrauen und Händlerinnen. Noch im Torbogen machte Gerhard von Rile kehrt und schritt ungerührt an den Reihen der schreienden Tagelöhner entlang, bis zur nächsten Pforte, die sie zu Sankt Maria ad Gradus führte. Unverdrossen schritt der Onkel voran die Stufen hinauf, grüßte nach rechts und nach links, dass Gerwich kaum nachkam, bis ihm ein Bürgermädchen entgegenschlenderte, gefolgt von zwei Mägden. Sofort erkannte Gerwich in der schmalen Gestalt Caecilie, Steinmetzmeister Johanns blasse Tochter. Das Mädchen blieb stehen und erwiderte den Gruß mit einem Nicken; dabei hielt sie den Kopf gesenkt, so dass der Schleier nicht nur ihr silberhelles Haar, sondern auch ihr Gesicht verbarg. Gerwich riss den Blick von ihr los, als ihm aufging, dass die Mägde kicherten, weil er sie anstarrte wie ein Schaf.

»Michel ist im Turm«, hörte er sie sagen mit einer hellen, klaren Stimme, die ihn überraschte. »Sein Vater klagt, er esse nicht und trinke nicht und rede mit niemandem.«

»Ist Meister Michael zum Turm gegangen?«

Sie nickte. »Er durfte die Wachstube betreten und Milch und Brot und Käse zu Michel hinunterlassen. Aber der habe nur im Stroh gelegen und keinen Laut von sich gegeben. Nicht einmal, als der Vater ihn angefleht habe, mit ihm zu reden.«

»Das hätte ich ihm gleich sagen können«, brummte Gerhard.

Als das Mädchen den Kopf hob, sah Gerwich, dass sie ihre hellen Wimpern leicht geschwärzt und feine Linien um ihre Augen gezogen hatte, die deren helles Blau noch strahlender erscheinen ließen, und ihm wurde ein wenig flau. Abgesehen von seiner Schwester hatte er sich um Mädchen nie gekümmert, sie waren ihm immer wie eine Dreingabe vorgekommen, nachträglich aus Adams Seite geschnitten, damit die Menschheit sich mehren konnte. Doch Caecilies Gegenwart weckte in ihm solches Unbehagen, dass er nicht mehr wusste, wohin mit den Händen. Erleichtert nickte er ihr zu, als sie sich verabschiedete, und er folgte dem Onkel die Stufen hinauf, ohne sich umzudrehen, obwohl es ihn reizte.

»Solche Wahrproben sind dummes Zeug!«, brummte Gerhard. »Ein Stein kann doch nicht zaubern!«

»Es ist Gott, der durch das Blut der Märtyrer die Wahrheit ans Licht bringt«, erwiderte Gerwich in dem Versuch, das, was ihm die kölnischen Handwerker über die Kraft der Säule gesagt hatten, richtig zu deuten.

»Dummes Zeug!«, wiederholte Gerhard. »Zauberei gibt es nicht. Es steckt immer ein Kniff dahinter, eine Täuschung. Der Herr lässt sich nicht bestechen oder sonst wie ins Zeug pfuschen!« Er schnaubte vernehmlich.

»Aber was geschehen ist, kann man nicht erklären!«

»Solange man nicht untersucht, was geschehen ist, sicherlich nicht.«

Müde krampfte Gerwich die Finger um den Führriemen des Esels, den sein Onkel ihm anvertraut hatte, und richtete den Blick stur auf den staubigen Weg. Vor ihm lenkte Meister Gerhard ein weiteres Lasttier, das ihr Gepäck trug. Der glänzende Sonnenschein spielte in den Blättern der Bäume, als wollte er sich über Gerwich lustig machen. Sie waren am Morgen vom Haus eines Bonner Stiftsherrn, in dem der Dombaumeister für sie Unterkunft gefunden hatte, aufgebrochen, viel zu früh für Gerwich, der auf dem kargen Strohlager bis lange nach dem Läuten zur Vigil nicht hatte einschlafen können und im Morgengrauen mit schmerzenden Gliedern erwacht war.

Allzu arbeitsreich waren die Tage zuvor gewesen, die sie auf der anderen Seite des Flusses zugebracht hatten. Drei Steinbrüche hatte Meister Gerhard mit ihm aufgesucht, um den grauen Fels auf seine Tauglichkeit zu prüfen und Gesteinsproben zu nehmen; es waren heruntergekommene

Anlagen gewesen, niemand hielt sich dort auf. Der Steinmetz, der sie begleitet hatte, war kopfschüttelnd durch das wuchernde Unkraut gelaufen und hatte Felsbrocken von dicken Moosschichten befreien müssen, bevor er sie abgeklopft hatte. Beide waren unzufrieden gewesen, aber was sie Gerwich zu erklären versucht hatten, nämlich wie man schlechte Steine schon am Klang erkennen könne, das hatte dieser nicht verstanden, nichtsdestotrotz hatte er brav genickt, um sie nicht noch mehr zu verärgern.

Erst der letzte Steinbruch oberhalb des Flecken Winter hatte einen belebten Eindruck gemacht: Schon von weitem hatten sie den Lärm der Meißel gehört, und der Dienstmann war von der Burg heruntergekommen, um die Anweisungen seines Herrn, des Erzbischofs, aus dem Mund des Baumeisters mürrisch zur Kenntnis zu nehmen. Übelgelaunt hatte Meister Gerhard den Rückweg angetreten, und dass sie am Bonner Stadttor beinahe zurückgewiesen worden wären, weil die Fährleute mit den Strömungen des Rheins zu kämpfen gehabt hatten, hatte seine Stimmung nicht aufgehellt.

Das Frühstück im Haus ihres Gastgebers war zwar üppig ausgefallen, doch der Onkel hatte zur Eile gemahnt, und nun rang Gerwich mit Hunger und Müdigkeit und mit den peinigenden Blasen, die unter den Zehen und an den Fersen wucherten. Neben ihm zockelte der Esel auf knotigen Beinen unbeirrt vorwärts und trug die beiden Körbe, die, angefüllt mit grauem und schwarzem Gestein, an seinen Flanken hingen, als ahnte er, dass am Ende dieses Tagesmarsches ein Hafersack auf ihn wartete.

Gegen Mittag machten sie Rast, verrichteten ihr Gebet und machten sich über den Imbiss her, den ihnen ihr Gastgeber hatte einpacken lassen, während die beiden Esel im Schatten einiger Apfelbäume dösten. Landvolk, auf dem Weg zu Spanndiensten, zog mit vier kräftigen Ochsen vorbei, hinterdrein ein Schwarm schmutziger Kinder, die einander kichernd mit vertrockneten Kletten und Erdbrocken bewarfen.

Als Gerwich kurz vor ihrem erneuten Aufbruch die Traggurte der Lasttiere nachzog, erkannte er in einiger Entfernung die dunklen Schemen zweier Wanderer, die denselben Weg nahmen wie sein Onkel und er. Die beiden ungleich großen Männer schritten so kräftig aus, dass ihre schwarzen Radmäntel sich zu breiten Kegeln bauschten und die weißen Skapuliere darunter sichtbar wurden. Meister Gerhard berührte Gerwich am Arm und bedeutete ihm zu warten; er selbst zog seinen Chorherrenmantel aus dem Gepäcksack, klopfte den Staub ab und warf sich das dunkle Tuch um die Schultern.

»*Domini canes*«, murmelte er schief grinsend, als die beiden sie fast erreicht hatten.

Neugierig spähte Gerwich in die Gesichter der beiden Mönche, Angehörige des Predigerordens, von denen viele im Auftrag des Papstes ausgeschwärmt waren, um in den Klöstern mönchische Zucht zu erneuern und irregegangene Schafe, Laien wie Kleriker, wieder auf rechte Pfade zu lenken. Der Ältere kam ihnen mit einem Lächeln, das man nicht anders als gewinnend bezeichnen konnte, entgegen, und seine Züge ließen auf einen schmalen Mann von Meister Gerhards Größe und Alter schließen, während der andere ausgesprochen stattlich wirkte. Der Dünne streckte ihnen seine schmalen Hände entgegen, sein Wandergefährte hingegen blieb ein wenig zurück und schien sie vorsichtig zu beobachten, was so gar nicht zu seiner ritterlichen Statur passte.

»*Laudetur Iesus Christus, fratres*«, grüßte Gerhard, nachdem er vom Pferd gestiegen war, und verbeugte sich, die Rechte aufs Herz gelegt.

»Amen«, erwiderte der ältere der beiden Mönche und schlug segnend das Kreuz.

Hastig war Gerwich jeder Bewegung seines Onkels gefolgt, hatte lautlos die Lippen bewegt und sich erst wieder aufgerichtet, als er bemerkt hatte, dass auch Meister Gerhard wieder gerade stand. Der hagere Mönch, ein Mann in den besten Jahren, streckte die Arme ein wenig aus. Das Lächeln brachte eine lebhafte Farbe auf seine Wangen; auf Anhieb wirkte er liebenswert, was Gerwich auch daran erkannte, dass sein Onkel die dargebotenen Hände sofort ergriff und drückte. Sein Begleiter, der durchaus sein Sohn hätte sein können, behielt die Hände in den Ärmeln seines Habits.

Der Onkel legte die Rechte auf seine Brust. »Meister Gerhard von Rile bin ich, und das«, er wies hinter sich, »ist mein Neffe und Lehrling Gerwich.«

Der Mönch nickte, murmelte einen weiteren Gruß. »Was für eine wunderbare Fügung des Herrn, mich mit dem neuen Dombaumeister zu Köln zusammenzuführen.«

»Das wisst Ihr?«

»Wir kommen von Paris her«, erwiderte der Mönch, »vom Collegium des Heiligen Jacobus.«

»Aus Franzien? Ihr klingt wie ein Schwabe!«

Der Mönch schüttelte leise lachend den Kopf. »Richtig, ich stamme aus Schwaben, genauer gesagt, aus Lauingen an der Donau. Pater Albertus nennt man mich.«

»Albert von Lauingen?«, rief der Onkel, ohne den anderen Mönch zu beachten. »Welche Freude! Ihr seid doch geschickt, um die Hochschule der Prediger aufzubauen!«

»Hat sich das schon herumgesprochen?« Pater Albert lachte leise. »Ja, ich kehre zurück in die heilige Stadt Köln. Ich werde ja nicht zum ersten Mal im dortigen Konvent der Predigerbrüder weilen.«

»Der Herr sei gepriesen – und die Weisheit des Ordenskapitels, dass ihre Wahl auf Euch fiel.«

»Nanana …«

Gerwich erhaschte gerade noch einen Blick auf das feine Schmunzeln in den Augen des Predigerpaters, als dieser sich abwandte, um seinen Begleiter neben sich zu ziehen.

»Die Weisheit des Kapitels zeigte sich mehr in ihrer Erlaubnis, meinen besten Schüler mit mir gehen zu lassen, *frater Thomas, filius gentis comitum de Aquino*.«

Ein leiser Pfiff flog über Gerwichs Lippen; die abenteuerliche Geschichte des Grafensohnes aus Latium, der dem Willen seiner Familie getrotzt hatte, um dem Bettelorden der Predigerbrüder beizutreten, anstatt standesgemäß zu den Benediktinern zu gehen, war ihm in der Domschule zu Amiens zu Ohren gekommen. Dort hatte ein junger Scholasticus dieses Vorbild an Gottesfurcht und Disziplin vor den lausbübischen Schülern gepriesen. Gerwich hatte einen hageren, blassen Jüngling vor Augen gehabt, ein junges Ebenbild Pater Alberts, keinen großen, massigen Menschen mit müden Gesichtszügen. Nur die scharfen Falten, die seinen kleinen Mund begrenzten, verrieten die Entschlossenheit, die dazu nötig war, sich Familie und Stand zu widersetzen.

Meister Gerhards Augen glänzten auf, als der ältere Mönch

ihn beim Arm nahm, um mit ihm weiterzugehen. Zögernd gesellte Gerwich, das Lasttier am Zügel führend, sich zu Bruder Thomas, der ihm nur einen schnellen Blick zuwarf, ehe er gesenkten Hauptes seinen Weg fortsetzte.

»Es muss der Wille Gottes gewesen sein, dass wir uns schon jetzt treffen«, sagte Pater Albert vor ihnen. »Bevor wir von Paris aufbrachen, besuchte ich ein letztes Mal die herrliche Nostre Dame. Dort übergab mir dein Freund Jehan de Cala einen Brief mit dem Auftrag, ihn dir mit den besten Wünschen um den Segen des Herrn auszuhändigen.«

»Meister Jehan? Wie geht es ihm?«

»Als ich ihn sah, war er wohlauf und munter.«

Vater Albert blieb stehen und kramte in einer Tasche an seinem Gürtel, förderte zwei zusammengebundene, dünne Holztafeln ans Tageslicht. Mit sichtlich zitternden Händen griff der Onkel danach, Tränen glänzten in seinen Augen.

»Ich habe ihn so lange nicht gesehen, und Gott allein weiß, ob ich ihn in meinem irdischen Leben noch einmal sehen werde.«

Er drückte die Tafeln an die Brust, bevor er sie in seine Tasche schob und mit einem knappen Nicken seinen Weg fortsetzte. Bald darauf plauderten Meister Gerhard und Pater Albrecht vorneweg, doch der Abstand war so groß, und die Hufe klapperten so laut auf dem verkommenen Pflaster, dass Gerwich kaum ein Wort verstand, nur Fetzen. Zuerst ging es um die Fortschritte an der Kathedrale zu Paris, dann berichtete Albert von Reims, bis ihr Gespräch auf die Fundamente des zukünftigen Domes zu Köln kam – das Lieblingsthema seines Onkels! –, das Material, die Bauart, und von da an schien Pater Albert nur noch aufmerksam zuzuhören, ohne nachzufragen.

»*Loquerisne Latine?*«, sagte Bruder Thomas zu Gerwich, der stutzte, dann hastig den Kopf schüttelte. Er hätte sich geschämt, mit seinen mageren Lateinkenntnissen eine Unterhaltung mit einem Mönch des Predigerordens, die berühmt waren für ihre hohe Bildung, bestreiten zu müssen.

»*Jo parle franceis*«, erwiderte er nach einer Atempause leise.

Der Mönch nickte, seine Kiefer arbeiteten sichtlich. »I'… I' spreke nit gut Deuts«, brachte er hervor, und jedes Wort ging ihm schwer von den Lippen. »I' muss … üben.«

Im selben Augenblick wandte Pater Albert sich um. »Ich habe es dir doch beigebracht, mein Sohn. Wie macht die Katze?«, rief er, verzog das Gesicht zu einer Fratze und fauchte. Dann setzte er lachend seinen Weg an der Seite Gerhards fort, während der junge Bruder ihm gesenkten Hauptes folgte.

Gerwich erkannte Thomas' Verlegenheit an dessen eingezogener Unterlippe und zermarterte sich den Kopf, was er sagen könnte. Etwas Einfaches musste es sein, wenn Bruder Thomas der hiesigen Mundart nicht wirklich mächtig war, und zugleich wollte Gerwich den Mönch, der nicht nur einige Jahre älter war als er, sondern eine Berühmtheit, nicht mit Kindereien langweilen. Nach einer Weile horchte er auf. Zu dem Geplauder der Männer hatte sich ein weiches Murmeln gesellt; neben ihm schritt Thomas, die Kapuze tief in die Stirn gezogen und die Hände unter dem schwarzen Umhang gefaltet. Er betete.

Erleichtert setzte Gerwich seinen Weg fort, still wie ein Mäuschen.

Im sanften Licht des späten Nachmittags, als sich ihnen endlich freie Sicht bot, zeichneten sich die Türme der Stadt vor veilchenfarbenen Wolken ab. Vater Albert blieb stehen und breitete die Arme aus, atmete tief durch.

»Schau, Bruder Thomas!«, rief er über die Schulter zurück. »Das Ziel unserer Wanderung ist nahe!«

Vor ihnen erhoben die vielen Türme und hohen Dächer der Kirchen sich über der Stadtmauer mit ihren Torburgen und Wehrtürmen, hinter denen die Häuser verborgen blieben. Über Thomas' Gesicht flog ein Leuchten – so viel Deutsch verstand er also –, in dem sich Gerwichs Freude über das baldige Ende des Marsches spiegelte. Eine Stunde, vielleicht zwei mussten sie noch wandern, dann würden Gerwich und sein Onkel zu Hause sein in der warmen Küche, am Herd, um den Frau Barbara sich kümmerte. Sie würden Eintopf aus ihren hölzernen Näpfen schlürfen und in weiches Brot beißen.

»Der Dom …« Vater Alberts Stimme verklang.

»Es gab ein Feuer«, beeilte Meister Gerhard sich mit einer Erklärung, »die Türme sind eingestürzt. Sie waren ja aus Holz.«

»Ich hörte davon. Fürchterliche Dinge erzählt man sich, dass ich schon fürchtete, die halbe Stadt sei abgebrannt. Aber insgeheim«, er grinste schelmisch, »habe ich auf meine Kölner vertraut, gute, gottesfürchtige Leute, die das Erbe der Stifter pflegen.«

»Leider ist diese Stadt dennoch kein Friedensreich«, wandte Meister Gerhard ein. »Der Erzbischof mag Stadtherr sein, doch er muss um dieses Recht ringen. Die besseren Bürger wollen selbst über die Stadt bestimmen und haben den Bischof schon mehrmals vor den Toren stehen lassen. Sie verweigern die Zölle, während sich ihre Handlanger im Dombezirk gebärden wie die Händler im Tempel.«

»Diese Rangeleien kenne ich.« Vater Albert winkte lächelnd ab. »Nicht viel anders ist es zugegangen, als ich früher hier weilte. Meine Kölner sind ein stolzes und aufbrausendes Völkchen, mit dem Maul ebenso schnell wie mit der Faust.«

»Wenn's doch nur die Faust wäre! Eure Kölner haben inzwischen Gefallen an scharfen Klingen gefunden, die sie einander zwischen die Rippen stoßen!«

Albert blieb abrupt stehen, als wäre er gegen eine Mauer geprallt, und blickte Meister Gerhard mit offenem Mund an.

»Ja, es hat Tote gegeben, ein Handwerksbursche soll einen jungen Händlersohn erstochen haben«, fuhr der Dombaumeister fort. »Jetzt hockt der arme Tropf im Turm, und sein Vater ist nur noch damit beschäftigt, ihm da heraus zu verhelfen, während in der Fabrica die Arbeit liegen bleibt.«

»Den Vater verstehe ich gut«, erwiderte Albert. »Welche Beweise gibt es denn für die Anschuldigungen?«

»Beweise?« Gerhard spuckt vor sich auf den Boden. »Ihr wisst doch, wie das ist mit der Gerichtsbarkeit unter den Besseren: Sie haben zugelassen, dass man ihn zur Säule geschleppt hat!«

»Zur Säule? Etwa zur Säule von Sankt Gereon?« Als Gerhard nickte, hob Albert flehend die Hände gen Himmel, schüttelte dann den Kopf und bekreuzigte sich. »Da verkündigt man ihnen das Heil, und sie dürsten doch nur nach faulem Zauber!«

Gerwich spürte ein Prickeln im Nacken; dass nach seinem Onkel nun auch Vater Albert die Heiligkeit der Säule bezweifelte, weckte Unbehagen. Die Säule hatte ihre Kraft doch bewiesen, als sie den Meineid des Handwerksburschen ans Licht gebracht hatte, indem sie ihm Hände und Gesicht verbrannte. Den Blick auf den Boden geheftet, nagte er an der Unterlippe, um sich zu beherrschen, während Meister Gerhard Vater Albert erzählte, wie es zugegangen sei. Dabei hatte er es doch gar nicht miterlebt!

»Man kann ihnen tausend Mal den Sieg des Herrn über die Werke des Teufels in der Welt predigen.« Gerhard lächelte milde. »Trotzdem werden sie sich von den Quacksalbern Liebestränke mischen lassen, eine Hasenpfote gegen Zahnweh um den Hals binden oder schwarze Bohnen unter der Schwelle des verhassten Nachbarn vergraben.«

»Die Säule ist ein Heiltum, kein Teufelswerk!«, platzte Gerwich heraus.

»Liebestränke und Hasenpfoten sind auch kein Teufelswerk, sondern grober Unfug!«, entgegnete Gerhard schroff. »Und zu denken, dass ein Stein – mag er auch durch Märtyrerblut geheiligt sein! – die Wahrheit verkünden könne, zeugt von Torheit!«

Die Worte hatten Gerwich wie eine Ohrfeige getroffen, so heiß wurden ihm die Wangen. Er fühlte sich gemaßregelt vor den beiden Mönchen, ließ den Kopf hängen und verharrte auf der Stelle, bis er am Scharren der Sohlen erkannte, dass Vater Albert und der Onkel weitergingen. Als er aufblickte, bemerkte er, dass Bruder Thomas stehen geblieben war und ihn aufmerksam musterte.

»Nur ein Narr schlagt sein' Esel, weil der dann erst rekt ni't ge'orcht«, sagte Thomas leise. Sein Deutsch klang hart, aber klar, als hätte er sich die Worte sorgfältig zurechtgelegt. Für den südländischen Zungenschlag konnte er ja nichts, und wie er dastand und unter seiner Kapuze hervorschaute, den Kopf ein ganz klein wenig schräggelegt und mit einem winzigen Lächeln in den Mundwinkeln, verflog das Gefühl der Scham wie eine Nebelschwade im Frühlicht.

Kurz vor Sonnenuntergang erreichten sie den mächtigen Bau des Severinstores, wo Bettler, die in Scharen aus der Stadt getrieben wurden, sie sofort umringten, auf die Knie sanken und die Mönche um ihren Segen baten, womit Albert, ohne zu zögern, begann. Weiber hielten ihre in Lumpen gewickelten Säuglinge hoch, während der Pater mit ausgebreiteten Armen die heiligen Worte sprach, und sein wohltönend gedehntes Amen echoten sie im Chor.

Die Wachmänner ließen sie passieren. Sie hatten kaum mehr als einen Blick auf die Siegel, die an den Geleitschreiben von Vater Albert und Meister Gerhard hingen, geworfen, dann gingen zwei von ihnen voran, folgten der alten Römerstraße in die Stadt, über die die nächtliche Dunkelheit fiel wie schweres Tuch. Nicht einmal Thomas hatte Einwände erhoben, als sie ihren Weg fortsetzten, obwohl von einem nahen Kirchturm eine helle Glocke zum Gebet rief. Ihm war anzusehen, dass seine Füße schmerzten, und dennoch murmelte er unverdrossen seine Psalmen und Gebete, nur das Singen war ihm merklich vergangen.

Er dauerte Gerwich. Sie hatten kein Wort mehr gewechselt, seitdem Thomas ihn mit seinem geradebrechten Sprüchlein aufgemuntert hatte, und dennoch hatte er den Mönch als angenehmen Wandergefährten empfunden. Nein, eigentlich genau deshalb, denn Gerwich stellte fest, dass das fröhliche Schwätzen des Onkels bei Vater Albert weitaus besser aufgehoben war als bei ihm, da der Geistliche ihm durchaus etwas entgegenzusetzen wusste.

Niedrige Häuser, von denen viele, wie man am säuberlichen Kalkanstrich erkennen konnte, noch nicht lange hier standen, säumten die Straße zu beiden Seiten, unterbrochen von Baustellen. An den Fronten hingen Schilder, die bildhaft auf das Handwerk der Bewohner hinwiesen. Hinter der Johannispforte, einem der aufgelassenen Torbauten im alten Stadtwall, waren die Häuser älter und standen enger, die oberen Geschosse reckten sich über die Straße, gespenstisch beleuchtet vom Licht, das durch die Ritzen der Läden glomm. Ein muffiger Geruch lag in der Luft. Überschattet von Sankt Georgs wuchtigem Turm breitete sich vor ihnen der Waidmarkt aus, menschenleer gähnte er in die Dunkelheit. Lautlos huschten Katzen in Hauseingänge und Torfluchten, und Gerwich glaubte, Ratten über den festgestampften Lehm gleiten zu sehen. Der Gestank von Urin wehte ihnen entgegen, als sie über den Steg am Blaugraben eilten und die mächtige Hohe Pforte erreichten, hinter der das wohlhabende Köln sich in der Umfassung der römischen Heidenmauer abschottete vor Zugezogenen und unreinen Gewerben.

Als sie den düsteren Burggrafenhof hinter sich gelassen hatten, fröstelte Gerwich, den die Erinnerung an den Toten, dem das Messer noch in der Brust gesteckt hatte, heimsuchte. Die nächste Gasse, die in die Hohe Straße mündete, führte zu jenem grausigen Ort. Hastig bekreuzigte er sich und flüsterte inbrünstig einen Segen dazu, auf dass Gott ihn behüten möge, während er an dem finsteren Schlund der Gasse vorübereilte. Er zählte die Schritte, seine Hand huschte nochmals zur Stirn, hinunter zur Brust und quer zu den Schultern, bis der Schatten verflog, so dass er wieder kräftiger ausschreiten konnte.

Meister Gerhard und Pater Albrecht schienen ermüdet,

weil sie schon seit geraumer Zeit kaum noch sprachen, nur noch gelegentlich auf Gebäude zeigten, um sie einander überflüssigerweise zu erklären. Hier, im alten römischen Herzen der Stadt, schimmerte der Lichterschein aus pergamentbezogenen Fenstern, und an manchem Haustor blakten Fackeln in die einbrechende Nacht. Eine Schar bunt gekleideter Junker kam ihnen entgegen und grüßte mit der Nachlässigkeit geborener Herren. Bruder Thomas schlurfte mehr, als dass er schritt, so dass Gerwich sich fragte, welche Hilfe er dem Mönch anbieten könne. Bis zum Konvent der Prediger war es nicht mehr allzu weit, nur noch an der Hacht vorbei, am Haus des Dompropstes und dem Atrium entlang bis zum Küchenhaus der Domherren, dann durch die Pfaffenpforte; bei Sankt Andreas würden sich ihre Wege wohl trennen.

Doch Vater Albert hatte plötzlich innegehalten, so plötzlich, dass der saumselige Bruder Thomas gegen ihn prallte, sich murmelnd entschuldigte, was Albert unterbrach, indem er nach ihm schlug, ohne ihn anzusehen. Sein Blick war auf den alten Dom gerichtet, vielmehr auf die verbliebenen Ruinen, Mauern und Apsis des Westchores, die sich tiefschwarz gegen den gestirnten Nachthimmel abzeichneten. Als Gerwich sah, dass Vater Albert sich bekreuzigte, tat er es ihm nach.

»Allmächtiger Gott!«, flüsterte der Pater, seine Finger berührten noch immer seine Brust. »Das ist ein schweres Unglück!« Er wandte sich Meister Gerhard zu. »Ich kannte dieses herrliche Gotteshaus! Ich habe Messen darin gehört … O heilige Jungfrau Maria! Das Kruzifix Geros, der Schrein der drei Weisen … was ist damit geschehen?«

Der Onkel legte seine Hand auf Alberts Schulter. »Sie

wurden gerettet ebenso wie vieles andere. Sie befinden sich in Sicherheit, in den Schatzkammern des Palas.«

»Wie konnte das geschehen?«, setzte der Mönch nach.

»Der Wind.« Kopfschüttelnd drehte Gerhard sich um. »Der Ostchor sollte zum Einsturz gebracht werden, damit wir mit dem Bau des neuen Doms beginnen konnten. Die Fundamente wurden untergraben, die Mauern mit Baumstämmen abgestützt, und am festgesetzten Tag steckte man diese Stämme in Brand, damit die Mauern ihren Halt verlören und einsänken. Aber der Wind ...« Er fuhr nochmals herum, packte Gerwichs Arm und zog ihn zu sich, umschlang seine Schultern. »Den Jungen hätte es beinahe das Leben gekostet!«

Vater Alberts helle Augen richteten sich auf Gerwich, als wollte er ihn damit festhalten. Selbst in der Dunkelheit, im zitternden Licht der Laternen, schienen sie zu leuchten wie Sterne.

»Gib auf den Knaben acht, Baumeister!«, sagte er rau. »Einen wie ihn schenkt der Herr einem nur einmal im Leben. Der alte Dom mag verloren sein, aber es wird einen neuen Dom geben, und er wird nach deinen Plänen erbaut werden, Meister Gerhard. Aber wenn du den Knaben verlierst, wird ihn dir niemand ersetzen können.«

IX

Er hatte sich davongestohlen!

Richolf Niger hieb mit der Faust gegen das Türholz. Der Junge, der ihm soeben die Nachricht überbracht hatte, machte einen Satz rückwärts und zog den Kopf ein. Jetzt stand er im strömenden Regen, durch den er vom Alten Markt hierher geeilt war, und das Knabenhaar klebte ihm an Stirn und Schläfen. Der Herr Dietrich schicke ihn, hatte er hervorgestoßen. Aufgehängt habe sich der Michel aus Wipperfürth. Als die Worte in Richolf widerhallten, presste er die Hände auf die Ohren und atmete tief durch. Von diesem Kind würde er nicht mehr erfahren; um herauszufinden, was tatsächlich geschehen war, musste er zu Herrn Dietrich von der Mühlgassen, der den Jungen geschickt hatte. Es durfte nicht sein, dass der Mörder seines Sohnes sich davongestohlen hatte und der gerechten Strafe entging!

Richolf warf sich den Umhang um, der hinter der Tür hing, setzte einen Hut auf und schlüpfte in die Trippen, ehe er auf die Gasse hinauseilte. Dem Jungen winkte er, ihm zu folgen, und eilte im klatschenden Regen, der seinen Umhang schon nach wenigen Schritten durchtränkt hatte, zum Alten Markt hinüber. Gleich hinter der Marspforte schon sah er, dass sich vor dem Haus, in dem sich die Herren von der Richerzeche an diesem Tag versammelten, Männer zusammengelaufen waren. Unter ihren staubigen Kitteln lugten nackte Waden hervor, und sie trugen Bundschuhe und fadenscheinige Hauben.

Richolf schnaubte und verlangsamte seine Schritte. Handwerker aus der Fabrica. Kaum zu glauben, dass sie so still waren, anstatt zu schreien und zu plärren wie verzogene Lümmel. Zweifellos waren sie wegen des Mörders gekommen. Forderten womöglich den Leichnam des Verdammten heraus, der doch auf den Schindanger gehörte. Ohne den Blick von der Menge abzuwenden, blieb Richolf stehen und spuckte auf den Boden, warf dann einen Blick über die Schulter zurück, wo er den Boten wusste.

»Geh und sag deinem Herrn, dass ich ihn sprechen möchte. Ich werde hier warten.«

Der Junge beugte den Nacken, bevor er davontrabte in Richtung des Versammlungshauses, wo auch Herr Dietrich sich zu dieser Stunde aufhielt – das wussten offenbar auch die Kerle in der Fabrica. Solange diese den Rat belagerten, würde er Herrn Dietrich nicht sehen können, denn das Haus des Rates durfte er nicht betreten. Geduld war seine Stärke nicht, dennoch blieb ihm nichts anderes übrig.

»He! Heda!«

Zwei der Männer hatten sich umgedreht und deuteten mit den Fingern auf ihn, diese ungehobelten Klötze. Dreist starrten sie ihn an, machten ein paar Schritte auf ihn zu.

»Bist du wegen Michel hier?«, fragte der eine in grober bergischer Mundart.

Richolf nickte hastig, doch mit dem nächsten Atemzug schon fürchtete er, das Falsche getan zu haben. Sie kamen näher, und andere folgten ihnen.

»Was ist ihm zugestoßen?«, setzte er nach, und seine Stimme klang ihm dünn.

»Die Wachen haben ihn heute Morgen gefunden. Mit einem Strick um den Hals«, sagte einer. »Sie sagen, er habe sich aufgehängt«, ein anderer. »Niemals hätte er sich aufgehängt!«, fuhr ein dritter schrill dazwischen; er drängte sich durch die Reihen nach vorn, ein dicklicher mit rot verquollenen Augenlidern. »Er war ein gottesfürchtiger Junge! Niemals hätte er Hand an sich gelegt – um seiner armen Seele willen!« Der Mann schnappte nach Luft, seine blau geäderten, großporigen Nasenflügel flatterten wie Segel im Sturm, während er Richolf anstierte. »Sie haben ihn ...«

Plötzlich schien er sich zu besinnen, seine Augen weiteten sich, sein Blick wanderte über Richolfs Kleidung, blieb an der bunten Tasselschnur des Mantels hängen, dann an den dunklen Beinlingen, den Lederschuhen in den Trippen.

»Du bist keiner von uns«, stieß er hervor, just als Richolf begriff, dass er den Vater des Toten vor sich hatte. »Woher kennst du meinen Jungen?«

Nach Worten ringend stand Richolf vor dem Mann, dessen Kind er verflucht und in die ewige Verdammnis gewünscht hatte, und erblickte in dessen Zügen die gleiche Pein, die seit Hermanns Tod in ihm nagte. Vor wenigen Augenblicken hätte er es nicht für möglich gehalten, Bedauern zu empfinden – nun kämpfte er mit dem Wunsch, Worte des Mitgefühls zu sprechen.

»Mein Sohn kannte deinen Sohn«, sagte er heiser.

»Michel kannte keine Krämer!«, konterte der Mann. »Er hatte keine Freunde unter deinesgleichen!«

»Ich glaube nicht, dass sie Freunde waren, aber ... sie sind einander begegnet.«

Totenstille lag über dem Platz, so dass jeder Atemzug, jedes verhaltene Räuspern zu hören war.

»Wenn Michel mit den anderen loszog, dann ging er in die Kneipen«, flüsterte einer, der gleich neben dem Mann stand. »Und dort waren sicher auch Krämersöhne, Meister Michael. Vielleicht haben sie zusammen gesoffen ...«

Vorsichtig entließ Richolf den Atem zwischen den Zähnen und fragte sich insgeheim, was sie täten, wenn sie ihn erkennen würden. Schweiß klebte unter seinen Achseln, er hatte Angst vor diesem wundgeschlagenen Menschen. Was hätte er, Richolf, getan, wenn ihm damals dieser Mann begegnet wäre?

Und dann lohnte das ungehorsame Kind ihm alle Vaterliebe auch noch damit, dass es sich tötete, um der Strafe zu entgehen. Kein Vater kann das glauben! Der Wunsch, den Leichnam auf dem Schindanger verrotten zu wissen, dieser rasende Triumph über Hermanns Mörder, schmeckte unversehens bitter.

»Bete für deinen Sohn«, sagte Richolf leise. »Lass ihm Messen lesen. Bei Gott ist Erbarmen. Was bei den Menschen unmöglich ist, ist bei ihm möglich.«

Langsam wandte er sich ab und lenkte seine Schritte zum Eingang des Rathauses, vorbei an den Handwerkern und Handlangern. Als er die Tür erreichte, sah er den Jungen, der sich im Schatten des Eingangs verborgen hatte. Zögernd trat das Kind heraus.

»Du sollst zur Aula des Herrn Dietrich gehen und dort warten«, wisperte er kaum hörbar. »Herr Dietrich hat einen Auftrag, den er deinen treuen Händen anvertrauen will. So sagte er.«

Richolf nickte und machte sich auf den Weg. In seinem

Nacken prickelte es, so deutlich spürte er die Blicke der Handwerker um Meister Michael, die sich wohl noch immer wunderten, wer er sei und was es mit seinem und dessen Sohn auf sich habe.

Der alte Meierhof derer von der Mühlgassen lag im Sonnenlicht, umgeben von einer alten Feldsteinmauer, hinter der zwischen den geduckten Dächern ein einzelner Giebel höher aufragte. Es war nur einer von mehreren Höfen, der dieser Familie gehörte, aber der älteste und schönste, wohlbestellt und sauber gehalten. Der Hörige, der dieses Gehöft und das dazugehörige Gesinde verwaltete, war ein tüchtiger Mann. Richolf brachte den Esel zum Stillstand und zerrte prüfend an den Tragriemen, was das Tier geduldig über sich ergehen ließ. Der bloße Gedanke an den Inhalt des unscheinbaren Kästchens, das zuunterst im linken Korb lag, verursachte ihm Herzklopfen, so dass er hastig mit dem Daumen ein Kreuz auf seine Stirn zeichnete. Mit der Hilfe des Herrn sollte es gelingen, die Münzen abzuliefern. Herr Dietrich selbst hatte sie mit Wollflocken sorgfältig in Tuch gewickelt, damit ihr Klingeln sie nicht verriete; dennoch war Richolf unwohl mit dieser Fracht, die er schnellstmöglich zu übergeben gedachte. Er schlug nach den Fliegen, die ihn und den Esel umsummten, sich an dem Schweiß nähren wollten, den die Sommersonne ungebeten aus allen Poren trieb. Verärgert blinzelte er ins gleißende Licht.

Hinter ihm trappelte Hufschlag auf der schadhaften Pflasterung der alten Straße. Als Richolf sich schnell umschaute, erblickte er einen Reiter auf einem hochgefesselten Braunen, einen Mann, dessen geschlitzte Cotte halb weiß, halb blau leuchtete und dessen blonder Schopf im Sonnenlicht glänzte. Kein Galgenstrick, sondern einer, der es nicht nötig hat, einen einzelnen Mann mit einem Lastesel zu drangsalieren. Erleichtert machte Richolf sich wieder auf den Weg, noch bevor der Reiter ihn erreicht hatte.

Zur gleichen Zeit erreichten sie das Tor des Anwesens, doch als der Reiter sich grußlos vordrängte, spritzte der Schmutz von den Hufen seines Pferdes auf Richolfs Umhang. Er widerstand dem Drang, aufzubegehren gegen den jungen Herrn, der mitten auf dem Hof vom Pferd stieg und einem herbeigeeilten Pferdeburschen die Zügel zuwarf. Richolf beeilte sich jetzt umso mehr, klopfte im Laufen die Erdklümpchen aus dem Mantelstoff, während er stumm den Zieraffen verfluchte, der sich dem Haupthaus mit dem hohen Giebel federnden Schrittes näherte. Er beschloss, auf dem sauber gefegten Hof zu warten.

Es dauerte nicht lange, bis ein Knecht zu ihm trat und ihn leise grüßte; den schickte Richolf nach dem Verwalter, und bald darauf erschien in der Stalltür, durch die der Knecht verschwunden war, ein Mann, der unter dem Sturz den Kopf tief zwischen die Schultern ziehen musste, als er heraustrat. Schwerfällig näherte sich der ungeschlachte Mann, dessen Arme von den Schultern pendelten, als gehörten sie ihm nicht. Als der Riese Richolf erreichte, blitzte der Schalk aus den schmalen, tiefliegenden Augen auf Richolf herab.

»Willkommen auf dem alten Niederich«, tönte es dunkel aus dem Mund des Klotzes. »Ich bin Hunold, der Verwalter dieses Gutes. Was führt dich hierher?«

Richolf nannte seinen Namen und deutete auf den Esel. »Ich bringe das Gewünschte«, brummte er wie vereinbart.

Hunold stemmte die Fäuste in die Seiten und hob die Brauen.

»So? Das Gewünschte? Na, dann bring es mir hinein, damit ich es mir ansehen kann. Der Esel kann hierbleiben.«

Im Beisein des Verwalters packte Richolf den linken Tragekorb des Esels leer, häufte Decken und Kittel, Hosen und Schuhe auf den Rücken des Tieres, dessen Flanken zitterten. Zuunterst ertastete er das Päckchen, das er mit beiden Händen fast umspannen konnte, wickelte die letzten Tücher ab und förderte ein rohes Holzkästchen mit bronzenen Beschlägen zutage, bei dessen Anblick Hunold die Lippen schürzte.

Das Kästchen in beiden Händen bergend, folgte Richolf dem Verwalter ins Haupthaus, in eine Stube, deren Boden mit Sand bestreut war. Auf der Bank hinter dem Tisch saß der Zieraffe, vor sich einen Silberbecher und einen ebensolchen Teller, auf dem neben Speck und Brot ein kleines, im Schein der Talglichte scharf blitzendes Messer lag. Seine fettigen Hände kneteten ein Tüchlein, das einmal blütenweiß gewesen sein musste.

Auf den Wink des Verwalters hin trat Richolf zum Tisch und stellte dort das Kästchen ab. In Gegenwart des Fremden sträubte sich alles in ihm, die Hände von dem unscheinbaren Behältnis zu nehmen, das ihm anvertraut war. Er wusste um den Inhalt, den Herr Dietrich zwei Mal durchgezählt hatte, ehe er ihn zusammen mit Wollflocken in einen Beutel aus feinem, weichem Leder gefüllt und mit Lumpen umwickelt in das Kästchen gelegt hatte. Silbermünzen befanden sich darin. Stumm musterte der Fremde Richolf, der, wohl unwürdig, dessen Namen zu erfahren, die Finger in den Kittel grub und zu Boden blickte. Indessen entriegelte Hunold das Kästchen, klappte es auf, wühlte den Lederbeutel aus den Tüchern, dass es leise klingelte. Mit einem Ruck zog er die Schnur auf und schüttete den Inhalt auf den Tisch, dass es blinkte und blitzte zwischen den hellen Wollflocken. Der Fremde wischte mit dem Finger über seinen dünnen Schnurrbart.

»Herr Volker«, der Verwalter schob mit seinen schaufelgroßen Händen die Münzen in der Mitte des Tisches zusammen, »dies schickt dir Herr Dietrich von der Mühlgassen als vereinbarten Lohn durch Richolf Niger.«

Der Fremde schien zusammenzuzucken, saß mit einem Mal kerzengerade am Tisch und starrte Richolf an, der erschrak. Womit er den Zorn des Fremden, der offenbar aus edlem Haus stammte, erregt haben könnte, vermochte er nicht zu erkennen, aber dessen Hände lagen auf der Tischplatte, als wollten sich die Finger ins Holz graben. Dann zuckten die Lippen des Mannes, ein dünnes Lächeln breitete sich auf seinem Gesicht aus, und er lehnte sich langsam zurück, ohne die Augen von Richolf abzuwenden, der nur verstohlene Blicke wagte.

»Ein teuflisches Spiel«, murmelte der Fremde, »aber eines derer von der Mühlgassen würdig.« Dann fügte er laut hinzu: »Hast du das Geld gezählt?«

»Es ist der vereinbarte Betrag, Herr, nichts fehlt.«

Der Mann fasste Richolf nochmals scharf ins Auge, bis dieser dem Blick nicht länger standhielt und rasch den Kopf senkte. Er fühlte sich getadelt, und seine Hände waren klebrig von Schweiß.

»Richte Herrn Dietrich von der Mühlgassen meinen Dank aus, Richolf Niger, und sage ihm auch, ich habe den Wink verstanden, den er mir geben wollte.«

»W...was?«, stammelte Richolf verwirrt. »Welchen Wink?«

»Er wird es verstehen, wenn du ihm ausrichtest, was ich sagte: Ich habe den Wink verstanden.«

Aus der Küche scholl Gretes helle Stimme, in die das Kichern der Mägde einfiel, dann ein einziges Wort, und es war still. Sie hielt den Haushalt zusammen, die Tischlermeistertochter, die Pilgrim sich eingebildet hatte, besser sogar als seine Hadewige, das musste Richolf sich eingestehen. Eine tüchtige junge Frau, und ein kräftiges Söhnchen hatte sie auch schon geboren. Dass es eines Nachts einfach gestorben war, hatte er ihr angelastet, obwohl er wusste, dass selbst starke Kinder starben, ohne dass man einen Grund dafür erkennen konnte. Gott der Herr nahm sie zu sich, weil es ihm so gefiel.

Als Grete in die Stube trat, um ihm sein Abendessen zu bringen – Bohnenmus mit Zwiebeln, Brot und Speck und einen Krug Bier –, hielt sie den Blick gesenkt. Es war seine Bedingung gewesen. Diese unstatthafte Braut hatte sein Haus erst betreten dürfen, nachdem sein missratener Ältester ihm bei der Jungfrau Maria und allen Heiligen geschworen hatte, dass sie ihm niemals ins Gesicht schauen und stets den Blick gesenkt halten müsse. Gehorchen musste sie ohnehin, und er hätte von seinem Recht, sie zu züchtigen, Gebrauch gemacht, falls sie jemals widerspenstig gewesen wäre. Doch obwohl sie sich an seine Bedingungen hielt, fehlte ihr die kriecherische Unterwürfigkeit, das Gurren und Schmeicheln, das er an Weibern hasste. Sie betrug sich wie die Herrin des Hauses, erledigte ihre Aufgaben sorgfältig und hielt Zucht und Ordnung unter dem Gesinde. Er musste sich eingestehen, dass sie alle seine Befürchtungen zerstreut hatte, und es bereitete ihm insgeheim Freude zu sehen, dass ihr Bauch sich unter dem engen Überkleid wieder ein wenig wölbte.

Sie stellte den Napf und das Brett mit Brot und Speck vor ihm auf den Tisch, dann verließ sie die Stube, um in die Küche zurückzukehren, deren würzigen Duft sie mitgebracht hatte. Nach einem kurzen Gebet schnitt Richolf sich etwas Speck ab. Ein Kindchen würde diesem verwaisten Haus guttun. Er tauchte den Löffel in das Bohnenmus, roch die Kräuter aus dem Garten und den Hauch Pfeffer – ganz so, wie Hadewige es zubereitet hätte.

Wie eine dünne Nadel stach die Trauer in seine Brust. Rasch wischte er die Träne aus dem Augenwinkel, bevor er den anschwellenden Kloß im Hals mit einem großen Schluck Bier hinunterschwemmte.

Unten brach polternd die Haustür auf, jemand stolperte herein. Ohne Zweifel Pilgrim, der Tropf! Er stieß die Stubentür auf und tappte herein, zum Tisch, auf den er beide Fäuste schlug. Stoßweise flog der Atem über seine Lippen, doch kein Wort kam darüber, und seine Miene spiegelte blankes Entsetzen. Grete rannte herein, drückte die Tür mit dem Rücken zu und verharrte dort. Ihre Haltung verriet, dass sie nichts lieber täte, als ihrem Mann ganz nah zu sein, der mit geschlossenen Augen durchatmete.

»Auch wenn es dich nicht sehr betrübt hätte, Vater – du hättest heute Abend beinahe deinen zweiten Sohn verloren.«

Wie flüssiges Blei ergoss sich der Schrecken durch Richolfs Glieder. Grete stieß einen erstickten Schrei aus, mit einem Satz war sie neben Pilgrim, und ihre Rechte schwebte zitternd über seiner Schulter. Als Richolf in die hellen Augen seines Ältesten blickte, wallte Zorn in ihm auf, dass ihm der tüchtige Sohn entrissen, der nutzlose hingegen gelassen worden war. Mühsam schluckte er die Worte hinunter, die über seine Lippen sprudeln wollten, aber er schaffte es. Sein missratener Sprössling hingegen trug das Herz auf der Zunge, was für einen Händler der sichere Untergang war!

»Mäßige dich!«, knurrte er und bedauerte, dass es nicht statthaft war, einen Sohn in diesem Alter noch zu züchtigen.

»Du willst es erst gar nicht hören, nicht wahr, Vater?«, entgegnete Pilgrim allzu schrill.

Schweigend starrten sie einander an. Im Augenwinkel bemerkte Richolf, dass Grete ihn ansah, während ihre Hand Pilgrims Schulter drückte.

»Geh in die Küche!«, befahl er ihr, ohne den Blick von seinem Sohn zu wenden, doch sie rührte sich nicht von der Stelle.

»Lass Grete in Ruhe, im Namen Christi! Matthias Gyr ist tot, Vater, und Gisilbert Rufus ebenfalls! Und ich konnte dem Dolch des Mörders nur knapp entkommen!«

Pilgrim streifte den Umhang beiseite, zeigte den bis fast zu Schulter zerrissenen Ärmel, die helle Leinenbinde um seinen Oberarm. Seine Hände zitterten. Ehe Richolf es sich versah, hielt er diese Hände umklammert und schnappte nach Luft, als würge ihn etwas. Doch Pilgrim riss sich los, wobei der Umhang zu Boden glitt, wandte sich ab und umarmte seine Frau. Lange regte sich niemand, Richolf ließ seine verschmähten Hände auf dem Tisch liegen, sein Blick hing an der Maserung des altersdunklen Holzes.

»Was ist geschehen?« Seine Stimme klang ihm dumpf und hohl.

Er erhielt keine Antwort, nicht einmal als er den Kopf hob; sein Sohn wandte ihm halb den Rücken zu, so dass er den Verband sah und die rostbraunen Flecken, Reste von Blut, das durchgesickert war. Er sah Gretes Arme, die Pilgrims Körper hielten, ihre Hände, die seinen Rücken streichelten, und fühlte die Erinnerung an Hadewiges Arme, an ihre Hände, die an ihm das Gleiche getan hatten.

»Ich war bei den Predigerbrüdern, hatte ihnen die Lieferung gebracht, die du mir aufgetragen hattest. Auf dem Heimweg sprach Gisilbert mich an, fragte, ob wir morgen drei Fuhren Lumpen liefern könnten. Wir einigten uns über den Preis, dann bemerkte ich Matthias. Ich weiß ja, dass du den alten Gyr nicht leiden magst, aber es war ein Geschäft, und ich hatte schon eingeschlagen, als ich erfuhr, dass die Ware zum Heumarkt gehen solle. Dann luden sie mich auf ein Bier ein, nahmen mich in die Mitte, Matthias klopfte mir auf die Schulter. Dank sei Gott, dass ich den Esel bei mir hatte! So konnte ich sie dann doch vorausgehen lassen.«

Er tat einen seufzenden Atemzug. »Als sie in diese Gasse bogen, gab es plötzlich Lärm. Wie von einem Handgemenge. Ich ließ den Esel stehen, beeilte mich, da rannten zwei um die Ecke. Ich stieß mit ihnen zusammen. Zwei Männer. Sie hatten sich vermummt mit dunklen Tüchern. Ich sah den Dolch und schlug danach. Was dann geschah, weiß ich nicht mehr genau, nur dass ich mich freischlug und einem das Tuch vom Gesicht riss. Ich wurde am Arm getroffen und fiel zu Boden. Dann wurde es laut ringsum, und sie rannten weg.«

Gedämpft drang das Kichern der Mägde aus der Küche herüber; Richolf wollte aufbrüllen wie ein wütendes Tier, die Weiber schweigen heißen, aber ihm fehlte die Kraft. Vor ihm lagen seine zitternden Hände auf der Tischplatte.

»Die Leute hoben mich auf«, fuhr Pilgrim leise fort. »Überall waren sie, viele, sie schrien durcheinander. Ich begriff, dass Matthias Gyr und Gisilbert tot waren. Sie haben mich verbunden, den Esel eingefangen, und zwei Wachen haben mich nach Hause begleitet. So bin ich wieder hier, Vater, dein nutzloser Sohn Pilgrim.«

Richolf stemmte sich auf die Füße, ohne Pilgrim anzusehen, der nun vor ihm stand, Arm in Arm mit seiner Frau, der tüchtigen Grete. Auch er hatte eine Hadewige, der Glückliche. Aber Hadewige war fort. Wie Hermann. Kraftlos setzte Richolf Fuß vor Fuß, am Tisch vorbei zur Tür. Als Grete vortrat, um ihm diese aufzuschieben, winkte er ab.

Am Fuß der Stiege hob er den Kopf und blickte hinauf. Nie zuvor war ihm der Weg in seine Schlafkammer so mühsam erschienen.

X

Albert betrachtete den Volkshaufen, der sich hinter den Seilen drängte, mit Sorge. Nur die Herren von der Richerzeche, Schöffenbrüder und Magistrate, hatten den von mehr oder weniger tief ausgeschachteten Fundamentgruben zerklüfteten Baugrund betreten dürfen, wo Erzbischof Konrad von Hochstaden im Kreise festlich gewandeter Domherren und im Beisein König Wilhelms, der mit seinem engsten Gefolge unter einem purpurnen Baldachin stand, den Grundstein zu den Fundamenten des Domes legte.

Weihrauch stieg mit dem hellen Gesang der Domherren aus der Tiefe der östlichsten Fundamentgrube. Hier sollte sich einst die Spitze des Chores erheben, doch getragen werden musste sie von einem tief in die Erde reichenden Mauerwerk aus Stein, Bruchstücken alter Bauwerke und Ruinen, viele aus der Zeit der Heiden, die man am Rande der Baustelle schon aufgeschüttet hatte. Der mit geweihtem Wasser übergossene und mit Weihrauch beräucherte Stein, in den heilige Zeichen wie das Kreuz eingraviert worden waren, würde nun dort unten in den Boden gefügt werden. Warum Erzbischof Konrad so versessen darauf gewesen war, das selbst zu tun, anstatt es erfahrenen Handwerkern zu überlassen, das würde sein Geheimnis bleiben. Als wäre er abergläubisch wie die sächsischen Bauern, von denen es hieß, wenn sie ein Haus gebaut hätten, hätten sie einen Hund getötet und unter einem der Pfosten, die das Dach tragen sollten, verscharrt.

Albert verscheuchte den schäbigen Spott, doch sein Bemühen, seine Aufmerksamkeit auf das Geschehen zu richten, war vergebens. Der Wind knatterte in den Wimpeln, das Geflatter zog seine Blicke an, und er wartete eigentlich nur darauf, dass der feierliche Ritus im Licht der Augustsonne endlich beendet war. Er musterte die Farben der Grafen von Jülich und von Berg, die in vorderster Reihe ihre Ritterlichkeit zeigten, indem sie mit wie versteinert lächelnden Mienen unbewegt dastanden. Der junge König von Erzbischof Konrads Gnaden tat es ihnen gleich, nur dass sein Mantel und seine Waffen prächtiger waren. Ein boshafter kleiner Dämon schien Albert zu umschwirren und ihm all den Unfug einzuflüstern, den er nur mühsam verschweigen konnte.

Hin und wieder blitzten Sonnenstrahlen durch die Wolkenballen, der Wind fauchte um den alten Dom, dessen Mauern noch immer mit langen Stämmen gestützt wurden, und blähte die bunten Radmäntel der Gildenherren. Endlich erhob sich der Gesang aus der Tiefe, nacheinander erschienen zuerst zwei der Domherren, die den Erzbischof hinabbegleitet hatten, am Rande der Grube, dann Herr Konrad selbst und schließlich die übrigen Kapitulare. Während die Mitglieder des Kapitels sich allmählich in den Zug der geistlichen Würdenträger einreihten, um zum alten Dom zu schreiten, wo die Messe gehalten werden sollte, schickten sich auch die weltlichen Herrscher, allen voran König Wilhelm unter seinem Baldachin, an, den Weg über den weiten Domhof einzuschlagen.

Auf der gegenüberliegenden Seite der Grube erkannte Albert, der als Rector des Kölner Predigerkonvents die Ehre hatte, in vorderster Reihe stehen zu dürfen, Dombaumeister Gerhard und dessen Neffen. Die Menschenmenge, die an die Fundamentgrube drängte, um einen Blick auf den Grundstein zu werfen, schob sie vor sich her. Der schlanke, hochgewachsene Junge stand stocksteif am Rand der Grube, und Albert bemerkte schmunzelnd, dass er es angestrengt vermied, in die Tiefe zu blicken. Gerade als die Gruppe der Predigerbrüder, zu denen Albert gehörte, sich dem Zug in den alten Dom anschloss, geriet der Junge drüben ins Taumeln. Albert sah, dass er den Halt verlor, tastend um sich griff. Der Schrecken stand ihm im Gesicht geschrieben. Meister Gerhard streckte den Arm nach ihm aus, doch er erreichte den Jungen nicht. Ein Schrei gellte auf, unwillkürlich riss Albert die Hände aus den Ärmeln, als könnte er damit den Lauf der Dinge aufhalten, doch der Junge rutschte aus und fiel. Fiel in die dunkle Grube.

Ringsum schrien Menschen auf. Albert stand wie erstarrt, der Atem stockte ihm. Er hörte seine eigene Stimme, seine eigenen Worte. *Wenn du den Knaben verlierst, wird ihn dir niemand ersetzen können.* Er stürzte an den Rand der Grube, um bis auf den Grund hinunterzublicken, wo der Junge lag, auf dem Bauch, alle Glieder von sich gestreckt. Ein Bein in unnatürlichem Winkel gekrümmt. Auf der gegenüberliegenden Seite stand Gerhard von Rile am Rand der Grube und starrte hinunter, das Gesicht halb in den Händen geborgen.

Albert drehte sich um, sah zwei Männer bei den Leitern stehen, die Arme hingen nutzlos von ihren Schultern.

»Holt ihn rauf!«, brüllte er die beiden an. »Schnell!«

»Warte!« Thomas' Stimme war noch nicht verklungen, da umschloss dessen Hand schon Alberts Arm. »Einer muss mit hinunter und sehen, dass sie keinen Schaden anrichten.«

Ohne zu überlegen, hastete Albert zur Leiter und kletterte den beiden nach. Oben gerieten die Menschen in Bewegung, er sah Thomas über sich, Vater Stephan, andere Brüder ringsum, die kleiner wurden, dunkle Schemen vor einem Stück blendend blauem Sommerhimmel, während er tiefer hinabstieg in diesen Schlund, umgeben von festgestampfter Erde, die eine feuchte Kälte atmete. Kein Sonnenstrahl drang hierher an diesem heißen Augusttag. Schatten sanken herab. Ein Abstieg in die Unterwelt.

Endlich fühlte Albert Boden unter den Sohlen, er ließ die Leiter los und drehte sich um, erblickte den Jungen, der zwischen den beiden Männern lag, Handwerkern in sauberen Kitteln, die ihn ratlos ansahen. Er hatte keinen Blick für den Grundstein, suchte ihn nicht einmal, sondern kniete neben dem Jungen auf der klammen Erde, tastete nach dessen Puls. *Wenn du den Knaben verlierst, wird ihn dir niemand ersetzen können.* Unter dem Ohr fühlte er ein sachtes Pochen, aus der Nase strömte warmer Atem. Der Junge lebte. Aber sein Bein war gebrochen, und das war nach diesem Sturz in ein mehrere Klafter tiefes Loch sicher nicht die einzige Verletzung. Für eine behutsame Untersuchung blieb keine Zeit, und die konnte Albert auch nicht leisten.

Ein ferner Ruf ereilte ihn aus der Höhe; aufblickend erkannte er einen weiteren Schatten, eine Trage, die an Seilen herabgelassen wurde. Albert trat beiseite, die beiden Männer, noch immer stumm, taten es ihm nach, und die Trage sank auf den Boden. Nochmals kniete Albert bei dem Jungen nieder, legte ihm die Hand auf die Stirn, die ihm kühl und feucht erschein. Wie die Grube ringsum. Wie im Reich des Todes. Hinabgestiegen. Albert schnappte nach Luft, malte mit dem Daumen ein Kreuzzeichen auf die Stirn des Jungen und murmelte tonlos einen Segen, bevor er sich rasch erhob.

»Legt ihn vorsichtig auf die Trage«, befahl er den beiden Männern. Seine Stimme klang seltsam dumpf hier unten. Wie im Reich des Todes. »Schnell!«

Die Männer taten, wie ihnen geheißen. Sie fassten den Verletzten behutsam unter den Schultern und Hüften und legten ihn, ohne ihn umzudrehen, auf die Trage. Hatte er geächzt? Gestöhnt? Albert ballte die Fäuste, als die beiden sich von dem Verletzten entfernten, und blickte hinauf ins blendende Licht, in dieses Stück Sommerhimmel, das sich hoch oben öffnete. Er winkte hinauf, ohne etwas zu erkennen, und sogleich strafften sich die Seile. Er wollte aufschreien, da bemerkte er, dass die Männer, die oben standen, innegehalten hatten, sich wohl sammelten. Endlich – Albert hatte aufgehört, seine Atemzüge zu zählen – spannten die Seile sich abermals, wurde die Trage langsam emporgezogen, in sachten Schüben, schien wie von Geisterhand aufzufahren, zum Licht.

Albert eilte zur Leiter, stieg hinauf, immer neben der Trage, blickte in das Gesicht des Jungen, das ihm leer erschien, das Gesicht eines Ohnmächtigen.

Ein schmaler, eher kleiner Mönch mit glänzender Tonsur kauerte am Rand der Grube, als Albert endlich die letzten Sprossen nahm.

»Lebt er?«, fragte er, und Albert nickte schnell.

»Sein Herz schlägt, er atmet, aber er ist nicht bei Sinnen.«

»Wen wundert's?«, entgegnete der Mönch mit einem dünnen Lächeln auf den Lippen. »Ich bin Bruder Folkhard, der Medicus.«

Sie hatten einen der Flaschenzüge, mit denen sie Mulden voller Mörtel an Engstellen eine Wand hinaufbeförderten, herbeigeschafft, um die Trage heraufzuziehen. Albert grinste hilflos, als er Meister Gerhards verwüstete Miene sah. Er konnte dessen stumme Frage nicht beantworten. Was hätte er ihm sagen sollen? Der Junge lebte, aber nach einem Sturz in diese Tiefe schwebte er zwischen Leben und Tod.

»Vertraue auf die Gnade und Barmherzigkeit des Herrn!«, sagte der Medicus zu Gerhard, dem er beide Hände gereicht hatte.

»Wir sollten uns seiner annehmen«, platzte Albert noch atemlos heraus.

Alle blickten ihn an, der Prior Vater Stephan, der Medicus, Meister Gerhard – alle, auch die Umstehenden. Nur Meister Gerhard war neben der Trage auf die Knie gesunken, griff nach einer Hand seines Neffen, umschloss das Gelenk, suchte erkennbar nach Lebenszeichen, blickte dann gehetzt umher.

»Es ist der kürzeste Weg«, fügte Albert hinzu, »und in unseren Krankenzimmern sind freie Plätze. Gottes Wille gebietet uns, Bedürftigen zu helfen, und siehe da! Hier ist ein Bedürftiger.«

Er sah Thomas' ernste Miene hell werden, bemerkte das kaum merkliche Nicken, während der Prior die Stirn runzelte, sah, dass Thomas sich ihm zuwandte. »Seid barmherzig, ehrwürdiger Vater!«

»Ein Laie innerhalb der Klausur?«, entgegnete Vater Stephan scharf.

»Bedenkt, dass er noch ein Junge ist und ein Schüler sein könnte«, fügte Thomas hinzu.

Der Prior schnaufte vernehmlich, zog krampfhaft die Schultern hoch. »Dann bist du einer, der diesen Jungen tragen wird!«

Thomas zeigte sein feines Lächeln, als er den Kopf senkte, während Vater Stephan sich abwandte, um endlich dem Zug in den alten Dom zu folgen. Alle gingen ihm nach, nur der Medicus blieb zurück, schob die Hände aus der Tunika und rieb sich die Unterarme.

»Ich werde gebraucht«, sagte er achselzuckend und wandte sich Meister Gerhard zu. »Sorge dich nicht, dein Neffe wird gut versorgt werden. Soweit es an uns liegt, werden wir alles tun, ihm zu helfen. Gehe in den Dom und nutze die Messe, um für den Knaben zu beten!«

»Das kann ich nicht!«, stieß Gerhard hervor.

Albert trat zu ihm. »Komm mit mir! Vielleicht ist es besser, du folgst uns und betest im Pförtnerhaus, während der Medicus den Jungen untersucht und versorgt.«

Albert wartete vor der Tür des Krankenzimmers. Im Schutz der Ärmel knetete er die Unterarme mit den Händen, um nicht wie ein gefangener Wolf am Käfiggitter entlangzulaufen, bis der Medicus mit seinen Gehilfen endlich die Krankenkammer verließ; die Brüder durchzählend, bemerkte Albert, dass einer von ihnen bei dem Jungen geblieben war. Aber das besagte nichts.

»Sag mir, wie es um ihn steht«, bedrängte Albert den Medicus, der vor ihm stand.

»Er hat sich einige Knochen gebrochen, darum muss sich Bruder Gelasius kümmern«, erwiderte dieser. »Ansonsten –«

»Gelasius der Physicus? Warum ist er dann nicht hier?«

»Bruder Gelasius kümmert sich gerade um die Armen, aber ich habe nach ihm geschickt.« Der Medicus verstaute seine Hände in den Ärmeln. »Innere Verletzungen habe ich nicht gefunden, aber was mit seinem Kopf ist, kann ich nicht feststellen, solange der Junge bewusstlos ist.«

»Was soll ich seinem Onkel sagen?«

»Dombaumeister Gerhard? Bitte erlaubt, dass ich mit ihm spreche, Vater.«

Ohne zu überlegen, nickte Albert, erleichtert, dass ihm diese schwere Aufgabe abgenommen wurde, und beschämt, als ihm auffiel, dass er den Namen des Bruder Medicus vergessen und in der Hast nicht erfragt hatte.

»Wenn Ihr dem Jungen einen Segen spenden oder auch nur für ihn beten wollt, dann geht hinein, aber bitte seid leise. Auch wenn ich nicht glaube, dass seine Stunde gekommen ist, kann ich das jetzt noch nicht ausschließen«, sagte der Bruder Medicus, bevor er nach einer Verbeugung davonging. Der Dombaumeister hatte sich in der Kapelle vor Gott dem Herrn niedergeworfen, um die Gnade des Herrn für seinen Neffen zu erflehen. Thomas, der den Jungen bis in diese Kammer getragen hatte, war bei ihm.

Albert betrat die dämmrige Kammer, durch die der Duft von Kräutern und Weihrauch wehte. Ein Tuch verhängte die pergamentbespannte Luke und ließ nur mattes Licht herein. An einem der sechs schmalen Betten kniete ein Bruder mit weißem Haarkranz; sein leises Murmeln klang wie ein ferner Hummelschwarm. Der Körper des verunglückten Jungen zeichnete sich deutlich unter den Decken ab, und das Gesicht in den Kissen war von lebloser Blässe. Erst als Albert an der anderen Seite des Bettes niederkniete, bemerkte er, dass sich die Brust des Jungen sehr langsam hob und senkte. Er wechselte einen Blick mit dem Mönch, Vater Bertrand, dem ältesten in diesem Konvent, der zu dessen Gründung aus Paris hierher geschickt worden war, ein einfacher Mann, zu sanft für einen Prediger, aber ein geduldiger Beichtiger. Gemeinsam flüsterten sie die Psalmen, die um Gottes Erbarmen mit dem Verletzten baten. Vater Bertrand, geübter darin, Gebrechlichen und Sterbenden beizustehen, ließ eine Litanei folgen, an deren Ende Albert jene Leichtigkeit und Zuversicht empfand, die nur in der Hingabe zu finden waren.

Ein leises Räuspern weckte ihn. Er beendete die Verse mit dem Lobpreis, zeichnete das Kreuz auf die kühle Stirn des bewusstlosen Jungen und erhob sich. Bruder Gelasius stand hinter ihm, hatte den Zeigefinger auf die Lippen gelegt und deutete eine Verbeugung an. Ihm sah Albert so manche Nachlässigkeit, die andere für mangelnde Ehrfurcht hielten, nach. Über seine Herkunft und seine Jugend war wenig bekannt, wohl, dass er lange Zeit im Heer der Grafen von Jülich als Feldscher gedient hatte, ehe er seine Fertigkeiten dem Hospiz zur Heiligen Magdalena angeboten hatte. Als die Predigerbrüder das Gebäude übernahmen, war Gelasius der letzte Bewohner und bat darum, als Laienbruder bleiben zu dürfen, um weiterhin als Physicus den Armen zu dienen. Damals hatte Albert ihm das gewährt und diese Entscheidung nie bereut, ihm sogar gestattet, die Gelübde abzulegen, um ein richtiger Bruder zu werden.

Da Gelasius über seine Herkunft und seinen Geburtsnamen Schweigen wahrte, rankten sich die wildesten Gerüchte um seine Vergangenheit – die zahllosen Narben, die er am ganzen Leibe trug, taten ein Übriges. Dabei war er ein sanfter Mann, ruhig und bedächtig, was auch seiner mageren Statur widersprach. Er hatte bereits begonnen, den Jungen zu untersuchen, hatte die Decken und das Laken zurückgeworfen und sich auf die Kante des Lagers gesetzt. Von den Füßen her betastete er die nackten Beine, deren rechtes sich vom Knie abwärts unnatürlich krümmte und von großen bläulich dunklen Malen überzogen war. Ein ersticktes Wimmern klang auf, als die Hand des Physicus über diese Male fuhr.

»Das gefällt mir nicht«, sagte Gelasius und richtete sich auf.

Als Albert näher trat, erkannte er, dass das Knie in sich verdreht zu sein schien. Helle Lappen bedeckten die Verletzungen auf dem sehnigen Körper des Jungen, der nach sorgfältiger Reinigung und Wundversorgung auf weißes Leinen gebettet worden war, wie die Brüder es mit jedem taten, der in ihr Hospital gebracht wurde.

»Das geschah beim Aufprall. Wie tief war der Sturz?«

Albert zuckte die Achseln. »Er fiel in eine der Fundamentgruben.«

»Wurde er gestoßen?«

»Da fragst du mich zu viel. Ich stand zu weit entfernt. Ich sah ihn nur fallen, und als er geborgen worden war, bot ich an, ihn in unseren Konvent zu bringen.«

»Warum nicht zu den Minoriten?« Gelasius grinste dünn unter gerunzelter Stirn.

»Die Minoriten haben zwar ein großes Hospital, aber keinen Bruder Gelasius«, entgegnete Albert.

»Sie sind schmutzig. Sie saufen üble Plörren und fressen jeden Dreck.«

Ungeachtet seiner harten Worte widmete Gelasius sich der weiteren Untersuchung äußerst behutsam, zog die Hände zurück, wenn der Junge sich wand und seufzte.

»Da ist einiges entzweigegangen«, murmelte er und breitete die Decken wieder über den Körper des Jungen. »Das rechte Bein ist unterm Knie gebrochen, der linke Fuß zumindest verstaucht, und ein paar Rippen fühlen sich an, als wären sie gesplittert. Ich werde ihm sehr weh tun, wenn ich die Knochen richte, soweit das möglich ist. Doch tue ich es nicht, wird er zum Krüppel.«

Albert nickte müde. »Der Junge ist der Neffe des Dombaumeisters und sein Lehrling. Ich werde mit Meister Gerhard sprechen.«

Warm schloss sich Gelasius' Hand um seinen Arm. »Überlasse das mir, Vater Albert. Ich habe schon vielen Eltern weitaus Schlimmeres erklären müssen. Der Dombaumeister wird seinen Jungen nicht verlieren.«

Im Refektorium war Ruhe eingekehrt, nachdem das Gebet gesprochen war. Schweigend griffen die Brüder in die Körbe, löffelten ihre Suppe und tranken gesäuerte Milch. Während der Jahre, in denen Albert in Paris gelehrt hatte, waren immer mehr Brüder dem Konvent beigetreten; zu der kleinen Schar, die aus aller Welt gekommen waren, um dieses Kloster zu begründen, hatten sich nachgeborene Söhne hiesiger Kaufleute und aus dem Umland eingestellt. Viele junge Männer saßen an den langen Tischen, vorn diejenigen, die schon die Profess abgelegt und die Tonsur empfangen hatten, hinten die Novizen und Schuljungen.

Thomas hatte sich über das schlechte Latein beschwert, das man hier spreche, und die derbe Mundart, deren sich die Leute bedienten, ein schier unaussprechliches Gebrabbel, krächzend und lallend zugleich. Schmunzelnd widmete Albert sich seiner Suppe.

Bruder Gelasius huschte verspätet herein und nickte Albert blinzelnd zu, um anzuzeigen, dass das Gespräch mit dem Dombaumeister gut verlaufen sei. Albert hatte ihn beim Prior entschuldigt, und es schien auch sonst niemanden zu stören, dass er seine Suppe hastig in sich hineinschaufelte, ehe er nach ebenso hastigem Gebet wieder hinauseilte. Albert beugte sich vor, erhaschte den Blick des Priors, der ihm zunickte. Er war entlassen.

Im zugigen Kreuzgang erkannte er, dass Gelasius längst wieder bei seinem Patienten war; ihn jetzt zu stören, wäre einer Sünde gleichgekommen. Missmutig wurde Albert langsamer, als er hinter sich Schritte vernahm, schwere Schritte, wie er sie von Thomas kannte. Er blieb stehen, drehte sich jedoch nicht um.

»Was ist mit dem Jungen?«

Thomas hatte ihn umrundet, stand nun schweratmend vor ihm, die Hände unter dem Skapulier in den Ärmeln, wie es sich gehörte.

»Du bist dem Physicus gefolgt, Vater«, setzte Thomas nach. »Deshalb dachte ich …«

Obwohl Albert streng sein wollte, kitzelte die Heiterkeit in seinen Mundwinkeln.

»Du hast den Prior gefragt, ob du gehen darfst?«, fragte er, und als Thomas knapp nickte, fuhr er fort: »Du warst ungehorsam, indem du bei Tisch das Wort ergriffen hast, ohne gefragt zu sein – und dann beschwerst du dich bei mir über Schüler, die statt des gebotenen Lateins ihre heimische Mundart benutzen?«

»Sie benutzen sie, um sinnlos zu schwatzen und Albernheit zu frönen!«, verteidigte Thomas sich.

»Nichtsdestotrotz ist beides Ungehorsam, beides ein

Vergehen gegen unsere Gebräuche.« Die Brauen hochgezogen, starrte Albert den jüngeren Mönch an, bis dieser seufzend den Nacken beugte.

»Ich bitte um Vergebung, Vater Albert, denn ich habe gefehlt.« Doch dann warf Thomas den Kopf hoch. »Und nun sag mir bitte, wie es dem Jungen geht. Das war ein schwerer Sturz, und immerhin habe ich ihn hierher getragen.«

»Er wird nicht sterben – das hat der Medicus schon festgestellt. Aber er hat sich einige Knochen gebrochen, ein Bein und mehrere Rippen, wenn ich mich richtig erinnere.«

»Das ist schlimm genug! Er ist Handwerker, er braucht gesunde, starke Glieder.«

»Bruder Gelasius versteht sich darauf, solche Verletzungen zu behandeln. Ich kenne ihn von früher.«

Thomas nickte zwar, kaute dabei aber sichtlich auf der Unterlippe. Er würde für den Jungen beten, daran bestand kein Zweifel, er würde sich vor dem Herrn niederwerfen, dass der sich erbarme, und erst danach würde er Buße tun dafür, das Schweigen gebrochen zu haben. Gemeinsam schritten sie den Kreuzgang entlang, der so viel schäbiger war als der des Konvents zum Heiligen Jakob in Paris; und dennoch empfand Albert eine heimatliche Wärme innerhalb dieser Mauern, die ihn nirgendwo sonst erfüllt hatte. In Paris hatte man sie misstrauisch beäugt, die Prediger, die eben nicht in Sackleinen durch die Straßen zogen, sondern im weißen Habit die Wiederkunft des Herrn verkündigten, Gottes Gericht und die einzige Rettung, die in Reue und Buße liege. Dort hetzten ungebildete Pfarrer gegen die gelehrten Mönche, und die wohlgenährten Brüder vom Orden des Heiligen Benedictus verhöhnten sie und die nur mit einer Kordel gegürteten Minoriten gleichermaßen als Bettelpack. In Köln hingegen hatten die Prediger rasch Fuß gefasst. Das mochte daran liegen, dass die hiesigen Handelsherren in diesen Orden eine weitere Möglichkeit sahen, ihre nachgeborenen Söhne unterzubringen, wenn diese nach anderen Zielen strebten als Reichtümern oder Kriegsruhm. Es gab viele Krämerseelen in den Städten, die eines ihrer Kinder in ein Kloster gaben, weil sie hofften, für dieses Opfer des Herrn Dankbarkeit und vorauseilende Sündenvergebung zu erhalten. Albert schüttelte kaum merklich den Kopf über den eitlen Betrug, den doch der Herr in ihren Herzen erkannte, selbst wenn sie selbst ihn nicht erkannten.

Nach den morgendlichen Laudes besprachen sich die Brüder wie jeden Tag unter dem Vorsitz des Priors, teilten anstehende Aufgaben ein, und Bruder Thomas als Scholasticus mahnte die Beschaffung einiger schmerzlich vermisster Lehrwerke für die Artes an.

»Wir werden Herrn Dietrich von der Mühlgassen um eine weitere großherzige Zuwendung bitten«, beschied ihn der Prior und wandte sich dem nächsten Bruder zu.

»Beherbergt diese Stadt nur einen einzigen wohlhabenden Mann, ehrwürdiger Vater?«

Albert, der nur wenig entfernt vom Platz des Priors auf der ringsum laufenden Steinbank saß, senkte den Kopf, um das Schmunzeln zu verbergen. Zum ersten Mal zeigte Thomas in diesem Konvent die Zähne, und er tat es auf seine eigene, deutliche Weise, stand aufrecht vor dem Prior, die Hände in den Ärmeln der weißen Tunika, und erwiderte dessen Blick unverwandt.

»Es geht um die Schriften des Boëthius, nicht wahr?« Ein

dünnes Lächeln krümmte Vater Stephans Lippen, als Thomas nickte. »Dass unsere Bibliothek unvollständig ist, war dir bekannt, als du deinen Dienst als Scholasticus antratst. Und von einem Baccalaureus aus Paris erwarte ich, dass er den Unterricht in den Artes aus dem Gedächtnis halten kann.«

Thomas rührte sich nicht und gab auch keine Antwort, zeigte sich deutlich als Spross stolzen Adels, so dass Albert ein stummes Stoßgebet gen Himmel schickte, seinem Schützling das Restchen Vernunft zu erhellen, damit er die Worte, die ihm sichtlich auf der Zunge lagen, nicht ausspräche.

Krachend flog die Tür auf, jemand stürzte herein, drängelte sich durch die Reihen, fiel vor dem Prior auf die Knie, ein Novize. Während Albert dankbar lächelte, runzelte Thomas tadelnd die Stirn; der Junge war einer der älteren Schüler. Als er den Prior unterwürfig anblickte und seine Lippen Worte formten, winkte Vater Stephan ihn näher, so dass der Junge ihm zuflüstern konnte, was er zu sagen hatte. Augenblicklich erstarrte Vater Stephan, dann sprang er auf, wobei er den Novizen von sich stieß, der einige Schritte zurückwankte und ausgerechnet gegen Thomas prallte. Sichtlich erschüttert blickte der Prior um sich, winkte seinen Stellvertreter zu sich, nach kurzem Zögern auch Albert und den Novizen und eilte mit wehendem Skapulier hinaus. Als Albert in der Tür zurückblickte, stand Thomas noch immer da, stirnrunzelnd.

Im Empfangsraum außerhalb der Klausur warteten drei Männer in der reichen Kleidung der Gildenherren, ihre Hüte hielten sie in den Händen, als sie sich vor den Brüdern verneigten. Die Begrüßung fiel hastig aus, Vater Stephan ließ sich kaum Zeit, einen Segen zu spenden.

»Herr Dietrich von der Mühlgassen, was führt Euch gemeinsam mit diesen Herren zu uns?«

»Ein schwerer Vorwurf, der den Sohn meines Freundes Wilhelm Scherfgin trifft, ehrwürdiger Vater«, erwiderte der Angesprochene mit befehlsgewohnter, heller Stimme. Über die Schulter des Priors hinweg blickte er Albert an, und seine Miene hellte sich auf. »Vater Albert von Lauingen!«, rief er. »Euch schickt der Himmel! In diesen Tagen brauchen wir einen Mann wie Euch innerhalb dieser Mauern!«

Vater Stephan war beiseitegetreten, so dass Albert Herrn Dietrich gegenüberstand; er war diesem Mann schon bei seinem ersten Aufenthalt in Köln immer wieder begegnet, dem mehrfachen Schöffen und Bürgermeister. Die von der Mühlgassen waren von alters her eine sehr reiche Familie, die sich nie mit dem Handel beschäftigt hatte, sondern über große Besitztümer in der Stadt und im Umland, Häuser, Höfe und Land, verfügte und mehrere einträgliche Mühlen besaß. Die Brüder Dietrich und Ludwig, deren jeder seinen Haushalt mit altväterlicher Strenge führte, gingen ebenso im Palast des Erzbischofs wie auf den Burgen der benachbarten Grafen von Jülich und von Berg ein und aus. Über den Scherfgin wusste Albert, dass dessen Familie im Tuchhandel tätig war und das Domkapitel mit kostbaren Stoffen belieferte. Diesen Mann hatte Herr Dietrich bei den Schultern gefasst und sanft, aber nachdrücklich vor Albert geschoben, einen blassen Mann, dessen Schläfen von grauen Strähnen durchzogen waren und in dessen von einem Netz feiner Falten umkränzten Augen unstete Lichter tanzten.

»Sein Sohn, ebenfalls Wilhelm geheißen, wurde betrunken aufgegriffen, nur wenige Ecken entfernt von der Stelle, an der ein Zimmermannsbursche erstochen aufgefunden worden war«, berichtete Herr Dietrich kühl. »Und bei sich trug sein Sohn einen Dolch, dessen Klinge deutliche Spuren notdürftig abgewischten Blutes aufwies. Sie brachten ihn zum Arrest ins Rathaus, da er ja einer edlen Familie entstammt, aber dann belagerte der Pöbel das Rathaus, und wir mussten ihn heimlich herausschaffen.«

Ein Schrecken würgte Albert, sein Blick flog hinüber zu dem dritten Mann, doch der war weißhaarig und trug die dunkle Kleidung der Weltpriester.

»Er befindet sich in Sicherheit«, fuhr Herr Dietrich fort. »Allerdings befürchten wir, dass der Pöbel Wind davon bekommt, wohin er gebracht wurde.«

Sein Schweigen nach diesen Worten war beredter als jede lange Begründung. Auch Vater Stephan musterte ihn aufmerksam, aber stumm.

Plötzlich warf Wilhelm Scherfgin den Kopf hoch.

»Sie fordern die Wahrprobe!«, rief er schrill. »Sie wollen mein Kind totschlagen! Sein Blut für das Blut dieses … dieses …«

Vater Stephan hob beschwichtigend die Hände. »Ihr seid also hier, um mich zu bitten, Euren Sohn … vorübergehend bei uns aufzunehmen, nicht wahr?«

Wilhelm Scherfgin nickte hastig. Er war schier rasend vor Angst und schwitzte merklich. Vage erinnerte Albert sich daran, dass vor über zwanzig Jahren in der Schule der Dominikaner ein Scherfgin sich unter den Schülern befunden hatte; als widerspenstiger Bengel hatte er gegolten, faul und aufsässig, als einer, dem die Brüder mit Prügel nicht beigekommen waren. Albert hatte ihn damals beiseitegenommen, ihn zur Gartenpflege beordert. Zuerst hatte der Junge mürrisch auf einer Bank gehockt und die Beine baumeln lassen, dann aber freiwillig zu einem Rechen gegriffen und Wege und Gras vom Laub befreit. Durch das kleine Fenster des Schulzimmers hatte Albert ihn beobachtet, als er zu den Vogelbauern ging, und die jähe Sorge um die schutzlosen Tiere unterdrückt. Lange hatte der Junge einfach nur dagestanden, die Arme um den Stab des Rechens geschlungen, und dem Vogelsang gelauscht.

Wilhelm Scherfgins helle Augen leuchteten auf. »Albert von Lauingen?«, flüsterte er, und im nächsten Augenblick trat er vor, beugte das Knie und legte seine Rechte auf Alberts verschränkte Unterarme. »Ihr habt als einziger versucht, mir zu helfen – bitte, helft meinem Sohn!«

Als sie bald darauf durch den engen Kreuzgang eilten, fand Albert sich zwischen Vater Stephan und dem Vikar, die beide beharrlich schwiegen, bis sie die Pforte zur Kapelle erreichten. Abrupt wandte Vater Stephan sich zu Albert um und sprach ihn an, überraschenderweise auf Franzisch.

»Was hat es mit diesem Scherfgin auf sich, dass er derart vertraulich war mit dir?«

Albert holte Luft. Dass diese alten Geschichten einmal aufkommen würden, hatte er insgeheim befürchtet, seitdem er nach Köln zurückgekehrt war. Man hatte ihn als Rector des Studium Generale hierher geschickt, als denjenigen, der hier eine Bildungsstätte für Theologen, aufbauen sollte. Dass er früher hier unterrichtet hatte, war hilfreich gewesen für seine Entsendung.

»Er war Schüler in diesem Haus«, warf der Vikar ein. »Das ist über zwanzig Jahre her, ich war damals Novize, und Vater Albert unterrichtete als Baccalaureus nicht nur uns, sondern auch einige Jungen aus angesehenen Kölner Familien. Wilhelm Scherfgin gehörte zu diesen Jungen, und er war ein rechter Plagegeist.«

»Und er hat sich wieder der Welt zugewandt«, sagte Vater Stephan.

»Nein, das ist nicht ganz richtig«, entgegnete der Vikar. »Sein Vater holte ihn von uns weg. Das war, nachdem Vater Albert uns verlassen hatte. Der Junge wäre wohl gern bei uns geblieben, aber wie hätten wir uns dem Willen des Vaters widersetzen können?«

Albert senkte den Kopf. »Der alte Scherfgin war kein Vater für seine Kinder, sondern ein grausamer Herrscher.«

Mit hochgezogenen Brauen blickten Prior und Vikar Albert an, und hätte er nicht mit einem alten Groll kämpfen müssen, dieser Anblick hätte ihn ohne Zweifel zum Lachen gebracht.

»Wilhelm Scherfgin war in der Tat ein Plagegeist«, erzählte er. »Einer, der seine Mitschüler zwackt und seinen Lehrern Widerworte gibt. Sogar in der Beichte erwies er sich als verstockt. Bis er mir eines Tages sagte, dass er ohnehin nicht zu retten sei. Ich gewann sein Vertrauen und erfuhr, dass sein Vater ihn häufig prügelte. Er zeigte mir sogar die dunklen Male, und es war beschämend. Denn der alte Scherfgin wusste genau, wo er seine Kinder verletzen konnte, ohne dass es jemals offenkundig würde, denn er schlug sie nur an Stellen, die zu zeigen als schamlos gegolten hätte. Deshalb erwirkte ich für den Jungen einen Platz unter denjenigen, die unserem Konvent anvertraut werden, um später Novizen zu werden. Es war mein Vergehen, einem Kind einen solchen Platz zu verschaffen, obwohl es nicht für das Leben als einer von uns bestimmt war – nur um ihn vor seinem Vater zu schützen.«

Albert senkte den Kopf und streckte dem Prior die geöffneten Hände entgegen, die Vater Stephan mit seiner Rechten zusammenführte. »Es mag ein Vergehen gewesen sein, aber es geschah aus Barmherzigkeit«, sagte er leise. »Außerdem war das lange bevor ich hierherkam, und wir wollen doch keine alten Geschichten aufwärmen. Lasst uns nach der Komplet über den jungen Scherfgin beraten. Länger können wir die Herren nicht warten lassen.

Fünf Tage nachdem der junge Scherfgin durch ein verstecktes Hinterpförtchen in den Konvent an der Stolkgasse geschafft worden war, um eine der alten Hospitalkammern zu beziehen, erreichte Albert eine Einladung des Dombaumeisters, die ihm Vater Stephan nach den Laudes stirnrunzelnd aushändigte. Nur widerwillig erteilte er Albert die Erlaubnis, das nahe gelegene Haus Gerhards von Rile noch an diesem Abend aufzusuchen; zwei Bedienstete des Konvents mussten ihn begleiten, und Albert unterdrückte den Wunsch, darum zu bitten, ob auch Bruder Thomas mit ihm gehen dürfe.

Er erreichte das Haus kurz nach der Vesper und wusste, dass er sich zur Komplet wieder im Kloster einstellen musste, um einer Strafe zu entgehen. Auf sein Pochen öffnete sich die Tür, und Gerhard von Rile stand vor ihm, dessen hochgewachsene Gestalt das Licht vom Ende des Ganges vollständig verdeckte.

»Vater Albert – *laudetur Iesus Christus*!«, rief er und trat heraus. »Ich danke Euch für Euer Kommen. Denn der Anlass ist zu gering, als dass Euch eine Buße daraus erwachsen dürfte.«

»Mach dir keine Sorgen«, erwiderte Albert nach kurzem

Begrüßungssegen. »Ich brauche nur etwas Wasser, weil ich meinen Mantel beschmutzt habe.«

»Die Begine, die mir den Haushalt führt, ist leider schon bei ihren Schwestern, aber ich bringe es Euch gern selbst aus der Küche.«

»Bemühe dich nicht! Sag mir, wo die Küche ist, dann besorge ich das selbst.«

Ein wenig zögernd wies Gerhard zum Ende des Ganges. »Meine Nichte ist dort, sie wird Euch helfen. Derweil hole ich uns ein paar Kleinigkeiten.«

Albert dankte mit einem Nicken und folgte Meister Gerhard in eine warme geräumige Küche, an deren Rückwand der gemauerte Herd stand. Die Kohlen verströmten wohlige Wärme. Gerhard war durch die Hintertür hinausgeeilt und hatte ihn mit einem Mädchen zurückgelassen, das so ruckartig von der Bank aufgesprungen war, dass es sich schmerzhaft gestoßen hatte. Er nickte auch ihr zu, doch sie blieb stehen, während er sich auf einem Schemel niederließ und sie schweigend mit einem wohlwollenden Blick musterte.

»Wie geht es meinem Bruder?«, platzte das Mädchen leise heraus. »Wird er wieder heil?«

»Unser Bruder Gelasius sagt, dass er mit der Hilfe des Herrn wieder wird gehen und laufen können, wenn auch nicht mehr so schnell und ungehindert wie früher.«

»Wird er Krücken brauchen?«

Albert lächelte in das blasse Gesicht des Mädchens. Er ahnte, dass sie die Bettler vor Augen hatte, die über die Kirchhöfe humpelten, um Almosen baten und im Gegenzug für die Spender zu beten versprachen, missgestaltete Menschen, mit denen man Kinder erschreckte. Er nahm ihre

Hand, tätschelte sie sacht. »Nein, das musst du nicht fürchten. Eine Weile wird er mit Krücken gehen müssen, aber wenn die Knochenbrüche ausgeheilt sind und er genügend geübt hat, um sie wieder zu stärken, dann kann er wieder auf ihnen herumlaufen wie jeder gesunde Junge.«

Ein dünnes Lächeln erschien auf ihren Zügen, wenig überzeugt.

»Wenn er das Bett verlassen darf, werde ich nach deinem Vater und dir schicken, damit ihr ihn sehen könnt.«

Zögernd und ohne den Blick von ihm zu wenden, setzte sie sich wieder auf die Bank und legte die Hände in den Schoß; das Nähzeug auf dem Tisch beachtete sie nicht. Albert spürte, dass er sie nicht hatte beruhigen können, und suchte fieberhaft nach einer Ablenkung, als die Hintertür aufgestoßen wurde und Meister Gerhard mit einem gut gefüllten Korb zurückkehrte.

»Wir setzen uns in die Stube«, sagte er, und zu dem Mädchen gewandt: »Und du gehst ins Bett!«

Stirnrunzelnd erhob sie sich, verneigte sich vor Albert und schob sich an ihm vorbei aus der engen Küche in den ebenso engen Gang. Bald darauf verhallten ihre Schritte auf der Treppe.

»Zwei Krüge Wein aus dem Tal der Rhône! Das ist mal was anderes als das Zeug, das sie hier keltern, nicht wahr?«, prahlte Meister Gerhard.

Schmunzelnd folgte Albert ihm in die Stube, an den Tisch, der vor der an der Wand entlanglaufenden Bank stand und über dem ein schlichtes Kruzifix hing. Meister Gerhard hatte einen Krug auf das dunkle Holz gestellt und nahm gerade drei Becher aus dem Schrank.

»Du erwartest noch einen Gast?«

Gerhard zuckte zusammen, verzog das Gesicht zu einem hilflosen Grinsen und öffnete den verpichten Krug, um Albert und sich einzuschenken.

»Ich bin es so gewohnt. Der Junge ...«

»... trinkt keinen Wein.« Albert setzte sich auf die Bank, bekreuzigte sich und trank Gerhard zu. »Lass uns auf deinen Freund warten.«

Schweigend leerten sie den ersten Becher, als ein hohles Pochen ertönte. Ehe Gerhard aufstehen konnte, trippelte seine Nichte die Stiege herunter und öffnete die Haustür, dann führte sie den Gast nach kurzer Begrüßung in die Stube.

Albert hatte die Stimme des Steinmetzmeisters Johann von der Sandkaule erkannt, bevor dieser eintrat, sich vor ihm verneigte und den Segen empfing. Flink füllte das Mädchen die Becher und huschte hinaus, doch es war erkennbar, dass sie sich nicht weit wegbewegen würde, selbst wenn Gerhard sie streng ins Bett schickte.

Erwartungsvoll sah Albert die beiden Männer an, die mit gesenkten Köpfen vor ihm saßen, und lächelte in sich hinein angesichts dieser scheuen Verschwörung. Zumindest Gerhard war ein über die Grenzen Franziens hinaus bekannter Mann im Kirchenbau, der mit allen großen Baumeistern bekannt war.

Die beiden Männer hatten die Finger fest verschränkt und die Unterarme auf den Tisch gelegt, so dass ihre Ellenbogen einander fast berührten. Nun bemerkte Albert, dass Gerhard Johann einen sachten Stoß gab, sie drehten einander die Köpfe zu, dann nickte Johann und hob den Kopf.

»Ihr fragt Euch sicher, warum wir Euch gerufen haben, Vater«, begann er, räusperte sich umständlich und ruckte mit dem Finger am Halssaum seines Kittels.

Albert unterdrückte das Grinsen ebenso wie eine Antwort, und wartete geduldig, als säßen zwei Schüler vor ihm, die ihre verdiente Strafe für einen Bubenstreich erwarteten. Schließlich räusperte Meister Johann sich nochmals, und die beiden Männer blickten ihren Gast gemeinsam an.

»Es gibt Ungereimtheiten«, fügte Johann hinzu. »Als Michel im Verdacht stand, den Sohn vom Schwarzen Richolf erstochen zu haben, verlangte er die Wahrprobe an der Blutsäule. Er wollte Gott zum Zeugen machen, dass er die Wahrheit sage, wenn er leugne.« Er beugte sich tief über seinen Becher und raunte: »Michel war ein Draufgänger, es zog ihn in die Kneipen und manchmal wohl auch zu schlechten Weibern, aber er war kein Lügner, Vater. Er hätte niemals sein Seelenheil aufs Spiel gesetzt.«

»Es ging um Leben und Tod, Meister Johann«, entgegnete Albert. »Da wagt man viel.«

»Soll er etwa zuerst versucht haben, mit einem dummen Trick seinen Hals zu retten, um dann sein Seelenheil auch noch zu zerstören, indem er sich aufhängt?«

»Lasst mich kurz der Anwalt der Gegenseite sein, denn auch die muss angehört werden, wenn man verstehen will, was geschah.« Albert nahm einen Schluck, blickte dann die beiden Männer nacheinander an. »Was, wenn Michel in der Tat den Hermann Niger im Streit erstochen hätte? Wenn er danach im Banne des Bösen auf den Gedanken verfallen wäre, sich mit einem alten Aberglauben reinzuwaschen? Was, wenn er hätte feststellen müssen, dass der alte Aberglaube doch wahr wäre? Was, wenn er an dieser Erkenntnis verzweifelt wäre und sich in dem Glauben, seine Seele ohnehin verwirkt zu haben, in den Schlund des Teufels gestürzt hätte?«

Die beiden Männer saßen nickend am Tisch und blickten dabei in ihre Becher. Erst nach einer Weile hob Meister Johann den Kopf und rieb sich bedächtig das Kinn.

»Das klingt in meinen Ohren allzu schlüssig für einen jungen Kerl von Michels Schlag.«

»Vielleicht ließe sich sein Tun noch einfacher begründen«, setzte Albert nach.

Die beiden Männer musterten ihn, Johann mit leicht verengten Augen, während sich in Gerhards Mundwinkel ein feines Grinsen grub.

»Vater Albert spielt Schule.«

Er nahm seinen Becher und stieß damit leicht gegen Alberts Trinkgefäß, ehe er ihn zum Mund hob, leerte und mit einem behaglichen Seufzen wieder absetzte.

»Warum seid Ihr hier?«, fragte Albert, nachdem sein Blick lange auf Gerhard geruht hatte.

»Uns ist nicht recht wohl«, erwiderte Meister Johann. »Die Gesellen sind unruhig seit diesen Todesfällen. Die wildesten Gerüchte gehen um. Gestern erhielt ein Dummkopf, der behauptete, hinter alledem stecke der Erzbischof, zehn Stockhiebe und wurde aus der Stadt gejagt. Ich verstehe ja, dass der Stadtvogt solchen Unsinn nicht dulden kann, trotzdem nährt dieses Vorgehen die Gerüchte nur.«

Albert schwieg. Er kannte kein besseres Mittel, Menschen zum Reden zu bringen, als das Schweigen; er nutzte es während der Beichtgespräche, denn das, was einen Menschen am schwersten bedrückte, brachte er erst über die Lippen, wenn das Schweigen bedrückender war als die eigene Sünde.

Gerhard räusperte sich. »Der Bau geht nicht recht voran. Die Leute arbeiten nur mit halbem Herzen. Sie fürchten sich vor Streitigkeiten mit den Anhängern der Herren von der Richerzeche und vor den Bütteln. Und sie misstrauen einander, viele glauben, dass unter ihnen ein Mörder ist.«

»Habt Ihr Euch an das Domkapitel gewandt?«

Seufzend setzte Gerhard den Becher ab, ohne getrunken zu haben. »Die Herren des Doms sind keine Hilfe. Man empfahl uns, saumselige Arbeiter zu ersetzen. Die Leute würden sich fügen, wenn sie den Hunger gekostet hätten. Aber erstens nützen uns die Männer nichts, wenn sie geschwächt sind. Und zweitens können unsere Leute nicht ständig neue Handlanger anlernen. Auf der Baustelle geht es ohnehin zu wie beim Turmbau zu Babel.«

»Was ziehst du auch diese Steinmetze und Maurer aus Franzien heran!«, fuhr Johann Gerhard an. »Sie nehmen unseren Leuten die Arbeit weg und spielen sich ihnen gegenüber auf!«

»Eure Leute haben nur wenig Erfahrung mit feinem Maßwerk«, entgegnete Gerhard. »Die Männer aus Franzien sind hier, weil ich sie mir habe empfehlen lassen und sie euch und eure Leute darin schulen sollen.«

»Und warum behalten sie dann ihre Fertigkeiten eifersüchtig für sich?«

»Sachte, sachte!«, mischte Albert sich ein. »*In nomine Christi* – Streit bringt uns nicht weiter!«

Die beiden verfielen in ein mürrisches Schweigen, nippten an ihren Bechern, schielten nacheinander. Gerhard drehte den Becher in den Händen, während Johann begann, auf der Tischplatte zu trommeln, doch Albert musterte einen nach dem anderen, ohne ein weiteres Wort zu sagen.

»Die Herren der Stadt meinen es nicht gut mit uns Handwerkern, Vater Albert«, sagte Johann schließlich. »Schöffe

Dietrich, die Scherfgins und die Overstolzen, die Gyr und all die anderen – sie hocken in ihren großen Häusern und bereichern sich am Handel. Aber das genügt ihnen nicht. Sie wollen keine Abgaben leisten und zugleich allein die Geschicke der Stadt bestimmen. Sie bedrängen uns, bürden uns hohe Abgaben auf, und wenn wir gegen sie Klage führen, ist das nutzlos, denn sie bestellen die Schöffen, die über unsere Klagen richten.«

Nachdenklich rieb Albert seine Unterarme in den Ärmeln. Er kannte die Sorgen der Handwerker; die reichen Handelsherren begehrten schon lange gegen die eigentlichen Stadtherren auf und hatten sich oft zunutze gemacht, dass auch die Handwerker unzufrieden waren. Doch wo immer die Handelsherren zu Rittern wurden und Stadträte, Bürgermeister und Schöffen stellten, vergaßen sie, dass ihnen auch die Handwerker und deren Gemeinschaften zu diesem Einfluss verholfen hatten. Obwohl die Ordnung der Welt von Gott gestiftet war, waren es sündige Menschen, die in dieser Ordnung ihren Platz ausfüllten, mal besser, mal schlechter. In der heiligen Stadt Köln ging es ebenso wenig heilig zu wie in anderen Städten.

»Ihr Predigerbrüder seid bei den reichen Handelsherren beliebt«, sagte Gerhard. »Wenn einer einen Sohn entbehren kann, dann schickt er ihn lieber in Euren Konvent als zu den Mönchen vom heiligen Benedikt. Wenn Eure Brüder mit der Weihe verkündigen und predigen dürfen, haben sie wiederum Einfluss auf die Menschen in dieser Stadt.«

Albert nickte wortlos.

»Auch von Euch erhoffen sie sich noch mehr Ruhm und Ehre für ihre Stadt, weil Ihr hier seid, um ein *Studium generale* aufzubauen«, fügte Gerhard hinzu. »Entweder sie oder

Erzbischof Konrad werden dich als Vermittler rufen, wenn Unruhen aufkommen. Und dann, Vater Albert, vergiss bitte die Sorgen der Handwerker nicht. Denn ich als Dombaumeister brauche jeden einzelnen von ihnen, um den neuen Dom zu errichten.«

XI

Die Kammer wurde Gerwich eng. Zweimal täglich holte ihn Bruder Gelasius, der Mönch, der ihn versorgte, zum Stundengebet – am Morgen zu den Laudes und abends zur Komplet –, aber der Weg von der Krankenkammer zur Kapelle, den er auf eine Krücke gestützt am Arm des Bruders zurücklegte, erschien ihm unendlich weit, so sehr schmerzte das linke Bein, mit dem er nur sehr vorsichtig auftreten konnte.

Bruder Gelasius war der wohl geduldigste Physicus, dem Gerwich je begegnet war. Meist arbeiteten diese Männer vor allem als Bader und behandelten ihre Kunden grob, renkten mit roher Gewalt Gelenke ein und verspotteten die Tränen derer, deren Wunden sie vernähten wie grobe Lumpen. Die meisten dieser Heiler waren geldgierige Pfuscher, doch wer sich verletzt hatte, konnte sich oft nicht aussuchen, wer ihn versorgte. Dass die Mönche ihn in ihrem Konvent aufgenommen hatten, um ihn zu pflegen, war eine Gnade, auf die er niemals zu hoffen gewagt hätte.

Das Licht vor dem pergamentbespannten Fenster wurde matter; der Tag neigte sich dem Abend zu. Daheim roch es jetzt nach Grütze und Kraut, vielleicht auch nach Äpfeln und Speck. Frau Barbara wirkte in der Küche, Gerswint ging ihr dabei zur Hand, damit das Essen fertig war, wenn der

Onkel von der Baustelle kam, wo sie die Fundamente für den Ostchor des neuen Doms errichteten. Gerwich lehnte sich in den strohgefüllten Kissen zurück und starrte an die Decke, zählte zum vielhundertsten Mal die Deckenbalken, suchte nach den vertraut gewordenen Astlöchern und Sprüngen im Holz. Nichtstun machte ihn mürb. Der alte Bruder, der ihn zweimal am Tag aufsuchte, um mit ihm zu beten, Vater Bertrand, übte mit ihm Psalmen und Gebete ein. Nach anfänglichem Zögern hatte Gerwich bemerkt, dass er den alten Mönch fragen durfte, wenn er etwas nicht verstand, und dieser ihm geduldig alles erklärte. Es waren angenehme Stunden, aber zusammen mit den Gängen zur Kapelle die einzigen Abwechslungen von der Ruhe, die ihm Bruder Gelasius verordnet hatte.

Obwohl Gerwichs Genesung anfangs zügig vorangeschritten war, schleppte sie sich nun seit zwei Wochen dahin. Er humpelte, weil beim Gehen ein spitzer Schmerz das verletzte Bein durchzuckte, und Bruder Gelasius' wortloses Stirnrunzeln weckte wahrhaftig keine große Zuversicht. Gerwich sehnte sich danach zu laufen, zu rennen, mit bloßen Füßen auf dem Ufersand des Rheins oder durch das dürr werdende Sommergras. Mochte der Physicus, sobald er die Kammer betrat, zum Fenster eilen und dieses weit öffnen, um das helle Licht der Sonne und die reine Luft aus dem Innenhof des ehemaligen Hospitals hereinzulassen – mit jedem Tag, den Gerwich mehr im Bett verbrachte als auf den Füßen, wuchs die schwarzgallige Trübsal.

Ein leises Pochen kündigte das Abendessen an; der dunkelhaarige Novize, der jeden Tag das Essen brachte, trat ein und stellte ein Brett mit einem dampfenden Napf und einem dicken Kanten Brot auf das Tischchen neben dem Kopfende des Bettes. Der süße Duft geschmorter Zwiebeln und Karotten ließ Gerwich fast schmerzhaft das Wasser im Mund zusammenlaufen. Nachdem der Novize hinausgegangen war, murmelte Gerwich ein rasches Dankgebet, langte nach dem Napf, in dem ein hölzerner Löffel steckte, und schaufelte den Eintopf in sich hinein, Weizenschrot mit Zwiebeln und Gemüse, einfach und schmackhaft. Nachdem er eine Weile hier war, hatte er sich mit der fleischlosen Kost gut angefreundet, auch wenn er Frau Barbaras saftige Sonntagsbraten vermisste.

Gerade wischte er den Napf mit den Resten des Brotkantens aus, als abermals ein leises Klopfen ertönte, dann stand Bruder Gelasius in der Tür und grüßte mit einer leichten Neigung des Kopfes. Gerwich setzte sich auf, schwang die Beine über den Bettrand und tippte mit den Zehenspitzen auf die Dielen. Das linke Bein fühlte sich noch immer ein wenig taub an und schwächer als das andere. Als er die Hand nach der Krücke ausstreckte, stand Bruder Gelasius vor ihm und reichte ihm die Hand. Gerwich wusste die Geste zu schätzen, denn die Brüder waren weitaus zurückhaltender als die Handwerker, begrüßten einander nur mit einem Nicken anstelle von Händeschütteln oder Umarmungen. Stets hielten sie Abstand voneinander, als könnten Berührungen sie verunreinigen, und ihm war aufgefallen, dass andere Brüder Gelasius missbilligend angeschaut hatten, wenn er ihn am Arm zu den Laudes oder zur Komplet geführt hatte.

Deshalb wunderte Gerwich sich nicht, als Bruder Gelasius ihm nun die zweite Krücke reichte, nachdem er sich die Schuhe geschnürt hatte. Er versuchte ein Grinsen, obwohl der Schmerz wie eine Nadel sein Bein durchstach; dabei hätte er nicht einmal genau sagen können, wo es weh tat.

Mühsam schleppte er sich zur Tür, den linken Fuß nur vorsichtig aufsetzend, und ihm graute ein wenig vor dem Weg, der ihm bis zur Kapelle bevorstand.

In dem engen Gang erwarteten sie Vater Albert und ein Pater, dessen strenger Blick Gerwich schier schrumpfen ließ. Er hatte den Pater nur während der Gebetsstunden gesehen und aus der Hochachtung der anderen Mönche geschlossen, dass dieser Mann der Leiter des Konvents war. Gerwich blieb in ausreichender Entfernung stehen und nickte knapp, zu knapp, befürchtete er, deshalb heftete er den Blick auf seine Schuhspitzen. Beinahe hätte er die leise Frage nach seinem Befinden überhört, und er schrak zusammen, als er bemerkte, dass der Pater mit ihm sprach. Vorsichtig hob er den Kopf.

»Ich bin Vater Stephan, der Prior dieses Konvents.« Gerwich erinnerte sich, dass der Mann während vieler Gebetsstunden am Altar gestanden und einzelne Verse vorgebetet hatte.

»Vater Albert ist dir bereits bekannt«, fuhr der Prior fort. »Er hat deinen Onkel gefragt, ob du deine Genesung in unserem Konvent dazu nutzen dürftest, ein wenig länger zur Schule zu gehen und die Artes zu studieren.«

Verblüfft öffnete Gerwich den Mund, brachte aber keinen Ton hervor, und als ihm bewusst wurde, dass er den Prior schamlos anstarrte, senkte er rasch den Kopf.

»Keine Angst, mein Sohn. Wenn du lieber ins Haus deines Onkels zurückkehren willst, werden wir dich nicht aufhalten. Das steht uns nicht zu. Aber dann wird Bruder Gelasius sich nicht länger um dich kümmern können.«

Unwillkürlich grinste Gerwich, und das Blut stieg ihm in die Wangen, dabei wusste er nicht einmal, ob vor Freude oder vor Scham, sich so offenkundig zu freuen. Er hatte sich nach dem Schulalltag gesehnt, hatte wegwollen von der Baustelle mit ihren Leitern, Gerüsten und tiefen Gruben, zurück in die Sicherheit staubiger Schulzimmer, in denen es nach abgestoßenen Wollkitteln roch und ungewaschenen Füßen. Noch immer hatte er das feine Scharren der Spatel auf dem Wachs in den Ohren. Er hatte gelernt zu schweigen – in diesem Konvent mehr denn je zuvor –, deshalb nahm er die Nachricht wortlos auf, verneigte sich tief und ließ die Brüder an sich vorbei in die Kapelle gehen, ehe er ihnen nachfolgte.

Anderntags humpelte er nach den Laudes hinter den Oblaten her, die zum Unterricht gingen. Während des Psalmengesangs hatte er ein Stoßgebet gen Himmel gesandt, lieber darauf zu verzichten, zwei gesunde Beine zu haben, als wieder in die Fabrica zu müssen, und war vor sich selbst erschrocken. Das würde er beichten müssen.

Die Jungen, die dem Novizenmeister, Vater Gunthar, hinterhereilten, spähten mit gesenkten Köpfen nach dem Nachzügler, der Mühe hatte, ihnen zu folgen. Sie schlüpften in einen Raum, wo Bruder Thomas sie erwartete; er saß reglos an seinem Pult. Der Novizenmeister nahm Gerwich bei den Schultern und schob ihn hinein, ehe er hinter ihm die Tür von außen schloss. Gerwich blieb stehen, knetete die Finger vor dem Bauch. Er war kein Oblate und erst recht kein Novize, er gehörte nicht hierher, sondern in die Schule für die Weltlichen.

Bruder Thomas hob den Kopf, und sein Blick wanderte über die Reihen der Schüler hinweg, bis er Gerwich erreichte, der hastig den Kopf senkte, beschämt über den Irrtum.

»Wir wollen einen neuen Schüler begrüßen«, sagte Bruder Thomas in seinem melodiösen Latein, »Gerwich von Rile, den Neffen des Dombaumeisters Gerhard von Rile, der unter uns weilt, weil er durch einen Sturz schwer verletzt wurde. Unser Bruder Gelasius, der sich auch um eure kleinen Verletzungen kümmert, pflegt ihn, und da er solange den Konvent nicht verlassen darf, sitzt er mit euch in der Bank.«

Alle starrten ihn an, neugierig, eine kleine Schar Jungen, von denen die meisten in ihrem ganzen Leben weder eine Mulde geschleppt noch einen Klöpfel geschwungen hatten. Jungen aus reichen Häusern und trotzdem überzählig neben dem, der den väterlichen Handelsbetrieb übernehmen sollte, und dem, der auf einer Burg das Kriegshandwerk erlernen durfte, während er, der von einer Burg stammte und als Waise unrechtmäßig weggeschafft worden war, ein Handwerk lernte und hier nur Gast war. Lautlos rutschte Gerwich in die letzte Bank, wo noch Platz war, neben einen jüngeren Oblaten, der ihn vorsichtig musterte.

Schweigend widmete Gerwich seine Aufmerksamkeit dem, was Bruder Thomas vorzutragen begann. Mühelos folgte er den Erklärungen, was ihn selbst verwunderte, weil seine letzte Arithmetikstunde mehr als ein halbes Jahr zurücklag. Dennoch zwang er sich, mit gesenktem Kopf über einer Wachstafel zu sitzen, die Bruder Thomas ihm hatte geben lassen, und lauschte. Er liebte die Teile des Quadriviums, des vierspeichigen Rades, wie sein Onkel es nannte, während der Banknachbar schwitzend an seinem Griffel kaute. Doch Bruder Thomas schonte ihn ebenso, wie er den Banknachbarn schonte, den er manchmal an sein Pult winkte, wo er ihm alles wieder und wieder erklärte. Ein einziges Mal sauste die Weidengerte auf das Pult, als ein dünner Bengel mit kippender Stimme einem anderen Schüler einen derben Fluch zuwarf. Bruder Thomas war ein junger Lehrer, der selbst erst vor kurzem Baccalaureus geworden war. Er übte sich in Geduld mit den Schülern, sprach langsam und deutlich und wurde nie laut.

Der morgendliche Unterricht endete, als die kleine Glocke zur Terz rief. Vor der Tür erwartete der Novizenmeister die Jungen, die sich beim Hinauseilen streckten und die Gelenke knacken ließen. Als Gerwich zur Tür ging, erklang hinter ihm sein Name. Er blieb stehen und drehte sich um, den Blick auf die Schuhspitzen geheftet, die unter der hellen Wolltunika hervorlugten.

»Hast du alles verstanden?«, fragte Bruder Thomas ihn, und als er nickte, fuhr dieser fort: »Gut. Fürchte dich nie zu fragen.«

»Ich war immer gut in den Fächern des Quadriviums«, sagte Gerwich und musste sich räuspern, als wäre er wieder im Stimmbruch. Thomas' dunkle Augen, in denen man die Pupillen nicht mehr ausmachen konnte, ruhten wachsam auf seinem Gesicht, so dass er einen Schritt zurücktrat, aber das half nichts. Er fühlte sich wie ein ungebetener Eindringling.

»Wäre es nicht besser, Ihr ließet mich die Schule für die Bürgersöhne aufsuchen?«, brachte er schließlich hervor.

Thomas hob die Brauen. »Mach dir keine Gedanken, ob das, was dir geboten wird, richtig ist oder falsch, sondern nutze es.« Dann wies er zur Tür, und Gerwich humpelte folgsam hinaus. Er würde zu spät kommen, aber in seinem Fall war das nicht schlimm. Er konnte sich in die Kapelle schleichen und einen Platz im Hintergrund suchen, wohin das Licht der Kerzen nicht fiel.

Noch ein wenig benommen von der Teilnahme an der Komplet, tappte Gerwich durch die Gänge des Konvents zur Krankenkammer, die ihm für die Zeit seines Aufenthaltes als Schlafstätte diente. Er hätte gerne im Gefolge der anderen Brüder und der Oblaten und Novizen das Dormitorium aufgesucht, aber diesen Bereich durfte er nicht betreten, weil er sich nicht dem Orden der Prediger anheimgegeben hatte. Er war ein Gast, und obwohl sie ihn an ihren Gebetsstunden teilnehmen ließen – wenn auch nur im Hintergrund – und auch die Schüler ihn nach wenigen Tagen fast wie einen der Ihren unter sich aufgenommen hatten, spürte er eine unsichtbare Schranke zwischen sich und ihnen.

Am Vortag hatte er im Empfangsraum seinen Onkel gesprochen, der ihm einen Besuch abgestattet hatte. Es war ein kurzes Gespräch gewesen; Meister Gerhard hatte sich zuvor über seine Genesung erkundigt und schien missgelaunt angesichts der Aussicht, dass Gerwich noch wenigstens zwei Wochen in Bruder Gelasius' Obhut bleiben sollte. Gerwich ahnte, dass sein Onkel ihn lieber auf der Baustelle sähe als innerhalb der Mauern dieses Konvents, wenngleich er ihn dazu anhielt, weitere Geometriestudien zu betreiben, denn das werde ihm dereinst nützlich sein.

Gerwich blieb stehen und lehnte sich an die kühle Mauer. Draußen, auf der Baustelle, verdienten sich die Handwerker ihr Brot im Schweiße ihres Angesichtes damit, die Fundamente für eine gewaltige Kathedrale aufzuschichten, wie sie auf deutschem Boden noch nie errichtet worden war. In Gedanken hatte sein Onkel diese Kirche längst gebaut, ein himmelan strebendes, filigranes und doch gewaltiges Bauwerk in franzischem Stil, steingewordenes Lob Gottes, in dem das Sonnenlicht nicht länger bescheiden ein wenig

Helligkeit in die Dämmerung des geweihten Raumes werfen sollte, sondern als Sinnbild für die unermessliche Größe und Macht des Schöpfers das Bauwerk in ein Abbild seiner Schöpfung verwandelte. Doch es würde viele Jahre dauern, bis der Bau vollendet sein würde, wahrscheinlich würde niemand von ihnen mit eigenen Augen sehen, was Dombaumeister Gerhard von Rile vor seinem geistigen Auge sah.

Ein schleifender Laut weckte Gerwich aus seinen Gedanken, der Widerhall eines Flüsterns. Da die Brüder Schweigen wahrten, soweit es ihnen möglich war, wunderte Gerwich sich, wer da diese ihnen so heilige Gewohnheit, wie sie es nannten, brach. Lautlos schob er sich an der Wand des Ganges entlang, fast unsichtbar, da er im Gegensatz zur Tracht der Brüder eine dunkle Tunika trug. Er hörte eine gezischelte Erwiderung, die wie eine Frage klang, leiser als das Flüstern. Beide Stimmen waren die von Männern, die flüsternde noch recht jung. Sie lockten ihn an den Türen der beiden Krankenkammern vorbei, kamen aus einem Raum am Ende des Ganges, in dem der Medicus Kräuter und Instrumente aufbewahrte und Heilmittel braute. Gerwich erinnerte sich, dass es in diesem Raum über einer hohen Truhe, an der der Medicus arbeitete, eine Lichtluke gab, die auf den benachbarten Garten hinausschaute. Gerwich hatte von einem der Oblaten erfahren, dass sie ihn beneideten, weil seine Schlafkammer in der Nähe dieses Raums war, in den sie sich manchmal heimlich schlichen, um in den Garten hinauszuschauen. Es sei eine große Wiese mit Obstbäumen und Sträuchern, auf der ein paar Schafe und Hühner herumliefen. Und Mädchen. Der Junge, der ihm das erzählt hatte, hatte sich dabei errötend abgewandt.

Die Tür stand offen. Gerwich schmiegte sich neben dem

Rahmen an die Wand und reckte den Hals, damit er um die Ecke spähen konnte. Durch die Luke fiel Licht herein, gerade genug, um den Raum in fahlen Dämmerschein zu tauchen. Ein Mann, der auf der hohen Truhe kniete, verdeckte die Öffnung. Er trug eine helle Tunika, unter der Beinlinge herauslugten, und hatte die leichten Bundschuhe der Mönche an den Füßen, mit denen man sich im Konvent nahezu lautlos bewegen konnte.

»Lass das meine Sorge sein!«, flüsterte er hinaus. »Beschafft mir ein hübsches Ding, mehr brauche ich nicht! Dieses alte Gemäuer ist das reinste Gefängnis! Kein Wein, kein anständiges Essen, aber ich kann nicht raus, bis Gras über die Geschichte gewachsen ist.«

Obwohl die geraunte Antwort Gerwich unverständlich blieb, begriff er sofort, dass der Mann ebenso wenig zu den Brüdern gehörte wie er selbst. Doch warum jemand mit solchen Wünschen, die nicht nur gegen die Regeln des Konvents verstießen, sondern obendrein sündig waren, in diesem Haus weilte, wie er Zutritt erhalten hatte, jemand, von dem Gerwich überzeugt war, ihn weder bei den Gebetsstunden noch im Refektorium je gesehen zu haben, das beunruhigte ihn.

Mit klammen Fingern schob Gerwich sich von der Tür weg, den Rücken eng an der Wand, querte dann vorsichtig den Gang, um zu seiner Kammer zu gelangen, während die heimliche Unterhaltung des Fremden weiterging. Vorsichtig löste er den Riegel und schob die Tür auf, als die Zapfen sich mit einem hässlichen Knirschen in den Löchern drehten. Gerwich hielt den Atem an. Das Geflüster war verstummt, er hörte den dumpfen Aufprall von Füßen auf dem Boden, dann Stille. Hastig schlüpfte er in die Kammer, drückte die Tür zu und schob den Riegel vor.

Er barg das Gesicht in den Händen und zwang sich, langsam zu atmen. Sein Herz pochte hart gegen den Brustkorb, tönte ihm laut in den Ohren. Er musste sich Vater Albert anvertrauen, so bald wie möglich. Doch jetzt konnte er diese Kammer nicht verlassen, ohne dem Fremden in die Arme zu laufen. Wo kam der Mann überhaupt her? Wo versteckte er sich? Wussten die Brüder überhaupt von ihm?

Mühsam humpelte Gerwich zum Bett, kauerte sich darauf zusammen und schlang die Arme um die Knie. Er würde wachen, um nicht überrascht zu werden, und morgen früh würde er sich zu den Laudes schleichen, vorbei an dem Fremden. Irgendwie würde das gelingen.

XII

Als einer der Ersten verließ Richolf Niger die Kirche und trat an der Seite seines verbliebenen Sohnes in den kalten Novemberregen. Rasch zog er die Kapuze über den Hut. Er hatte eine weitere Messe für seinen ermordeten Ältesten lesen lassen, und dass es zum zweiten Mal eine Messe am Tag des Herrn war, in der Hermanns armer Seele gedacht wurde, gab ihm Hoffnung. Einige Nachbarn drückten seine Hände, andere nickten ihm zu; Humbert, der dicke Garnhändler, der den Laden neben seinem gepachtet hatte, umarmte ihn stürmisch und drückte ihm seine nassen Lippen und tränenfeuchten Wangen aufs Gesicht, ehe er davonging.

Pilgrim war beim Portal zurückgeblieben, um auf seine Frau zu warten, die sich schwertat mit ihrem aufgedunsenen Leib. Ihre Zeit stand bevor, es würde nicht mehr lange dauern, bis wieder das Plärren eines Säuglings sein Haus anfüllte. Gretes dunkel umschattete Augen und ihre aufgequollenen Finger verhießen nichts Gutes. Sie zwang sich, alle ihre Pflichten im Haus zu erfüllen, obwohl ihre Kräfte oft versagten. Die Mägde sangen und kicherten nicht mehr. Pilgrim hatte den Arm um Gretes Mitte gelegt und stützte sie, als sie in die Gasse, die zu den Fleischbänken führte, eintauchten, eine der zahllosen engen Gassen im alten Teil der Stadt, der noch aus den Tagen der Heiden stammte.

Wenn Grete die Geburt nicht überlebte, könnte Richolf seinen Sohn an eine kinderlose Witwe verheiraten – ein verlockender Gedanke, denn auf diese Weise geriete der Schwächling wieder an eine tüchtige Frau, und es käme etwas Geld in die Truhe. Aber als Grete den Kopf hob, sah er in ihrem Gesicht Hadewiges Züge, dieselbe Last und dieselbe Pein, und er kam nicht umhin, dass sie ihn dauerte.

Vor den Buden der Gewandschneider trat ein Mann aus dem Schatten der Arkaden. Hastig blickte Richolf sich um, er sah Pilgrim und Grete, die miteinander beschäftigt waren, und die Bewohner des Viertels, Nachbarn, Leute, die er nur vom Sehen kannte wie diesen Mann, der mit eingezogenem Kopf vor ihm stand.

»Jemand möchte dich sprechen«, flüsterte der Mann, dessen Name Richolf nicht einfallen wollte; er wohnte in der Nebengasse, in einem engen, schäbigen alten Haus. »Ich soll dich zu ihm bringen.«

Richolf wandte sich zur Seite, zu Pilgrim und Grete, die ihn gerade erreichten. »Geht schon mal nach Hause. Ich muss noch etwas erledigen.«

Er wusste, dass Pilgrim gehorchte, ohne zu fragen. Nicht hier und nicht jetzt. Vielleicht später, wenn er wieder nach Hause kam. Zügig folgte er dem Mann durch die muffige Marspforte zum Alten Markt, zu einer Schänke gegenüber dem Haus der Richerzeche. Schwerer Dunst empfing sie schon in der Tür, Männer saßen auf den Bänken, wo teuflische Einflüsterungen sie gleich nach der heiligen Messe hingezogen hatten, um ihr Geld zu vergeuden und dem Rausch zu frönen. Richolf rümpfte die Nase, während er hinter dem Mann eine Treppe hinaufstieg. In einer holzvertäfelten Stube saß ein Herr, neben dem ein Mantel mit Pelzbesatz auf der Bank lag. Er trug die Farben der Scherfgins auf dem Surcot. Vornehm lächelnd nickte er Richolf zu, der den Hut abgenommen hatte und vor dem Bauch in den Händen drehte. Eine goldene Kette blitzte auf seiner Brust und Ringe funkelten an seinen Fingern, als er auf einen freien Schemel deutete, der seinem Platz gegenüber stand. Ein irdener Becher wurde gebracht, mit Wein gefüllt, der Mann hob seinen Silberbecher und trank ihm zu.

»Wilhelm Scherfgin ist mein Name«, sagte er mit heller Stimme.

Unwillkürlich beugte Richolf den Nacken. Die Scherfgins waren eine verzweigte Familie mit großem Einfluss, stellten Schöffen und Mitglieder der Richerzeche. Sie handelten mit feinem Tuch, ihr Arm reichte bis nach Flandern und nach London, woher sie feinste Wolle bezogen. Was wollte ein solcher Mann von einem Lumpenhändler? Verdächtigte er ihn, am Verschwinden seines Sohnes, der unter dem Verdacht stand, den Sohn eines Zimmermeisters erdolcht zu haben, beteiligt zu sein?

»Schmeckt dir der Wein?«, fragte Herr Wilhelm.

Richolf nickte schnell, hielt den Blick aber gesenkt.

»Du bist ein Mann derer von der Mühlgassen, Richolf Niger«, fuhr der andere fort, »einer ihrer Getreuen, so sagt man.« Er machte eine Pause und musterte Richolf aufmerksam. »Ich habe nicht die Absicht, deine Treue auf die Probe zu stellen. Auch wenn meine Brüder und ich keine Freunde derer von der Mühlgassen sind. Du hast von uns nichts zu befürchten. Ich habe nur einige Fragen an dich.«

Den Becher in den Händen drehend wartete Richolf, worauf der Herr hinauswollte, der stolz seinen Reichtum zur Schau stellte.

»Als dieser Handwerksbursche, der deinen Sohn getötet haben soll, angeklagt wurde, kam da der Ruf nach der Wahrprobe von ihm oder von einem anderen?«

Verblüfft blickte Richolf auf. »Das weiß ich nicht, Herr. Ich war nicht dabei.«

»Ich hörte, dass einer der Büttel als Erster die Wahrprobe an der Blutsäule erwähnte. Als eine Sitte der Vorfahren, um Verbrecher zu entlarven, wie dereinst die Säule einen König als Brudermörder entlarvt und bestraft hätte.«

»Dazu … kann ich nichts sagen, Herr.«

»Als mein Sohn in den Verdacht geriet, einen Handwerksburschen getötet zu haben, forderten Angehörige des Opfers dieselbe Wahrprobe, die den Sohn des Wipperführter Steinmetzen schuldig gesprochen hatte, und sie belagerten mein Haus und forderten, ihnen meinen Sohn auszuliefern. Dass ich das nicht getan habe, sondern dafür gesorgt habe, dass er sich in Sicherheit befindet, kannst du dir denken.«

»Ist es nicht nur schlüssig, dass sie die gleiche Probe fordern, Herr?«

»Ja, das dachte ich zuerst auch.« Herr Wilhelm legte den Kopf schräg, ohne den Blick von Richolf abzuwenden. »Es ist geradezu schlüssiger als schlüssig. Und deshalb ließ ich dich rufen. Es geht schließlich um unsere Söhne.«

»Mein Sohn ist tot.« Richolf empfand seine Stimme als schrill und misstönend, und die Worte schmerzten tief in der Brust wie eine ätzende Flüssigkeit.

»Und ich will, dass meiner weiterlebt«, entgegnete Herr Wilhelm. »Ich habe die Absicht, den Mörder zu finden, und wenn mir das gelingt, dann ist auch deinem Wunsch nach Vergeltung Genüge getan.«

»Warum die Ehre?«

Kaum ausgesprochen, bereute Richolf seine Worte beinahe, als Herrn Wilhelms Miene sich plötzlich verhärtete.

»Wir suchen denselben Mann, Richolf Niger. Den Mann, der deinen Sohn auf dem Gewissen hat und der meinem Sohn einen Mord unterschieben will.« Er lehnte sich vor, und seine Augen wurden schmal. »Und ich habe einen Verdacht, der deine Treue auf eine harte Probe stellen wird.«

Ein heiseres Heulen und das Trappeln von Füßen auf der Stiege tönten durch das Haus. Kräftiger Regen prasselte gegen die dünnen Läden. Richolf blinzelte in die Dunkelheit, in der bunte Lichter tanzten. Ihm war noch immer übel. Er hatte zu viel getrunken. Ein spitzer Schrei gellte durch das Haus, Türen schlugen, jemand ging mit unregelmäßigen Schritten die Stufen hinunter, blieb stehen, ging weiter. Richolf stöhnte leise, setzte sich auf. Gretes Zeit war gekommen. Er kratzte sich am Kopf, rieb sich das Gesicht, stemmte sich dann auf die Füße, um den Weg zur Tür zu ertasten.

Als er die Stiege erreichte, stapfte ihm die Hebamme entgegen, die fette Anna, die ihn mit einem Schnaufen begrüßte. Das Kopftuch hatte sie fest um ihr Haar geschlungen, so dass nur ein paar nasse Strähnen in ihr Gesicht fielen. Er winkte ab, setzte seinen Weg in die Stube fort, wo er seinen Sohn mit einem großen Krug Wein und einem Becher vorfand. Pilgrims Augen waren gerötet und glasig, sein Blick streifte Richolf, irrte dann unstet weiter, während er den Becher mit beiden Händen umklammert hielt.

»Das kann dauern.« Richolf nahm einen Becher vom

Wandbord und schenkte sich ein. Er trank seinem Sohn zu, doch der beachtete ihn nicht. Als ein spitzer Schrei aufgellte, sprang Pilgrim sofort auf die Füße, errötete und setzte sich wieder. Er machte sich lächerlich, wie sich jeder Ehemann zumindest bei der ersten Niederkunft seiner Frau lächerlich machte, wenn ihm nur das Geringste an dieser Frau lag. Richolf öffnete das Fenster und klappte die Läden beiseite. Kalte Tropfen klatschten auf seine nackten Unterarme, dass er fröstelte, doch die Nachtluft tat ihm wohl.

»Dir wäre es das Liebste, wenn sie umkäme«, sagte Pilgrim plötzlich.

Richolf drehte sich um und starrte seinen Sohn an. Eine kalte Erbitterung krampfte seinen Magen wie eine geballte Faust. Er hatte Grund, seinen Sohn zu tadeln, doch noch ehe er den Mund öffnen konnte, um die sich auf der Zunge stauenden Worte auszusprechen, befiel ihn die Erinnerung an die kalte graue Angst, die ihn in all den Nächten, in denen Hadewige niedergekommen war, heimgesucht hatte. Pilgrim war Hadewiges Sohn, viel mehr, als es Hermann, der ungestüme, freche Bengel, je gewesen war. Er hatte ihre Augen, ihr helles Haar und ihr stilles Wesen. Vielleicht auch ihre Zähigkeit.

Richolf setzte sich auf einen der beiden Stühle, die am Tisch standen, verschränkte die Arme vor der Brust und versuchte zu dösen. Er hörte, dass die Mägde abgekochtes Wasser von der Küche in Pilgrims eheliche Kammer hinaufschleppten, dann herrschte Stille bis auf gelegentliches lautes Aufstöhnen, bei dem Pilgrim jedes Mal zusammenschrak. Als eine kleine Glocke zu den Laudes rief, klopfte es an die Tür, Lena, die jüngste Magd, fast noch ein Kind, schlüpfte herein, sank auf die Knie.

»Herr, Ihr solltet für die Herrin beten lassen«, flüsterte sie. »Sie hat es schwer. Das Kind ist groß und sie zu zart.«

Pilgrim sprang auf die Füße, er stemmte die Hände auf den Tisch und blickte seinen Vater an, der nach kurzem Zögern nickte. Richolf winkte das Mädchen hinaus und erhob sich, ging zum Schrank und öffnete den linken Flügel. Unter den Tischdecken hindurch fingerte er nach der alten Schatulle, die schon seinem Großvater gehört hatte, ein Holzkästchen mit eisernen Beschlägen. Er nahm eine Silbermünze, zögerte, fingerte eine zweite heraus, ehe er das Kästchen wieder verschloss und an seinem Platz verbarg.

»Ich gehe zu den Minoriten und danach zur Kirche«, sagte er und griff nach dem Umhang, der auf einer Truhe lag.

Pilgrim fuhr mit der Hand dazwischen und umklammerte seines Vaters Arm. »Ich werde gehen!«

»Du gehörst hierher. Zu deiner Frau. Du kannst ebenso gut hier beten.«

Schroff wandte er sich ab, um nicht zu sehen, wie sein Sohn mit einem kläglichen Laut auf die Bank glitt. Doch in der Tür erreichte ihn dessen Stimme.

»Geh zur Heiligen Maria im Capitol, zu den Nonnen – bitte!«

Von der Pforte des Nonnenklosters kehrte Richolf beim Läuten der Terz zurück zur Pfarrkirche seines Viertels, Klein Sankt Martin, die vom sanften Licht einiger Kerzen auf dem Altar erleuchtet wurde. Am Altar herrschte geschäftiges Treiben; zwei Ministranten räumten dort auf und putzten. Richolf stand an der Sperre und drehte den Hut in den Händen. Es fiel ihm nicht schwer, das Kreuz zu schlagen, auch ein *Pater noster* ging leicht von den Lippen, doch als er den Herrn um Erbarmen bitten wollte, kam ihm das Gespräch mit dem Scherfgin in den Sinn, das er seit drei Tagen zu verdrängen versuchte. Es sei schon sonderbar, hatte Herr Wilhelm gesagt, dass die Blutsäule jetzt wieder spreche, nachdem sie Hunderte von Jahren geschwiegen habe. Und dass sie so prompt und deutlich spreche, wo sie sich doch früher mit der Strafe stets Zeit gelassen habe. Richolf murmelte ein weiteres *Pater noster*, doch schon nach den ersten Worten hallte erneut Herrn Wilhelms Stimme in ihm wider, ließ ihn verstummen. Er ging nach vorn zum Bildnis der Muttergottes, sank auf ein Knie, um den Gruß zu sprechen und für Grete und das Kind zu bitten. Doch die Stimme ließ ihn nicht ruhen. Verärgert barg er das Gesicht in den Händen und presste die Fingerspitzen auf die Augenbrauen.

Als aus der Apsis leise Schritte erklangen, hob Richolf den Kopf und erblickte einen der beiden Vikare, der auf ihn zukam, Tilman – jetzt Vater Tilman, verbesserte Richolf sich –, Sohn eines Tuchhändlers, dessen Haus nur wenige Schritte von Richolfs eigenem entfernt war. Er hatte den Jungen, der etwa zwanzig Jahre jünger war als er, aufwachsen sehen, bis dieser zuerst in die Domschule, dann nach Paris entschwand, um Jahre später als geweihter Priester zurückzukehren. Richolf verneigte sich, obwohl ihm das noch immer nicht leichtfiel gegenüber jemandem, den er gezaust hatte wie seine eigenen Söhne.

»Geht es um Grete?«, fragte Tilman.

Den Hut in den Händen drehend nickte Richolf. »Die Nonnen von Sankt Maria im Capitol beten für sie. Jetzt habe ich nichts mehr übrig.«

»Eine gute Frau, tüchtig und fruchtbar«, fuhr Tilman fort.

»Geh nach Hause, Richolf. Ich werde für euch beten. Und wenn du etwas spenden willst, dann gib es den Armen oder den Pilgern.«

Tilmans feines Lächeln tat Richolf gut, aber nach Hause wollte er nicht. Vor dem schmalen Portal blieb er stehen, hörte die Stimme des Scherfgin wie das Zischeln einer Schlange. Zu Hause lag Grete in den Wehen, und wenn sie vielleicht schon geboren hatte, dann wäre es besser, wenn er sich fernhielte. Er hatte dort heute nichts zu suchen, es würde ihn ernüchtern, vielleicht war es ja nur ein Mädchen, vielleicht sogar tot.

Schritt für Schritt entfernte er sich von der Pfarrkirche des Viertels in Richtung der Hohen Straße, einfach geradeaus folgte er der Gasse, die einen Bogen beschrieb, am Kloster zur Heiligen Caecilie vorbeiführte und in den Neuen Markt mündete. Buntes Treiben breitete sich vor ihm aus, der Duft von Kräutern und Gewürzen stieg ihm in die Nase und übertünchte den Menschengestank. Er schlang den Umhang fester um sich, beeilte sich, den Markt hinter sich zu lassen und die alte Heidenmauer zu erreichen, hinter der sich das Kloster zu den Heiligen Aposteln befand. Dort blieb er stehen, benebelt vom Gewühl. Was tat er hier? Er sollte zu Hause sein, stattdessen irrte er in der Stadt umher auf der Flucht vor den Worten eines üblen Verleumders.

Er folgte der Heidenmauer, und je weiter er sich vom Neuen Markt entfernte, desto weniger Menschen begegnete er, und nachdem er eine kleine Pforte passiert hatte, öffneten Weingärten sich zur Linken, als hätte er die Stadt verlassen. Vor ihm erhob sich das hohe Zehneck von Sankt Gereon über den nackten Kronen zahlloser Apfelbäume. Er ließ einen alten Turm hinter sich und erreichte über eine Obstwiese die Mauern des Stifts und endlich die Pforte nahe der Gerichtsstätte des Viertels.

Der Pförtner lugte durch das Guckloch, ein faltiger, missmutiger Greis. Als Richolf sagte, er wolle die Säule sehen, wedelte er mit der Hand vor dem Gesicht und klappte das Guckfenster zu, das danach trotz hartnäckigen Klopfens verschlossen blieb. Enttäuscht ließ Richolf sich auf einer nahen Bank nieder, die zu der Gerichtsstätte gehörte. Als der Mörder seines Sohnes zur Wahrprobe geführt worden war, hatten die Handwerker sich durch schiere Masse Zugang verschafft – oder man wollte sie zu Zeugen machen, wie hier die Wahrheit ans Licht gebracht wurde.

Welchen Sinn hatte das? Durch Richolfs Adern kroch der Zweifel wie ein nagender Wurm. In der Tat hatte die Blutsäule noch nie so schnell und so deutlich gesprochen wie gegen den Wipperfürther Galgenvogel, als hätte sie die besondere Schwere der Schuld kundtun wollen. Aber wem wäre die Sache von Nutzen gewesen?

Richolf schüttelte den Kopf, als könnte er so die raunende Stimme zum Verstummen bringen. Er fröstelte unter dem wollenen Umhang, seitdem die Herbstsonne hinter dem Zehneck versunken war. Teuflisches Misstrauen hatte der Scherfgin in sein Herz geträufelt, Zwietracht gesät. Was hing er solchen Gedanken nach? Hermanns Tod hatte die Wunde, die Hadewiges Hinscheiden geschlagen hatte, wieder aufgerissen, und nun gärte die schwarze Galle in ihm, machte ihn trübselig. Er sollte nach Hause gehen. Er wollte dem Taugenichts Pilgrim kein Vater sein, aber dennoch war dieser sein Sohn und jetzt auch sein Erbe, und dessen Frau brachte heute ein Kind zur Welt, das sein Haus sichern würde, wenn es ein Junge war und die unsicheren ersten Jahre überlebte. Vielleicht ließ der Herr ihn ja nicht im Stich.

Als Richolf sein Haus erreichte, hing ein buntes Tuch über der Tür, und die Fensterläden waren weit geöffnet. Im Gaddem werkelte der Gehilfe, von Pilgrim keine Spur. Richolf trat ein, lugte in die Stube, wo Pilgrim mit der fetten Anna saß, die schlürfend einen Teller Suppe leerte. Pilgrims blöde grinsende Miene sprach Bände: Mutter und Kind wohlauf.

In der Küche plapperten und kicherten die Mägde und klapperten mit Geschirr und Töpfen. Als der Hausherr hineinschaute, verstummten sie.

»Es ist ein Mädchen«, platzte die junge Lene heraus.

»Ja, und wunderhübsch«, setzte die Köchin nach, aber Richolf winkte ab. Der Herr hatte ihn doch ein wenig im Stich gelassen. Er deutete auf den dampfenden Topf in der Herdglut.

»Es ist nur Hühnersuppe, Herr. Für die Wöchnerin und die Hebamme.« Die Köchin sah ihn mit zweifelnder Miene an, als sie die große Kelle in den Topf tauchte.

Stirnrunzelnd schüttelte Richolf den Kopf. Nach Krankenkost stand ihm der Sinn nicht. Er machte kehrt und verließ das Haus wieder, querte die Gasse und den Platz mit den Fleischbuden, bis er seine Stammkneipe, den Marktkrug, erreichte. Ein Stück vom Schwein und ein Bier mussten es jetzt sein.

Er durchquerte den niedrigen, schweißgetränkten Raum, der von den Stimmen der Gäste dröhnte. Um jeden Tisch drängten sich Männer, hier jüngere, dort ältere, Schankmädchen trugen überschäumende Krüge und dampfende Näpfe. Zwei Männer in fadenscheinigen Umhängen kamen ihm entgegen, der vordere wandte sich schnell zur Seite und zog die Kapuze über die rötlich blonden Locken; dennoch erhaschte Richolf einen Blick auf seine Miene, auf eine schmale Nase und einen dünnen Schnurrbart. Unwillkürlich ging Richolf beiseite, als der Fremde mit der Bestimmtheit eines geborenen Edelmannes, die zu der fadenscheinigen Kleidung im Widerspruch stand, vorüberging, irgendjemand, der ihm wohl kürzlich auf der Straße aufgefallen war. Achselzuckend setzte Richolf seinen Weg fort.

Den gewohnten Platz am Tisch der Lumpenhändler hätte Richolf im Schlaf gefunden, er ließ sich auf der Bank nieder und nickte seinem Nachbarn zu, dem dicken Humbert, und den Zwillingen aus der Nebengasse. Sie wechselten die üblichen Klagen über den Geiz und die Habgier der Leute, die für ihre alten Fetzen gutes Geld verlangten, aber um jedes Ünzlein feilschten, wenn sie solche Fetzen kauften, um ihre dreckigen Ärsche damit abzuwischen.

An einem der hinteren Tische ging es hoch her. Handwerksburschen stritten lautstark, Gewandschneidergesellen aus dem Viertel, die bei Richolf Flicken kauften, und zwei fremde junge Kerle, deren hünenhafte Statur bis zur Decke reichte. Beschimpfungen flogen hin und her. Die Burschen sprangen auf, einer schob die Ärmel seines Kittels hinauf und schüttelte drohend die Fäuste, ein anderer ging dazwischen, und kaum einen Atemzug später wälzten sich einige am Boden, rasch verborgen durch die zusammenströmende Menge Schaulustiger, die die Raufbolde anfeuerten. Richolf und die übrigen Lumpensammler blieben wohlweislich an ihrem Tisch, denn sogleich warfen sich Männer mit Knüppeln in die Menge, Wehlaute gellten auf, als die Streithähne unter hämischem Gelächter an den Armen und am

Haarschopf zur Tür geschleppt und hinausgestoßen wurden.

Bald kehrte wieder Ruhe ein, ein Mädchen stellte einen gut gefüllten Krug und ein Brett mit einem fettglänzenden Fleischstück und einem Kanten Brot vor Richolf. Er zog sein kleines spitzes Messer aus dem Gürtel, wischte es am Stoff der Beinlinge ab und schnitt sich ein Stück Fleisch, spießte es auf und steckte es in den Mund.

»Wie steht es mit deinem Jungen?«, fragte der dicke Humbert.

Richolf nickte, ohne im Kauen innezuhalten. Insgeheim musste er sich eingestehen, dass Gretes Braten schmackhafter und würziger war als dieser und ihr Brot weicher.

»Und die Frau? Sie sah schlecht aus am Sonntag.«

»Das Kind ist da. Heute. Nur ein Mädchen.«

»Teufel auch!« Humbert spuckte auf den Boden. »Dann soll der Bengel sich ranhalten.«

»Das wird er.«

»Werdet ihr … sie aufziehen oder …«

»… sterben lassen?« Zugleich mit der honigsüßen Stimme in seinem Kopf hatte Richolf es ausgesprochen. Natürlich wäre es Sünde, ein Verbrechen zudem, aber welchen Wert hat ein Mädchen, wenn man einen Jungen braucht, damit die Familie nicht stirbt. Ein Mädchen aufzuziehen, das bedeutete, ein weiteres hungriges Maul zu füttern, das nichts einbrachte und eines Tages eine Mitgift brauchte, um es loszuwerden. Andererseits, falls Grete kein Kind mehr bekäme – was ja durchaus geschah, wenn Gottes Segen ausblieb –, dann wäre wenigstens dieses Mädchen da, um einen bis zum Tod zu pflegen. Achselzuckend widmete er sich dem Rest des Bratenstücks.

Humbert lehnte sich zu Richolf herüber. »Kinder sterben leicht in den ersten Jahren, das weiß doch jeder.«

Die Pranke des Dicken ging auf Richolfs Schulter nieder wie ein eisernes Gewicht, und als dieser wie zufällig ein wenig beiseiterutschte, glitt sie an seinem Arm herab. Hastig kramte er ein paar Kupfermünzen aus dem Beutel an seinem Gürtel, ließ sie auf den Tisch rollen und erhob sich nach einem flüchtigen Gruß an die Tischrunde.

Draußen atmete er tief durch. Ein frischer Wind fegte über den Markt, wirbelte Staub und Fetzen auf. Nacht senkte sich über die Stadt. Es war kalt. Der Winter nahte. Nur wenige Menschen waren unterwegs. Vor einem Hauseingang schwatzten zwei alte Weiber, ein Hund trottete vorüber, hob an einer Ecke das Bein. Als Richolf den Eingang der Gasse auf der anderen Seite des Marktes, hinter den Gewandschneiderhäusern, erreichte, sah er das Tuch, das noch immer über dem Eingang zu seinem Haus flatterte. Sie hatten einfach irgendein Tuch genommen, als hätten sie das Geschlecht des Kindes verschweigen wollen aus Angst vor dem, was er bei seiner Rückkehr sagen würde. Oder tun.

Schreie gellten durch die engen Gassen, zwei schwarz gekleidete Männer rannten Richolf entgegen, sie wurden verfolgt von wild gestikulierenden Leuten. Die Flüchtigen waren vermummt. Richolf musste nicht lange überlegen, dafür gab es in der Stadt zu viele Gaunereien. Er wich kurz zur Seite aus, als wollte er Platz machen, doch als die beiden nur noch zwei Schritte von ihm entfernt waren, warf er sich ihnen in den Weg. Der eine prallte gegen ihn, stolperte und stürzte, der andere stieß Richolf grob beiseite, gegen die nächste Mauer. Eisen blitzte vor seinen Augen auf, ein Dolch. Taub vor Schmerz sah Richolf die zu Schlitzen verengten Augen des Mannes, hellgraue Augen, sah die schmale Nase, die von einem straff gebundenen schwarzen Tuch halb verborgen war. Er kannte den Mann, der ihn bedrohte, während er seinen Kumpan am Arm hochriss. Dann rannten sie weg. Er kannte ihn und wusste doch nicht woher. Es durchlief ihn eiskalt, als ihm einfiel, dass es derselbe war, der ihm entgegengekommen war, als er nicht lange zuvor den Marktkrug betreten hatte. Und schon da hatte er eine Ahnung verspürt, ihm bereits begegnet zu sein.

»Vater! Bist du verletzt?«

Vor ihm stand Pilgrim, die Arme ausgestreckt, um ihn aufzufangen. Erst jetzt bemerkte er, dass er wankte. Pilgrims Gesicht war schreckensbleich. Er war aus dem Haus gestürzt, als die Verfolger an ihm vorbeigerannt waren. Einer war stehen geblieben. Richolf wurde schwindlig, als sein Sohn ihn erreichte.

»Ich kenne den Kerl. Den mit dem Dolch.«

»Lass dir helfen, Vater! In diesem Zustand kannst du nicht allein gehen.« Pilgrim hakte sich bei ihm unter.

»Wer war das?«, fragte der Verfolger, der bei ihnen geblieben war. »Wie heißt er? Woher kommt er?«

Richolf starrte ins Leere, versuchte, die Bilder und Gedanken, die ihm durch den Sinn huschten, zu fassen, schüttelte hilflos den Kopf. »Ich bin ihm schon einmal begegnet.«

»Begegnet? Wo war das?«

Eine Cotte aus glänzendem Tuch, Mi-Parti, halb weiß, halb blau. Ein hochgefesselter Fuchs. Ein Mann am Tisch, als der Verwalter des Meierhofes derer von der Mühlgassen den Kasten öffnete, den Richolf dort hingebracht hatte. Seine Finger umkrampften den Arm seines Sohnes – er musste sich irren –, dann zuckte er die Achseln.

»Und wer bist du?«, fragte der andere Mann.

»Richolf Niger«, antwortete Pilgrim an seiner Stelle, während Richolf versuchte, seine Gedanken zu bändigen, die wie eine aufgeschreckte Gänseherde in ihm krakeelten. »Er ist mein Vater. Wir wohnen hier.«

Der Mann nickte und ging davon. Pilgrim rührte sich nicht, und Richolf, der nicht allein gehen zu können glaubte, so weich waren ihm die Knie geworden, wollte ihn schon verfluchen, als sein Sohn sich straffte und ihn bei sich unterhakte, um ihn ins Haus zu führen.

XIII

Albert kam nicht mehr zur Ruhe, seitdem Bruder Folkhard, der verschrumpelte alte Medicus des Konvents, ihm von den Käfern erzählt hatte, die er in einem Glasbecher bewahrte. Die kugeligen roten Krabbeltierchen verschwanden im Winter, um im Frühling unversehens wieder aufzutauchen, und bisher wusste Albert nicht, ob Käfer wie andere Tiere sich den Winter über in Höhlen verbargen oder ob sie starben und im Frühjahr eine neue Brut aus dem Boden kroch. Nichtwissen machte Albert unruhig, da half auch kein Beten. Also ersuchte er Bruder Folkhard tagelang, ihm das Glas mit den Tieren zu zeigen, bis dieser augenrollend nachgab; nach der Vesper würde er ihm für seine Forschungen ein Gefäß mit zwei oder drei Käfern überlassen.

Als Albert mit dem leise schnaufenden Folkhard an den Türen der Krankenkammern entlangeilte, bedauerte er einen Augenblick lang, Gerwich nicht mitgenommen zu haben. Es wäre ihm ein lausbübisches Vergnügen gewesen, mit dem begabten Jungen diese neuen Erkenntnisse zu teilen, denn inzwischen sah er in ihm eine Art Ziehsohn, und er freute sich, dass dieser sich offenbar dem Studium zuwandte.

Die letzten Schritte zum Ende des Ganges legten Albert und der alte Medicus langsamer zurück, weil Bruder Folkhard den Schlüssel aus seinem Beutel ziehen und aus dem feinen Wolltuch, in das er verpackt war, auswickeln musste. Das feine Klirren mischte sich mit dem Geräusch des stetig fallenden Regens, das durch eine hochliegende Luke eindrang. Aber da waren noch andere Geräusche, die Albert stutzig machten, Geräusche, die aus der Kammer drangen. Es klang, als ob ein besonders fettleibiger Schüler verdroschen würde, begleitet von keuchenden und fiepsenden Lauten.

Bruder Folkhard ließ die Hand mit dem Schlüssel sinken, er und Albert blickten sich an. Folkhard gab der Tür einen leichten Stoß, doch sie schien verriegelt, dabei gab es keinen Riegel. Albert sah Schweißperlen auf Folkhards Schläfen, schob den Mönch beiseite und stieß die Tür mit einem beherzten Tritt auf.

Ein Mann stand vor dem halbhohen Schrank, der als Arbeitsfläche diente. Der Kittel hing ihm lose über die Hüften und schlanke, weiße Schenkel mit wohlgeformten Füßen waren um seine Hüften geschlungen. Albert erfasste mit einem schnellen Blick lange braune Locken, weitaufgerissene Augen in einem hübschen jungen Gesicht, ehe er wie Folkhard den Raum mit zwei Schritten rückwärts verließ. Nun standen sie zu beiden Seiten der Tür, Albert, der hätte empört sein müssen, aber stattdessen nur äußerst mühsam das Lachen unterdrückte, und Folkhard, dem die Augen aus dem hochroten Gesicht zu springen schienen. Vergessen waren die Käfer.

Ein wüster Fluch ertönte, dass Albert gluckste, während Folkhard sich hastig drei Mal bekreuzigte und über die Schulter spuckte. Irgendwie hatte sich der junge Scherfgin mit dem versorgen lassen, wonach den leichtfertigen Söhnen reicher Handelsherren öfter der Sinn stand, als ihrer Gesundheit oder gar ihrem Seelenheil zuträglich war. Leises Rascheln verriet, dass das Mädchen wohl wieder in seine Kleider schlüpfte. Eine Frau innerhalb der Klausur war so ziemlich das Schlimmste, was in einem Konvent vorfallen konnte und die Gemeinschaft der Brüder dem Spott der ganzen Stadt ausliefern würde. Noch schlimmer war, dass nun nicht mehr nur Vater Stephan und Albert von der Anwesenheit des jungen Scherfgin, also eines Laien, in der Klausur wussten, sondern auch Bruder Folkhard. Fieberhaft dachte Albert über eine Lösung nach. Er konnte Folkhard nicht schicken, den Prior zu holen, denn dann wäre er mit dem Eindringling und einer Frau, zumal einer halbnackten Frau, allein, was streng verboten war.

Leises Poltern warnte Albert, mit drei schnellen Schritten stand er in der Kammer und sah, wie der junge Kerl versuchte, dem Mädchen zu helfen, durch die Lichtluke zu klettern.

»O nein!«, donnerte Albert, und augenblicklich erstarrten die beiden. »Niemand verlässt diesen Raum!« Er drehte sich um, sah Folkhards Mausgesicht um die Ecke spähen. »Gibt es die Kammer für die Tobsüchtigen noch?«

Eifrig nickend rasselte Folkhard mit dem Schlüsselbund.

»Gut, mach sie auf. Dort sind die beiden bestens aufgehoben, bis der Prior hier ist.«

Widerstrebend folgten die beiden Missetäter Alberts herrischem Wink und überquerten den Gang bis zu der niedrigen Tür, die eine winterliche Kälte atmete und vor der Folkhard mit krummem Rücken stand und noch immer große Augen machte. Das Mädchen schluchzte leise, fiel plötzlich vor Albert auf die Knie und drückte ihr Gesicht auf den Boden. Albert entfernte sich rückwärts von ihr, und dieses

Zeichen schien zu genügen; sie rappelte sich auf und schlich schniefend in die Kammer, von der Albert wusste, dass sie eng und dunkel war.

»Ich gehe da nicht rein!«, blaffte der junge Scherfgin.

»O doch, mein Sohn, du wirst dort drinnen warten, bis der Prior entscheidet, wie mit dir zu verfahren ist.«

»Mein Vater –«

»Dein Vater wird sicherlich gerufen werden, aber ich glaube nicht, dass er dein Treiben entschuldigen wird.«

Nachdrücklich winkte Albert den jungen Kerl mit beiden Händen von sich, und kaum war dieser in der Kammer verschwunden, schob Albert den schweren Riegel zu, und Folkhard ließ mit einer Drehung des Schlüssels die Zapfen ins Holz gleiten.

»Du wartest hier.« Albert wollte davoneilen, doch Folkhard fiel ihm in den Arm.

»Kein Bruder darf mit einem Weib zusammen sein – es sei denn, es geht um ihre Seele.«

Schnell wand Albert dem alten Mönch den Schlüsselbund aus der Hand, rasselte damit. »Du kannst nicht mit ihr zusammen sein, wenn ich den Schlüssel mitnehme. Aber du kannst achtgeben, bis ich mit dem Prior zurückkehre.«

Wie erwartet fand Albert Vater Stephan in der Sakristei vor, wo dieser sich auf die Komplet vorbereitete. In der Miene des Priors spiegelte sich Alberts innere Erregung. Auf dem Weg hierher war in ihm die Empörung über diesen Frevel gegen das Gastrecht hochgekocht, mochte der Vorfall noch so albern ausgesehen haben – denn nichts schien ihm alberner als sich sinnlos begattende Lebewesen. Die Vorstellung, die Nachricht könnte sich unter den Brüdern – schlimmer noch: in der Stadt ausbreiten, hatte seine Hände klamm gemacht. Nun stand er vor Vater Stephan, hinter ihm die geschäftig umhereilenden Ministranten, und rang nach Worten. Dass Vater Stephan eigentlich Estienne hieß und in Paris studiert hatte, kam ihm zupass.

»Unser Gast hat ein Weib eingeschleust«, flüsterte er auf Franzisch. »Bruder Folkhard und ich haben die beiden in einer der Krankenkammern festgesetzt.«

Der Prior sperrte Augen und Mund auf, alles Blut war ihm aus dem Gesicht gewichen, und außer einem gurgelnden Laut brachte er nichts hervor, bis er tief schluckte und mit geschlossenen Lidern durchatmete.

»Zuerst die Komplet«, brachte Vater Stephan hervor, blieb aber beim Deutschen. »Aber schick nach dem Vater und nach dem Pfarrer von Sankt Brigida.«

Albert verbrachte die Komplet in tiefer Unruhe; vom Schuldbekenntnis an schweiften seine Gedanken immer wieder ab von den Worten der Psalmen. Unentwegt kratzte er sich unter den Ärmeln der Tunika, bis das abschließende *Salve regina* verklungen war und die Brüder sich formierten, um gemeinsam zur Nachtruhe ins Dormitorium zu gehen. Vor der Tür der Kapelle wartete der Pförtner, verneigte sich vor dem Prior, der stehen blieb, während die Brüder unter der Führung seines Stellvertreters ihren Weg fortsetzten. Albert folgte ihnen zögerlich, bis er Vater Stephans suchenden Blick bemerkte und das knappe Nicken. Schweigend begaben sie sich zur Pforte der Klausur.

Wilhelm Scherfgin trat von einem Bein aufs andere und rang die Hände vor dem Bauch, während seine flackernden Augen Alberts Gesicht suchten. Er konnte von nichts wissen, fürchtete aber sichtlich das Schlimmste.

»Dein Sohn hat eine Hure in den Konvent geschmuggelt«, sagte Vater Stephan, nachdem er den Pförtner weggeschickt hatte. »Wir können ihn keine Stunde länger hierbehalten.«

Aufstöhnend barg Wilhelm Scherfgin das Gesicht in den Händen und blieb mit zuckenden Schultern stehen. Der Pfarrer, der sich leise als Vater Peter Rufus vorgestellt hatte, umfasste tröstend seine Unterarme.

»Wie konnte das geschehen?«

Vater Stephan wandte sich zu Albert um, der sich leise räusperte.

»Sie ist wohl durch die Luke, die auf die Gärten an der Marzellengasse hinausführt, hereingeklettert. Zumindest wurden sie im Arbeitsraum des Medicus ertappt.«

»Ertappt?« Wilhelm war kreidebleich im warmen Licht der Kerzen.

»Wir haben weder die Frau noch deinen Sohn befragt, wie das zugegangen ist, aber wir ertappten sie dabei, in dieser Kammer Unzucht zu treiben.«

»Wer ... ist *wir*?«

»Bruder Folkhard, der Medicus, und ich«, gestand Albert.

»Wir haben allen Grund, dass die Sache nicht bekannt wird«, mischte sich der Prior wieder ein. »Für den Pöbel wäre das ein gefundenes Fressen, dein Sohn geriete in große Gefahr und unser Konvent würde zum Gespött.« Er drehte sich zu Albert um, musterte ihn streng. »Auf deine Bitte hin haben wir den jungen Scherfgin aufgenommen, ihn versteckt und versorgt, damit er nicht dem Pöbel in die Hände fällt.«

Albert senkte den Kopf. Das hatte er kommen sehen, aber er verdiente es nicht besser. Um dem Vater einen Gefallen zu tun, hatte er sich für den nichtsnutzigen Sohn eingesetzt. Er sollte seine Zelle aufsuchen und sich dort einschließen, um in sich zu gehen und Buße zu tun für seine Dummheit – das las er in Vater Stephans verengten Augen und kam nicht umhin, dem zuzustimmen.

Schließlich wandte der Prior sich wieder dem Scherfgin zu. »Wir müssen deinen Sohn und die Hure noch heute Nacht unbemerkt aus dem Konvent schaffen. Was weiter mit ihnen geschieht, dazu kann ich dir nicht raten. Mag sein, dass auf einem der Grafenhöfe in der Umgebung sich Platz findet für ihn – hier kann er nicht bleiben!«, und nach einem scharfen »*Noctem quietam*« kehrte er in die Klausur zurück.

»Beschaffe zwei alte Tuniken und Mäntel und bring das in Ordnung – ganz gleich wie! Ich will nie wieder etwas davon hören!«

So sprach er und ließ Albert, der ihm gefolgt war, stehen. Doch nach wenigen Schritten hielt er nochmals inne, ohne sich umzudrehen. »Und verbrenne die besudelte Kleidung!«

Zehn Tage verblieb Albert in seiner winzigen Zelle, schlief wenig, fastete streng und warf sich zu jeder Hore vor dem Kreuz nieder, um seine Schuld zu bekennen und um Vergebung zu bitten. Abends nahm ihm Vater Niklas, der Subprior, die Beichte ab, denn es erleichterte Albert, den Groll, der ihn immer wieder befiel, einzugestehen und abzuwerfen. Es gelang ihm tatsächlich, nicht an die kugeligen roten Käfer zu denken und sich zu besinnen, obwohl die dünnen Bretterwände das Rumoren der Brüder in den Zellen neben seiner nicht dämpften.

Er besaß nicht viel, ein schmales Strohlager, eine Truhe für seine Kleidung, die ihm auch als Hocker diente, eine

Gebetsbank und das Kreuz, das er aus dem Konvent des Heiligen Jacobus in Paris mitgebracht hatte. Seine Bücher hatte er vom Wandregal nehmen und ins Skriptorium bringen lassen – bis auf einen kleinen Psalter, der aufgeschlagen auf der Gebetsbank lag, eine saubere, schmucklose Abschrift ohne Illuminationen, fest in dunkles Leder gebunden.

Als er am elften Tag zu den Laudes seine Zelle verließ, begrüßten ihn die Mitbrüder freudig; es war der Sonntag vor dem Heiligen Abend, in der vorangegangenen Nacht war eine schmale Neumondsichel über den Himmel gewandert. Die Laudes gerieten ihm zum Fest, und als Bruder Folkhard ihn danach ansprach und anbot, die Käfer später ins Skriptorium zu bringen, wusste er zunächst nichts damit anzufangen.

Er wollte gerade das Kloster verlassen, um bei den Stiftsbrüdern von Sankt Andreas eine Vorlesung zu halten, als er Thomas begegnete, der seine Schüler zum Unterricht führte. Der Mitbruder, der vor den Jungen einherging wie eine Glucke vor ihren Küken, schien ihm dünner geworden zu sein. In einigem Abstand folgte Gerwich dem kleinen Schwarm, auf eine Krücke gestützt, obwohl er kaum noch humpelte.

»Es ist schön, dich wieder unter uns zu haben«, sagte Thomas. »Ich werde heute deine Vorlesung verpassen, weil Bruder Severin krank ist und ich seinen Unterricht übernommen habe.«

»Musik? Oder Astronomie?«

In Thomas´ Mundwinkel grub sich ein feines Lächeln. »Geometrie.« Er deutete kurz mit dem Daumen hinter sich, wo Gerwich stand. »Und ich habe einen klugen Gehilfen.«

Wortlos verabschiedeten sie sich, und Albert sah der Schülerschar nach, bis sie um eine Ecke verschwand.

Schon in der Gasse hörte er den fernen Tumult, das raue Stimmengewirr eines Volkshaufens. Albert unterdrückte Neugier und Unruhe, als er erkannte, dass der Lärm aus der Trankgasse kam, aus der Nähe von Dom und Fabrica. In dem Raum, der ihm als Vortragssaal diente, saßen dichtgedrängt mehr als dreißig junge Männer, die ihm erwartungsvoll entgegenblickten. Albert zog das Buch unter seiner Achsel hervor, die Sentenzen des Petrus Lombardus, legte es aufs Pult und suchte die Stelle, an der er den unterbrochenen Unterricht fortsetzen wollte. Wieder einmal fiel ihm auf, dass er sich zurücklehnen musste, um die Buchstaben zu entziffern; seine Augen wurden schlechter. Es wurde Zeit, sich einen Lesestein anfertigen zu lassen.

Albert überflog die Absätze über die Erschaffung der Seele, bevor er das Buch wieder zuklappte und seinen Vortrag mit einer Frage begann – »Hat Gott die Seele des Menschen erschaffen, oder blies er etwas von sich selbst ins Antlitz des Menschen?« –, mit der er die Aufmerksamkeit der Zuhörer auf sich zog. Da er nicht zum ersten Mal über die Sentenzen lehrte, sprach er frei, zog neben den von Petrus genannten weitere Kirchenlehrer heran und spitze die Argumentation zu auf die Feststellung, dass die Seele nichts von Gott Abgetrenntes, kein Teil seiner Substanz sein könne, weil Substanz als etwas Geistiges nun einmal unteilbar sei. Viele Schüler hielten die Köpfe gesenkt, und ihre Griffel scharrten auf Wachstafeln, während andere ihn unverwandt anschauten, als tränken sie jedes Wort von seinen Lippen. Albert empfand ein warmes Kribbeln im Nacken angesichts dieser ungeteilten Aufmerksamkeit, es spornte ihn an, mehr und mehr Wissenswertes vor diesen jungen Menschen auszubreiten. Nur mühsam konnte er sich davor zurückhalten, zu einem geistigen Höhenflug abzuheben, der die Zuhörer überfordert hätte.

Als eine kleine Glocke zur Sext rief, hatte er seinen Vortrag gerade schweißgebadet beendet. Die Schüler packten ihre Sachen zusammen, verließen den Raum, nicht ohne ihren Lehrer zu grüßen, einige scheu, andere mit einem beifälligen Lächeln, und einige wenige begaben sich nach vorn, an das Pult, um Fragen zu stellen. Immer wieder staunte Albert über die Wissbegier mancher junger Menschen, ihre kundigen Fragen, ihre Belesenheit, auch wenn die meisten kaum mehr für ihre Bildung taten als das, was nötig war, um die Prüfungen zu bestehen. Er blickte in offene Gesichter, hörte, wie sie nach Worten rangen, um ihren Gedanken Ausdruck zu verleihen, während er selbst schweigend nickte, denn jetzt war es an ihm, zuzuhören und die jungen Menschen ihren Gedanken zu überlassen. So hatte er Thomas kennengelernt.

In der Tür stand einer der jungen Stiftsbrüder, der kaum verbergen konnte, dass er von einem Bein aufs andere trat. Albert winkte ihn heran, nickte ihm aufmunternd zu.

»Das Domkapitel wünscht dich zu sprechen, Vater Albert.«

»Gleich das ganze Domkapitel?« Albert spitzte die Lippen, um sich das Grinsen zu verkneifen, und ließ sich von dem nun leicht indignierten Jungen hinausgeleiten. Durch die pergamentbespannten Fenster des Klosters drang das Geschrei der Volksmenge, die sich im alten Graben an den Resten der Heidenmauer, die nun den Dombezirk, die Hacht, umgab, drängte. Albert unterdrückte die Frage, was die Leute dort hingezogen hatte, weil ein junger Kanoniker wie der, der ihn zu den Kapitularen bringen sollte, sicherlich nichts Genaues wusste.

Im Kapitelsaal des Stifts saßen die Domherren, sowohl die, die nach der Kanonikerregel lebten, als auch die weltlichen Herren. Zu Alberts Überraschung war sogar der Erzbischof anwesend; er hatte auf einem Sessel, dem Eingang gegenüber, Platz genommen und streckte Albert die Rechte entgegen, die dieser im Kniefall aufnahm, um den Bischofsring zu küssen. Die Prälaten, die den Erzbischof umgaben – Probst und Dekan, Scholaster, Chorbischof und Thesaurar –, erwiderten Alberts Verbeugung mit einem leichten Nicken.

»Vater Albert, wir haben dich als Predigerbruder zu uns gerufen, um dir eine Bitte anzutragen.« Es war Erzbischof Konrad, der sprach und ihn dabei anblickte, als säße er nicht auf einem weich gepolsterten Stuhl, sondern stünde hoch über ihm. »Wir werden seit dem gestrigen Tag vom Pöbel belagert, der einen jungen Mann aus bester Familie in seine Gewalt bringen will. Sie fordern wieder einmal eine Wahrprobe.«

»Und was erwartet Ihr von mir, hoher Herr?« Albert ahnte, dass Erzbischof Konrad und die Mitglieder des Kapitels sich seinen Ruf zunutze machen wollten, den er sich bei seinem ersten Aufenthalt in dieser Stadt unter den Bürgern erworben hatte, als hätten sie vergessen, wie kurz das Gedächtnis der Menschen ist. Schließlich hatte er seit seiner Rückkehr erst drei Mal öffentlich gepredigt.

»Wir haben uns lange beraten, Vater Albert, und schließlich beschlossen, einen Vermittler zu suchen, dem wir ebenso vertrauen wie das Stadtvolk«, fuhr der Erzbischof fort.

Er dehnte die Worte über Gebühr, als müsse er sie sich aus dem Halse ziehen.

»Und dabei seid Ihr auf mich verfallen«, beendete Albert die Pause.

Erzbischof Konrads Brauen zuckten kurz nach oben, während die übrigen Prälaten die Stirnen runzelten über Alberts Dreistigkeit; er selbst hatte Mühe, das Grinsen, das sich in seine Mundwinkel grub, zu verhehlen.

»Es ist wohl richtig, erwürdige Herren, dass meine Predigten in dieser Stadt früher gut besucht waren, doch bedenkt, dass seither viel Wasser den Rhein hinuntergeflossen ist. Ihr, hoher Herr, wart damals Propst zu Sankt Maria ad Gradus.« Er ließ seine Worte eine Weile wirken, verschwieg Konrads Ringen um den Rang des Dompropstes in jenen Jahren, den er für sich in Anspruch genommen hatte, obwohl ein anderer für dieses Amt bestimmt war. Damals hatte Konrad, Spross des alten Grafengeschlechtes derer von Hochstaden, alle seine Beziehungen spielen lassen, um seinem ehrgeizigen Ziel, Erzbischof der heiligen Stadt Köln zu werden, näher zu kommen, und war auch nicht vor Gewalt zurückgeschreckt. In Konrads auffunkelnden Augen las Albert, dass sein Schweigen nicht unbemerkt geblieben war, und setzte ein sanftes Lächeln auf.

»Mach dich nicht geringer, als du bist, Vater Albert. Manchmal nimmt der Stolz die Gestalt der Bescheidenheit an, um uns zu täuschen.«

Der Erzbischof erhob sich, trat zwei Schritte vor, ein stattlicher Mann in den besten Jahren, nur wenig jünger als Albert, den er um eine Handbreit überragte. Albert verstand den Wink und folgte ihm hinaus in den Kreuzgang.

»Es ist nur in deinem Sinne, den Zorn der Leute zu besänftigen«, fuhr der Erzbischof dort leise fort. »Denn wenn herauskommt, welchen Anteil du und euer Prior an der Sache habt, dann wird es nicht beim Gespött wegen einer feilen Hure unter den sauberen Predigern bleiben.«

»Ihr zwingt mich?«

Konrad blieb stehen, seine Miene war scharf geschnitten. »Wir zwingen dich nicht, aber wir sind nun einmal nicht imstande, diesen Aufruhr mit Waffengewalt niederzuwerfen. Um Weihnachten nicht unter Belagerung zu verbringen, müsste ich den jungen Scherfgin dem Pöbel überlassen, und dieser leichtfertige Vogel würde munter singen, sobald die Büttel ihm die Werkzeuge der Befragung zeigen.« Seufzend zuckte er die Achseln. »Euren guten Ruf hättet ihr Prediger beim Stadtvolk dann verloren.«

Ergeben beugte Albert den Nacken. »Hoher Herr, Ihr verlangt viel von mir. Vor einem wütenden Volkshaufen aus dem Stegreif zu predigen, ist kein leichtes Unterfangen.«

»Du wirst uns nicht enttäuschen, Vater Albert, denn dir liegt das Wohl des Volkes am Herzen.« So sprach er und ließ Albert mitten im Kreuzgang stehen.

Als Albert aufblickte, sah er zwei Mönche und den Domdekan, Goswin, die ihn erwartungsvoll musterten. Auf dessen Wink hin geleiteten sie Albert zur Hinterpforte des Klosters. Dort blieben die Mönche zurück, stattdessen traten Männer aus der Leibwache des Erzbischofs zu ihnen. Obwohl der Lärm der Menschen auf der Trankgasse nur gedämpft hereindrang, schwitzte Albert – trotz der Kälte, die seinen Atem in weißen Dampf verwandelte – bei dem Gedanken daran, was ihm bevorstand. Auf Umwegen durch das Allod des Domstifts, hinter dem Weinhof und am Pfarrkirchlein zu Sankt Lupus vorbei erreichten sie den Bezirk des Doms, während Albert darüber nachsann, woran er anknüpfen konnte. Mochte er auch die Vorstellungen von Zauberei ablehnen, die die einfachen Menschen hegten, die Sehnsucht danach, dass ein Wunder, ein Fingerzeig Gottes Schuldige auf der Stelle entlarven könnte, anstatt sich auf Befragungen und Gerichte zu verlassen, die oft anhand von vagen Hinweisen über Schuld und Unschuld eines Beklagten entscheiden mussten – diese Sehnsucht teilte er durchaus. Oft genug wurde ein offensichtlicher Verbrecher durch das Leumundszeugnis eines angesehenen Mannes reingewaschen, während Fremde und Flüchtige, die gastlich zu beherbergen und zu beschützen eines der wahrhaft guten Werke darstellte, rasch und streng verurteilt wurden, weil sie keinen Verteidiger fanden.

Der junge Scherfgin war ein leichtfertiger Dummkopf und ein Frevler vor Gott, aber ob er irgendetwas mit dem zu tun hatte, was ihm vorgeworfen wurde, war ungewiss. Vor allem verdiente es niemand – nicht der Geringste, aber auch nicht der Sohn eines Handelsherrn –, von einer aufgebrachten Volksmenge durch die Stadt gezerrt und einem Brauch unterworfen zu werden, der schlichtweg gefährlicher Unsinn war.

Bevor Albert und Thomas in der Stadt eingetroffen waren, war der Sohn eines Handwerksmeisters des Mordes beschuldigt, durch eine Wahrprobe für überführt erklärt worden und bald darauf in seinem Verlies zu Tode gekommen. Seither hatten fünf weitere Menschen ihr Leben verloren, mal Handwerksburschen, mal Angehörige von Handelshäusern, und immer wieder war gefordert worden, die sonderbare Säule zu Rate zu ziehen. Und das, obwohl sie nie zuvor ein solch promptes Zeichen getan hatte wie an jenem Tag.

Albert blickte auf. Sie befanden sich zwischen Sankt Maria ad Gradus und der Heidenmauer, gleich bei der Bibliothek des Erzbischofs. Die Wachmänner warteten wenige Schritte vor ihm, Domdekan Goswin machte ein mürrisches Gesicht.

»Ich muss nachdenken«, entschuldigte Albert sich. »Wenn ich zu den Leuten sprechen soll, damit sie sich beruhigen und zerstreuen, muss ich wissen, worum es geht. Wohin bringt Ihr mich überhaupt?«

»Wir sind auf dem Weg zur Dechanei, zur Pfaffenpforte«, erwiderte Goswin mürrisch. »Von dort könnt Ihr zu den Leuten sprechen.«

»Gut, und was genau erwartet Ihr von mir?«

Kopfschüttelnd wandte Goswin sich ab. »Du hast doch gehört, dass du sie davon abbringen sollst, uns zu belagern.«

Albert seufzte und folgte dem Dekan, als dieser an der Baustelle des neuen Hochchores im franzischen Stil entlangging. Ein Mauersaum kennzeichnete den Grundriss der Kapelle in der östlichsten Spitze. Die Arbeiten waren noch nicht eingestellt; überall stand und lag Gerät herum, bei den Schutzdächern harrten einige Männer aus, ansonsten war der Platz menschenleer. Die Handwerker und Handlanger hatten sich der Belagerung also angeschlossen.

Der Lärm der Menschenmenge wurde lauter, sie schrien wild durcheinander, so dass nicht zu verstehen war, was sie eigentlich wollten. Alberts Handflächen waren feucht und klebrig, und trotz der Kälte perlte ihm Schweiß über die Schläfen, als sie das steinerne Haus erreichten, das dem Domdekan als Amtssitz diente. Es war an die Pfaffenpforte, ein schmales Tor aus der Heidenzeit, angebaut, und vom zweiten Obergeschoss aus konnte man den alten Wehrgang über dem Tor erreichen. Als Albert mit einem Talglicht in der Hand den dunklen, muffigen Gang betrat, war der Tumult unter ihm beinahe ohrenbetäubend, weil ihn die mit trüben Häuten, womöglich Schweinsblasen, bespannten Doppelfenster nicht dämpfen konnten. Der Boden war bedeckt mit fauligem Stroh, dessen Gestank Brechreiz erregte. Entschlossen stellte Albert das Licht auf einen Mauerabsatz, öffnete die widerspenstige Verriegelung des Fensters und schob beide Flügel auf. Er blickte auf eine Menschenmenge hinab, Männer, Frauen und Kinder, die sich vor dem Weinkeller des Domstifts auf der Trankgasse drängten. Um dieses Lärmen zu übertönen, müsste er seine Stimme dermaßen überanstrengen, dass er mehrere Tage keine anständige Vorlesung würde halten können.

»Heda!«, rief er, und tatsächlich drehten sich einige der Leute um. »Was steht ihr hier herum und macht solch einen Krach?«

»Wir wollen den Mörder!«, schrie eine Frau, an deren Röcken drei Kinder hingen. »Die Pfaffen haben den Mörder versteckt!«

»Welchen Mörder?«

»Den Sohn vom Scherfgin!«, entgegnete ein anderer. »Er hat einen umgebracht.«

»Und das wisst ihr gewiss?«

»Das soll die Blutsäule zeigen!«

»Ihr spielt mit Zauberei und wähnt euch dabei gottesfürchtig?«, polterte Albert in die Gasse hinunter, so dass sich immer mehr Menschen ihm zuwandten. »Hat man euch nicht gelehrt, dass Zauberei Unfug ist?«

»Die Säule ist ein Heiltum!«, schrie eine Frau. »Sie kann

Wunder tun und Lüge von Wahrheit unterscheiden! Und sie straft die Lügner! Sie kann sie sogar töten!«

»Und deshalb rottet ihr euch hier zusammen, um einen Beschuldigten mit eigenen Händen dorthin zu zerren? Mit welchem Recht?«

»Die Schöffen schweigen!«

»Das sind doch selbst Reiche! Die schert's nicht, wenn ein Zimmermannssohn ermordet wird!«

»Erst recht, wenn der Mörder einer von ihnen ist!«

Um einander zu übertönen, schrien sie durcheinander, bis nur noch unverständliches Grölen und Johlen von den Mauern ringsum widerhallten und die Gasse erfüllten, sich fortpflanzten in die Trankgasse, aus der Menschen herandrängten. Albert grinste; das hatte er beabsichtigt.

»Still jetzt!«, donnerte seine geübte Stimme, und der Lärm erstarb. »Ihr seid euch also sicher, dass der, auf den der erste Verdacht fällt, auch gleich der Schuldige ist«, fuhr er fort, ehe der Erste wieder zu murren beginnen würde. »So sicher wie das Volk Israel, dem einer der Ältesten anzeigte, dass Joakims Gattin Susanna in ihrem Garten mit einem Fremden Unzucht getrieben habe?«

Sie blickten zu ihm herauf, aber niemand antwortete.

»Ach? Ihr habt die Geschichte vergessen? Dann erzähle ich sie euch gerne. Als das Volk Israel in Babylon gefangen war, lebte unter ihnen ein reicher Mann namens Joakim, der Susanna, die schöne und gottesfürchtige Tochter Helcias, zur Frau genommen hatte. In Joakims Haus trafen sich die Juden, denn er war der angesehenste unter ihnen. Und er besaß einen Garten, in dem seine Gemahlin nachmittags umherging. Dort erblickten die beiden Richter Israels sie und entbrannten in Begierde nach ihr.«

Die Volksmenge geriet in Bewegung, von der Gasse her drängten Leute nach. Ein dumpfer Groll schien sich um Alberts Magen zu ballen.

»Gleich kommt ihr gelaufen, wenn man euch Geschichten erzählt, nicht wahr? Aber wisst ihr denn auch, wie diese weitergeht? Nein? Nun, so wie es immer weitergeht, wenn Greise jungen Frauen nachstellen. Sie lauerten ihr auf, und da Susanna ihren Gelüsten nicht nachgeben wollte, drohten sie ihr, sie wegen Ehebruchs zu verleumden.«

Die Leute wurden unruhig, viele brüllten etwas zu ihm herauf, doch weil sie durcheinander brüllten, hörte er nur Wortfetzen, merkte aber gleich, dass sie über die Juden hetzten. Rasch fuhr er fort: »Die beiden waren ja Richter, und so gingen sie hin und verleumdeten sie vor ihrem Mann und vor dem Volk, und Susanna, die unschuldig war, wurde wegen Ehebruchs zum Tode verurteilt. Doch als sie sie zum Tode führten«, rief er gegen den entstehenden Tumult an, »da war ein Mann unter ihnen, Daniel, in dem Gott den Heiligen Geist erweckte, und er rief: ›Ich bin unschuldig am Tod dieser Frau!‹ Da wunderten sich die Leute und blieben stehen und fragten ihn, was das heißen solle. Und er legte ihnen dar, dass sie, die Söhne Israels, töricht seien, eine Tochter Israels ohne Befragung und ohne Prüfung der Beweise verurteilt zu haben. Da kehrten sie zu den Ältesten zurück, und diese ließen Daniel mitten unter ihnen sitzen, weil ihm Gott der Herr den Vorsitz verliehen habe. Daniel verhörte die beiden Richter allein und nacheinander und fragte jeden für sich, unter welchem Baum sie Susanna bei der Unzucht gesehen hätten. Denn der eine sagte, Susanna habe unter einer Zeder, und der zweite, sie habe unter einer Eiche gelegen. Und …«

Seine Stimme erstarb im Aufruhr, gegen den er nicht mehr ankam, und er hörte sie seinen Namen rufen. Er solle die Verhöre führen, er solle herausfinden, was wahr sei. Alberts Wangen wurden kalt, und er legte die Hände wie zum Gebet zusammen, dachte, der Herr möge diesen Kelch an ihm vorübergehen lassen. Doch unter ihm brodelte der Unmut über die selbstherrliche Art von Stadtherr, Bürgermeistern und Schöffen, die bei dem einen Beschuldigten die Wahrprobe durchführten, beim anderen verhinderten.

»Das hast du gut gemacht«, tönte eine helle Stimme neben ihm.

Albert fuhr herum und sah den Erzbischof Herrn Konrad mit zwei Gewappneten und einem weiteren Mann in den Farben der Stadt vor sich, schrak zurück, als ihn der Gedanke durchzuckte, man wolle ihn verhaften, nachdem man ihn in die Höhle des Löwen geschickt hatte. Er sank auf die Knie, fing die leicht vorgestreckte Hand des Erzbischofs auf, stammelte irgendeine Ehrbezeigung und küsste den Ring.

»Vielleicht sollten wir dich tatsächlich mit der Klärung der Angelegenheit beauftragen, Vater Albert«, sagte der Erzbischof schmunzelnd. »Nun, da der junge Scherfgin unserer Obhut anvertraut ist …«

Erstaunt hob Albert den Kopf und stand auf, als er den Wink des Erzbischofs bemerkte; aber er schwieg.

»Ja, da staunst du. Die Pfeffersäcke haben es mit der Angst bekommen, als der Pöbel an ihre Türen klopfte. Arg weit her ist es mit der Macht der Richerzeche nicht, wenn das Volk wütend wird. Dann plärren sie wie die Kinder unter meinem Fenster, rufen nach dem Stadtvogt, dem Burggrafen oder gar uns höchstselbst, bringen ihre Not vor und klagen über den Pöbel dieser Stadt, über die sie doch herrschen wollen – nur den lästigen Pöbel träten sie gerne an mich ab!«

Sein helles Lachen übertönte den Lärm, der von unten heraufdrang, dann wandte er sich dem dritten Mann zu, der ihn begleitet hatte, und hieß ihn, dem Volk eine baldige Getreidespende zu verkünden.

An diesem Abend saß Thomas an seinem Pult unter einem der schmalen Fenster, als Albert das Skriptorium betrat. Er fühlte sich noch immer ein wenig bang nach der unerwarteten Begegnung mit Erzbischof Konrad und den tobenden Menschen in der Gasse, die nach Ausrufung der Nachricht jubelten und sich allmählich zerstreuten. Nicht einmal als Bruder Folkhard Albert verschwörerisch zwinkernd einen mit Pergament verschlossenen Glasbecher überreicht hatte, wollte sich die Beklemmung legen.

Bruder Thomas war in die Lektüre des vor ihm liegenden Buches versunken, eines großen Codex, von dessen Einband eine bronzene Schnalle über den Rand des Pultes hing und ins Pendeln geriet, als er eine der Seiten umblätterte. Albert glaubte, das Knarren des Pergaments hören zu können, während er sich ihm in der Stille des großen Raumes näherte. Durch die wollenen Ärmel seiner Tunika spürte er die Kühle des Glases in seinen Händen und konnte es kaum abwarten, seinem jungen Freund das großzügige Geschenk des Medicus zu zeigen. Kaum hatte er Thomas' Platz erreicht, stellte er das durchsichtige Gefäß auf die Ablage am oberen Ende des abgeschrägten Pultes. Thomas hob den Kopf, seine Augen waren wie verschleiert von der hingebungsvollen Achtsamkeit, mit der er las.

»Schau! Die Käfer!«, flüsterte Albert, erfüllt von der warmen Freude eines Knaben, der mit einem lang ersehnten Geschenk prahlte. Das nachsichtige Lächeln, das sich in Thomas' Mundwinkel stahl, steigerte diese Freude nur.

»Ist es nicht eine Sünde, Gottes Geschöpfe grundlos gefangen zu halten, Vater?«, fragte Thomas, und Albert wunderte sich wieder einmal, wie leise der junge Bruder sprechen konnte, ohne zu flüstern oder gar unverständlich zu sein.

»Ich werde sie in den Gärten freilassen«, erwiderte Albert, »sobald ich sie genug beobachtet habe.«

»Und wann wird das sein? Was willst du von ihnen erfahren?«

Albert ließ die Ärmel wieder über die Hände rutschen, hob das Gefäß hoch und blickte hindurch auf das Häuflein Erde und Laub, Zweige und Gras, die sich durch das Glas seltsam verzerrt zeigten. Wie Buchstaben durch einen schlecht geschliffenen Lesestein. Gleich unter der Spitze eines Grashalms hing eines der winzigen kugeligen Tiere, umklammerte mit zarten schwarzen Beinen das Grün, das seinen ebenso schwarzen Bauch verbarg. Behutsam drehte Albert das Gefäß in den Händen, bis er die rostroten, von je drei schwarzen Punkten gezierten Deckflügel sehen konnte. Die zierlichen Fortsätze am Kopf des Käfers bewegten sich träge wie Weidenzweige im lauen Wind. Die Öffnung des Gefäßes war mit einem Stück Schweinsblase verschlossen, das sich im Trocknen straff gespannt hatte; eine Vielzahl nadelfeiner Löchlein versorgte die Tiere mit Luft. Der Medicus kannte sich offenbar aus.

»Jetzt sage mir bitte nicht, man könne von diesen Tieren nichts über die Schöpfung und ihren Schöpfer erfahren.«

Ohne Thomas anzusehen, stellte Albert das Gefäß behutsam wieder ab.

»Das hatte ich nicht vor zu sagen, Vater, weil ich gar nicht bezweifle, dass das grundsätzlich möglich ist. Wonach könnten einfache Menschen sich auf ihrer irdischen Pilgerreise richten, wenn nicht nach den Dingen?«

»Die Katharer sehen das anders, für sie ist die Welt das Werk des Teufels.«

»Das ist Häresie, darüber müssen wir nicht streiten.«

»Und in Paris lehren sie, dass aus den Dingen nichts erkannt werden kann, nur aus der Offenbarung und dem gedanklichen Durchdringen derselben.«

Thomas schien in sich zusammenzusinken und rollte die Augen. »Was nützte alle Offenbarung, wenn nur die wenigsten Menschen sie erfassen könnten? Was nützten Leiden, Tod und Auferstehung unseres Herrn, wären sie nur wenigen vorbehalten, und alle anderen müssten denen folgen? Das wäre doch, als hätte Gott uns als Blinde geschaffen und nur wenigen einen Stock gegeben!«

»Mir musst du das nicht sagen.« Einvernehmlich tätschelte Albert Thomas' Schulter. »Aber manche meinen, Gott habe die meisten als Blinde geschaffen, sie selbst aber sehend, und ihr Hirtenamt bestehe darin, die Blinden mit Stecken und Stab zusammenzutreiben und mit Schlägen zu bestrafen, wenn eines der Schäfchen auch nur die Nase aus dem Gehege recke. Dabei muss man die Schafe nur mit dem Maul auf die guten Kräutlein stoßen, dann grasen sie sich ihren Weg zu den fruchtbaren Weiden ganz allein. Es ist doch nur das Verbot samt den Strafen, dass die berauschenden Beeren begehrenswert erscheinen lässt. Zumal diejenigen, die die Verbote aussprechen und die Schuldiggewordenen bestrafen, sich nicht an diese Verbote halten und so nur Verdacht erregen, die süßen Früchte für sich selbst behalten zu wollen.«

»Wenn du auf die Verdienste unseres Ordensgründers Dominicus hinauswillst –«

»Keine Sorge, Bruder Thomas, dies wird kein Vortrag über längst Bekanntes.« Leise lachend schaute Albert sich um und bemerkte die missbilligenden Blicke älterer Mitbrüder über ihr Getuschel. »Aber vielen Brüdern müssen wir noch beibringen, dass Gottes Gnade nicht darin besteht, sie zu einem besseren Leben berufen zu haben, sondern darin, dass er allen Menschen in besonderem Maße Sinne, Verstand und Vernunft, Vorstellungskraft und Erinnerung geschenkt hat, damit sie die Dinge, die Schöpfung erkennen und durch sie zum Heiligen und Ewigen vordringen können.«

Thomas hatte den Codex zugeklappt, links und rechts davon die Ellenbogen aufgestützt und berührte mit den verschränkten Fingern das Kinn, wobei ihm die Ärmel der Tunika verrutschten. Er musste sich tief in seinen Gedanken verloren haben, um diese Ungehörigkeit nicht zu bemerken. Albert tippte ihm vorsichtig auf die Schulter, und augenblicklich zerrte Thomas den Stoff wieder über die Unterarme; dann schob er sich aus der Bank und erhob sich, während Albert rasch das Gefäß an sich nahm.

In wortlosem Einvernehmen fanden sie den kleinen Garten, der im Innenhof des früheren Hospitals lag. Hier konnten sie miteinander reden, ohne missbilligende Blicke einzufangen.

»Wenn es doch so einfach ist, die Schäfchen mit der Nase auf die richtigen Kräutlein zu stoßen«, begann Thomas vorsichtig, »wie kommt es dann, dass viele zwar nicht nach den berauschenden Früchten suchen, aber nach allerlei bunten Blumen, als ob diese nahrhafter wären als die anderen?«

»Wovon sprichst du?«

»Vom Aberglauben«, fuhr Thomas fort. »Von den Leuten, denen du gestern predigtest.«

Seufzend schob Albert, der das Gefäß mit den Käfern auf einem Mauerabsatz zurückgelassen hatte, wie Thomas die Hände in die Ärmel und umfasste seine Unterarme. »Hast du die entsprechende Quaestio geschwänzt?«

Er hörte das leise Schnauben, in dem Thomas seine Heiterkeit ausdrückte. »Nein, aber es ist wohl die einzige, die zu schwierig ist für mich.«

»Du Schelm! Ich argwöhne, dass es dir eher um eine deiner beiden unbezwingbaren Leidenschaften geht.« Albert hob die Arme vor sich, zog den Kopf ein, um ein Doppelkinn anzudeuten, und bekundete mit übertrieben schwerem Gang die eine dieser beiden Leidenschaften. Mit gesenktem Kopf lächelte Thomas über diese Parodie seiner selbst.

»Du hast deinen Aristoteles doch gelesen, mein Sohn. Du hast doch gelernt, dass die Vernunft aus dem, was Sinne und Verstand, Erinnerung und Vorstellungskraft sowie die Fülle bereits gefasster Meinungen ihr liefern, ihre Schlüsse zieht und dabei irren kann, weil sie das eine oder andere davon falsch aufeinander bezieht. Weil sie das Besondere irrtümlich verallgemeinert. Weil auch Wünsche und Sehnsüchte hineinspielen. Weil der Bauch sich ins Geschäft des Herzens einmischt.«

»So weit, so gut, Vater. Doch wie kann man es den Menschen begreiflich machen, dass sie irren?«

»Ein einziges Gegenbeispiel müsste ausreichen, eine Meinung als falsch zu erweisen. Noch besser wirkt eine Widerlegung.« Seufzend blieb Albert stehen, kauerte sich nieder, um eine unscheinbare blaue Blüte zwischen seine dünnen Finger zu nehmen und zu betrachten; erst nach einer Weile erhob er sich wieder.

»In der Theorie ist es ganz einfach«, murmelte er, »tatsächlich aber nahezu unmöglich.«

XIV

Seit dem Morgengrauen hatte Gerwich gebetet und gelesen, um sich auf die heilige Messe vorzubereiten, zu der er mit seinem Onkel gehen sollte; Gerswint würde Frau Barbara zu Sankt Lupus begleiten. Er saß am Küchentisch und rührte in den Resten seiner Grütze. Vor drei Tagen hatte er das Kloster verlassen – nicht aus eigenem Entschluss, sondern weil sein Onkel ihn als genesen dort abgeholt hatte. Doch er hatte geschwiegen, weil es nicht in seiner Macht lag, sich Meister Gerhard zu widersetzen.

Folgsam war er, wie er eigentlich immer folgsam gewesen war. Noch war er nicht zu den Dachdeckern geschickt worden, wie der Onkel es beabsichtigte, und solange es nicht dazu kam, würde er folgsam bleiben, das hatte er sich vorgenommen. Er war traurig, nicht länger mit den Oblaten und Novizen die Schulbank zu drücken, traurig, nicht länger an den Gebetsstunden teilzunehmen, dem Gesang der Mönche zu lauschen. Er beneidete die jungen Brüder, die bald ihre Gelübde ablegen und anstelle der münzgroßen Novizentonsur die Haartracht vollwertiger Brüder tragen würden; mehr noch beneidete er diejenigen, die bald ihr Baccalaureat ablegen, mit dem Studium der heiligen Wissenschaften beginnen und Vater Alberts Vorlesungen hören dürften, sie, die eines Tages dem Volke predigen würden, gleichberechtigt neben den Weltgeistlichen in den Pfarrkirchen, denen es meist an der rechten Bildung gebrach. Wie dem Pfarrer von Sankt Lupus.

Gedämpft klang das Läuten des Kirchleins herein. Aus der Stube drang ein Seufzer, als Meister Gerhard mit schweren Schritten auf den Gang trat. Gerwich sprang auf, nahm den Umhang von der Bank und beeilte sich, dem noch unausgesprochenen Befehl zu folgen. Der Onkel wartete nicht; er hatte die Haustür bereits geöffnet und war hinausgegangen auf die Gasse, wo schon andere Leute unterwegs waren, einander begrüßten, sich langsam in Richtung der kleinen Pfarrkirche bewegten. Auch Gerwich und Gerhard nickten den Nachbarn grüßend zu, von denen einer den Meister in einen Schwatz über einen Kirschbaum, dessen Zweige in des Nachbarn Garten hingen, verwickelte. Gerwich vertiefte sich ins stumme Gebet und blickte an den Mädchen vorbei, die ihn unter gesenkten Lidern anlächelten.

Sie hatten die erste Quergasse hinter sich gelassen, als vor ihnen der Schrei ertönte. Der Strom der Leute stockte, wurde unwiderstehlich von einem fast mannshohen Gartenzaun angezogen, hinter dem ein Birnbaum hoch aufragte. Von einem der oberen Äste hing ein Seil straff herab, dessen Ende um zwei bloße Füße gebunden war, in das Fleisch über den Knöcheln schnitt. Darunter sah Gerwich über die Köpfe der schreckstummen Menge hinweg zwei wohlgeformte Beine, schmutzig und mit rostroten Schlieren überzogen, und wo diese in den Rumpf mündeten, einen schmalen dunklen Streifen von Haar. Den Leib verdeckte der Zaun, doch dass es der einer Frau war, war deutlich erkennbar. Ringsum erhob sich Geflüster, Anrufungen, Leute bekreuzigten sich, ein harter Stoß traf Gerwich an der Brust, trieb ihn weiter die Gasse hinunter.

»Geh!«, presste der Onkel hervor. »Geh weiter zur Kirche! Knie nieder, bekenne deine Schuld und bitte Gott um Erbarmen! Geh!«

Er ging allein. Meister Gerhard blieb zurück.

Heimlich war Gerwich dem Onkel und Steinmetzmeister Johann in den Garten gefolgt. Das Bild der Leiche hatte ihn nicht mehr losgelassen. Man hatte ihm nicht erst sagen müssen, dass die Frau tot war, das hatte er vom ersten Augenblick an gespürt. Lange bevor das Gerücht von einer ruchlosen, abscheulichen Tat, von Schändung und Mord ihn im kühlen Zwielicht der kleinen Kirche zu Sankt Lupus erreicht hatte. Seine Nackenhaare hatten sich gesträubt, er hatte gezittert, war den Tränen nahe, ohne zu begreifen warum. Er bekannte seine Schuld, wie der Onkel ihn geheißen hatte, erflehte Gottes Erbarmen aber nicht für sich, sondern für die Tote, um deren arme Seele Engel mit Dämonen würden ringen müssen, so schutzlos und schändlich, wie sie zu Tode gekommen war.

Der Pfarrer war zu spät zur Messe erschienen, hatte selbige hastig heruntergehaspelt und die Gemeinde so früh wie möglich heimgeschickt mit dem Befehl, Buße zu tun. Schweigend war Gerwich dem Onkel nachgelaufen und hatte sich wegschicken lassen, als sie Meister Johann von der Sandkaule zusammen mit Frau Barbara und Gerswint im Hausflur antrafen. Aber es hatte ihn nicht in der Küche gehalten und auch nicht in seiner Kammer. Als er bemerkte, dass er die Sext verpasst hatte, schlich er hinunter, suchte die beiden Männer, deren Flüstern aus dem Garten zu ihm heraufgedrungen war, und es gelang ihm tatsächlich, sich ihnen hinter den Obststräuchern unbemerkt zu nähern, als sie stumm nebeneinander auf der alten Gartenbank saßen, wo seine Schwester gewöhnlich ihrer Bortenweberei nachging.

»Mit welchem Ziel hängt jemand eine geschändete und ermordete Hure mitten im Allod des Erzbischofs an einen Baum, so dass jeder sie sehen kann?«, fragte Meister Gerhard schließlich.

»Vielleicht damit der Verdacht auf die Mitglieder des Domkapitels fällt oder deren Angehörige, auf Stiftsherren – oder gar auf übereifrige Predigerbrüder.«

»Das ist abwegig!«, entgegnete der Onkel.

»Selbstverständlich ist das abwegig, aber du weißt selbst, dass die Leute glauben, was sie glauben wollen. Und wenn reiche Herren Pfaffen einsetzen, die ihnen nach dem Mund predigen – wie willst du den wütenden Volkshaufen dann aufhalten?«

»Sind die Kölner derart heftigen Gemüts, dass sie mit Gewalt gegen Konvente und Stifte vorgehen würden?«

»Du hast sie doch erlebt, als es um den jungen Scherfgin ging. Das Volk ist wankelmütig, folgt mal dem Bischof und mal diesem, mal jenem Herrn. Und wer von den Herren mit wem gegen wen verbündet ist, durchschaut keiner unter den einfachen Leuten. Die Herren scheinen es ja selbst nicht mehr zu wissen!« Meister Johann schnaubte abfällig. »Gegen den Erzbischof halten sie allerdings immer zusammen. Erst recht, seitdem durchgesickert ist, dass der junge Scherfgin sich nicht mehr im erzbischöflichen Hof befindet, sondern spurlos verschwunden ist.«

»Aber es war doch abzusehen, dass sie ihn woanders hinbringen, nachdem das Volk den Hof belagert hatte.«

»Trotzdem war es dumm. Es geht das Gerücht um, dass die Hure etwas mit dem jungen Scherfgin zu tun habe, dass er woanders versteckt worden sei, in einem Kloster vielleicht, und man sie dort hingebracht habe, weil ihm langweilig gewesen sei.«

»Das ist eine ungeheuerliche Lüge!«

»Nein, Gerhard, es kann leicht die Wahrheit sein. Der alte Scherfgin musste seinen Sohn verstecken, und er hat beste Beziehungen zu den Predigerbrüdern.«

»Das ist doch Unsinn! Die Prediger nehmen doch keinen Laien in ihre Klausur auf!«

»Und was war mit deinem Neffen? Sie haben den Jungen in ihrem Kloster gesund gepflegt und mit ihren Oblaten unterrichtet.«

Meister Johanns Worte schwebten in der Luft wie giftiger Rauch. Nicht einmal die Vögel zwitscherten, wie sie es sonst taten. Unbehaglich erinnerte Gerwich sich an den Mann, der durch das winzige Fenster in der Kammer des Medicus mit jemandem draußen gesprochen hatte. Ein junger Mann war das gewesen, einer, auf den durchaus passte, was Meister Johann gesagt hatte. Und wenn jemand tatsächlich ein Weib ins Kloster geschmuggelt hätte und die dann versucht hätte, die Mönche oder den Mann, den sie versteckt hatten, zu erpressen …

Fröstelnd verkroch Gerwich sich in den Umhang.

»Wie geht es Frau und Tochter?«, durchbrach der Onkel die unheilvolle Stille.

»Ach, wenn ich die nicht hätte! Da mein Altgeselle ja ein gesunder, kräftiger Kerl ist, bleibt meine Werkstatt in der Familie, und ich kann mich getrost zurücklehnen, sobald Caecilie ihm angetraut ist.«

In seinem Versteck hörte Gerwich seinen Onkel dem Gast aufmunternd auf die Schulter klopfen. Einen Atemzug lang stand ihm die blasse Caecilie vor Augen, wie sie im gebleichten Hemd mit einem Licht in der Tür stand, er verspürte einen Stich in der Brust und konnte das Bild nicht beiseiteschieben. Mit geschlossenen Augen legte er die Hände vor der Brust zusammen, und seine Lippen formten die Worte des *Pater noster*, ließen einen Mariengruß folgen, wie er ihn bei den Predigerbrüdern gelernt hatte, ehe er sich hastig bekreuzigte. Doch kaum jubelte er, das Mädchen aus dem Sinn verbannt zu haben, war sie wieder da.

Im Konvent hatte sie ihn nur selten heimgesucht, doch seitdem er alle Tage auf der Baustelle dem Steinmetzmeister, ihrem Vater, begegnete, schien sie ihn nur während der Gebete zu verlassen. Inständig hoffte Gerwich, dass niemand diese Verfehlung bemerken möge, und zugleich verspürte er einen wilden Zorn gegen Meister Johanns Altgesellen, diesen grobschlächtigen Kerl namens Martin.

»Wie steht es eigentlich mit deinen Absichten?«, fragte Meister Johann. »Du musst zusehen, dass du Familienbande in der Stadt findest, damit du nicht als Außenseiter in Verdacht gerätst.«

Gerhard von Rile murmelte etwas Unverständliches, und Gerwich glaubte, seinen Namen und den seiner Schwester herauszuhören. Hatte der Onkel die Absicht, sie zu verheiraten? Oder gar sich selbst eine Braut zu suchen? Obwohl Meister Gerhard nie die Gelübde abgelegt hatte, gehörte er doch zu den Kanonikern. Bisher war Gerwich nie in den Sinn gekommen, dass sein Onkel den ledigen Stand hätte aufgeben wollen.

»Ich verstehe, dass du dir Zeit lassen willst«, hörte er

Meister Johann sagen. »Auch ich mache mir Sorgen. Vielleicht solltet ihr dieses Haus für eine Weile verlassen und im Dombezirk Zuflucht suchen. Es ist gefährlich.«

»Warum? Dass die Leiche hier gefunden wurde, heißt weder, dass sie hier zu Tode kam, noch, dass der Mörder in diesem Teil der Stadt wohnt. Woher rührt deine Sorge? In der Stadt ist es ruhig.«

»Und genau das beunruhigt mich – diese Ruhe vor dem Sturm.«

Anders als sein gut gelaunter Onkel war Gerwich die folgenden Tage fahrig und gehetzt. Die Erinnerung an die gehenkte Leiche verließ ihn nicht. In der Fabrica und auf der Baustelle, wo trotz anhaltenden Nieselregens die Mauerreihen auf den ersten Fundamenten wuchsen, flogen die Gerüchte über den Mord und den Verbleib des verschwundenen jungen Scherfgin umher. Die Ruhe in der Stadt hielt an, eine angespannte Ruhe. Die Männer waren gereizt und schimpften wegen jeder Kleinigkeit. Und dann war da noch der Klotz namens Martin, der breitbeinig herumstand, die Fäuste in die Seiten gestemmt, und lauthals über die Köpfe der Männer hinwegbrüllte wie ein Stier. Der mit seinen fleischigen Armen den Klöpfel schwang, dass die Splitter nur so umherspritzten. Der Caecilie zur Frau nehmen würde – und bei diesem Gedanken wurde Gerwich abwechselnd heiß und kalt.

Vergeblich rieb er die starren Finger; die wollenen Beinlinge kratzten, und die Kälte kroch durch die drei Kittel, die er winters trug, und schmiegte sich wie Dampf auf seine Haut. Dicke Regentropfen prasselten auf das Bretterdach der Fabrica. Als der Onkel ungehalten auf den Rand des ausgerollten Pergaments pochte, der eine Zeichnung vom geplanten Aufbau der Wände des neuen Chores zeigte, drückte Gerwich das knarrende Material wieder auf die Tischplatte. Der Dombaumeister unterhielt sich mit Ulrich vom Steine, dem Thesaurar des Domkapitels, es ging um Geld und um Baumaterial, um den grauen Stein vom Drachenfels, der bald geliefert werden musste, wenn der Bau nicht ins Stocken geraten sollte. Der Domherr hatte empfohlen, die Arbeiten so lange zu unterbrechen, bis der Herr Erzbischof wieder zurückgekehrt sei, aber Gerwich setzte keine Hoffnung darein, dass der Onkel dem stattgeben würde. Es mochte kalt sein und regnerisch – aber solange kein Schnee lag, würden die Arbeiten weitergehen.

Als die Glocke zur Vesper rief und Herr Ulrich sich eilig zum Stundengebet verabschiedete, blickte Meister Gerhard ihm versonnen nach.

»Ein rechtschaffener Mann«, murmelte er und rollte das Pergament zusammen. »Ich wünschte, du könntest auch einmal ein solch umsichtiger Chorherr sein.« Er tätschelte Gerwichs Schulter. »Geh zur Vesper, mein Junge! Wir sehen uns beim Abendessen.«

Folgsam eilte Gerwich durch den schweren Regen über die Baustelle, vorbei an den Fundamentgräben, die wie dunkle Schlünde im Dämmerlicht gähnten. Doppelt vorsichtig setzte er seine Füße, bei der Erinnerung daran, wie der Schwindel ihn erfasst und der dunkle Schlund ihn verschlungen hatte. Als er die Lupuspforte endlich ereichte, tönte die Glocke hell und klar vor ihm, und er trat aus dem Schatten des kleinen Tores, um die Gasse zu überqueren.

»He!«, rief eine Stimme rechts von ihm. »He, du! Du bist doch der Sohn des Dombaumeisters, oder?«

Gerwich begann zu laufen, als er Schritte hinter sich hörte, die rasch näher kamen. Das Kirchlein stand vor ihm, die Tür war geöffnet, um die wenigen Gläubigen, die werktags zur Vesper kamen, einzulassen. Plötzlich umklammerte eine Hand seinen Arm, eine andere packte seine Schulter, ein dritter Kerl sprang ihm in den Weg.

»Das fromme Jungchen will in die Kirche!«, höhnte der Kerl in der Kölner Mundart. »Der ist ja braver als sein Herr Vater!«

»Ich bin nicht sein Sohn, sondern sein Neffe«, blaffte Gerwich zurück.

»Stimmt«, entgegnete der, der seinen linken Arm festhielt. »Mein Meister ist gut Freund mit ihm.«

Gerwich blickte ihm ins Gesicht und erkannte erleichtert den dünnen Peter, Steinmetzmeister Johanns Junggesellen. Er fröstelte bei der Vorstellung, dessen Kollege Martin könnte seine bösen Wünsche erraten haben und ließe ihn nun heimsuchen.

»Na, dann kann er ja mit uns ein Becherchen leeren«, entgegnete der Erste.

»Ich will –«

»In die Kirche«, näselte der dünne Peter. »Das wissen wir, aber heute machst du etwas anderes, Jungchen.«

Zu dritt drängten sie ihn in Richtung der Rheinufermauer, obwohl Gerwich sich sträubte, doch sie waren stärker, schoben ihn einfach weiter und plauderten dabei in ihrer derben Mundart, die er nur zur Hälfte verstand. Der Geruch von altem Schweiß und nasser Wolle mischte sich mit den herabklatschenden Tropfen. Hinter ihm verklang der Ruf der Glocke.

»Mich kennst du ja«, sagte Peter, als sie schon ein Stück

entlang der Ufermauer gegangen waren. »Und der hier«, er deutete auf den Kerl, der zu seiner Linken ging, »heißt Brun und der andere Rees.«

Es dunkelte bereits, als sie in eine Gasse einbogen, die vollkommen im Schatten lag. Gerwich zog den Kopf ein, und seine Knie schlotterten so sehr, dass sich die Kerle über ihn lustig machten, während sie ihn durch ein Netz von Schlammpfützen weiterzerrten, bis sie eine breitere Gasse erreichten. All sein Flehen, man möge ihn loslassen, er müsse nach Hause, half ihm nichts, erst recht nicht, als sie mit ihm auf ein Haus zugingen, über dessen Tür eine Laterne hing. Von weitem hörte Gerwich den Lärm, Wellen von Gegröle und Gelächter, und schon vor der Tür umfing ihn muffiger Geruch.

Drinnen toste der Lärm zahlloser Stimmen, schwebte ein Dunst aus Rauch, gekochtem Kohl und Zwiebeln und verschüttetem Bier, der sich lähmend auf Gaumen und Zunge legte und zu Tränen reizte. Die Kerle setzten sich zu anderen an einen langen Tisch, stimmten sofort in das Lärmen ein, lachten und brüllten, um andere zu übertönen, dass Gerwich schwindlig wurde. Er war eingezwängt zwischen Peter und Rees. Krachend landete ein großer Henkelbecher vor ihm auf dem Tisch, über dessen Rand schal riechendes, schlieriges Bier schwappte. Sein Magen krampfte sich zusammen, er zupfte an Peters Ärmel, stammelte, er habe kein Geld, doch der Dünne lachte nur.

»Das lass mal unsere Sorge sein! Schließlich feiern wir heute deine Entjungferung, Jungchen!«

Sie schoben ihre Becher mit seinem zusammen, dass es trocken klirrte, und stierten ihn herausfordernd an, bis er den Krug hob, an die Lippen setzte und daran nippte. Als er absetzen wollte, schüttelten die Kerle mit finster zusammengezogenen Brauen die Köpfe. Gegen seinen Willen stiegen ihm die Tränen in die Augen. Es war wie damals in Paris, als ein paar Gesellen ihn abgepasst und in eine finstere Schänke gezerrt hatten, um ihn betrunken zu machen. Er sah sie feixen, sah das schamlose Ergötzen daran, dass er sich nicht widersetzen konnte. Nichts würde ihm helfen, kein Bitten und kein Flehen. Er konnte nur darauf hoffen, dass sie bald das Interesse an ihm verlören, wenn er sich folgsam gab.

Tapfer schüttete er sich die schale Flüssigkeit in den Rachen, bis sie ihm aus dem Mund und über das Kinn lief und er schließlich einen leeren Krug absetzte. Sie lachten, klopften ihm auf die Schulter, lobten ihn lautstark als ganzen Kerl, während er sich hinter seinem gezwungenen Grinsen schämte, weil er Thomas vor sich sah, der mit den Fingerspitzen seinen Becher hielt und schluckweise trank, stark verdünnten Wein. Ein neu gefülltes Gefäß wurde vor ihn geschoben, diesmal hoben alle gemeinsam ihre Becher, schickten einen frommen Wunsch voraus, tranken in großen Schlucken, und Gerwich tat es ihnen gleich, gefügig wie ein verängstigter Hund, und stimmte in das Seufzen und Rülpsen ringsum ein.

Nach dem vierten Becher – oder war es der fünfte? – fühlte er sich sonderbar leicht, sein Magen hingegen wollte überschwappen, und wenn seine Nachbarn ihn freundlich knufften, schwankte er, als verlöre er die Macht über seinen Körper. Außerdem musste er immer dringender Wasser lassen. Doch sooft er auch versuchte, sich an Peter oder Rees vorbeizudrängen, drückten sie ihn wieder auf seinen Platz, und Peter gab ihm mit Daumen und Zeigefinder – mehr waren ihm von der linken Hand nicht geblieben – unmissverständlich ein Zeichen, unter den Tisch zu pinkeln. Aber Gerwich ekelte es bei dem Gedanken, zumal zwischen seinen Beinen immer wieder Hunde herumstrichen, die nach Essensresten suchten.

Pfiffe gellten durch die niedrige Schankstube, die Männer um den Tisch johlten. Als Gerwich sich umdrehte, rauschte Tuch auf ihn zu, daraus tauchte ein Bein auf, das sich unter dem Lärmen der Männer zwischen ihn und Rees über die Bank schob. Sofort umhüllte ihn ein verwirrender Geruch, muffig wie ungewaschene Kleidung, überdeckt von einer schweren Süße, aus der etwas Scharfes hervorstach. Sie saß rittlings auf der Bank, hatte dichte braune Locken und winzige Fältchen um die braunen Augen. Sie grinste mehr, als dass sie lächelte, kniff ein Auge leicht zusammen. Ihr Kittel hatte einen Ausschnitt, dessen Schnürung lose war, so dass man zwischen den Bändern hindurch tief in ihren Busen schauen konnte.

Warm legte sich ihre Rechte auf seinen Oberschenkel, an den Rand der Beinlinge, glitt unter dem Hemd in die Falten seiner Bruche, dass ihm dort heiß wurde, wie ihm manchmal frühmorgens heiß wurde. Mit der anderen Hand nahm sie seine Linke, führte sie in den Ausschnitt ihres Kittels, ließ ihn eine warme, runde Masse fühlen, auf der etwas Raues prangte wie eine große Knospe. Seufzend verdrehte sie die Augen, legte den Kopf ein wenig zurück, während sich die Finger ihrer Rechten um den pochenden Pflock schlossen, der nicht zu seinem Körper zu gehören schien.

Gerwich riss die Hand aus ihrem Kittel, schüttelte hastig den Kopf, obwohl sie ihre Finger nicht von ihm ließ. Sie war eine Hure. Er habe kein Geld, stammelte er. Er durfte ihr nicht zu nahe kommen, sie nicht an sich heranlassen. Durch

Huren vergifte der Teufel die Seelen der Menschen, hatte der Onkel gesagt. Er hätte gar nicht hierherkommen dürfen.

Prasselnd fielen Münzen vor ihm auf den Tisch.

»Das ist der Kleine vom Dombaumeister«, rief Peter über das Lärmen der Männer hinweg. »Wir feiern seine Entjungferung.«

Langsam löste sie die Hand von seinem Geschlecht, nahm die Münzen vom Tisch und stopfte sie in einen Beutel, der zwischen den Falten ihres Rockes hing, stand dann auf, entfernte sich rückwärts vom Tisch. An den Schnüren seiner Bruche zog sie ihn hinter sich her, während Peter, Brun und Rees mit den Füßen stampften und grölten, worein bald alle einstimmten.

Auf Gerwichs Wangen brannte die Scham, mit ihr strömte ein kräftiger Zorn in seine Glieder. Er stieß sie von sich, dass sie kreischend stürzte. Ringsum polterten Stühle, krachte Holz auf Holz. Er machte einen Satz zur Tür, da umklammerten Hände seinen rechten Fuß, ließen ihn taumeln, stolpern. Er riss sich los, warf sich zwischen die Männer, die sich ihm in den Weg stellten, aber zu betrunken waren, um ihn aufhalten zu können.

Draußen hielt er nur einen Atemzug lang inne, während hinter ihm wütendes Gebrüll den Ausbruch einer Prügelei verriet. Es regnete noch immer in Strömen. Schwindel und Übelkeit packten ihn mit doppelter Kraft, beutelten ihn, dass er sich krümmte, hilflos auf die Knie fiel und sich in einem mächtigen bitteren und sauren Schwall übergab.

Er wurde auf die Füße gerissen, Gelächter ertönte, er erkannte die Stimmen – Peter und Rees. Sie schleppten ihn weg, während er noch verstört den erneuten Verlust der nur kurz wiedergewonnenen Stärke seiner Glieder bemerkte. Sie redeten auf ihn ein, zerrten ihn weiter, selbst als neue Krämpfe immer mehr Flüssigkeit aus ihm herausschleuderten, bis er sich mit einem erstickten Schrei fallen ließ. Er befand sich in der Mitte eines Strudels, der ihn in die Tiefe zog.

»Los jetzt!«, brüllte der dünne Peter. »Willst du etwa, dass die Büttel dich schnappen und dir die Scheiße aus dem Fell klopfen, bevor sie dich zu deinem alten Herrn bringen?«

Mühsam rappelte Gerwich sich auf Hände und Knie, spürte, dass seine Kleidung sich mit Pfützenwasser vollgesogen hatte. Eine kalte, stinkende Brühe klebte an ihm, ein scharfer Schmerz bohrte sich in seinen Schädel, und der Schwindel tobte heftiger als der, der ihn damals am Rande der Fundamentgrube erfasst hatte. Als seine Arme nachgaben, sank er in den fettigen Dreck.

Jemand packte seinen Arm, zerrte ihn durch den Kot. Er konnte es nicht ändern, der pochende Schmerz lähmte ihn. Ein Fluch zischte über ihn hinweg, dann klatschten schnelle Schritte im Schlamm näher. Er wurde auf den Rücken gerollt, Hände fassten ihn unter den Achseln, wuchteten ihn auf die Füße.

»Der Kleine stinkt wie eine Latrine«, höhnte Rees' Stimme.

»Es hätte gar nicht so viel Bier gebraucht«, setzte der dünne Peter nach. »Wir müssen zusehen, dass wir ihn herrichten. Der Alte lässt uns windelweich prügeln, wenn er das Jungchen so sieht.«

Es war Brun, der ihn stützte. Zu dritt schoben und zogen sie Gerwich vom Fleck, tappten ohne Licht durch die Dunkelheit der nächtlichen Gassen. Irgendwie gelang es ihm, Fuß vor Fuß zu setzen, aber er war zu langsam für die Männer, die ihn murrend immer weiterschleiften. Ihm war sterbenselend zumute, und er jammerte nach Wasser, bis sie ihn an eine Wand lehnten und Peter etwas von einem Brunnen sagte, an dem sie gerade vorbeigekommen seien. Bald darauf traf Gerwich ein kalter Guss ins Gesicht, mit einem Lappen rubbelte jemand den Schmutz ab, dann hielten sie ihm einen Becher hin, wie viele Handwerker ihn am Gürtel trugen. Kühles Wasser rann ihm über die Lippen, er gurgelte, spie Reste von Bier und Galle aus, ließ dann das lindernde Nass in die Kehle rinnen und schluckte. Rees stand vor ihm, und Gerwich wollte ihm den Becher zurückgeben, als ein harter Stoß den Mann gegen ihn warf und warme, klebrige Tropfen auf sein Gesicht klatschten. Der Mann ächzte pfeifend und umklammerte Gerwichs Schultern, rutschte an ihm herab.

Alles geriet in Bewegung, Schreie gellten auf. Dicht vor ihm blitzte Stahl, und er wurde beiseitegerissen. Zu Boden geschleudert. Tritte trafen ihn, er barg den Kopf in den Armen. Rollte weg von den trampelnden Beinen. Robbte ins Dunkle, in einen Winkel. Mit einem Mal war der Rausch verflogen. Er drehte sich um, sah den dünnen Peter und Brun über einem leblosen Körper – Rees – mit zwei schattenhaften Männern kämpfen. Brun wankte. Wieder blitzte Stahl auf in dem schwachen Licht, das von einem Fenster kam. Peters Knie knickten ein, er wurde von einem der beiden Schatten gepackt, der andere stieß ihn gegen die Wand.

»Wo ist er?«

Unverständliches Stammeln und Wimmern war die Antwort. Der andere Schatten beutelte Brun und schlug ihn, hieb ihm die Faust in den Bauch, dass er mit einem erstickten Stöhnen zusammenbrach.

»Wo ist der Junge?«

Eiskalte Angst durchfuhr Gerwich. Wenn die Schatten es nun auf ihn abgesehen hatten …? Er schmiegte sich gegen die Wand in seinem Rücken, die leise knirschend nachgab. Er griff hinter sich, fühlte Holz, eine splittrige Kante. Eine Pforte. Das Herz schlug ihm im Hals.

»Rede, du Dreckhaufen!«

Gerwich lehnte sich zurück, und die Pforte gab nach. Am ganzen Leib zitternd schob er sich in den breiter werdenden Türspalt, während Brun sich winselnd im Griff des zweiten Mannes wand. Es roch nach nassem Stein, als Gerwich sich am Türholz entlangdrängte.

»Weg«, stieß Peter heiser hervor. »Er ist weg.«

Nochmals stöhnte Brun auf, wurde weggestoßen, sackte in sich zusammen. Die Männer schienen zu rangeln. Rasch richtete Gerwich sich auf, drückte die Pforte zu, ertastete einen Riegel.

»Wo?«, zischte der Schatten, gedämpft durch das Holz.

»Ich weiß es nicht! Ich –«

Peters Stimme erstarb in einem Winseln. Hastig ruckte Gerwich den Riegel an seinen Platz, drückte den Pflock, der ihn hielt, in das dafür vorgesehene Loch und wich von der Pforte zurück. Seine Lippen formten die Worte des Mariengrußes. Irgendeine vergessliche Magd hatte ihn gerettet, weil sie diesen Riegel nicht vorgeschoben hatte. Er wusste, dass die Bewohner der Häuser durch die Ritzen der Fensterläden nach draußen spähten. Niemand wagte sich auf die Straße, wenn Räuber nächtliche Trunkenbolde überfielen, und etwas anderes waren sie ja nicht. Nächtliche Trunkenbolde. Er hatte sich drängen lassen, scheußliches Bier in sich hineinzuschütten, ein schmutziges Weib zu berühren und sich von ihm berühren zu lassen. Der Ekel ließ ihn erneut würgen. Er fiel auf die Knie. *Kyrie eleison*. Aber wie sollte der Herr sich seiner erbarmen, wenn er besudelt war von Völlerei und Wollust?

In der Gasse war es totenstill; nur das Knirschen eines Fensterladens war zu hören. Ein halblauter Ruf tönte heraus. Ein Lichtstreif begrenzte die Mauer, hinter der er sich befand. Er glitt an der Wand herab, während ihm Tränen über die Wangen strömten, das Schluchzen ihn würgte, bis er fast aufschrie.

»Was genau hast du gesehen?«, fragte der Mann nun schon zum dritten Mal.

Gerwich, der nach dem kalten Bad schlotternd, kaum mehr als ein dünnes Hemd, das man ihm gegeben hatte, am Leibe, mitten in der Stube stand, zuckte hilflos mit den Schultern. »Ich habe alles gesagt, was ich weiß. Es war kein Licht in der Gasse, und … und … und ich war ziemlich betrunken.«

Ein kaum zehnjähriger Junge tappte herbei und stellte einen dampfenden Becher vor Gerwich auf den Tisch, doch der Gehilfe des Mannes schob das Gefäß beiseite.

»Und du hast dich davongeschlichen, anstatt Hilfe zu holen.«

»Ich …« Gerwich umfasste seine Oberarme in dem Versuch, sich zu wärmen. Nur schwach erinnerte er sich an die Stimmen, die ihn aus seiner Ohnmacht gelockt hatten, die Hände, die ihn zuerst vorsichtig berührt, dann hochgehoben und weggeführt hatten aus dem engen Gang zwischen zwei Häusern. Man hatte ihn in eines der Häuser gebracht – welches, das wusste er nicht. Gegen sein Sträuben hatten sie ihm seine verdreckten Kleider ausgezogen, einen Bottich herangeschafft und mit Wasser gefüllt. Ein altes Weib hatte ihn von oben bis unten mit Seife geschrubbt, abgewaschen und mit rauen Tüchern abgerubbelt, bis er wieder ernüchtert war. In Hemd und Bruche war er in eine ungeheizte Stube geführt worden, wo dieser Mann, der sich als Gehilfe der Schöffen vorstellte, schon gewartet hatte. Gerwich schrumpfte schier unter dem stechenden Blick des Mannes.

»Ich hatte Angst«, murmelte er.

Unverwandt musterte ihn der Mann, ohne ein Wort zu sagen, als wartete er. Gerwich konnte kaum stillstehen, verlagerte das Gewicht von einem zitternden Bein aufs andere, als jemand im Vorderhaus an die Tür pochte. Bald darauf polterten Schritte im Gang, und jemand rief mit wohlbekannter Stimme: »Wo ist er?«

Erleichtert wandte Gerwich sich zur Tür um und sah seinen Onkel eintreten, einen Mann im dunklen Stiftsherrenmantel, die Beinlinge bis zum Knie gesprenkelt mit Straßendreck. Schreckensbleich starrte er Gerwich an, doch schon im nächsten Moment schnellte er vor. Gerwich fühlte sich an den Schultern gepackt und in Meister Gerhards Arme gerissen, roch unter dem scharfen Schweiß den vertrauten Geruch, hörte den harten Schlag des Herzens und den keuchenden Atem, während ihn willkommene Wärme umhüllte.

»Was wollt Ihr von dem Jungen?«, blaffte der Onkel, als er Gerwich wieder losgelassen und sich dem anderen Mann zugewandt hatte.

»Er ist Zeuge eines Überfalls, bei dem zwei Handwerksgesellen getötet wurden und einer schwere Verletzungen davontrug«, erwiderte der Mann kühl. »Und ich habe den Auftrag, ihn zu befragen.«

»Und wer bist du?«

»Ich bin derjenige, der das Recht hat, nach eigenem Gutdünken jeden in Haft zu nehmen.«

»Ein Büttel also«, entgegnete Meister Gerhard. »Einer, dem offenbar nicht klar ist, dass Morde einer höheren Gerichtsbarkeit unterliegen als der der Schöffen.«

Die Miene des Mannes verhärtete sich. »Du bezweifelst, dass ich diesen Knaben abliefern würde?«

»Ich bestreite, dass du überhaupt berechtigt bist, ihn zu verhören.«

»Wer zum Teufel bist du?«

»Gerhard von Rile, Dombaumeister zu Köln. Gekommen, um den mir anvertrauten Sohn meines Bruders Gernot von Rile zurückzuholen. Du hast an dem Knaben keine Rechte, also tritt beiseite!«

Er packte Gerwichs Arm und zog ihn mit sich hinaus, vorbei an zwei Wachposten, die sich ihnen zu Gerwichs Erstaunen anschlossen. Erst in der Dunkelheit der Gasse, schwach erleuchtet von zwei Laternen, die die Wachen an der Haustür in Empfang genommen hatten, blieb der Onkel stehen. Er wandte sich Gerwich zu, und kaum einen Atemzug später klatschten zwei Ohrfeigen in dessen Gesicht und entfachten einen brennenden Schmerz auf seinen Wangen. Doch ehe er vor weiteren Schlägen hätte zurückweichen können, fand er sich von neuem ungestüm umarmt. Und wieder zurückgestoßen.

»Welcher Teufel hat dich geritten, dass du diesen Trunkenbolden nachgerannt bist?«

»Ich bin ihnen nicht nachgerannt – sie haben mich auf dem Weg zu Sankt Lupus abgefangen und mitgeschleppt«, platzte es aus Gerwich heraus. »Ich habe mich gewehrt, aber sie waren zu dritt, der dünne Peter und zwei andere. Brun und Rees.«

Nochmals traf die Hand des Onkels schmerzhaft Gerwichs Wange. »Das Lügen haben sie dich also auch schon gelehrt! Und seine Saufkumpane hinzuhängen, wenn sie tot sind, etwa auch? Oder hat dir das der Teufel beigebracht in dem Loch, in dem du dich feige verkrochen hast? Deine Mutter würde vor Scham über dich nochmals sterben!«

»Ich lüge nicht!«, schrie Gerwich. »Bei meiner Mutter Seligkeit: Ich lüge nicht!«

Der Onkel hatte die Hand erhoben, aber er schlug nicht zu, sondern starrte Gerwich nur wortlos an, bis er nach einer Weile den Arm sinken ließ.

»Sag mir, was geschehen ist, von Anfang an.«

Mit einem Seufzer begann Gerwich zu berichten, wie er über die Baustelle gegangen war, hinter der Lupuspforte auf die Handwerksburschen getroffen und in deren Fänge geraten war. Er verschwieg nicht, dass er sich nicht entschieden genug zur Wehr gesetzt hatte, ebenso wenig sein gefügiges Mittun bei der Trinkerei. Erst als es um die Frau ging, die ihn angefasst und beschämt hatte, wurden ihm die Wangen heiß. Meister Gerhards Miene verfinsterte sich, während die beiden Wachen feixten, doch er unterbrach Gerwich nicht, obwohl dieser in dem Versuch, einiges für die nächste Beichte aufzubewahren, ins Stottern geriet.

Als er aber zu den Ereignissen in den Gassen kam, packte ihn plötzlich die Angst. In den zitternden Schatten jenseits des Laternenlichtes argwöhnte er andere Schatten, als schlichen dort noch immer die Angreifer umher. Er verstummte, würgte an dem Kloß in seinem Hals.

»Lass uns heimgehen.« Der Onkel legte ihm beruhigend

die Rechte auf die Schulter und schob ihn weiter. »Du kannst es mir später zu Ende erzählen.«

Kurz vor Sonnenaufgang saßen sie noch immer in der Küche. Auf dem Herd knisterten leise die letzten Kohlen, ansonsten herrschte tiefe Stille. Schon seit einiger Zeit starrten sie schweigend vor sich auf die Tischplatte, nippten nur gelegentlich an ihren Bechern; der Krug, den Meister Gerhard nach ihrer Ankunft mit hellem Moselwein gefüllt hatte, war längst geleert.

Gerwichs Lider hingen bleiern über den Augen. Nachdem er seinem Onkel rückhaltlos Rede und Antwort gestanden hatte, fühlte er sich etwas wohler in seiner Haut. Dennoch schlängelte sich kalte Angst durch seine Adern, zumal er spürte, dass der Onkel, dessen fest ineinander verschränkte Hände auf dem Tisch lagen, besorgt war. Er sah es an den Schatten und scharfen Linien auf dessen Stirn und den Falten, die von den Mundwinkeln abwärts liefen. Immer wieder hatte Gerhard wissen wollen, was die Mörder gefragt hatten, die genauen Worte – *Wo ist der Junge?* –, aber kein Wort über seine Schlüsse dazu verloren.

Schon auf dem Rückweg hatte Gerwich bemerkt, wie tief die Angst in seinem Inneren nagte; jeder Laut, jede Regung, jeder zitternde Schatten hatte ihn geschreckt. Auch jetzt saß er mit einem flauen Gefühl, das nicht nur dem Wein geschuldet war, auf der Bank und harrte lieber der Dinge, die da kommen mochten, als ins Bett zu kriechen, oben, in seiner engen Kammer, wo die Dämonen der Finsternis lauerten, um ihn mit den Abbildern der Mörder zu schrecken.

Er fuhr zusammen, als sich Meister Gerhards warme Hände auf seine legten; der Onkel blickte ihn an, und in seinen Augen lag eine Sorge, die Gerwich nicht zu deuten wagte.

»Es will mir nicht aus dem Sinn«, sagte Gerhard leise. »Wer ist der Knabe, nach dem sie so dringend suchten, dass sie die einzigen Zeugen erdolchten? Wollten sie ihn entführen? Töten?« Seine Finger umkrampften Gerwichs Hände. »Wenn es du sein solltest – warum sollten sie dir nachstellen? Was bezweckten sie mit ihrem Tun?«

Als Gerwich dem Onkel in die Augen blickte, durchrieselte es ihn wie Eiswasser: Um den Dombaumeister zu treffen, sollte er sterben. Ein billiges Opfer. Und vielleicht wären am Ende die Handwerksburschen, die ihn als Handlanger eines anderen, der im Schatten die Fäden zog, in Gefahr gebracht hatten, als seine Mörder beschuldigt und womöglich sogar verurteilt worden.

Etwas Finsteres ging um in dieser Stadt, die sich heilig nannte. Nicht einmal dieses Haus, die Obhut seines Onkels, der Schutz des Erzbischofs boten Sicherheit.

XV

Die drei Vetteln, die vor dem Nachbarhaus die Köpfe zusammensteckten, hatten Richolf nicht bemerkt, doch dieser hatte deutlich gehört, dass sie über Pilgrim tuschelten und über dessen »Schandweib«. Die ehrbaren Hausfrauen der Nachbarn waren es, eine jede von ihnen hatte sich über Jahre hinweg das Recht auf eine böse Zunge erworben. Wieder einmal dankte er Gott, ihm mit Hadewige eine gutherzige Frau geschenkt zu haben, eine, die das Gezänk verabscheute und sich nur, wenn es auf keine Weise zu vermeiden war, nach dem sonntäglichen Gottesdienst oder der Vesper zu den Tratschen gesellt hatte. Nicht dass sie übertrieben gottesfürchtig gewesen wäre – dazu war Hadewige bei aller Sanftmut zu tatkräftig gewesen.

Die Weiber fuhren auseinander, ihre verkniffenen Mienen richteten sich auf ihn, dünne Lippen verzogen sich zu falschem Lächeln. Brummig erwiderte Richolf die Grüße. Sie zogen über Grete her, wie sie es immer taten, über die Tischlermeistertochter, die ja so gar nicht zu einer Händlerfamilie passte, weil sogar ein jedes Lumpenkrämerweib sich etwas Besseres zu sein dünkte.

Pilgrim war nirgends zu sehen, als Richolf seinen Laden betrat, nur der Lehrjunge kauerte zwischen großen Körben, sortierte Lappen nach Stoffart, Größe und Farbe und deutete nach scheuem Gruß auf die angelehnte Tür zum Lagerraum. Richolf räusperte sich laut, woraufhin sein Sohn in den Laden zurückkehrte, doch sein einladendes Lächeln verflog beim Anblick des Vaters.

»Der Lagerbestand muss überprüft werden«, sagte Pilgrim knapp, ehe er wieder im Nebenraum verschwand, und Richolf gab ein zustimmendes Brummen von sich. Diese Aufgabe hätte der Lehrjunge zusammen mit einem der Handlanger erledigen können, aber Pilgrim machte es selbst und überließ dafür dem Lehrjungen die Aufsicht über den Laden. Befremdet erinnerte Richolf sich daran, dass er sich über Hermanns Nachlässigkeit in diesen Dingen stets geärgert, sich aber damit abgefunden hatte, während er an Pilgrim sogar die kleinste Unachtsamkeit tadelte.

Richolf ertappte sich dabei, dass er an der Unterlippe nagte, während er stumm und reglos Hadewiges Sohn betrachtete, der eine Wachstafel in der Linken hielt, in der Rechten einen Griffel und damit eine Liste durchging. Pilgrim hatte die feinen Züge seiner Mutter, die Nase, die langen Wimpern und sogar die feinen, widerspenstigen Strähnchen, die sich nicht unter der Leinenhaube bändigen ließen, sondern ihm in die Stirn hingen. Richolf spürte die Erinnerung wie einen Stich in die Brust und musste Atem schöpfen, als Pilgrim ihn unversehens anblickte.

»Geht es dir gut, Vater?«

Allmächtiger Herr! Warum nur konnte er den Jungen nicht so liebevoll ansehen wie die Frau, der er aus dem Gesicht geschnitten war? Warum konnte er ihn nicht als ein Geschenk wertschätzen? Ein Geschenk, das ihm geblieben war, obwohl er Hadewige verloren hatte, und das, so Gott wollte, auch ihn überdauern würde. Sie hatten das Fest der Geburt des Herrn in Frieden miteinander verbracht – gebe Gott, dass es so bliebe! Richolf verzog den Mund zu einem Lächeln, spürte, dass es ihm misslang.

»Ich wollte sehen, ob du zurechtkommst.«

Pilgrims Brauen wölbten sich höher. »Wenn du die Listen prüfen willst …«

»Nein, nein. Heute überlasse ich den Laden dir.« Richolf drehte sich um und wollte in die Gasse hinaustreten, blieb dann aber im Türrahmen stehen. »Wir sehen uns beim Abendessen. Grete macht Sauerfleisch mit Klößen und Kraut.«

Auf dem Neumarkt tummelten sich die Leute. Vor wenigen Tagen hatten Ausrufer die Nachricht verkündet, dass der König von Sizilien, Friedrich, der trotz Absetzung und Kirchenbann noch immer die Kaiserwürde beanspruchte, gestorben sei. Nun summte die ganze Stadt vor Gerüchten, dass auch sein Sohn Konrad, einer der beiden streitenden Könige, bald untergehen werde, wenn schon der Vater aus der Gnade Gottes gefallen sei.

Die Luft war getränkt mit den Gerüchen von Schweiß, staubiger Wolle, Zwiebeln, Zimt und Räucherwerk. Richolf schob sich durch die Menge, erwiderte die Grüße der Händler, die ihn erkannten. Es waren nicht viele, Richolf wusste, dass er nicht sonderlich beliebt war, weil er sich nicht gerne mit Geschwätz aufhielt. Sogar die Nachbarn nannten ihn einen Eigenbrötler und lagen ihm schon lange in den Ohren, er solle sich ein frisches junges Ding nehmen, denn das sei alles erst nach dem Tod seiner Frau so gekommen. Inzwischen war ein frisches junges Ding im Haus, aber nichts hatte sich geändert. Er konnte sich auch gar nicht erinnern, jemals ein anderer gewesen zu sein. Sein Ältester, Hermann, war ein anderer gewesen, einer, der keinem Schwatz aus dem Weg ging, in allen Kneipen bekannt war und gerne auf Reisen ging. Ganz wie sein Großvater, der von einer seiner Reisen nicht wieder zurückgekehrt war, als Richolf noch Milchzähne gehabt hatte. Kaum mehr als fünfzehn Jahre war er alt gewesen, als er das Geschäft übernahm, weil die Mutter dem Druck der anderen Händler nicht mehr standhielt. Dietrich von der Mühlgassen, damals ein junger Schöffenbruder und Ratsherr, hatte ihr geraten, alles ihrem einzigen Sohn zu übergeben, über den er seine schützende Hand halten werde, und sie hatte sich widerwillig gefügt, das störrische Weib, das seinem verschollenen Eheherrn unverbrüchlich die Treue hielt. Sie hatte Richolf noch eine Braut gesucht und ihren Enkel Hermann zur Kirche getragen, ehe die Auszehrung sie dahinraffte wie welkendes Laub. Und sie war es auch gewesen, die in dem strammen Säugling ihren Mann wiederzuerkennen behauptete. Als hätte sie damals einen Fluch über das Kind geworfen.

Richolf schüttelte sich. Seine Mutter war eine herzensgute Frau gewesen, tapfer und treu bis in den Tod. Niemals hätte sie dem Kind schaden wollen. Hermann war eben vom Schlage seines Großvaters gewesen, ein munterer Bursche, nicht dazu geschaffen, Streitereien aus dem Weg zu gehen, und das war ihm zum Verhängnis geworden.

Bei einem Gewürzhändler blieb Richolf stehen, angezogen vom Duft betrachtete er die Auslagen: gelbe und rote Pulver in Töpfen, unterschiedliche Samen – runde, spitzige und sternförmige – in aufgekrempelten Säckchen, Sträuße getrockneter Kräuter, die von den Stützen hingen. Er stand zwischen schwatzenden und krakeelenden Weibern, die nach den Töpfen und Säckchen griffen, die Pulver zwischen ihren Fingern zerrieben und daran rochen, sie mit Speichel benetzten und schmeckten. Angewidert wandte er sich ab. Gretes Speisen dufteten nach Kräutern und Gewürzen; es waren sicher keine teuren Gewürze, aber sie verstand es, Speisen schmackhaft zu machen. Er machte sich auf den Weg nach Hause.

Jemand packte ihn am Arm, zerrte ihn durch die Menge, die Gasse zwischen den Ständen und Buden entlang in Richtung der Hohen Straße. Ein zweiter Mann nahm ihn bei den Schultern, und so schoben und zogen sie ihn vorwärts, ohne ein Wort zu sagen. Schweiß rann ihm über die Schläfen, sickerte in den Halssaum seines Kittels, und er wagte nicht zu fragen, wo man ihn hinbringe, was man mit ihm vorhabe. Mit jedem Schritt kamen sie Herrn Dietrichs von der Mühlgassen Anwesen näher, das er in den vergangenen Wochen gemieden hatte. Das Herz schlug ihm bis zum Hals hinauf. Die Männer, die ihn wie selbstverständlich verschleppten, waren keine Büttel. Eigentlich brauchte er nichts anderes zu tun, als Herrn Dietrichs Schutz anzurufen. Richolf stemmte sich gegen die beiden, schüttelte den Griff dessen, der ihn schob, ab, straffte sich, doch der andere stieß ihm die Faust gegen die Brust, dass er nach Luft schnappend zurückstolperte in die Arme des ersten.

»Du glaubst wohl, wir sind hergelaufene Schurken«, zischte der Mann, der ihn gestoßen hatte.

Wenn er aus Herrn Dietrichs Gunst fiele, könnte er alles Ansehen als Kaufmann verlieren. Niemand überließe ihm noch Waren im Vertrauen darauf, dass er den ausgehandelten Preis zur rechten Zeit bezahlen würde, wenn die von der Mühlgassen ihm ihren Schutz entzögen.

Sie führten ihn in die Kapelle über der Marspforte, die die Herren der Richerzeche beanspruchten. Ein junger Priester erwartete ihn dort, der seinen scheuen Gruß erwiderte, als die beiden Männer sich entfernten.

»Willst du die Beichte ablegen, Richolf Niger?« Der Geistliche deutete auf die fein bestickte Stola, deren Enden über seine Brust fielen.

Richolf spürte, dass er erbleichte, er fröstelte im klammen Luftzug dieses Raums, an dessen gekalkten Wänden trotz der Enge mehrere Altäre mit Kerzen und kleinen Schreinen standen. Ein schlichtes Kreuz, das an einem Deckenbalken aufgehängt war, beherrschte die Mitte der Kapelle. Hastig schüttelte er den Kopf, bekreuzigte sich, sank auf die Knie und murmelte über den zusammengelegten Händen ein *Pater noster*, dann einen Mariengruß, den er nicht zu Ende sprach; das *Ora pro nobis* wollte ihm nicht über die Lippen gehen.

Als die Zapfen der Tür in den Löchern knirschten und ein Lichtstrahl hereinfiel, drehte Richolf zögernd den Kopf. Herrn Dietrich erkennend, erhob er sich, verneigte sich rasch. Der Priester ging hinaus und schloss die Tür.

»Richolf Niger, du hast mich in große Schwierigkeiten gebracht«, sagte Herr Dietrich und weckte von neuem die Angst in Richolfs Brust, dass er nicht nachzufragen wagte. Herr Dietrich ließ sich neben der Tür auf der steinernen Bank nieder, die an der rückwärtigen Wand entlanglief.

»Vor einigen Wochen wurde dem Burggrafen ein Mordversuch angezeigt. Seither sucht man nach dem Täter. Das Opfer konnte keine Angaben machen, er hatte den Mann nicht zu Gesicht bekommen, aber ein Zeuge behauptete, den Verdächtigen beschreiben zu können. Und dieser Zeuge behauptete auch, du, Richolf Niger, habest den Mann wohl erkannt. Sag mir, was damals geschah.«

Richolf zögerte, befeuchtete sich die spröden Lippen. »Ich war auf dem Heimweg«, begann er vorsichtig, »da kam Geschrei auf, und ein Mann rannte an mir vorbei. Für einen Augenblick sah ich sein Gesicht und dachte, ihn schon einmal gesehen zu haben.«

»Denkst du das immer noch?«

»Es ist lange her, Herr.«

Mühsam hielt er Herrn Dietrichs eindringlichem Blick stand, nagte an einem winzigen Fetzen seiner Unterlippe, den er zwischen die Zähne gezogen hatte. Er spürte die Gefahr, wusste aber nicht, wie er ihr begegnen sollte.

»Kannst du den Mann beschreiben?«

»Nun … nicht genau. Alles ging sehr schnell.«

»Versuche es!«

Richolf verschränkte die Hände, knetete die Finger, die ihm kalt erschienen. »Er war dunkel gekleidet. Mit Radmantel und Gugel, glaube ich.«

Schweigen war die Antwort, ein Schweigen, das sich schwer auf seine Schultern legte, als wollte es ihn zu Boden drücken. Er schlug die Augen nieder, rang die Hände.

»Du weißt, dass ich das nicht wissen will«, setzte Herr Dietrich nach. »Radmantel und Gugel sind Allerweltsgewand. Das könnte jeder sein, der mehr als einen Pfennig sein Eigen nennt.«

Der schmucklose Bretterboden der Kapelle hielt Richolfs irrenden Blick nicht fest, und das Gewicht auf seinen Schultern schien zuzunehmen, ein dumpfer Schmerz strahlte von seinem Rücken aus. Er war kein junger Mann mehr, er war nur so stark wie der Schutz, den Herr Dietrich ihm bislang geboten hatte. Fiele dieser Schutz, dann war er verloren. Und mit ihm der Laden, das Haus. Und Pilgrim samt seiner Familie.

Er warf den Kopf zurück. »Ich kam vom Marktkrug, als mir plötzlich in der Nähe meines Hauses einige Männer entgegenrannten. Zwei vorneweg, in schwarzen Mänteln. Es gab Geschrei. Ich begriff, dass die beiden verfolgt wurden. Ich stellte mich ihnen in den Weg – ich weiß nicht warum. Der eine stolperte über mich, der andere stieß mich gegen eine Hauswand. Er bedrohte mich mit einem Dolch. Einen Augenblick lang sah ich sein Gesicht. Nur einen Augenblick lang. Dann rannte er weiter – ich weiß nicht wohin.«

»Woher kanntest du ihn?«

»Was meint Ihr damit, Herr?«

»Du sagtest, du habest ihn wiedererkannt – also warst du ihm irgendwann irgendwo schon einmal begegnet, nicht wahr?«

»Das glaubte ich, ja. Aber wie kann ich mir sicher sein, wenn ich ihn nur einen Augenblick lang ansehen konnte?«

Langsam stand Herr Dietrich auf, ging schweigend hin und her, die Hände hinter dem Rücken verschränkt, wie in Gedanken versunken. Richolf hielt die Stille nun besser aus, ihm war leichter. Er schloss die Augen, und seine Lippen formten lautlos Dankgebete.

»Richolf, sprich die Wahrheit und verschweige mir nichts!«, platzte Herr Dietrich in diese Stille hinein. »Wo glaubtest du diesen Mann schon mal gesehen zu haben?«

Es war nicht zu Ende. Mit einem tiefen Atemzug versuchte Richolf die Angst zu vertreiben, doch es gelang ihm nicht. Wie ein Dämon hockte sie in seiner Brust, fraß an seinem Herzen. Herr Dietrich stand vor ihm und starrte ihn an.

»Auf dem Meierhof«, brachte Richolf schließlich hervor, und seine Stimme klang ihm heiser. »Damals, als Ihr mich mit dem Geld dort hinschicktet.«

Er sah Herrn Dietrich aufatmen und wunderte sich.

»Gut. Ich danke dir, dass du nicht gelogen hast.« Ohne den Blick von Richolf abzuwenden, setzte Herr Dietrich sich wieder auf die Bank. »Und weil du im Angesicht des Herrn« – er deutete auf das Kruzifix – »wahrhaftig bist zu mir, will ich auch wahrhaftig sein und dir eröffnen, was mich so sehr bedrückt, dass ich gezwungen bin, dich um einen schweren Dienst zu bitten.«

»Herr, Ihr wisst, dass ich bereit bin, alles zu tun.«

Herr Dietrich schüttelte den Kopf. »Diesmal ist es etwas anderes. Ich bin in tiefer Bedrängnis, Richolf. Eine alte Schuld …«

Wieder wurde es still, so still, dass das Rattern eines Karrens, der soeben durch die Pforte rollte, wie Getöse in der Kapelle widerhallte. Deutlich vernahm Richolf das Geschnatter von Weibern, eine brüllende Männerstimme, ohne zu verstehen, was der Mann rief. Eine helle Glocke rief Klosterleute zur Sext. Herr Dietrich saß zusammengesunken auf der Bank, das Gesicht in den Händen geborgen, als ginge ihn all das nichts an. Richolf wartete.

Schließlich hob Herr Dietrich den Kopf und schaute Richolf an, seine Miene von Kummer verschattet. »Als Knaben gingen mein Bruder und ich zur Domschule, wie unser Vater für uns bestimmt hatte. Wir lernten das Trivium und das Quadrivium vom Scholasticus des Domkapitels gemeinsam mit anderen Edelknaben. Aber während die anderen eines Tages Domherren werden sollten, war für uns ein Lebensweg als Herren der Stadt beschlossen. Deshalb beschränkte sich unsere Ausbildung, als wir älter wurden, auf Recht und Gesetz.« Er nickte bedächtig. »Wir gingen jeden Tag die Hohe Straße entlang, wo ein angesehener Bürger lebte, der eine schöne, mannbare Tochter hatte.«

Richolf zog pfeifend Luft in den Hals. Er ahnte, worauf die Geschichte hinauslief.

»Ja, Richolf, wir waren beide verliebt in sie. Alle jungen Kerle waren in sie verliebt, auch diejenigen, die dem Kapitel angehören sollten, und deshalb hütete der Vater sie wie den Stern seines Auges – zärtlich, aber streng. Wir jungen Kerle wetteten untereinander, dass derjenige, der es fertigbringe, ihr einen Kuss zu stehlen, auf alle Zeit unser aller Meister sein sollte. Wie in einer alten Sage. Aber es kam anders. Ich erwarb mir das Vertrauen ihres Vaters, der wie mein Vater Schöffenbruder war, und schon durfte ich die Jungfer öfter sehen, als sonst schicklich gewesen wäre. Meine einzige Sorge war damals, wie ich einen Beweis für die gestohlenen Küsse beschaffen könnte, und darüber vergaß ich alle Scham. Wir wurden entlarvt, weil ich mit meiner Eroberung prahlte.«

Wieder senkte er den Kopf und barg das Gesicht in den Händen und überließ Richolf der Ratlosigkeit, warum er ihn zum Mitwisser seiner Schande mache. Denn dass Herr Dietrich die Tochter eines angesehenen Bürgers entehrt hatte und zu diesem Zweck deren Vater getäuscht hatte, das wäre Grund genug für eine Familienfehde gewesen. Doch Richolf wagte nicht nachzuforschen.

»Man schickte uns beide fort, und ich brauchte viel Zeit und Demut, um die Gunst meines Vaters zurückzugewinnen, nachdem er den Vater der Jungfer besänftigt hatte, indem er ihr einen angemessenen Ehemann weit fort von Köln verschaffte. Von dem Kind durfte niemand wissen, und bis zum heutigen Tag weiß niemand von ihm.«

»Von dem Kind?«

Herr Dietrich nickte. »Der Mann, den du auf dem Meierhof sahst, ist die Frucht meiner Eroberung. Er ist ein Herumtreiber und ein Taugenichts – aber ein Mörder ist er nicht!«

»Steht er etwa unter Anklage?«

»Vor drei Tagen wurde er in der Stadt aufgegriffen, und es gibt einen Kerl, der Stein und Bein schwört, er habe ihn zusammen mit einem anderen Mann an jenem Abend in der Nähe der Mordtat gesehen und die beiden seien verfolgt worden.«

»Es ist noch ein weiterer Anschlag verübt worden.«

»Ja, ein paar Handwerksburschen starben bei einer Messerstecherei, Raufbolde, die den Neffen des Dombaumeisters aus der Fabrica verschleppt hatten. Das ist eine andere Sache. Damit hat mein Sohn nichts zu schaffen.«

Richolf verkniff sich die Frage, wie Herr Dietrich sich da so sicher sein könne; er hatte dessen Bastardsohn als überheblichen, unangenehmen Menschen kennengelernt, aber ob er ihm einen Mord oder gar mehrere zutraute, das hätte er nicht zu beurteilen vermocht.

»Was erwartet Ihr von mir, Herr?«, fragte er.

»Mein Sohn war an jenem Abend in der Stadt«, erwiderte Herr Dietrich, »und er war in Händel verstrickt – eine Weibergeschichte. Jemand hatte ihm eine Hure angedient, und er hatte nicht bezahlt, weil sie schmutzig war. Vielleicht war es eine Falle, denn er wirft manchmal leichtfertig mit Geld um sich, und das lockt Spitzbuben an. – Richolf Niger, ich bitte dich!« Flehend streckte er Richolf beide Hände entgegen. »Du hast selbst einen Sohn verloren, und mag dieser Junge auch ein Taugenichts sein, so ist der dennoch von meinem Fleisch und Blut!«

Richolf klebte die Zunge am trockenen Gaumen, er räusperte sich. »Was erwartet Ihr von mir, Herr?«

»Dass du mein Kind rettest, Richolf Niger. Ich weiß, dass es ein schwerer Dienst ist, den ich von dir verlange, aber ... denk an Hermann!«

Er sollte für seinen Herrn lügen. Ergeben senkte er den Kopf und ließ die Arme sacht pendeln. Noch nie hatte Herr Dietrich etwas Unrechtes von ihm verlangt oder ihm Grund zum Argwohn gegeben. Ihm war, als begriffe er nicht recht, was hier geschah, als fehlte nur ein winziges Stück in diesem Glasfenster, um das Bild erkennen zu können.

»Und wie kommt es, dass Ihr hier seid, Herr Dietrich? Müsste nicht jedermann Verdacht schöpfen, wenn Ihr zu dem Zeugen geht und mit ihm redet?«

Lächelnd schüttelte Herr Dietrich den Kopf. »Du stehst unter dem Schutz meines Hauses, seitdem du das Geschäft deines Vaters übernommen hast. Wen sollte es also wundern, dass ich dich aufsuche, wenn du in Gewahrsam genommen wurdest? Im Gegenteil: Ich wurde gebeten, dir die Bedeutung dieser Sache darzulegen, damit du vor dem Burggrafen von Köln nicht leichtfertig einen Bürger der Stadt in Schande bringst.« Er lachte leise. »Das, denke ich, hätte ich dir nicht erklären müssen – doch die Bitte der Schöffen rettet mein unseliges Kind.«

Richolf blieb an diesem Tag des weiteren unbehelligt; nachdem Herr Dietrich gegangen war, hatte der junge Priester ihm noch mal seine Dienste angetragen, doch Richolf bat nur darum, der Priester möge mit ihm beten. Dann knieten sie drei *Pater noster* lang vor dem Heiland, ehe Richolf auf unsicheren Beinen heimwärts stakste.

Über das Vorgefallene bewahrte er Schweigen, doch da er ohnehin schweigsam war, schien das niemandem aufzufallen. Pilgrim tat seine Arbeit, ging ihm zur Hand, und Grete kümmerte sich ums Haus, während Richolf, dem ein Gerichtsbote schon am folgenden Tag befohlen hatte, sich bereitzuhalten und die Stadt keinesfalls zu verlassen, viele Stunden in der Stube und in der nahen Kirche verbrachte.

Seit Sankt Stephanus rieselte unaufhörlich Winterregen auf die Stadt. In den Gärten glänzten die Stämme und Äste der entlaubten Obstbäume, und altes Gras bedeckte als brauner Filz die schlammige Erde. Am Festtag der Heiligen Drei Könige besuchten sie die Messe im alten Dom, dessen teilweise noch immer klaffendes Dach nur notdürftig mit Streben und Balken verschalt worden war, und als der Erzbischof inmitten der Domherren das heiligste Heiltum der Stadt vor den Altar tragen ließ und dem Volk den Segen spendete, hob Grete die kleine Adela hoch über ihren Kopf, damit das Kind schauen konnte.

Richolf hoffte auf ein Wunder.

Wenige Tage darauf – der Regen war versiegt, Raureif bildete glitzernde Zähnchen auf den spröden Halmen und dem Holz der Zäune – wurde Richolf von einem anderen Boten, gekleidet in den Farben des Erzbischofs und begleitet von zwei Bewaffneten, einbestellt. Sie brachten ihn zur Hacht, wo sich auf dem Platz vor dem Palas das Volk drängte, die Bürger in ihren bunten Mänteln getrennt von den einfachen Leuten, die unruhig wogten und lärmten. Auf der obersten Stufe des Palastes saß Burggraf Heinrich in einem hohen gepolsterten Stuhl, um sich einige Edle und Ritter.

Heinrich von Arenberg stattete der Stadt Köln nicht oft Besuche ab, sondern überließ die Gerichtsbarkeit meist seinem Stellvertreter, dem Untergrafen Johann Birklin; doch dieser hatte wegen seines schweren Leidens eine Wallfahrt nach Marburg, zum Grab der heiligen Elisabeth, unternommen. Während der Untergraf als besonnener Mann hoch geachtet war, verbreitete Graf Heinrichs Gegenwart Unbehagen, weil er als launisch galt.

Der Bote und seine Begleiter hatten Richolf zum Rand des durch Seile abgetrennten Gerichtsplatzes gebracht, wo man ihn warten hieß, bis er gerufen werde. Von dort verstand er nichts von dem, was man vor dem Burggrafen verhandelte. Das Stadtvolk schrie durcheinander, und die meisten schienen nichts anderes zu wollen, als dass der Beklagte verurteilt und gerichtet werde, denn lauthals verlangten sie nach den Schergen und dem Henker, als wäre das alles nur eine Marktposse, vorgetragen von fahrendem Volk.

Hinter den Leuten hoben sich die ersten grauen Mauern des neuen Doms aus dem Boden, reichten zwei oder drei Steinreihen über die Simse der zukünftigen Fenster. Doch diese Mauern schienen nicht von Menschenhand gesetzt, Richolf war, als errichte man eine Kirche für turmhohe Riesen, die die Stadtmauern mühelos mit einem Schritt überwinden könnten. So nahe wie jetzt, da der Bau ruhte, war er ihm noch nie gewesen. Doch er verspürte keine Angst, stattdessen weitete sich seine Brust bei dem Gedanken, in der Stadt zu leben, deren Mauern ein solch gewaltiges Bauwerk umfassen würden. Einen Atemzug lang schwand die Beklemmung, um sich dann doppelt schwer auf seine Schultern zu legen.

Endlich näherte sich jemand der Absperrung und winkte

Richolf hinaus. Sie gingen zu einer anderen Absperrung am Fuß der Stufen, wo der Beklagte mit vor der Brust verschränkten Armen stand. Richolf blieb stehen und sah den Mann an, der seinen Blick gelangweilt erwiderte, und erkannte in ihm den, der ihn gegen die Hauswand gestoßen und ihm einen Dolch an die Brust gesetzt hatte. An der Kleidung aus dicker, glatter Wolle waren Schmutzränder zu sehen, ansonsten erschien er sauber. Nichts an ihm erinnerte an Herrn Dietrich, und dennoch hallten in Richolf dessen Bitten wider, selbst als er sich abwandte und der Gerichtsdiener ihn die breiten Stufen hinauf begleitete bis zum Portal, wo der Burggraf thronte, der Herr, der das Recht hatte, über Leben und Tod eines Beklagten zu urteilen.

Burggraf Heinrich von Arenberg war ein feister Mensch mit hängenden Backen und einem Kinn, das in einer Wamme zu verschwinden schien. Sein Bauch, über dem er die Arme verschränkt hatte, drohte den zweifarbigen Surcot aus Scharlachwolle zu sprengen. Richolf, der oft genug als Hungerhaken verspottet wurde, beugte das Knie vor dem hochedlen Herrn und heftete den Blick vor sich auf den Boden.

»Wie heißt der Kerl?«, fragte der Graf den Gerichtsschreiber, der eine Stufe unter ihm auf einem Schemel kauerte; er versuchte, mit heller, klarer Stimme zu sprechen, doch stattdessen quietschte er fast.

»Richolf Niger.« Der Schreiber las das wohl von der Tafel ab. »Ein Gefolgsmann derer von der Mühlgassen.«

Graf Heinrich stöhnte vernehmlich. »Die Mühlgässler! Na, wenigstens mal eine Sippe, die auf unserer Seite steht. Was hat er uns zu sagen?«

»Es heißt, er sei in jener Nacht von dem Beklagten, Volker von Winter geheißen, angegriffen und mit dem Dolch bedroht worden«, erwiderte der Schreiber.

Volker also. Vage erinnerte Richolf sich, dass der Name damals auf dem Meierhof vor der Stadt gefallen war. Ein Bastard, der nur den Namen des Ortes seiner Herkunft trug. Richolf verspürte einen leichten Stoß, der Gerichtshelfer neben ihm schob die Finger unter seine Achsel. Gehorsam richtete Richolf sich auf, ohne jedoch aufzusehen.

»Kannst du das bestätigen, Richolf Niger?«

Als Richolf einen schnellen Blick wagte, sah er die kleinen, in Fettwülste gebetteten Augen des Grafen blinzeln. »Hast du den Mann, der dir soeben gezeigt wurde, an jenem Abend gesehen? Oder war es ein anderer?«

Richolf zögerte, allzu deutlich erschien vor seinen Augen das verzerrte Gesicht, die Augen zu Schlitzen verengt – wie konnte er da sicher sein, dass es helle Augen waren? Wenn er den Mann vor dem Burggrafen als den ausgab, der ihn in jener Nacht mit einem Dolch bedroht hatte, dann würde man ihn verurteilen und bei nächster Gelegenheit dem Tode zuführen, und da er ein Fremdling war, würde man ihn rädern und nicht wie einen der Edlen köpfen. Da hälfe ihm auch seine gute Kleidung nicht, die in der Haft sichtlich Schaden genommen hatte. Das Lumpenvolk gierte nach einem schnellen Urteil: Sie wollten sehen, wie ein Fremdling, der als Verbrecher entlarvt war, zu Tode gequält wurde.

Ekel schüttelte Richolf, er schluckte.

»Nun? War es dieser? Oder ein anderer?«

»Seither sind etliche Tage vergangen«, erwiderte Richolf. Er wusste, dass Herr Dietrich unter den besseren Bürgern stand und ihn beobachtete, auch wenn er nicht hören konnte, was er sagte, und er glaubte, dessen Sorge spüren zu können. Das eigene Kind. Herr Dietrich hatte zwei Söhne, deren älterer in Paris studierte, während der andere unter den Rittern des Grafen von Jülich diente, er brauchte den Bastard nicht. Aber es erging ihm wie allen Vätern: Ausgerechnet den Taugenichts liebte man mehr als die Tüchtigen. Wie ein getadelter Knabe nagte Richolf an der Unterlippe.

»Rede, Kerl!«, blaffte der Gerichtsdiener.

Richolf bewegte den Kopf langsam von einer Seite zur anderen. Nichts geschah. Kein Stich im Herzen, kein Donner vom Himmel.

»Was heißt das?«, hakte der Graf nach.

Nochmals verneinte Richolf stumm. *Allmächtiger ewiger Gott, vergib mir!* Wem konnte er das beichten?

»Dieser Mann ist nicht derjenige, der mich in jener Nacht angriff und bedrohte«, stieß er hervor.

Ein Knurren war die Antwort.

»Also bestreitet auch dieser Zeuge, dass der Beklagte derjenige sei, der den Mord verübt hat«, sagte der Graf zu dem Schreiber. »Was denken sich die Bürger dieser Stadt eigentlich dabei, mir einen Kerl unterzuschieben, den sie bloß loswerden wollen?« Er gab einen verächtlichen Laut von sich und schlug sich mit beiden Händen auf die prallen Oberschenkel. »Kann ich den hochedlen Herren Schöffen noch etwas Schlimmeres antun, als den Kerl laufenzulassen, nachdem sie mir mit dieser Sache meine Zeit gestohlen haben? Wohl kaum – also lassen wir ihn laufen. Und zwar ohne die üblichen Rutenstreiche!«

Sie waren auf dem Heimweg. Pilgrim ging an Richolfs Seite, schweigend und doch gegenwärtig wie eine unsichtbare Stütze; ein schützender Engel hätte ihm nicht näher sein können. Einige Nachbarn begleiteten sie, unter ihnen Humbert, dessen Schnaufen Richolf hinter sich hörte. Richolf ging gesenkten Hauptes, so schämte er sich. Schämte sich der gehorsamen Lüge. Grübelte, wie er mit Scham und Reue umgehen sollte. Ballte die Fäuste und grub die Fingernägel schmerzhaft in die Handinnenflächen. Zu Hause kniete Grete vor Hadewiges alter Muttergottesfigur und betete für ihn. Betete, dass ihm nichts zustoßen möge, dabei müsste sie um sein Seelenheil beten.

Am Färbergraben bogen sie in eine Gasse ein, um den kürzesten Weg nach Hause zu nehmen, eine menschenleere Gasse, dunkel von den weit vorragenden Giebeln. Fröstelnd zog Richolf den Mantel enger um die Schultern, als Pilgrim ihn am Arm fasste und stehen blieb. Vor ihnen standen Männer in schäbigen braunen Handwerkerkitteln, mehr als zehn an der Zahl. Klöpfel, Zangen und handliche Hämmer baumelten an ihren Gürteln. Vor der ersten Reihe hatten sich zwei Kerle in blassblauen Hemden aufgebaut, von denen Richolf zumindest einen zu erkennen glaubte, den Altgesellen von Steinmetzmeister Johann von der Sandkaule. Eben der streckte seinen Arm aus und deutete mit dem Finger auf Richolf.

»Du hast gelogen, Richolf Niger«, rief er feierlich, und seine Begleiter murrten zustimmend.

Richolf spürte, wie Pilgrims Körper sich neben ihm straffte, wie sehr er sich beherrschte, um nicht lauthals zu widersprechen.

»Sie haben uns umzingelt«, flüsterte Humbert ihnen von hinten zu. »Es sind mindestens fünfundzwanzig Mann.«

»Das Pack hat nichts zu tun, jetzt, da der Dombau ruht«, murmelte ein anderer.

Die Menge rückte enger zusammen, während Pilgrim sich schützend vor Richolf stellte.

»Wer meinen Vater der Lüge zeiht, der muss mir das beweisen«, brüllte er. »Denn sonst werde ich ihn eigenhändig im Rhein ersäufen!«

»Das kannst du haben, Jungchen!«, versetzte der Mann im blauen Hemd, und mit ein paar schnellen Schritten hatte er Pilgrim erreicht, packte ihn, den wesentlich schmächtigeren, am Halssaum seines Mantels und schüttelte ihn. Setzte ihn wieder ab wie eine Gliederpuppe. Richolf fing seinen taumelnden Sohn auf, und das Herz pochte ihm vor Angst im Hals, was der Kraftprotz noch alles mit ihm anstellen könnte.

Der Steinmetzgeselle reckte die Faust gen Himmel. »Wer geht mit mir zu den Stiftsbrüdern von Sankt Gereon, um die Wahrprobe zu verlangen?«

Die Angst stieß eine kalte Hand in Richolfs Brust und griff nach seinem Herzen. Die Wahrprobe würde ihn entlarven: Richolf Niger, der Lügner, durch den ein gemeingefährlicher Mörder der gerechten Strafe entschlüpft war. Pilgrim schüttelte seine Hände ab – ahnte er es? Sollte das Gericht schon so bald über ihn kommen? Er sah seinen Sohn vortreten.

»Nicht ohne einen Beschluss der Schöffen!«, widersprach Pilgrim dem Anführer der Handwerker, der sich sogleich umdrehte und die Fäuste in die Seiten stemmte.

»Weißt du eigentlich, dass der Hurensohn, der durch deines Vaters Lüge entwischt ist, zwei meiner Freunde gemeuchelt hat? Und da soll ich still bleiben?«

»Wer bist du überhaupt, dass du dich erdreistest, dich über jedes Recht hinwegzusetzen?«

»Martin, Altgeselle bei Steinmetzmeister Johann von der Sandkaule. Erst Ende des Jahres wurden drei unserer Leute wie Vieh abgestochen.«

»Und was soll mein Vater damit zu tun haben? Warum sollte er für einen Fremdling lügen?«

»Das genau gilt es herauszufinden«, sagte Altgeselle Martin.

Hunde belferten und knurrten, eine bedrohlich lärmende Menge hatte sich ringsum angesammelt und drängte näher, in den Fenstern hingen Trauben von Weibern, und alle schrien sie nach der Blutsäule. Pilgrim aber wich keinen Fingerbreit beiseite, breitete stattdessen die Arme aus, wobei er den Gegnern, die er vor sich hatte, beschwichtigend die Handflächen zukehrte. Richolf starrte ihm in den Nacken, in das braune Haar Hadewiges, der guten. *Junge, geh heim! Sorge für Weib und Kind und vergiss, dass du einen Vater hattest! Denn er hat getan, was sie ihm vorwerfen!*

Pilgrim hätte jedes Wort hören müssen, jeder hier musste es gehört haben, denn sie rückten näher, ernste und grinsende Mienen. Von oben keiften Weiber herab.

»Holt eine Wache!« Pilgrims Stimme drohte zu kippen. »Holt die Büttel, dann sehen wir weiter!«

»Die brauchen wir nicht!«, bellte einer der Männer.

Die Menge geriet in Bewegung, Hände umklammerten Pilgrims Arme, zerrten ihn weg. Richolf fand sich gepackt. Sein Sohn warf sich herum, stieß die Angreifer beiseite. Als hielte sogar die Welt den Atem an, sah Richolf einen ungeschlachten Mann nach seinem Gürtel greifen, den Klöpfel packen, schwingen, während Pilgrim keinen Blick auf ihn verschwendete, sich von den Gegnern befreite und auf seinen Vater zurannte, der den Mund öffnete, warnen wollte.

Die Wucht, mit der der Klöpfel Pilgrim traf, warf ihn von den Füßen. Schleuderte ihn gegen einige der Männer. Sein Körper knickte zusammen wie ein gebrochener Ast und fiel zu Boden. Unfähig, sich zu regen, stand Richolf zwischen den Männern, die ihn sinnlos festhielten, sein Mund noch immer offen, kein Laut war ihm über die Lippen gekommen. Pilgrim lag halb auf dem Bauch, ein Arm bedeckte sein Gesicht, und Blut sickerte darunter hervor.

Allmächtiger, gütiger Gott! Nicht auch noch ihn! Doch er konnte nicht schreien, nicht sprechen, nur schauen. Hadewiges Sohn. Auf dem Totenbett hatte sie ihn gebeten, auf den Jungen achtzugeben.

Einige Männer umringten den hingestreckten Körper kauernd, verdeckten ihn. Endlich war Richolf frei, kniete neben seinem Kind auf dem Boden, hielt Pilgrims schlaffe Hand in seinen, berührte dessen Schläfe. Der Junge blinzelte matt. Er lebte. Richolf drückte seine Finger leicht zusammen, als könnte er ihn damit aufmuntern. Die Schatten der Männer, die ihn umringten, fielen über sie. Er wandte sich um, empfand kalte Entschlossenheit.

»Lasst meinen Jungen sicher nach Hause bringen, dann folge ich euch freiwillig und nehme die Wahrprobe auf mich.«

Pilgrims Augenlider flatterten, und seine Lippen zitterten; schwach erwiderte seine Hand den Druck der Finger seines Vaters. Zwei Männer drehten ihn vorsichtig auf die Seite. Eine Platzwunde glitzerte rot über seiner rechten Braue, und er keuchte angestrengt. Richolf nahm den wortlosen Einspruch zur Kenntnis.

Abendnebel lagen über den Wiesen und Gärten rings um das Stift von Sankt Gereon. Dunkel erinnerte Richolf sich daran, vor etlichen Wochen dumpf vor Trauer hier auf einer Bank gesessen zu haben. Nun wartete er vor der Pforte, wo Altgeselle Martin Einlass und Zugang zur Blutsäule begehrte.

Während die Menge johlend und lärmend durch die Stadt gezogen war, hatten sich ihnen immer mehr Leute angeschlossen, manche bewaffnet mit Spießen und Mistgabeln. Die Handwerksburschen trugen Werkzeuge am Gürtel, die ebenso gut als Waffen dienen konnten, wie Pilgrim bitter hatte erfahren müssen.

Der Junge hatte sich mit der Hilfe einiger Hände aufsetzen können, dann hatten sie ihn abgetastet, eine Schwellung an den Rippen gefunden, die ihn so schmerzte, dass er nur vorsichtig atmen konnte. Sie halfen ihm auf die Füße und schworen heiligste Eide bei ihrer Seligkeit, beim Leben ihrer Mutter, ihn unbeschadet zu Hause abzuliefern. Richolf hatte seinen Sohn nicht gehen lassen wollen, bis Altgeselle Martin erlaubt hatte, dass Humbert und zwei weitere Nachbarn sie begleiteten. Jetzt harrte er im Schatten der Stiftshäuser und der alten Eiche vor der Pforte von Sankt Gereon aus, inmitten eines Volkshaufens, der lästerliche Lieder grölte und ihn als meineidigen Lügner beschimpfte.

Rasselnd näherte sich ein Trupp Bewaffneter auf dem unbefestigten Feldweg, Reiter in Zweierreihen, flankiert von Fußvolk. Ihre Helme glänzten im letzten Sonnenlicht. Die besseren Bürger schickten ihre Söhne, und manch einer kam wohl auch selbst, um diese Unbotmäßigkeit zu ahnden. Die Luft roch nach Leder, Rost und Schweiß, als der Volkshaufen sich zusammenrottete. Jemand führte Richolf zur Pforte, wo er nichts mehr sehen konnte.

Das Rasseln erstarb, Befehle gellten über die winterlich

kahlen Wiesen. Die jungen Kerle, die Richolf bewachten, drehten Zweige in den Fingern oder spielten an ihren Werkzeugen herum, als könnten sie so ihre Unruhe verhehlen.

Allmählich erlosch das Abendlicht. Laternen und Fackeln wurden angesteckt. Plötzlich erhoben sich Stimmen, die Menge geriet in Bewegung. Männer teilten die Reihen, mehr als zehn an der Zahl. Zuerst vier Büttel in Kettenhemden und Kettenhauben, dann mehrere edle Herren in farbigen Mänteln. Richolf erkannte flammendes Rot neben Schwarz und atmete auf. Herr Dietrich war gekommen.

Die jungen Kerle erhoben Einspruch, als Herr Dietrich vortrat und Richolf wortlos zu sich winkte, doch Altgeselle Martin, der mitgekommen war, winkte ab. Als die Büttel anklopften, öffnete sich die Pforte des Stifts. Die Menge drängte brüllend und jauchzend zum Tor, als eine scharfe Stimme sie mit einem Mal zum Stehen brachte.

»Es gibt eine Vereinbarung!«, blaffte einer der Büttel. »Nur die Herren der Richerzeche, Schöffenbrüder und Räte und die beiden, die sich eure Anführer nennen, dürfen das Stift betreten – alle anderen warten hier!«

Die Leute murrten, Schreie und schrilles Keifen ertönten. Helles Klatschen verriet Ohrfeigen – einige versuchten wohl, die mitgelaufenen Weiber zum Schweigen zu bringen. Lächelnd ließ Herr Dietrich dem Altgesellen Martin den Vortritt, dann schob er Richolf hinein.

Am Kirchenportal erwartete sie der Prior des Stifts. Von drinnen hallte das Echo der Psalmengesänge der Vesper, die den Sonnenuntergang begleiteten. Wieder mussten sie warten, diesmal hieß es sogar, Stille zu wahren. Richolf knetete seine zitternden Hände vor dem Leib, während er das Portal anstarrte. Hinter diesen Flügeln aus Eichenholz und eisernen Beschlägen erwartete ihn der steinerne Pfahl, an dem Christus der Herr gegeißelt worden war, den die heilige Helena, die Mutter des ersten christlichen Kaisers Konstantin, in Jerusalem gefunden und später nach Köln gebracht hatte. Andere erzählten sich, die Blutzeugen der Thebäischen Legion seien an dieser Säule gegeißelt worden, aber das war die geringere Legende. Er würde Stein berühren, an den der Leib des Herrn gefesselt worden war. Den das Blut des Herrn besprengt hatte. Seine Hände, die Hände eines Lügners würden diesen unendlich geehrten Stein berühren. Schweißperlen sickerten in seinen Nacken, kalt rann es ihm über die Schläfen. Er presste die schmierigen Handflächen an seine Hose. Er wollte beten, doch die Worte versagten sich ihm, nichts half. Erst als er Eisen schmeckte, bemerkte er, dass er sich die Lippen blutig gebissen hatte.

Der linke Flügel des Portals schwang auf. Stirnrunzelnd winkte der Prior sie hinein, legte einen Finger auf die Lippen, als wüssten sie nicht, dass sie hier zu schweigen hatten. Kaum sah Richolf die graue Säule in einer Nische links hinter dem Eingang, lähmte ihn Kälte. Der Stein würde ihn strafen. Was immer Herr Dietrich sagte, war nichts gegen das Wissen, dass dieser Stein, besprengt von heiligstem Blut, Lüge von Wahrheit unterscheiden konnte. Wirre Gedanken flogen Richolf durch den Kopf, woran die Säule Lug und Trug erkannte. Die Säule selbst mochte nur Stein sein, doch war es nicht die Macht Gottes, die durch den Stein wirkte und ihn zweifellos entlarven würde? Er fühlte das Schluchzen, würgte es hinunter, stand vor dem übermannshohen hellgrauen Ding, als wäre er vollkommen allein. Sogar wenn er jetzt den Umstehenden seine Lüge eingestände, hälfe ihm das nichts. Der Prior sprach ein Gebet, in dessen Antwortvers alle einfielen – nur Richolf blieb stumm, verstand nichts, hörte nichts. Nichts als drei Worte, die neben ihm gewispert wurden.

»Fürchte dich nicht!«

Eine geisterhafte Stimme, die er zu kennen glaubte und dennoch nicht erkannte, wie ein Dämon, der ihn in Versuchung führte. Er ballte die Fäuste, schloss die Augen. Ein kühler Luftzug verriet eine Bewegung hinter ihm, doch er wagte nicht, sich umzudrehen. Wer sollte zu einem Lügner, der im Begriff war, einen Meineid zu begehen, solche Worte sprechen, wenn nicht ein Dämon, der ihn verhöhnte? Er musste darauf hoffen, dass es mit seiner Bestrafung getan wäre. Dass Pilgrim, der Sohn des Lügners, unbehelligt blieb. Dass er gesund würde und Grete bei ihm bliebe. Grete und Adela, das Kind, dieses hinreißende kleine Geschöpf, das er, Richolf, noch nie berührt hatte. Nie berühren würde. Er schluckte abermals. Öffnete die Augen in der Stille. Erwiderte den strengen Blick des Priors.

»So wiederhole, Richolf Niger, was du vor dem Burggrafen über den des Mordes an zwei Handwerksgesellen beklagten Mann aussagtest.«

Richolf bekreuzigte sich schnell. *Nicht wie ich will, sondern wie du willst.* Er trat vor. *Verschone die Kinder, sie sind unschuldig an alledem!* Seine Fingerspitzen berührten den Stein, ein wenig rau, angenehm kühl. Tief in seinem Inneren erhob sich eine Stimme, kaum vernehmbar. Ein Seufzen. Er holte tief Luft.

»Volker von Winter war nicht derjenige, der mich angriff und mit einem Dolch bedrohte«, sagte er.

Hatte seine Stimme belegt geklungen? Sie verhallte in der Vorhalle zum hohen Zehneck der Kirche. Kein Scharren der

Sohlen, kein Flüstern. Uralter Marmor unter seinen Händen, angenehm kühl. Der Stein schien seinen Angstschweiß aufzusaugen.

Nach einer Weile löste Richolf seine Hände von der Säule. Er sah sich die Handflächen an, weiß waren sie, ein wenig schwielig, unverändert. Er trat zurück, bekreuzigte sich nochmals, legte die Hände zusammen. *Pater noster qui es in caelis.* Als schreite ein Engel durch die Halle, so still war es. *Fiat voluntas tua.* Allmählich erwärmten seine Finger sich wieder. *Et dimitte nobis debita nostra.*

Nochmals betrachtete Richolf seine Hände, weiß, mit Schwielen an Ballen und Fingergliedern. Er hob den Blick zur Blutsäule, dem mit heiligsten Blut benetzten Stein, der, so erzählte man sich von alters her, Wahrheit von Lüge zu scheiden vermochte.

Die Säule schwieg.

XVI

Der Käfer lag auf dem Rücken, seine schwarzen, feingliedrigen Beine krümmten sich, aber es war keine Bewegung, kein Leben mehr darin.

»So ein …« Albert bezwang sich, warf einen vorsichtigen Blick auf Bruder Folkhard. »Was haben wir falsch gemacht?«

»Vielleicht sind sie verhungert«, sagte dieser achselzuckend. Draußen ging ein kalter Märzregen nieder, rauschte ungedämpft, weil sie wegen des matten Lichtes den pergamentbespannten Rahmen aus der Lichtluke genommen hatten.

»Verhungert?«, schimpfte Albert. »Inmitten von zartestem Grün und all diesen Leckereien? Sie hausten im Paradies!«

»Nun …« Bruder Folkhard nahm Albert das Glas aus der Hand. »Nicht alle Lebewesen betrachten dieselbe Umgebung als Paradies. Lamm und Löwe sind sicherlich geteilter Meinung darüber.«

»In der Welt, ja! Aber –«

»Lass uns nicht darüber streiten, was das Paradies denn nun in Wahrheit ist. Du hast das Wort ohnehin als Bild verwendet. Oder willst du behaupten, du habest für diese Käfer tatsächlich einen Himmel auf Erden errichten wollen?

Denn dann wäre es kein Wunder, dass sie zugrunde gegangen sind – der gerät uns Menschen nämlich immer zur Hölle.«

Albert schnaubte leise, aber er kam nicht umhin, erheitert zu grinsen. »Schade um die armen Viecher! Manchmal war es sehr kurzweilig, sie zu beobachten.«

»Vielleicht war ihre Zeit zu sterben gekommen, Albert. Kriechendes Getier wird nicht sehr alt.«

Eilige Schritte huschten durch den Gang und hielten vor der Tür inne. Dann scharrte jemand draußen schüchtern am Holz.

»Nur herein!«, rief Bruder Folkhard.

Die Tür schwang quietschend auf, und ein blasser Novize mit pfenniggroßer Tonsur verbeugte sich artig im Rahmen.

»Sind wir zu spät dran für die Terz?«, fragte Albert und blickte den Jungen so ernsthaft an, wie er nur konnte. Der, noch immer atemlos, sperrte Mund und Augen auf, schüttelte dann den Kopf.

»Nun los, Junge!« Bruder Folkhard, der sich die Namen der Oblaten und Novizen schlicht nicht merkte, schob die Hände in die Ärmel der Tunika und nickte aufmunternd.

»Ich bitte um Verzeihung, ich wollte nicht stören, aber Vater Stephan schickt mich, Vater Albert zu holen, er möge sofort zur Pforte kommen.«

»Heiliger Dominicus, was ist denn nun schon wieder los?«, maulte Bruder Folkhard. »Andauernd prügeln sie sich in dieser Stadt, stechen einander ab, verklagen dann die Falschen und proben den Aufstand, wenn Burggraf Heinrich den nicht hinrichten lässt.«

»Kein Aufstand«, sagte der Novize. »Es ist ein Junge vor

der Pforte, der begehrt Aufnahme in den Konvent und lässt sich nicht fortschicken. Ihr kennt ihn – Gerwich von Rile, der Neffe des Dombaumeisters.«

Der Junge lag ausgestreckt auf dem Steinboden, die Arme zu beiden Seiten ausgebreitet wie ein Büßender. Oder einer, der die Weihe erwartete. Albert räusperte sich leise.

»Steh auf, Gerwich! Steh auf und geh nach Hause, ehe dein Onkel von dieser Narretei erfährt.«

Er erhielt keine Antwort, tatsächlich rührte sich der Junge überhaupt nicht, als wollte er dem Steinboden einen Abdruck seines Körpers einprägen. Albert kehrte zum Pförtnerbruder zurück, der bei der Tür zur Klausur stehen geblieben war.

»So geht es schon seit den Laudes«, flüsterte der Mönch. »Er begehrte Einlass, sank auf die Knie und bat darum, in den Konvent aufgenommen zu werden. Dann fiel er aufs Gesicht und verharrte so ohne ein weiteres Wort. Wir hätten ihn mit Gewalt hinauswerfen können, aber das geht doch nicht – er ist ja eigentlich noch ein Kind!«

»Und ein ausgesprochen törichtes obendrein!«, brummte Albert unwillig, der wieder zu dem Jungen ging. »Gerwich, steh auf! Sonst lasse ich dich auf die Straße werfen.«

Nichts tat sich. Albert hörte den Jungen atmen, die Ungeduld kribbelte in seinen Fingern, die sich um seine Unterarme krampften. Mehrmals schnaufte er vernehmlich, doch nichts geschah. Insgeheim verspürte er sogar eine leise Bewunderung für den Jungen, dem dieses bewegungslose Daliegen doch weh tun musste, wie er aus eigener Erfahrung wusste; denn sooft er sich in seinem Leben vor dem Allerheiligsten, der Gegenwart des Herrn niedergeworfen hatte, um voller Demut zu verharren, bis es ihm genug erschienen war, hatte er danach sämtliche Knochen und Sehnen in seinem Körper zählen können.

»Ich habe dich gewarnt!«, sagte er, tappte laut zur Tür.

»Das dürft Ihr nicht! Ihr dürft keinen Bittsteller auf die Straße hinauswerfen!« Die Stimme des Jungen klang gedämpft, weil er gegen den Boden sprach.

»Doch, das dürfen wir! Wir dürfen törichte Kinder, die von zu Hause weggelaufen sind, dorthin zurückschicken, damit man ihnen den rechten Gebrauch der Vernunft einbläut.«

Der Junge war schneller auf den Füßen, als Albert sich zu ihm umgedreht hatte, und funkelte ihn wütend an.

»Ich bin kein Kind mehr!«, rief er und bemühte sich merklich, seine Stimme tief klingen zu lassen. »Ich mag töricht sein, aber ich bin kein Kind mehr!«

»Nur ein Kind wirft sich aus lauter Trotz auf den Boden, um seinen Willen durchzusetzen.«

»Das ist kein Trotz! Ich erflehe demütig die Aufnahme in Euren Konvent.«

Gerwich brüllte fast, so dass seine Worte von den Wänden des Empfangsraumes widerhallten, bis er den Kopf einzog. Darauf hatte Albert gewartet, nun war es an ihm, schweigend abzuwarten, was der Junge, den er aufmerksam musterte, tatsächlich vorzubringen hatte. Seine weichen Wangen bebten ein wenig unter der Anspannung, und sein Blick flackerte unsicher. Albert gestattete sich ein feines Lächeln. Bald darauf senkte der Junge den Kopf, dass ihm das hellbraune Haar in die Stirn fiel. Wünschte er sich tatsächlich, dass das münzgroße Zeichen in den Wirbel seines Schopfes geschoren werde? War er willens, sein Leben dem Lobpreis Gottes, dem Gebet, dem Schweigen, dem beständigen Lernen, der Verkündigung und der Predigt zu widmen? War er bereit, Keuschheit, Armut und Gehorsam zu geloben, selbst wenn es ihn hart angehen würde?

Und sogar wenn all dies zutraf, musste noch die Einwilligung seiner Familie eingeholt werden, weil es nicht anging, dass ein jeder sich einfach lossagte von seiner Familie, wie der heilige Franciscus das getan hatte. Gerwich war ein guter Junge, aus guter Familie, gut erzogen und ein wenig gebildet, gottesfürchtig, sanftmütig und liebenswürdig – aber einer wie Franciscus war er nicht.

Nichtsdestotrotz war im Orden der Predigerbrüder auch Platz für geringere Männer, die mit einer guten Ausbildung dem Volk den Weg aus der Verwirrung zum Heil weisen konnten. Denn das war die eigentliche Berufung der Brüder, dazu hatte Dominicus den Orden gegründet und Männer um sich geschart, damit sie die einfachen Menschen, die nicht lesen und schreiben konnten und deren Kenntnisse der lateinischen Sprache nicht ausreichten, um den Psalmen und Hymnen, Gebeten und Lesungen, geschweige denn einer Predigt zu folgen, lehrten. Sie besser lehrten, als es die vielen Pfarrherren taten, die selbst kaum gebildeter waren als die Herde, die sie hüten sollten. Christus der Herr war schließlich nicht nur zu den besseren Bürgern, den Adligen und Fürsten gekommen, sondern vor allem zu den Fischern und Zöllnern, zu den einfachen Menschen, ja sogar zu den Unreinen und Aussätzigen.

»Gerwich von Rile, du bist nicht als Oblate in diesen Konvent gekommen, sondern durch meine Schuld hast du eine Weile hier gelebt und womöglich eine Lebensweise schätzen gelernt, die dir nicht bestimmt ist.«

»Vater ...« Der Junge machte einen Schritt auf ihn zu. »Ich kann hart arbeiten. Sehr hart. Ich möchte lernen. Ich möchte alles lernen, was Ihr lehren könnt, und noch viel mehr!«

»Und es ist sicherlich nicht der Anschlag, der auf dich verübt wurde, was dich in den Schutz dieser Mauern treibt?«

Der Junge, der gerade noch hoch aufgerichtet vor ihm gestanden hatte, jede Faser bis in die Fingerspitzen gespannt, ließ unversehens Kopf und Schultern hängen, als habe jemand einer Gliederpuppe die Fäden zerschnitten.

»Mein Junge, sage mir, wie soll ich deinen Wunsch beim Prior befürworten? Du sprichst davon, lernen zu wollen und hart zu arbeiten – einer, der dazu nicht bereit ist, wird es weder in einem Kloster noch in der Welt zu etwas bringen. Aber warum willst du in einen Orden aufgenommen werden?«

Als der Junge aufblickte, sah Albert die Tränen in seinen Augen, die zeigten, dass er wusste, was er nicht ausgesprochen hatte und nun nicht mehr glaubwürdig aussprechen konnte. Mitfühlend tätschelte er ihm die Schulter, da reckte Gerwich nochmals das Kinn.

»Warum hat man Euch geholt, als ich bat, den Prior zu rufen, Vater Albert?« Er beugte erneut das Knie. »Ich möchte Vater Stephan sehen, den Prior dieses Konvents. Ihm will ich, wie es von Anfang an meine Absicht war, mein Ansinnen schildern und ihm mich zu Füßen werfen, damit er über mein Leben entscheidet.«

Verblüfft trat Albert einen Schritt zurück, warf einen Blick über die Schulter zu dem Bruder Pförtner, der hilflos mit den Schultern zuckte. Er fühlte sich übertölpelt, doch Zorn war ihm in den vielen Jahren als Predigerbruder fremd geworden, wenn er mit Knabendummheiten zu tun hatte. Ein Lächeln grub sich in seine Mundwinkel.

»Du bist ein schlaues Kerlchen«, murmelte er. »Aber ob dir das bei Vater Stephan wirklich helfen wird, wage ich zu bezweifeln.«

Doch Vater Stephan hatte ein Einsehen mit dem störrischen jungen Menschen, nachdem Albert ihm wahrheitsgemäß von der Begegnung berichtet hatte, und schickte einen Laienbruder um eine Unterredung mit dem Dombaumeister, der als Onkel zugleich Gerwichs Vormund war. Albert, der den Prior gut genug kannte, hätte diese Aufgabe gerne übernommen, doch Vater Stephan erließ ihm die Unterredung mit dem Pfarrer von Sankt Alban, in dessen Kirche er am folgenden Tag verkündigen und predigen sollte, nicht.

Verdrossen kehrte Albert zur Vesper ins Kloster zurück, nachdem er wieder einmal einen der Pfarrherren vor sich gehabt hatte, die sich die besseren Bürger am liebsten in ihre Gemeinde holten, wofür sie auch glänzende Solidi zu spenden bereit waren: einen wohlgenährten, freundlichen Mann, Neffe des reichsten Sippenoberhauptes im Viertel, dessen erbärmliches Latein es ihm unmöglich machte, eine Messe fehlerfrei zu lesen. Aber zumindest blieben die Sünden in der Familie, dachte Albert kopfschüttelnd, kaum dass er das opulent ausgestattete Pfarrhaus verlassen hatte. Es waren ja nicht einmal die dummen oder ungebildeten unter den Brüdern, die den Gedanken begrüßten, die Gemeinden sollten ihre Pfarrherren selbst wählen, obwohl die Erfahrung zeigte, dass, sooft die Leute Einfluss darauf nahmen, die Wortführer einen aussuchten, der sie lehrte, ihr lumpiges Dasein als eigennützige Krämer sei ein gottgefälliges Leben.

»Fehlte noch, dass sie anfingen, sich auf diese Weise ein Bild von Gott zu machen!«, knurrte er, als er durch den Kreuzgang eilte, verärgert, da er ohnehin zu spät kam.

Umso verdutzter war er, als in der Kapelle Gerwichs Kopf unter denen der Oblaten herausragte. Auf dem Weg zum Refektorium schob Albert sich neben den Prior.

»Vater Stephan, ich bitte um Verzeihung, aber ich verstehe deine Entscheidung nicht«, murmelte er und war sich durchaus bewusst, dass er gegen das Schweigegebot des Ordens verstieß. Ein rascher Blick flog unter der Kapuze des Priors hervor, dann schob er Albert beiseite, lenkte ihn zu der Tür, hinter der sich sein Zimmer befand.

»Sag mir, Bruder, wo warst du in den vergangenen Wochen?«, fragte er ansatzlos, kaum war die Tür hinter ihnen geschlossen.

Verdutzt öffnete Albert den Mund, aber eine Erwiderung auf diese sinnlose Frage fiel ihm nicht ein. Der Prior umrundete seinen mit Wachstafeln, kleineren Codices und Briefrollen beladenen Tisch.

»Ist dir in dieser Stadt nichts aufgefallen?«, setzte er nach. »Nichts von den grausamen Anschlägen? Nichts davon, dass auch der Neffe des Dombaumeisters nur knapp einem solchen Anschlag entkam? Nichts davon, dass ein Fremder gefasst wurde – natürlich ein Fremder, ein Kölner würde so etwas ja niemals tun! –, der vor dem Burggrafen angeklagt, aber freigelassen wurde, weil ihn die Zeugen nicht wiedererkannten? Und auch nichts davon, dass der Friede in der Stadt immer wieder gebrochen wird und immer wieder Verdächtige oder mögliche falsche Zeugen zur Stiftskirche von Sankt Gereon geschleppt werden, um dort einer Wahrprobe unterzogen zu werden?«

Unruhig schritt er den Raum ab wie ein gefangenes Tier seinen Käfig und begleitete seine Worte, ganz gegen seine sonstige Art, mit schnellen Bewegungen. Unvermittelt hielt er inne und bedachte Albert mit jenem Blick, mit dem er unbotmäßige Novizen einzuschüchtern pflegte.

»Albert von Lauingen, du bist uns allen bekannt als wissbegierig und zugleich gewissenhaft in der Sorge um das Heil der Christenheit. Aber in den vergangenen Wochen hast du dich vollkommen verloren. Natürlich kann von uns keiner behaupten, du habest eine deiner Aufgaben vernachlässigt. Du hältst deine Vorlesungen, liest Messen und Predigten, bist bei jeder Gebetsstunde zugegen – und dennoch erscheinst du allen ... abwesend. Dein Augenmerk scheint einzig und allein den Studien zu gelten, die du mit Bruder Folkhard betreibst: Kriechtiere!«

Während Vater Stephan, der die Hände wieder in die Ärmel seiner Tunika geschoben hatte, Albert eindringlich in die Augen schaute, wurde diesem die Stille unangenehm. Sollte er tatsächlich zugelassen haben, dass ihn der Hunger nach Kenntnissen derart abgelenkt hatte, ohne dass es ihm aufgefallen war? Wann hatte er zum letzten Mal die Beichte abgelegt?

Schließlich verneigte er sich. »Ich danke dir für die Zurechtweisung, Vater. Du hast mir die Augen geöffnet.«

»Du kennst die Buße dafür, dass du das Schweigegebot gebrochen hast?«

Albert nickte. »Wirst du mir trotzdem deine Entscheidung erklären?«

Seufzend wandte Vater Stephan sich der Wand zu, blickte zur Decke und ließ Albert eine Weile warten. In dem kargen Raum, der dem Prior zur Verfügung stand, gab es, abgesehen von dem vor Arbeit überquellenden Tisch und zwei Stühlen, nur ein schlichtes Kreuz und eine Kniebank davor.

»Ich habe mit dem Jungen gesprochen und auch mit seinem Onkel«, sagte Vater Stephan schließlich. »Er wird nicht gegen den Willen seines Vormunds aufgenommen. Gerhard von Rile sorgt sich um seinen Neffen, denn er weiß um den Mordanschlag, der offenbar dem Jungen galt. Ich glaube nicht an Verschwörungen, Vater Albert, aber ich bin argwöhnisch geworden, was die Verhältnisse in dieser Stadt angeht. Du weißt, es gibt die reichen Handelsherren und die angesehenen alten Familien, die sich in der Richerzeche zusammengeschlossen haben, und es gibt die Handwerker und Krämer und außer diesen das Heer der Tagelöhner und Bettler. Über sie alle herrscht der Erzbischof, aber die Herren der Richerzeche beanspruchen immer mehr Rechte über die Stadt für sich. Sie täten sich leichter, wenn sie einig wären. Was sie allerdings – *Deo gratias!* – nicht sind. Tatsächlich, das weißt du ja noch von deinem früheren Aufenthalt hier, bekämpfen sie einander manchmal bis aufs Blut, und oft kennt man seine Widersacher nicht einmal.«

Der Prior hob die Schultern ein wenig, um sie wieder fallen zu lassen. »Aus dem Domkapitel hörte ich, dass es Herren gibt, denen der Dombau ein Dorn im Auge ist, weil die Handwerker dadurch in Lohn und Brot stehen und vom Erzbischof geschützt werden. Es gibt Herren, die fürchten, der Erzbischof könnte die Handwerker gegen sie aufbringen und dadurch ihre hart erkämpfte Macht über die Stadt beschneiden.«

»Doch welche Herren das sind, das weiß offenbar niemand«, spottete Albert leise.

»Niemand wäre so dumm, das offen zu zeigen.«

»Mit welchem Domherrn hast du darüber gesprochen?«

»Mit Herrn Ulrich vom Steine. Ich sagte ihm, dass ich es für unklug hielte, den verdächtigen Fremdling gehen zu lassen, darauf erwiderte er, jemand habe seinen Einfluss geltend gemacht. Das ist eine hässliche Sache, denn seither sind die Bewohner der Stadt in Unruhe. Einige der Rädelsführer wurden in Haft genommen, darunter leider auch einige, die am Bau des neuen Doms mitarbeiten wie der Altgeselle des führenden Steinmetzmeisters. Es gab zwar noch keine Kämpfe, aber Zusammenrottungen an mehreren Orten, die auseinandergetrieben wurden. Um weiteren Aufruhr zu unterbinden, wurden auswärtige Bauern vor den Toren abgewiesen, Schiffe durften nicht landen, und auf den Märkten steigen die Preise. Das gefällt den Leuten natürlich nicht, da hilft es auch nicht, wenn zur allgemeinen Belustigung einige Schreihälse an den Pranger gekettet werden.«

»Alles nur wegen eines drohenden Aufstandes?« Albert schüttelte den Kopf. »Da wäre es doch gerade gut, viele Nahrungsmittel in die Stadt zu bringen, damit die Preise fallen, damit die Leute zufrieden sind.«

»Ich begreife die Maßnahmen auch nicht, aber die Herren haben sie einmütig beschlossen.«

»Und was hat all das mit dem jungen Gerwich zu tun?«

»Der Dombaumeister ist durchaus bedroht. Hier im Kloster ist zumindest sein Neffe sicher.«

»Glaubst du das wirklich? Hast du schon vergessen, welche Schliche der junge Scherfgin hier betrieben hat?«

Der Prior blieb vor Albert stehen, zog die Rechte aus seinem Ärmel und legte sie ihm auf die Arme. »Nichts habe ich vergessen. Mach dir keine Sorgen, er lebt hier wie die anderen Oblaten, schläft bei ihnen im Dormitorium unter den wachsamen Augen des Novizenmeisters. Und auch dein Schützling Thomas gibt auf ihn acht. Da wir gerade von ihm sprechen«, Vater Stephan wandte sich ab, ganz offenkundig, um ein feines Lächeln zu verhehlen, »möchte ich dich darauf hinweisen, dich wieder mit größerem Einsatz deiner Aufgabe als Rector zu widmen. Du darfst diese Arbeit nicht allein Thomas überlassen, wo du doch weißt, dass er mit der hiesigen Mundart nicht zurechtkommt.«

Albert fand Thomas, wo er ihn vermutet hatte: an seinem Pult im Skriptorium, über einen aufgeschlagenen Codex gebeugt. Ein Talglicht stand auf der Ablage, und auf der Bank, auf der er saß, stapelten sich weitere Bücher und obendrein Wachstafeln unterschiedlicher Größe. Der Lichtkranz, der in seinem feinen Haar die Tonsur umglänzte, verriet, dass er einen brennenden Kienspan zwischen den Zähnen hielt, damit er zu dieser Stunde die Buchstaben noch entziffern konnte. Er arbeitete an Erläuterungen für die Stunden, die er als Alberts Gehilfe zu geben hatte. Schließlich war es seine Aufgabe als theologischer Baccalaureus, die Bibelstellen in freiem Vortrag für die Studenten zusammenzufassen und Einzelheiten zu erläutern, bevor Albert als Magister den Text in seiner theologischen Bedeutung darlegte. Albert schämte sich, wie immer, wenn er Thomas im Skriptorium antraf. Nachdem der Prior ihn zurechtgewiesen hatte, umso mehr.

Thomas schien Alberts Näherkommen nicht zu bemerken; er unterbrach seine Lektüre nur, um auf einer schmalen Wachstafel, die er immer bei sich trug, Notizen zu machen. Er bereitete sich auf die nächste Stunde vor. Als Albert sich leise räusperte, schrak Thomas auf und schaute sich um, er schien verwirrt zu sein über die Störung. Das Flämmchen des Spans beleuchtete sein rundes Gesicht.

»*Laudetur Iesus Christus, frater.* Geht es dir gut?«

Thomas hob die Brauen, Verwirrung wich Verwunderung, er nahm den Span aus dem Mund und nickte knapp, ehe er das Hölzchen ausblies und in einen Becher steckte. Verlegen rang Albert nach Worten. Zu Recht hatte der Prior ihm Vorhaltungen gemacht; er hatte Thomas tatsächlich sträflich im Stich gelassen. Zwar war der junge Mönch durchaus imstande, die Artes zu lehren, doch dass er ihm als seinem Stellvertreter die Verteilung der Unterrichtsstunden an geeignete Lehrer und deren Beaufsichtigung sowie obendrein die Vorarbeiten für seine Vorlesungen zur Theologie aufgehalst hatte, während er selbst sich dem Studium vielfüßiger Tiere gewidmet hatte, das war unverantwortlich gewesen. Er musste diesem Hunger nach Kenntnissen über die sonderbarsten unter Gottes Geschöpfen entsagen.

Zumindest eine Zeitlang.

Sein Lächeln geriet spürbar schief. »Ich wollte dich zur Komplet abholen«, flüsterte er.

»Du kommst zu früh. Ich bin noch nicht fertig.«

»Sachte, mein Sohn! Die Studenten sollen schon noch selbst etwas lernen. Die Theologie ist ein hartes Brot aus geschrotetem Korn, kein Kinderbrei aus Semmeln und Milch.«

»Vater, wir sind nicht in Paris! Hier müssen die Studenten zäher lernen, weil wir erst am Anfang stehen. Unsere Lehrer sind …« Er senkte den Kopf. »Mittelmäßig«, murmelte er schließlich.

»Das ist schon richtig, und genau darüber muss ich mit dir reden, Bruder Thomas.«

Im Schutz der Ärmel spielten Thomas' Finger mit dem

Griffel. Albert widerstand dem Wunsch, Bücher und Tafeln beiseitezuschieben und sich neben den jungen Mönch zu setzen, seinen begabtesten und fleißigsten Schüler, der zudem ein Lehrer geworden war, der mit der Geduld eines Engels sogar die dümmsten Fragen beantwortete. Und dafür nannten sie ihn den gelehrten Ochsen, dachte Albert, als er auf Thomas' hellem Skapulier verräterische Krümel entdeckte, frisches Brot oder Kuchen, irgendetwas, das er hier im Skriptorium genascht haben musste.

Thomas erhob sich, strich das Skapulier glatt, ehe er die Tafeln beiseitelegte und den Codex zuklappte. Vom Bibliothekar hatte er die Erlaubnis errungen, alles, was er brauchte, auf und in seinem Pult aufzubewahren. Der bärbeißige Alemanne hatte sich schon vor Monaten bei Albert darüber beschwert, dass dessen Gehilfe die merkwürdigsten Schriften suche und von ihm verlange, solche Bücher in der Bibliothek des Domkapitels und bei gebildeten Bürgern der Stadt zu erfragen. Bücher, die die Kopisten des Konvents dann abschrieben, um sie der Klosterbibliothek einzuverleiben. Nicht nur die Listen, in denen Albert die Bücher verzeichnete, die er gegenüber dem Prior und der Leitung dieser Ordensprovinz als unverzichtbar für das *Studium generale* und weiterführende Vorlesungen nannte, sondern auch Thomas' Wünsche hatten der Bibliothek in den vergangenen Monaten neue Schätze verschafft. Auch dies war ein wichtiger Schritt zum Aufbau einer Hochschule.

Schweigend gingen sie nebeneinander durch den von Talglichtern erleuchteten Kreuzgang bis zu der Pforte, die in den Garten führte. Auf der gegenüberliegenden Seite ragte im Dunkel graues Mauerwerk empor; das Maßwerk der Fenster und die schlanken Streben, die Mauern und Gewölbe stützen würden, zeichneten sich scharf im Mondlicht ab. Der Bau der neuen Klosterkirche schritt weitaus schneller voran als der des neuen Doms, doch diese Kirche war schließlich weitaus kleiner und schlichter. Sie sollte ja nur dem Konvent dienen, und als Armutsorden stand ihnen der Sinn nicht nach ehrgeizigen Bauten.

»Ich habe dich sträflich allein gelassen, Bruder Thomas«, bekannte Albert freimütig. »Du hast dich nicht beklagt, aber niemandem ist es entgangen – außer mir.«

Mit gesenktem Kopf, das Gesicht im Schatten der Kapuze verborgen, schritt Thomas neben ihm über den Weg zum Brunnen in der Mitte des Gartens und schwieg.

»Du wolltest über die weitere Planung sprechen, Vater«, sagte er nach langem Schweigen, als sie zum zweiten Mal am Brunnen vorbeigingen.

»Es war mir wichtig …«

Seine Stimme erstarb, als Thomas unvermittelt stehen blieb.

»Vater Albert, es war eine gute Gelegenheit für mich, meine bisherigen Erfahrungen und Kenntnisse zu prüfen und zu verbessern. Euer sündiger Appetit, wie Vater Stephan es nannte, war für mich ein Segen. Keiner, der immer leicht zu tragen war, aber welcher Segen ist schon frei von Mühsal.«

Albert biss sich auf die Zunge, um Thomas' wohlgesetzte und sicherlich vor Wochen schon für diesen Augenblick vorbereitete Worte nicht spitz zu kontern. Die Sünde des jungen Grafensohnes aus Latio war adliger Stolz, es sich nicht anmerken zu lassen, wenn ihn das Tun und Lassen der Mitbrüder verletzte. Erst recht, wenn dieser Mitbruder bereits die Weihe zum Priester empfangen und den Grad eines Magisters erworben hatte, seiner Geburt nach hingegen nur einem niederen Geschlecht unfreier Dienstleute entstammte. Doch dies war einer der Augenblicke, in denen Thomas' edle Maske ein wenig verrutschte – und Albert mochte ihn darum nur noch lieber.

Zuerst waren es nur die Tagelöhner, die sich hier und dort zusammenrotteten, um lärmend und lästerliche Lieder grölend durch die Straßen zu ziehen. Diese Horden auseinanderzutreiben war ein leichtes Spiel für die Stadtwache; lästig war nur, dass sie sich allzu bald an einer anderen Straßenkreuzung oder einem anderen Brunnen erneut versammelten. Zur Abschreckung wurden einige, die die Wachen hatten fassen können, an den Pranger gekettet. Doch das schien die Unruhestifter nur noch mehr anzustacheln. Die Preise für Korn und einige andere Lebensmittel waren gestiegen, wie auch der Cellerar des Konvents an diesem Morgen nach den Laudes im Kapitelsaal zur Kenntnis gab. Und noch während der Prior auf seinem Stuhl sitzend nachdenklich den Kopf wiegte, verlor der sonst so langmütige Novizenmeister, Vater Gunthar, die Beherrschung und stapfte nach vorn.

»Es wird wahrhaftig Zeit, dass etwas geschieht in dieser *heiligen* Stadt. Da wir nicht auf fetten Pfründen sitzen wie unsere benediktinischen Brüder, sind wir auf die Spenden der Bürger dieser Stadt angewiesen und müssen davon kaufen, was wir brauchen. Wollen wir uns denn darauf verlassen, dass uns das Geld für die Ruten später ausgeht als das fürs Getreide, damit ich bis zum Ende Konversen und Brüder ebenso in Zucht halten kann wie das Jungvolk?«

Als leises Gelächter ringsum aufklang, setzte Vater Gunthar nach: »Da lacht ihr! Ihr solltet lieber Bruder Willm fragen, was für ein Beispiel an Zucht manch ein Bewohner der Stadt innerhalb unserer Mauern liefert!«

Albert ließ den Blick über die Köpfe der Brüder schweifen. Bruder Willm, der ein wenig einfältige, aber herzensgute Freund Gunthars und zweite Pförtner des Klosters, verharrte an seinem Platz, obwohl seine stark gerötete, verkniffene Miene zeigte, dass er mit sich rang.

»Hast du etwas zu melden, Bruder Willm?«, sprach der Prior ihn an.

Der ungeschlachte Mann, Sohn eines reichen Bürgers von Utrecht, trat mit schweren Schritten vor und zog dabei den Kopf ein, als wollte er sich klein machen.

»Ach, nichts, ehrwürdiger Vater. Ein übler Streich, aber ich hab's schon saubergemacht. Ein Dummejungenstreich, nichts weiter.«

»Ein Dummejungenstreich?«, bellte Gunthar ihn an. »Das ist untertrieben! Während der Laudes hat ein Bengel an die Pforte geklopft und um Einlass gebeten, er habe eine Bitte. Und er wusste offenbar, dass Bruder Willm Dienst hat, denn er bat ihn, einen der Handwerker, der an der neuen Kirche arbeitet, etwas zu fragen. Aber der wusste natürlich von nichts, und als Bruder Willm zurückkehrte, um dem Bittsteller das mitzuteilen, da war der Schelm entwischt und hatte vor der Pforte einen stinkenden braunen Haufen hinterlassen.«

Bruder Willms Wangen hatten sich dunkelrot gefärbt, nachdem er unstatthafterweise seine Hände aus den Ärmeln gezogen hatte, um seinen übereifrigen Freund mit wildem Winken zum Schweigen zu bringen. Nun stand er mit hängenden Schultern da und erwartete den Tadel. Doch Vater Stephan, inmitten all der Brüder, die in stummer Empörung mit den Füßen scharrten und leise murrten, schwieg.

»Kannst du den Urheber dieses Bubenstücks beschreiben?«, fragte er nach einer Weile.

Ohne aufzublicken, steckte Bruder Willm die Hände wieder in die Ärmel, begann dann tonlos eine Beschreibung – »Groß, aber nicht zu groß, Haare dunkel, aber nicht zu dunkel« – herunterzuspulen, die auf die Mehrheit der Kölner Bürger hätte zutreffen können. Albert bemerkte Vater Stephans tonlosen Seufzer ebenso wie Thomas' flinkes Augenrollen.

»Gott schuf dumme Menschen, um die klugen Geduld zu lehren«, raunte Albert Thomas auf dem Weg in die Unterrichtsräume. Er musste leise sein, weil Gerwich ihnen mit allerlei Dreiecken aus Holz und einem großen Zirkel auf den Armen folgte, Thomas' braver Gehilfe, wenn es um den Unterricht in Arithmetik und Geometrie ging, denn davon verstand der Junge mehr als die meisten der älteren Schüler.

»Die Umtriebe in der Stadt machen mir weitaus mehr Sorgen als ein Mitbruder, dem es an Scharfsinn gebricht. Wie wollen wir denn«, Thomas senkte die Stimme, »einem Aufstand begegnen, wenn schon ein so niederträchtiger Wicht ungehindert bis zur Pforte vordringen kann.«

»Meine Kölner sind ein lustiges Volk, solche Streiche passen besser zu ihnen als die Meucheleien, die sich in letzter Zeit gehäuft haben. Ich hoffe, dass das mit dem Verschwinden dieses Fremden ein Ende hat – und wenn auch nur, weil der tatsächliche Täter den Verdacht von sich ablenken will.«

Ein schriller Ruf ertönte hinter ihnen, jemand rannte den Gang entlang und kreischte Alberts Namen, ungeachtet des Gebots der Stille. Sie blieben stehen, Gerwich drückte sich an die Wand, um dem Mönch, der atemlos vor ihnen stehen blieb, auszuweichen.

»Gott möge uns beistehen! Es hört nicht auf!« Der Bruder schnappte nach Luft. »Der ehrwürdige Vater Stephan lässt euch rufen. Schickt alle Schüler nach Hause, aber keiner möge unbegleitet gehen! Im Turm haben letzte Nacht Mörder gewütet wie Marder im Taubenschlag.«

XVII

Mit heißen Wangen hockte Gerwich auf dem Boden des Ganges, um Dreiecke, Lineale, Zirkel und andere Instrumente aufzuklauben, die er vor Schreck hatte fallen lassen. Seine Hände zitterten, und das Herz schlug ihm bis zum Hals hinauf. Die Mönche hatten ihn nur einen Atemzug lang angestarrt, aber niemand hatte ihn getadelt, stattdessen stürzte sich Vater Albert mit einer Flut von Fragen auf den Mönch, der die Nachricht überbracht hatte, so dass Gerwich sein Ungeschick schnell beheben und zugleich lauschen konnte.

»Im Turm brach ein Feuer aus«, berichtete der Mönch atemlos. »Erst als der Brand gelöscht war, entdeckte man die Toten. Die Nachtwache war erschlagen worden, und auch unten im Verlies waren alle im Qualm erstickt.«

»Wer tut so etwas?«, staunte Vater Albert, und als der Mönch hilflos mit den Armen ruderte, fragte er: »Und wie sollen wir die Schüler auf dem Heimweg schützen?«

»Es wurde eine Wachmannschaft geschickt, die jeden einzelnen der jungen Leute begleiten wird.«

»Eine Wachmannschaft? Nachdem soeben eine andere umgelegt wurde?« Vater Albert rollte die Augen. »Nun gut, dann bringe du, lieber Bruder, die Schäflein zu den Hunden – ich werde mich zu Vater Stephan begeben.«

So sprach er und bewegte sich sogleich mit strammen Schritten in Richtung des Kreuzgangs. Als Bruder Thomas ihm nach kurzem Stutzen folgte, zögerte Gerwich nicht, den beiden nachzueilen. Schließlich hatte Bruder Thomas die Geräte aus dem Skriptorium geholt, und dahin mussten sie wieder zurückgebracht werden, damit konnte er sich entschuldigen.

Seit jenem Tag auf dem Platz vor dem Palas des Erzbischofs hatte ihn die Angst nicht mehr verlassen, sondern hockte als hässlich grinsender Dämon in einem Winkel seines Herzens. Meister Gerhard hatte ihn mitgenommen zu der Verhandlung, gleich bei der Absperrung, wohin der Verdächtige gebracht werden sollte, hatten sie Platz gefunden im Gedränge der Bürger und gewartet. Dem Onkel hatte man die Vorfreude, dass die Unruhe in der Stadt nun bald schwinden würde, deutlich anmerken können. Als eine Wachmannschaft den Gefangenen herbeigeführt hatte – einen hochgewachsenen Mann mit hellem Haar und einem schmallippigen Gesicht, das ein dünner Schnurrbart zierte –, hatte die Menge ringsum wütendes Gebrüll erhoben, Beschimpfungen und Flüche gellten über den Platz, bis die Wachleute durch scharfes Befehlsgebrüll Ruhe erzwangen. Niemand wollte in deren Hände geraten.

Der Beschuldigte hatte den Kopf in den Nacken gelegt und einen wilden Blick über die Leute gleiten lassen, der an Gerwich hängengeblieben war. Plötzlich war das harte Lächeln gefroren, und in diesem Augenblick war Gerwich ein lähmender Schrecken in die Glieder gefahren, der ihn seither nie wieder verlassen hatte. Die finstere Sandkaule war ihm in den Sinn gekommen, jene Nacht, in der Steinmetzmeister Johann den Toten gefunden hatte, jener Mann im schwarzen Mantel, dem er in der Gasse begegnet war. Mit dem nächsten Atemzug spürte er die kalte Übelkeit in einer anderen nächtlichen Gasse, die Schreie der Gesellen, die ihn gerade erst aus einer Schlägerei gezerrt hatten, ein Lichtstreif auf dem Gesicht des Mannes, der den dünnen Peter zu Boden gestreckt hatte. Mit wild klopfendem Herzen hatte Gerwich die Zeugen beobachtet, die nacheinander die Stufen zum fetten Burggrafen hinaufgestiegen und wieder herabgekommen waren. Doch nichts war geschehen, obwohl der Beschuldigte sich immer wieder zu ihm umgewandt hatte. Insbesondere der letzte Zeuge hatte sich lange dort oben aufgehalten; er hatte den Beschuldigten, diesen Volker von Winter, mit flackerndem Blick gemustert. Hoffnung hatte in Gerwich aufgeleuchtet wie ein wärmendes Feuer – und war in sich zusammengestürzt, als auch dieser Mann gesenkten Hauptes den Gerichtsort wieder verlassen hatte.

Warum hatte er geschwiegen? Warum hatte er sich nicht sofort an den Onkel gewandt, ihm alles erzählt? Seine Bestürzung darüber, dass niemand diesen Mann erkannt hatte? Oder war er vielleicht nur derjenige gewesen, der es auf ihn, Gerwich, abgesehen und mit den anderen Untaten nichts zu schaffen hatte? Gerwich war nicht einmal sicher, ob man den Fremden überhaupt aus der Stadt gebracht hatte, denn das sei heimlich geschehen, berichtete der Onkel, der vom Verlauf der Verhandlung enttäuscht gewesen war. Die Unruhen hielten an, überall schien der Fremde zu lauern, so dass Gerwich sogar zu Hause keinen Frieden fand und sich ins Gebet flüchtete. Bis er den Entschluss fasste, Zuflucht im Kloster der Predigerbrüder zu suchen.

Da er sich dem Konvent angeschlossen hatte, durfte er

das Kloster nicht verlassen, und zum ersten Mal focht ihn das an. Gerswint und der Onkel waren draußen in der Stadt, während er hinter sicheren Klostermauern wohnte. Der Dombaumeister ging morgens zur Fabrica und abends wieder nach Hause, und Gerswint besuchte jeden Tag das Haus des Steinmetzmeisters Johann. Ihnen drohte Gefahr.

An der Tür zum Zimmer des Priors drehte Albert sich um, und sein Blick flammte kurz auf, als er auf Gerwich fiel.

»Wer hat dir eigentlich erlaubt, uns zu folgen?«

»Du hast nichts Gegenteiliges gesagt, Vater«, wandte Bruder Thomas ein, der nach der Eile noch ein wenig kurzatmig war.

Gerwich umkrampfte die Instrumente und sah Vater Albert flehend an, wagte aber nicht zu sprechen, um keine weitere Zurechtweisung zu gewärtigen. Doch gerade das schien den Mönch zu ärgern, denn er zog die Brauen zusammen, bis eine steile Falte seine Stirn teilte.

»Du hast hier nichts zu suchen, Junge!«

Ergeben zog Gerwich den Kopf ein und heftete den Blick auf seine Schuhspitzen, obwohl es ihn drängte, darum zu bitten, sich nach seinem Onkel und seiner Schwester erkundigen zu dürfen. Er war nun als Novize angenommen, von der Welt geschieden, allein dem Gebet und dem Studium zugewandt. Doch sooft er den Gedanken auch wiederholte, er konnte die Stimmen der Sorge nicht zum Schweigen bringen. Vielleicht war es nur die Schwäche des Fleisches, denn das Fasten machte ihm zu schaffen; die Predigerbrüder nahmen in diesen Wochen tatsächlich nur sehr karge Mahlzeiten zu sich. Er hörte das leise Pochen, als Vater Albert mit den Knöcheln an die Tür klopfte.

»Bitte, ehrwürdiger Vater, lasst mich meinem Onkel eine

Nachricht schicken, damit ich erfahre, wie es ihm und meiner Schwester geht.«

Ein scharfes Räuspern ließ ihn zusammenzucken. Von drinnen ertönte die Stimme des Priors, man möge eintreten.

»Du rührst dich nicht von der Stelle!«, raunzte Vater Albert, und Gerwich glaubte den erhobenen Zeigefinger geradezu hören zu können, bevor die beiden Mönche auf leisen Sohlen hineingingen und die Tür hinter sich anlehnten. Er blieb einfach stehen, drückte die hölzernen Instrumente an seine Brust, fixierte ein Fugenkreuz zwischen den Fliesen und bewegte sich nicht, wagte nicht einmal zu lauschen, obwohl die Stimmen gut vernehmbar waren. Ergeben spulte er einen Psalm herunter, dann einen zweiten.

»Jemand muss herausfinden, was es mit den angeblichen Wahrproben auf sich hat!« Jetzt sprach der Prior so laut, dass keine kontemplative Übung der Welt seine Worte hätte übertönen können. »Und der Erzbischof traut den besseren Herren nicht – also will er dich zu seinem Büttel machen.« Vater Stephan schnaubte. »Ein Predigerbruder, der Leute verhaftet und verhört, als wäre das Ganze nicht Sache des Burggrafen – wie denkt sich das der hochehrwürdige Herr Erzbischof?«

Verflogen war jede Andacht angesichts dieses Verdachts, und Gerwich kam nicht mehr umhin, die Ohren zu spitzen.

»Du wirst dir etwas einfallen lassen müssen, Vater Stephan. Konrad von Hochstaden ist es nicht gewohnt, dass man sich seinen Anordnungen widersetzt.«

Eine Weile herrschte Stille, dann tauschten sie sich leiser aus, so dass Gerwich nur noch Fetzen verstand, die er in der Aufregung nicht mehr sinnvoll verbinden konnte, gerade weil mehrmals sein Name fiel. Sogar Bruder Thomas' Stimme war kurz zu vernehmen, ehe der Prior einen kurzen Segen sprach und die beiden verabschiedete.

Vater Albert blieb dicht vor Gerwich stehen, so dass er dessen ein wenig muffigen Geruch deutlich wahrnahm, schwieg allerdings und schnaufte nur schwer.

»Dein Onkel und deine Schwester befinden sich im erzbischöflichen Palast«, sagte er schließlich. »Dort sind sie in Sicherheit. Und nun bring das Zeug weg, Junge!«

Im Kreuzgang traf Gerwich auf die Schar der Novizen und Oblaten, denen er sich anschloss, wie ihn der Gehilfe des Bibliothekars geheißen hatte. Vater Gunthar ließ seine Herde Psalmen murmeln, um sie zu beschäftigen; ablenken ließen sie sich wohl nicht, denn Gerwich entgingen die verstohlenen Blicke ringsum nicht, die ihn verfolgten, als er seinen Platz zwischen anderen Söhnen Kölner Familien einnahm.

»Wo hast du gesteckt?«, flüsterte Hildeger, der rechts von ihm im Dormitorium schlief.

Verstohlen hielt Gerwich nach dem Novizenmeister Ausschau, schüttelte dann kurz den Kopf und versuchte sich ins Gebet zu vertiefen. Auf dem Weg vom Skriptorium hierher hatte er sein Gewissen geprüft, seine Hingabe in Frage gestellt und sich wieder bewusst gemacht, dass er sich nun einmal entschieden hatte, ein Predigerbruder zu werden und kein Baumeister, weil ihm schlicht das Zeug dazu fehlte. Einer, dem auf Leiter und Gerüst schwindlig wurde, konnte diese Arbeit nicht tun, aber es dem Onkel zu gestehen, das brachte er nicht über sich, so sehr hatte dieser sich gewünscht, sein Neffe werde sein Erbe und vielleicht sogar Nachfolger im Amt des Dombaumeisters zu Köln. Gerwich war immer gerne zur Schule gegangen, die klare Strenge war ihm angenehmer gewesen als die rauen Sitten auf den Baustellen. Nach seinem Sturz in die Baugrube hatte er den Tag seiner Heimkehr nur anfangs herbeigesehnt, später wäre er lieber geblieben. Der Konvent erschien ihm wie eine Zuflucht.

»Jetzt rede schon!«, zischte Hildeger. »Du steckst doch immer mit dem Baccalaureus zusammen und der mit Vater Albert – da musst du doch etwas gehört haben!«

»Was soll der schon wissen?«, näselte hinter ihnen Ludolf. »Die reden doch bloß über Gott und Engel und Propheten und das himmlische Jerusalem – von der Welt haben die keine Ahnung.«

»Sei still!«, entgegnete Hildeger. »Du willst ja wohl nicht behaupten, du wüsstest etwas.«

»Wenn ich will, weiß ich morgen, was in der Stadt los ist.«

»Ach ja, weil deine Mama dir alle Tage eure Hausmagd vorbeischickt, die dir einen Futterkorb bringt, weil du hier ja nichts zu essen kriegst, nicht wahr?«

Ludolf schwieg und schnaubte seine Verdrossenheit in Gerwichs Nacken. Der Junge war jetzt schon dicker als Bruder Thomas, und das wollte etwas heißen.

»Dann frag bitte, wie es meinen Eltern geht«, meldete sich ein anderer Junge kleinlaut zu Wort, und er blieb nicht der einzige. Bald tuschelten die Jungen aufgeregt durcheinander. Gerade noch rechtzeitig bemerkte Gerwich, dass der Zug vor ihm anhielt, doch Ludolf prallte mit seinem ganzen Gewicht gegen ihn, dass er strauchelte.

»Was denkt ihr euch eigentlich!«, sagte Bruder Gunthar in ungewohnter Schärfe. »Fehlt es euch an Gottesfurcht oder nur an Zucht, dass ihr die Psalmen durch euer Geschwätz entweiht?«

Sie zogen alle die Köpfe ein, erwarteten ein Donnerwetter, aber das blieb aus. Stattdessen herrschte vollkommene Stille im Kreuzgang, und Gerwich glaubte deutlich zu spüren, wie der Blick des Novizenmeisters über sie hinwegging. Auf seinen knappen Befehl hin sanken sie gemeinsam auf die Knie und begannen von neuem mit ihrem Psalmengemurmel. *Deus reppulisti nos et destruxisti nos, iratus es et misertus es nobis, commovisti terram et turbasti eam sana contritiones eius, quia commota est.* Gerwich, der in der Tat darauf hoffte, dass Gott trotz seines Zorns Erbarmen mit ihnen hätte, wagte einen schnellen Blick und sah Bruder Gunthar neben ihnen auf dem harten Steinboden knien, die Buße für ihre Ungezogenheit teilend, wie er es immer tat. Niemals schlug er sie, obwohl er gelegentlich davon sprach, dass sie es verdienten, und sooft er davon sprach, hätten sie es auch verdient gehabt. Doch er setzte auf das Gebet, er ließ sie knien, bis ihre Knie schmerzten und die Ersten leise weinten. Und wenn sie sich dann erheben durften, dann wankte auch er, und seine Augen glänzten feucht.

Die Sext rief sie schließlich in die Kapelle, die sie steifbeinig betraten; sie reihten sich an den ihnen zugewiesenen Plätzen auf, drängten sich vor den riesigen Antiphonarien. Hildeger kniff angestrengt die Augen zusammen, dass seine Augen wenig taugten, war ein offenes Geheimnis.

Vater Albert trat vor den Altar und erteilte den Kreuzsegen.

»*Deus, in adiutorium meum intende*«, tönte seine helle Stimme in das Gewölbe der Kapelle.

»*Domine, ad adiuvandum me festina. Gloria Patri, et Filio, et Spiritui Sancto. Sicut erat in principio, et nunc, et semper et in saecula saeculorum. Amen.*«

Gerwich spürte, dass das Lächeln sich wie von selbst einstellte und er zusammen mit den anderen Novizen freudig in den Hymnus einfiel. Hier waren sie sicher. Niemand würde sie hier angreifen.

Eine Berührung riss Gerwich aus dem Schlaf, klamm lag eine Hand auf seiner Schulter, und jemand zischte, damit er still blieb. Es war stockfinster im Dormitorium, so dass er trotz aller Anstrengung nichts sah und nur die Atemzüge mehrerer Menschen um sich wahrnahm, als Luftzug, als kaum hörbares Geräusch. Das Stroh, auf dem sie alle schliefen, raschelte, als er sich aufsetzte.

»Kannst du nicht leise sein«, flüsterte einer links neben ihm. Gerwich erkannte Hildegers Stimme.

»Er ist ein Dummkopf, aber wir brauchen ihn vielleicht.« Das war Ludolf.

»Was wollt ihr?«

»Ludolf hat Nachrichten. Es geht drunter und drüber.«

»Die Handwerker begehren auf«, tönte der dicke Novize. »Überall gibt es Prügeleien, und sie beschimpfen die Bürger.«

»Das Getreide ist zu teuer geworden«, erwiderte Gerwich. »Wenn Menschen hungern, werden sie unruhig.«

»Wieso sollten sie hungern? Es ist doch alles da.«

»Aber sie können es nicht bezahlen.«

»Dann müssen sie eben tüchtiger arbeiten! Wer gehorsam ist und tüchtig arbeitet, den wird Gott auch ernähren.«

»Scht! Wenn Vater Gunthar uns erwischt, sind wir dran!«

»Verdient hätten wir es«, murmelte Gerwich, der die anderen Jungen nun schemenhaft sehen konnte: Hildeger, Ludolf, Godefrid, Henrich, Albero – sie alle stammten aus angesehenen und reichen Häusern. »Was wollt ihr eigentlich von mir?«

»Du bist einer von denen«, tönte es aus der Runde.

»Von wem?«

»Dein Onkel leitet die Baustelle, ihr gehört zu denen.«

»Unsinn! Mein Vater war ein Dienstmann der Pröpste von Sankt Kunibert, er hatte von ihnen das Lehen Rile an der Mosel erhalten wie sein Vater vor ihm.«

»Ja, und Dienstleute des Erzbischofs waren sie auch alle! Ministeriale, keine freien Bürger«, höhnte Ludolf und reckte das Kinn.

Wütend rollte Gerwich sich in seine Decke ein und kehrte den Jungen den Rücken zu. Sie waren Novizen des Ordens der Predigerbrüder, sie durften keinen Unterschied nach der Geburt machen, sondern ihre Mitbrüder nur nach deren Verdiensten beurteilen. Ihren Dünkel hätten die dummen Jungen in Klöstern, deren Mönche nach der Regel des heiligen Benedictus lebten, pflegen können.

»Komm schon, Gerwich!« Hildegers Stimme klang schmeichlerisch. »Dein Onkel ist der Dombaumeister, er arbeitet für den Erzbischof –«

»Für das Domkapitel!«, verbesserte Gerwich ihn, ohne sich umzudrehen.

»Macht das einen Unterschied?«, warf ein anderer ein.

Gerwich stöhnte leise und hoffte insgeheim, der Novizenmeister würde von ihrem Geschwätz aufwachen und sie alle dazu verdonnern, die Zeit zwischen Laudes und Terz auf Holzscheiten kniend mit Bekenntnissen und Bußgebeten verbringen zu müssen.

»Weißt du eigentlich, dass dein Onkel es sich gerade richtig gemütlich macht da draußen? Der Domdekan hat ihm die Schwester seines Cellerars angedient, jetzt ist er verlobt mit der fetten Guda«, flüsterte ausgerechnet Ludolf.

Gerwich ballte die Fäuste, um sich nichts anmerken zu lassen, denn diese Nachricht war ihm neu. Aber es durfte ihn nicht wundern, denn der Onkel musste sich noch immer um Gerswint kümmern und zusehen, sein eigenes Leben in dieser Stadt zu sichern, sesshaft zu werden, und eine Ehefrau war sicher etwas Besseres als eine Haushälterin, die nur am Tag vorbeischaute. Zumal er jetzt Erben für das Haus in der Marcellengasse brauchte.

»Wusstest du, dass er vorher schon auf Brautschau war?«, fragte Ludolf in einem Tonfall, der verriet, wie sehr er es genoss, Gerwich zu verhöhnen. »Da war eine Gudrun in eurer Straße, ein ganz junges Ding, um die hat er geworben, aber sie taugt nichts und ließ sich von einem anderen Kerl nachsteigen. Da war es dann vorbei mit den Eheplänen ihres alten Herrn, und er musste die Geschenke zurückgeben, die der Dombaumeister dem dummen Ding gemacht hatte.«

Als einige Jungen in sein hämisches Kichern einfielen, zog Gerwich die Knie an und schmiegte sich in die raue Decke.

»Und die fette Guda ist ein herrisches Weib, die wird ihn schon –« Ein schrilles Quietschen beendete Ludolfs Gelächter, und alle zogen hörbar den Atem ein. Gerwich fuhr herum.

»Erziehen, meinst du wohl, du ungehobelter Flegel, der seinen angehenden Mitbruder erniedrigt, anstatt sich selbst zu erniedrigen, wie es sich gehört?«, knurrte die Stimme des Novizenmeisters, der Ludolf am Ohr auf die Füße gezerrt hatte, dass dieser vor Schmerz wimmerte und, als er ihn losließ, beiseitetaumelte.

»Und ihr – was fällt euch ein, euch daran zu weiden, wenn ein angehender Mitbruder erniedrigt wird, anstatt ihm beizustehen und dem Lästermaul Einhalt zu gebieten? Macht, dass ihr unter eure Decken kommt!«

Sie huschten auseinander ohne ein Wort, und als bald darauf das Rascheln verstummt war, brummte Vater Gunthar zufrieden und entfernte sich. Gerwich rollte sich wieder in seine Decke ein und starrte vor sich hin. Hinter ihm lag Hildeger, ebenso schweigend, Albero wandte ihm den Rücken zu. Mit einem Mal fühlte Gerwich sich vollkommen verlassen. Wenn es stimmte, dass der Onkel heiraten wollte, warum hatte er es ihm nicht mitgeteilt? Und was wurde aus Gerswint? Eine Dienstmagd im Hause ihres Onkels, ein Kindermädchen für dessen Nachkommen? Gerwich spürte, dass etwas heiß über seine Schläfe rann, und zog hastig die Nase hoch.

»Es tut mir leid«, flüsterte Hildeger hinter ihm. »Es ist aus dem Ruder gelaufen, weil dieser Tropf … Er ist neidisch. Wegen Bruder Thomas. Weil du ihm Bücher und Instrumente herumträgst.«

Mühsam trug Gerwich den Bücherstapel, den ihm der Bibliothekar aufgeladen hatte, durch das Skriptorium bis zu dem Pult, an dem Bruder Thomas immer arbeitete, so auch heute, am vierten Tag der Karwoche. Dies war vormittags der hellste Platz, denn die dünne Pergamentbespannung der Fenster dämpfte das Licht kaum, wenn die Sonne hereinschien. Vater Albert und Bruder Thomas hatten die Köpfe zusammengesteckt, um sich leise zu unterhalten. Im Kloster herrschte zwar Schweigepflicht, doch angesichts der Aufgabe, die Vater Albrecht hier zu bewältigen hatte, war es ihm weitgehend freigestellt, seine Mitarbeiter von dieser Pflicht zu entbinden.

»Demnächst werde ich das Buch Jeremia und die Klagelieder durchnehmen, später den Jesaja«, sagte Vater Albert leise. »Zu den Vorlesungen müssen zur Vertiefung Quaestiones vorbereitet werden – ich brauche dich als Baccalaureus und als Proponens.«

Thomas ließ den Atem zwischen den gespitzten Lippen entweichen. Gerwich verstand nur so viel, dass Thomas nicht nur alle Texte vorstellen musste, was seine eigentliche Aufgabe war, sondern auch in den Gesprächsrunden der Quaestiones Alberts Thesen gegen einen Opponenten zu vertreten hatte. Dass Thomas noch studierte und gleichzeitig Unterricht in den Artes gab, schien Vater Albert völlig vergessen zu haben.

Als Gerwich die Codices vorsichtig auf der Sitzbank ablegte, huschte ein Lächeln über Thomas' Gesicht, und seine Lippen formten einen Dank in seiner Sprache. Stumm ließ Gerwich sich wieder auf seinem Platz an der Wand nieder und griff nach den Wachstafeln, um sich in seine Aufgaben zur Musik zu vertiefen, Zahlenverhältnisse zu begreifen, die sich in den Chorälen und Hymnen wiederfanden. Ein Schatten streifte ihn, als Vater Albert sich neben ihn auf die Steinbank setzte, die an der Wand entlanglief. Scheu grüßte Gerwich den Mönch, vor dem er tiefe Ehrfurcht empfand, obwohl kaum jemand so viele kleine Schwächen in sich vereinte wie dieser Magister aus Paris, der nun die Hände aus den Ärmeln gezogen und auf die Knie gelegt hatte. Gerwich blickte auf diese schmalen Hände, an denen sich jeder Knochen, jede Sehne und jedes knorpelige Gelenk abzeichneten und deren Fingerspitzen blasse Spuren von

Tinte trugen. Unversehens gab Vater Albert einen Laut der Überraschung von sich, und sogleich verschwanden diese Hände wieder dort, wo die Hände eines Gottesmannes hingehören.

»Du musst ein bisschen auf meinen Thomas aufpassen«, flüsterte er. »Er neigt dazu, sich mehr zuzumuten, als gut für ihn ist, und vergisst darüber, dass man den Leib zwar manchmal züchtigen muss, aber nicht vernachlässigen darf, weil er schließlich der Tempel der Seele ist.«

Gerwich starrte dem Mönch nach, als dieser sich erhob und davonging, klappte dann den Mund wieder zu. Fiel dem großen Lehrer denn gar nicht auf, was er seinem Gehilfen zumutete?

An der Tür der Kapelle scherte Gerwich aus, als der Zug der Mönche, Novizen und Oblaten nach der Komplet hinausging, um sich ins Dormitorium zu begeben, und blieb vor dem Novizenmeister stehen. Stumm deutete er mit dem Kopf zum Altar zurück, wo Bruder Thomas noch immer auf dem harten Stein kniete. Vater Gunthar musterte ihn streng, so dass Gerwich den Blick zu Boden senkte. Er wollte hierbleiben. Er wusste nicht, was ihn bewegte, aber er wollte Bruder Thomas nicht alleinlassen. Eine Berührung an der Schulter ließ ihn den Kopf heben. Mit einem Blinzeln erlaubte Vater Gunthar ihm, in der Kapelle zu bleiben, und sein Daumen zeichnete ihm einen Segen auf die Stirn, ehe der Novizenmeister dem Zug der Mönche folgte.

Langsam wandte Gerwich sich um. Bruder Thomas hatte sich nicht gerührt, wie er sich auch während der Komplet nicht gerührt hatte. Zu Beginn der Vesper hatte sich Thomas vor dem Chorraum niedergekniet, während die übrigen

Brüder sich an ihre Plätze begaben. Seither hatte er vor den Reihen der Novizen, Oblaten und Konversen verharrt. Üblich war eine solche Demutshaltung nur vor einer Weihe oder wenn jemand etwas Schlimmes zu beichten und zu büßen hatte. Seiner Haltung hatte Gerwich angesehen, dass er die Hände vor der Brust zusammengelegt hatte und zu der vergitterten Nische schaute, in der das gewandelte Brot aufbewahrt wurde.

Gerwich wusste, dass Thomas das Altarsakrament besonders verehrte und gelegentlich auch außerhalb der Gebetsstunden hierher kam, um es still anzubeten. Zu seiner Verwunderung hatte der Prior keinen Anstoß daran genommen, dass Thomas nicht zu seinem Platz im Gestühl gegangen war; nur einige Brüder hatten verkniffene Mienen gezogen über diesen Eigensinn.

Lange stand Gerwich still, dann wechselte er das Standbein, weil sein Rücken schmerzte. Um Bruder Thomas nicht zu stören, wagte er nicht umherzugehen, doch weil ihm die Knie von der Anhörung der Messe am Mittag noch weh taten, konnte er nichts anderes tun, als sich auf seinen weichen Sohlen zur Rückwand der Kapelle zurückzuziehen, wo zu beiden Seiten der Pforte langgestreckte Steinbänke in die Mauer eingelassen waren.

Die schmalen Fenster starrten schwarz auf ihn herab, Licht spendeten nur die beiden Kerzen, die auf dem Altar verblieben waren, und der kleine Wandleuchter bei der Nische, deren Inhalt Thomas' ganze Aufmerksamkeit galt. Die Müdigkeit kroch in Gerwichs Glieder, ließ ihn frösteln, während seine Lider schwer wurden und er das Gähnen nur mühsam unterdrücken konnte, erst recht, als er begann, lautlos Gebete zu murmeln. Irgendwann kam es ihm vor, als schwanke Thomas' Oberkörper leicht, doch als er sich die Augen rieb, verging das. Er wurde müde. Wie spät es wohl war? Zu früh für die Vigil zumindest. Er blickte in das Schwarz hinter dem Gitter der Nische, wo die Gegenwart des Herrn zu suchen war. Nicht dass er glauben solle, dass Gott nur dort zugegen sei, hatte man ihn gelehrt, aber dort, im konsekrierten Brot sei er wahrnehmbar zugegen. Als habe er den Himmel durchstoßen, um aus der Ewigkeit heraus den Menschen seine Hand zu reichen. Gerwich gefiel das Bild, das ihn an alte Handschriften erinnerte, an Illuminationen von Bibeln, in denen Thomas oft las. Grinsend starrte er ins Leere.

Plötzlich kippte Thomas vor ihm einfach zur Seite, schlug mit einem leisen Stöhnen auf dem Boden auf. Ein Laut des Schreckens entfuhr Gerwich. Er sprang auf, war mit wenigen Schritten bei dem Mönch, fiel auf die Knie und beugte sich über ihn. Die Augen geschlossen, lag Thomas auf der Seite, beide Hände vor der Brust, als wollte er etwas in seinem Herzen festhalten, auf den Lippen ein feines Lächeln. Stumm setzte Gerwich sich auf den Boden und bettete Thomas' Kopf auf seinem Schoß. Dem Mönch war etwas widerfahren, das Gerwich sich nicht erklären konnte, und so strich er nur ratlos über dessen Schulter, wieder und wieder, ergab sich den Gedanken, die ihn zu bestürmen schienen, wie ein solch ungeschlachter Kerl, den Oblaten und Novizen heimlich einen stummen Ochsen nannten, weil er so schwerfällig und schnaufend daherkam wie ein massiges Zugtier – wie dieser Mensch, wenn er denn einmal den Mund aufmachte, derart fein gedrechselte Argumentationen frei vortragen konnte. Er gab den Schülern das Gefühl, mit ihm einen Berg zu ersteigen. Nicht alle hatten den

Atem, ihm auf den Gipfel zu folgen, manche ritzten mutlos Muster in ihre Wachstafeln, aber auch den schwachen Schülern erklärte er alles geduldig, wenn die anderen den Unterrichtsraum schon verlassen hatten.

Schnarrend öffnete sich hinter ihm die Pforte der Kapelle. Gerwich schrak zusammen. Die Vigil stand bevor, der Ostiarius kam, um nach den Kerzen zu sehen und die Glocke zu läuten. Keinen Schritt hörte Gerwich, und als er sich umdrehte, blickte er in das von einer Laterne geisterhaft beleuchtete Gesicht des alten Mönchs, der ihn entsetzt anstarrte.

»Bruder Agilbert … bitte helft uns!«, flüsterte Gerwich.

Die Miene des Mönchs verfinsterte sich augenblicklich. »Wie könnt ihr es wagen …?«, presste der Greis hervor.

Schreckstarr sah Gerwich, dass er sich den Gürtel vom Leib riss, während er auf sie zustolperte, brachte aber kein Wort hervor. Er wollte die Arme hochreißen, doch der Alte schwang den Gürtel schon wie eine Peitsche, er wollte ihn anschreien, das sei Bruder Thomas und er habe nicht das Recht, Bruder Thomas zu züchtigen, da flog das Leder schon auf ihn zu. Er warf sich über Bruder Thomas, so dass der erste Hieb über ihn hinwegschnalzte. Doch der zweite traf seine Schulter, und der scharfe Schmerz ließ ihn aufschreien.

Weitere Schläge gingen auf seinem Rücken und seinem Kopf nieder, wechselten sich ab mit Verwünschungen, und er dankte Gott, dass Hemd und Tunika aus schwerem Wollstoff waren und der Ostiarius ein Greis, während ihm die Tränen über die Wangen rollten. Doch Thomas rührte sich nicht, und das machte ihm mehr Angst als der Zorn des alten Mönchs.

Unversehens hörte er Schreie, schnelle Schritte, jemand zerrte an seinem Skapulier, und plötzlich befand er sich inmitten eines Handgemenges. Er wurde beiseitegezogen, auf die Füße gestellt, jemand umfasste sein Kinn, hob seinen Kopf, und er blickte in Vater Gunthars verengte Augen.

»Was ist hier vorgefallen?«, fragte der Novizenmeister scharf.

Gerwich hob hilflos die Arme, zuckte die Schultern, sah sich hastig um. Bruder Agilbert, den zwei Mönche festhielten, stand unweit mit gesenktem Haupt auf unsicheren Beinen da, als benötigte er diesen Halt. Thomas hingegen kniete auf dem Boden, das Gesicht dem Altar zugewandt. Vater Albert kauerte bei ihm, sprach unhörbar zu ihm; Gerwich sah, dass sich seine Lippen schnell bewegten.

»Ich weiß es nicht«, flüsterte er. »Ich habe seit der Komplet bei Bruder Thomas gewacht. Er kniete vor dem Altar, und irgendwann ist er einfach … umgefallen.«

»Und dann?« Vater Gunthar war also das Zittern in seiner Stimme nicht entgangen.

Gerwich ließ den Kopf hängen. »Ich wollte nachsehen, was ihm fehlt, ich habe …« Er kaute auf der Unterlippe und ballte die Fäuste.

»Er hat ihn umarmt!«, schrie Bruder Agilbert. »Sie hockten da wie Sodomiter!«

Entsetzt fuhr Gerwich zusammen. Die Beschimpfung traf ihn härter als ein Peitschenhieb.

»Agilbert!«, dröhnte Vater Alberts Stimme durch die Kapelle. »Bist du von Sinnen? Du sprichst über Bruder Thomas!«

»Ich weiß, über wen ich spreche! Sie müssen geächtet und gebannt werden – beide!«

Gerwich fühlte sich, als schrumpfte er, die Scham trieb ihm das Blut in die Wangen. Ringsum herrschte Stille, nur das dumpfe Rascheln der wollenen Habite und leises Scharren von weichen Ledersohlen waren zu hören. Der ganze Konvent hatte sich in der Kapelle versammelt und umringte sie, alle Augen schienen sich auf Gerwich zu richten.

»Wenn du es erlaubst, ehrwürdiger Vater, werde ich deine Frage beantworten.«

Es war Thomas, der das Schweigen brach, seine Stimme klang dünn, und Schmutzstreifen überzogen das helle Skapulier. Vater Stephan nickte, und Thomas holte sichtlich Atem.

»Ich habe mir vorgenommen, die Karwoche mit Fasten, Gebet und Buße zuzubringen, was ich in den vergangenen Wochen sträflich vernachlässigt hatte. Deshalb entschied ich mich, an der Vesper kniend und in Betrachtung des Allerheiligsten teilzunehmen und auch die Zeit bis zur Komplet so zuzubringen. Allein im Gebet und in der Betrachtung.«

»Und dann?«, fragte der Prior nach einer Weile, doch Thomas blieb still, und Gerwich, den es drängte, davon zu erzählen, wie lange Thomas reglos ausgeharrt hatte, um schließlich einfach umzukippen, als hätte ihn alle Kraft verlassen, knetete stumm die Handgelenke in den Ärmeln seiner Tunika.

»Ich möchte zuerst mit meinem Beichtiger darüber sprechen«, sagte Thomas.

»Habt ihr es gehört?«, schrie Bruder Agilbert. »Der Satan ist in diese Stadt gefahren und in dieses Kloster ebenso! Mitten in den Konvent! Da steht er frech und leugnet nicht einmal! Unterm Mantel verbirgt er seine scheußliche Unzucht, teilt sie mit seinem –«

»Es reicht!«, blaffte nun Bruder Folkhard, der Medicus, und packte den Greis beim Skapulier. »Jetzt ist es aber genug! Der Satan schleicht wahrhaftig überall umher und lauert, ob er in einem Menschenherzen Obdach finden könnte, um dann sein heilloses Unwesen zu treiben. Und dann werden Menschen auf offener Straße erschlagen, Verdächtige zu angeblich wundertätigen Steinen geschleppt, weil das verängstigte Volk klare Richtsprüche haben will, damit die Täter beseitigt sind und der Rache Genüge getan ist. – Da siehst du's, Vater Albert!« Beschwörend streckte er die Hände nach dem Magister aus. »Es ist nicht weit her mit der Bildung der Predigerbrüder in der heiligen Stadt Köln. Und was noch schlimmer ist: Sie lästern Gott den Herrn in seinem eigenen Haus, anstatt ihm den Lobpreis zu singen und den Tag in Buße und Gebet zu beschließen!«

Bruder Folkhard schüttelte sich, und es hätte nicht viel gefehlt, dass er auf den Boden gespuckt hätte vor Zorn. Verschüchtert linste Gerwich zum Prior, der seine blitzenden Augen keineswegs auf den Medicus gerichtet hatte, sondern auf Bruder Agilbert, den auch Vater Alberts Bannstrahl traf. Ausgerechnet von dem neugierigen, gewitzten Medicus hatte Gerwich eine solche flammende Rede nicht erwartet.

»Kniet nieder!«, tönte Bruder Folkhards Stimme. »Flehen wir den Herrn um seine Hilfe an! Bekennen wir unsere Schuld, dass Gott der Herr sich unser erbarme und unser Lobpreis ihn wieder freuen kann!«

Die Osteroktav lag hinter ihnen. Gerwich hockte auf der steinernen Bank neben Thomas' Pult im Skriptorium, ritzte seine eigenen kleinen Berechnungen in die Wachstafel und summte dabei fast lautlos das feierliche *Te Deum*, das sie seit der jubelnden Ostermette jede Nacht gesungen hatten. Es tat ihm leid, dass es erst in der Nacht vor dem Himmelfahrtstag wieder erklingen würde. Selbst wenn es ihm zu schaffen machte, dass sein Schlaf immer unterbrochen sein würde, er hatte sich entschieden, ein Leben als Mönch zu führen. Er würde sich schon daran gewöhnen.

Er hörte Vater Albert schon von weitem; der Rector redete wieder einmal auf seinen Baccalaureus ein, der die Brauen missbilligend zusammenzog. Leider verstand Gerwich kein Wort, als er sich erhob und verneigte, doch er hatte bemerkt, dass Vater Albert mehr als einen der schwarzen Mäntel über seinem Arm trug. Thomas hob abwehrend die Linke, stemmte sich auf die Bank vor seinem Pult und klappte behutsam den schweren Codex auf, der darauf lag; obwohl er deutlich zu erkennen gab, dass er in Ruhe gelassen werden wollte, ließ Vater Albert nicht von ihm ab. Gerwich sah Thomas in sich zusammensinken und das Buch wieder schließen, und Albert klopfte ihm auf die Schulter, dann legte er einen der mitgebrachten Mäntel auf die Bank, um sich Gerwich zuzuwenden, dem er den zweiten Mantel zuwarf.

»Und du legst jetzt dein Zeug beiseite, Junge. Wir werden dich brauchen.«

»Du willst einen Novizen in die Stadt mitnehmen? Bist du von Sinnen?«, zischte Thomas.

»Ich habe meine Gründe.«

»Das mag wohl sein, dass du *deine* Gründe hast, aber warum müssen deine Gründe immer wieder dazu führen, dass du dich über die Regeln des Ordens hinwegsetzt?«

»Beruhige dich, Bruder! Es ist alles mit dem Prior besprochen.«

»Ich frage mich, wie du es immer wieder schaffst, Vater

Stephan Zugeständnisse abzuringen, die er keinem anderen gewähren würde.«

»*Fidarsi di me, fra Tommaso*«, sagte Vater Albert leise.

Er sprach den jungen Mönch nur selten in dessen klangvoller Muttersprache an, und für Gerwich glich diese Bitte um Vertrauen einer väterlichen Berührung, die den Mönchen eigentlich untersagt war. Um seine Verwunderung zu verbergen, ordnete er das schwere schwarze Wolltuch um sich und hängte gehorsam die große, dunkle Ledertasche, die Vater Albert ihm reichte, über die Schulter. Drinnen klapperten Wachstafeln, aber dem Gewicht zufolge mussten sich auch kleinere Codices darin befinden.

Sie verließen das Kloster gemeinsam, vorneweg Vater Albert, aufrecht wie immer, und Bruder Thomas, der grantig den Kopf eingezogen hatte; Gerwich folgte ihnen, ohne Fragen zu stellen. Das klösterliche Schweigen war ihm bereits vertraut geworden, er kannte es ja aus den verschiedenen Schulen, die er besucht hatte, während sein Onkel in den verschiedenen Fabricae Franziens, vor allem in Paris und Amiens, zu einem bedeutenden Baumeister aufgestiegen war.

Auf der roh gepflasterten Hohen Straße, die sie bald darauf erreicht hatten, blieben die Leute stehen, grüßten die Gottesmänner ehrerbietig und schauten ihnen nach. Mädchen kicherten hinter vorgehaltener Hand, winkten Gerwich fröhlich zu. So junge Mönche wie ihn, Novizen, sah man nie in den Straßen, sie mussten im Kloster bleiben, durften nur zu besonders feierlichen Messen und Prozessionen, wenn Heiltümer gezeigt wurden, gemeinsam ihr jeweiliges Kloster verlassen und wurden wie Herden schwarzer oder grauer Lämmer von ihren Novizenmeistern und Scholasten durch die Stadt getrieben. Gerwich wusste angesichts der frechen Mädchen nicht recht, wohin mit sich, zog die Schultern hoch und verkroch sich in Radmantel und Gugel. Er hatte nicht die geringste Ahnung, wohin sie gingen, trottete Vater Albert und Thomas deshalb hinterher wie ein Esel, ohne der ihm eigentlich vertrauten Umgebung einen Blick zu schenken.

Sie waren kaum an den Arkaden vor dem Alten Dom vorüber, als Vater Albert sie in die Budengasse führte. Die beiden Mönche schritten so kräftig aus, dass Gerwich meinte, laufen zu müssen, und bald die Tasche, bald den Mantel zurechtrücken musste. Hier waren weitaus weniger Menschen unterwegs, aber die wenigen grüßten ebenso ehrerbietig. Wieder kamen ihnen Frauen entgegen, zwei mausgrau umhüllte Mägde; vorneweg ging ein Mädchen, das die Kapuze tief ins Gesicht gezogen hatte, so dass man kaum mehr sah als eine schmale Nasenspitze und hübsch geschwungene Lippen, doch Gerwich traf schier der Schlag. Es war Caecilie, die den Mönchen auswich und ehrerbietig den Nacken beugte. Als sie den Kopf wieder hob, fiel ihr Blick auf Gerwich, dessen Wangen und Ohren glühten. Sie schaute ihn an, als wäre es ihr gleichgültig, dass das unzüchtig war, und auf ihren Zügen lag eine Traurigkeit, die sein Herz wild pochen ließ. Er war vorbeigegangen, war den Mönchen brav gefolgt. Drehte sich nochmals um. Sie stand da und blickte ihm nach, die Rechte ein wenig erhoben. Es gab ihm einen Stich, der ihm für einen Augenblick den Atem raubte, da prallte er gegen einen Mann, dessen schwarzer Mantel um ihn flog.

»Träumst du?«, fragte Vater Albert, der ihn rasch musterte; dann flog sein Blick über Gerwichs Schulter hinweg, seine Brauen zogen sich kaum merklich zusammen.

Während sie ihren Weg fortsetzten, kam Gerwich der Gedanke, das Rathaus sei ihr Ziel, als sie in eine enge Gasse einbogen, in der es wie in allen Winkeln dieser Stadt nach Urin roch. Über ihnen rückten die Hauswände bis auf Handbreite zusammen, und im Halbdunkel erwartete sie ein Mann. Gerwich vergaß, den Mund wieder zu schließen, als er den Domherrn Ulrich vom Steine erkannte, der einen großen Beutel von der Schulter nahm. Seine Verneigung erfolgte erst nach einem tadelnden Stirnrunzeln des Domherrn.

»Ich halte das für keinen vernünftigen Gedanken, Vater Albert«, flüsterte Herr Ulrich, dessen Stimme vor Aufregung kiekste.

Vater Albert hatte sich über den großen Beutel gebeugt und zerrte braunes Tuch heraus, lange Kapuzenmäntel, deren einen er schnell umlegte, nachdem er die Capa abgestreift hatte. Obendrein gürtete er Tunika und Skapulier kürzer, so dass seine dunkel behosten Waden sichtbar wurden. Er zog die Kapuze über den Kopf, um die Tonsur zu verstecken, so dass er nun unschwer als armer Bürger durchging. Als er Gerwich einen weiteren Mantel zuwarf, beeilte sich dieser, es dem Mönch gleichzutun und sich zu verkleiden. Thomas hingegen erstarrte, kaum bot Vater Albert ihm den letzten Umhang an.

»Das … das ist schamlos!«, begehrte Thomas auf. »Ich werde den Herrn nicht durch eine Verkleidung verleugnen.«

»Du wirst den Herrn damit nicht verleugnen«, erwiderte Vater Albert. »Bedenke, worum es geht, Bruder Thomas!«

»Wie könnte ich das vergessen!« Verächtlich schnaubend wandte er sich ab und verdrehte die Augen, als er Gerwich in der weltlichen Tracht sah.

»Der Herr wird es dir nicht verübeln, wenn du, um seinen Lobpreis tiefer zu begründen, zu einer List greifst.«

Thomas senkte die Lider und atmete hörbar durch, während Gerwich mit dem Grinsen kämpfte, das sich in seine Mundwinkel grub. Sie sahen aus wie einfache Leute, und er hatte nicht die geringste Ahnung, was Vater Albrecht mit diesem seltsamen Spiel bezweckte.

»Bruder Thomas, du kennst mich gut genug, um zu wissen, dass ich sogar einen gelben Hut aufsetzen würde, um diese Bücher in die Hände zu bekommen«, drängte Vater Albert.

»Dabei hast du selbst in Paris einen Entscheid mitgetragen, nach dem die Schriften der Juden zu verbrennen sind«, entgegnete Thomas scharf. »Woher der Sinneswandel.«

Die Stille war bedrückend. Vater Albert blickte zu Boden, als suchte er dort etwas.

»Eure Zeit ist begrenzt«, sagte Herr Ulrich. »Und ich hoffe, dass niemand seinen Scheißkübel über uns ausleert.«

Als Thomas das Gesicht in den Händen barg, trat Vater Albert näher zu ihm.

»Du weißt, dass ich in der Versammlung anders gestimmt habe, aber die Mehrheit wollte diesen Entscheid. Es gehört nun einmal zu den Regeln, dass solche Entscheide gemeinsam getragen werden – auch von denen, die sie eigentlich nicht befürworten.«

Zögernd ließ Thomas die Capa von den Schultern rutschen, die Gerwich auffing, zerrte dann an seiner Tunika, bis sie kaum noch über die Knie reichte, ehe er den mausgrauen Umhang von Vater Albert annahm. Auf seiner Miene spiegelte sich tiefe Unsicherheit, so dass es schien, als hätte er im Leben noch keine weltliche Kleidung am Leibe getragen.

»Lass die Hände aus den Ärmeln, bis wir im Viertel sind«, riet ihm Vater Albert. »Es könnte uns verraten.«

Als sie auf die breitere Gasse zurückkehrten – Herr Ulrich wartete in seinem Versteck auf ihre Rückkehr –, war Thomas' Unbehagen kaum zu übersehen; die Arme schlenkerten von seinen Schultern, als wüsste er nicht, wohin damit, und er hielt den Kopf gesenkt, so dass sein Gesicht im Schatten der Kapuze nicht zu erkennen war. Gerwich musste an einen schuldbeladenen Missetäter denken und konnte das Grinsen nicht länger unterdrücken.

Sie traten durch den Torbogen in das Viertel der Juden ein, und augenblicklich befanden sie sich in einer anderen Welt. Männer in langen, weit geschnittenen Tuniken und Umhängen bevölkerten die Straße, sie trugen die seltsam geformten, gelben Hüte ihres Volkes und waren allesamt bärtig. Frauen verhüllten sich mit feinen Tüchern, die sich beim leichtesten Windzug bauschten. Kinder in hellen Kittelschürzen spielten die gleichen Spiele wie in jeder anderen Gasse. Doch was Gerwich am meisten auffiel, war der Geruch: Allerlei Kräuter und Gewürze verbreiteten einen herrlichen Duft, vermischt mit Zwiebeln und Knoblauch – aber die Bewohner dieses Viertels schienen weder zu schwitzen noch andere Notdurft verrichten zu müssen. Sie hätten die lästigen Trippen ohne Not abstreifen können.

Staunend schaute Gerwich sich um, während er den beiden verkleideten Mönchen folgte, die von den Männern argwöhnisch beäugt wurden. Irgendwo unweit von hier, an der flussseitigen Grenze dieses Viertels, befand sich das Versammlungshaus der Richerzeche, wo die reichen Handelsherren und Edlen ihre Ränke gegen den Stadtherrn schmiedeten, und in diesen Gassen liehen sie sich das Geld dafür.

Vater Albert blieb stehen und trat an eine Haustür, an deren Pfosten Gerwich sonderbare Zeichen ausmachte. Noch ehe er sich bemerkbar machen konnte, wurde ihm aufgetan, und er stand einem schlanken Jüngling gegenüber, kaum älter als Gerwich, der sie freundlich hineinwinkte. Drinnen umfingen sie angenehme Wärme und der süße Duft von gedünsteten Zwiebeln und Koriander.

»Nur herein, Vater Albert von Lauingen«, meldete sich eine brüchige Stimme aus der Stube, in die der Jüngling sie geleitete. »Ich habe dich bereits erwartet.«

Ein alter Mann saß auf einem mit Decken gepolsterten und mit Schnitzereien reich verzierten Stuhl und streckte ihnen die Arme entgegen. Obwohl ihn ein schweres Leiden sichtlich ausgezehrt hatte, dass sein Gesicht einem Totenschädel glich, strahlte er über das ganze faltige Antlitz, aus dem Vater Albert zwei blaue Augen entgegenblitzten.

»Schau, mein Freund!« Er wies mit beiden Händen auf die ausgedehnte Glatze, die von grauen Locken umkränzt war. »Nun hat mir das Alter eine Tonsur geschnitten, die es mit deiner leicht aufnehmen kann, obwohl ich mich nie habe zum Christen machen lassen. Mir genügt es noch immer, beschnitten zu sein und den Herrn allein in Psalmen zu preisen.«

»Ach, Joseph«, erwiderte Vater Albert. »Der Herr segne dich und deine Kinder. Es ist schön, dich wiederzusehen.«

»Und du hast Glück, Albert! Viel Zeit wird mir nicht mehr bleiben, meine schöne Schule in die Hände meines Ältesten zu übergeben, und der zaudert, aus Worms heimzukehren, als könnte er damit mein Sterben aufhalten.«

»So eilig hast du es? Und willst dich dennoch nicht zum Heiland bekehren?«

Der Greis lachte heiser. »Was wäre ich für ein schlechter Jude, wenn ich im Angesicht des Todes vor meinem Richter flüchten wollte. Aber lassen wir das.« Angestrengt starrte er Thomas an. »Wen hast du mir mitgebracht? Allmächtiger, das muss Aquinas sein! Thomas de Aquino, der ungehorsame Sohn!« Er verneigte sich lächelnd. »Verzeiht mir, wenn ich mich nicht erheben kann, aber das Fleisch ist schwach geworden. – Und dieser Knabe?«

»Gerwich von Rile, der Neffe des Dombaumeisters«, sagte Vater Albert. »Er hat sich unserem Konvent angeschlossen.«

»Aaah ...« Der alte Jude schmunzelte. »Ich hörte, dass Meister Gerhard nach Pfingsten Hochzeit halten wird. Hätte der Knabe nicht besser in ein Stift oder ins Domkapitel gegeben werden sollen?«

»Es war meine eigene Entscheidung«, erwiderte Gerwich schnell, als Vater Albert den Mund öffnete; er wollte jeder anderen Antwort mit der Wahrheit zuvorkommen.

»Der Orden der Predigerbrüder zieht viele Bürgersöhne an, ebenso wie der der Minderbrüder. Und in der Verwirrung, die die Bürger dieser Stadt ergriffen hat, ist ein Kloster ein sicherer Hafen.« Er klopfte mit den Händen sacht auf die Decke, die seine Oberschenkel verhüllte. »Aber nun setzt euch endlich! Du bist schließlich nicht gekommen, um mir hoffnungsvolle junge Kleriker vorzustellen, Albert, nicht wahr?«

Vater Albert schüttelte langsam den Kopf, als der Jüngling die Stube betrat, in den Händen ein Tablett mit mehreren Silberbechern, zwei Krügen und einer kleinen Schale mit glänzendem Gebäck und getrockneten Früchten, die einen süßen Duft verströmten. Er stellte alles auf dem Tisch ab, an dem sie sich niederließen, schenkte Wein und Wasser in die Becher und rückte dann den Stuhl des Greises an den Tisch.

»Mein Enkel Moises«, stellte der Alte ihn mit feuchten Augen vor, »das Licht meiner letzten Tage.« Er flüsterte dem Jungen etwas Unverständliches zu, und dieser eilte hinaus.

Thomas hatte die Hände wieder wie gewohnt in die Ärmel gesteckt, doch nun stahl sich eine heraus, und ohne dass er hinsah, schob sie sich zu der Schale, als wäre sie ein selbständiges Wesen. Gerwich hatte Mühe, sich das Lachen zu verkneifen, als Thomas mit Daumen und Zeigefinger eines der mit Honig glasierten Plätzchen nahm und es sich in den Mund steckte, wo er es langsam zermalmte. Dabei ruhte sein Blick so unverwandt auf dem Greis, als hätte er selbst nichts von der Nascherei bemerkt.

»Eure berühmte Bibliothek …«, begann Albert, als der Greis rasch die Hände hob.

»Ich weiß. Der Kommentator. Und den Aristoteles von Michael Scotus suchst du ebenfalls, nicht wahr?«

Albert nickte eifrig wie ein Schuljunge, den der Scholasticus soeben gelobt hatte.

»Du bist ein Christ, Albert, und Christen dürfen die Synagoge ebenso wenig betreten wie unsereins eine Kirche. Aber was den Philosophen angeht, verfügen wir über die bessere Bibliothek als dein Konvent, nicht wahr?«

Joseph zwinkerte ohne Arg. Inzwischen war sein Enkel wieder in die Stube zurückgekehrt, und Gerwich hatte ein Plätzchen zwischen den Zähnen verschwinden lassen, nachdem Thomas schon zum zweiten Mal aus der Schale genascht hatte. Auf den Armen trug der Jüngling einen Stapel Bücher, die er auf dem Tisch ablegte. Albert starrte die Bände an, als könnte er sich nur mit großer Mühe beherrschen, sie nicht sofort an sich zu nehmen, um darin zu blättern und zu lesen, und auch Thomas' Blick heftete sich darauf.

»Seht sie Euch ruhig an«, sagte der Greis, und seine Stimme ermattete, als er einen der Codices über den Tisch schob und vor Vater Albert und Thomas aufklappte. Thomas' Hals wurde länger, und er verdrehte ein wenig die Augen, dann bemerkte Gerwich den sachten Stoß, den Vater Albert seinem Baccalaureus gab. Da bedurfte es keines weiteren Wortes, nach kurzem Zögern zog Thomas das Buch näher und vertiefte sich in die filigrane Schrift, die in zwei Spalten, durchbrochen von kunstvollen Versalien, das dünne Pergament bedeckte.

»Überlassen darf ich dir die Bücher allerdings nicht, auch nicht als Leihgabe – aber ich kann mich dafür einsetzen, euch Abschriften anfertigen und zukommen zu lassen.«

»Und was erwartest du als Gegenleistung, Rabbenu Joseph ben Gerschom?«, fragte Albert nach einer langen Pause.

»Nichts für mich selbst, Vater Albert. Wir Juden sind seit nunmehr dreizehn Jahren Kammerknechte des Kaisers, und in Köln stehen wir nicht nur unter seinem Schutz, sondern auch unter dem des Stadtherrn, des Erzbischofs, auf dessen Grund und Boden unser Viertel gebaut ist. Diesen zwiefachen Schutz haben wir auch bitter nötig.«

»Und inwiefern soll ich euch helfen können?«

»Wie es derzeit um das Königtum der Deutschen steht, weißt du ja selbst. Der Kaiser ist entthront, sein Sohn Konrad ringt inzwischen mit dem zweiten Gegenkönig, den ihm die Kurfürsten vor die gestutzte königliche Nase gesetzt haben. Konrad von Hochstaden ist somit hier Stellvertreter des Königs und Stadtherr in einer Person – das halbiert unseren Schutz wieder. Du weißt ja, wie das ist.« Der alte Jude hob fast beschwörend die Hände. »Christen dürfen kein Geld verleihen, Juden kein Gewerbe betreiben, das unrein ist. Viele von euch haben gegen Zins Geld von uns geliehen, haben also Schulden bei uns. Die besseren Bürger, die kleinen Händler, der eine oder andere Handwerker, ja sogar der Herr Erzbischof und seine Kapitulare bestreiten ihren Hof aus unserem Säckel. Der Kaiser ist jedoch leider verstorben, da kann er seine schützende Hand nicht länger über uns breiten, wenn es unseren Schuldnern einfallen sollte, uns aus dieser Stadt zu verbannen, in der wir seit der Heidenzeit leben.«

»Erzbischof Konrad sichert als Erzkanzler des Reiches eure Rechte, die euch als Kammerknechte des Kaisers zustehen«, erwiderte Vater Albert.

»Erzbischof Konrad ist der Erzkanzler für Italien, ehrwürdiger Vater – wir müssten uns schon zum Erzbischof von Mainz bemühen, damit der seinen Schirm über uns breitet. Aber Herrn Konrad fürchten wir nicht, solange er seine Schulden mit der Pacht, die wir für dieses Viertel entrichten, verrechnen kann.«

Während Thomas völlig ins Lesen versunken neben Gerwich saß und an dem Gespräch nicht den geringsten Anteil nahm, blickte der Greis Vater Albert unverwandt an, bis dieser schließlich die Stirn kraus zog.

»Aber Erzbischof Konrad verliert immer mehr Rechte an die Herren, die in der Richerzeche sitzen, die Schöffen und die Väter der alten und reichen Geschlechter«, sinnierte er.

Nachdenklich wiegte der alte Jude den Kopf. »Sieh mal, Vater Albert, ich bin nur ein Lehrer, wie euer Heiland auch einer war in seinem irdischen Leben. Ich möchte in Frieden meine Kinder und Enkel aufwachsen sehen und in Frieden Abschied nehmen von der Welt. Doch weil viele meiner Brüder von der ständigen Geldnot der Bürger dieser Stadt und darüber hinaus leben, muss ich wissen, wer hier welche Absichten hegt und wer welche Ziele verfolgt. Wir sind nun mal bedroht, denn nicht jeder, der der Christenheit verkündigen und predigen darf, ist ausreichend gebildet. Manch einer ist einfach der Sohn des reichsten Mannes im Sprengel, und wenn ein solcher unbedarft die Passion nach Johannes liest, wird aus dem Stamm Juda, der Jerusalem und dessen Umland besiedelt und denselben Gott hat wie die Galiläer, rasch das ganze Gottesvolk der Juden, wie es seit der Zerstörung des Tempels über die ganze Welt verstreut lebt.«

Gerwich verspürte ein Unbehagen, das sich kühl in ihm ausbreitete. Hilfesuchend sah er Vater Albert an, der dem Greis seine Beichtigermiene zeigte und schwieg. Ob er verstand, worauf der alte Jude mit all seinen Andeutungen und Hinweisen hinauswollte, konnte Gerwich nicht erkennen.

»Wie sollen zwei Predigerbrüder dir helfen, dich und deine Gemeinde zu schützen?«, fragte Vater Albert schließlich.

»Indem ihr unserem Schutzherrn, dem Erzbischof, eine Botschaft überbringt«, antwortete der Alte. »Indem ihr ihm mitteilt, dass unter den Herren in der Stadt einer ist, der ein falsches Spiel treibt.«

»Du wirfst uns nichts als vertrocknete Brosamen vor, Joseph ben Gerschom.«

Er zog das Buch unter Thomas' Nase weg, klappte es zu und schob es über den Tisch. Thomas, aus tiefer Andacht gerissen, schaute verwirrt auf. Der Alte jedoch nickte und erwiderte den Blick des Predigermönches.

»Lass es mich anders sagen, Albert von Lauingen: Finde den Mann, der die Säule von Sankt Gereon beherrscht, und das Töten wird ein Ende haben.«

XVIII

Aus der Küche tönte das Klappern der Töpfe und gelegentlich die Stimme einer der beiden Frauen. Grete und die Magd waren mit Vorbereitungen für das Abendessen beschäftigt. Das Kind lag still in der Wiege.

Richolf starrte über den irdenen Becher hinweg auf das Stoffbündel. In dieser Wiege hatte er selbst gelegen, ebenso wie seine Kinder. Mehrere von ihnen waren in dieser Wiege gestorben. Hatten einfach aufgehört zu atmen. Adela aber atmete. Wenn er aufmerksam genug hinschaute, konnte er sehen, wie sich das Bündel langsam hob und senkte; gelegentlich gab es ein zitterndes Schnaufen von sich.

Das Leben ging seinen gewohnten Gang, Menschen starben, Menschen wurden geboren, während die Zeiten härter wurden. Zwei Könige kämpften um die Reichsinsignien, die Länder des Nordens und des Südens lagen miteinander in Fehde, und es war nur eine Frage der Zeit, wann der Krieg auch auf die Städte am Rhein ausgriffe.

Als er Schritte im Gang hörte, senkte er den Kopf. Die Tür wurde aufgeschoben, eine Frau im hellblauen Rock trat ein, unter dem Saum lugten die Spitzen ihrer braunen Schuhe hervor, wenn sie einen Fuß vor den anderen setzte. Grete. Sie blieb vor dem Tisch stehen, setzte die Fingerspitzen auf der Tischplatte auf, und er spürte ihren Blick. Ihre schlanken, immer leicht geröteten Hände gefielen ihm. Sie waren völlig anders als Hadewiges gedrungene Hände und packten dennoch überall zu, ohne zu zögern. Und sie umspannten Pilgrims Nacken, wenn der sie zur Begrüßung oder zum Abschied um die Mitte nahm. Frau Minne war schon am Tag ihrer Vermählung eingekehrt, während sie sich bei Richolf und Hadewige Zeit gelassen hatte. Pilgrims Hochzeit war ein dürftiges Fest gewesen; die Nachbarn, Freunde und wenigen entfernten Verwandten, die eingeladen waren, hatten Richolf mitleidig die Schultern geklopft, die Nachbarinnen hatten die Braut verächtlich von oben bis unten gemessen und fortan geschnitten, die Familie der Braut hatte sich frühzeitig verabschiedet, nachdem niemand mit ihnen hatte reden wollen, und Hermann hatte den Abend genutzt, um gemeinsam mit seinen Freunden den Bruder und dessen Braut zu verspotten. Doch am nächsten Morgen in aller Frühe hatte das junge Paar am alten Küchentisch gesessen, die Hände ineinander verschlungen, die Blicke nur füreinander bestimmt – ihn, den Hausherrn, der am Vorabend wegen der lumpigen Braut, einer Tischlermeistertochter, geschmäht worden war, beachteten sie nicht. Da war Zorn in ihm aufgewallt, und er hatte die Schwiegertochter ein letztes Mal angesprochen, nur um seine Bedingung zu dieser Ehe zu wiederholen, niemals das Wort an ihn zu richten und ihn niemals anzusehen.

Sie hatte sich lange daran gehalten.

Er rang mit dem vergifteten Wunsch, ihr den Becher hinzuschieben, damit sie ihn neu füllte, weil sie das verweigern würde, so gut kannte er sie inzwischen. Die Stimmen der Dämonen zischelten in ihm, befeuerten den Groll, der in ihm schwelte. Er konnte doch tun, wonach immer ihm der

Sinn stand, er war ja schon verloren, den Preis musste er erst in der Hölle zahlen.

Ihr Duft stieg ihm in die Nase, jener warme Duft, den junge Frauen verströmen, vermischt mit ein wenig Schweiß und süßer Milch. Sie nährte das Kind noch, nährte es an den Brüsten, die Pilgrim liebkoste, wenn ihm danach war. Wenn er bei seiner Frau liegen wollte, die wirklich schöne runde Brüste hatte. Nein, das war ihm nicht entgangen, das konnte ihm gar nicht entgehen, da sie jetzt wie im vergangenen Frühjahr wieder leichteres Tuch trug, unter dem sich ihr Körper deutlich abzeichnete. Deutlich genug für ihn. Wie lange hatte er keine Frau mehr genommen? Richolf starrte in den Ausschnitt ihres Kleides, den Schlitz, der sich vom Halssaum zwei Handbreit abwärts zog, von einer bunten Kordel nur lose geschnürt. Er konnte die Augen nicht losreißen von dem verheißungsvollen Schatten, die Nase nicht verschließen vor dem Duft. Ihm war, als stünde neben ihr ein schwarzes Monstrum, ein gehörnter Dämon mit Flammenaugen, der sich in den Hüften wiegte, mit Vogelklauen zwischen seine Bocksschenkel griff und die Zunge bleckte. Er war verloren.

Richolf schüttelte sich, wollte das Gesicht in den Händen bergen, doch ein scharfer Schmerz durchstach seinen rechten Arm. Vor ihm stand Grete, die Hand um den Ausschnitt ihres Kleides gekrampft, schaute sie ihn an. Erschrocken, so schien es ihm. Er atmete ein, wollte etwas sagen – was eigentlich? –, doch unsichtbare Hände würgten ihn. Schwindel erfasste ihn. Nacht fiel über ihn.

Frische Kräuter dufteten ringsum. Ein schwacher Schein stahl sich unter seine Lider, wie durch einen Schleier. Er blinzelte, sah bewegliche Schlieren. Als kleiner Junge war er einmal in den Fluss gefallen, hatte sich wild strampelnd zu retten versucht, während die Fluten ihn mit sich rissen. Wasser war ihm in Mund und Nase gedrungen, hatte sein Gesicht mit Schmerz gefüllt, bis er sich nicht mehr hatte rühren konnte. So war ihm damals die Welt über Wasser erschienen, als er dahintrieb und emporstarrte in der kristallklaren Gewissheit, nie wieder an die Luft zu gelangen.

Er war nicht ertrunken. Die Wurzeln einer Weide hatten ihn aufgefangen, ein Strudel seinen Kopf über Wasser gehoben und das Atmen ohne sein Zutun wieder eingesetzt, stockend zuerst, während er unter Schmerzen all das Wasser abgehustet hatte, das in ihn geströmt war, dann unter Schreien und Weinen, was seine wehklagende Mutter und andere Menschen auf seine Spur brachten.

Ein dickes Kissen stützte seinen Rücken, er war in Laken und Decken gewickelt, umhüllt vom Duft getrockneter Minze. Obwohl er seinen rechten Arm deutlich sah, erschien der ihm taub, als wäre er eingeschlafen. Die matte Flamme einer Tranlampe spendete Licht. Richolf erkannte die Balken an der Decke seiner Kammer, das dunkelrote Tuch, das sein Fenster verhängte, und Pilgrim, der auf dem Rand seiner Bettstatt saß und ihn anschaute. Seine Miene war voller Sorge.

»Wie geht es dir?«, fragte er nach einer Weile.

Richolf öffnete den Mund, doch anstelle seiner Zunge lag ein fremder Fleischkloß in seinem Mund, und aus dem Hals drang nur ein Krächzen. Was wollte er eigentlich sagen? Er starrte seinen Sohn an, der ein Tuch nahm und ihm behutsam den Mund abtupfte. Richolf bemerkte den Speichelfaden, wunderte sich, dass er nicht erschrak. Über Nacht schien er zum Greis geworden.

»Hast du Hunger?«

Hilflos starrte Richolf seinen Sohn an. Als er abwehrend den Arm heben wollte, gehorchte dieser nicht. Schweiß perlte kühl über seine Schläfen. Mit äußerster Anstrengung gelang es ihm, die Finger der linken Hand zu spreizen, dann horchte er angestrengt in sich hinein, nach den Beinen, deren rechtes verschwunden zu sein schien. Dabei sah er es unter den Decken liegen. Sein Nackenhaar sträubte sich, die Augen füllten sich mit Tränen. Welcher Schlag hatte ihn getroffen, dass er nur noch zur Hälfte lebendig zu sein schien?

»Vater ...«

Er sah, dass Pilgrim seine Rechte hochhob und mit beiden Händen umfasste, aber er spürte es nicht. Die Züge seines Sohnes waren voller Angst.

Die Türzapfen knarrten, ein Lichtstrahl fiel in die Kammer. Grete trat ein, in einer Hand eine weitere Lampe, in der anderen einen Napf und ein Tuch. Sie trat zum Bett, hielt Pilgrim das Gefäß hin, der es mit der Linken umfasste. Übelkeit krampfte Richolfs Eingeweide zu harten Klumpen, seine Fingernägel kratzten über das Laken, bis Pilgrim ihm das Gesicht zuwandte. Wie sollte er seinem Sohn nur begreiflich machen, dass er nichts essen konnte?

Erleichtert bemerkte er, dass Grete die Kammer verließ. Der leblose Fleischkloß in seinem Mund ließ sich nur mit Mühe umherrollen, schlimmer, als wenn er betrunken wäre. Sprechen konnte er nicht, nur eindringlich in die Augen seines Sohnes starren, ein Nein in diesen Blick legen, in der Hoffnung, Pilgrim würde es verstehen. Doch der zog nur ratlos die Brauen zusammen. Wie sollte Richolf ihn bitten, einen Priester zu holen? Die Beichte war seine letzte Rettung – aber wie sollte er beichten, wenn er nicht sprechen konnte?

Richolf erschlaffte in der jähen Erkenntnis, dass er rettungslos verloren war, der Hölle ausgeliefert, auf ewig verdammt. Zitternd troff ein Speichelfaden auf seine Kehle. Er hatte nicht einmal die Kraft, sich abzuwenden.

Leise Stimmen lockten ihn aus dem Dämmerschlaf, in den er versunken war. Ein Mann in der Kleidung der Bader stand in der Tür. Richolfs Hände lagen noch immer in denen seines Sohnes. Seine umherirrenden Blicke bemerkten die Schüssel. Aderlass. Um sein Blut zu reinigen. Was gab es da noch zu reinigen?

Grete schob dem Bader einen Schemel neben das Bett, auf dem dieser sich niederließ. Sie unterhielten sich, doch Richolf konnte kein Wort erhaschen, so lärmte die Angst in ihm, sogar Pilgrims beruhigendes Flüstern peitschte sie nur auf. Der Bader kramte eine lederne Rolle aus seiner Tasche, wickelte die Messer aus, wählte eines aus und legte es auf seine Oberschenkel. Dann umfasste er Richolfs rechten Arm, betastete das schlaffe Fleisch. Das Messer blitzte auf, Richolf spürte den Schnitt nicht, doch gerade deshalb nahm er ihn deutlicher wahr, als er je einen Aderlass gespürt hatte. Er stöhnte auf, sah den Bader das Messer an seinen Beinlingen abwischen. Mit geübten Fingern drückte der Mann Blut aus der Wunde, ließ es in die Schüssel tropfen, die Grete darunterhielt. Zähe, dunkle Tropfen. Blut und schwarze Galle. Viel schwarze Galle, die ihn lähmte und vergiftete. Die seinen Arm kalt machte, während sie in seinem Körper zusammenlief, dort, wo der Bader den Schnitt angesetzt hatte. Seine Lippen formten die Worte des *Pater noster*, obwohl die Zunge im Mund klumpte, gefolgt von Anrufungen an die heiligen Petrus, Valentin, Vinzenz und Athanasius. Inständig hoffte er, dass sein stummes Gebet den Weg finden würde, als er bemerkte, dass Pilgrim und Grete mit ihm beteten, und er horchte auf ihr Murmeln, während sich in ihm die Kälte der schwarzen Galle ausbreitete.

Die Dämmerung dehnte sich endlos. Eine warme, salzige Flüssigkeit wurde in seinen Mund gefüllt, sein Kinn abgetupft, er wurde gewaschen und neu in die Laken und Decken gewickelt. Er fror in der Umhüllung aus kaltem Schweiß, gegen den auch die warmen Aufgüsse, die ihm eingeflößt wurden, nicht halfen. Obwohl es schon auf den Sommer zuging und er immer wieder die Schnitte in seinen Armen und Beinen spürte, die der Bader wohl ansetzte, mehrte sich die schwarze Galle in seinem Körper und trocknete ihn aus. Die Lähme verharrte, als kauerte ein Alb auf seinen Gliedern, der ihn schwächer und schwächer machte. Immer wieder ätzten Tränen in seinen Augenwinkeln, versuchte er, Gebete wenigstens in Gedanken aufzusagen, doch spätestens beim zweiten *Pater noster* glitt er in einen Dämmerschlaf, und sämtliche Psalmen, die er einst beherrschte, schienen seinem Gedächtnis entfallen. Doch wozu sollte er auch beten, wenn die Dämonen ohnehin ringsum lauerten, um seine Seele wegzureißen, sobald er sie ausgehaucht hätte?

Manchmal hörte er Stimmen an seinem Bett, erkannte Pilgrim und Grete, die unterdrückt miteinander stritten. Vom Bader war die Rede, vom Hospital, von einem Medicus. Von den Wänden grinsten die Fratzen der Dämonen, bleckten ihre Schlangenzungen, fletschten die Raubtierfänge, spreizten die Krallen, drehten ihm die Ärsche zu und patschten auf ihren Hinterbacken herum voller Vorfreude, dass er sie bald dort würde küssen müssen und in den Flammen der Hölle braten, aufgespießt wie ein Spanferkel. Er stöhnte in seiner Angst, hechelte. Unversehens legte ein blendend weißer Engel seine Flügel um ihn, ein Engel, der nach süßer Milch duftete und nach dem Medicus schrie. Dann wurde es dunkel.

Er erwachte, als jemand sein linkes Handgelenk fest umklammerte und an seinem Arm herumdrückte. Er roch getrockneten Schweiß und staubige Wolle. Blinzelnd erkannte er eine staubbraune Tunika, aus den Ärmeln ragten Arme mit Schmutzrändern, während die Finger, die sich an seinen Handgelenken zu schaffen machten, rosig waren. Ein Minorit aus dem Orden des Heiligen Franciscus, vielleicht einer aus einem der Hospitäler. Der Mönch ließ Richolfs Arm los, um sich dem anderen, dem toten, mit der gleichen Aufmerksamkeit zu widmen; dann wickelte er den Kranken aus den Decken. Richolf hatte, wehrlos, wie er war, pfeifend die Luft eingezogen, doch es war warm in der Kammer. Nachdem ein Tuch über seine Blöße gebreitet worden war, begann der Mönch, seinen Rumpf vom Hals her zu betasten, hier und dort zu drücken. Unter den Rippen flammte Schmerz auf. Richolf riss abwehrend die Hände hoch – sie zuckten tatsächlich beide empor. Neben ihm ertönte ein leiser Schrei.

»Das konnte er nicht! Vater, Ihr habt ihn geheilt!«, rief Pilgrim, der auf einem Schemel neben dem Bett kauerte.

Der Mönch schüttelte den Kopf. »Nein, nein, das maße ich mir nicht an.«

Nachdem er Laken und Decken wieder über Richolfs nutzlosen Körper gezogen hatte, blickte er Richolf ins Gesicht. Als er ihm die Lider herunterzog, um sich die Augen anzusehen, wand Richolf sich, um diesem unangenehmen Griff zu entkommen.

»Öffne den Mund, Richolf Niger!«, hieß ihn der Mönch, und er gehorchte. »Nun zeig mir deine Zunge!«

Der schwere Klumpen in seinem Mund ließ sich mühsam über die Unterlippe wälzen, was den Mönch zu einem bedächtigen Nicken veranlasste, während er die Hände in die Ärmel seiner Tunika steckte.

»Ich bin Vater Bernard vom hiesigen Minoritenkonvent«, sagte er. »Meine Aufgabe ist die Fürsorge für die Kranken.«

»Wir haben im Hospital um Hilfe gebeten«, warf Grete ein, die am Türrahmen lehnte, als wagte sie nicht einzutreten.

»Du Liebe«, unterbrach Pilgrim sie, »du bist hingelaufen, um jemanden zu holen, der meinem Vater helfen kann.«

Der Mönch blickte in die Runde, wandte sich dann wieder Richolf zu. »Ich weiß nicht, ob ich dir helfen kann, Richolf Niger. Du hast einen Schlag erlitten, der die Hälfte deines Körpers lähmt. Apoplexia nennen wir das. Der Bader hatte schon recht, dich zur Ader zu lassen, um die schwarze Galle abzuleiten und so die Säfte zu reinigen, aber ich fürchte, er hat übertrieben. Du hast sehr viel Blut verloren. Dadurch bist du geschwächt.« Er hob den Kopf, sah Grete an. »Er braucht Mandelsülze, viel Milch und kräftige Geflügelsuppen. Zwei Mahlzeiten jeden Tag, ohne Rücksicht auf Fastentage. Dazu mache einen Aufguss von Bergminze und beschaffe Styraxharz zum Räuchern.«

»Ehrwürdiger Vater, wir sind nicht reich …« Pilgrim beugte den Nacken.

»Wenn ihr unter den Gildenherren einen Patron habt, solltet ihr den um Hilfe bitten.«

»Die von der Mühlgassen? Wegen denen ist Vater doch zusammengebrochen! Herr Dietrich ließ zu, dass mein Vater zur Blutsäule gezerrt wurde!«

Mit äußerster Anstrengung stieß Richolf ein Zischen hervor, um seinen Sohn zum Schweigen zu bringen, doch der winkte nur unwirsch ab.

»Nimm ihn nur in Schutz, Vater! Du siehst, was es aus dir gemacht hat!«

Beschwichtigend hob Vater Bernard die Hände, ein wenig sah es wie ein Segen aus. »*Pax vobiscum!* Ich werde mich in eure Zwistigkeiten nicht einmischen, aber wenn du deinem Vater helfen willst, dann musst du die Herren aufsuchen.«

Aus dem Augenwinkel sah Richolf, dass Grete sich an der Wand entlang näher schob, bis sie Pilgrim erreichte, ihm die Hand auf die Schulter legte. Richolf hörte ihr aufmunterndes Murmeln, dann ließ Pilgrim den Kopf hängen, nickte schwerfällig.

»Wird er wieder sprechen können?«, flüsterte sie.

Vater Bernard zog die Schultern hoch, wirkte ratlos und schwieg, doch Gretes Stimme, ihre scheue Frage hatte wie Musik in Richolfs Ohren geklungen. Ein Echo ihrer Berührungen lag noch auf seinen Wangen, sie hatte ihn gefüttert und gewaschen, in Decken gewickelt und wie einen Säugling versorgt, während er darniedergelegen hatte. Sie hatte dabei gesummt, er erinnerte sich sogar an eine der Weisen, ein kleines Lied, das sie oft sang. Ein Klang, der ihn vor dem Schlag rasend gemacht hatte – jetzt wurden allein beim Widerhall ihrer Stimme seine Augen feucht.

Der Mönch murmelte ein Gebet über ihm und zeichnete ein Segenskreuz auf seine Stirn, bevor er sich erhob.

»Ich werde Euch begleiten, Vater«, sagte Pilgrim. »Und ich werde Herrn Dietrich aufsuchen.«

Als sie die Kammer verließen, blickte Richolf ihnen nach, hoffend, Grete möge zurückblicken. Sie schien es eilig zu haben hinauszugelangen, doch an der Tür ließ sie den Mönch und Pilgrim vorbei, ja, sie drehte sich tatsächlich nochmals um. Das Licht der Tranlampe beschien ihr Gesicht von unten, verlieh ihren Augen einen strahlenden Wimpernkranz. Er bemerkte sogar die feinen, hellen Strähnen, die sich aus ihrem Kopftuch befreit hatten. Sie war eine hübsche junge Frau, aber Pilgrim hatte sie nicht nur nach ihren schönen Augen und ihrem ebenmäßigen Gesicht ausgewählt. Sie war eine kluge und aufmerksame Frau, eine bessere hätte er seinem Sohn niemals finden können, und er hätte für ihn auch keine Frau wie sie gesucht – vielleicht für Hermann, aber der hätte sie nicht zu würdigen gewusst, hätte sie herumgestoßen, geschwängert und seine Zärtlichkeit samt guter Münzen an schlechte Weiber verschwendet.

Richolf war allein. Allein mit der Erkenntnis, wie sehr er seinen jüngeren Sohn missachtet hatte und ebenso dessen Frau. Er wollte rufen, doch nur ein tonloses Krächzen kam aus seinem Hals.

Die weit geöffneten Fenster ließen das Sonnenlicht in die Stube, als der Mann eintrat. Er war in den gedeckten Farben eines Bediensteten gekleidet, nur der Umhang leuchtete in herausforderndem Rot. Grete hatte ihn als Boten des Herrn Dietrich angekündigt und war dann davongeeilt, um der Gastfreundschaft mit einem Imbiss Genüge zu tun.

»Herr Dietrich sendet dir seine Grüße«, sagte der Mann nach kurzer Begrüßung; er hatte sich als Lefhard vorgestellt, stamme von Sankt Maria, der Lysolfskirche. »Er hofft, dass seine Zuwendungen deiner Genesung zuträglich sind.«

Richolf fühlte sich unwohl und ließ die Hände auf den Oberschenkeln liegen. Am Morgen hatte Pilgrim ihn wie an den vergangenen Tagen in die Stube hinuntergetragen und in seinen Stuhl gesetzt, das einzige teure Möbelstück, das er besaß und das nun mit warmen Decken und Kissen gepolstert worden war. Sein Sohn hatte die Decken um ihn gewickelt, seine Füße in die mit Wollflocken ausgestopften Bundschuhe gesteckt und ihn an den Tisch geschoben, wo sein Frühstück, Mandelsülze, schon bereitstand. Er konnte inzwischen mit der Linken selbständig den Löffel zum Mund führen. Gretes Mandelsülze war eine Köstlichkeit. Er musste nicht lügen, als er den Nacken beugte, um seinem Patron zu danken, denn die Speisen, die ihm gereicht wurden, trugen wahrhaftig dazu bei, dass es ihm besserging. Nur die Zunge gehorchte ihm noch immer nicht. Er konnte klar denken, aber er brachte kein verständliches Wort über die Lippen. Deshalb schwieg er auch jetzt.

»Herr Dietrich wird sich freuen, das von mir zu hören«, fuhr der Gast fort und strich über seinen dünnen Schnurrbart. »Er ist euch zu großem Dank verpflichtet für das, was du auf dich genommen hast, und diesem Dank will er beredten Ausdruck verleihen, Richolf Niger. Deine Abhängigkeit soll bald ein Ende haben.«

Wachsam blickte Richolf in das lebhafte Gesicht des jungen Kerls, den er in Herrn Dietrichs Diensten noch nie gesehen hatte. Was für eine Bewandtnis mochte es mit der Nachricht haben, dass ihm der von der Mühlgassen einen Boten schickte, den er – besser gesagt: der ihn nicht kannte?

»Herr Dietrich weiß um deine begrenzten Mittel und will

diesem Missstand abhelfen, indem er einen zweiten Missstand in deinem Leben beseitigt: deine Ledigkeit. Er bietet dir an, für dich um die Hand der jüngeren Tochter eines seiner Freunde, Godefrid de Novo Foro, zu werben, die eine stattliche Mitgift mitbringt.«

Richolf traute seinen Ohren nicht, seine Hände begannen zu zittern. Hadewiges Züge traten vor seine Augen, verblasst zwar, aber unverkennbar. Er hatte sich nicht geschworen, ihr über den Tod hinaus die Treue zu halten, aber er hatte es getan. Zuerst ohne darüber nachzudenken. Aus Schmerz über ihren Tod, über den Verlust ihrer warmen Hände, kleiner gedrungener Hände, die erst nach zwei Jahren ihrer Ehe gelernt hatten, ihn ohne Scheu zu berühren, ihm Lust zu bereiten. In diesem Augenblick fiel es ihm wie Schuppen von den Augen: Hermann hatte er allein gezeugt, Pilgrim hatten sie gemeinsam gezeugt, und so waren ihre Söhne auch geworden, der hübsche, tatkräftige, aber flatterhafte Hermann und der besonnene, kluge und rechtschaffene Pilgrim. Niemand konnte ihm Hadewige ersetzen!

Grete trat ein, in den Händen ein Tablett mit Krug und Bechern. Sie hatte die guten Becher aus dem Schrank gefischt und schenkte unvermischten Wein ein. Als sie ging, hob der Bote seinen Becher und drehte ihn in den Fingern, um ihn abschätzig zu beäugen, als sei sogar er Besseres gewohnt. Mühsam hob Richolf die Linke, umfasste den Becher, führte ihn zum Mund, obwohl der Arm zu erlahmen drohte. Als sie einander zugetrunken hatten, beugte Lefhard sich über den Tisch, räusperte sich.

»Du bist abhängig nicht nur von deinem Patron«, raunte er, »sondern nun auch von deinem Sohn und dessen Eheweib, Richolf Niger. Herr Dietrich will dir Freiheit verschaffen. Godefrids Tochter Blithildis wird deine Truhen und Kästen mit Wohlstand füllen, dir einen prächtigen Laden verschaffen und dir das Bett wärmen. Sie ist eine hübsche, propere Jungfer, nicht zu helle, aber du hast ja schon eine allzu gewitzte Schwiegertochter. Und vererben kannst du später für mehr als zehn Söhne, wenn du es schlau anstellst. Es schadet also nichts, wenn du deinem jungen Weibchen fleißig den Bauch füllst. Denn das wird dich wieder gesund machen.«

Mit einem Zwinkern lehnte er sich wieder zurück, leerte den Becher und schenkte sich selbst nach, ohne dass das anzügliche Grinsen aus seiner Miene verschwand.

»Das ist kein Vorschlag, Richolf Niger«, setzte er nach. »Herr Dietrich will es. Denn so ist allen gedient.«

XIX

Albert hegte das Gärtchen, das er sich ausbedungen hatte, um seinen Beobachtungen nachzugehen, die den Mönchen des Konvents zugutekommen sollten. Neben Bruder Folkhards Kräuterbeeten, den Gemüsefeldern und Obstwiesen, aus denen sich die Brüder versorgten, untersuchte Albert seit Pfingsten auf einem kleinen Flecken Land Boden, Bewuchs und Getier anhand von Aristoteles' Schriften, legte seine Beobachtungen schriftlich nieder und sammelte diese Aufzeichnungen. Jeden Tag tat er dies eine Stunde lang vor der Vesper, weil er dazu Tageslicht benötigte. Die Besprechungen mit Thomas und den übrigen Lehrern hatte er auf die Erholungszeit zwischen Abendessen und Komplet verlegt. Thomas war von dieser Aufteilung leicht zu überzeugen gewesen, weil auch seine wichtigste Tätigkeit, die Vorbereitung der Vorlesungen und Übungen, vor Sonnenuntergang leichter von der Hand ging als nach der Dämmerung.

Die Beobachtungen lenkten Albert von dem ab, was ihn auf Befehl des Priors nichts anging. Denn als er nach seinem Besuch im Judenviertel bei Vater Stephan vorstellig geworden war und darum gebeten hatte, das Stift von Sankt Gereon aufsuchen zu dürfen, war ihm das verboten worden.

Vater Stephan hatte seine erstaunten Nachfragen entschieden abgewehrt und ihm bis zum nächsten Sonntag Schweigen auferlegt, ungeachtet seiner Pflichten als Rector und Lehrer. Das Klostergelände hatte er seither nicht mehr verlassen dürfen.

Achtsam ließ Albert die Krumen durch die Finger rollen, suchte nach Würmern, die an den Wurzeln der Pflanzen nagten, und war so vertieft darin, dass er erschrak, als er den staubigen Saum des weißen Habits vor sich sah. Aufblickend erkannte er Bruder Folkhard, dem eine große lederne Tasche von der Schulter hing. Albert erhob sich langsam, musste den steif gewordenen Rücken dabei mit der Faust stützen.

»Hast du neue Erkenntnisse gewonnen?«

Albert verneinte wortlos, während er sich den Nacken rieb.

»Diese Arbeit tut dir nicht gut«, sagte Folkhard.

»Welche Arbeit tut einem in unserem Alter schon gut?« Albert seufzte.

Sie wechselten vielsagende Blicke, wobei Albert bemerkte, dass Folkhards rechte Braue hochgezogen war. Da war noch etwas anderes, das der Medicus ihm mitteilen wollte, also legte Albert fragend den Kopf schief.

»Ich war heute bei einem Kranken«, begann Folkhard. »Es geht um einen Schlag. Der Mann erholt sich allmählich von den Lähmungen, aber er hat die Fähigkeit zu sprechen verloren.«

»Dazu brauchst du meine Hilfe nicht.«

»Nein.« Folkhard lachte leise. »Aber dich hätte es sicherlich neugierig gemacht, zu erfahren, wer der Kranke ist.«

Sein listiges Grinsen sollte wohl Spannung erzeugen,

doch Albert verspürte nur Verärgerung darüber, dass Folkhard ihn mit seiner Neugier aufzog.

»Du erinnerst dich sicher an die Wahrprobe während der Unruhen, als Burggraf Heinrich den wegen der Morde verhafteten Kerl freilassen musste. Mein Kranker war der wichtigste unter den Zeugen, die den Fremden entlasteten.«

Gegen seinen Willen erhob die Neugier nun ihre spitze Nase, so dass Albert sie nicht mehr niederringen konnte. Aber was konnte er schon tun?

»Das muss nichts miteinander zu tun haben«, brummte er.

»Nein, das muss es nicht, trotzdem verwundert es mich. Er kann nicht sprechen. Deshalb nahm er eine Wachstafel und schrieb darauf, was er sagen wollte. Seine Hände gehorchen ihm zwar nicht recht, dennoch verstand ich, dass er die Beichte ablegen möchte. Als ich ihm vorschlug, seinen Pfarrer zu benachrichtigen, bat er mich inständig, das nicht zu tun.«

Aufmerksam musterte Albert den Medicus, der ihn anschaute wie ein Kind, das soeben einen Kieselstein ins Wasser geworfen hatte und nun zusah, wie sich die Wellenringe ausbreiteten. Missmutig kauerte Albert sich wieder zwischen seine Pflänzchen, wendete Blätter und prüfte Erdklumpen mit Nase und Zungenspitze.

»Du hast also die Absicht, dich an die Auflagen des Priors zu halten.«

»So ist es«, erwiderte Albert, ohne von seiner Tätigkeit aufzublicken. Die Unruhe in der Stadt war nicht seine wichtigste Sorge – er hatte sich um das *Studium generale* zu kümmern, um die neuen Magister, die er aus der Ordensprovinz herangezogen hatte, und musste darauf achten, dass

Vorlesungen und Übungen aufeinander abgestimmt wurden. In den vergangenen Wochen hatte er festgestellt, dass der Prior recht daran getan hatte, ihm eigenmächtiges Handeln abseits seiner Aufgabe zu untersagen; er hatte zu viel sich selbst und den anderen Lehrern überlassen, hatte Thomas mit der Aufsicht über den Unterricht in den *Artes* völlig überlastet. Seitdem Albert wieder allen Aufgaben nachkam, fand Thomas Zeit, seinen eigenen Studien nachzugehen und ihn wirklich zu unterstützen. Selbst wenn er diese Stadt mochte und ihm die Bewohner am Herzen lagen, hatte er nicht das Recht, sich in ihre Angelegenheiten einzumischen. Er durfte ihre Söhne unterrichten, an manchen Tagen dem Volk verkündigen und predigen – obwohl das vielen unter den örtlichen Pfarrherren gar nicht recht war –, und sein Orden betreute die Frauen, die sich entschieden hatten, anstelle der Ehe ein Leben in Armut, Keuschheit und Gehorsam, in Gebet und tätiger Nächstenliebe zu führen. Das genügte ihm. Grimmig pulte er auf der Suche nach Würmern in der krümeligen Erde herum.

Bruder Folkhard wich nicht von der Stelle.

Schließlich beendete Albert die Prüfung des Bodens. Seine Gedanken schweiften ohnehin ständig ab von dem, was er mit Händen und Augen untersuchte, kehrten immer wieder zu den Worten des alten Juden Joseph ben Gerschom zurück. *Finde den Mann, der die Säule von Sankt Gereon beherrscht, und das Töten wird ein Ende haben.* Albert stemmte seinen steifen Körper hoch und klopfte seine Hände ab. Folkhard reichte ihm ein feuchtes Tuch, das er vom Rand des bereitstehenden Wasserkübels gefischt hatte. Eine Weile standen sie schweigend voreinander, während Albert sich säuberte.

»Fassen wir einmal zusammen«, sagte Albert und ließ das Tuch in den Kübel fallen. »In der Stadt wird der Sohn eines Lumpenhändlers umgebracht, ein Handwerksbursche wird beklagt, nach einer«, er räusperte sich, »Wahrprobe für schuldig befunden und in den Turm gesperrt, wo er bald darauf unter merkwürdigen Umständen zu Tode kommt. Dann werden mal ein paar Handwerksburschen überfallen, mal Händlersöhne niedergestochen, schließlich trifft es sogar den Neffen des Dombaumeisters. Immer wieder werden Verdächtige zur Blutsäule geschleift, die Handwerker begehren gegen das Vorgehen der reichen Händler auf, Getreide und andere Lebensmittel werden knapp und teuer. Und als endlich ein passender Verdächtiger gefunden ist – ein Fremder zumal –, ist er nicht derjenige, den die wenigen Zeugen gesehen zu haben glauben. Also lässt der Burggraf den Kerl laufen. Aber die Leute geben nun mal keine Ruhe, einer der Zeugen wird wieder zu eben dieser Säule geschleppt, wo sich prompt herausstellt, dass er die Wahrheit gesagt hat. Seither geschehen zwar keine Morde mehr, aber die Stimmung in der Stadt ist gereizt, es kommt immer wieder zu Auseinandersetzungen zwischen Handwerksburschen und Händlersöhnen, zwischen den einfachen Leuten und den Bütteln, die gehalten sind, gegen Aufrührer hart durchzugreifen. Und nun erzählst du, dass einer der Zeugen beichten wolle, aber nicht bei seinem Pfarrherrn – wie soll das zusammengehen?«

»Er ist der Zeuge, der damals nach Sankt Gereon gebracht wurde«, sagte Folkhard. »Richolf Niger, seines Zeichens Lumpenhändler. Er wohnt in der Nähe des Heumarktes, und sein Patron ist Herr Dietrich von der Mühlgassen.«

Nachdenklich rieb Albert sich das Kinn. Er war sicher, den Namen schon einmal gehört zu haben, in einem anderen Zusammenhang. Es gab weder einen Schüler noch einen Oblaten des Klosters, der Niger hieß, keine Begine dieses Namens, keinen freizügigen Spender. Dennoch war sein Geist sofort hellwach gewesen, als Folkhard den Namen ausgesprochen hatte.

»Als Nichtgeweihter darf ich ihm die Beichte nicht abnehmen«, sagte Folkhard und grinste listig.

»Was ist das für ein irriger Gedanke? Du weißt, dass jeder Beichtiger über das, was der Beichtende ihm sagt, unbedingtes Schweigen wahren muss. Was immer dieser Mann beichten will – wir dürfen es nicht nutzen! Das mag man ja früher anders gesehen haben, aber im Vierten Laterankonzil wurde endgültig so entschieden.«

»Wie auch darüber, dass ein Geweihter nicht als Medicus tätig sein darf.« Ein leiser Seufzer verriet, dass Folkhard gerne beides verbunden hätte, wäre ihm das gestattet gewesen. So aber hatte er dem Kranken nicht die Beichte abnehmen können. »Ich werde in einigen Tagen noch einmal zu ihm gehen. Darf ich ihm dann vorschlagen, dass Vater Albertus sich seiner annehmen –«

»Bist du von Sinnen?«, rief Albert erbost, ergriff den Kübel und stapfte zum Gartentor, auf der Flucht vor Folkhards Anliegen ebenso wie vor seiner eigenen Schwäche, denn die Stimme, die ihm einflüsterte, er könne helfen, die Unruhen in der Stadt einzudämmen und die Wogen zu glätten, schmeichelte nur seiner Eitelkeit. Seine Wissbegier war unstillbar, und er durfte ihr nicht nachgeben – zumindest die Neugier nach den Ereignissen in der Welt musste er in sich ersticken.

Die Zelte reihten sich in Sichtweite der Stadtmauern. Nachdem dem Erzbischof am Vortag der Zugang zur Stadt verwehrt worden war, hatte er sich samt seinem Gefolge unter dem Gespött der Wachposten dorthin zurückgezogen. Die Stadt zu belagern stand nicht in seiner Macht, dazu fehlte ihm ein ausreichend großes Heer – das hätte ihm nicht einmal sein Schützling, der König, bereitstellen können. Deshalb schickte er noch am selben Tag Boten in die Stadt, um Verhandlungen zu führen.

Eine dieser Einladungen war an den Konvent der Predigerbrüder ergangen, und Vater Stephan hatte widerwillig dem Wunsch des Stadtherrn, Vater Albert zu schicken, stattgegeben. Nun wanderte Albert, der in der Frühe aufgebrochen war, zum Lager des Erzbischofs, Gerwich im Gefolge führend wie einen Hund. Der Junge trug ihm die Tasche mit den Wachstafeln, Pergamentrollen und allem anderen, was er bei dieser Besprechung zu benötigen glaubte. Den Jungen hatte er mitgenommen, obwohl Vater Stephan es zutiefst missbilligte, die Regeln zu übertreten, dies sei schließlich die Aufgabe eines Laienbruders, aber Albert hatte auf seinem Wunsch beharrt. Insgeheim trieb ihn die Hoffnung, der Junge würde seinen Entschluss, dem Konvent beizutreten, nochmals überdenken, bevor er die Gelübde ablegte.

Am Vortag, einem Sonntag, hatte er die Baustelle besichtigt; es war einfacher, sich ein Bild zu machen, wenn keine der zahllosen Handwerker und Tagelöhner dort umherliefen und ihrer Arbeit nachgingen. Der Lärm und das Gewimmel hätten ihn nur gestört. So hätte er die Mauern des Kapellenkranzes und die Fundamente für die tragenden Säulen des Chores ganz allein und in Ruhe ansehen können, wenn nicht Herr Ulrich vom Steine ihm geradezu aufgelauert hätte, um seine Sorgen vor ihm auszubreiten.

Seitdem der Erzbischof die neuen Münzen prägen ließ,

flammten immer neue Unruhen auf. Kein Händler wagte es, diese Münzen anzunehmen, aus Furcht, dass die Herren von der Richerzeche ihm die Stadt verbieten würden. War früher alles immer teurer geworden, so konnten die Leute jetzt gar nichts mehr kaufen, wenn sie nicht die alten Münzen benutzten, auch wenn das unter Strafe stand. Die Handelsherren, die vor nicht allzu langer Zeit erst einen Bann des Erzbischofs abgewehrt hatten, waren nicht bereit, sich eine Münze aufzwingen zu lassen.

Auch jetzt war es Herr Ulrich, der Albert begrüßte, als Albert das große Zelt betrat. Alle waren sie gekommen, die geistlichen und die weltlichen Domherren, der Stadtvogt, ja sogar der dicke Burggraf Heinrich von Arenberg hatte sich herbequemt und lümmelte in einem Sessel neben dem Platz des Erzbischofs. Sein Stellvertreter, Untergraf Johann Birklin, saß mitleiderregend blass wenig entfernt. Die Wallfahrt zum Grab der heiligen Elisabeth schien ihm nicht geholfen zu haben, so dass die Schöffenbrüder bald einen Nachfolger aus ihren Reihen vorschlagen mussten. Angewidert dachte Albert daran, dass nahezu jeder der Herren von der Richerzeche nach diesem Amt greifen, um dieses Amt buhlen würde, die einen wie rollige Katzen, die anderen wie blutgierige Marder.

Kaum hatte Gerwich hinter ihm auf einem Schemel Platz genommen, erschien Meister Gerhard im Zelteingang und blickte um sich. Als er sie sah, hellte sich seine Miene auf, er näherte sich eilig und zog seinen Neffen in die Arme, nachdem er eine kaum angedeutete Verbeugung zu Albert gemacht hatte.

»Kind! Kind, geht es dir gut?«, stammelte er, und der Junge nickte zögernd. Er wusste offenbar nicht, wie ihm geschah, während Albert sich über die gelungene Überraschung freute. Gerwich war Thomas ein stiller und aufmerksamer Gehilfe und ein guter Schüler, der die mathematischen Disziplinen des Quadriviums mühelos durchlief, bei denen des Triviums allerdings, Grammatik, Dialektik und Rhetorik, mit Schwierigkeiten kämpfte. Thomas beanspruchte ihn zu sehr, was der Junge dankbar annahm. Während die anderen Novizen und Oblaten untereinander Freundschaften pflegten wie andere Jungen ihres Alters, blieb er meist für sich und schien sich niemandem anzuschließen.

Albert war durchaus bewusst, dass jemand, der sich dem Orden der Predigerbrüder anschloss, anders als bei den Brüdern vom Orden des Heiligen Benedictus, nicht in ein bestimmtes Kloster eintrat, sondern den Ordensoberen Gehorsam schwor und von diesen an jeden beliebigen Ort geschickt werden konnte, wo man ihn vielleicht gerade brauchte. So kam es, dass sich die Brüder über Klostergrenzen hinweg kennenlernten und Freundschaften pflegten, auch mit Menschen, die nicht ihrem Orden angehörten. Sie unterstützten einander, wie auch er selbst und Thomas rege Briefwechsel führten, die ihren Studien und Forschungen dienlich waren. Thomas tauschte seit einiger Zeit lange Briefe mit seinem Ordensbruder Wilhelm von Moerbeke aus, der nach seiner Ausbildung als Missionar nach Griechenland gegangen war und dort begonnen hatte, griechische Schriften ins Lateinische zu übersetzen. Da Thomas sich mit Sprachen äußerst schwertat – auch die kölnische Mundart wollte ihm nach mehr als zwei Jahren noch nicht über die Zunge –, machten solche Freundschaften seinem nimmersatten Geist die Gedanken und oft auch die Schriften der griechischen, jüdischen und arabischen Weisen verfügbar.

Gerwich jedoch war und blieb nur ein Gehilfe, ein braver Junge, aber mehr als ein mittelmäßiger Prediger würde aus ihm nicht werden, und dass ihn das zufriedenstellen könnte, bezweifelte Albert. Als sie vor Wochen auf dem Weg ins Judenviertel einem Mädchen begegnet waren, war Gerwich tief errötet. Ob er sie bereits kannte oder nicht, in dieser Regung schlummerte eine Möglichkeit, in die Welt zurückzufinden, an einen Platz, wo er Gott besser dienen und der ihn vielleicht sogar glücklich machen würde.

»Ich hörte, du hast die Absicht zu heiraten, Meister Gerhard«, begann Albert, als der Angesprochene sich ihm zuwandte, ohne seinen Arm von den Schultern seines Neffen zu nehmen.

»Ja, Vater Albert.« Er klopfte seinem Neffen auf die Schulter, ohne ihn anzusehen. »Ich danke Euch, dass Ihr den Jungen aufgenommen habt, auch wenn mir das den Erben nahm. Außerdem wird es Zeit, dass ich mich fest niederlasse, und die Stadt meiner Vorfahren ist der richtige Ort. Die erste Werbung ist mir zwar misslungen, aber mit Gottes Hilfe habe ich Herrn Goswins Wohlwollen gefunden. Die Schwester seines Cellerars soll bald meine Frau sein.«

Albert zeichnete mit der Rechten ein Kreuz. »Möge der Herr dich und dein zukünftiges Weib mit gesunden Kindern segnen.«

»Ich habe eine Bitte, Vater Albert.« Gerhard griff nach dem Ärmel der Tunika. »Ich wünsche mir, dass der Junge am Tage der Hochzeit bei uns zu Hause ist.«

»Du weißt, dass das nicht gestattet ist, Meister Gerhard.«

Ein zögerndes Nicken war die Antwort, aber es war zu spüren, dass es nicht dabei bleiben würde. Meister Gerhard und sein Neffe waren aus demselben Holz geschnitzt. Als der Mann sich mit einer Verneigung zurückzog, hatte Albert bereits beschlossen, dass er den Prior um diese Bitte angehen würde, obwohl er dazu seine ganze Überzeugungskraft würde aufwenden müssen.

Kaum hatte sich Domherr Ulrich vom Steine Meister Gerhards angenommen, als die Bürgermeister angekündigt wurden. Sie trugen farbenprächtige Mäntel und Obergewänder nach dem neuesten Schnitt, gefertigt aus feinster englischer Wolle, wie Albert bemerkte, als sie an ihm vorüberschritten, Heinrich Quattermart und Wilhelm Scherfgin, der erst zum Johannistag hinzugewählt worden war. Die Herren verhehlten ihren Dünkel als Angehörige eines Zusammenschlusses der Reichen nicht, auch Wilhelm Scherfgin, den Albert zuletzt in großer Angst um seinen Ältesten erlebt hatte, trug eine herablassende Miene zur Schau.

Gekleidet in seinen Ornat betrat schließlich der Erzbischof den Saal, dem Domdekan Goswin und Dompropst Konrad vorangegangen waren. Seiner verkniffenen Miene war anzusehen, wie unbequem die kostbar bestickte, aber steife Kasel und die schwere Mitra waren, selbst das Pallium schien ihn zu Boden zu ziehen. Er schritt zu seinem Sessel und ließ sich mit der Hilfe mehrerer Bediensteter, in denen Albert, der sich abseits gestellt hatte, um einen guten Überblick zu haben, Angehörige des Domherrenstifts erkannte, darauf nieder, wobei die Mitra ein wenig verrutschte. Es mochte kaum jemand bemerkt haben, weil die meisten viel zu sehr damit beschäftigt waren, in Gegenwart des Stadtherrn ihren eigenen Reichtum und ihre Würde hervorzukehren, aber in Alberts Mundwinkel lockte es ein kleines Lächeln.

Während der feierlichen Begrüßung und den Segensspendungen schweifte Alberts Blick über die Gesichter der weltlichen und geistlichen Angehörigen des Domkapitels, von denen nicht jeder die Geduld aufbrachte, eine andächtige Miene zur Schau zu tragen. Nachdem schließlich Herr Goswin, der Domdekan, den Grund für diese Beratung vorgetragen hatte, hob Erzbischof Konrad die Rechte.

Albert hatte Herrn Konrad nicht oft zu Gesicht bekommen. Ihre Begegnung am Wehrgang der Pfaffenpforte erregte noch immer Groll in ihm, weil der Erzbischof ihn im Grunde benutzt hatte. Herr Konrad war ein machtbewusster Mann, Sohn des alten Grafengeschlechtes derer von Hochstaden und Are. Doch während ein Tommaso de Aquino seinen angeborenen Stolz weitgehend überwunden hatte, trug Herr Konrad ihn zur Schau, denn er stand nicht nur in der Nachfolge der Apostel, sondern war auch Herr über diese Stadt und das dazugehörige Umland, Kurfürst und Reichserzkanzler für Italien und nicht zuletzt Lehnsherr vieler Grafen, die mächtiger waren als seine Väter. Vier Jahre zuvor hatte Papst Innozenz, der vierte dieses Namens, Kaiser Friedrich, den Staufer, und dessen Sohn Konrad, den König der Deutschen, aus der Gemeinschaft der Christenheit verstoßen und für abgesetzt erklärt. Seither hatte Herr Konrad sich gemeinsam mit den Erzbischöfen von Mainz und Trier darin hervorgetan, Könige küren zu lassen. Freiwillig wollte kein Graf oder Herzog gegen den Sohn des mächtigen Normannen antreten, und der, den die Kurfürsten zuerst gewählt hatten, war an Konrad gescheitert und ungekrönt gestorben. Der zweite König nach dem Geschmack der Erzbischöfe, Wilhelm von Holland, war im vergangenen November nach langer Belagerung in Aachen eingezogen und dort von Herrn Konrad gesalbt worden. Zumindest war König Wilhelm damit einen Schritt weiter als sein glückloser Vorgänger.

Albert zuckte zusammen, als er bemerkte, dass es still geworden war; Herr Konrad machte eine Pause, aber seine Worte waren Albert entgangen. Insgeheim dankte er dem Herrn, dass eine ausführliche Vorladung im Kloster ergangen war: Die Vorgänge in der Stadt, die Weigerung der Herren von der Richerzeche, die neue Münze anzuerkennen, hatten den Erzbischof auf den Plan gerufen, denn die Meliores rangen ihm die Waffen aus den Händen.

Heinrich Quattermart, einer der beiden Führer dieser Besseren, trat vor, ein kraftstrotzender Mann in den besten Jahren, der feines englisches Tuch einführte; dass er es gewinnbringend zu verkaufen wusste, verrieten seine Kleidung und die goldene Kette, die auf seiner Brust glänzte. Er war seit einem halben Jahr im Amt, und das bereits zum zweiten Mal.

»Die Münze, die Ihr uns aufgezwungen habt, ist minderwertig, Hoher Herr«, sagte er nach den üblichen Redewendungen zur Begrüßung.

Sofort ertönte Widerspruch hinter ihm, die Domherren murrten, doch Herr Heinrich ließ sich nicht beirren.

»Wir Bürger von Köln danken dem Heiligen Vater in Rom für den großzügigen Ablass, den er uns für die Unterstützung des Dombaus gewährt. Doch dieser Bau übersteigt die Kräfte der Stadt. Zahllose fremde Handwerker sind gekommen, darunter Steinmetze aus Franzien, die der Dombaumeister angelockt hat, als hätten wir nicht selbst gute Steinmetze –«

»Als würdet Ihr den kölnischen Handwerkern die Butter zum Brot gönnen!«, krähte einer der Domherren. »Ihr werdet immer reicher, während das Volk hungert! Kein Wunder, dass es Unruhen gibt!«

»Dass in der Stadt Unruhen aufgekommen sind, ist völlig richtig«, widersprach Herr Heinrich. »Es sind die Handwerker und Taglöhner, die nicht aufhören, zu murren, und ihre Söhne nicht im Zaum halten. Dabei tragen sie selbst die Schuld an ihren Schwierigkeiten, denn sie erheben sich über ihren Stand und wollen befehlen, obwohl sie geboren sind zu gehorchen. Sie würden in Frieden und ohne Mangel leben, wenn sie sich Gottes Ordnung nur fügten.«

»Gottes Ordnung.« Der Erzbischof spitzte die Lippen. »Dass so viele in der Stadt verelenden und dann hinausgejagt werden, liegt wohl eher daran, dass Ihr überhöhte Mieten verlangt und die Preise für Getreide, Wein, Bier und anderes in schwindelerregende Höhen treibt.«

»Wenn eine Ware knapp ist und zugleich begehrt, dann steigt ihr Wert, hoher Herr«, belehrte Heinrich Quattermart den Erzbischof, dessen schmale Augen blitzten.

Albert hatte nicht übel Lust einzugreifen. Er wusste um die Not vieler zugereister Handwerker und Tagelöhner, die auf der Dombaustelle Arbeit suchten. Nahezu alle fanden dort Beschäftigung, aber die Löhne reichten kaum zum Leben, Männer, Frauen und Kinder schufteten auf der Baustelle, und dennoch reichte es nur bei wenigen, um zumindest ein Kämmerchen oder eine baufällige Hütte innerhalb der Stadtmauern bezahlen zu können. Sie waren unerwünscht, und seitdem sie als Lohn die neuen Münzen erhielten, konnten sie nirgendwo mehr etwas kaufen, wenn sie diese nicht zuvor eintauschten, was wiederum unter Strafe stand. Dass Lebensmittel teuer geworden waren, beklagte auch der Cellerar des Konvents - wie sollten dann einfache Tagelöhner von ihrer Hände Arbeit leben, geschweige denn Weib und Kinder ernähren?

Albert blickte auf Heinrich Quattermarts stolz gestrafften Rücken und seufzte unhörbar. Dass eher ein Kamel durchs Stadtpförtchen gelange als ein Reicher ins Reich der Himmel, waren die Worte des Herrn gewesen, mit denen er einen begüterten Jüngling beschieden hatte. Wer Besitz hatte, hing daran und suchte jede Gelegenheit, ihn zu sichern und zu mehren. Als könnte ein Mensch auch nur irgendetwas davon mitnehmen, wenn seine Stunde gekommen war. Dass die altehrwürdigen Geschlechter die Pfründe so mancher Pfarrei an sich gezogen hatten und dadurch Einfluss darauf nahmen, wer Leutpriester in ihrer eigenen Gemeinde wurde, war ein weiteres Übel. Manch ein reicher Herr stattete nicht nur seine Kirche mit Geld und Gerätschaften aus, sondern sorgte auch dafür, dass einer seiner Söhne dem Klerus beitrat und nach der Weihe in die heimatliche Pfarrei versetzt wurde. Nicht zum ersten Mal fragte Albert sich, ob solch ein Pfarrherr dem freigebigen Gönner die gleichen Bußen auferlegte wie den anderen armen Sündern in seiner Gemeinde.

»Meister Gerhard«, schallte des Erzbischofs Stimme, »gib uns einen Bericht über den Fortgang des Baus.«

Der Dombaumeister zwängte sich zwischen den Domherren nach vorn, in den Armen hielt er einen hölzernen Entwurf seiner Kathedrale. Er beugte das Knie und verneigte sich vor dem Erzbischof, dann gegenüber Burggraf, Bürgermeistern und Stadtvogt.

»Ehrwürdige Herren, ich habe dem Gesagten eigentlich nichts mehr hinzuzufügen. Mir als Leiter der Fabrica bereitet das alles große Schwierigkeiten, denn nicht nur Handlanger, sondern sogar Handwerksmeister kommen und gehen. Neue Leute müssen erst einmal eingearbeitet werden in die franzische Bauweise –«

»Warum musste es denn auch ein Dom in franzischer Art sein, wo wir so viele herrliche Kirchen eigener Bauweise haben«, fiel ihm Heinrich Quattermart ins Wort.

»Eben deshalb«, entgegnete Herr Ulrich vom Steine, der unweit stand.

Der Erzbischof warf einen scharfen Blick in die Runde, dann winkte er Meister Gerhard näher, doch dieser zögerte, schwankte ein wenig vor und zurück, als kämpfe er gegen einen unsichtbaren Widerstand. Dann setzte er tastend Fuß vor Fuß, den Entwurf schützend in den Armen haltend. Herr Konrad streckte beide Hände aus nach dem Ding, das Meister Gerhard ihm sichtlich widerwillig überreichte.

Albert hatte den Entwurf einmal in der Fabrica gesehen. Das hölzerne Bildwerk war etwa zwei Handspannen hoch und annähernd ebenso lang, aus fein geschnitzten Teilen gefertigt, ein auf den ersten Blick gedrungen wirkendes Ding, bestehend aus einem fünfschiffigen Langhaus, dessen Westseite von zwei hohen, spitz zulaufenden Türmen zu beiden Seiten des Hauptschiffes und im Osten von einem Kapellenkranz abgeschlossen wurde, und einem dreischiffigen Querhaus. Ein Türmchen krönte die Vierung, und wie Weinreben wirkten die Streben, die die von hohen Maßwerkfenstern durchbrochenen Wände stützen sollten. Schon an dem Holzbildnis war zu erkennen, dass der neue Dom alle anderen Kirchen der Stadt weithin sichtbar überragen würde.

Der Entwurf ging von der Hand des Erzbischofs in die des Burggrafen, der nach eingehender Betrachtung die Mundwinkel anerkennend hinabzog und nickte, ehe er es durch einen bereitstehenden jungen Kapitular dem zur Linken des Erzbischofs sitzenden Domdekan weitergeben ließ. Doch dieser verwies den jungen Mann an den Bürgermeister, der nun gezwungen war, sich das Bildwerk anzusehen, was ihm sichtlich missfiel, denn er räusperte sich angestrengt.

»Nun gut, dass der alte Dom baufällig war, ist bekannt. Aber muss es ein solch gewaltiger Bau sein? Hätte es nicht genügt, den alten Dom teilweise abzutragen und wiederherzustellen? Zumal es, wie ich schon sagte, in dieser Stadt viele prächtige Kirchen gibt, die eine würdige Heimstatt für die Gebeine der Heiligen Drei Könige wären.«

»Offenbar ist dir, Heinrich Quattermart, nicht bekannt, dass es einer meiner Vorgänger im Amt, Raimund von Dassel, war, der diese Heiltümer hierherbrachte, und sie daher in den erzbischöflichen Dom gehören und nicht in eine beliebige Stiftskirche.«

»Dann frage ich Euch, hoher Herr, warum diese Heiltümer eifersüchtig in den Schatzkammern des erzbischöflichen Palas versteckt und nur zu seltenen Anlässen ans Licht geholt werden.«

Ein Tumult brach aus unter den Domherren, zwei von ihnen mussten mit Mühe zurückgehalten werden, damit sie sich nicht auf den Bürgermeister stürzten. Auf Erzbischof Konrads Zügen hingegen glaubte Albert Häme zu erkennen; blanker Neid schien die reichen alten Geschlechter umzutreiben. Neid auf den Stadtherrn, den sie schon lange auszustechen und loszuwerden versuchten. Köln zu einer freien Reichsstadt zu machen, die nur dem Kaiser unterstellt war, schien seit langem ihre Absicht. Doch einen Kaiser gab es nicht, der König war ein Schützling der drei kurfürstlichen Erzbischöfe, und mit der Berufung Gerhards von Rile zum Dombaumeister hatte Herr Konrad ein weiteres Meisterstück vorgelegt: Der Erzbischof setzte als Stadtherr ein gewaltiges Zeichen seiner Macht, denn dieser Dom würde der bedeutendste Kirchenbau in den deutschen Fürstentümern sein.

Meister Gerhard hatte sich mit einer Umarmung von seinem Neffen verabschiedet, die dieser verwirrt über sich ergehen ließ. Eine derartige Nähe war er seit seinem Eintritt in den Konvent nicht mehr gewohnt. Auf dem Weg zurück in die Stadt hielt der Junge sich wie ein gehorsamer Adlatus schweigend hinter Albert, so dass dieser schließlich stehen bleiben musste, um ihn anzusprechen.

»Und was denkst du über diese Dinge?«, fragte Albert.

Gerwich blickte ihn verdutzt an, senkte aber sogleich wieder den Kopf und schwieg.

»Nun?«, setzte Albert nach.

»Ich verstehe nichts davon.«

Albert lachte. »Was glaubst du, wozu ich dich zu einer solchen Besprechung mitnehme? Dazu, dass du mit anderen jungen Kerlen Fingerbotschaften austauschst?«

Obwohl es Gerwich nicht gelang, sein Erröten zu verheimlichen, war Albert sicher, dass der Junge bei diesen albernen Spielen der anderen jungen Begleiter nicht mitgemacht hatte. Er dauerte ihn, er war ein Außenseiter in dieser Stadt, ebenso wie er ein Außenseiter im Konvent war. Ihn plagte der Gedanke, Gerwich sei nicht für das Leben, das er gewählt hatte, geschaffen, sondern er habe nach allem, was er in dieser Stadt erlebt hatte, dort Zuflucht gesucht. Nicht wenige Jungen, die sich dem Leben in der Welt und den Ansprüchen, die an sie gestellt wurden, nicht gewachsen fühlten, bemühten sich um den Eintritt in ein Kloster, und manche Klöster des Ordens vom Heiligen Benedictus waren allzu gern bereit, gegen eine angemessene Gabe überzählige oder zur Verehelichung ungeeignete Nachkommen aufzunehmen, von denen nur eine geringfügige Beteiligung am klösterlichen Leben verlangt wurde. Doch Gerwich hatte keinen wohlhabenden Vater, der ihm solche Türen hätte öffnen können.

»Junge, denk nach«, sagte er leise. »Wer willst du in zehn Jahren sein? Wo und wie willst du dann leben?«

Gerwich blickte ihn an, und Albert sah deutlich, dass er sofort hatte antworten wollen, diese Antwort jedoch auf den Lippen erstickt war.

XX

Eine bunte Gesellschaft, bestehend aus Nachbarn und einigen Handwerksmeistern, hatte sich im Haus des Dombaumeisters eingefunden, um dessen Hochzeit mit einem Festmahl zu feiern. Gerwich und seine Schwester saßen dem Brautpaar gegenüber in der Mitte der langen Seite der Tafel. Es war gemütlich in der überfüllten Stube, Kerzen verbreiteten warmes Licht, während der Regen auf das Pergament der Fenster prasselte. Er konnte es noch nicht recht glauben, dass er tatsächlich hier war; vor wenigen Tagen war er vom Novizenmeister zum Prior begleitet worden, der ihm unter Stirnrunzeln eröffnete, dass ihm erlaubt sei, den Hochzeitstag seines Onkels in dessen Haus verbringen zu dürfen, zur Vesper müsse er sich allerdings wieder im Kloster einfinden.

Zwei Laienbrüder, die ihn zu gegebener Zeit am Haus seines Onkels wieder abholen würden, hatten ihn zu Sankt Lupus begleitet, wo Gerswint ihn als Erste empfangen und sogleich weinend umarmt hatte; aus ihren Augen hatte keine Freude geleuchtet. Die Begrüßung des Onkels war ungleich wärmer ausgefallen. Die Braut sah Gerwich nur von weitem, ein pummeliges Mädchen, bunt herausgeputzt; als der Dombaumeister, der seinen besten Kittel trug, zur Seitenpforte der Kirche schritt, führte ihm ein dicker Mann im grauen Habit das Mädchen zu. Um so deutlicher sah er Caecilie, deren Vater mit ihr fröhlich auf ihn zueilte; das feine Lächeln, das sie ihm unter ihrem Schleier schenkte, zog seinen Blick immer wieder an, so dass er kaum hörte, worüber Meister Johann plauderte, und maulfaule Antworten gab.

Es war trüb, aber noch ballten sich die Wolken nur dunkel über der Stadt. Schließlich trat der Priester vor die Kirchenpforte, und Gerwich hörte, wie er Bräutigam und Braut nacheinander fragte, ob sie einwilligten, miteinander den Bund der Ehe einzugehen, um einander zu lieben und treu zueinanderzustehen. Dann zogen die Menschen hinein, um der Brautmesse zu lauschen, die der Dombaumeister für seine junge Frau lesen ließ.

Gerwichs Herz hatte wild gepocht, und er hatte den Blick nicht von Caecilies Rücken abwenden können, weil er daran denken musste, dass sie dieses Versprechen dem ungeschlachten Altgesellen hätte leisten müssen. Auch während der Messe war es ihm schwergefallen, nicht in der Menge nach ihrem hellen Haar unter dem weißen Schleier zu suchen und stattdessen aufmerksam zu lauschen. Bei den Gebeten und Liedern flogen seine Augen ebenso wie seine Gedanken immer wieder zu ihr.

Meister Gerhards Haus erreichten sie gerade noch, bevor die ersten dicken Tropfen auf die staubige Straße klatschten. Frau Barbara hatte zum Abschied ein prächtiges Festmahl aufgetischt, das die Üppigkeit der Braut widerspiegelte. Gerwich saß seinem Onkel gegenüber, der zumeist mit Meister Johann anstieß und lachte; seine Braut beachtete er kaum. Doch zu Gerwichs Verwunderung schien sie das nicht zu stören; sie unterhielt sich munter mit ihrem dicken Bruder, der neben ihr saß. Ihr großer Mund war ständig in

Bewegung, ganz anders als Caecilie, die schweigend und mit gesenktem Kopf zwischen Vater und Mutter saß und langsam und mit spitzen Fingern von dem aß, was ihre Mutter ihr auf den Teller geschaufelt hatte.

Erleichtert hörte Gerwich das Klopfen an der Tür, es konnte nur bedeuten, dass die Laienbrüder gekommen waren, um ihn abzuholen. Seine Familie begleitete ihn zur Tür, wo ihn die neue Tante kurz an ihren üppigen Busen drückte und um Gebete für gesunde Kinder bat, bevor der Onkel ihn entließ. Draußen standen tatsächlich zwei Laienbrüder, die Gesichter im Schatten ihrer dunklen Gugeln verborgen. Als Gerwich in den Trippen seines Onkels das Haus verließ, schlossen sie sich ihm wortlos an. Er ging die Gasse hinunter bis zur nächsten Kreuzung, wo er den Weg zum Kloster einschlug. Verwundert hörte er die Schritte der Laienbrüder neben sich, wollte unter der Gugel hervorschauen, als etwas Dunkles über ihn fiel, seine eigene Capa! Er schlug um sich, um das Tuch abzuschütteln, da wurden seine Arme gepackt und ihm auf den Rücken gedreht. Mit hartem Griff hielt ihn jemand fest, während der andere seine Handgelenke mit einem glatten Riemen fesselte und dann das Manteltuch um seine Brust schnürte. Er stieß einen Schrei aus, doch ein Stoß in die Magengrube ließ ihn wie einen brechenden Zweig zusammenknicken und verstummen. Mehr als ein Ächzen brachte er nicht hervor, während er wild im Kreis gedreht wurde.

Das waren keine Laienbrüder. Sie hatten ihre Gesichter vor ihm verborgen, um ihn zu täuschen, und er hatte sich übertölpeln lassen. Kalter Schweiß brach ihm am ganzen Leibe aus, und Schwindel erfasste ihn, als sie ihn mit einem Ruck zum Stehen brachten, dann weiterzogen. Gerwich taumelte zwischen den beiden, die seine Oberarme gepackt hatten und ihn weiterzerrten. Der Regen tränkte den Mantel und die Gugel darunter, Wasser troff über sein Gesicht. Seine Schuhe saugten sich voll mit Nässe, die Trippen hatte er längst verloren.

Die Männer hatten es eilig. Immer wieder strauchelte Gerwich, stolperte vorwärts, während er versuchte, seine Gedanken zu ordnen. Ihm war, als wollte er einzelne Mücken aus einem wirbelnden Schwarm fangen. Die Hochzeitsgesellschaft feierte noch, die Mönche bereiteten sich auf die Vesper vor, und er wusste nicht einmal, wohin er verschleppt wurde. Sein Hilferuf geriet zu einem Klagelaut, der Mann zu seiner Linken ruckte an seinem Arm, der andere gab ein Zischen von sich und drückte etwas Spitzes in seine Seite. Angst würgte ihn. Sein Fuß blieb schmerzhaft an einem Stein hängen, dass er der Länge nach hinschlug. Geistesgegenwärtig rollte er zur Seite, prallte dann mit dem Kopf gegen etwas Hartes. Er hörte Flüche. Der beißende Gestank von Jauche raubte ihm schier die Sinne.

Er müsse sich in einer Nebengasse befinden, dachte er, da wurde er schon unsanft auf die Beine gezerrt. Aus der Ferne rief eine helle Glocke zur Vesper. Er durfte gar nicht hier sein! Ein Tritt brachte ihn auf die Füße, und schon wurde er vorwärtsgetrieben. Plötzlich stieß er mit den Knien gegen eine Mauer. Einer der Männer nestelte an der Befestigung des von Jauche durchtränkten Mantels. Er hörte Stoff reißen, eine Seilwinde, das Gluckern von Wasser in der Tiefe. Sie standen an einem Brunnen. Der Mantel wurde ihm vom Kopf gezogen, und im selben Moment klatschte ein kalter Guss über seinen Kopf. Noch bevor er die Tropfen abgeschüttelt hatte, wurde eine Binde straff über seine Augen geschlungen und im Nacken verknotet, dann ein Stoffknäuel in seinen Mund gestopft, das man mit einem weiteren Streifen festband. Dann stülpten sie ihm wieder die Gugel über den Kopf und führten ihn weiter.

Es wäre nicht nötig gewesen, ihn immer wieder wie einen Kreisel zu drehen, er wusste ohnehin nicht, wo er sich befand, und fühlte sich dem Zugriff der Männer hilflos ausgeliefert. Der Schwindel verursachte ihm Übelkeit, aber wenigstens war der Jauchegestank weitgehend verflogen. Plötzlich wurde er gegen eine Holzwand gestoßen, hörte ein Klopfen neben sich, ein Riegel wurde auf der anderen Seite bewegt, und die Wand wich zurück, dass Gerwich weiterstolperte. Hinter der Pforte fiel immer noch Regen, aber es war geschützter, denn die Tropfen prasselten nicht mehr ungehemmt auf seine Gugel. Er spürte Kiesel unter den Sohlen, ein Hund belferte und ließ die Kette rasseln, dann knirschten Türzapfen in ihren Löchern. Es stank nach Ziegen. Ein Stoß warf ihn, Kopf voran, auf einen erhöhten Boden, ein weiterer Stoß beförderte ihn weiter hinein in den Raum, auf dessen Reisigdach der Regen rauschte. Wieder knirschte die Tür, eine Verriegelung knarrte, dann entfernten sich, begleitet vom Toben des Hundes, Schritte auf dem Kies.

Er war allein.

Obwohl der dumpfe Gestank ihn benebelte, rollte er sich auf die Seite und tastete blind hinter sich, trotzte der Angst, die ihn in seiner Blindheit angefallen hatte wie ein reißendes Tier. Er fühlte Strohhalme zwischen den Fingern, roch den getrockneten Kot der Tiere, die hier wohl vor kurzem noch gehalten worden waren. Der muffige Knebel dörrte seinen Mund aus, und sein Herz trommelte gegen die Rippen, als wollte es sich aus diesem Gefängnis befreien. Mühsam krümmte er sich zusammen und setzte sich auf, den Rücken zur Wand, zog die Knie an und legte den Kopf darauf. Ihm blieb nichts übrig, als zu warten.

Die Hochzeitsgesellschaft feierte sicherlich noch. Die Mönche hatten sich längst zur Vesper eingefunden. Zweifellos war der Novizenmeister wütend über sein Fernbleiben. Er hatte Vater Albert und Thomas enttäuscht, vielleicht sogar seine Aufnahme im Konvent verscherzt. Wann würde ihn jemand vermissen? Tränen sickerten in die straffe Augenbinde, die sie aus seinem Manteltuch gerissen hatten, schwarz, so dass er tatsächlich nichts sehen konnte. Er presste die Augen auf die Knie und biss sich auf die Unterlippe, um das Schluchzen zu unterdrücken, doch es gelang ihm nicht.

Ein leises Fiepen schreckte ihn aus dem Dämmern, in das er sich geflüchtet hatte. Feines Trippeln war zu hören, winzige Füßchen eilten über Holz, dann durch Stroh. Kleine Nager suchten Nahrung. Der Knebel verursachte ihm ein Würgen. Er schickte ein Stoßgebet zum Himmel, dass es keine hungrigen Ratten sein mögen. Dann kehrte wieder Stille ein. Von draußen klangen gedämpft die hohen Schreie der Fledermäuse. Es hatte aufgehört zu regnen. Gerwich holte durch die Nase Atem. Er konnte nur stumm beten. *In nomine patris et filii et spiritus sancti.* Er hatte die Vesper nicht schuldhaft versäumt. *Deus, in adiutorium meum intende. Domine, ad adiuvandum me festina.* Tonlos murmelte er die Eröffnungsverse – falls noch jemand in diesem Verschlag war, würde er sich bemerkbar machen. *Gloria Patri et Filio et Spiritui Sancto. Sicut erat in principio, et nunc, et semper et in saecula saeculorum. Amen.* Das Alleluia ging ihm nicht über die zitternden Lippen. Wieder wurden ihm Augen und Binde nass. Er ruckte an den Fesseln, fingerte nach den

Enden, die aus dem Knoten ragen mussten, konnte aber nichts erhaschen. Wahrscheinlich hatte der Kerl die Riemen verzwirbelt und zwischen die Fesseln geschoben. Nichts blieb ihm übrig, als zu warten.

Und zu beten.

Er lehnte sich zurück, bis sein Kopf die Wand berührte. *Domine, Deus salutis meae, in die clamavi et nocte coram te. Intret in conspectu tuo oratio mea, inclina aurem tuam ad precem meam. Quia repleta est malis anima mea, et vita mea inferno appropinquavit.* Die Stimme erstickte im Schluchzen. Es half nichts, Tag und Nacht zu rufen, dass Gott auf sein Gebet schauen und das Ohr neigen möge, weil seine Seele von Übeln angefüllt war und er sich dem Verderben nahe fühlte. Er hatte nicht die Kraft eines Heiligen.

Der Kopf fiel ihm vornüber auf die Knie.

Ein raues Knirschen weckte ihn. Schritte näherten sich. Er wollte den Kopf heben, aber der Nacken war steif von der Kälte. Er bibberte, dass seine Zähne klapperten. Zu allem Überfluss drückte die Blase. Mit dem Knarren der Tür schwebte ein Luftzug herein. Vogelsang war zu hören und das Gackern von Hühnern. Eine Frauenstimme in der Ferne.

Der Holzboden knarrte unter den Füßen des Eintretenden. Gerwich war sicher, dass die Schweißfahne von einem Mann stammte, einem, der sich nicht allzu oft wusch. Er rückte von der Tür weg, hörte ein Brummen. Als jemand seine Schulter berührte, fuhr er herum, versuchte wegzukommen und schlug bäuchlings auf dem Boden auf.

Der Mann hatte einen überraschten Laut von sich gegeben, doch schon war er über Gerwich, seine Knie pressten

Gerwichs Unterarme auf den Boden. Er fingerte an dem Knoten des Knebels herum und löste ihn. Gerwich spie das wollene Knäuel aus und hustete, würgte und spuckte, wand sich unter dem Gewicht des Kerls. Er wollte schreien, doch eine schwielige Hand presste sich auf seinen Mund. Der Hund schlug an.

»Still, Knäblein! Dann passiert dir nichts. Wenn du den Mund hältst, bleibt dir der Knebel erspart«, brummte der Kerl.

»Wer bist du?«, stieß Gerwich hervor. Seine Stimme klang ihm fremd. »Wo bin ich?«

Er hörte nur ein unterdrücktes Lachen, dann erhob der Kerl sich, ging zur Tür zurück. Aus seinen schleppenden Schritten schloss Gerwich, dass er in diesem Stall nicht aufrecht gehen konnte. Hastig rollte Gerwich sich auf den Rücken, stemmte sich in die Hocke. Die Schritte näherten sich wieder. Er wich zurück und stieß mit dem Rücken an eine Wand.

Etwas berührte seine Lippen. Er roch frisches Brot, öffnete zögernd den Mund und nahm einen winzigen Bissen. Es war weiches Brot, zu gut für einen Kerl wie den, der es gebracht hatte. Hilflos ließ er sich füttern, nahm zwischen zwei Bissen einen Schluck aus dem Becher, der ihm hingehalten wurde, Wasser, dem ein wenig Wein beigemischt war. Der Harndrang machte sich schmerzhaft bemerkbar, doch er kämpfte ihn nieder. Der letzte Kanten Brot wurde ihm in den Mund gestopft, die Neige aus dem Becher eingeflößt. Sein Mund war noch nicht leer, als ein Fausthieb seine Schläfe traf, dass er benommen zur Seite sank. Die Hand des Mannes umspannte sein Kinn und zwang ihn, den Mund zu öffnen, damit er den ekligen Knebel wieder hineinpressen und festbinden konnte. Gerwich gelang es nicht, sich dem Griff des Kerls zu entwinden, seine Füße traten ins Leere, denn der andere hatte sich schon zurückgezogen. Die Tür klappte zu.

Wieder war Gerwich allein.

Ein schleifender Laut setzte ein; jemand fegte den Kies. Draußen gingen Menschen ihrem Tagwerk nach. Gerwich schlug das Herz bis zum Hals, er versuchte, um Hilfe zu rufen, sich bemerkbar zu machen, brachte mit dem Knebel im Mund aber nicht mehr als ein lautes tierisches Stöhnen hervor. Tatsächlich wurde es still. Er stöhnte nochmals, lang anhaltend, bis ihm schier schwindlig wurde, als ihn eine wütende Verwünschung zum Schweigen brachte. Wieder zischte der Besen über den Kies. Sein nächster Ruf blieb unbeantwortet. Die Kraft verließ ihn mit dem Atem, er sackte zusammen und fiel auf die Seite, halb auf Holzdielen, halb auf Stroh. Sein Herz schlug leer, er weinte laut wie ein Kind, schämte sich und konnte es doch nicht unterdrücken. Erst als es warm über seinen Oberschenkel lief, schrak er zusammen, hielt krampfhaft ein.

Eine Glocke ertönte hell, sie rief zur Terz. Gerwich fragte sich, ob man ihn vermisste oder glaubte, dass er weggelaufen sei. Ob man ihn vielleicht sogar suchte. Ihm war, als hockten die Dämonen der Hölle ringsum, belauerten ihn zähnefletschend und grinsend, träufelten Zweifel und ätzende Fragen in sein wundes Herz. Leidlich gelang es ihm, sich das kleine Licht vorstellen, das vor der Nische mit dem Allerheiligsten brannte, und er folgte abwechselnd den Worten des *Pater noster* und des Mariengrußes wie ein Jäger den Spuren des Wildes im Schnee.

Caecilie beugte sich über ihn, ihr lichthelles Haar fiel auf sein Gesicht, ihre Hand lag auf seiner Schulter, so leicht, dass er ihr Gewicht nicht spürte. Eine Amsel sang ihr Abendlied. Caecilies Finger trippelte seinen Rücken entlang. Sofort saß er aufrecht. Seinen Aufschrei erstickte der Knebel. Da war niemand, nur eine Maus oder eine Ratte, die Futter suchte. Um seine Handgelenke lagen die Fesseln wie glühende Zangen. Er saß auf klammem Tuch, und obwohl er am ganzen Leibe zitterte, zwang er sich, langsam zu atmen, den Brechreiz, den der pelzige Knebel auslöste, zu unterdrücken. Ekel beutelte ihn, Ekel vor der Nässe und vor der Schwäche des Leibes. Er warf den Kopf zurück, stieß ihn gegen die Wand, zwei Mal, drei Mal. Trampelte mit den Füßen auf dem Boden, stöhnte laut, bis seine Kräfte versagten. Antwort gab ihm nur der Hund, der laut schnüffelte und anschlug.

Die Stille raubte ihm den Verstand. Amsel und Rotkehlchen setzten ihren Gesang fort, während er keuchend und schweißüberströmt hinaushorchte. Die Vesper war längst vorüber, wahrscheinlich ging es auf die Komplet zu. Fast erleichtert hörte Gerwich die schweren Schritte, die sich auf dem Kies näherten, wütendes Kläffen und Kettenrasseln. Der Riegel wurde zurückgeschoben, und ein kalter Luftzug verriet, dass die Tür geöffnet worden war. Wortlos trat der Mann ein, verbreitete seinen Schweißgeruch, vermischt mit dem Duft von Brot und verdünntem Wein. Gerwichs Geruchssinn war in der Blindheit schärfer geworden, doch als er den Mann schnüffeln und dann leise schnalzen hörte, schoss ihm das Blut in die Wangen.

»Ein dreckiges Kerlchen«, murmelte der Mann, »genauso dreckig wie jeder andere arme Schlucker vor der Stadt. Jetzt habt Ihr einen richtigen Bettelmönch vor Euch –«

Ein zischender Laut unterbrach den Mann, und mit einem Mal erkannte Gerwich, dass der Kerl nicht allein gekommen war. Er wand sich, um von der Tür wegzukommen, rutschte hastig auf dem Hintern rückwärts in den hintersten Winkel des Stalles.

»Ihr macht ihm richtig Angst.« Der Kerl lachte leise, und es klang ebenso unterwürfig wie hinterhältig. »Ja, wir passen gut auf ihn auf.«

Ein leises Schaben ließ sich vernehmen, dann ein leichter Schritt, der sich durch den Hof entfernte. Der andere Mann brummte etwas vor sich hin, räumte geräuschvoll Dinge herum, schob etwas neben Gerwich, den er unter den Achseln packte. Gerwich wand sich in dem harten Griff und wurde dennoch ein Stück hochgehoben, Tunika und Skapulier riss der Mann beiseite und setzte ihn auf einen Kübel.

Während Gerwich die rüde Behandlung hilflos über sich ergehen lassen musste, schickte er stumme Stoßgebete himmelwärts, niemand möge je davon erfahren, lieber wolle er sterben.

Die Finsternis, die Gerwich beständig einhüllte, nur unterbrochen von bunten Lichtblitzen, zermürbte ihn. Der Kopf schmerzte, die von den Riemen wundgeriebenen Handgelenke fanden in keiner Haltung Linderung, und die Augen brannten vom salzigen Nass, das sie tränkte. Seine Wangen juckten, weil ihm ein Bart wuchs. Im Kloster hatte er ein Messer, mit dem er die lästigen Borsten wegschaben konnte.

Ein Messer.

Der Gedanke war wie ein leuchtender Funke in seiner düsteren Trübsal, und Gerwich glaubte, zumindest wieder Umrisse zu erkennen. Um ihn zu füttern, hatte der Mann die Stoffstreifen durchschnitten, die den Knebel hielten, und einen neuen Streifen dazu benutzt, den Knebel wieder zu befestigen. Er hatte ein Messer bei sich, trug es vielleicht am Gürtel. Doch wie sollte Gerwich dieses Messer in seine Hände bekommen, gefesselt und geblendet und geknebelt, wie er war?

Vier Mal hatten Amsel und Rotkehlchen ihr Abendlied gesungen, vier Mal hatte lauter morgendlicher Vogelschlag ihn wach gehalten. Die Angst lauerte ihm auf wie eine von ihrer Beute gelangweilte Katze, mehr aus Gewohnheit als aus Lust. Die Dämonen wisperten, ließen ihn nicht klar denken. Als die Tür sich knarrend öffnete, kauerte er in der Mitte des Verschlages, die Tür im Rücken, den Kopf auf den Knien, als schliefe er. Ganz Ohr.

Mehr spürte er, wie der Mann sich hinterrücks heranschlich, als dass er ihn hörte. Er ahnte, dass es dem Kerl gefiel, ihn, den Hilflosen, zu drangsalieren, und betete inständig, dass die Dämonen dem Kerl keine üble Teufelei einflüsterten. Doch ein leichter Schlag auf den Kopf und das hämische Kichern belehrten ihn eines Besseren. Kalter Schweiß rann in seinen Nacken, und der Puls dröhnte in den Ohren. Wie erwartet, griff ihm der Mann unter die Achseln, um ihn auf die Beine zu zerren. Da nutzte Gerwich seine kauernde Haltung, schnellte vom Boden los und prallte mit dem Hinterkopf gegen das Gesicht des Mannes, so hart, dass sie beide hinterrücks stürzten. Der Mann hatte nur ein kurzes Stöhnen von sich gegeben; als er auf dem Boden aufschlug, ächzte er, und sein Körper verlor alle Spannung, während Gerwich hastig von ihm wegrollte.

Blind und gefesselt lag Gerwich auf den rauen Dielen, das Gesicht an die Wand gedrückt, und sein Herz pochte so laut, dass er nichts anderes mehr hörte. Doch er durfte nicht warten, musste sich beeilen. Hastig schätzte er den Weg, rutschte zurück, Füße voraus, bis er mit den Zehen an etwas Weiches stieß, Stoff fühlte. Er tastete an dem Körper entlang, bis er den Gürtel fand, den der Kerl um den Kittel geschlungen hatte, und blieb tatsächlich an einem Messergriff hängen. Er krampfte die Zehen darum und zog daran, doch es steckte fest, und als der Kerl leise stöhnte, wäre er beinahe zurückgezuckt. Eilig dreht er sich um, schob sich rücklings näher und fingerte nach dem Messergriff, bekam ihn zu fassen.

Schnell schob er die Klinge zwischen die Riemen, die seine Handgelenke fesselten, schabte, sägte daran. Die Haut brannte, als rieselte Glut darüber, aber er spürte, dass sich die Riemen lösten, schüttelte die Arme, die plötzlich frei waren. Schluchzend hob er den bleischweren, lahm gewordenen rechten Arm, durchschnitt die Binden um seinen Kopf, spie, vom Licht geblendet, den Wollbausch aus, der ihn geknebelt hatte, hustete, spuckte Flusen. Die Haut rings um die Augen brannte, so wundgerieben war sie von der salzgetränkten Wolle.

Er blickte sich um, kniff die Augen zusammen beim Anblick der Spalten in der Luke, erkannte schemenhaft die Tür. Es war tatsächlich ein Stall, mit Raufe und geteilter Tür. Auf allen vieren kroch er zur Tür, fingerte durch ein kleines Loch nach dem Außenriegel, schob ihn zurück, als hinter ihm der Mann aufstöhnte.

Gerwich sah ihn an, er war jünger als gedacht, ein wenig ungeschlacht. Seine Nase blutete heftig, ebenso wie die Platzwunde an seiner Stirn. Gerwich riss die Tür auf und sprang hinaus, stolperte auf seinen geschwächten Beinen über den Kies. Belfernd sprang der Hund von der Seite heran, warf sich in die rasselnde Kette. Kreischend flüchtete eine Frau vor ihm zum Haus, einem windschiefen, vergrauten Stadthaus, neben dessen Rückfront Gerwich einen engen Durchgang erblickte. Er rannte unter einem Birnbaum hinweg, fand eine Pforte, die verriegelt war. Hinter ihm schrie der Kerl das ganze Haus zusammen, stürmte in den Durchgang, als Gerwich durch die Pforte schlüpfte und diese hinter sich zufallen ließ.

Er befand sich in einer engen Gasse, ohne zu wissen wo. In Köln gab es Tausende von Gassen, die so aussahen, Fachwerkhäuser auf beiden Seiten, dazwischen hohe Zäune oder Mauern. Er hastete an zwei schwatzenden Weibern vorbei, als der Kerl aus der Pforte brach.

»Haltet den Dieb!«, brüllte er, und sofort stoben die Frauen auseinander. Ein paar Männer, die hier gingen, versuchten, sich Gerwich in den Weg zu stellen, doch er stieß sie grob beiseite, wich in eine andere Gasse aus, irrte zwischen den Menschen herum, voller Angst, jemand würde ihn zu Boden werfen. Als hinter ihm ein Hund bellte, blieb ihm fast das Herz stehen. Er hatte keine Ahnung, wo er war, noch wusste er, wohin er sich wenden konnte. Das zerrissene, schmutzige Skapulier behinderte ihn, so dass er es sich im vollen Lauf über den Kopf zog und beiseitewarf, dann huschte er in die nächste Nebengasse.

Der Weg endete vor einer Mauer, hinter ihm standen die Häuser zu beiden Seiten wie eine enge Schlucht – und am Ende verdunkelten die Verfolger das Licht. Der Hund tappte ihnen knurrend voran. Das wilde Tier Angst sprang Gerwich in den Nacken, blendete ihn, als er ringsum hastig nach einem Fluchtweg spähte. Die Mauer war nicht hoch, vielleicht eineinhalb Mannshöhen. Und sie war unregelmäßig, hatte Löcher. Gerwich sprang daran empor, seine Zehen fanden Halt, er zog sich hinauf, trat nach – gerade noch rechtzeitig stemmte er sich auf den Sims, denn sie hatten den Hund von der Kette gelassen, und der sprang unter wütendem Gebell an der Mauer hoch.

Es war die Rückwand eines Stalls oder Schuppens; Gerwich tastete sich auf das Dach, folgte der Wand des nächststehenden Hauses um die Ecke. Unter ihm war ein Hof, in dem eine Frau ihr Gemüsebeet jätete. Er ballte die Fäuste vor dem Leib und atmete tief durch, als die Welt sich zu drehen begann.

Die Rufe der Verfolger drangen herauf, und als er sich in den Hof hinunterließ, packte die Frau ihre Hacke mit beiden Händen und erhob sie drohend gegen ihn. Doch er hetzte bloß zum gegenüberliegenden Zaun, der nur halbhoch war, so dass er ihn mit einem beherzten Satz überwand.

Seine Tunika blieb an einem Ast hängen, zerriss, als er vorwärtsstolperte, fast in die Arme der beiden alten Männer, die auf den Hof rannten. Er stieß sie mit beiden Fäusten beiseite, stürmte weiter, sprang an der nächsten Wand hoch und kletterte mit Händen und Füßen auf das Dach. Von hier aus konnte er über Schuppen und Mauerabsätze flüchten und wunderte sich, wie leicht er die Verfolger abgeschüttelt hatte. An einem Hauseck hielt er sich fest, zerrte den Stoff der Tunika durch den Gürtel hoch und spähte nach einer Stelle, wo er wieder in die Gasse hinabklettern konnte. Nicht in die Tiefe blicken … Doch kaum schob er sich an der Wand entlang näher zur Gasse, trat unten sein Bewacher um die Ecke, der Hund schlug wild an, und schon hasteten die Verfolger heran.

Gerwich machte kehrt, tänzelte über das schräge Dach eines Schuppens. Die Welt taumelte. Er spürte die Schnitte zwischen den Zehen, die von Schilf und Stroh herrührten, und die Splitter in den Sohlen. Ein Blick verriet ihm, dass seine Füße bluteten. Vorsichtig tappte er über die brüchigen Holzschindeln, tastete sich über die aus der Wand ragenden Bohlen, den Blick auf seine Füße gerichtet, nur weg von den tiefen Schluchten der Gassen. Eine Frau riss ein Fenster neben ihm auf und bewarf ihn mit einem Nachttopf, der klirrend auf dem Boden zerschellte.

Auf dem nächsten Dach schaute Gerwich sich vorsichtig um, erblickte zwischen den Häusern den wuchtigen Turm von Klein Sankt Martin und den gedrungenen Klotz von Sankt Georg dahinter. In der Ferne reckte Sankt Severin sich gen Himmel. Er war in der Nähe der Sandkaule! Unruhig flog sein Blick über die Häuser, aber er erkannte nichts wieder. Aus dieser Sicht hatte er das Viertel noch nie gesehen, vom Boden aus war alles eng und verwinkelt. Lautlos bewegte er die Lippen, flehte um himmlischen Beistand. Wenn er Meister Johanns Haus fände ... vielleicht gab es dort eine Zuflucht.

Er sprang von einem Mauerabsatz zum nächsten, hielt sich an Fenstersimsen fest, verdrängte den Schmerz ebenso wie Schwindel und Übelkeit. In der Nähe hörte er die Stimmen der Verfolger und das Bellen des Hundes, immer wieder entdeckten sie ihn, versuchten, ihm den Weg abzuschneiden. Er musste eine enge Gasse überspringen, um ihnen wieder einmal zu entkommen, klammerte sich an die Bohlen des Fachwerks, da erschien ihm der Engel.

Weiß stand er in einem der Fenster, ganz in der Nähe, weiß das lange Gewand, weiß das lange Haar, das von Licht umkränzt war. Der Engel winkte ihn zu sich, ermunterte ihn stumm, näher zu kommen. Gerwich hastete über ein Strohdach, ließ sich nicht aufhalten von den trockenen Halmen, die ihm in die Sohlen schnitten. Auf halbem Wege erkannte Gerwich Caecilie und lachte, während sie drängend mit beiden Händen fuchtelte und dabei die Augen aufriss. Endlich erreichte er das Haus, Steinmetzmeister Johanns Haus, langte nach dem Fenstersims, der in Höhe seines Kopfes war. Mühsam arbeitete er sich hinauf, während Caecilie an seiner Tunika zerrte, ihn schließlich in die Kammer zog. Kopfüber fiel er hinein, überschlug sich und landete nach einem Purzelbaum in der Hocke.

Jetzt lachte sie leise hinter vorgehaltenen Händen, schloss flink die hölzernen Läden und das Fenster, während er sich aufrappelte und die Tunika zurechtzupfte. Dann standen sie voreinander, jeder die Finger vor dem Leib verschränkend, die Schultern hochziehend, zu Boden blickend. Es war ziemlich dunkel in der Kammer.

»Wo hast du nur gesteckt?«, flüsterte sie. »Alle haben sich große Sorgen gemacht!«

»Ich weiß nicht, ich war eingesperrt. Irgendwo hier in der Nähe.«

Seine Stimme versagte, und Caecilie erwiderte nichts. Sie schwiegen, als gäbe es nichts mehr zu sagen. Im selben Moment senkten beide die Köpfe; Gerwich bemerkte es, weil sie kleiner war als er, ihm nur bis zur Schulter reichte. Ohne den Kopf zu heben, ließ er den Blick umherwandern, sah das ruhige, mattgelbe Flämmchen des Talglichts auf dem Tisch, zwei Schemel, eine große Truhe, auf der eine Schüssel und ein bauchiger Krug standen, und das aufgedeckte Bett, ein schlichtes Holzgestell, dessen Matratze mit Laken und einem Kissen bedeckt war. Eine Schlafstatt, die auf vier Beinen ruhte, unerreichbar für Mäuse und anderes ekliges Getier. Die Schlafstatt eines Mädchens. Seine Wangen und Ohren wurden heiß, und sein Herz pochte so fest, dass er glaubte, sie könne es hören.

»Wir sollten zu deinem Vater gehen«, sagte er rau, mehr Worte gelangen ihm nicht, und er musste hart schlucken.

»Vater ist mit den Gesellen auf der Baustelle. Er kommt erst nach Einbruch der Dunkelheit heim.« Ihre Augen flammten auf und erloschen wieder unter den hellen Wimpern. »Und Mutter ist mit Oda auf dem Markt.«

»Was wird geschehen, wenn die Kerle merken, dass ich hier bin?«

»Du wirst verfolgt?«

»Sie hatten mich eingesperrt. Ich bin ihnen entwischt.«

»Ich lasse niemanden ins Haus. Hier bist du erst einmal sicher.« Sie machte zwei, drei tastende Schritte rückwärts, fast bis zur Tür der Kammer, verbiss sich sichtlich ein Grinsen. »Du stinkst entsetzlich!«

Sie stellte die Schüssel auf den Tisch, nahm dann den Krug, in dem es leise gluckerte, und goss Wasser in die Schüssel. Dann reichte sie ihm ein Päckchen, ein Stück Seife, mit einem Lappen umwickelt, und ein Laken, das sie aus der Truhe gefischt hatte.

»Wasch dich! Und wenn du fertig bist, warte hier! Rühr dich bloß nicht vom Fleck!«

Flink schlüpfte sie hinaus und schloss sorgfältig die Tür, ließ ihn einfach zurück mit der Seife in den Händen und der Wasserschüssel und dem Talglicht auf dem kleinen Tischchen. Er hörte ihre Schritte, die in diesem Obergeschoss umhereilten, vor der Tür der Kammer still wurden, ehe sie sich auf der knarrenden Stiege entfernten. Er kannte das Haus, er hatte vor Jahren eine Nacht hier verbracht. Auf dem Gang hatte er gestanden, bei der Stiege, und sie hatte diese Tür geöffnet und ihm den fehlenden Nachttopf gereicht.

Hastig öffnete er den Gürtel, griff in den Nacken, um die Tunika über den Kopf zu ziehen. Die helle Wolle starrte vor Dreck, war an vielen Stellen zerrissen. Sein Körper schien von einer schmierigen zweiten Haut aus Schweiß und Schmutz überzogen, und er kam nicht umhin zuzugeben, dass er tatsächlich stank wie ein Ziegenbock. Er tränkte den rauen Lappen mit Wasser, rieb darin die Seife, bis sie schäumte, und begann, den Dreck abzurubbeln. Beherzt tauchte er den Kopf in das Nass, wusch sich vom Kopf bis zu den Füßen. Als ihm das Wasser arg verunreinigt erschien, öffnete er vorsichtig das Fenster und einen Laden, kaum mehr als einen Spalt, um hinauszuspähen. Es dunkelte bereits, an vielen Häusern schlichen sich Streifen matten Lichtes zwischen halbgeschlossenen Fenstern hindurch. Überall herrschte Stille, unterbrochen von vereinzeltem Hundegebell und dem Gackern von Hühnern, die soeben gefüttert worden waren.

Gerwich trug die Schüssel zum Fenster, schüttete das Wasser vorsichtig auf das Schuppendach hinunter, ohne den Laden weiter als unbedingt nötig zu öffnen. Dann stellte er die Schüssel auf den Boden, füllte aus dem Krug Wasser nach und reinigte behutsam seine wunden Füße. Erst als er die Schüssel wieder entleeren wollte, bemerkte er, wie viel Wasser er ringsum verspritzt hatte, und beeilte sich, mit dem Laken den Boden zu trocknen. Das Knarren der Stiegen verriet, dass Caecilie wieder heraufkam. Hastig wickelte Gerwich sich das Laken um die Brust, hob die Schüssel auf und ging schnell zum Fenster, wollte die Spuren seines kurzen Bades beseitigen, als hinter ihm die Tür knirschte. Ein dünner Wasserschwall flog durchs Zimmer, als er sich umdrehte und erstarrte. Caecilie stand in der Tür, in den Armen hielt sie einen Stapel sorgfältig gefalteter Stoffe. Ihre Wangen hatten eine lebhafte Farbe angenommen, und sie legte schnell den Stapel auf einen der Schemel.

Am Halssaum ihrer Tunika zeichneten sich die Schatten über den Schlüsselbeinen ab, zwischen denen ein zartes Grübchen lag, das seinen Blick einfing und in ihm den Wunsch weckte, einen Finger dorthin zu legen, einen Wunsch, der sich anfühlte, als zupfte jemand an einer Faser seines Herzens. Vater Alberts Frage fiel ihm ein, ob er wisse, was er in zehn Jahren tun wolle, wo er dann sein und wie er leben wolle. Damals hatte er die Frage nicht beantworten können, doch jetzt stand sie ihm deutlich vor Augen: ein Haus wie dieses, spielende Kinder, eine Frau mit einem Säugling auf dem Arm – er schluckte, als er das Gesicht unter der weißen Haube, eingerahmt vom Gebende, sah. Es war das Gesicht, das er vor sich hatte, Caecilie.

Sie schraken beide zusammen, als es unten rumpelte, die Haustür quietschte und Meister Johanns Stimme herauftönte.

»Ich komme gleich, Vater«, rief Caecilie – ihre Stimme hoch und schrill –, deutete auf die gefaltete Kleidung auf dem Schemel.

»Mutter ist auch zurück im Haus«, flüsterte sie und winkte Gerwich, sich zu beeilen, dann hastete sie hinaus.

Gerwich seufzte. Der Steinmetzmeister würde ihn niemals als Bräutigam für seine Tochter anerkennen; Caecilie war die Erbtochter der Werkstatt und er, Gerwich, nur der

Neffe des Dombaumeisters, Abkömmling einer Familie von Dienstleuten des Stiftes Sankt Kunibert, ohne eigenes Vermögen und in vielen Handwerkskünsten zwar angelernt, aber in keiner wenigstens Geselle gewesen. Caecilie würde eines Tages mit dem neuen Altgesellen ihres Vaters verheiratet werden, diesem vierschrötigen Franken, Scharls geheißen, der sich nicht einmal die Mühe machte, die kölnische Mundart richtig zu lernen.

Gerwich entfaltete die Kleidung, die sie ihm gebracht hatte, band sich mit fliegenden Fingern die Bruche um, schlüpfte in die hellen Beinlinge, deren Bänder er am Leibband befestigte, und den blauen Kittel. Barfuß trat er neben die Tür und lauschte hinunter. Er konnte hören, dass gesprochen wurde, verstand jedoch kein einziges Wort. Caecilie schob die Tür ein wenig auf und zupfte an seinem Ärmel. Langsam ging sie voraus, die steile Treppe hinunter. Gerwich folgte ihr zögernd. Die Tür zur Stube stand offen, ein Lichtschein fiel heraus, den ein Schatten kreuzte. Die Füße wollten ihm nicht gehorchen, sie brannten wie Feuer von den Wunden. Auf einmal stand Meister Johann im Türrahmen, stutzte, als sein Blick auf seine Tochter und den unerwarteten Gast fiel. Caecilie hob die Hände.

»Ich bitte dich, Vater, lass dir erzählen, was geschehen ist. Wir haben nichts getan, wofür wir uns schämen müssten.«

XXI

Es gab Eintopf. Wie nahezu jeden Tag. Seitdem Richolf wieder an den Mahlzeiten im Kreis der Familie teilnahm, kochte Grete meistens Eintopf oder etwas anderes, das ihm beim Essen keine Schande machte. Inzwischen hatte er gelernt, mit der Linken den Löffel zu halten und zum Mund zu führen, ohne alles wieder zu verschütten; die nutzlose Rechte musste er mit der anderen Hand nehmen und neben dem Napf auf den Tisch legen.

Heimlich übte er, mit der Linken zu schreiben, den Abacus zu benutzen. Alles hatte sich verkehrt angefühlt, aber allmählich gewöhnte er sich daran. Anfangs hatte er sich geschämt, auf Krücken umherzuhumpeln, die Pilgrim selbst ihm gezimmert hatte; doch wenn er nicht zur Bewegungslosigkeit verurteilt sein wollte, musste er lernen, mit dem linken Bein und den Krücken zu gehen. Den rechten Fuß konnte er nur nachziehen.

Heute war der Tag der Auffindung des Kreuzes, der in der Stadt festlich begangen wurde, doch während Pilgrim und Grete mit dem Kind den alten Dom aufgesucht hatten, war er zu Hause geblieben. Ihm graute vor den mitleidigen Blicken der Leute und dem Entsetzen der Kinder über sein halbseitig herabhängendes Gesicht, das ihnen wie eine Dämonenfratze erscheinen musste. Er konnte nicht einmal mehr richtig sprechen. Die Zunge ließ sich nur träge im Mund herumwälzen, und ständig troff Speichel aus dem klaffenden Mundwinkel. Sooft Pilgrim ihn abends in seine Kammer gebracht und zu Bett gelegt hatte, betete er – mehr um das Sprechen zu üben, als aus Frömmigkeit, denn er haderte mit Gott dem Herrn, der ihn mit dem Schlag getroffen hatte. Gott der Herr schwieg und hatte Richolf den Lügner bei Strafe der Lächerlichkeit zum Schweigen verurteilt. Mit Gesten und Blicken machte Richolf sich Pilgrim verständlich, was besser gelang, als er zunächst befürchtet hatte.

Nachdem Grete ihm den geleerten Napf weggenommen hatte, stellte sie ein Schüsselchen mit Mandelsülze vor ihn hin. Er verstand nicht, wie sie es fertigbrachte, ihm diese stärkende Speise jeden Tag zu reichen. Auch dass es oft Fleisch von Hühnern und Tauben gab und Milch von Ziegen und Kühen, wunderte ihn, doch er fragte nicht, denn er ahnte, dass es Zuwendungen seitens Herrn Dietrichs waren, um die Pilgrim ihren Patron gebeten hatte.

Als Richolf an diesem Morgen sein entstelltes Gesicht im Waschbecken erblickt hatte, waren ihm Herrn Dietrichs Absichten wieder in den Sinn gekommen. Er, der verkrüppelte Greis, sollte also ein junges Mädchen aus reichem Hause heiraten, womöglich in ein anderes Haus ziehen, sein Geschäft vergrößern, seine Waren ändern. Es konnte doch nicht sein, dass ein verwöhntes Kind einem Lumpenkrämer dienen müsste. Zwar waren die vom Neumarkt kein altehrwürdiges Geschlecht wie die von der Mühlgassen oder die Scherfgin und Overstolzen, aber sie waren reich, und ihre Weiber gingen nicht ohne einen Schwarm Mägde um sich auf die Straße.

Sie würden Gesinde haben, nicht nur eine halbwüchsige Hausmagd, die Grete nicht viel Arbeit abnehmen konnte. Verstohlen musterte er die Frau seines Sohnes, die ihre Tunika nicht mehr so straff gürtete wie in den vergangenen Monaten. Auch ihr Gesicht war ein wenig runder geworden, und er fragte sich, wann Pilgrim ihm sagen würde, dass sie ein weiteres Kind trug.

Nach dem Essen verrichtete die Familie in der Stube gemeinsam das Abendgebet, bevor Pilgrim seinen Vater am Fuß der Treppe unter dem rechten Arm fasste und ihm so beim Treppensteigen das lahme Bein ersetzte. Sie hatten keine fünf Stufen erklommen, als jemand den alten Türklopfer gegen das Holz schlug. Pilgrim half seinem Vater, sich auf der Stiege niederzulassen, ging dann zur Tür.

»Ich bringe eine Nachricht für den Schwarzen Richolf von seinem Patron, Herrn Dietrich von der Mühlgassen«, tönte es in den Gang. »Richolf soll sich morgen Nachmittag nach der Non in Herrn Dietrichs Haus einfinden. Dort wird Herr Dietrich ihn Herrn Godeschalk vom Neumarkt vorstellen, dem Vater der Blithildis, die ihm als Braut vorgeschlagen wurde. Richte ihm das aus, Mann!«

Ohne eine gute Nacht zu wünschen, entfernte sich der für Richolf unsichtbare Fremde, während Pilgrim bewegungslos an der Tür verharrte und erst nach einer Weile, die Richolf wie eine Ewigkeit vorkam, selbige langsam zuklappte und verriegelte.

»Du wandelst auf Freiersfüßen?«, fragte er leise, nachdem er sich wieder seinem Vater zugewandt hatte. Seine Lippen bogen sich zu einem unsicheren Lächeln.

Richolf zog die linke Schulter hoch und ließ sie wieder fallen. Wie sollte er seinem Sohn begreiflich machen, dass er sich dem Wunsch des Herrn nicht widersetzen konnte, ohne dessen Gunst zu verlieren.

»Die vom Neumarkt sind sehr reich«, fuhr Pilgrim fort. »Wie kommen sie dazu, dich als Bräutigam für eine ihrer Töchter zu erwägen?«

Eine Antwort wusste Richolf ihm nicht zu geben, hatte er doch für sich selbst keine, stattdessen senkte er den Kopf. Pilgrim trat zu ihm, zog ihn behutsam hoch und führte ihn schweigend die Stiege hinauf, Stufe für Stufe, während Richolf an der Unterlippe nagte. Oben in seiner Kammer setzte Richolf sich auf die erhöhte Bettstatt, die sein Sohn für ihn hatte tischlern lassen, weil das alte Strohlager zu niedrig für ihn war, seitdem er unter der Lähme litt. Anstatt ihm eine gute Nacht zu wünschen und zu gehen, blieb Pilgrim mitten in der Kammer stehen.

»Geht es um das Mädchen, von dem sich die Leute erzählen, dass die Familie sie auf ihr Landgut geschafft habe, weil sie einen Pfaffenbastard im Bauch hätte?«

Ohne ein Wort zu sagen, erwiderte Richolf den Blick seines Sohnes und hob den schlaffen rechten Arm auf seine Oberschenkel. Abrupt drehte Pilgrim sich um und ging zur Tür der Kammer, wo er nochmals stehen blieb, den Kopf wandte.

»Warum du?«, fragte er. »Welcher reiche Händler vom Schlage eines Herrn Godeschalk überlässt eine seiner Töchter einem Krämer? Selbst wenn sie entehrt ist. Da wäre es doch besser, sie hinter Klostermauern verschwinden zu lassen, bis so viel Gras über die Sache gewachsen ist, dass sich wieder ein mit Geldsäcken beladener Esel findet, der eine frische Stute braucht.«

Richolf knurrte missbilligend, öffnete mit der Linken die

Gürtelschnalle und griff in den Nacken, um den Kittel über den Kopf zu ziehen. Hörbar stieß Pilgrim den Atem durch die Nase aus und schloss die Tür hinter sich.

Sie erreichten das Anwesen derer von der Mühlgassen zu gegebener Zeit, ein vierstöckiges Haus mit einem Giebel aus grauem Stein. Pilgrim zögerte vor der Haustür, die sich neben dem Torbogen befand; er war es gewohnt, ans Tor zu klopfen und einem Bediensteten die bestellten Waren zu übergeben, wenn er Botengänge für seinen Vater gemacht hatte. Nur Richolf, der auf seine Krücken gelehnt zur Sonnenuhr in der Giebelspitze hinaufblickte, kannte das vornehme Haus mit den doppelten Rundbogenfenstern von innen. Langsam trat er zu seinem Sohn, betätigte den bronzenen Türklopfer und lauschte dem Widerhall im Gang des Hauses, bis er Schritte hörte und der Hund anschlug.

Ein kleiner, grauhaariger Mann öffnete ihnen, und ein kühler Luftzug streifte Richolf; als Pilgrim ihm nach kurzem Gruß ihre Namen meldete, nickte er und wies sie hinein. Richolf wehrte den Arm seines Sohnes ab. Im Haus ihres Patrons wollte er sich ohne dessen Hilfe fortbewegen. Der Mann begleitete sie zur ersten Tür, die er öffnete, um die Ankömmlinge anzukündigen. Richolf humpelte auf seinen Krücken in den kleinen Saal, in dem Herr Dietrich und ein älterer, vornehm wirkender Mann so dicht beieinanderstanden, als wären sie in einem vertraulichen Gespräch gestört worden. Herr Dietrich bog die Lippen zu einem höflichen Lächeln, während der andere Mann die Stirn runzelte. Richolf verbeugte sich tief, im Augenwinkel bemerkte er, dass sein Sohn das Knie beugte.

»Es ist an der Zeit, dass du den Vater deiner Braut kennenlernst, Richolf«, begann Herr Dietrich. »Herr Godeschalk hat sich auf der Suche nach einem angemessenen Ehemann für seine jüngste Tochter an mich gewandt, und ich sah die Gelegenheit, einem verdienten Gefolgsmann, der schuldlos in Not geriet, und seiner Familie zu helfen.«

Hellhörig geworden durch das, was Pilgrim ihm am Vorabend eröffnet hatte, klangen Richolf die Worte ein wenig zu wohlgesetzt, und das Lächeln erschien ein wenig zu glatt, zumal der Vater des Mädchens, dessen Hand ihm angetragen worden war, verdrossen wirkte. Dennoch nickte Richolf.

»Wo gedenkst du mit meiner Tochter zu wohnen?«, fragte Herr Godeschalk.

»Verzeiht, Ihr Herren«, meldete sich Pilgrims helle Stimme hinter dem Vater. »Der Schlag hat meinen Vater stumm gemacht.«

»Sprichst du für ihn?«, blaffte der Mann.

»Nein, und bitte glaubt nicht, er sei närrisch geworden. Ich führe seine Geschäfte, solange er die Lähme hat.«

»Dann wollen wir hoffen, dass die Gnade Gottes ihn bald von diesem Leiden erlösen wird.«

Richolf zuckte zusammen angesichts dieses zweifelhaften Segenswunsches, und ihm entging nicht, dass Herrn Dietrichs Augen aufblitzten.

»Da wir über die Heirat grundsätzlich einig sind, sollten wir besprechen, wann die Hochzeit stattfinden und wo das Paar in Zukunft wohnen wird«, sagte er.

»Blithildis bringt neben ihrem Hausstand und einem Haus in Boppard dreißig kaiserliche Goldmünzen mit.«

»Damit dürfte es dir möglich sein, Richolf, einen blühenden kleinen Tuchhandel aufzubauen, wenn du es klug anstellst.«

Richolf verbiss sich das schiefe Grinsen, denn diese Aufgabe musste er Pilgrim überlassen, mit dem er in den vergangenen Wochen die Erfahrung gemacht hatte, dass er alles, was er anfing, klug anstellte. Ihm lag nichts an der Frau, er wollte nur gehorsam sein und dafür sorgen, dass sein Sohn ein gutes Auskommen haben würde.

Als Herr Dietrich sie endlich verabschiedet hatte und der Bedienstete sie wieder zur Tür brachte, spürte Richolf den Drang, Wasser zu lassen, den er während des Gespräches hatte unterdrücken können. Da er den Weg kannte, ging er allein zum Hof des Anwesens; die Latrine war an die Rückwand des Hauses angebaut, ein hölzerner Verschlag, der sich von dem Abort in Richolfs Hinterhof kaum unterschied, aber diese Latrine war ja auch nur für die Bediensteten gedacht.

Auf dem Rückweg kämpfte er mit dem Schmerz im rechten Bein, das er mühsam nachschleifte. Pilgrim hatte das Haus offenbar schon verlassen, doch Richolf hielt inne, als er Herrn Godeschalks scharfe Stimme hörte.

»Wie soll ich meiner Tochter sagen, dass sie die Frau eines tumben, alten Krüppels, eines Lumpenhändlers sein wird, der für sie aus seiner Gosse gezerrt wird?«

Die Tür des Saals war nur angelehnt, drinnen ging ein Mann unruhig auf und ab.

»Darüber hätte sie früher nachdenken müssen«, entgegnete Herr Dietrich. »Und du ebenfalls! Sie war von klein auf mit einem Buntebart verlobt – hättest du schon vor Jahren Hochzeit feiern lassen, wäre es gar nicht erst so weit gekommen. Dabei weiß doch jeder, dass spätestens dann, wenn eine anfängt, die Pfaffen anzuhimmeln, ein Kind in den Bauch muss, damit sie andere Sorgen haben als den Verkündiger der ewigen Seligkeit!«

»Ich liebe meine Tochter – auch wenn sie die schlimmste Dummheit begangen hat, die ein Weib nur begehen kann, und ich weiß, dass ich sie nicht streng genug gezügelt habe. Dass Ihr mir die Sorge nehmt und obendrein die Mitgift stellt, dafür danke ich Euch. Meine Unterstützung in der Zeche ist Euch gewiss. Aber warum fördert Ihr diesen alten Lumpenkrämer?«

Richolf schluckte hart; er hatte damit gerechnet, dass Herr Godeschalk ihn geringschätzte, aber dass ihm solche Verachtung entgegenschlug, schmerzte. Er hungerte nach einem guten Wort seines Patrons, doch der ließ sich Zeit.

»Godeschalk, wir haben seit Monaten einen Mann gesucht, der deine Jüngste zu nehmen bereit ist, und du weißt selbst, dass niemand sie richtig heiraten wollte – kein Vater für seinen Sohn und kein Witwer für sich selbst. Nicht einmal eine heimliche Ehe war auszuhandeln. Sie mag jung und hübsch sein und ein bisschen Geld mitbringen, aber ihr Ruf ist beschmutzt. Du hättest sie dem jungen Herrn Kaplan Kindsvater aufs Land nachschicken sollen – aber so bleibt nur noch die Möglichkeit, sie an einen Mann unter ihrem Stand zu geben und beide aus der Stadt zu schaffen. Und was den Schwarzen Richolf angeht: Lass dich von seinem derzeitigen Zustand nicht täuschen! Der Mann war schon als junger Kerl meinem Vater ein treuer Gefolgsmann. Für mich ist er unersetzlich geworden.«

Der Predigermönch, der Richolf behandelte, kam nur noch am sechsten Tag der Woche zwischen Terz und Sext. Während er ihn in der Stube gründlich untersuchte, schwieg er, gab ihm durch Handzeichen zu verstehen, was er tun solle, und legte die Stirn in Falten. Den Urin prüfte er am offenen

Fenster, dass die Flüssigkeit in der Phiole golden funkelte. Er wirkte besorgt, als er Richolfs Lider herabzog, um sich dessen Augen genauer anzusehen. Schließlich setzte er sich dem Kranken gegenüber auf einen Schemel.

»Die gute Nachricht ist, dass die Lähmungen nicht schlimmer geworden sind«, sagte er, »aber ich fürchte, dass keine Besserung eingetreten ist und du dich damit abfinden musst, halbseitig gelähmt zu bleiben.«

Ergeben ließ Richolf den Kopf hängen. Der Gang zum Haus derer von der Mühlgassen hatte ihn derart angestrengt, dass er nach der Rückkehr sofort zu Bett gegangen war, ohne noch ein Abendessen einzunehmen. Seither hatte er kaum geschlafen, wenn nicht Erschöpfung ihn für kurze Zeit übermannt hatte. Elend war ihm gewesen, und daran hatte sich nichts geändert. Herr Dietrich verschacherte ihm ein Mädchen samt einer großen Mitgift als Lohn für Lüge und Meineid und tat damit gleichzeitig einem andern seiner Parteigänger einen Gefallen.

Pilgrim hatte seit dem Rückweg keine Fragen gestellt, sondern wie bisher seinen Vater gestützt und versorgt, doch sein Schweigen war für Richolf schwerer zu ertragen als Vorwürfe. Sicherlich ahnte sein Sohn längst, dass er etwas Unrechtes getan hatte, zumal er kaum noch wagte, ihm in die Augen zu blicken.

»Ich kann deine Schmerzen erleichtern, aber die Lähmungen übersteigen meine Kunst«, fuhr der Predigerbruder fort. »Bei den Beschwerden wird dir ein guter Bader bessere Dienste leisten. Wenn du es wünschst, werde ich gelegentlich nach dir sehen, mehr kann ich nicht für dich tun.«

Richolf beschied den Mönch mit einem Nicken, an eine Genesung glaubte er ohnehin nicht. Der Mönch schulterte seine Tasche, blieb aber sitzen, als wartete er auf etwas. Wenn er ginge, würde Richolf zurückbleiben wie ein Mann, der in ein Verlies geworfen worden war: ein Leiden ohne jede Aussicht auf Besserung, eines, das ihn ins Haus verbannte, in die Stube, für jeden Schritt angewiesen auf die Hilfe anderer. Nie wieder würde er in seinem Laden stehen. Pilgrim und Grete würden ihn nicht im Stich lassen, dessen war er sich sicher, aber ob sie mit ihm gehen würden, wenn der unverhoffte, unrechte Lohn ihn nach Boppard verschlug, blieb ungewiss. Im Grunde konnte er von nun an nichts mehr tun, als auf den Tod zu warten.

Er schauderte bei dem Gedanken, mit der Schuld, die er auf sich geladen hatte, vor seinen Richter zu treten. Inständig wünschte er sich, der Mönch möge das Anerbieten, das er vor Wochen gemacht hatte, wiederholen. Pilgrim und dessen Familie zu schützen war ihm wichtiger als sein eigenes Heil; zu groß war seine Furcht, dass sein Sohn verloren wäre, wenn Vater Tilman sich nicht an das Beichtgeheimnis hielte. Er hob den Kopf und schaute den Mönch an, der geschäftig in seiner Tasche kramte, und sandte eine derart inständige Bitte, dass er glaubte, der andere müsse die Worte hören. Als der Mönch schließlich aufblickte, schien er sich nur zu wundern. Richolf öffnete den Mund, versuchte die Zunge richtig zu bewegen, doch sie gehorchte ihm nicht, lag groß und schwer zwischen den Zähnen. Ihm war, als stieße er einen Tierlaut aus.

»Kann ich etwas für dich tun?«, fragte der Mönch. »Soll ich deinen Sohn rufen?«

Warum verstand der Kerl nicht? Krampfhaft schloss Richolf die Augenlider, quetschte unwillentlich die Tränen hervor.

»Die Beichte!«, flüsterte der Mönch und sprang auf. »Es tut mir leid! Wie konnte ich nur so blind sein …«

Er drückte Richolfs Hand, dann erhob er sich und verabschiedete sich so eilig, dass Richolf sich erst in der folgenden Stille seines Weggangs bewusst wurde.

Am Tag des Herrn besuchte Richolf zum ersten Mal nach langer Zeit die Heilige Messe. Dass Gretes Augen aufgestrahlt hatten, als er seine Absicht beim Frühstück angezeigt und auf Pilgrims Nachfragen hin bekräftigt hatte, war ihm nicht entgangen, und es hatte ihn mit einem warmen Gefühl der Dankbarkeit erfüllt. Auf dem Weg hatten sie ihn in die Mitte genommen, ihn vor den neugierigen Blicken geschützt; sie schämten sich nicht für ihn, wie er befürchtet hatte.

Er lauschte der Messe, den feierlichen Chorälen, den Psalmen, Hymnen und Lesungen, als hörte er sie zum ersten Mal, nicht einmal das Knien fiel ihm schwer. Nur Vater Tilmans Predigt – der junge Kleriker hatte nach dem Tod des alten Priesters dessen Amt übernommen – war sonderbar lau und nichts weiter als eine deutliche Aufforderung zum Gehorsam gegenüber den weltlichen Herren, weil sich darin der Gehorsam gegenüber dem Willen Gottes zeige. Richolf wurde hellhörig, denn Vater Tilman hatte stets den Herren von der Richerzeche, den Schöffen, das Wort geredet, stammte er doch selbst aus einer wohlhabenden kölnischen Händlerfamilie, die in diesen Kreis der Mächtigen aufgenommen werden wollte. Er kannte den jungen Geistlichen als munteren Prediger, nicht als den lustlosen Mann, der die Gemeinde von der Kanzel herab mit Binsenweisheiten bedachte. Ihm kam in den Sinn, dass Herr Dietrich die Pfründe dieser

Kirche einnahm und den Seelsorger nach seinem Gutdünken einsetzte. Konnte es sein, dass Herr Dietrich Pater Tilman ebenso am Nasenring über den Markt führte wie ihn, Richolf, den alten Krüppel, und Herrn Godeschalk, über dessen Haus die eigene Tochter Schande gebracht hatte? Konnte es sein, dass Herr Dietrich die Männer, deren Patron oder Freund er war, nur zu seinen Zwecken benutzte?

Richolf schob die beunruhigenden Gedanken beiseite, bis der Priester die Gemeinde nach dem Segen entließ. Pilgrim nahm seinen Arm, doch er drückte die Krücken in die Achseln und humpelte allein zum Portal. Nachbar Humbert erwartete ihn dort mit feuchten Augen und einem traurigen Grinsen, legte ihm vorsichtig die Hände auf die Schultern, ohne ein Wort zu sagen. Hinter Humbert zog dessen breithüftige Frau die Brauen hoch. Die Weiber steckten die Köpfe zusammen, und während sie tuschelten, warfen sie scheele Blicke auf Richolf, der zwischen Pilgrim und Grete den Heimweg einschlug. Insgeheim lächelte er, als er bemerkte, dass Grete, an deren Hand Adela die staubige Gasse entlangtrippelte, aufrecht ging, sich von dem giftigen Tratsch derjenigen, die ihren Stolz nur den Zufällen von Geburt und Heirat verdankten, nicht irremachen ließ.

An seinem Platz in der Stube hörte er Gretes leises Summen, das aus der Küche herüberklang. Adela schmiegte sich an den Türrahmen und musterte ihn aus großen hellen Augen. Hadewiges Augen. Das Kind ähnelte Pilgrim sehr, wenngleich es ein Mädchen war. So musste Hadewige als Kind ausgesehen haben, mit runden, wie gedrechselten Gliedern. Ein Schwall Wärme flutete in ihm empor, etwas, was er manchmal empfunden hatte, wenn er seine Frau mit einem ihrer Söhne im Arm gesehen hatte.

Er beugte sich leicht vor und trommelte mit den Fingern auf den Tisch, bis Adela den Kopf schräg legte. Als er ein Lächeln versuchte, bog auch das Kind die Lippen und zeigte die kleinen weißen Zähnchen. Sacht klopfte er auf sein Knie, um sie zu locken, doch sie zierte sich, wand sich um den Türrahmen, kicherte dabei leise. Gerade als er schon bedauerte, selbst dafür gesorgt zu haben, dass Adela so scheu war, weil er ihr ebenso wie ihrer Mutter kaum Beachtung geschenkt hatte, löste sie sich von dem Holz und tappte auf unsicheren Beinchen zum Tisch, hielt sich am Rand fest und blickte zu ihm auf.

Schritte näherten sich der Tür, er wusste, dass es Grete war, die ihre Tochter suchte. Noch immer hielt sie sich meist an das, was er bei der Hochzeit von ihr verlangt hatte. Als er erkannte, dass sie das Kind bei der Hand nehmen und mit sich zurück in die Küche nehmen würde, sträubte sein Herz, an das Adela rührte, sich dagegen. In früheren Tagen hätte er sich solche Anwandlungen nicht zugestanden, weil er sie für Schwäche gehalten hätte. Doch er hatte nur die Stimme seines Gewissens erstickt.

Als Grete in der Tür erschien, hatte Adela ihre Hand auf Richolfs Knie gelegt und er die seine auf die des Kindes, und sie blickte sich um. In Gretes Miene spiegelte sich das strahlende Lächeln ihrer Tochter. Er strich Adela übers hellbraune Haar, als hätte er das schon immer getan, und freute sich, weil Gretes Augen groß wurden vor Verblüffung.

Gegen Abend, als das Vesperläuten verklungen war und Grete Brot, Käse und Speck bereitstellte, klappte die Eingangstür zu. Adela rutschte von Richolfs Knien und rannte auf den Flur hinaus, wo sie ihren Vater aufgeregt plappernd begrüßte. Richolf wurde bang zumute, denn sein Sohn blieb still; sein Herz schlug hart, als Pilgrim eintrat, das Kind auf dem Arm, und zu seinem Platz am Tisch ging. Grete brachte ihm ein sauberes, feuchtes Tuch, mit dem er sich Hände und Gesicht wusch, ehe er das Tischgebet sprach, was er seit Richolfs Lähme übernommen hatte.

Grete schnitt Richolf eine Scheibe vom Brot ab, dessen würziger Duft verriet, dass es am Vortag erst gebacken worden war, und legte es ihm zusammen mit Stücken von Käse und Speck auf einen hölzernen Teller, den sie vor ihn hinstellte. Dann schloss sie ihre Hand warm um seine nutzlose Rechte.

»Danken wir Gott auch dafür, dass du den Weg zurück ins Leben gefunden hast, Vater.«

Überraschend stellte sich am folgenden Tag der Medicus ein und überbrachte die Nachricht, dass einer der Patres des Konvents sich bereit erklärt habe, Richolf die Beichte abzunehmen.

»Warum einer von denen?«, fragte Grete, die bei Richolf geblieben war, als glaubte sie, ihn vor dem Medicus schützen zu müssen. »Vater Tilman ist doch unser Pfarrherr.«

Als Richolf traurig den Kopf schüttelte, blickte sie ihn verständnislos an, aber nach einer Weile wandelte sich ihre Miene.

»Also hat Pilgrim doch recht …«, murmelte sie und nahm das Nähzeug, das sie beiseitegelegt hatte, wieder auf.

Richolf presste die Lippen aufeinander. Wie hatte er nur glauben können, Pilgrim seien die Machenschaften des Herrn Dietrich entgangen? Er führte den Laden geschickter und gewinnbringender als je zuvor, davon konnte Richolf sich jeden Sabbat, wenn sein Sohn ihm die wöchentlichen Listen vorlegte, vergewissern.

Er wandte sich dem Mönch zu, schluckte, räusperte sich angestrengt. »Wann?«, brachte er mühsam hervor.

»Ich kann dich gleich mitnehmen zum Kloster«, antwortete der Mönch. »Nach der Non wird er Zeit haben.«

»Wer … ist er?« Das Sprechen fiel ihm schwer, aber er musste es versuchen, wenn er seine arme Seele retten wollte.

»Vater Albert, der Rector.«

Verwundert lehnte Richolf sich zurück und sah den Mönch an. Vater Albert, der von Lauingen, war eine Berühmtheit in Köln und weit darüber hinaus. Warum sollte ausgerechnet dieser Mann seine Beichte hören wollen? Kälte rieselte in seinen Nacken, er fürchtete nichts so sehr, als dass er erneut benutzt würde.

»Vertraue mir, Richolf.« Der Mönch musste ihm die Sorgen aus dem Gesicht abgelesen haben. »Vater Albert ist ein aufrechter Mann Gottes, ich kenne keinen besseren für diese Aufgabe. Ich sehe ja, wie dein Gewissen dich plagt, deshalb wäre es nicht in deinem Sinne, wenn nur irgendeiner der Brüder sich deiner annähme.«

»Und ich werde dich begleiten, Vater«, sagte Grete. »Der Weg zum Kloster der Predigerbrüder ist weit, und ich möchte nicht, dass du alleine gehst. Wir sollten ohnehin bald aufbrechen, damit wir vor Einbruch der Nacht wieder zu Hause sind.«

Sie erhob sich und verließ die Stube hochaufgerichtet wie eine Herrin, was ihre Entschlossenheit verriet. Richolf spürte, wie ein Lächeln sich in seinen linken Mundwinkel grub, das der Mönch erwiderte.

»Du hast eine gute Hausfrau für deinen Sohn gefunden«, flüsterte der Mönch.

»Das ist allein sein Verdienst«, nuschelte er. »Ich wollte

sie nicht. Aber ich dachte, er sei ja nur der Zweitgeborene …« Seine Stimme erstarb in einem Lallen, und er hoffte inständig auf Gretes Rückkehr, als er ihre Schritte auf der Stiege hörte. Sie brachte ihm einen Umhang und Schuhe, und bevor er sie davon abhalten konnte, kniete sie vor ihm, um ihm die Schuhe anzuziehen und zu schnüren.

»Gut, dass es trocken ist!«, sagte sie leise. »Auf Trippen solltest du verzichten, aber diese Schuhe haben wenigstens stärkere Sohlen.«

Ihr fürsorglicher Eifer zerrte schmerzhaft an seinem Herzen, mit einem Mal bereute er jede Schroffheit, die er ihr jemals angetan hatte.

Gemeinsam machten sie sich auf den Weg, der Medicus, sein Begleiter und Richolf, am Schluss gingen Grete und die kleine Adela. Weil das Kind auf seinen kurzen Beinen nur langsam vorankam, musste Richolf sich seines Gehumpels nicht schämen, während er sich mit Hilfe seiner Krücken weiterschleppte. Die Achseln taten ihm bereits weh, und seine Arme waren erlahmt, als sie das ehemalige Hospiz an der Stolkgasse erreichten. Richolf war seit Jahren nicht in diesem Viertel gewesen und staunte über die wiederhergestellten und neu errichteten Bauten, weiß getüncht, und die hoch aufragenden Mauern der neuen Klosterkirche, auf deren Dach die Dachdecker herumturnten - der Bau ging der Vollendung entgegen. Die Predigerbrüder hatten von dem heruntergekommenen Hospiz, das ihnen für ihren Konvent überlassen worden war, kaum etwas so gelassen, wie sie es vorgefunden hatten, sondern dem ehemals mit verstreuten Höfen und Hütten übersäten Viertel sichtbar ihre Anwesenheit aufgeprägt. Auf der dem Kloster gegenüberliegenden Seite der Gasse drängten sich Häuser, darunter auch Gebäude mit großen Fenstern, vor denen Trauben von Jungen und jungen Männern standen, deutlich verratend, dass hier der öffentliche Unterricht der Brüder stattfand.

Die Klosterpforte war eine spitz zulaufende Tür mit einer verschlossenen Luke, der Turmpforte einer Kirche ähnlich. Der Medicus nahm den Klopfer, einen schlichten Bronzering mit einer eingearbeiteten Kugel, die er drei Mal gegen die dahinterliegende Bronzeplatte schlug; jedem Schlag folgte ein leises Echo von drinnen. Richolf hörte das gedämpfte Patschen weicher Ledersohlen auf Stein, dann wurde die Luke geöffnet, und ein bäurisches Gesicht füllte sie aus.

»Ah, Bruder Folkhard«, sagte der Pförtner, und kaum war er verschwunden, wurde die Tür schnarrend entriegelt und aufgezogen. Der Pförtner war beiseitegegangen, so dass sie an ihm vorübergehen mussten, um in den halbdunklen Raum zu gelangen, und er runzelte die Stirn, als er über Richolfs Schulter blickte.

»Es war die Rede von einem Mann, der das Gespräch mit Vater Albert sucht – aber wer ist das Weib mit dem Kind? Hast du deine Familie mitgebracht?«

»Meine Schwiegertochter«, murmelte Richolf und hoffte, der Pförtner, der ihn angestrengt musterte, würde ihn verstehen. »Grete, Frau meines Sohnes Pilgrim, und Adela, meine Enkeltochter. Sie begleiten mich.«

»Du siehst doch, dass er den Weg nicht alleine gehen sollte, Bruder Willm«, sagte der Medicus. »Lass sie bitte hier im Vorraum warten, nicht in der Gasse. Es sind einfache, aber anständige Leute.« Dann wandte er sich zu Richolf. »Der Herr schenke dir seine Huld und Vergebung und lasse dich genesen, Richolf Niger. Ich rufe jetzt Vater Albert zu dir.«

Als er durch die dem Ausgang zur Straße gegenüberliegende Tür hinausgetreten war, musterte der Pförtner Grete, dann das Kind, dessen Anblick ein Lächeln auf seine Züge lockte, nickte und deutete auf die steinerne Bank, die an den Wänden entlanglief.

»Nehmt Platz! Ich bringe euch eine Lampe, damit ihr nicht im Dunkeln sitzen müsst«, murmelte der Pförtner und verschwand ebenfalls.

Grete legte den Umhang ab, faltete ihn zu einem Kissen, das sie auf die Bank legte, und setzte Adela darauf, bevor sie zu Richolf trat und behutsam die Krücken unter seinen Achseln hervorzog. Aufatmend stützte er sich auf ihre Schultern. Ihr Kleid roch nach dem Wind, der durch den kleinen Garten strich, ihr Haar nach Ringelblumen, und wieder einmal wurde ihm klar, dass er für seinen Sohn niemals eine so gute Wahl getroffen hätte, wenn er ihm überhaupt eine Braut gesucht hätte. Denn Pilgrim war nur der Jüngere, in dem er nie einen möglichen Ersatz für Hermann, seinen Liebling, gesehen hatte. Pilgrim hatte ihm die Hochzeit abgetrotzt, unterstützt von Hermann, der auf diese Weise seine drohende Verheiratung hatte aufschieben wollen. Er, Richolf, hatte all das gewusst und dennoch nicht wahrhaben wollen.

Darum hatte er für Herrn Dietrich schließlich sogar einen Meineid begangen; denn er hatte auch ihn für einen Vater gehalten, der einem Sohn aus Liebe zu viel nachsah.

Der Pförtner kehrte gemeinsam mit einem schlanken Mönch zurück, dessen helle Augen Richolf erfassten, als wollten sie ihn prüfen. Richolfs Hände wurden schweißfeucht. Doch dann fing etwas anderes, hinter ihm, die Aufmerksamkeit des Mönches auf, dessen Miene sich sogleich aufhellte.

»Welch einen Sonnenstrahl bringst du mit dir!«, sagte er anstelle der üblichen Begrüßung.

»Meine Enkeltochter Adela, das Kind meines Sohnes«, erwiderte Richolf verdattert, und noch ehe er das Knie beugen konnte, war Grete mit ihrer Tochter im Arm an ihm vorbeigehuscht und sank zu Boden.

»Ehrwürdiger Vater, bitte segnet mein Kind!«, flüsterte sie erstickt.

Der Mönch stutzte, lächelte dann und legte seine Rechte auf Adelas Scheitel, während das kleine Mädchen in seinem weiten Kittel zu ihm aufschaute.

»Diese junge Frau ist also deine Schwiegertochter, Richolf Niger«, sagte der Mönch, nachdem er dem Kind den Segen gespendet hatte. »Es ist klug, dass dich jemand begleitet, da du, wie ich hörte, nicht gut zu Fuß bist.«

Er deutete auf die Krücken, die Richolf zur Linken hielt, wies ihm dann den Weg zu einer dritten Tür, hinter der ein kleiner heller Raum Richolf empfing, karg eingerichtet. An der Wand hing ein schlichtes Kreuz, unter dem eine Gebetbank stand, und beim schmalen Fenster stand ein hoher, aus dunklem Holz geschnitzter Stuhl mit Armlehnen, ein Beichtstuhl, auf dem sich der Mönch niederließ. Richolf trat neben diesen Stuhl und kniete mühsam nieder; als das lahme Bein wegknickte, stützte er sich auf eine der beiden Krücken. Das Herz schlug ihm bis zum Hals hinauf, und die so sorgsam zurechtgelegten Worte waren wie in einer schnellen Windböe verflogen. Kaum hörte er die nur gemurmelte Eröffnung, er schluckte, kämpfte mit der Zunge, die wie ein toter Klumpen in seinem Mund lag.

»Bist du es gewohnt, nach der alten Sitte zu beichten, mein Sohn?«, fragte Vater Albert.

Richolf nickte. Bußbücher waren auch bei Vater Tilman in Gebrauch, ebenso wie es dessen Vorgänger gehalten hatte: Sünden wurden ihrer Schwere entsprechend durch Fasten und gute Werke getilgt. Darüber gab es Listen, die der Beichtiger zu Rate zog. Vater Albert trug kein solches Buch bei sich, nur ein kleines Manual.

»Dann gehen wir nach den zehn Geboten vor«, sagte Vater Albert.

»Ich habe niemanden angebetet als den Vater, den Sohn und den Heiligen Geist und mir auch kein Bild gemacht«, begann Richolf, dankbar, dass ihm diese Worte leicht über die Lippen gingen. »Aber ich gestehe, im Namen Gottes geflucht und lange Zeit die Messe nicht gehört zu haben – seit dem Tod meines älteren Sohnes …« Doch deshalb war er nicht hier, echote es in seinen Ohren, und er hob den Kopf. »Vater, lasst mich zuerst loswerden, was mich zu Euch trieb. Dann kann ich über die anderen Verfehlungen nachdenken, deren ich mich schuldig gemacht habe – aber diese Sache bedrückt mich so sehr, dass ich kaum klar denken kann.«

Ein winziges Lächeln umspielte Vater Alberts Lippen. »Nur zu, mein Sohn.«

Mühsam befeuchtete Richolf seine Lippen. Jetzt, da er seine Sünde bekennen sollte – nein, durfte! –, drohte die Scham ihn erneut zu überwältigen.

»Ich habe einen Meineid begangen«, nuschelte er. »Ich habe falsches Zeugnis abgelegt, um einen Mann zu schützen, weil ich glaubte, damit etwas Gutes zu tun.«

»Nun …« Der Mönch hob die Hände und legte die Fingerspitzen vor dem Gesicht zusammen. »Es ist durchaus möglich, etwas Gutes zu tun, indem man eines anderen

Schuld auf sich nimmt, um einen Menschen zu retten, aber jedes arge Tun hat Folgen, die man nicht bedacht hat. Als der heilige Emmeram gerade zu einer Pilgerreise nach Rom aufbrechen wollte, vertraute sich ihm eine schwangere Herzogstochter an. Er riet ihr, zu gegebener Zeit erst einmal zu behaupten, er sei der Vater. So wäre das unglückliche junge Sünderpaar geschützt. Doch kaum war die Lüge heraus, stellte der Sohn des Herzogs dem pilgernden Bischof nach und verstümmelte ihn so sehr, dass er daran starb.«

»Vater, es geht um einen Mann, der des Mordes an mehreren Bürgern und der Unruhestiftung beschuldigt wurde. Ich war als Zeuge gerufen, weil ich den tatsächlichen Täter kurz nach einem seiner Verbrechen aus nächster Nähe gesehen hatte.« Richolf schluckte hart. »Mein Patron bat mich, die Frage, ob der Beschuldigte jener Mann sei, auf jeden Fall zu verneinen. Denn der Beschuldigte sei ... sein unehelicher Sohn.«

Er hörte, wie der Mönch den Atem pfeifend zwischen den Zähnen entließ.

»Ich leistete der Bitte Folge, aber viele im Stadtvolk waren sicher, dass der Beschuldigte der Täter war. Sie brachten mich nach Sankt Gereon und verlangten, dass ich die Wahrprobe ablege. Was ich tat.«

Das Sprechen fiel ihm schwer, als hätte die lange Zeit des Schweigens die teils gelähmte Zunge vergessen lassen, wie Worte hervorgebracht wurden. Er sprach langsam, angestrengt, und es klang ihm selbst wie das Lallen eines Betrunkenen, obwohl er seine Worte deutlich vernahm.

»Das bedeutet doch, dass du die Wahrheit gesagt hast«, unterbrach ihn Vater Albert.

Ergeben ließ Richolf die Schultern hängen. Der Mönch

schien nicht zu verstehen, er hatte doch bereits gesagt, dass er falsches Zeugnis abgelegt hatte.

»Ich habe gelogen! Der Beschuldigte war der Mann, den ich damals mit einem Dolch in der Hand gesehen hatte. Ich glaube, er hätte mich getötet, wenn die Verfolger ihm nicht im Nacken gesessen hätten.« Hastig krallte Richolf die Finger in die Ärmel des Beichtigers. »Ich bereue diese Lüge, Vater! Es gibt nur eines, was ich noch mehr bereue als diese Lüge, aber diese Sünde schmerzt mich, und ich verstehe nicht, warum ich sie beging.«

»Viele in deiner Lage hätten so gehandelt«, erwiderte Vater Albert.

»Es war nicht nur das Wort meines Herrn«, fuhr Richolf fort. »Ich ließ mich leiten von der Trauer um meinen älteren Sohn, der vor drei Jahren ermordet worden war. Der Sohn meines Herrn wäre hingerichtet worden, wenn ich ihn erkannt hätte. Und wenn er nun der Mörder gewesen ist ...«

Seine Stimme erstickte, er würgte an einem Klumpen, der in seiner Kehle lag, und Tränen stiegen ihm in die Augen. Immer war es ihm nur darum gegangen, Herrn Dietrich, seinem Schutzherrn, den Schmerz zu ersparen, ein Kind zu verlieren. Nie hatte er den Gedanken zugelassen, dass der Mann, der ihm seine Freilassung verdankte, nicht nur tatsächlich ein Mörder sein könnte, sondern sogar ... der Mörder seines Sohnes Hermann. Unter der Wucht der Erkenntnis sackte Richolf zusammen, ein Blitz zuckte hinter seinen Lidern. Er drohte umzukippen, wurde aber bei den Schultern gepackt und festgehalten. Wenn Herr Dietrich das gewusst hatte, ganz gleich, ob der Mann tatsächlich sein leiblicher Sohn war, dann hatte er auch von dem Mord an Hermann gewusst und Richolf mit dem Blutlohn zu dem

Mann auf den Meierhof geschickt, dem Lohn für den Mord an Johann.

Er spürte, dass ihm jemand sacht den Rücken tätschelte, er sein Gesicht in glatte Wolle schmiegte, feucht von seinen Tränen, umhüllt von dem Geruch nach Staub, Leder und Tinte, erst da bemerkte er, dass Vater Albert ihn wohl im Fallen aufgefangen hatte und nun in den Armen hielt. Als Richolf benommen den Kopf hob, blickte der Mönch ihn ernst an.

»Ich verstehe, warum du das deinem Pfarrherrn nicht beichten wolltest«, sagte er. »Dennoch … kann nicht einmal ich dich einfach aufs Geratewohl davon freisprechen. Denn wahrscheinlich hat dein falsches Zeugnis schwere Folgen gehabt, weitere Menschen sind zu Tode gekommen – scht …« Richolfs erschrockenes Zusammenzucken dämpfte er, indem er seine Hände schwer auf dessen Schulter legte. »Ich werde dir einen Weg zeigen, wie du die volle Absolution erhalten kannst. Ich werde dich morgen von zwei Brüdern meines Vertrauens holen lassen. Wenn du deine Schuld tilgst, indem du deine Aussage vor jemandem, der der Sache nachgehen kann, wiederholst, werde ich dich und deine Familie und deine Güter zu schützen wissen.«

Entsetzen hatte Richolf ergriffen, als schlüge ein Raubvogel die Klauen in sein Herz, da half auch nicht die klare Entschlossenheit, die in den Zügen des Mönches lag, der ihn weiterhin festhielt und stützte.

»Bis dahin«, fuhr Vater Albert fort, »erbitte ich die Gnade des Herrn für dich, dass er dich behüten und dir ein leichtes Herz schenken möge. Denn das Schlimmste, mein Sohn, hast du überstanden.« Er führte Richolfs Hände auf die Armlehne des Beichtstuhls, damit dieser sich festhalten konnte, ehe er sich wieder setzte und die Hände bittend erhob. »*Misereatur tui omnipotens Deus et dimissis pecatis tuis perducat te ad vitam aeternam – amen.*« Dann legte er seine Hand auf Richolfs Scheitel und sprach einen langen feierlichen Segen, während Richolf allmählich ruhig wurde. »*... in nomine patris et filii et spiritu sancti – amen.*«

Erleichtert ließ Richolf die Schultern sinken, lauschte dem abschließenden Gebet des Beichtigers wie einem sanft rieselnden Gewässer. Schließlich, nach dem letzten Amen, das Richolf leise mitgemurmelt hatte, schob Vater Albert die Hände wieder unter dem Skapulier in die Ärmel seiner Tunika und erhob sich.

»*Laudetur Jesus Christus*«, sagte er zu Richolf gewandt, und dieser erwiderte aus tiefstem Herzen: »*Et in aeternum, amen.*«

Als wäre mit dem Lächeln etwas von Vater Alberts Entschlossenheit auf ihn übergegangen, fand Richolf die Kraft, aufzustehen und die dargereichte Krücke unter die Achsel zu schieben. Grete wartete mit Adela bei der Pforte, er wollte sie nicht länger warten lassen. Er wusste, dass er sich mit Leib und Seele verpflichtet hatte, Vater Albert Folge zu leisten. Mit dem linken Ärmel wischte er sich das Nass aus den Augen, dankte dem Mönch und streckte dabei mit aller Kraft die rechte Hand aus. Vater Albert nahm sie in beide Hände und drückte sie sanft.

»Mit deiner Hilfe wird diese Stadt vielleicht wieder Frieden finden, Richolf Niger – nur Mut!«

Hinter dem Domhof verließ Richolf die Hohe Straße; er wollte über den Alten Markt nach Hause gehen, das Markttreiben genießen, vielleicht etwas Schönes für das Kind kaufen und etwas für Grete, denn ihm war leicht ums Herz. Es kümmerte ihn nicht, dass Wolken tief über der Stadt hingen und die ersten Tropfen die Menschen in den Schutz der Häuser trieben. Grete mahnte leise zur Eile, hatte ein Tuch über den Kopf geworfen, Adela auf den Arm genommen und schritt vorneweg, während der Regen kräftiger wurde. Richolf blinzelte Wasser von den Wimpern, ein wenig verärgert, dass er nicht vorankam. Er hatte ihren Arm abgelehnt, und wie immer hielt sie sich an seine Weisung.

Er sah die Mündung der Gasse am Ende des Alten Marktes vor sich, wo Grete in ihrem hellen Mantel auf ihn wartete, als zu beiden Seiten Schatten neben ihn traten, die ihn am Arm fassten und zum Stehen brachten. Ein Dritter trat vor ihn. Sie trugen die Farben derer von der Mühlgassen. Richolf warf einen Blick über die Schulter des Mannes, der sich vor ihm aufbaute, und sah, dass Grete ihren Mantel raffte und zu ihm zurückeilte.

»Richolf, Herr Dietrich erwartet dich, damit du ihm von deinem Besuch bei dem schwäbischen Weißkittel berichtest.«

Als hätte die Kälte mit einem Mal den Umhang durchdrungen, fröstelte Richolf, nickte jedoch. Er war also beobachtet worden. Die beiden anderen Männer nahmen ihn bei den Armen und lenkten ihn beiseite, zu einer Gasse, die vom Alten Markt wegführte.

»Ich werde mitgehen!«, rief Grete, nur noch wenige Schritte entfernt.

Richolf hob die Linke, taumelte und wäre gefallen, wenn der Mann an seiner Seite ihn nicht festgehalten hätte.

»Nein!«, rief er. »Geh heim! Geh heim! Sag's Pilgrim!«

Mehr brachte er nicht hervor. Speichel rann ihm über das

Kinn. Er ließ sich davonführen wie ein Sträfling zum Gericht, durch enge Gassen. Er dachte daran, dass er morgen gerufen werden würde, um das, was er in der Beichte ausgesagt hatte, vor Zeugen zu wiederholen. Er würde Herrn Dietrich in Schwierigkeiten bringen. Herrn Dietrich, der ihn geheißen hatte, zu behaupten, er erkenne in dem Beschuldigten nicht den Mörder wieder, der ihn vor seinem Haus angegriffen hatte. Und doch war es so. Und auch die Wahrprobe hatte er bestanden, obwohl er gelogen hatte – und konnte dann nicht auch ein Unschuldiger der Lüge geziehen werden? Was war diese Probe wert, wenn sie an ihm gescheitert war. Er musste das Vater Albert sagen. Die Leute von Köln mussten das erfahren, und Vater Albert würden sie glauben.

Richolf wurden die Knie weich, ein Schwindel erfasste ihn, doch sie drängten ihn weiter. Als er kurz die Augen schloss, tief durchatmete, flammte ein heller Blitz auf. *Hadewige. Ich habe nicht gut auf deinen Jungen geachtet, aber er hat eine Frau, so gut, wie du es warst.* Richolf lächelte. Vor seinen Augen verschwammen das Grau und Braun der Häuserfronten. Sein Körper erschlaffte. Die Männer fluchten, zerrten, doch er konnte ihnen nicht helfen.

XXII

»Tot?«

Ungläubig starrte Albert die beiden Konversen an, die ihm die Nachricht überbracht hatten, nachdem sie ohne den Lumpenhändler zum Kloster zurückgekehrt waren.

»Er war gestern noch hier!«, sagte Albert. »Er hat bei mir die Beichte abgelegt und ging dann mit seiner Schwiegertochter, die ihn begleitete, nach Hause. Was ist geschehen?«

»Wir sprachen kurz mit seiner Schwiegertochter«, sagte einer der Laienbrüder. »Er sei gestern von Männern geholt worden, noch auf dem Rückweg. Sie hätten ihn zu Herrn Dietrich gerufen. Sie selbst sei zu ihrem Mann in den Laden gelaufen, habe ihm alles erzählt. Er habe sich dann auf den Weg zu denen von der Mühlgassen gemacht, sie sei heimgegangen. Ihr Mann habe dann gemeinsam mit einigen Leuten derer von der Mühlgassen den Vater heimgebracht, reglos, aber noch ein wenig atmend. Sie habe ihn ins Bett gelegt, den Bader gerufen, der riet aber, den Pfarrer zu holen, weil er nichts mehr tun könne. Dann haben sie in der Nacht an seinem Bett gesessen, Vater Tilman habe mit zwei Ministranten gewacht und gebetet, doch in den Morgenstunden sei der Alte mit einem leisen Seufzer gestorben, ohne noch einmal die Augen geöffnet zu haben. So sagte sie.«

Wie ein gefangenes Tier schritt Albert die Wände des Pförtnerhauses ab, nachdem er die beiden Konversen entlassen hatte, und krampfte die Finger um seine Unterarme, um die Hände nicht aus den Ärmeln zu reißen. In seinem Kopf schwirrten die Gedanken. Gestern morgen noch hätte er geglaubt, dass der Schöffe und ehemalige Bürgermeister Dietrich von der Mühlgassen ein ehrgeiziger, aber ehrenwerter Herr sei. Doch mit einem Mal war diese Überzeugung zerstoben wie Dreschstroh auf der Tenne. Die Not, die diesen schwer geschlagenen Lumpenhändler Richolf getrieben hatte, bei ihm zu beichten anstatt bei seinem Pfarrer, hatte Herrn Dietrichs Machthunger verursacht. Richolf Niger war nur ein unbedeutendes Opfer.

Albert schnaubte. Vor Gott gab es keine unbedeutenden Opfer. Herr Dietrich mochte den alten Mann nicht getötet haben, aber dessen Tod kam ihm zupass. Was Richolf in der Beichte gesagt hatte, durfte Albert nicht verwenden – es wäre eine weitaus schlimmere Sünde als alles, was der Beichtende getan hatte; seine Worte gälten nichts mehr, und nur der Papst könnte ihm den Bruch des Beichtgeheimnisses vergeben.

Wenn nun der Sohn oder dessen Frau etwas wussten oder auch nur ahnten …? Oder wenn Herr Dietrich das befürchtete …?

Albert hielt inne in seiner ruhelosen Wanderung. »Die beiden müssen samt ihrem Kind weg von hier – so schnell es geht!«, murmelte er.

Aber vorher musste er sie noch einmal sprechen. Er brauchte die Erlaubnis des Priors, um das Kloster zu verlassen. So bald wie möglich. Am besten sofort. Eilig drehte er sich um, querte den Raum und ging durch die Tür, die den Bereich der Klausur abgrenzte.

Auf dem Gang wartete Gerwich auf ihn; gedankenverloren musterte Albert den Jungen. Er hatte ihn aus einer Unterrichtsstunde herausgewinkt, um ihn das einzige Mittel zu lehren, mit dem man den Umtrieben machthungriger Bürger begegnen konnte: das Recht, von dem die Reichen und Mächtigen glaubten, es stehe allein in ihren Diensten, während es in Wahrheit die Schwachen vor den Starken schützen sollte. Kopfschüttelnd wandte Albert sich ab und winkte dem Jungen, ihm zu folgen.

»Bist du dir eigentlich im Klaren darüber, was du von mir verlangst?«, fauchte Vater Stephan.

Er stand dicht vor Albert, stierte ihm aus funkelnden Augen ins Gesicht. Im Kreuzgang war Albert ihm begegnet, hatte ihn beiseitegenommen, ihm seine Bitte zugeflüstert, unhörbar für den Jungen. Der Prior war zurückgezuckt, als hätte ihn der Atem eines Dämons gestreift, hatte ihn dann am Ärmel gepackt und zu seinem Raum gezerrt. Albert fehlten die Worte. Er hatte damit gerechnet, dass sein Wunsch Vater Stephan verärgern würde, aber nicht mit solch eindringlichem Zorn.

»Dass du einem von Herrn Dietrichs Schützlingen die Beichte abnehmen wolltest, war arg genug«, fuhr der Prior scharf fort. »Warum konntest du ihn nicht seinem Seelsorger überlassen, wie es rechtens gewesen wäre?«

»Es ist meine Pflicht –«

»Deine Pflicht wäre es gewesen, die Bitte auszuschlagen! Welche Taten haben ihn überhaupt derart umgetrieben, dass er zu einem von uns gelaufen ist anstatt zu seinem Pfarrherrn?« Der Prior wandte sich ab und setzte seine Rede mit hilflos erhobenen Händen fort; nie zuvor hatte Albert ihn derart verwirrt gesehen. »Herr Dietrich hält die Pfründe über die Pfarrei, zu der der Lumpenhändler gehört, und wenn er erfährt, dass jemand von seinen Leuten zu einem Predigerbruder geht, um zu beichten, dann wird er den Grund erfahren wollen.«

Verdutzt schrak Albert hoch, er traute seinen Ohren nicht. »Vater, erwartet Ihr von mir, dass ich Euch den Inhalt dieser Beichte eröffne?«

Vater Stephan hielt inne, und seine Arme sanken herab, während er Albert anstarrte. »*Non, in nomine Dei, non!*«, rief er in einem Gemisch aus seinem heimatlichen Franzisch und Latein. »Wenn das aus meinen Worten zu hören war, dann bitte ich dich um Verzeihung! Sicherlich hätten wir es leichter, wenn die Dinge anders wären, doch das liegt nicht bei uns.« Mit einem schweren Seufzer ließ er sich auf seinem Lehnstuhl nieder und legte die Hände auf die Oberschenkel, hagere, faltige Hände, die sein Alter verrieten. »Heute Morgen war er hier – höchstselbst! Er wollte mich allein sprechen, um anzubieten, den Bau der Klosterkirche weiterhin zu unterstützen. Du weißt ja, dass wir in diesem Jahr nicht gut dastehen, weil das Zimmerwerk des Daches mehr Geld verschlingt, als wir gedacht hatten. Deshalb habe ich das Anerbieten sogleich dankbar angenommen. Doch ehe er hinausging, drehte er sich nochmals um und bat mich, dafür zu sorgen, dass die Brüder unseres Ordens keine Verwirrung stiften mögen in den Pfarreien, denn einzelne Geistliche hätten sich beklagt, dass geweihte Brüder unerlaubt das Sakrament der Buße gespendet hätten.«

Albert stöhnte leise auf.

»Hast du eine Ahnung, was wir diesem Mann verdanken?«, presste Vater Stephan hervor, als fürchte er, belauscht zu werden. »Ich werde dich nicht da hinausgehen lassen! Du würdest nur weitere Unruhe stiften, und davon gibt es in der Stadt mehr als genug! Du bleibst hier, Bruder Albert – das ist mein letztes Wort!«

Gerwich hatte im Kreuzweg auf ihn gewartet wie ein gehorsames Hündchen auf seinen Herrn, und Albert wäre nicht verwundert gewesen, wenn er munter gehechelt hätte. Ein jäher Gedanke ließ Albert innehalten, er musterte den Jungen, dessen Lider unter seinem Blick verunsichert flatterten, stieß die Hand vor und packte Gerwichs Arm, um ihn mit sich zu ziehen.

Im Garten hallte das Geflatter der Tauben wider, die erschrocken aufstoben, als Albert mit dem Jungen im Schlepptau hinauseilte. Er hatte es viel zu lange aufgeschoben, mit ihm zu reden, und nun überstürzten sich die Ereignisse. Er trat zum Brunnen, ließ sich auf der umlaufenden Steinbank nieder und wies Gerwich an, sich neben ihn zu setzen. Hoch oben lärmten die Zimmerleute und Dachdecker, die über dem Gewölbe der neuen Klosterkirche das Dach errichteten.

»Bruder Thomas teilte mir mit, dass du ein guter Schüler bist und das Studium der Artes bald abschließen kannst«, begann er. »Hast du dich schon entschieden, was du danach tun wirst, mein Sohn?«

Er sah, dass Gerwich seine Arme in den Kuttenärmeln knetete, doch der Junge nickte nur stumm; kein Laut glitt über seine dünnen Lippen.

»Es gibt mehrere Wege«, fuhr Albert zögernd fort. »Du bist sehr jung, könntest aber durchaus unterrichten. Und du könntest Rechte oder Medizin studieren.«

Gerwich blickte Albert an; er wirkte verletzlich, wie ein

Kind, das Schläge erwartete, und schwieg, während er den Kopf senkte und an der Unterlippe nagte.

»Hast du immer noch die Absicht, die Gelübde dieses Ordens abzulegen?«, fragte Albert.

»Ja, die habe ich!«

Die plötzliche Entschlossenheit, die aus Gerwichs Augen leuchtete und seine Miene hart machte, verblüffte Albert. Er hob die Brauen. Mit einem Mal bemerkte er, dass nicht nur ein Junge, sondern ein junger Mann vor ihm stand, der ihm Anerkennung abnötigte. Er verdiente es, dass man offen mit ihm sprach.

»Gerwich, das Kloster erscheint vielen als eine Zuflucht vor den Übeln der Welt – doch das ist falsch! Wer die Gelübde ablegt, bindet sich für ewig an die Gemeinschaft seines Ordens. Vor allem begibt er sich in vollkommener Hingabe in den Dienst des Herrn, was beileibe keine leichte Aufgabe ist.«

Er wartete, bis Gerwich durch ein Blinzeln zu erkennen gab, er habe verstanden.

»Ich möchte dir ein Beispiel geben, mein Sohn. In den Gebräuchen unseres Ordens gibt es viele Regeln zum Umgang mit Frauen. Wenngleich wir als Seelsorger und Beichtiger keinen Menschen, Mann oder Weib, abweisen dürfen, der uns um Rat und Beistand angeht, sobald es um dessen Seelenheil geht, ist uns der Umgang mit Frauen nur unter strengen Auflagen gestattet. Ein jeder von uns hat das Gelübde zur Wahrung der Keuschheit abgelegt, und so, wie wir einander nicht gestatten, unsere Konvente mit Reichtümern zu füllen, damit wir nicht in Versuchung geführt werden, das Gelübde zur Wahrung der Armut zu brechen, meiden wir den Umgang mit Frauen.«

»Aber liegt es nicht daran, dass Frauen ohnehin zu meiden sind, weil sie schwach sind, sich leichter vom Bösen verleiten lassen und deshalb auch den Tod in die Welt gebracht haben?«

Schmunzelnd bemerkte Albert, dass Gerwich, wie jeder lernhungrige Schüler, sofort auf seine Ausführungen einging. »Es ist richtig, dass die Heilige Schrift lehrt, die Schlange habe Eva verleitet, vom Baum der Erkenntnis zu essen, und diese habe die Frucht ihrem Gefährten Adam gereicht. Das ist ein schwieriger Absatz. Auf den ersten Blick sieht alles ganz einfach aus – und dann ist es doch ganz anders. Denn wenn es Eva und auch Adam möglich war, ungehorsam zu sein gegen Gott, dann war diese Möglichkeit auch Teil der Schöpfung, die Gott selbst als gut ansah.«

Albert tat einen tiefen Atemzug. »Uns Menschen, den Hütern der Schöpfung, ist es gegeben, auf eigenen Wegen zum Herrn zu finden und nicht wie Puppen an Fäden oder Stecken geführt zu werden – auch wenn das bedeutet, sich zu irren, Falsches zu tun oder zu lassen und damit zu sündigen, indem wir uns von Gott entfernen. Doch gleichgültig, wie weit wir uns von Ihm entfernen, bleiben wir Teil der Schöpfung, die in Seinen Händen liegt und von Ihm vollständig umfasst wird. Adams Sünde hat uns, seine Nachfahren, der Gnade beraubt, im Schatten Seiner Flügel ruhen zu dürfen, aber sie hat uns um den Preis des Todes eine weitaus größere Gnade ermöglicht, nämlich die, Ihn am Ende unserer irdischen Pilgerschaft nicht länger wie durch einen blinden Spiegel als rätselhaften Umriss zu sehen, sondern von Angesicht zu Angesicht zu erkennen, durch und durch.«

Vögel tschilpten und pfiffen in den Hecken des Paradiesgartens, vom Dachgestühl der Klosterkirche, das wie ein Gerippe in den Himmel ragte, tönten die Stimmen der Handwerker, und eine sanfte Brise strich ihm durch den Haarkranz, verfing sich in seinem Nacken, als Albert aufging, dass er in diesem Augenblick vollkommenen Glücks einen Garten vor Augen gehabt hatte, wie er bisher keinen geschaffen hatte. Der Duft von Minze, Salbei und Thymian, von Lilien, Veilchen und Rosen schien ihn noch zu umwehen, und der Widerhall des Morgengesangs einer Amsel tönte ihm in den Ohren. Einen solchen Garten hegen …

Erst als er Gerwichs nachdenkliche Miene wahrnahm, kam er wieder zur Besinnung, glaubte, er verließe mit schwebenden Schritten eine Vorahnung des Paradieses, und fühlte sich beinahe schuldig, das Geschenk eines Augenblicks vollkommenen irdischen Glückes vorzeitig abzustreifen. Ein lautloses Gebet schaffte Abhilfe.

»Es tut mir leid, dich mit einer theologischen Vorlesung zur Genesis gelangweilt zu haben«, sagte er dann.

»Aber nein!«, entgegnete Gerwich. »Ihr habt mir sehr geholfen, Vater Albert! Mir ist aufgegangen, was Ihr meint und dass ich im Unrecht war, zu argwöhnen, Ihr wolltet mich von hier vertreiben.«

»Ach, Junge, darum geht es doch gar nicht. Ich dachte bloß, wenn du die Stärke und Beharrlichkeit, die du dafür einsetzen willst, einer von uns zu werden, stattdessen dazu nutzt, das Mädchen, das dein Herz sich mit Gottes Hilfe längst erwählt hat, zur Frau zu nehmen, dann wirst du ein gutes Leben führen und glücklicher werden, als du es als Predigerbruder je sein könntest.«

»Ihr wisst davon?«

»Ich bin doch nicht blind!«, versetzte Albert grinsend. »Und noch eins – falls du der Meinung anhängen solltest, ein Leben als Mönch sei vor Gott von höherem Wert als jedes andere –: Bruder Thomas trotzte mir kürzlich mit dem Gedanken, die Freuden der Ehe könnten ein Geschenk Gottes sein, das gleichwertig sei mit der Freude, die ein Leben in Keuschheit mit sich bringe. Denn schließlich seien nicht alle Menschen mit den gleichen Begabungen geschaffen, aber alle seien in gleichem Maße Gottes Kinder und deshalb könne die Ehe, in Eintracht und Liebe geschlossen, nicht von geringerem Wert sein als die Keuschheit, nur eben von anderem Wert.«

Gerwich blickte auf seine Hände, die – unüblich für einen jungen Mönch – auf seinen Oberschenkeln lagen.

»Ich möchte darüber nachdenken«, sagte er leise. »Ich habe mich für diesen Weg entschieden, und das nicht bloß, weil ich vor etwas weglaufe.«

»Nein, mein Junge, das habe ich auch nicht behauptet. Aber es ist auch nicht allein die lautere Liebe zu Gott und das Streben nach Heiligkeit, was dich zu uns geführt hat. Du bist einer der guten Studenten, ein fleißiger junger Mann, einer, der sich an die Gebräuche des Ordens hält, und vor allem einer, der willig und andächtig den Gebetsstunden beiwohnt. Dennoch, mein Junge: Ich sah schon weitaus begeistertere Anwärter und Novizen am Leben im Orden zerbrechen, und mein Herz sagt mir, dass dieses Leben nicht dein Weg zum Heil ist.«

Albert erhob sich, legte die Rechte auf Gerwichs Schulter und nickte dem jungen Mann, der zu ihm aufschaute, aufmunternd zu. Als dieser mit langsamen, ein wenig schleppenden Schritten zum Kreuzgang zurückkehrte, sah er ihm nach. Es genügte ihm, dass Gerwich darüber nachdächte, weil er sicher war, dass er die richtigen Schlüsse zöge, zu tief war das Bild eines Mädchens in seinem Sinn eingeschlossen wie in einem Schatzkästchen. Trug ein Mann ein solches Kleinod erst einmal in sich, konnte er sich niemals wieder davon trennen, und nur unter großen Anstrengungen gelang es ihm, das Bild nicht ständig wieder hervorzuholen, um es traurig zu betrachten, sondern es darin verborgen zu halten.

Thomas kniete auf den Altarstufen in der alten Kapelle, wo er sich gemeinsam mit drei anderen Brüdern, Söhnen dieser Stadt, betend auf die Weihe vorbereitete. Es wurde Zeit für die Beichte, die Thomas nun beinahe täglich ablegte. Zwar gab es so gut wie nichts mehr, das er hätte bereuen und büßen müssen, aber er strebte danach, vollkommen mit sich ins Reine zu kommen, und da es die anderen ihm gleichtaten, war Albert mehr als nur erleichtert, dass nur Thomas ihn als Beichtvater gewählt hatte.

Während Albert auf der Steinbank an der hinteren Wand der Kapelle saß und zuhörte, wie Thomas sein Gewissen um die wenigen neidischen und ehrgeizigen Anwandlungen erleichterte, vor denen nicht einmal er gefeit war, gerieten Alberts Gedanken auf Abwege. Gerwich musste er sich selbst überlassen, hoffend, dass der Jüngling genug Mut fassen würde, um die Heirat mit diesem Mädchen zu ertrotzen, obwohl Steinmetzmeister Johann seinen franzischen Altgesellen sicherlich schon als Schwiegersohn und Erben ausgemacht hatte. Er traute Meister Gerhards Neffen die Leitung einer der wichtigsten Werkstätten Kölns durchaus zu, und auch Meister Johann müsste begreifen, dass sich eine Gelegenheit wie diese nicht oft ergab. Was es Gerwich an Fertigkeiten und Erfahrung gebrach, machte er durch

Geschick, Klugheit und nicht zuletzt durch die Verwandtschaft mit dem Dombaumeister wett.

Stumm schalt Albert sich für seine abschweifenden Gedanken und bemühte sich, seine Aufmerksamkeit auf Thomas zu lenken, der ihn erwartungsvoll ansah. Was, beim heiligen Dominicus!, hatte der Bruder gerade gesagt?

»Entschuldige, mein Sohn«, murmelte er. »Ich ließ mich ablenken.«

Thomas nickte, und es schien, als müsste er ein feines Lächeln verbergen, das sich in seine Mundwinkel grub, doch er wiederholte nicht, was er gesagt hatte.

»Darüber hinaus, Vater, ich ringe mit der Demut gegenüber unseren Brüdern und Schwestern aus dem einfachen Volk«, fuhr er stattdessen fort. »Mir fehlt es an Geduld, und ich ...«

Die Säule! Albert straffte sich. *Finde den Mann, der die Säule von Sankt Gereon beherrscht, und das Töten wird ein Ende haben.* Er hatte Joseph ben Gerschom lange aus seinen Gedanken verbannt. Viel zu lange. Er wusste nicht einmal, ob der alte Jude noch lebte. War es denn möglich, dass einer derer von der Mühlgassen, Herr Dietrich, der die Domschule besucht und in der Ferne das Recht studiert hatte, der als Sohn einer der angesehensten Familien schon sehr jung in die Schöffenbruderschaft aufgenommen worden war, der jahrzehntelang für die Seite der alten Geschlechter gekämpft hatte, als Schöffe ebenso wie als Bürgermeister – war es möglich, dass dieser Mann die Geschicke der Stadt durch die Verbreitung lähmender Angst lenkte wie eine Spinne in ihrem Netz? Jeder, der über genügend Reichtümer verfügte, wäre dazu imstande, durch Schenkungen Einfluss zu nehmen auf Klöster und Stifte und durch geheime

Unterstützung geheime Parteigänger zu finden – Geld und Gold ebneten jeden Weg. Und unter den vogelfreien Söhnen des Adels, die im Land umherstreiften, einen zu finden, der die furchterregende Drecksarbeit verrichtete, bereitete keinerlei Schwierigkeiten. *Meine Kölner. Meine lieben Kölner.* Er hatte sich einlullen lassen.

Nein, nicht alle seine lieben Kölner waren Schurken – tatsächlich genügten einige wenige, eine kleine Gruppe hochnäsiger Herren, die sich auf ihre Geburt in steinernen Häusern mit Spitzbogengiebeln wunders was einbildeten und glaubten, alle Rechte und Reichtümer stünden allein ihnen zu, um dafür zu sorgen, dass die Stadt dahinschlingerte wie ein Boot auf den Wogen des hohen Meeres.

Eine Berührung ließ ihn zusammenfahren, Thomas' Hand lag auf seinen verschränkten Unterarmen, und der junge Mönch schaute zu ihm auf, als benötigte er, der Beichtiger, Beistand und nicht der junge Mönch.

»Bruder Thomas, ich habe dich um Verzeihung zu bitten«, flüsterte Albert. »Denn ich bin derjenige, der keine Geduld hat und der die angemessene Demut vermissen lässt.«

»Dann sollten wir dies als Zeichen ansehen, Vater, als Zeichen, dass die Bedürfnisse der Menschen in dieser Stadt, Frieden und Eintracht, durchaus mehr Gewicht haben als mein trügerischer Stolz.«

»Was meinst du damit?«

»Dass es vielleicht kein Zufall ist, dass diese Sorgen dich befallen, während du mir die Beichte abnimmst.«

Albert unterdrückte den Wunsch, das feine Lächeln, das Thomas' Lippen umspielte, zu deuten, sondern beendete die unterbrochene Beichte mit einem vorzeitigen Abschlusssegen. Rasch verließen sie die Kapelle, doch schon im Kreuzgang empfing sie das satte Rauschen des Regens, der sich als zunehmende Dunkelheit angekündigt hatte. Als Thomas in Richtung der Bibliothek deutete, schüttelte Albert den Kopf.

»Wir müssen uns unterhalten«, brummte er und hielt auf die Unterrichtsräume für die Novizen zu.

»Wir sollten Gerwich rufen lassen«, sagte Thomas leise.

»Wozu soll das gut sein?«, wunderte Albert sich. »Der Junge kennt sich nicht aus in der Stadt – wie soll er uns da behilflich sein?«

»Der Junge ist inzwischen zu einem jungen Mann herangewachsen. Hattest du nicht entschieden, seinen Verbleib im Kloster nicht zu befürworten? Warum hältst du ihn dann unter Verschluss?«

»Unter Verschluss? Wie meinst du das?«

Während er sprach, näherten sich schnelle Schritte hinter ihnen, noch ehe sie den Gang erreichten, an dem die Schulräume lagen. Albert streckte die Hand nach der ersten Tür aus, als er zurückblickte und einen jungen Schüler sah, der eine Hand aus dem Ärmel riss, um ihm zu winken, und keuchend vor ihm stehen blieb.

»Der Herr Prior will Euch sprechen, Vater.«

»Schon wieder?«, staunte Albert und hätte sich beinahe auf den Mund geschlagen.

Der Junge nickte. Offenbar war es dringend.

»An der Pforte«, setzte er nach.

Er eilte bereits voraus, als Albert Thomas am Ärmel berührte. »Begleite mich«, sagte er. »Nicht dass ich Angst hätte, aber wir können dann unterwegs reden.«

Sie blieben so weit hinter dem Jungen zurück, dass er sie vermutlich nicht hören konnte, doch erst nach einer Weile setzte Thomas neu an. »Du willst nicht, dass Gerwich uns behilflich ist, oder sehe ich das falsch?«

»Er war schon zwei Mal in großer Gefahr.«

»Er ist es immer noch. Solange die Umtriebe weitergehen, wird er ein lohnendes Ziel bleiben.«

»Woher weißt du das?«

»Ich kann es mir denken. Dir mag ich ein wenig weltfern erscheinen, aber die Vorgänge in der Stadt bleiben nicht einmal mir unbemerkt.«

Thomas' Lächeln verunsicherte Albert; er hatte tatsächlich gedacht, dass sein Baccalaureus immer nur die Unterrichtung des Nachwuchses im Sinn gehabt hatte. Er hatte kaum mit ihm darüber gesprochen, da er ihm ohnehin mehr als genug Arbeit überließ und Thomas' Hunger nach dem geschriebenen Wort unersättlich war.

»Du erinnerst dich an die Worte des alten Juden?«, fragte Albert vorsichtig.

»Deutlich. Aber sie erschienen mir schon damals nicht geheimnisvoll.«

»Hast du einen Verdacht?«

»Nein.« Leise lachend schüttelte Thomas den Kopf. »Wie könnte ich den haben? Ich kenne die Mächtigen der Stadt nicht, weiß nur weniges, und das nur vom Hörensagen. Aber es klang in meinen Ohren wie eine … Binsenweisheit.«

Sie bogen in den Gang zur Pforte ein, neben deren Tür der Pförtner stand, der dem Jungen mit einer Ohrfeige drohte, doch innehielt, als Albert und Thomas näher kamen. Durch ein Handzeichen gab Thomas zu verstehen, dass er im Gang bliebe, dann trat Albert in den Empfangsraum hinaus. Vater Stephan blickte ihm entgegen, bei ihm befand sich Domdekan Goswin, dessen Augenbrauen zusammengewachsen schienen, und ein weiterer Mann, reich gekleidet in den Farben der Overstolzen, schälte sich aus dem Schatten. Ehrerbietig grüßte Albert den Domdekan, dessen dunkler Mantel Regen auszudünsten schien, während er sich insgeheim den Kopf zerbrach, welchen der vielen Söhne der reichen Overstolzen er hier vor sich hatte. Vater Stephan nahm ihm die Sorge ab, indem er ihm den Namen – Gerhard – zuflüsterte.

»Euer Urteil und Eure besonderen Fähigkeiten werden benötigt, Vater Albert.« Goswins Eigenart, jedes Wort feierlich zu betonen, als läse er gerade eine Messe, ließ Albert ungeduldig mit dem Kopf rucken. »Es ist wieder Blut geflossen auf den Märkten. Die Herren geben nicht nach, sondern fordern die Rücknahme der neuen Münzen. Sie verhindern den Handel. Es ist kein Getreide mehr in der Stadt, und das Volk hungert.«

»Was hat Herr Konrad erwartet?«, platzte Albert heraus. »Dass die Herren, die inzwischen mächtig geworden sind, sich von ihm gängeln lassen, was Münzen angeht?«

»Der Erzbischof wünscht, dass Ihr eine Schied erteilt.«

Albert schnappte nach Luft, schloss den Mund wieder und schaute von einem zum anderen.

»Eine Schied? Wie kommt er darauf?«

»Auch die Herren von der Richerzeche fordern das«, mischte Gerhard Overstolz sich nun ein. »Wir werden unsere Leute zu den Waffen rufen und die mit uns verbündeten Grafen um Hilfe zu bitten. Eine Fehde steht bevor, wenn Ihr, Vater Albert, nicht einen Weg findet.«

Schweigen senkte sich in den Raum, nur das Plätschern des Regens drang gedämpft durch die pergamentbespannten Fenster herein. Albert wechselte Blicke mit dem Prior, der die Schultern hochzog und die Handflächen zeigte.

»Und warum ich?«

»Das fragt Ihr, Vater?«, sagte der Prior leise. »Jeder in dieser Stadt kennt Euch, und jeder vertraut Eurem Ratschluss. Vermutlich seid Ihr der Einzige, der die Wogen glätten kann.«

Möglichkeiten taten sich auf, an die Albert zuvor nicht zu denken gewagt hatte, so dass er sich nur mühsam bezwingen konnte. Seine Gedanken schienen wie von der Leine gelassene Jagdhunde, die sich auf die Spur seiner Verdächtigungen setzten. Er räusperte sich.

»Ich kann das nur, wenn ich mindestens einen ständigen Gehilfen habe, mich in der Stadt frei bewegen darf und überall ungehindert Zugang bekomme.«

Er bemerkte, dass Vater Stephan an diesen Forderungen schwer zu schlucken hatte. Seine Umtriebe waren dem Prior stets ein Dorn im Auge gewesen, doch nun musste er ihn wohl lassen.

»Ich benötige einen Schutzbrief, der mir das alles erlaubt.« Albert setzte ein freundliches Lächeln auf. Es wäre sinnlos gewesen, sich als harmlos zu tarnen, aber wenn sie von ihm verlangten, zwischen ihnen zu vermitteln, musste er die verbrecherischen Vorgänge in der Stadt beenden. Und dazu benötigte er Beweise. Er musste Sankt Gereon aufsuchen, die Stiftskirche, die das verhängnisvolle Heiltum barg.

Albert erhielt einen Schutzbrief, der vom Erzbischof gezeichnet und vom Untergrafen und zwei Schöffen bezeugt worden war. Das Pergament in den Händen, wunderte er sich, wie rasch alle Beteiligten dieses Dokument unterzeichnet hatten. Es musste schlimm stehen um den Frieden in der Stadt, schlimmer, als er gedacht hatte.

Als der Erzbischof tatsächlich eine neue, leichtere Münze hatte prägen lassen, um den Herren von der Richerzeche ein übles Druckmittel aus der Hand zu schlagen, hatte er wohl nicht bedacht, dass seine Gegner diese neue Münze schlichtweg nicht anerkennen würden. Am Ende war die ohnehin schäbigere Münze wertlos geworden, weil niemand sie gegen Waren eintauschen wollte, und die Märkte waren leergefegt. Die ersten Handwerker hatten die Dombaustelle, die ihnen keinen Lebensunterhalt mehr sicherte, verlassen, während die murrenden Handlanger und Tagelöhner, von denen viele vor der Stadt lagerten, vom Domkapitel versorgt werden mussten.

Die Fabrica war Alberts erstes Ziel, als er an diesem Morgen das Kloster verließ, im Schlepptau Gerwich, der ihm nur unwillig folgte, nachdem er erfahren hatte, dass Albert seinen Onkel aufsuchen wollte.

An den fest verschlossenen Fensterläden erkannte Albert, dass sie die Umgebung des Klosters verlassen hatten. Außer ein paar Knechten oder Männern, die von Knechten begleitet wurden, war niemand in den stillen Gassen; schwerer noch als die Knüppel, die von den Gürteln der Knechte hingen, wog, dass weder Frauen noch Kinder zu sehen waren, das deutlichste Anzeichen dafür, dass rohe Gewalt in den Winkeln lauerte. Erst jetzt beschlich Albert der Gedanke, er könne den Neffen des Dombaumeisters in große Gefahr gebracht haben. Obwohl die Predigerbrüder sich aufgrund ihrer Armut weitaus sicherer durch unruhige Städte bewegten als selbst die ärmsten Bürger und sie auch nicht als Verbündete der Mächtigen angesehen wurden, genügten zwei, drei aufgebrachte Kerle, um sie totzuschlagen. Auf Büttel konnte man an solchen Tagen nicht zählen; die bewachten die Häuser der reichen Herren.

Schon von weitem bemerkte er die Wachposten an der Pfaffenpforte, Bewaffnete, die ihnen mit gekreuzten Lanzen den Weg versperrten. Sie gehörten zu den wenigen Soldaten, die Erzbischof und Domkapitel zu deren Schutz innerhalb der Stadtmauern zugestanden wurden. Die Macht der Richerzeche reichte sehr weit. Doch als Albert seinen Begleitbrief vorwies, gestatteten sie ihm und Gerwich ohne weitere Fragen Zutritt zum Bezirk des Domes.

Im Atrium des alten Doms schien das Leben ungeachtet aller Bedrohungen weiterzugehen. In farbenprächtige, pelzverbrämte Mäntel gekleidete Herren, begleitet von Bediensteten in bescheidenem Tuch, verfolgten schamlos ihre Geschäfte, während sie gleichzeitig an einem der Altäre im Inneren des Doms Messen lesen ließen. Zwischen den Säulen kauerte ein Krüppel auf seinem Wägelchen – die Beine waren über den Knien abgeschnitten worden – und drehte eine Kette mit Gebetsperlen in den Händen, vor sich ein Holznapf, in den sich ein paar Kupfermünzen verirrt hatten. Albert war überzeugt, dass keine einzige davon aus dem Beutel eines der edlen Herren stammte. Er hatte keine Geduld mit den Reichen und ihrem protzigen Gebaren, und kaum nachsichtiger war er mit den Händlern und Krämern, die, voll Ehrgeiz, es den Reichsten nachzutun, wie schwanzwedelnde Hunde um diese herumschlichen. Stolz, Habgier und Geiz boten ein flirrend buntes Schauspiel neben dem Elend in Gestalt der versehrten und verkrüppelten Bettler, das im Grunde von diesen Lastern verursacht worden war.

Grimmig stapfte Albert zum Portal, verteilte unterwegs die mitgebrachten Münzen auf die Bettler, segnete die, die gesegnet werden wollten, und verabscheute sich dafür, dass er das vor lauter Zorn nur im Vorübergehen tat. Er eignete sich nicht zum leuchtenden Beispiel, wie es Franciscus und die thüringische Fürstin Elisabeth geboten hatten.

Die gewaltige Halle war hell, weil im Westteil das Himmelslicht noch immer ungehindert hereinfiel. Auch hier gingen die Herren im Umherschlendern ihren Geschäften nach, Leute, die sich rechtschaffen wähnten, weil sie dem Wortlaut der Lehre folgten, soweit sie ihnen zuträglich war, aber das wichtigste Gebot – die Nächstenliebe – niemals über den eigenen Nutzen hinaus erwogen. Albert erkannte einige Kleriker, ja sogar schwarz gekleidete Mönche, die munter miteinander schwatzten, während in nächster Nähe ein Priester die Wandlung vorbereitete. Mehrfach sank Albert angesichts einer heiligen Handlung auf die Knie, bekreuzigte sich, betete ein *Pater noster* oder einen Mariengruß, bis er die hohe Mauer erreichte, die den Dom nun gleich hinter dem Querhaus gen Osten abschloss. Halsbrecherische Gerüste stützten die notdürftige Holzdecke, die diesen Teil des Gotteshauses vor Regen schützte, damit das Domkapitel hier Messen und Hochämter feiern konnte. Risse zeichneten sämtliche Wände wie die Spuren zerstörerischer Blitze. Auch nach drei Jahren waren die Narben des Einsturzes nicht zu übersehen.

Den Besuchern schien das nicht im Geringsten zu denken zu geben.

Albert hatte gehofft, unter den zelebrierenden Priestern einen der höheren Domherren anzutreffen, doch er fand sich enttäuscht und verließ den alten Dom durch eine Seitenpforte, ohne einen der kostbaren Altäre aufgesucht zu haben. Draußen empfing ihn das gleißende Licht der Sonne, und nach wenigen Schritten hatte er die hohe Bretterwand erreicht, die die Baustelle umgab. Stimmen waren zu hören, Befehle, Rufe und gelegentliches Lachen, die das Lärmen von Meißel und Klöpfel und das Hämmern und Sägen übertönten. Den Eingang fand Albert unweit entfernt.

Zahllose Menschen bewegten sich auf der Baustelle, schoben Schubkarren, trugen zu zweit Mulden voller Mörtel. Einige sangen ihre derben Arbeitslieder, in denen die Freuden der Tavernen gepriesen wurden, Freuden, für die ein Tagelöhner kaum mehr als zweimal im Jahr genügend Geld im Beutel hatte. Umgeben von Gerüsten erhoben die Mauern des Kapellenkranzes sich bis über die erste Fensterreihe hinaus, die Säulen, die dereinst das Gewölbe tragen würden, streckten sich wie Finger aus dem Boden. Die zukünftige Halle ließ sich bereits erahnen. Der Hochchor, wie er Meister Gerhard vorschwebte, würde von Kapellen umschlossen sein wie eine Blüte von ihren Kelchblättern. Sogar die Streben, die die Mauern von außen stützen sollten, ragten bereits empor.

Und dennoch erkannte Albert mit einem Mal, dass weder Meister Gerhard noch gar Erzbischof Konrad mit all seinen hochfliegenden Plänen die Fertigstellung dieses Bauwerks erleben würden. Kein Geld der Welt reichte aus, und selbst wenn sie Völker versklavten wie die Ägypter, würden die Mittel nicht genügen, um dieses gewaltige Vorhaben innerhalb eines Menschenalters zu vollenden. Jemand musste Meister Gerhards Arbeit weiterführen. Jemand, auf den er bauen konnte.

In den Unterständen der Fabrica fand er den Dombaumeister nicht, doch einer der Arbeiter wies ihm schließlich den Weg hinter den Scheitel des Kapellenkranzes, wo einige sauber gekleidete Handwerksmeister zwei schwarz bemäntelte Domherren und einen weiteren Mann umstanden.

Als Albert näher trat und sich ein wenig reckte, erkannte er den dritten Mann unschwer als Meister Gerhard, der den Handwerkern gerade gestenreiche Erklärungen gab. Albert hielt sich zurück, um abzuwarten, bis die Besprechung beendet wäre, und winkte Gerwich zu sich, der ihm sichtlich zögernd gefolgt war, doch mit einem Mal rasch zu ihm trat.

»Ich bitte Euch, Vater, sagt ihm nichts von dem, worüber Ihr kürzlich mit mir gesprochen habt.«

Verwundert zog Albert die Brauen hoch. »Du lehnst es ab, dass ich dir den Weg ebnen möchte?«

»Darum geht es nicht«, erwiderte Gerwich. »Es ist meine Entscheidung, mich dem Orden der Predigerbrüder anzuschließen, und falls ich das als Irrtum ansehen und bei meinem Onkel Zuflucht suchen sollte, dann will ich das Eingeständnis nicht einem anderen überlassen, als schliche ich wie ein Dieb in der Nacht in einen Unterschlupf.«

»Du suchst Ausflüchte.« Verärgert umklammerte Albert seine Unterarme, linste nach den Männern.

»Nein, aber ich bin nicht bereit, eine Entscheidung, die mein ganzes Leben betrifft, übers Knie zu brechen!«

Albert konnte nicht verhindern, dass ein Schmunzeln über sein Gesicht glitt und den Ärger milderte. »Ganz so sah es allerdings aus, als du zu uns kamst, mein Sohn.«

Gerwichs Augen funkelten hart. »Ja, ich habe im Konvent Zuflucht gesucht, weil ich nicht mehr wusste, wohin ich mich wenden sollte«, fauchte er. »Wenn Ihr hättet zusehen müssen, wie der Mann, der Euch nach dem Leben getrachtet hat, als freier Mann den Gerichtsplatz verlässt, weil niemand ihn wiedererkennen will –«

»Was sagst du da?« Eisiger Schrecken durchrieselte Albert.

In trotzigem Schweigen verharrte der Jüngling vor ihm, die Hände in den Ärmeln der Tunika verborgen, und dennoch ahnte Albert, dass seine Fingernägel sich in die Haut bohrten.

»Was hast du gesagt?«, wiederholte Albert und versuchte aller Erregung zum Trotz seiner Stimme Strenge zu verleihen.

»Ihr glaubt mir ja doch nicht!«, murrte Gerwich. »Weder Ihr noch sonst jemand!«

»Meinst du den Kerl, der vor Monaten wegen eines Mordes vor den Burggrafen gezerrt worden war?«

Gerwich zog die Brauen zusammen, was seine Miene noch finsterer erscheinen ließ, und hielt Alberts Blick stand.

»Sprich, Junge! Es ist wichtig!«, blaffte Albert so laut, dass Gerwich zusammenfuhr, sich hastig straffte, ehe er nach einigem Zögern die Schultern sinken ließ.

»Ich habe mir den Namen gemerkt«, sagte er leise. »Volker von Winter. Er ist mir in der Nacht, in der Meister Johann den ersten Toten fand, in der Sandkaule begegnet, und er war einer von denen, die mich bei Nacht überfielen. Er hat den dünnen Peter erstochen, nachdem der ihm nicht verriet, wo ich war.«

»Bist du dir sicher?«

Ein deutliches Nicken war die Antwort. »Ich hatte genügend Zeit, darüber nachzudenken.«

Alberts Hände stießen vor, legten sich um die Schultern des Jungen, und er atmete tief durch. »*Dominus Deus te benedicat*«, murmelte er. »Du ahnst nicht, was du gerade für mich getan hast.«

»Ich verstehe nicht …«

»Vertrau mir!«, sagte Albert, dann nickte er über Gerwichs

Kopf hinweg den Männern zu, die schon auf sie aufmerksam geworden waren. Meister Gerhard bahnte sich einen Weg zu ihnen, er nahm sich kaum die Zeit, um Albert angemessen zu begrüßen, sondern umarmte seinen Neffen inbrünstig und tätschelte ihm kräftig Rücken und Schultern.

»Lass dich ansehen, Junge! Blass bist du geworden. Und dünn. Du siehst die Sonne nicht vor lauter Schreibstube, das tut dir nicht gut.«

»Deshalb habe ich ihn mitgenommen«, erwiderte Albert für Gerwich, der die stürmische Begrüßung hilflos über sich ergehen ließ. Es war nicht wirklich eine Lüge, er wollte ja, dass der Junge – er konnte sich einfach nicht daran gewöhnen, in diesem Knaben, der noch wie ein Knabe dachte und handelte, einen jungen Mann zu sehen – in die Welt kam und seine Entscheidung überdachte. Schon zwei Mal waren Anschläge auf ihn verübt worden, doch in beiden Fällen war er gerettet worden – aus eigener Kraft, aber doch wohl nicht ohne den Willen Gottes. Er war ein gewöhnlicher Junge, auf keinem Gebiet hochbegabt – auch wenn Thomas anderer Ansicht war, vertraute Albert lieber dem eigenen Urteil –, und dennoch schien er einen besonderen Segen erhalten zu haben, vielleicht den seiner sterbenden Mutter. Und er hatte sich soeben als Zeuge offenbart.

»Ich bin nicht wegen des Jungen hier«, unterbrach Albert Meister Gerhards Bemühungen, eben diesen Jungen zu vereinnahmen. »Der Erzbischof hat mich geheißen, eine Schied zwischen ihm und der Stadt zu erarbeiten, und jeder ist gehalten, mich darin zu unterstützen.«

»Das wurde bereits überall bekanntgemacht, Vater Albert.« Domherrn Ulrichs glockenhelle Stimme bereitete Albert leises Unbehagen, obwohl die Miene des Mannes im dunklen Chormantel nicht den geringsten Anlass zum Argwohn bot. »Wir stehen zu Eurer Verfügung.«

Bald darauf scharrte Gerwichs Griffel über die große Wachstafel, um zumindest in Zahlen niederzuschreiben, wie viele Handwerker abgewandert waren, weil das Geld des Erzbischofs auf den Märkten keinerlei Wert hatte, wie viele Handlanger Tag für Tag verköstigt werden mussten, weil sie nun einmal unentbehrlich waren, und wie viele Kölner Meister franzische Handwerker in ihren Werkstätten und Häusern aufgenommen hatten, weil sie selbst die Bauweise des neuen Doms nicht in ausreichendem Maße beherrschten. Doch bei vielen hatte sich ein solcher Groll auf die Herren von der Richerzeche angestaut, dass sie lieber Not und Enge litten, um ihr Werk fortzuführen, als nachzugeben.

»Die Juden sind die Einzigen, die dieses Geld tauschen«, berichtete Herr Ulrich. »Aber die Münzen taugen nicht viel, und prompt kamen Streitereien auf und Gerüchte. Ihr kennt ja das Gerede von vergifteten Brunnen, geschändeten Hostien und verschleppten Kindern. Wir konnten die Gemüter beruhigen, indem wir den Juden befahlen, den Münzwechsel günstiger zu gestalten. Aber seither ist uns klar, dass die hochedlen Herren einen Krieg gegen uns führen und sich nicht zu schade sind, die schändlichsten Mittel anzuwenden, damit wir uns gegenseitig zerfleischen. Und richtig schlimm wurde es, als zornige Kölner Meister im Rat vorstellig wurden und verlangten, dass in Zukunft auch aus ihren Reihen Schöffenbrüder gewählt werden sollten.«

Eine unheilvolle Kälte rieselte Albert ins Genick. »Wer hat diese Forderung gestellt?«

»Die Steinmetzmeister und die Zimmermeister«, erwiderte Herr Ulrich.

Albert blickte in die schweigende Runde. »Steinmetzmeister Johann?«

»Er hat die Gesandtschaft angeführt.«

»Wo ist er?«

»Auf der Baustelle«, mischte sich Meister Gerhard ein. »Keine Sorge, Vater! Die Gesandten wurden behandelt, wie man Gesandte behandelt – auch wenn die reichen Herren aus den altehrwürdigen Geschlechtern es an Achtung vor ihren Mitmenschen vermissen lassen. Es genügt ihnen, die Handwerker und Arbeiter in Not und Elend zu stoßen, indem sie den täglichen Handel zum Erliegen bringen. Dass sie damit zugleich die Bauern in Not und Elend stoßen, wissen sie ebenso zur Stärkung ihrer Macht zu nutzen. Wenn es darum geht, haben sie nicht die geringsten Hemmungen. Wie in jeder Stadt.«

»Und dann heißt es, die Stadt mache frei!«, warf einer der anderen Männer ein, von dessen Gürtel Lot und Winkel hingen.

Einige lachten, doch es klang bitter. Albert wusste bereits, dass die Schöffenbrüder immer wieder die Büttel ausschickten, um Leute zu suchen, die aus den Gebieten der Grafen von Jülich und Berg stammten. Seitdem die Herren Bündnisse mit diesen Grafen geschlossen hatten, benahmen sie sich, als wären sie und nicht der Erzbischof die eigentlichen Herren von Köln. Gerade auch unter den Handwerkern, die am Dom arbeiteten, waren immer wieder Untertanen der verbündeten Grafen aufgespürt, schändlich verhaftet und mit gefesselten Händen und Füßen wie Verbrecher auf Karren fortgeschafft worden. Was sie in ihrer Heimat erwartete, darüber erzählte man sich die wildesten Gerüchte. Albert hingegen war überzeugt, dass beide Grafen schlau genug waren, ihre Untergebenen gut zu behandeln, damit sie zukünftig in der Heimat blieben; so wäre allen Verbündeten gedient. Aber er verschwieg das, denn die Männer der Fabrica, die von den Machenschaften betroffen waren, würden ihm nicht glauben, ihn nur verdächtigen, mit den Mächtigen im Bunde zu stehen.

»Die Dinge stehen schlecht«, sagte Herr Ulrich leise. »Das Kapitel hat bereits die Möglichkeit erwogen, den Bau des neuen Doms auf unbestimmte Zeit auszusetzen. Dann könne man alle Kräfte darauf verwenden, den alten Dom, den man ohnehin weiterhin nutzen müsse, wiederherzustellen.«

Meister Gerhards Mund war nur noch eine schmale Linie, doch er schwieg und ballte die Fäuste an den Seiten. Albert sah, dass Gerwich den Griffel zwischen die Tafeln klemmte und die Rechte zögernd auf seines Onkels Schulter legte; auch der dankbare Blick des Meisters entging Albert nicht, und er schöpfte Hoffnung, dieses Knäuel könnte sich zum allseitigen Wohlgefallen auflösen. Der Junge hatte ihm eröffnet, dass auch er den sonderbaren Volker von Winter wiedererkannt hatte, dass dieser Fremdling versucht hatte, dem Jungen ein Leid anzutun, und dafür getötet hatte. Dass er ihn in der Nähe des erstochenen Hermann Niger gesehen hatte. Aber der Verdächtige war verschwunden, und Richolfs Beichte half ihm nicht weiter – er musste Beweise finden.

»Wir müssen abwarten, wen die Schöffenbrüder als Nachfolger des Untergrafen vorschlagen«, fuhr Herr Ulrich fort. »Johann Birklin liegt auf den Tod, und die Wahl des Ersten Bürgermeisters steht an. Die Richerzeche ist gespalten: Auf der einen Seite stehen die von der Mühlgassen mit ihren Verwandten, Verschwägerten und Verbündeten, auf der anderen – nun, eben die anderen, die sich nicht einig werden. Und Herr Dietrich strebt ein weiteres Mal das Amt des Bürgermeisters an.«

Albert erstarrte; wenn Herr Dietrich von der Mühlgassen die Mehrheit der Herren von der Richerzeche hinter sich versammelte, dann stand seiner Wahl nichts mehr im Wege – und nichts mehr seiner Ernennung zum Untergrafen, denn Erzbischof Konrad wähnte ihn auf seiner Seite.

XXIII

»Du verlässt uns?«

In dem Unterrichtsraum, den Gerwich betreten hatte, befand sich nur Bruder Thomas, der ihn so aufmerksam ansah, dass Gerwichs Wangen warm wurden. Die ohne Umschweife geäußerte Frage hatte ihn überrascht, er rang nach Worten und spürte zugleich, wie der Zorn mit heißer Faust in seine Brust griff.

»Hat Vater Albert es dir gesagt?«

»Es war meine Schuld!«, warf Thomas ein. »Seit Tagen ist Vater Albert sehr bedrückt, und deshalb habe ich ihn gefragt, warum du uns verlassen wollest.«

»Und woher kam dir der Gedanke?« Im selben Atemzug überkam Gerwich eine leise Reue über seine Bissigkeit.

»Ich bin nicht blind, Gerwich.« Er nannte ihn weder Bruder noch »mein Sohn«, sondern schlicht beim Namen. »Du hast allzu oft zum Fenster geschaut, im Essen herumgerührt oder bist mit gesenktem Kopf durch die Gänge getrottet.«

»Ich habe niemals meine Pflichten vernachlässigt«, empörte Gerwich sich.

Thomas lächelte. »Das behauptet niemand. Du wurdest meines Wissens auch nie getadelt. Vater Albert sieht dich ungern gehen.«

»Tatsächlich?«

»Gerwich, nicht jeder ist für das Leben im Kloster geschaffen. Wir erleben alle die Geborgenheit und den Schutz, den die Bräuche uns schenken – aber da ist auch der Zweifel, der an uns nagt und bohrt.«

»Ich fühle keine Zweifel.« Trotzig starrte Gerwich Thomas in die Augen, spürte, dass ihn dessen verständnisvolle Miene erbitterte.

»Das ist ein weiterer Grund, weshalb Albert Bedenken gegen deine Aufnahme in den Orden hegt. Zweifel sind unverzichtbar, sie sind die Kehrseite der Münze, deren Vorderseite der Glaube ist. Keines kann ohne das andere bestehen. Der Zweifel erlaubt uns, das, was wir zu glauben meinen, zu hinterfragen.« Thomas ließ sich auf einer der Schulbänke nieder, legte die Unterarme aufs Pult und verschränkte die Hände. »Der heilige Dominicus erkannte, dass sich die Menschen den Lehren der Ketzer anschließen, weil niemand ihre Zweifel anhört. Das Wohlleben vieler Kleriker stößt die Menschen ab, passt es doch so gar nicht zu den Lehren, die sie aus dem wenigen, was man sie lehrt, zusammenklauben. Die Weltgeistlichen sind meist schlecht ausgebildet, sie können den Fragen und dem Zorn der Menschen nichts entgegensetzen, und weil die Ketzer ein Leben führen, als wären sie Heilige, erscheinen den Menschen deren Lehren als wahr.

Dominicus gründete einen Orden, dessen wichtigste Aufgabe die Belehrung im Glauben ist. Er wollte die bestausgebildeten Prediger heranbilden lassen, und diese sollten auch darauf achten, dass die anderen Brüder sich nicht falschen Lehren hingeben oder im Wohlleben versinken. Er suchte Wege, die es den einfachen Menschen erlauben, ein gutes und gottgefälliges Leben zu führen, auch wenn sie keine Mönche oder Nonnen waren. Seine Mittel waren Worte, nicht das Schwert. Er überzeugte Menschen, die sich den Ketzern angeschlossen hatten, in kleinen Konventen nach der Lehre der Kirche zu leben. Er verkündigte und predigte den einfachen Leuten, von denen viele eigentlich noch Heiden sind, weil man sie zwar als Kinder tauft, aber nie lehrt und die Unterweisung Eltern überlässt, die selbst nie gelehrt worden sind oder nur von Pfarrherren, die über kaum mehr Bildung verfügen als die einfachen Leute. Es ist wie mit einer fremden Sprache: Du musst sie richtig lernen, wenn du verstehen willst, was dir einer sagen möchte; wenn du nur ein paar Brocken kannst, wirst du ihn falsch verstehen, und du wirst ihm Unsinn erzählen und nicht das, was du eigentlich sagen willst.«

Schweigend ließ Gerwich Thomas' Ausführungen in sich nachhallen, während er dessen Hände betrachtete, große, kräftige Hände, mehr die eines Bauern oder eines Kriegsknechtes als die eines Gelehrten. Sie waren übersät mit winzigen schwarzen Sprenkeln und die Fingerspitzen weiß vom vielen Waschen. Mit Büchern ging er sorgsam um, voller Achtung vor der Mühsal, die das Abschreiben der Texte in zugigen Skriptorien bei schlechtem Licht, tief über das Pult gebeugt, mit sich brachte, und vor der geistigen Leistung, die in den zahllosen Buchstaben, in sauberen Zeilen nach Spalten geordnet verborgen lag. Ein Buch erschloss sich dem Lesenden zwei Mal: Wenn er es öffnete und wenn er mit den Mitteln seines Geistes die winzigen Zeichen zu Wörtern und Sätzen auflöste und die darin enthaltenen Gedanken aufschlüsselte. Es war dieses Geheimnis, das Gerwich an Thomas und Albert und an manchem seiner Mitschüler immer wieder beobachtet hatte und das sich ihm bei aller Bereitschaft nie so recht hatte erschließen wollen.

»Du hast Zuflucht gesucht«, sagte Thomas leise. »Du hast sie hier gefunden, und du bezahlst dafür mit unermüdlicher Dienstfertigkeit. Aber du kannst dich nicht ein Leben lang hier verstecken. Wir Menschen sind geschaffen, um unser Leben zu bestehen, die uns gestellte Aufgabe zu erfüllen. Du kannst deine Aufgabe nicht dadurch ersetzen, dass du dir eine andere aussuchst, die du dann mit besonderem Gehorsam erfüllst, denn es ist nicht deine.«

»Und was ist meine Aufgabe?« Gerwich klang die eigene Stimme rau, und die Worte kratzten in der Kehle.

»Das weiß ich nicht, aber«, er wies auf eines der pergamentbespannten Fenster, durch die mattes Licht hereindrang, »sie wartet irgendwo da draußen auf dich.«

Caecilies blasses Gesicht schien sich vor das Pergament zu legen, sie lächelte scheu. Er glaubte, den zarten Schatten zu sehen, der unter ihrer Kehle lag, und sehnte sich danach, einen Finger auf diese winzige Mulde zu legen. Seine Entscheidung war längst gefallen. Er musste nur endlich seinen Mut zusammennehmen, sich dem Prior eröffnen und aus der Klosterpforte hinaustreten in die schattigen Straßen dieser Stadt. Selbst wenn ihn dort draußen nicht eine lächelnde Frau Minne erwartete, sondern der Tod.

Vieles hatte sich verändert in dem schmalen Haus an der Marzellengasse, seitdem die Begine Frau Barbara das Heft an Guda weitergereicht hatte. In der Stube lagen Polster auf Bank und Schemeln, zwei reich geschnitzte Armstühle waren angeschafft worden, und an den mit Schweinsblasen bespannten Fenstern hingen Vorhänge, um die winterliche

Kälte abzuwehren. In allen Kammern fanden sich Teile von Gudas umfangreicher Aussteuer, Kissen, Deckchen, Stickerei und allerlei Tand, zugleich war alles ein wenig grob gefertigt. Guda bewegte sich trotz ihrer Körperfülle erstaunlich wendig zwischen all den Dingen, die ihren ganzen Stolz ausmachten, fegte die Kammern und legte sie mit frischem Stroh aus, wischte und staubwedelte, bis alles glänzte, sofern nicht gerade irgendeine Speisenzubereitung oder Vorratshaltung ihre Aufmerksamkeit beanspruchte. Von früh bis spät scheuchte sie die Hausmagd herum, die nach dem Abendgebet erschöpft in ihren Verschlag auf dem Dachboden schlich.

Zweifellos war Guda eine tüchtige Hausfrau, die oft und inbrünstig betete, doch was ihn am meisten verwirrte, war ihre Unbekümmertheit, die in einem sonderbaren Widerspruch dazu stand, dass sie sich auf der Straße und sogar im Garten sittsam kleidete. Allmorgendlich wirbelte sie in einem kurzen, dünnen Nesselhemd, das ihre runden Glieder kaum verhüllte, durchs Haus, wusch sich jeden Abend bei weit geöffneter Tür in der Küche, wobei sie sich nackend auszog, ganz so, als wüsste sie, dass man sie vom Gang aus in all ihrer rosigen Pracht sehen konnte. Im Haus wickelte sie sich ein großes Tuch um die Hüften, über das leichte Kleid, unter dem sich die Brustwarzen wie dicke Knospen abzeichneten. Und abgesehen davon, dass beinahe jede zweite Nacht ihr helles Quieken Gerwich den Schlaf raubte, kniff sie ihn nicht selten in den Hintern und nannte ihn ein dürres Mönchlein, dem man schnellstmöglich ein warmes Vötzchen suchen müsse. Es gab viele Gründe, der allzu munteren Schwiegertante, vor der Gerswint, die in ein Beginenhaus nahe dem Eigelsteintor geflüchtet war, ihn bereits gewarnt hatte, aus dem Weg zu gehen, und so traf es sich gut, dass sein Onkel ihn vom ersten Tag nach seiner Rückkehr aus dem Kloster, die er mit keinem Wort kommentiert hatte, wieder mit auf die Baustelle nahm.

Während Gerwich an diesem Abend gemeinsam mit Meister Gerhard in der Stube aufs Essen wartete und Guda und die Magd noch in der Küche rumorten, konnte er seine Füße kaum davon abhalten, unruhig über den Boden zu scharren, was ihm nur verärgerte Blicke des Onkels eingebracht hätte. Am Morgen, auf dem Weg zur Fabrica, hatte Gerwich in vorsichtig gesetzten Worten den Onkel auf Gudas Eigenarten ansprechen wollen, was dieser mit einem Lachen erwiderte und den Worten, er habe, wenn er denn schon heiraten solle, ein richtiges Weib haben wollen, keinen Bildstock, vor dem man Blumensträußlein niederlege, wie Meister Johanns Caecilie. Gerwich war verstummt und mit einem Mal ratlos, wie er Meister Gerhard begreiflich machen könnte, dass er den Bildstock Caecilie zur Frau nehmen wollte. Nicht zuletzt, weil ihn das blasse Mädchen nicht so einschüchterte wie Gudas bloße Gegenwart.

Also hatte er darum gebeten, sich zu den Steinmetzen gesellen zu dürfen, bei denen er sich ohnehin am wohlsten fühlte. Er nutzte seine schon vor Jahren erworbenen Kenntnisse darin, bei der Fertigung des Maßwerks zu helfen, hoffend, er könnte Meister Johann damit beeindrucken. Doch dessen franzischer Altgeselle grinste nur über Gerwichs mühselige Versuche. Die Monate im Kloster hatten seine Glieder erschlaffen lassen, so dass er sich gewaltig anstrengen und daran arbeiten musste, seine frühere Stärke wieder zu erreichen – ganz abgesehen davon, dass ihm die frühere Kunstfertigkeit abhandengekommen war. Für seine ersten Werkstücke glaubte er sich schämen zu müssen, im Zorn hätte er beinahe eines zerschlagen, besann sich aber im letzten Augenblick. Als er sich aufrichtete, um nach dem Meister Ausschau zu halten, sah er Caecilie mit einem Korb bei ihm und drei anderen Meistern; sie hatte dem Vater und den Gesellen einen Imbiss gebracht. Wie eine helle Blume stand sie unter den Männern, die sie alle an Größe, an Jahren und an Lautstärke überragten. Gerwich ballte die Fäuste und widerstand dem Drang, sich ebenfalls dazuzugesellen. Wer war er denn schon, dass er um die Tochter des angesehensten Steinmetzmeisters dieser Stadt hätte freien dürfen? Eine Waise ohne Erbe. Einer, der wie ein Handlanger mal von diesem, mal von jenem Handwerk etwas aufgeschnappt hatte. Einer, dem es übel wurde, wenn er auf eine Leiter stieg. Einer, der bei seinem Onkel lebte, weil er nichts besaß, nicht einmal das, was er am Leibe trug. Er war nur der mittellose Neffe des Dombaumeisters. Ein Niemand.

Gerwich ballte die Fäuste, hieb auf den Stein, den er verdorben hatte, bis seine Hände schmerzten, dann griff er erneut nach Meißel und Klöpfel. Den Schaden wiedergutmachen, wenigstens ein bisschen, das wollte er versuchen. Doch Caecilies Lachen drang zu ihm durch, als schnitte ein warmes Messer durch Butter. Gegen seinen Willen blickte er auf, sah sie winkend davongehen, auf dem schmalen Weg in Richtung Sankt Maria ad Gradus. Sie war allein, obwohl ein anständiges Mädchen nicht ungeleitet gehen durfte. Gerwich spürte, dass Schweiß seine Hände klebrig machte, wischte sie an den Beinlingen ab. Ohne recht zu wissen, was er vorhatte, sprang er auf und trabte in Richtung der Latrine, die er allerdings umrundete, um dahinter nach dem Mädchen zu spähen. Er fühlte sich schuldig, seine Arbeit verlassen zu haben, und dennoch setzte er sich wieder in Bewegung, als er ihre schlanke helle Gestalt vor den dunklen Mauern der alten Kirche erkannte. Sie näherte sich dem hinteren Portal, hatte wohl die Absicht, dort zu beten.

Hals über Kopf rannte er dorthin und tauchte ein in das weihrauchschwangere Dämmerlicht. Frauen knieten auf dem Steinboden, ihr Gemurmel lag wie ein dunkler Teppich über allem. Sie hielten dünne Kerzen vor sich, mit denen sie um reichen Fischfang baten, andere hatten Blumen gebracht, die sich zu Füßen der Marienstatue im Seitenschiff häuften. Dies war die Kirche der Schiffer und Fischer. Gerwich zog sich die Bundhaube vom Haar und beugte das Knie, dann bewegte er sich gesenkten Hauptes, die Haube in den Händen knetend und ohne den Blick von dem Gekreuzigten, der über dem Hauptaltar schwebte, zu lassen, seitwärts in das Seitenschiff, in dem er den Marienaltar wusste. Wie einen Dieb schützte ihn die Dunkelheit vor den verstohlen umherirrenden Augen der betenden Frauen.

Plötzlich umklammerte eine Hand seine Finger, er hörte Leinen rascheln und weiche Ledersohlen, und ein feiner Duft streifte seine Nase. Sofort fühlte er sich verschwitzt, schmutzig und schäbig, doch ehe er zurückweichen konnte, schlang sich ein Arm um ihn, und das Mädchen schmiegte sich an seinen Rücken.

»Dank sei Gott, du bist da!«, flüsterte sie, ihr Gesicht so dicht an seiner Schulter, dass ihr Atem warm über seinen Hals flog. Als er unwillkürlich die Schultern hochzog, lachte sie leise.

»Warum hast du das Kloster verlassen?«, fragte sie.

»Weil es nicht das Richtige war.« Er biss sich leicht auf die Unterlippe, weil ihm war, als dröhnte seine Stimme durch die ganze Kirche.

»Und was ist das Richtige?«

»Das weiß ich nicht«, murmelte er, während seine Ohren heiß wurden.

Sie schwieg. Er schloss die Augen und zählte ihre Atemzüge, die wie Zungen über seine Haut fuhren, bis ihre Hand und ihr Arm auf einmal erschlafften und von ihm abglitten.

»Mein Vater wird mich irgendwann verheiraten.«

Mühsam schluckte er an dem harten Klumpen, der seine Kehle verstopfte und ihn nicht sprechen ließ. Großer Gott, warum sagte sie ihm das?

»Meine Mutter will mich immer mit einem der feschen Meistersöhne verheiraten, einem, der mir schöne Sachen kaufen und mich verwöhnen würde. So stellt sie sich das vor. Sie hat sich mit allen Mitteln dagegen gewehrt, mich mit Martin zu verheiraten, bloß weil der nur unser Altgeselle war.« Schwer und warm lehnte sie sich an seine Seite. »Aber sie wäre sehr stolz, wenn der Dombaumeister selbst für seinen Neffen um mich geworben hätte. Sie würde Vater arg zusetzen, so dass er gar nicht nein sagen könnte.«

Verwirrt verschränkte Gerwich die Arme, als könnte er sie in die Ärmel einer Tunika stecken. Wie eine zu groß geratene Rupfenpuppe drehte sie ihn um, bis sie ganz dicht vor ihm stand, und er fühlte sich, als wäre er einer dieser närrischen Tröpfe, die vor den Kirchentüren hockten, und um zu betteln, mit Holzlöffeln auf alten Töpfen trommelten. Caecilies Gesicht unter dem weißen Schleier war alles, was er sah, ihre hellen Augen. Sie legte ihre Hände auf seine Brust, dann berührte ihr Mund seinen.

Ihre Lippen waren weich, und sie hielt sie ganz still, als wüsste sie nicht, was sie tun sollte. Er schmeckte einen Hauch von Brot und ein wenig Ziegenmilch, schämte sich ein wenig, was sie wohl von seinem Frühstück denken mochte, eigentlich hätte er sie doch erst als Braut küssen dürfen. Seine Eingeweide, sein Herz, alles geriet in Aufruhr, die Kleider wurden ihm eng und stickig, dass er meinte, sie müssten auf seiner Haut bersten. Als er spürte, dass Caecilie ihn von sich schieben wollte, umklammerte er ihre Arme, presste sie an sich. Wie von selbst bewegten sich seine Lippen, strich seine Zunge über ihre. Er spürte die harten, kalten Mauern des Winkels, in den er sie gedrängt hatte, aber mehr noch die Wärme ihres Körpers. *Heilige Mutter Gottes, lass es niemals aufhören!* Doch ohne ihren Mund von seinem zu lösen, wand Caecilie sich geschickt aus seinen Armen, ihre Lippen waren das Letzte, was wie ein Band zwischen ihnen verbunden blieb.

»Schick deinen Onkel!«, flüsterte sie. »Bald! Sonst nimmt ein anderer sich, was dein sein soll!«

Die Suppe schmeckte nicht. Lustlos rührte Gerwich mit dem Löffel in der sämigen Masse, zählte Graupen, Bohnen und Möhrenschnitze, während der Onkel seinen Napf leerschlürfte. Hätte sie doch nur den Mund gehalten, dann hätte er im herrlich warmen Nachhall ihrer Schultern, Hüften, Brüste in seinen Händen schwelgen können, und ihm wäre nicht aufgefallen, dass die anderen Steinmetzmeister ihre jüngeren Söhne vor Meister Johann schaulaufen ließen. Wie sollte er denn gegen deren Wohlstand und Ansehen ankommen? Schließlich war er nicht der Sohn des Dombaumeisters, der wuchs sicher schon in Gudas dickem Bauch heran. Mehr als fleißige Hände hatte er nicht zu bieten.

Als er sich später missmutig den Gesellen und Arbeitern angeschlossen hatte, war er unfreiwilliger Ohrenzeuge des

Spotts geworden, mit dem Meister Johanns Altgeselle Scharls die Freier überzog, die er als eitle Gockel nachäffte. Tränen des Zorns waren ihm auf dem Heimweg über die Wangen gelaufen bei dem Gedanken, dass sogar der franzische Klotz das Mädchen eher kriegen würde als er, der Habenichts.

Verärgert schnäuzte Gerwich sich, schob einen halbvollen Löffel in den Mund und schluckte den Brei, der ihm nicht schmecken wollte. Nicht zum ersten Mal hoffte er auf eine Gelegenheit, dem Onkel sein Anliegen vorzutragen.

Der aber schob seinen leeren Napf von sich, faltete die Hände vor sich auf dem Tisch. »Wir müssen deine Ausbildung zu einem guten Ende führen, mein Junge.«

Als Gerwich aufsah, bemerkte er, dass Meister Gerhard ihn aufmerksam musterte, und nickte langsam.

»So geht's nicht weiter, Junge«, sagte der Onkel. »Es wird bald eng im Haus. Entweder du schließt dich einem Stift an oder wirst Geselle. Für beides kann ich sorgen.«

Gerwichs Finger umschlossen den Rand des Tisches, die Daumen betasteten unruhig die abgeschliffene Kante. Schweiß kühlte seine Stirn, und im Nacken kribbelte es, als er all seinen Mut zusammennahm.

»Sprich mit Meister Johann von der Sandkaule.« Seine Stimme klang, als wäre er erkältet.

»Warum mit dem? Der hat drei Gesellen, mehr, als er eigentlich haben darf, der braucht dich nicht.«

»Bittet ihn um Caecilie – für mich.«

Meister Gerhard saß ganz still vor ihm, seine Stirn glättete sich, er hob die Brauen, und plötzlich – Gerwich konnte zusehen, als geschähe alles ganz langsam – flog sein rechter Arm in weitem Bogen durch die Luft, und seine Rechte traf Gerwichs Wange so hart, dass dieser samt Schemel ins Wanken geriet, da schlug er ihn mit der Rückseite derselben Hand auf die andere Wange. Ehe Gerwich sich versah, war sein Onkel aufgesprungen und hatte den Tisch umrundet, riss ihn auf die Füße.

»Du Strolch! Du schmutziger kleiner Strolch! Wie lange steigst du der schon nach?«

Die nächste Ohrfeige ließ Gerwich taumeln, er tastete nach dem Tisch, da hieb der Onkel ihm die Faust gegen die Brust, dass er zusammenklappte und mit dem Hintern hart auf den Dielen landete. Er schnappte nach Luft, schmeckte Blut. So viel Kraft hatte er dem Onkel nicht zugetraut, und der stand über ihm und drohte ihm mit der Faust, die ihn gerade zu Boden geworfen hatte.

»Ich habe nichts Schlechtes getan«, stammelte Gerwich, ließ die Zunge über die Zahnreihe gleiten.

Nochmals ließ Gerhard von Rile ihn seine Handschrift spüren. Gerwich warf schützend die Arme hoch.

»Verlogener, feiger Strolch!«, brüllte der Onkel. Seine Stimme allein genügte, dass Gerwich den Kopf noch tiefer zwischen die Schultern zog.

»Da ist nichts! Ich schwöre es bei meiner Mutter Seligkeit! Bei der Heiligen Jungfrau Maria – so glaubt mir doch!«

Flehentlich hob er die Hände, die der Onkel beiseitewischte wie Pergamentfetzen.

»Heiraten! Caecilie! Du bist ja nicht gescheit! Sag schon: Hast du ihr ein Kind gemacht?«

Erschrocken blickte Gerwich auf, schüttelte heftig den Kopf. Er wusste zwar nicht recht, wie das Erkennen zwischen Mann und Frau, von dem die Bibel sprach, zustande kam, aber dass es kaum anders sein konnte als bei den Tieren, war ihm klar. Er wusste, dass Kater rollige Katzen besprangen wie Rüden läufige Hündinnen, und Gudas Geseufze und Geächze und das Knarren der Dielen in Meister Gerhards Schlafkammer sprachen eine deutliche Sprache. Dieser eine Kuss, auch wenn er seine Hände weiß Gott nicht nur um ihre Arme gelegt hatte, konnte nicht alles sein, was nötig war, um ein Kind zu zeugen – sonst dürften Menschen einander ja gar nicht mehr berühren!

Oder lag es am Begehren …?

Gerwich spürte, wie ihm das Blut in den Ohren rauschte.

»Und warum soll er sie nicht heiraten, wenn er es will?«, tönte Gudas helle Stimme von der Tür her. »Ist dieses Mädchen etwa eine Königstochter?«

»Nein, aber die Tochter des angesehensten Steinmetzmeisters der Stadt, Weib – seine Erbtochter!«

»Na und? Am Ende ist sie auch nur ein Weib, das Gott tagaus, tagein auf Knien danken wird, wenn ihm ein anständiger und gottesfürchtiger Mann Kinder macht und kein Säufer oder Schläger.«

Zögernd rappelte Gerwich sich auf, rieb sich unter Meister Gerhards strengem Blick die wunden Ellenbogen und Wangen. Er hörte ein kräftiges Pochen an der Tür.

»Gerhard! Er ist kein Kind mehr!«, setzte Guda nach und griff nach einem großen Tuch, das sie sich sittsam um die Schultern schlang.

»Guda …«

Niemand schien darauf zu achten, dass der Türklopfer nochmals, diesmal nachdrücklicher, gegen das Holz schlug. Beinahe hilflos sah es aus, wie der Dombaumeister dastand, mit unsicherer Miene, und die Hand nach seiner Frau ausstreckte, die schon zur Haustür geeilt war. Gerwich hörte, dass sie voller Hochachtung mit dem Fremden sprach, verstand aber nicht, was sie sagte, und wenn er es recht bedachte, war es ihm auch gleich. Es durfte bloß niemand hereinkommen und ihn so sehen, mit den feuerroten Wangen. Bald darauf erschien Guda wieder in der Tür zur Stube und winkte ihren Mann hinaus.

Die Unterhaltung fand vor der Tür statt und war kurz. Guda war in der Küche verschwunden, während Gerwich mitten in der Stube verharrte. Er konnte nicht in seine Kammer entkommen, denn um zur Treppe zu gelangen, hätte er an Meister Gerhard und dem Gast vorbeigehen müssen. Niemand durfte ihn so sehen. Er hatte verloren, die Gelegenheit war vertan. Der Onkel würde niemals auf ein Weib hören. Ergeben senkte er den Kopf, als Gerhard zurückkehrte und ihn hinauswinkte. Gerwich schüttelte schnell den Kopf.

»Tu, wie dir geheißen«, knurrte der Onkel stirnrunzelnd.

Ergeben trottete Gerwich zur Haustür, hielt sich die Wangen, die noch immer heiß pochten.

»Aber pass auf dich auf … du Strolch!«, flüsterte der Onkel hinter ihm und zog sich in die Stube zurück.

Regen fiel in feinen Schnüren herab. Draußen stand ein Mann in der schwarzen Capa der Predigerbrüder, die Gugel tief ins Gesicht gezogen; doch am meisten befremdete Gerwich, dass er allein war. Er befürchtete schon eine Falle, die Angst stieß wie eine Faust in seine Brust, als der Mönch den Kopf hob und Gerwich Vater Albert erkannte. Hastig grüßte er, wagte nicht zu fragen, was der Mönch um diese Zeit in den Gassen der Stadt trieb.

»Ich brauche deine Hilfe«, begann Vater Albert, doch als Gerwich die Hände sinken ließ, stutzte er und vergaß, den Mund zu schließen.

»Das ist nichts«, murmelte Gerwich, der eine matte Erleichterung darüber verspürte, dass Vater Albert wenigstens nicht die Schamröte auf seinen wundgeschlagenen Wangen sehen würde.

»Nichts?« Albert ergriff seinen Arm, zog ihn näher. »Mit wem hast du dich geprügelt? Gerwich, du bist erwachsen!«

»Ich habe ... meinen Onkel gebeten, für mich um ... ein Mädchen anzuhalten.«

Missbilligend schürzte der Mönch die Lippen, ein Anflug von Mitgefühl hellte seine Miene auf. Dann ging ein Ruck durch ihn, und er straffte sich.

»Geh zu Sankt Gereon und finde heraus, was sie mit der Säule angestellt haben! Ich brauche ein Stück vom Stein.«

»A... aber wie soll ich denn da hineinkommen?«, stammelte Gerwich überrumpelt.

Albert zog einen Arm unter der Capa hervor und reichte ihm einen schwarzen Umhang von der Art, wie ihn die Stiftsherren trugen. Abwehrend verschränkte Gerwich die Arme vor der Brust. Dass er wie ein Dieb in der Nacht sich in das Stift schleichen sollte, machte ihn wütend.

»Ihr hießt mich, Euch zu vertrauen.«

Er sah Albert schwer schlucken und kurz den Blick senken, doch er fühlte keine Genugtuung, nur Enttäuschung.

»Es tut mir leid, Gerwich«, sagte Vater Albert leise. »Ich weiß mir keinen anderen Rat. Du hast den Mann erkannt, der wohl der gedungene Mörder ist, aber er ist entkommen. Nun muss ich den, der ihn gedungen hat, dingfest machen, und das kann ich nur, indem ich die zweite Spur, die wir haben, verfolge, die Machenschaften um die Säule von Sankt Gereon.« Er packte Gerwichs Arm. »Glaub mir, ich habe alles versucht, um Zutritt zu erhalten, doch ich wurde abgewiesen. Der Prior des Stifts empörte sich darüber, dass ich es wagen würde, das Heiltum anzutasten, und sogar der Erzbischof will nichts von einer Überprüfung der Säule wissen.«

»Und weil Ihr Euch außerstande seht, über die Mauer zu klettern, fragt Ihr mich.« Ein bitteres Grinsen grub sich in Gerwichs Mundwinkel. »Habt Ihr vergessen, dass ich nicht schwindelfrei bin?«

Vater Albert ließ seinen Arm los und trat zurück. »Ich habe niemand anderen, den ich darum bitten könnte, Gerwich von Rile.«

Der Nieselregen tränkte Gerwichs Hemd, dass er fröstelte. Vielleicht barg dieses verrückte Vorhaben eine Möglichkeit, an die er bisher nicht gedacht hatte, und er bemühte sich, seiner Miene einen versöhnlichen Zug zu verleihen. »Und – nur für den Fall, dass es mir gelingen sollte – wohin soll ich den Brocken bringen?«

Verdutzt blickte der Mönch ihn an, dann griff er an seinen Gürtel. »Zur Klosterpforte.« Er reichte Gerwich einen Lederbeutel. »Sag dem Pförtner, das sei für mich, und wenn er nachfragt, sag ihm, es sei eine Steinprobe, die der Dombaumeister mir zeigen wolle.«

»Ein winziges Klümpchen?«

»Du kennst Bruder Willm, nicht wahr?«

Gerwich nickte. Der Pförtner würde das Beutelchen in seiner einfältigen Herzensgüte ungeöffnet zu Vater Albert tragen, ganz gleich, ob sich nun tatsächlich eine Steinprobe darin befände oder eine Gänsedaune.

»Gott sei mit dir, mein Sohn«, murmelte Vater Albert und berührte Gerwichs Scheitel. Seine Miene verriet tiefe Sorge.

Geschützt unter dem schweren, weichen Umhang trabte Gerwich die Trankgasse hinauf, vorbei an niedrigen Höfen und von Knüppelzäunen geschützten Gärten. Trotz des leichten Regens hatte er die Trippen zusammen mit dem Lederbeutel, in dem sich ein kleiner Stößel befand, an den Gürtel geknüpft, um möglichst wenig Lärm zu verursachen. Es war dunkel in den Gassen. Hier und da schlug ein Hund an, ansonsten lag Stille über der Stadt, die hier eher einem ausgedehnten Weiler glich. Weit vor ihm erhoben sich die Bäume, die den Platz vor der Pforte des Stiftes säumten. Er schwelgte in düsteren Gedanken; Vater Alberts sorgenvolle Miene hatte die schwache Zuversicht zerstoben. Zweifellos würde er scheitern. Schließlich war er auch mit seinen Hoffnungen auf Caecilie gescheitert. Wütend trat er nach einem Brocken, der zerspritzte. Warum holte er sich nicht einfach, was ohnehin sein hätte werden sollen? Er kannte den Weg zu ihrem Vaterhaus, wusste, wie er sich über die Dächer zu ihrem Fenster schleichen konnte. Sie würde ihn einlassen. Würde ihn nicht aufhalten.

Es rieselte wie kühles Brunnenwasser über seine Haut. Er konnte kaum weiter denken als bis zu der fiebrigen Umarmung und dem Kuss im hintersten Winkel der Kirche. Die Vorstellung ineinander verkeilter zuckender Tierleiber ekelte ihn, die derben Späße der Tagelöhner dröhnten in seinen Ohren. Das Eisen ins Feuer stoßen. Rannehmen. Das Einzige, was er dem anderen, der sie als Braut davontragen würde, wegnehmen konnte, war etwas, das er unwiderbringlich zerstören würde. Er hielte den zerrissenen Kranz in der Hand – und der andere besäße die Frau sein Leben lang, Tag und Nacht. Es sei denn, der Raub würde auffliegen, dann wäre sie nur noch ein schmutziger Lumpen, den jeder benutzen durfte. Dann wäre sie angewiesen darauf, dass ihr Vater sie unendlich mehr liebte als sein Ansehen und sein Wohl und Wehe als Handwerksmeister.

Gerwich war stehen geblieben. Das Herz schlug ihm bis zum Hals. Vor ihm ragte das Tor des Stiftshofes auf. Mit einem verzweifelten Stoßgebet brachte er die rasenden Gedanken zum Schweigen. Er musste Vater Alberts Auftrag zu Ende bringen, dann wäre der Mönch es ihm schuldig, sich für sein Anliegen einzusetzen, und Vater Alberts Wort galt viel.

Aufmerksam verfolgte Gerwich den Verlauf der Mauer, die etwa zwei Mannshöhen hoch war und sich von der Pforte einerseits zu den Stiftshäusern zog, andererseits die Kirche und die umliegenden Gärten weiträumig umfasste. Gerwich folgte dem Weg, der in gerader Linie zunächst durch Felder, weiter entfernt zwischen jüngst erbauten Häusern geradewegs zu Sankt Aposteln und dem Neuen Markt führte, verließ ihn jedoch auf einem schmalen Pfad, der dicht neben der Mauer verlief. Er suchte nach abgesprungenem Putz, nach Vorsprüngen zwischen den Steinen, breiten Rissen, aber die Stiftsherren verfügten offenbar über ausreichende Mittel, um sämtliche Gebäude instand zu halten. Gerade als er die Suche aufgeben wollte, entdeckte er einen buschigen Schatten, der weit oben aus dem Mauerwerk emporragte, und erkannte näher tretend das gefiederte Laub und die Beerendolden von Holunder. Er sprang hoch, bekam einen der Zweige zu fassen, doch der brach sofort ab.

Leise fluchend schleuderte Gerwich den Zweig beiseite. Holunder taugte nicht als Kletterhilfe, den konnten sie leicht dort oben wachsen lassen. Er lehnte sich an die feuchte Wand und legte den Kopf in den Nacken, als er bemerkte, dass die Tünche hier in großen Placken von den Steinen platzte und die Mörtelfugen ausgewaschen waren. Mit fliegenden Fingern untersuchte er das Mauerwerk, dann schaute er sich um. Ausgerechnet hier, am Rande der Weingärten, die zum Stift gehörten, war man bei der Instandhaltung nachlässig gewesen. Vielleicht hatten die betreffenden Handwerker schon gewusst, dass die Stiftsherren an dieser eher unwegsamen Stelle ihre Arbeit nicht genau überwachen würden.

Gerwich schob den Umhang über die Schulter zurück und suchte nach Griffen und Tritten zwischen den Steinen, fand hier eine Lücke, dort einen Spalt, an anderer Stelle fehlte ein Brocken, wo sein Fuß beim Klettern Halt fand. Keuchend hievte er sich weiter hinauf, stemmte sich auf die bröckelnde Mauerkrone, er blickte in den Stiftsbezirk hinunter und sah einen Gemüsegarten, umgeben von einem niedrigen, aus Weidenruten geflochtenen Zaun. Unweit duckten sich niedrige Hütten, unschwer als Stallungen für Ziegen und Schafe, Hühner und Gänse zu erkennen. Irgendwo musste auch ein Hund sein, angepflockt oder nicht. In der Ferne glommen schwache Lichtschimmer, in denen er die Fenster der Stiftshäuser zu erkennen glaubte, und wie ein riesiger schwarzer Turm ragte die Kirche in den wolkentrüben Himmel.

Die Übelkeit, mit der er gerechnet hatte, blieb aus.

Die Komplet mochte vor kaum mehr als einer Stunde zu Ende gegangen sein, so dass ihm viel Zeit blieb, bis die Glokke die Stiftsherren zur Vigil wieder in die Kirche rief. Vorsichtig trippelte er auf der Mauer weiter, bis er die Gärten und Stallungen hinter sich gelassen hatte und das Atrium der Kirche sich schemenhaft vor ihm ausbreitete. Der Regen hatte zugenommen, dicke Tropfen klatschten ihm ins Gesicht, was unangenehm war, aber der Dunst gab ihm das sichere Gefühl, fast unsichtbar zu sein. Schließlich ließ er sich an der Innenseite der Mauer vorsichtig hinab und sprang in die Tiefe.

Mit einem dumpfen Laut landete er auf dem Boden und duckte sich; einzelne Steine rollten unter ihm weg, sonst rührte sich nichts. Gebückt hastete er an einer brusthohen Hecke entlang in Richtung des Atriums, hemmte aber vor dem Weg, der das Bauwerk umgab, seine Schritte, um seine Kleidung zu richten. Der Umhang gab ihm zumindest von weitem den Anschein, ein Angehöriger des Stiftes zu sein.

Das Portal zum Atrium war nicht verschlossen. Verwundert schlüpfte Gerwich durch die angelehnte Tür, sicherte nach beiden Seiten und schlich weiter. Weil die durchtränkten Schuhe bei jedem Schritt leise schmatzten, kauerte er sich hin, um sie auszuziehen und ebenfalls an seinen Gürtel zu knüpfen. Als er sich aufrichtete, bemerkte er den Lichtschein, der sich im gegenüberliegenden Säulengang zum Portal der Kirche hin bewegte. Das musste ein Sakristan sein oder der Ostiarius, der zur Vigil läuten sollte.

An die Wand geschmiegt, eilte Gerwich weiter. Der Mann würde das Kirchenportal öffnen, er musste nur darauf lauern und ihm dann nachschleichen, seinen Auftrag ausführen und sich wieder aus dem Staub machen. Er wusste genau, wo die Säule stand.

Bei dem Gedanken an das uralte Heiltum sträubten sich seine Nackenhaare wie in Kindertagen. Doch nun erschien ihm die Wahrprobe als fauler Zauber, und er schämte sich, dass er dem Onkel und auch Vater Albert heftig widersprochen hatte, als diese solche Mittel der Rechtsfindung scharf verurteilt hatten. *Cum essem parvulus, loquebar ut parvulus, sapiebam ut parvulus, cogitabam ut parvulus, quando factus sum vir, evacuavi, quae erant parvuli.* Ja, er war ein Kind gewesen, das wie ein Kind gedacht hatte, doch das war nun abgelegt. Er lächelte, denn auch er glaubte nicht mehr daran, dass die Säule Lüge und Wahrheit unterscheiden oder gar strafen könne, sondern schauderte nur noch bei dem Gedanken, es könnten noch Spuren vom Blut der Märtyrer oder der Nachhall des Blutes Christi an ihr haften.

An der Ecke schmiegte er den Rücken an die Mauer und horchte auf die kaum hörbaren Schritte des Mannes, die unversehens endeten, dann klirrte ein Schlüsselbund, und ein Knirschen verriet, dass der Riegel entsperrt wurde. Das Portal quietschte leise, dann senkte sich wieder Stille in den Gang. Gerwich zählte seine Atemzüge, zählte bis zehn, sandte ein Stoßgebet gen Himmel und schnellte zum Portal. Der rechte Flügel stand eine Handbreit offen. Die Stiftsherren würden zu dieser Stunde also durch den Nebeneingang einziehen, sonst hätte der Ostiarius das Portal weit geöffnet. Erleichtert bekreuzigte Gerwich sich und huschte zu der Nische hinüber, deren tiefer Schatten die Säule verbarg. Hier konnte ihn der Ostiarius nicht sehen, der weit vorn im höher gelegenen Chor den Altar vorbereitete und die Kerzen anzündete.

Mit einem Mal packte ihn Angst, als der Schemen der Säule sich über ihm aus der Finsternis schälte. Er streckte die Hand aus, doch diese zitterte und zuckte zurück, als hoch über ihm die Glocke ertönte, mit ihrem hellen Klang die Vorhalle erfüllte und im Zehneck der Kirche widerhallte. Ihm blieb nicht viel Zeit. Er erhob sich, strich mit den Fingerspitzen beider Hände über den uralten Marmor, der sich kalt anfühlte und ein wenig rau. Irgendetwas stimmte nicht mit dem Stein, das war ihm klar, deshalb tastete er vorsichtig die Oberfläche ab, während über ihm die Glocke allmählich auspendelte. Immer wieder rieb er die Fingerspitzen aneinander und gegen die Handinnenfläche, doch außer feinem Staub fand er nichts.

Gerwichs Neugier war geweckt, er suchte nach Unebenheiten, Ritzen, kleinen Mulden im Stein, wühlte den Staub daraus, prüfte ihn zwischen den Fingern, als ihm plötzlich warm wurde zwischen Daumen und Zeigefinger der Rechten. Es war ein winziger Spalt gewesen, aus dem seine Nägel ein feines weißes Pulver kratzten, das er im nächsten Augenblick erschrocken abklopfte.

Im Atrium hallten schleifende Schritte, ein Zug Menschen, die Stiftsherren näherten sich zum nächtlichen Chorgebet. Gerwich stürzte zum inneren Portal, das offen stand, und huschte hinter den hohen Türflügel. Der Daumen brannte ein wenig, er sammelte Speichel im Mund, spuckte ihn auf die wunde Stelle, wischte sie am Kittel ab, da betraten die ersten Stiftsherren mit feierlich gemessenen Schritten das dunkle Dekagon. Mit klopfendem Herzen sah er sie schweigend vorbeiziehen. Sie trugen Kerzen vor sich, zehn Männer, weniger, als er erwartet hatte. Alte Männer. Nicht alle Stiftsherren begingen das feierliche Nachtgebet. Sie schritten die Stufen zum Chor hinauf, wo sie ihre Plätze einnahmen.

»*Domine, labia mea aperies.*«

Die Stimme des Vorbeters hallte durch den Chor und fand ihre Antwort im Gesang der anderen. Andächtig lauschte Gerwich in seinem Versteck, rieb sich die juckende Daumenspitze, die seine Aufmerksamkeit beanspruchte. Weißes Pulver. Ein Gift vielleicht. Die Säule wurde also für die

Wahrproben damit eingerieben oder bestrichen. Unbehaglich erinnerte Gerwich sich an den Besuch bei jenem alten Juden. Man solle den finden, der die Blutsäule beherrsche. Aber wer sollte das sein? Der Prior der Stiftsherren? Der Erzbischof selbst, dem das Stift unterstand?

Ein erstickter Schrei drang durch den Psalmengesang. Gerwich erstarrte. Der Laut kam aus dem Atrium.

»Nein, bitte nicht!«, flüsterte jemand. Aus der Stimme tönte nackte Verzweiflung.

Mit klopfendem Herzen schaute Gerwich in die kleine Vorhalle hinaus, die in dunkler Stille lag. Das Portal gähnte nachtschwarz. Er hörte das Zischen einer zweiten, wütenden Stimme. Und wieder das Wimmern. Sie konnten nicht weit entfernt sein. Ohne zu überlegen, schlich Gerwich durch die Vorhalle, spähte vorsichtig hinaus und erblickte ein flackerndes Licht.

»Bitte! Ich schwöre es! Es ist die Wahrheit!«

»Das kannst du dem Teufel erzählen, wenn er dich packt«, erwiderte der andere. »Aus diesem Bund kommst du lebend nicht heraus, Bruder!«

»Aber ich kann Eurem Herrn nicht mehr dienlich sein, und er weiß das.«

»Um so schlimmer für dich.«

Fröstelnd schob Gerwich sich am Holz des Portalflügels entlang. Er sah einen Mann, von einem dunklen Umhang umhüllt, der sich über einen anderen, knienden beugte, ihm mit der Faust drohte.

»Versteht doch! Sie haben mich beim letzten Mal gefragt, was ich denn mit Branntkalk wolle! Und jetzt beobachten sie mich! Wenn ich noch einmal erwischt werde – was sage ich dann?«

»Dann bringst du dich vorher am besten selbst um, damit ich das nicht erledigen muss, du feiger Schwarzkittel!«

Ein Hieb traf den Knienden, der zusammenbrach wie ein gefälltes Bäumchen. Der Vermummte schnaubte verächtlich, wandte sich dann ab und ging davon.

Branntkalk.

Gerwich rieb seine Fingerspitzen aneinander. Daher also wehte der Wind. Ein Bewohner des Stifts rieb die Säule vor jeder Wahrprobe, die schlecht ausgehen sollte, mit Branntkalk ein. Dann brauchte der Betroffene nur ein bisschen zu schwitzen, und schon verätzte ihm das auf dem porösen alten Marmor schier unsichtbare Pulver die Haut!

Eilig folgte Gerwich dem Vermummten, der das Atrium durch einen schmalen Treppengang verließ und auf eines der Häuser zuhielt. Wenn der Fremde sich hier so selbstverständlich bewegte, dann kannte er Ausgänge, von denen auch Vater Albert keine Ahnung gehabt hatte. Kurz hinter dem Fremden erreichte Gerwich das Stiftshaus, das dieser betreten hatte, hielt die Tür fest, damit sie nicht zufallen konnte, schlüpfte dann hinterher. In der schweigenden Dunkelheit konnte er den leisen Schritten leicht folgen und stieß schmerzhaft gegen die kleine hölzerne Pforte, die auf einen schmalen Pfad hinausführte.

Ein dumpfes Gefühl drängte ihn, dem Fremden zu folgen, auch wenn blinde Angst dagegen anschrie. Er hatte nicht einmal den Brocken Marmor abgeschlagen – er wusste ja, womit die Säule beherrscht wurde, wenn auch nicht, wer dahintersteckte. Doch wenn er diesem Mann folgte, dann führte er ihn vielleicht zu seinem Herrn.

Wie ein Marder seiner Beute schlich Gerwich dem Mann nach, halb um das Anwesen des Stifts herum, dann auf den

Pfad durch die Weingärten, wo Gerwich zuvor selbst einen Weg über die Mauer gesucht hatte. Allerdings zog es den anderen weiter, durch Obstgärten, die Gerwich wenig Versteck boten. Erleichtert bemerkte er, dass bald wieder Häuser und Zäune den Weg säumten und ihn nach zwei Kreuzungen wieder eine Gasse zwischen mehrstöckigen Fachwerkhäusern verschluckte.

Diese Gegend kannte Gerwich nicht, so dass er dem Fremden nur nachlaufen konnte. Zum Glück hatte es längst zu regnen aufgehört, und die Schuhe waren zwar klamm, aber sie schmatzten nicht mehr vor Nässe. Als sie eine breitere Gasse kreuzten, an der sich steinerne Giebel reihten, erkannte Gerwich aufatmend die Hohe Straße. Sie gingen am Judenviertel vorbei, das Gerwich nicht hätte betreten dürfen – irgendwie beruhigte es ihn, dass die Juden, die inzwischen wieder an der Mauer um ihr Viertel bauten, wohl nicht in die Sache verwickelt waren. Aber wohin führte ihn der Fremde? Sie befanden sich in der Nähe der Fleischbänke, hier lebte keiner der feinen Herren, niemand, der so mächtig war, dass er Vorteile aus diesen Ränkespielen zöge.

Der Fremde blieb vor einem der Häuser stehen und klopfte fest an die Tür, zwei Mal, drei Mal, da niemand antwortete. Endlich sah Gerwich, der sich auf der gegenüberliegenden Seite der Gasse in einen Winkel schmiegte, dass ein Fenster im Obergeschoss geöffnet wurde und ein junger Mann im dünnen Hemd sich herauslehnte.

»Pilgrim Niger, Sohn von Richolf?«, flüsterte der Fremde hinauf, und als der andere nickte: »Ich habe eine dringende Nachricht für dich.«

Der andere verharrte einige Atemzüge lang, ehe er wohl begriff, dass er herunterkommen sollte, verschwand dann und schloss den Laden wieder. Bald darauf wurde die Haustür geräuschvoll entriegelt, doch ehe sie vollends geöffnet war, drang der Fremde ein. Gerwich hörte ein Rumpeln und Poltern, bei dem ihm beinahe das Herz stillstand, und er kniff die Augen zu. Was ging hier vor? Der Name weckte eine dunkle Erinnerung, Richolf Niger war einer der Zeugen gewesen, die den Beschuldigten nicht wiedererkannt hatten. Was suchte der Mann in dessen Haus?

Die Tür klappte gegen den Rahmen, aber sie schnappte nicht zu. Mit einem Satz stieß sich Gerwich von der Hauswand ab und rannte hinüber, huschte ins Haus. Er hörte, dass jemand etwas Schweres über den strohbestreuten Dielenboden schleifte, bemerkte den Schatten vor dem schwarzen Viereck einer Tür am Ende des Ganges. Es war ein schmales Haus wie das seines Onkels. Er würde sich blind darin zurechtfinden. Dahinten war die Küche. Die Küche mit dem Herd.

»Pilgrim?«

Eine Frau lehnte sich über das Stiegengeländer herab. Jung war sie, hübsch. Sie hielt eine Talglampe, Haarsträhnen quollen unter ihrer Haube hervor. Gerwich schlug die Kapuze der Gugel zurück und legte den Finger auf die Lippen, versuchte ihr dann mit erhobenen Händen nachdrücklich zu verstehen zu geben, sie möge oben bleiben. Er sah ihre Augen groß werden, dann verschwand sie, und er konnte nur hoffen, dass sie ihm vertraute.

Aus der Küche klang der helle Schlag des Feuerstahls, zwei Mal, drei Mal. Gerwich rührte sich nicht von der Stelle, kämpfte mit dem heftigen Pochen seines Herzens, das ihm in den Ohren dröhnte. Feuer war der ärgste Feind der Stadt. Eine unachtsame Küchenmagd konnte ganze Häuserreihen dem Untergang preisgeben, denn in den Küchen fanden irregegangene Funken und Flammen reichlich Nahrung, um sich schnell im ganzen Haus auszubreiten.

Lautlos presste Gerwich sich an die Dielenwand und schob sich zur Küche, die wie so oft in diesen Häusern von der Diele nicht abgetrennt war. Der Herd bildete fast die Mitte des Hauses, davor lag der junge Mann, von dem Gerwich nur die Beine sah, reglos, die bloßen Schenkel mit schmierigen Lumpen bedeckt – Stoffzunder. Der Schrecken durchrieselte Gerwich. Er musste den Fremden aufhalten, der hinter seinem Opfer kauerte, einen glimmenden Fetzen in der Hand hegte und hastig anblies, um die Glut anzufachen.

Gerwichs Fußspitze tippte gegen etwas Hartes, einen Wasserkübel, er ging langsam in die Hocke, seine Finger ertasteten den Griff. Ihn schauderte bei der Erkenntnis, dass er den Mann ablenken, anlocken musste. Er schloss die Augen, dann hüstelte er.

Stille. Das leise Fauchen einer Flamme, dann ein rasches Schaben. Ein Schritt. Der Mann bewegte sich auf ihn zu, das Licht des kleinen Feuers hob er vor sich, es beleuchtete sein Gesicht geisterhaft. Gerwich sah kalte, helle Augen, eine schmale Nase, dünne Lippen, fast ein Allerweltsgesicht – und doch …

Jäh erstand das Bild einer finsteren Gasse vor ihm, glaubte er erstickte Schreie zu hören, in den Dreck zu stürzen. Mit einem Aufschrei schleuderte er den Kübel nach dem verhassten Gesicht. Stieß die Hände wie Klauen nach den Schultern und warf sich auf den Mann.

Sie fielen quer über dessen Opfer. Schon umklammerte der Mann Gerwichs Arme, rollte ihn von dem Körper weg in die andere Ecke der Küche. War über ihm, umklammerte seinen Brustkorb mit den Schenkeln und drückte seine Arme auf die harten Dielen.

»Dreckige kleine Ratte!«, fauchte er. »Du gehst mit drauf!«

Er griff an seinen Gürtel, und ehe Gerwich den befreiten linken Arm schützend hochreißen konnte, lag eine Klinge an seiner Kehle. Angsterfüllt ließ Gerwich den Blick umherfliegen, unter dem keuchenden Atem schnitt die Klinge in die straff gespannte Haut. Doch der Mann hielt still, starrte Gerwich nur aus verengten Augen an.

»Dich muss der Teufel hergelockt haben«, flüsterte er. »Kaum zu glauben, dass ich einen verpatzten Auftrag doch noch erfüllen kann!«

Sein Mund verzog sich zu einem Grinsen, und er schien diesen Augenblick auszukosten, während Gerwich das Leben in seinem Leib pochen fühlte wie nie zuvor; nur ein Wimmern glitt über seine zitternden Lippen, und wenn er noch so inständig flehen wollte. *Heilige Mutter Maria, hilf!* Doch da war nur der schwarze Schatten des Todes, der sich hinter dem feixenden Mörder erhob.

Der Schatten fuhr herab, ein Krachen erfüllte die Küche, der Mörder erstarrte, seine Rechte erschlaffte, dann brach er über Gerwich zusammen. Der Dolch rutschte über seine Schulter und schlug auf dem Boden auf. Als der schwere Körper von Gerwich weggezerrt wurde, sah er den jungen Hausherrn, das vordem noch ohnmächtige Opfer, der sich mit blutverschmiertem Gesicht über ihn beugte.

»Bist du verletzt?«

Verneinend bewegte Gerwich den Kopf, tastete nach dem Hals und fühlte scharf den dünnen Schnitt und ein bisschen klebriges Blut.

»Das ist nicht schlimm«, sagte der Mann. »Ein Kratzer.« Er reichte Gerwich die Hand, zog ihn auf die Füße. Gerwich fühlte sich, als hätte man ihn durch eine Mühle gedreht, jeder Knochen schien zu schmerzen, wo der Kerl ihn an den Armen gepackt hatte, brannte die Haut. Der junge Hausherr hatte Riemen beschafft und fesselte dem Mörder, der sich nun leise stöhnend regte, Hände und Füße, dann streckte er Gerwich die Rechte entgegen.

»Ich habe dir zu danken. Entschuldige, dass ich mich nicht vorgestellt habe – Pilgrim, Sohn des Richolf. Die Leute nannten ihn den Schwarzen. Ich bin Lumpenhändler.«

Er blickte sich um, lächelte und deutete auf die junge Frau, die in der Tür stand, im Arm ein kleines Mädchen, das ihn erschrocken anstarrte. Ihr Leib wölbte sich unter der weiten Tunica. »Meine Frau Grete und meine Tochter Adela.«

»Gerwich von Rile, der Neffe des Dombaumeisters Gerhard.«

Pilgrims Augen weiteten sich. »Verzeiht! Ich wusste nicht … Eure Kleidung …«

»Nein, nein, ich bin kein Edler! Mein Vater war auch nur ein unfreier Dienstmann.«

»Trotzdem. Ich stehe tief in Eurer Schuld!« Pilgrim hielt den Kopf gesenkt, während der gefesselte Mordbrenner sich zu seinen Füßen wand. »Was machen wir mit ihm?«

»Schick jemanden zu Vater Albert vom Konvent der Predigerbrüder. Er wird wissen, was zu tun ist – aber kein Wort an die Schöffen oder zum Burggrafenhof! Da spielt jemand, ein ganz falsches Spiel.«

»Das habe ich schon befürchtet.« Pilgrim blickte Gerwich an, und in diesem Blick lag tiefe Enttäuschung. »Aber ich hätte niemals gedacht, dass er so weit gehen würde.«

XXIV

Der weiß getünchte Raum, in den Vater Albert geführt wurde, war karg eingerichtet, nur ein Schreibpult samt Bank, die den hellsten Platz in der Nähe des schmalen Fensters beherrschten, befanden sich darin. Vater Albert, an der Schulter die Tasche mit allen Unterlagen, die er für seine Anklage benötigte, blieb einfach stehen und wartete. Wartete und wunderte sich, in diesen abgelegenen Teil des Palas gebracht worden zu sein.

Die Nachricht hatte ihn mitten im inständigen Gebet ereilt, auf den harten Dielen kniend, aber mehr hatte er für Gerwich nicht tun können. Er war zur Pforte gerufen worden, wo ein junger Mann in schmieriger Kleidung seinen Hut in den Händen geknetet hatte. Schon als er seinen Namen genannt hatte – Pilgrim Niger –, hatte Albert geglaubt, sein Herz setze aus. Er hatte Zeit gebraucht, um den hastigen Bericht über den Überfall und die Gefangennahme des Mordbrenners zu begreifen, und Gerwichs rechtzeitiges Auftauchen im Hause des Schwarzen Richolf hatte ihn vollends verwirrt. Noch in der Nacht war der Gefangene in den Palas des Erzbischofs gebracht worden. Und nun, nachdem ein weiterer Tag vergangen war – ein arbeitsreicher Tag, in dessen Verlauf Albert alles zusammengetragen hatte, was er für seine Absichten benötigte –, hatte Albert sich auf den Weg zum Palas gemacht, um eine Klage gegen Herrn Dietrich von der Mühlgassen vorzubringen.

Die Tür wurde geöffnet, und der Erzbischof trat ein, gekleidet in das schlichte schwarze Gewand der Domherren – gefolgt von Herrn Dietrich, der sich herausgeputzt hatte, als wollte er Hochzeit feiern. Verblüfft riss Albert die Hände aus den Ärmeln seiner Tunika.

»Bringt Euer Anliegen zum Vortrag, Vater Albert«, beendete Herr Konrad vorzeitig die heiklen Begrüßungen. »Ich denke, wir sollten offen miteinander sprechen, bevor die Sache unters Volk kommt.«

Albert entging nicht, dass Herr Dietrich bei dieser Ankündigung zusammenzuckte, und fragte sich insgeheim, was der bessere Herr mehr fürchten musste, die Anklage selbst oder die Aussicht, dass diese Anklage in der Stadt bekannt werden könnte. Er fasste sich ein Herz, ließ den Riemen der Tasche von der Schulter rutschen, schlug die lederne Klappe zurück und zog ein Bündel dünner Wachstafeln heraus.

»Hoher Herr«, Albert neigte nochmals vor dem Erzbischof das Haupt, »Ihr habt mich beauftragt, eine Schied zu sprechen, um den Unfrieden in der Stadt und die Streitigkeiten unter den Ständen zu beenden. Doch um Ausgleich zwischen den Geschlechtern und den Handwerkern zu schaffen, muss zuerst die Eiterbeule, die die Heilung behindert, herausgeschnitten werden.«

Flink wandte er sich dem von der Mühlgassen zu, der seinen Blick mit verkniffener Miene erwiderte. »Einer der besseren Herren, ein Mann aus altehrwürdigem Geschlecht, bewandert in den Rechten und als Amtmann und Bürgermeister verdient, hat sich schuldig gemacht, Mörder und

Brandstifter gedungen zu haben. Blutige Taten sollten für Verwirrung sorgen und Unfrieden stiften zwischen den Ständen. Zudem machte er sich über Abhängige die vom Volk als Heiltum verehrte Säule von Sankt Gereon zunutze, um Entscheidungen über Schuld und Unschuld von Verdächtigen zu beeinflussen.«

Der Erzbischof hatte den Raum mit wenigen Schritten durchquert und sich auf der Bank hinter dem Schreibpult niedergelassen. Albert folgte ihm zum Pult und legte die Tafeln darauf.

»Ich beschuldige Herrn Dietrich von der Mühlgassen, den vaterlosen Volker von Winter heimlich in seine Dienste genommen zu haben, damit dieser nach Wunsch und Anordnung Herrn Dietrichs Verbrechen begehe, die Herrn Dietrichs Absichten zuträglich waren.«

Als er hinter seinem Rücken den von der Mühlgassen nach Luft schnappen hörte, presste er entschlossen die Lippen aufeinander.

»Das ist lächerlich, Vater Albert! Ihr habt keinen Beweis!«, dröhnte Herr Dietrich.

Albert drehte sich um und fasste den von der Mühlgassen scharf ins Auge. »Ich kann Zeugen beibringen, die diesen Mann in der Nähe der Leiche Hermann Nigers, beim Überfall auf drei Gesellen sahen – und in der vorletzten Nacht im Stift zu Sankt Gereon, wo er einen Stiftsbruder bedrohte, und bei dem Versuch, Pilgrim Niger, Hermanns Bruder, zu töten und dessen Haus in Brand zu stecken. Womit ich zum zweiten Teil meiner Klage komme: dass Ihr mit Hilfe eines Abhängigen, dem Ihr einen Platz in Sankt Gereon verschafft habt, die alte Säule zu einem Werkzeug Eurer Absichten gemacht habt. Ich weiß sogar, womit die

Säule bestrichen wurde, wenn jemand für schuldig befunden werden sollte. Eure Machenschaften liegen offen vor mir, und ich werde sie den Bürgern der Stadt offenbaren, damit über Euch und Eure Gehilfen gerichtet wird.«

Befriedigt sah Albert, wie Herrn Dietrichs Blicke zwischen ihm und dem Erzbischof hin und her flogen und seine Nasenflügel flatterten, während das Schweigen andauerte. Die Tafeln schabten leise über das Holz des Pultes, als der Erzbischof sie aufnahm und aufklappte. Das feine Rascheln seines Domherrengewandes schien die Stille nur zu verstärken.

Plötzlich machte Herr Dietrich einen schnellen Schritt nach vorn. »Hoher Herr, nehmt Ihr diesen Unfug, den sich dieses aufgeblasene Mönchlein aus den Fingern gesogen hat, etwa für bare Münze?«, empörte er sich.

Knallend schlugen die Tafeln zusammen und landeten klappernd auf dem Pult.

»Vater Albert, Ihr erhebt schwere Vorwürfe gegen einen verdienten Bürger aus altehrwürdigem Geschlecht«, begann er. »Welche Zeugen wollt Ihr denn aufbieten gegen das Wort dieses Mannes? Wer sollte glaubwürdiger und angesehener sein als dieser Mann, der sich als Amtmann, Schöffe und Bürgermeister um diese Stadt verdienter gemacht hat als jeder andere?«

Herr Konrad schüttelte den Kopf, während Albert vor Bestürzung schier erstarrte, so dass ihm die Worte fehlten angesichts der Haltung des Erzbischofs.

»Diese Anklage werde ich nicht zulassen, Vater Albert.«

»Aber die Schied! Wie soll ich …?« Wütend verbiss Albert sich jedes weitere Wort, und dennoch hielt er dem bohrenden Blick des Erzbischofs stand, während er deutlich wahrnahm, wie Herr Dietrich hinter ihm zu alter Größe und Würde anschwoll, als wollte er den Raum mit seiner Gegenwart füllen.

»Wir können die Angelegenheit in diesem Raum einschließen und in unseren Herzen«, fuhr Herr Konrad fort mit einer Stimme, die keinen Widerspruch duldete. »Wir lassen das Geschehene auf sich beruhen und bewahren Schweigen darüber – um den Frieden in der Stadt zu erhalten. Denn wenn die Sache unters Volk kommt, werden die Leute sich empören über so viel Willkür und ihren Herren die Gefolgschaft verweigern, vielleicht sogar die Fäuste gegen die Herren von der Richerzeche erheben. Nein, Dietrich, der du der Weise genannt wirst, an einem Blutbad hast sogar du kein Interesse. Denn auch wenn du in der Sache wahrscheinlich freigesprochen wirst, wird der Verdacht haften bleiben. Und ein Wilhelm Scherfgin, der wegen deiner Machenschaften um seinen Sohn bangen musste – mag der auch ein Taugenichts sein –, wird eigene Wege finden, sich zu rächen, ebenso wie all die anderen Angehörigen der Richerzeche, die du für deine Zwecke gegängelt hast.«

Herr Konrad erhob sich und reckte das Kinn. Verwundert beobachtete Albert jede Regung seines Gesichtes, ohne zu begreifen, worauf der Erzbischof hinauswollte.

»Und noch etwas, Dietrich von der Mühlgassen«, Herr Konrad griff in die Falten seines schwarzen Domherrengewandes und zog eine lederne Hülle hervor, die für eine Pergamentrolle gemacht war. »Der Mann, den Uns Vater Albert übergeben ließ …«

Albert fuhr herum. Herr Dietrich schien die Macht über seine Züge zu verlieren, sein Kinn zitterte, seine Hände suchten Halt in der schweren Wolle seines Mantels.

»Wir haben herausgefunden, dass er tatsächlich dein Sohn ist, ein Bastard zwar, aber dein Fleisch und Blut und ein gehorsamer Sohn obendrein. Du musst nicht um ihn fürchten, Dietrich von der Mühlgassen, er wird am Leben bleiben – in Unserem Gewahrsam.« Langsam hob Herr Konrad die speckige Lederhülle. »Immerhin haben Wir ja sein Geständnis.«

Zehn Tage verbrachte Albert in Unruhe, teils voller Vorfreude über die bevorstehenden Weihefeierlichkeiten, teils noch immer beunruhigt über den unvorhergesehenen Ausgang des Gesprächs mit dem Erzbischof. Obwohl Herr Dietrich steifbeinig und mit zitternden Händen davongegangen war, kam Albert nicht umhin, weitere Machenschaften zu argwöhnen.

Am Festtag der heiligen Petrus und Paulus, als Albert sich nach den Laudes zum Gebet zurückziehen wollte – mehr konnte er an diesem Tag für Thomas nicht tun –, erreichte ihn eine Nachricht, sich unverzüglich in der Sakristei der neuen Klosterkirche einzustellen. Albert fluchte lautlos, biss sich auf die Zunge und bat um Vergebung, bevor er sich den Mantel umwarf und sich aufmachte. Der Weg wurde ihm lang, der Empfang an der Pforte der Sakristei, den ihm Domdekan Goswin bereitete, war freundlich, aber kühl, dann führte man ihn zum Erzbischof, der für die Messe eingekleidet wurde.

»Es ist ein Jammer, dass Ihr Euren Schützling nach Paris zurückkehren lasst.« Herr Konrad trocknete seine Hände an einem schneeweißen Leinentuch, während er Albert ansprach. »Ich schätze es, wenn die Priester, die ich weihe, in meinem Bistum bleiben – auch die Ordenspriester. Und gerade Bruder Thomas wäre ein leuchtender Stern für die Hochschule der Predigerbrüder in dieser Stadt, ja sogar in der ganzen Ordensprovinz!«

Albert wunderte sich nicht; es entsprach dem Wesen Konrads von Hochstaden, nach der feierlichen Handwaschung auf sehr irdische Dinge zu sprechen zu kommen. Sogar jetzt, bei den Vorbereitungen zur ersten Priesterweihe, die in der neuen Kirche des Konvents vorgenommen werden sollte, in der Sakristei, in der sich die Gerüche von Weihrauch und Bienenwachs mit denen des Kalkanstrichs und der neuen Möbel mischte, brachte er es nicht fertig, Stille zu bewahren.

»Bruder Thomas ist bislang nur Baccalaureus«, antwortete er, »und Ihr wisst, Herr, dass er Magister, wenn nicht sogar Doctor werden muss, um etwas anderes lehren zu dürfen als die Artes.«

»Ihr könnt ihn dazu heranbilden«, wandte der Erzbischof ein.

»Nein, Herr, ein jeder Lehrer sollte darauf bedacht sein, seine Schüler zu entlassen und ihnen andere, bessere Lehrer zu empfehlen, wenn man erkennt, dass man sie nichts mehr lehren kann.«

Der Erzbischof lachte dröhnend, so dass die umstehenden Geistlichen, die ihn mit seinem Ornat bekleiden wollten, erschrocken zurückwichen.

»Eure Bescheidenheit ziert Euch, Vater Albert, aber es wird sogar am Collegium des Heiligen Jacobus zu Paris kaum einen Gelehrten geben, der es mit Euch aufnehmen kann, und Bruder Thomas verfasst bereits Kommentare zu biblischen Büchern, die bei den Gelehrteren unter meinen Kanonikern Stürme der Begeisterung auslösen – und das, obwohl er im

Unterricht eigentlich nur oberflächliche Erläuterungen geben darf. Du weißt doch, dass der gewöhnliche *Baccalaureus biblicus* gerade einmal die Worte der Schrift vorlesen und noch mal zusammenfassen kann – aber dieser Mensch kommentiert und interpretiert wie ein Doctor der Theologie! Wie kamt Ihr dazu, ihn vorzuschlagen, als Euer Ordensgeneral Euch um einen Baccalaureus für das Collegium in Paris anging? Wenn er uns tatsächlich verlässt, wäre das ein unersetzbarer Verlust!«

Er winkte die beiden Domherren, die ihn bekleiden sollten, heran, ließ sich das bestickte Amikt über den Kopf legen und murmelte – ein wenig unbeteiligt, schien es Albert – das Gebet, während die beiden die Bänder um seine Brust schnürten. Rasch hielten sie ihm die Alba hin, damit er hineinschlüpfe, gürteten ihn mit dem Zingulum und rückten die goldenen Borten des Hemdes zurecht, ehe sie sich der hohen Truhe zuwandten, auf der sie die Kasel ausgebreitet hatten. Der Erzbischof zupfte ungeduldig am Stoff der Albe.

»Wann wird Bruder Thomas uns verlassen?«

»Es steht noch gar nicht fest, ob er uns verlassen wird«, erwiderte Albert. »Vater Johannes hat meinen Vorschlag bislang nicht beantwortet. Bedenkt, Herr, dass Bruder Thomas sehr jung ist für einen *Baccalaureus biblicus*. Hier, im fernen Köln, wo wir Mangel leiden an angemessenen Lehrern, mag es angehen, dass ein so junger Mann lehrt. In Paris ist das unüblich.«

»Ich habe keinen Zweifel, dass Euer Ordensgeneral Erkundigungen über ihn einzieht, und er wäre ein Narr, wenn er einen solch begnadeten Geist nicht an die bedeutendste Hochschule der Christenheit rufen würde. Nebenbei bemerkt: Weiß Bruder Thomas eigentlich von seinem Glück?«

Albert schüttelte den Kopf und trat zurück, um den Chorherren mit dem prunkvollen Messgewand Platz zu machen, doch der Erzbischof schob die beiden einfach beiseite.

»Der Verlust ärgert mich doppelt, nachdem wir endlich die Möglichkeit haben, in der Stadt Frieden einkehren zu lassen. Die Zugeständnisse an die feinen Herren schmerzen mich und das gesamte Kapitel, aber wir kommen wohl nicht umhin, wenn wir nicht zulassen wollen, dass sie uns mit ihren Machenschaften ruinieren. Wir haben Euch zu danken, Vater Albert, dass Ihr diesen Schelm von der Mühlgassen überführt habt.«

»Was beabsichtigt Ihr, in seinem Fall zu unternehmen?«

»Gar nichts.« Ein breites Grinsen erschien auf Herrn Konrads Gesicht. »Jedenfalls nichts Öffentliches. Ich habe seinen Bastard in sicheren Gewahrsam schaffen lassen, und da wird er bleiben – lebendig. Eine ständige Bedrohung für den von der Mühlgassen! Wir könnten jederzeit Anklage führen und alles ans Licht bringen. Aber dann nützt er mir ja nicht mehr viel.«

»Die anderen Herren werden ihn und seine ganze Sippe entmachten, weil er auf deiner Seite steht.«

»Das mag sein, doch bis dahin wird er nicht länger seine eigennützigen Ziele verfolgen – sondern unsere.«

Die jungen Männer lagen ausgestreckt auf dem Boden des Chores, in dem sich außer den Predigerbrüdern auch die Domherren drängten. Weiße Tuniken leuchteten unter den Mänteln und Skapulieren. Im Scheitel des Chores stand Erzbischof Konrad, flankiert von einigen anderen geweihten

Domherren in prachtvollen Kaseln. Albert stimmte mit allen anderen in den Wechselgesang der Allerheiligenlitanei, um alle Chöre der Kirche um ihre Fürbitte anzurufen, damit die Weihe dieser jungen Männer den Segen und die Gnade Gottes fand. Sooft er an einer solchen Messe teilnahm und einer seiner Schützlinge in der schneeweißen Tunika ausgestreckt auf den Fliesen des Chores lag, wurden ihm die Augen feucht. Aber kaum einer seiner Schüler hatte diesen Schritt so gut vorbereitet angetreten wie Thomas.

Nachdem Erzbischof Konrad sich auf der Kathedra, die eigens hergeschafft worden war, niedergelassen hatte, senkte sich tiefe Stille in den Kirchenraum. Sogar das Volk, das sich im Hauptraum drängte, war nur noch eine schweigende Masse. Nacheinander erhoben sich die jungen Männer, traten vor den Bischof und knieten nieder, damit er seine Hände auf ihren Scheitel legte. Als Thomas sich aufrichtete, flog ein Sonnenstrahl durch das Fenster des Chores, streifte den Erzbischof und den jungen Mönch und erlosch. Albert hatte die Luft angehalten. An diesem Tag herrschte ohnehin launisches Wetter, Winde zerrten Wolkenfetzen über den blauen Himmel, doch was Thomas betraf, fiel es Albert schwer, in diesem plötzlichen Lichtstrahl kein Zeichen zu sehen.

Aufmerksam verfolgte er das Hochgebet und stimmte in Sanctus und Benedictus ein, bevor die Gewänder für die neu geweihten Priester gebracht wurden. Vater Stephan als Prior des Konvents zu Köln kleidete seine drei Schützlinge mit der Stola ein und übergab ihnen eine schlichte Kasel. Der gesamte Chor sang den Pfingsthymnus, während die jungen Männer wiederum vor den Bischof traten, der ihre Hände salbte. Albert verlor sich in der Erinnerung an diesen

Segen und daran, wie ihm die Hände zum Gebet zusammengelegt und mit einem Leintuch gebunden worden waren. Er wusste, was Thomas jeder einzelne dieser Schritte bedeutete, glaubte, dessen Herz klopfen zu hören, als ihm Kelch und Schale in die gebundenen Hände gegeben wurden und er mit den anderen an seinen Platz zurückkehrte.

Als die Neugeweihten die Kirche verlassen hatten und aus dem Kreuzgang in den Garten schwärmten, blieb Thomas still und in sich gekehrt. Er nahm die Segenswünsche von Albert, Vater Stephan und den anderen Brüdern entgegen, dankte, sprach aber kein Wort darüber hinaus. Es war, als wollte er etwas tief in seinem Herzen bergen, und nichts anderes schien noch wichtig zu sein, während seine Schüler ihn fröhlich umschwärmten.

Albert dachte an Gerwich, den er beim Hinausgehen neben Meister Gerhard in einer der vorderen Reihen im Hauptschiff erkannt hatte. Er hatte auf seinem Platz verharrt, hatte sich nicht vorgedrängt, um einen der Neugeweihten zu berühren, um am Segen teilzuhaben, sondern er schien sich einfach darüber zu freuen, an diesem Tag in Thomas' Nähe zu sein. Albert hatte Gerwich seit dem Morgen, nachdem er den Mörder gestellt hatte, nicht gesehen, und er fühlte, dass er dem Neffen des Dombaumeisters einiges schuldig war.

Den Opfern des letzten Anschlags hatte er empfohlen, nach Worms zu übersiedeln, und ihnen die Hilfe des dortigen Dominikanerkonvents in Aussicht gestellt, doch Pilgrim Niger hatte abgelehnt, er wolle stattdessen das Erbe seines Vaters fortführen, ungeachtet der Gefahr, in der sein Haus und seine Familie vielleicht noch immer schwebten. Doch wahrscheinlich war der Mörder im Gewahrsam des

Erzbischofs ein besserer Schutz als die Flucht in eine fremde Stadt, und so hatte Albert sich nicht anders erkenntlich zeigen können, als Pilgrims zukünftigen Söhnen den Besuch der Schule des Konvents zuzusichern.

Während es um sie herum allmählich ruhiger wurde, ließ Albert sich neben Thomas am Brunnenrand nieder und teilte ihm leise mit, Gerwich sei in der Kirche gewesen.

»Ich weiß«, erwiderte Thomas lächelnd. »Ich habe ihn gesehen. Wirst du ihm helfen?«

Unbehaglich rutschte Albert auf der Bank herum. Worauf Thomas hinauswollte, war leicht zu durchschauen.

»Vielleicht sollte ich die Zeit nutzen, Meister Gerhard einen Besuch abzustatten.«

»Sicherlich solltest du das. Und bitte grüße Gerwich von mir und richte ihm meinen Dank aus, dass er gekommen ist.«

Aufblickend bemerkte Albert in Thomas' Miene eine leise Wehmut. Er hatte in dieser Stadt nie recht Anschluss gefunden; die Sprache war ihm verschlossen geblieben, die Menschen fremd, und die Schüler ... nun, sie blieben auch für einen Baccalaureus eben Schüler. Nur einer schien ein wenig durchgedrungen zu sein, der Junge, der in die Baugrube gestürzt war und der während seiner Genesung wie ein Fremder im Kloster gelebt hatte. Ob Thomas – Vater Thomas, verbesserte Albert sich in Gedanken – ihn damals ein wenig ins Herz geschlossen hatte, weil er in diesem Fremdling sich selbst wiedererkannt hatte?

Albert erreichte das schmale Haus des Dombaumeisters, als die Sonne zwischen die Häuserzeilen der Gasse eintauchte. Eine Magd öffnete ihm, beugte das Knie, bekreuzigte sich dabei und murmelte die übliche Begrüßung, ehe sie über ihre

Schulter hinweg ihre Herrin rief. Kaum stand er im Haus, trat eine rotwangige Frau zu ihm, die die Enden eines breiten Schultertuches unter den Gürtel stopfte. Auch sie begrüßte ihn ehrerbietig, wobei Albert mit einem Lächeln auffiel, dass ihr Gürtel ein wenig höher gebunden war und sie ihren ohnehin üppigen Bauch vorschob.

»Vater Albert! Was für eine Freude, dass Ihr unser bescheidenes Haus beehrt! Ihr werdet allerdings ein wenig warten müssen, denn mein Mann und sein Neffe sind noch nicht zurückgekehrt.«

Sie geleitete ihn in die Stube, schüttelte die Polster auf, ließ ihm Brot und einen Krug Wein bringen, leistete ihm aber keine Gesellschaft, was Albert dankbar bemerkte. Er fühlte sich ein wenig hilflos, wie er Meister Gerhard begreiflich machen sollte, für seinen Neffen als Brautwerber einzustehen, ohne zu wissen, welches Mädchen Gerwich im Sinn hatte.

Als die Haustür geöffnet wurde und die Ankömmlinge fröhlich lachend eintraten, atmete Albert auf, selbst als Guda durch den Flur rannte und flüsternd den Besuch verkündete, woraufhin sofort Stille eintrat. Meister Gerhard betrat die Stube nach kurzem, fast schüchternem Anklopfen, gefolgt von Gerwich, und die Zeremonie der ehrerbietigen Begrüßung ging von vorne los. Alberts Versuche, Gerwich mit einem Augenzwinkern aufzumuntern, schlugen fehl. Stattdessen standen sie verlegen voreinander, und Meister Gerhard knetete die Bundhaube in den Händen.

»Was verschafft mir die Ehre Eures Besuches, Vater Albert?«

Zwei Atemzüge lang zögerte Albert, neigte bald hierhin, bald dorthin, ehe er sich straffte, um die Gelegenheit beim Schopf zu packen.

»Ich bin wegen deines Neffen hier, Meister Gerhard«, begann er und wandte sich Gerwich zu. »Ich bin dir zu großem Dank verpflichtet, Gerwich, denn hättest du nicht den Mann gestellt, der die Anschläge verübt hatte, wäre die Unruhe in der Stadt, die zu schlichten der Erzbischof mich beauftragt hat, nur schlimmer geworden.«

Er sah Gerwich erröten, den Blick senken und sacht abwinken; ein Wort kam dem jungen Mann nicht über die Lippen, dabei brauchte Albert dessen Augenmerk, um sich zu vergewissern, ob er auf der richtigen Fährte war.

»Meine Dankbarkeit führt mich allerdings zu dir, Meister Gerhard, um dir eine Bitte anzutragen, die du mir hoffentlich nicht abschlagen wirst.«

Nun schaute ihn der Dombaumeister so verdutzt an, dass Albert mühsam das spitzbübische Grinsen unterdrückte, das sich in seine Mundwinkel stehlen wollte.

»Meister Gerhard, dein Neffe hat nicht unüberlegt die Zuflucht unseres Konvents gesucht, und dennoch hatte der Herr bereits einen anderen Keim in sein Herz gesenkt, der auch schon Wurzeln geschlagen hatte und so mächtig austrieb, dass er die Gelübde nicht ablegen konnte.«

Meister Gerhard drehte sich rasch zu seinem Neffen um, dessen Wangen rote Flecken zierten, aber er schwieg, wandte sich mit gerunzelter Stirn seinem Gast zu, als erwarte er weitere Enthüllungen. Doch Albert blieb stumm, denn die Bangigkeit, die sich in Gerwichs Miene spiegelte, hatte eine Erinnerung emporgespült, ein blasses Steinchen in einem farbenprächtigen Mosaik, unauffällig – und gerade deshalb augenfällig. Ein sehr blasses Mädchen, das ihm in einer Gasse entgegenkam, begleitet von zwei mausgrau gekleideten Mägden. Unter dem Schleier blitzte sehr helles Haar hervor, doch von ihrem Gesicht sah man nicht mehr als eine schmale Nasenspitze und hübsch geschwungene Lippen. Beinahe hätte Albert sich an die Stirn geschlagen, und mit einem Mal schien es licht zu werden in dem Irrgarten, in dem er sich geglaubt hatte – wie es manchmal beim Lesen geschah, wenn er sich durch eine schwierige Stelle quälte, die Nebel des Nichtverstehens sich immer mehr verdichteten, bis plötzlich mit einem Lichtstrahl der Erkenntnis ihm alles schlüssig und nachvollziehbar erschien, was vorher dunkles Geheimnis gewesen war.

»Ihr meint Caecilie, die Tochter des Steinmetzmeisters Johann von der Sandkaule«, sagte Meister Gerhard, und Albert hätte nicht sicher sagen können, ob es eine Frage war oder eine Feststellung, doch er nickte erleichtert.

»Ich bitte dich, Meister Gerhard, bei Meister Johann für deinen Neffen um das Mädchen anzuhalten. Es wäre zu euer aller Vorteil.«

Der Dombaumeister sah Albert aus leicht verengten Augen an, als musterte er einen Ochsen vor dem Kauf, und er schwieg, als ginge es gleich darum zu feilschen, während seine Augenwinkel kaum merklich zuckten.

»Ihr Hunde des Herrn seid ein sonderbares Volk«, setzte er nach. »Ihr tut gern harmlos, dabei seid ihr gefürchtet, weil ihr diejenigen verfolgt, die vom rechten Weg abgekommen sein könnten. Andererseits hütet ihr die Herde mit einer Sanftmut und einem Verständnis für die Sorgen und Nöte der Menschen, das vergebens seinesgleichen sucht. Ich war ein weltlicher Stiftsherr – nun bin ich ein einfacher Bürger dieser Stadt. Ich werde wohl Kinder haben, aber ob eines in meine Fußstapfen treten wird, weiß Gott allein. Ich habe diesen Jungen und seine Schwester an Kindes statt angenommen, als nach meinem Bruder auch dessen Frau starb, doch erst entglitt mir Gerwichs Schwester und dann er selbst. Ihr, Vater Albert, habt ihn mir wiedergeschenkt, doch ich wusste wohl nichts mit diesem Geschenk anzufangen.« Er stockte, ging zum Fenster, öffnete die pergamentbespannten Flügel, und ein Schwall kühler Vorabendluft strömte herein. Dann drehte er sich um.

»Ihr habt mir gezeigt, dass ich ein Narr bin, und dafür danke ich Euch, Vater. Ich werde zu Meister Johann gehen – und glaubt mir, er wird dankbar sein, denn so geschickt sein Altgeselle auch sein mag, er bleibt ein Klotz, was das Geschäft angeht. Und Gerwich«, er grinste seinen Neffen an, »mag auch ein Klotz sein, aber er wird bei dem Alten lernen.«

Meister Gerhard stieß sich von der Wand ab und durchmaß den Raum, schlug seinem Neffen, ohne stehen zu bleiben, auf die Schulter und wandte sich in der Tür um, den Umhang schon in den Händen, und nickte Albert lächelnd zu.

»Wartet nicht mit dem Essen auf mich!«, rief er in den Gang. »Es kann spät werden.«

Dann schob er die Füße in die Trippen, zog die Bundhaube übers Haar und schloss die Haustür hinter sich.

Thomas – *Vater* Thomas! – hatte Alberts Ausführungen schweigend zugehört und ließ mit einem Kommentar auf sich warten. Er saß still am munter plätschernden Brunnen und schmunzelte, als kennte er Geheimnisse, die der Herr allein ihm offenbart hätte, und diese Untätigkeit, die in einem scharfen Gegensatz zu dem unermüdlichen Fleiß stand, mit dem er die Bibliothek durchforstete, las, Anmerkungen niederschrieb, Aufsätze seiner Schüler durchsah und Kommentare zu allerlei Schriften verfasste – diese Untätigkeit, die dem stummen Ochsen viel besser zu Gesicht stand als seine Umtriebigkeit in Fragen der Gelehrsamkeit, stimmte Albert milde. Gemeinsam saßen sie am Brunnen, genossen den kühlen Vormittag, die Zeit zwischen Terz und Sext, in der die spätherbstliche Sonne den Innenhof des Kreuzganges wärmte. Es war ungewöhnlich genug, dass Thomas keine Verpflichtungen hatte.

»Gerwich wird dich um deinen Segen bitten«, beendete Albert die Stille.

Thomas schwieg, ohne dass das Lächeln versiegte; die kaum merkliche Kopfbewegung deutete Albert als Zustimmung.

»Arme reiche Stadt Köln«, murmelte er. »Ein Spielball der Reichen … und wir hausen in diesem umhegten Paradies inmitten der Unruhe, die das weltliche Leben verursacht.«

»Es ist in uns«, erwiderte Thomas leise. »Das Paradies. Es ist in jedem von uns. Licht und Dunkel. Wir müssen eigentlich nur dem Licht folgen. Aber was uns beunruhigt, ist, dass dieses Licht vom Tode her auf uns fällt.«

Albert fuhr zusammen, starrte seinen Schüler an, aber der saß wortlos da und schien nur auf das Plätschern des Brunnens zu lauschen.

Nachwort

Vom 12. bis zum 14. Jahrhundert spielten sich in Köln, der damals größten Stadt zwischen Alpen und Mittelmeer, teilweise dramatische Auseinandersetzungen ab. Alteingesessene Besitzende und reich gewordene Händler schlossen sich zusammen, um die Macht der Stadtherren, des Domkapitels unter Leitung des von ihm gewählten Erzbischofs, zu beschränken. Grundlage war ein Gremium, das noch vor dem Bau der neuen Stadtmauer Anfang des 13. Jahrhunderts zur Finanzierung und Organisation dieses Baus gebildet worden war. Neue Stadtteile wurden von dieser Mauer eingeschlossen, und dadurch drängten neue Mitglieder in diesen Rat, der das Recht hatte, von den Bürgern der Stadt Geld einzuziehen und zur Erhaltung der Schutzbauten zu verwenden, dieses Recht aber großzügig zu interpretieren verstand.

Dabei bildete sich eine Genossenschaft heraus, in der die Schöffenbrüder, also die Gemeinschaft derjenigen, die als Richter tätig bzw. für dieses Amt ausersehen waren, und die führenden Männer der neuen Stadtviertel sowie durch Handel aufgestiegene Männer zusammenkamen: die Richerzeche, das heißt die »Zeche (Gemeinschaft) der Reichen«. Ihre Mitglieder bezeichneten sich mit dem lateinischen

Begriff *Meliores* als die »Besseren«. Dieser Zusammenschluss rang dem eigentlichen Stadtherrn durch allerlei Druckmittel zunehmend Rechte ab, um selbst die Geschicke der Stadt zu lenken.

Ein solcher Zusammenschluss leidet allerdings häufig darunter, dass sich streitende Fraktionen bilden und immer wieder Einzelne versuchen, das größte Stück vom Kuchen zu bekommen.

Den einfachen Menschen brachte die Verschiebung von Befugnissen zwischen Stadtherrn und solchen Ratszusammenschlüssen wenig bis gar nichts. Zwar versprachen beide Parteien dem Stadtvolk Verbesserungen, um es hinter sich zu scharen, aber meist änderte das nichts daran, dass die Mehrheit der Menschen weiterhin ein bescheidenes Leben ohne dauerhaften Einfluss auf die politischen Geschicke führte. Wer weder Arbeit noch Wohnung vorweisen konnte, durfte sich ohnehin nicht dauerhaft in einer Stadt aufhalten, geschweige denn Bürger werden. Diese Ehre blieb Privilegierten vorbehalten, so dass ein großer Teil der Bewohner letztendlich ein »mobiles und flexibles Humankapital« bildete, dessen sich die einflussreichen Bürger, aber auch diejenigen, die Arbeit zu vergeben hatten, bedienen konnten.

Tatsächliche Verbesserungen für diese Menschen, ebenso wie für die ebenfalls um Einfluss ringenden Handwerker, die in einer Stadt lebten und arbeiteten, ergaben sich zunächst nur durch große Bauvorhaben. Ein solches war der Bau des Kölner Doms.

Erzbischof Rainald von Dassel (~1114–1167) hatte 1164 die Reliquien der Heiligen Drei Könige nach Köln gebracht, die er im dortigen alten Dom, einer gewaltigen romanischen

Basilika, ausstellen ließ. Wallfahrten zu diesem Heiltum, von dem sich viele Menschen Hilfe in der Not erhofften, füllten die Schatztruhen der Herbergswirte, Schankwirte und Händler. Aber der alte Dom war zu dieser Zeit bereits baufällig. Schon unter Erzbischof Engelbert von Berg (1185–1225) wurde ein Neubau beschlossen, doch nachdem dieser durch ein Attentat gestorben war, verzögerte sich die Grundsteinlegung bis zum Jahre 1248, als das Domkapitel unter Erzbischof Konrad von Hochstaden als ersten Dombaumeister Gerhard von Rile berief.

Meister Gerhards Herkunft und Werdegang liegen für uns weitgehend im Dunkeln. Sicher ist, dass er in Frankreich an mehreren Kathedralen mitgebaut hatte – und ein Kirchenbau im damals neuartigen Stil der französischen Hochgotik war das, was für den neuen Dom geplant war.

Die gewaltige Baustelle ließ das Handwerk in der Stadt aufblühen, zog weitere Fachleute in großer Zahl an und brachte viele Menschen in Lohn und Brot. Diese Entwicklung konnte den Mitgliedern der Richerzeche nicht gefallen, denn dadurch brachten Erzbischof und Domkapitel als Stadtherren eine große Zahl von Bürgern hinter sich. Konflikte wurden unvermeidbar.

In diesen historischen Hintergrund ist die Handlung des Romans eingeflochten.

Zu danken habe ich vielen Menschen, zunächst denen, die sich wissenschaftlich mit all dem beschäftigten, was für meine Arbeit von Bedeutung war, darunter der Historiker Manfred Groten (Universität Bonn), der Theologe und Religionshistoriker Arnold Angenendt (Universität Münster), der Kunsthistoriker Günther Binding (Universität

Köln) und der Architekt und frühere Kölner Dombaumeister Arnold Wolff, deren Veröffentlichungen sehr hilfreich waren, um mich in das umfangreiche Gebiet einzuarbeiten.

In der langen Zeit der Entstehung, Abfassung und Überarbeitung dieses Romans standen mir viele Kolleginnen und Kollegen zur Seite, von denen ich besonders Lisa-Marie Dickreiter, Charlotte Lyne, Laila El Omari, Kirsten Schützhofer und Heike Wolf nennen möchte. Danken möchte ich auch all den Leserinnen und Lesern, die mich ermutigten, darunter Rita Dell'Agnese und Daniela Loisl, um nur zwei stellvertretend zu nennen.

Meinem Lektor Andreas Paschedag danke ich für die Geduld, die er bewies, als mein Leben einige unvorhersehbare Wendungen nahm, und für seinen persönlichen Einsatz für dieses Projekt.

Am Ende bleibt mir, meinem Mann und meiner Tochter zu danken, die mich all meinen Schwächen und Fehlern zum Trotz in dieser Zeit tatkräftig unterstützten und deren Liebe mich jeden Tag begleitet.

Zugeeignet sei dieser Roman meinem Freund José Luis Morón y Egido – »Todo está bien siempre.«

DAS AUGE
DES RABEN
eliot
pattison
ROMAN
RL